深林与回声

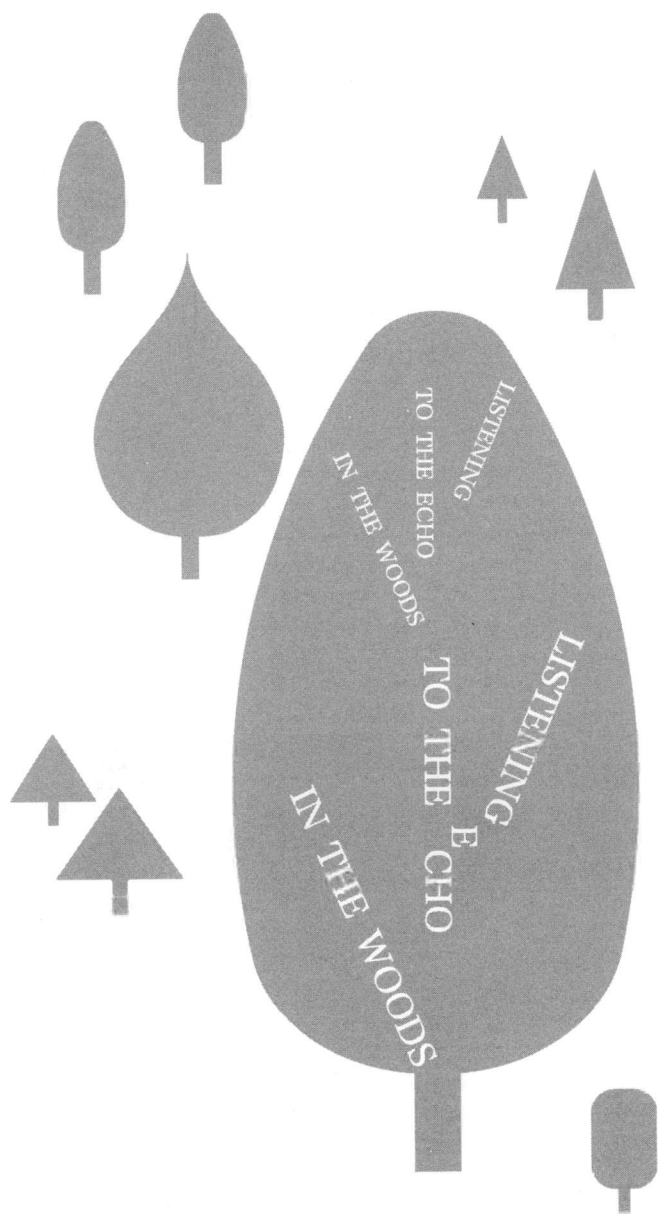

LISTENING
TO THE ECHO
IN THE WOODS

LISTENING
TO THE ECHO
IN THE WOODS

殷小苓

——著

作家出版社

目录

献给失败者

1

深林：序

　　我叫林深，随波逐流地活了一阵以后，现在居然住在美国。我所住的李镇是个小得不能再小的地方。李镇说起来是个镇，但连个卖油盐酱醋的铺子都没有。只有半条街铺上了柏油。在这半条街上有个小邮局，有个镇公所，还有个破旧的木教堂。

　　五个月以前我还不住在李镇，而是住在离李镇有十几英里远的大一点儿的安城。那时我还在安城一个小大学的图书馆里当图书管理员助手，帮着管理中文图书。暑假一到，我就把这个工作辞了，搬到了李镇，住进一个快被树木埋起来的小房子。

　　这所小房子以前属于一个叫弗冉的老太太。弗冉老太太孤身一人，半年前去世了，活了九十多岁。老太太在遗嘱里把她的小房子留给了我。这可是谁也没有想到的。我跟弗冉老太太的关系很简单，充其量是二十多年前我一边打工一边读研究生时，给弗冉老太太当家庭护工当了有四年多。我连弗冉老太太的葬礼都没有参加，因为事前什么都不知道。当然，就算我偶然在当地报纸上看到了弗冉老太太的死讯，我也不知道够不够资格参加她的葬礼。但是我会在忙完一天的事以后，坐在灯下，回想弗冉老太太。

　　那时，我刚到美国，英语还几乎完全不会说，能找到给弗冉老太太当护工的工作，觉得很幸运。我的"护工"工作实际上就是陪住，弗冉老太太的心脏不好，身边需要有人。弗冉老太太大概觉得她给的钱不多，我的可怜的英语拨打"911"然后说出街名总还够用吧，总之她雇了我。我自然很尽职，只要学校里没有事，我就总守在弗冉老太太家，也就是我现在住的这所小房子。

弗冉老太太又瘦又高，头发雪白，面色严峻，很少说话。我又觉得很幸运，这样我的蹩脚英语就可以省省了，况且学校的功课也着实够我忙的。有时候，碰上弗冉老太太高兴，就会问我愿不愿意跟她一起喝下午茶。不知为什么，弗冉老太太有这么个英国习惯。偶尔，弗冉老太太会在喝茶的时候说一点儿什么。我听英语的能力就这么一点儿一点儿地有了进步。我渐渐听明白了，弗冉老太太是新英格兰土著，祖上住在波士顿旁边的塞勒姆，她的高祖母认识祖居塞勒姆的大作家霍桑的妹妹路易莎。现在回想，难怪弗冉老太太有那么一股幽灵般的劲头，常让我忍不住寻思。我每次想，总要想起安城的西墓园。西墓园里埋着美国十九世纪大诗人艾米莉·狄金森。和弗冉老太太一样，艾米莉·狄金森也是终身未嫁，过了三十五岁以后，艾米莉·狄金森就足不出户，谁也不见了。只有当她去隔壁哥哥的家，或者去花园收拾花草的时候，邻居能偶尔瞥见一个穿白衣的身影在树丛间掠过。这么一个幽灵般的人物，却写了几千首短诗，热烈得不知是像萨福还是像圣徒，但断句连篇，很难看懂。一想起这些，我就想在弗冉老太太的小屋里搜检一番，看看能不能找出什么弗冉老太太写的不发表的诗。

一天喝下午茶的时候，弗冉老太太忽然问，林，你为什么要来美国呢？

我为什么要来美国？

其实，我来美国的契机并不怎么悲壮。不过是一两个朋友随便问了问，为什么不去美国再读点书？是啊，为什么不？那时我大学毕业都五六年了，在一个通讯社的收报房工作，负责把每天收到的电讯按国家或地区分类，正觉得无聊。问我的朋友是两个年轻姑娘，一个是美国人，另一个是英国人。两个人于是忙了一阵，又是找学校，又是写推荐信。我一句英语也不会说，她们在推荐信里却说，林深的英语给人印象深刻。我说，这行吗？她们说，这不算说谎，我们的意思也可以是，林深的英语很糟糕，糟得给人印象深刻。说完她们莞尔一笑，很满意自己这么聪明。我就这么到了美国的M州州立大学修读比较文学的博士学位。当然，我的导师见了我以后很失望。我的导师是在比较文学系主教中国文学的科恩教授，当时正值壮年，仪表堂堂，甚至有点英俊，现在很可能已经退休了，大概早已经把我忘了。我希望科恩教授把我忘了。我希望所有教过我的教授都不再记得我。

无论从哪方面说，我都是个不折不扣的失败者。那些曾经与我一起在M州州立大学修读比较文学博士学位的中国研究生，先先后后有十几个吧，无一例外都在大学里找到了教中文的教职，到现在可能都至少是副教授了。唯独我在图书馆当临时工，一当就当了十几年，到了连个管理员的身份都没混上，只不过是某个管理员的助手。我那忙了八年得来的比较文学博士学位到头来只是一张什么用也没有的纸，被收存在书架上的某个纸夹里就完了。

在我坐下来写上述一大段以前，我正在看一个名叫爱德温·米勒的美国人写的霍桑传记。最近我对新英格兰的历史和风土人情兴趣正浓。刚巧看到霍桑在一八五四年五十岁的时候，又一次在日记中记述了一个在数十年里反复出现的梦境："我仿佛仍旧在念大学，甚至好像仍旧在念中学，感到好像在不知不觉中已经在那儿消磨了无数年，而别的同龄人则都已经在社会上有所进展，我跟他们相遇，心里满是羞愧。"使霍桑诧异的是，他已经成为知名作家了，却仍然做这样充满失败感的梦。霍桑对此的解释是，大学毕业以后他没去觅职，在家里的一个小房间里发奋写作，闭关自守十二年以后，仍然默默无闻，因此对失败的感觉过于深刻。我于是十分喜欢霍桑。

诚然，我对所有的失败者深刻同情，但这还不是我喜爱霍桑的主要原因。明摆着，我哪里有资格，霍桑的梦境不巧是我的现实。也就是说，一事无成只不过是霍桑的多余的恐惧，而我的一事无成则是实实在在。霍桑异常英俊，绝顶聪明，又"令人痛苦地羞涩"，一生只愿当个世界的"旁观者"，这些都很中我的意；但真正让我刮目相看的，却是霍桑的这段话："可是也许经过一段较长的时间以后，我们发觉世界竟总是一成不变，人类也总是一模一样，而且，尽其所欲，人能得到的好处也就是那些；于是渐渐地，我们就会发现各个历史时期的景象全是老一套，演绎的是同一个故事，出演的是同一套人马，只不过，可能除了我们以外，别人都没看出来。由于演员与观众不断沉浸在忘却的昏睡里，于是每次醒来都以为他们的今生今世是新的。要不是这样，人们就都得演得和看得腻味死了。就跟剧作家们和小说家们一遍又一遍地重复雷同的情节似的，人的生活其实是没完没了地自我重复，而且越来越陈腐。这就是当我感到沮丧的时候心里所充满的怀疑。"霍桑听起来简直像个悲观的存在主义者了。引人注目的是，在爱德温·米勒写的这本传记里，提到霍桑的厌倦感的地方比比皆是，立传者好像对传主霍桑的厌倦和忧郁格外在意。我越读越感到一种奇怪的亲切。我对霍桑的厌倦与忧郁充满同情，甚至可以说是心领神会。

我的喜悦不可言说，要是说出来，别人一定认为都是疯话。我觉得世界上很可能有一大堆这类对虚荣的人世充满了厌倦的忧郁者。究其原因，很可能是他们这类人天生就对死所揭示的黑暗与虚空非常不满意。他们也不见得有意要鄙薄人世的功名，比如霍桑就希望自己永垂不朽。问题是，功名不能阻隔他们对徒劳的感受，因此功成名就了的霍桑仍然令人扫兴地常常情绪恶劣。我猜想，这些人对生存有不同于众人的看法。比方说，他们对用数学来坚实人生的普遍做法很失望。大家都拼命挣来钱以后坐着数，这种数学练习式的狭窄人生不能让他们觉得足以与死亡对抗。观察别人是不是敬爱或者惧怕自己，归根结底也仍然是数学，所测量的是权力的大小。总之，任何尘世所许的光荣都有数学的简单本质，这一点无法不使他们对社会群体的贫弱想象力感到绝望。所以有意无意间，这类人看上去总是很沮丧，与靠数学支持的虚荣和自负的人类大多数未免格格不入。然而，他们很可能并不像人们想象和担心的那样颓唐。他们只不过是对生存的稍纵即逝更警觉，更不满意，更有反抗的意愿。他们要真正博大和自由地生。在我看来，没有人比这些颓唐之辈更坚强和更勇敢，因为他们不仅不能依靠群体，还得时时刻刻忍受群体对他们的压迫。如果用阳光下的繁茂树木和盛开的花来比喻多数人企望的幸福人生，那这类人就像静静的鱼群，只期望向黑暗的海洋深处扎下去。如果阳光下的繁茂树木和盛开的花象征的是对虚荣心的数学测量——财富与权力的数量，那么，黑暗深邃的海象征的则是远遁于时空之外的自由意识。

也就是说，我所心仪的这群孤独的忧郁者一心一意想得到的，是不被打扰的自由，是在意识中失去空间和时间的自由。当他们没入意识的深海里，一次次的书写和阅读就仿佛茫茫沧水中一条又一条鱼的无声的和自由的游动。鱼和鱼相遇时，虽然喜悦，但也只互相瞩目而已。鱼与鱼的短暂相遇虽然简单至极，却很必要。要不然，自由的孤独就会与绝对的黑暗相混淆。所以，这些忧郁者都既希望自由自在地消失在深海里，又期待着在深海里与同类偶尔相遇。譬如，在我和霍桑之间已经间隔了一百五十年，而霍桑早已经料到，在茫茫读者之中，一定会有人对他心领神会。不是我一厢情愿，霍桑的确是这么说的，千真万确，有爱德温·米勒写的这本传记为证。当然，在霍桑不能从一团漆黑的时间的废墟里钻出来表示反对的情况下，我这么强拉霍桑做朋友也许有些过分。这么说吧，对我来说，霍桑是一个启示，一个隐喻，一条我在失去时空的深海里偶然遇到的梦想自由的鱼。

我越来越觉得弗冉老太太是一个充满神秘的人物。她的神秘之一就是收藏各种霍桑传记。弗冉老太太小屋里所有的东西都和小屋一起归了我，包括十几本长长短短的霍桑的传记。其中最老的是曼库尔·D. 康威一八九〇年在伦敦出版的《霍桑生平》。而我正在读的这本则比较新，是一九九一年出版的。在这以前，我对霍桑的了解只限于《红字》，《红字》后面的霍桑像阴沉的新英格兰天空深处的隐隐雷声。只是到最近，在读了弗冉老太太的藏书以后，我才发现，霍桑原来是我的一个秘密知己。不不，应该反过来说，我发现了自己原来是霍桑的一个秘密知己。我对谁都不提我的新发现，因为不管是谁听了，准都会觉得是我潦倒得要疯了。由此及彼，想到弗冉老太太如此热衷于霍桑其人其事，莫非也是霍桑的不言而喻的知己？只是，在我给弗冉老太太当护工的那几年里，弗冉老太太明明知道我在学文学，却从来没对我说过她对霍桑的看法。

有一天弗冉老太太问我："林，能不能告诉我你的年纪？"

我没有马上回答。我希望弗冉老太太忽略我的年纪，我希望她永远想不起来问我的年纪。我三岁的时候曾经在梦中研究出了一个不再长大的办法——永远蹲着，拒绝站起来。从十四岁起，我就觉得自己很老。每一想到"未来"，我就感到有一种压力和负担，甚至是莫名的威胁。从小我就感到时间在从风声、雨声、早晨的清凉的光、春天的槐花香中啸叫着飞速逃走。我很小的时候就奇怪为什么要庆贺新年，看到人们笑嘻嘻地熬着夜，盼着新年到来，我觉得他们愚不可及。母亲在过年的时候套在我身上的新衣总让我有一种对徒劳的恐惧。现在看来，我小时候的忧虑是很有道理的。后来看德国作家格拉斯写的《铁皮鼓》，发现居然有人跟我有一样的感觉，深受震动。我这么说，可不是虚荣，好像暗示我居然跟格拉斯一样见解高明。相反，格拉斯的奥斯卡让我深深地难过。在那个永远敲着一面铁皮鼓的侏儒的形象里，我看见了自己与生俱来的孤独，明白了自己注定要站在世界的边缘独自瞻前顾后。格拉斯是我的另一个知己，是我在时空之外的深海里遇到的另一条孤独的鱼，同时，也是对我的不断的鞭策。《铁皮鼓》使我感到对自己的不满。较之奥斯卡，我固然很有些庆幸，庆幸我三岁的时候想出来的不长大的办法是蹲着，而不是像奥斯卡那样一头从楼梯上栽下来。当然，结果也就很不同。奥斯卡摔坏了脊椎，成了个侏儒，但因此能如愿避开世界的干扰，一心一意地做自己喜爱的事，终日把铁皮鼓敲得"咚咚"响。我虽然幸运地获得与年龄相符的身高，却一直找不到与世界对峙的方式，缺少手段挣脱跟世界的纠缠，处处妥协，以至于到了五十岁才开始做十岁时就想做的事，写作。

我告诉了弗冉老太太我的年纪之后，不知为什么，也跟她提了提《铁皮鼓》。弗冉老太太没看过《铁皮鼓》，但是很耐心地听我把《铁皮鼓》的故事讲了一遍，然后说了一句"奇怪的人"，就走开了。那天晚上，弗冉老太太特意走到我的房间来，严肃地说："林，我觉得我喜欢那个《铁皮鼓》的故事。只是，那可不是个招人乐的故事。林，你是怎么想的呢？"我把三岁时做的梦告诉了弗冉老太太。弗冉老太太皱着眉头看了我一眼，我已经不记得她说了些什么，大概什么也没说吧。

当时完全没有理会。现在想起来，我得承认，弗冉老太太既仁慈，又慷慨。

我想应该向我的读者描述一下弗冉老太太给我的这所小房子。弗冉老太太的小房子坐落在一片缓坡的中间，是一种被叫作A举架的小木屋。就是说，这所用木板造的小屋基本上由两扇尖耸的大屋顶组成，房中空间几乎都在这两扇屋顶之间。两扇屋顶相交的侧面是小房子的正面，大门就开在A字的中间。要是对房子的式样还觉得费解，就想想中国乡下夏天看瓜的窝棚，大点儿就是了。这种北欧式的小房子在新英格兰地区不算多见，却有不少好处。最大的好处就是雨雪在上面存不住，所以房顶上起瓦作用的沥青片就能很长寿。弗冉老太太的小房子的沥青瓦片虽然还算结实，小房子本身却很旧了。房子的木板外墙原本是深褐色油色，现在已经几乎被雨完全冲掉了，显出旧木头的原色。幸好那两扇大屋顶上的瓦还保持着原来的灰色，所以破旧的外板墙看起来还不那么触目。除了厨房和厕所以外，弗冉老太太的小房子只有三个房间，还分上、下层。楼下那间大，是起坐间兼饭厅。厨房和厕所都在楼下。楼上只有两个卧房，一大一小。我当年在这儿陪住的时候，就住在小卧房里。现在，这间小卧房成了我的书房，我就正坐在这间屋里写这本小说呢。我的书桌的左手有个朝东的窗户，可以望见房后的山坡。山坡上长着很多高大的白松，早上太阳出来的时候，要穿透层层松枝才能照到我的窗上。楼上那间大一点的卧室从前是弗冉老太太的卧室，现在我在那儿睡觉。那间屋也有个窗户，朝西，从那个朝西的窗户望出去，所见的是一棵又一棵逐渐下坡的巨大的橡树，偶尔也会夹杂一两棵白松和挪威枫树。我既爱坡上的白松，也爱坡下的橡树。白松给山坡铺满金黄的松针，一年复一年，于是坡上的林间空地上就不生杂草，只长一种不怕松脂酸的柔软的青草。橡树虽然会出其不意地往下掉大大小小的枯树枝，刮风下雨的时候在下面行走着实有些危险，但橡树雄伟高大，枝丫豪放，非常漂亮。

　　弗冉老太太的木屋虽小，领地却相对挺大，有五英亩，合二十五市亩上下，对我来说，可以算是一个微型庄园了。弗冉老太太的庄园坐落在一条名为橡树街的小街上。所谓"小街"，其实只是一条两辆车宽的土路。小街上一共有六户人家，占了大约三十英亩地。很多年以前，橡树街还不存在，这三十英亩地是一个不知名的有钱人的巨大地产的一部分，后来不知为了什么原因，这块靠着六号公路的地被划出来卖给了房地产开发商。又不知道是什么原因，很可能是怕卖不出价钱吧，房地产开发商什么也没做，只把这块地分成六块分别卖了。买地的人都只好自己引电线和修建上下水系统。办理接受弗冉老太太遗产手续的时候，我看了房产文件，显然弗冉老太太是当年从房地产开发商手里买地的六个人之一。那么，现在这块地产上存在的一切设施，都是弗冉老太太一手建设的了。我对弗冉老太太的建设能力肃然起敬，把我的新家园命名为"弗冉山庄"。

南北向的橡树街很幽静。名为有六户人家，实际上只有东面的三户人家在街上出入，对面的三户人家都把院子的出口开在背后的槐树街上了，因为槐树街左接西去安城、东去波士顿的六号公路，右接去邮局和镇公所的李镇主街。我的弗冉山庄在橡树街的北头，橡树街的南头接六号公路。说起"街"来，人们容易想到人来人往的景象，要是这么想橡树街，那可就大错特错了。除了偶尔有几声车轮轧土路的声音和鸟叫以外，橡树街上几乎什么声响也没有。我在电话里向在北京的姐姐描述橡树街的时候，我的姐姐失声惊呼："那不是跟在怀柔山区似的吗?!" 怀柔是北京的远郊区，燕山山脉的末端伸进怀柔，于是境内多山，我和姐姐上中学的时候都到怀柔农村参加过农业劳动，对山村的景象记忆深刻。显然，住在大都市的姐姐有些可怜我，觉得我在美国的居住环境未免过于偏僻闭塞。

但是我非常满意。与橡树街相接的六号公路原是一条古道，生长在安城的大诗人艾米莉·狄金森当年坐马车去芒山女子学院上学的时候，就走这条路。那时橡树街虽然尚不存在，但是那些大橡树和白松已经存在了。六号公路纵贯M州东西。M州在美国东海岸，州内布满覆盖着松林和枫林的丘陵，西边高，越往东地势越低平，逐渐入海。我们这边是M州西部，六号公路的这一段，由于在丘陵中蜿蜒穿行，一路上满眼郁郁葱葱的林木，又时见谷地上的溪流，于是在美国地图上被标为风景线路。秋天树叶变色的时候，这里漫山遍野万紫千红，很多人专程来观赏。搬到弗冉山庄以后，我常常在太阳落山的时候从橡树街走出来，沿着六号公路散步。六号公路上的车并不多，更没有什么行人，常常是只有我在路边的沙石上踽踽独行。这时候，我就想象艾米莉·狄金森的目光当年曾无数次掠过那些大橡树和白松，想到那些叶子上闪烁的落日的余光也曾照耀过艾米莉·狄金森年轻时的脸，我就感到又潜入水底，灰色的柏油路变成土路，变成海市蜃楼，变成从水下望上去在水面摇动的光影。一瞬间，我简直不知道自己是谁，在哪儿，也不知道心里的感觉是快乐还是悲伤。有时，要是我努力在脑子里搜索，也会记起一两句艾米莉·狄金森的古怪的诗，像什么"法官像只猫头鹰——我的父亲这么说过——猫头鹰要在橡树上筑巢"之类。我小时候背过古诗十九首，自以为风雅得不得了，现在几乎都忘了。但偶尔，也会有一两句滑过脑际：

"白杨何萧萧，松柏夹广路。下有陈死人，杳杳即长暮。"小时候，这些诗让我觉得恐怖异常，现在只是觉得有些沉痛。说实话，大概是我的英文终归不够好的原因吧，我对艾米莉·狄金森的诗也并不算太着迷。让我着迷的是艾米莉·狄金森的态度，自己切断跟世界的联系，不对任何人做任何解释，而且既不愤世嫉俗，也毫无感伤和自怜。

要想知道"弗冉山庄"的面貌，就这么想，在一大片林子里，有人开出一条走一辆车的路，路通到林子的中间，然后伐出一个方圆几十丈的空地，再在空地上盖一座小房子，这就是"弗冉山庄"了。由于整片林子都躺在一个大缓坡上，小房子的东面继续高上去，弗冉老太太在离房子不远的东边坡面上修了一个石头平台，还在平台上放了一张大石桌，两条长木条凳。天气好的时候，坐在石桌前张望四周，树木苍郁，草坪晶莹，石台、石径、木屋层层叠叠，世外桃源也不过如此吧。能过上听风声，望白云，终日只与鸟兽相守的日子，我真不相信会有这么好的运气。

我知道，别人不见得这么想。当我告诉我的老板我要辞职的时候，她简直不能相信自己的耳朵："林深你没毛病吧？为什么要辞职？你有了好工作了吗？是教书吗？是终身职吗？是哪个学校？"我的老板气都端不上来了，我真想说"就是就是！"那她就会嫉妒得脸都青了。可是我没有那么果断，也不愿意那么恶毒和虚荣，只好说："不是，我就是想什么也不做。"我的老板很惊疑。由于不信我说的是真话，她显得很不高兴。我一明白再也用不着担心她怎么想，就什么也不再解释了，任我的老板胡思乱想去。

我的老板名叫黄文慧，从台湾来的美国。黄文慧似乎以前在什么学校有过教中文的教职，但我见到她的时候，她已经在安城学院的图书馆当管理员了。她是正式的图书管理员，我是她的助手，我当助手已经当了十几年。当人助手固然不是什么美差，如果不得已，我也能说服自己不去在乎。在我看来，我与黄文慧之间的地位差别除了说明机遇不同以外，大概不说明什么。但黄文慧好像很看重我们之间的地位差别，只要有能重申的机会，她就一定不放过。比方说，每当有来访者对学校图书馆在中国研究方面的藏书有兴趣，要跟负责的黄文慧谈谈的时候，黄文慧就一定要先找到我，好像唯恐埋没了我似的把我推到客人面前很客气地介绍，这位是林深博士，然后就满面微笑地看着我，不再说什么。客人于是也微笑地看着我，以为我是什么专家。我就只好说，我是黄文慧的助手。大概黄文慧觉得有一位博士给她当助手很有身份吧。久而久之，我觉得自己成了黄文慧的一个秤砣，有我在一旁，黄文慧就能充分感受到她的身份的分量。所以不难理解，我的辞职不管是出于什么原因，都会让黄文慧感到不小的失落。

我对于不得不做黄文慧的秤砣固然不满意，而令我气愤的是，我连做黄文慧的全时秤砣都做不成。虽然黄文慧年年许诺要为我争取到全时职位，但十几年过去了，我仍然是一个半时的图书管理员助手。我疑心黄文慧从来也没有向馆长写过报告要求增加我的工作时间。因为随着学校不断增加东亚研究的教员，图书馆相应之下购进的有关中国的书籍明明是越来越多，可黄文慧除了对我的工作速度要求越来越高以外，宁愿自己加班也不见她去跟馆长谈话。馆长是一个永远西装革履的白面中年男人，跟我的交情是见了我就有礼貌地笑一笑，然后仰着脸走过，不留交谈的余地。我们这一片是黄文慧说了算，我什么办法也没有。

我早就希望能至少在五十岁上辞去一切工作。我固然不算喜欢我的工作，但渴望辞职的真正原因是，我对没有像奥斯卡那样在三岁的时候一头从楼梯上栽下来耿耿于怀。我从小就觉得有一种抱负在胸中涌动，以前我以为是要做一位革命志士。等到看了《铁皮鼓》以后才明白，我的抱负就是要有一天从什么地方一头栽下来。毋宁说，我的抱负是要一头从这个世界栽出去。我对小小的奥斯卡充满了钦佩，我对一切遗世独立的人都充满了钦佩。只是，我一时找不到遗世独立的办法。要是我果然在什么时候一头从楼梯上栽下来，肯照顾我的父母亲都已经去世，靠社会救济金维生的话，安城父老当着我的面，固然会对我投来怜悯的目光，但私下里，难保他们不会抱怨我成了他们这些纳税人的新负担。所以我要另想办法。我的计划是，想方设法在五十岁前存下够节衣缩食活十二三年的钱，然后辞去工作写我的书，到了六十多岁（要是我有幸能活那么长），社会保险金就接上了。为了实现这个计划，我把每一分能省下的钱都存了起来。我做半时的临时工每年只能挣到一万多元，幸好我能去中文系当汉语操练课的助教，这样能额外挣上将近一万元。黄文慧对此很不满意，可为了让我当她的秤砣，也只好不说什么。这样，在十几年里，我积攒下了四万多块钱。但靠四万多块钱活十二三年显然不够，因为我每个月的房租就得交出去四百多元，还只是租一个起坐间、卧室、厨房三合一的房间。眼看着过了五十岁的生日，我不由不感到气馁。让我犹为沮丧的是，我不愿意用数学来理解人生，却不得不企图用数学来实现自由。我觉得自己实在是很平庸。

弗冉老太太就在这时候去世了。

自从离开弗冉老太太的家以后，我再也没有见到过弗冉老太太。我之所以需要离开，是因为当时弗冉老太太的一个远房侄女忽然丢了工作，又好像还同时离了婚，十分窘迫，要到弗冉老太太这儿来渡过危机。到那个时候我的英语已经进步不少，比较文学系已经给了我一个每年六千元的助教职位。所以，当弗冉老太太很为难地对我说起侄女的请求时，我立刻就同意搬走。我走了以后，开始还隔一段时间给弗冉老太太打个电话问候一下。后来，由于弗冉老太太从来不给我打电话，我对弗冉老太太怎么看我就拿不定主意了。美国人一般都很客气，并不轻易让你知道他们对你的看法。忙碌加上犹疑，过了一阵，我就不再打电话了。十几年一晃而过。偶尔想起弗冉老太太，我就庆幸跟她没有联系，不然，让她知道我学了半天比较文学，又是本雅明又是克尔凯郭尔，又是后现代又是反讽理论，忙了八九年，不过捞了个图书管理员的半时助手当，大概会挺失望吧。

弗冉老太太显然对能找到我很有信心。她在遗嘱里不仅写下了我从她家搬走以后的电话号码，还写上了我的社会保险号码。由于拿到博士学位以后寻教职的事毫无进展，我一直住在我那间三合一的房间里，电话号码也一直没有变，所以弗冉老太太的遗嘱律师很容易地就找到了我。

对怎样对待弗冉老太太的遗赠，我不是没有很好地想过。我当然先是惊讶，然后很高兴，又自然对这么多年没与弗冉老太太联系感到惭愧。但问题的关键是，我应该不应该接受。我想了两天，第三天打电话告诉律师，我愿意接受弗冉老太太的遗赠。我最后是这么想的，虽然一时不能想明白弗冉老太太为什么要把她的房子留给我，但如果对弗冉老太太有足够尊重的话，就应该相信她有她的道理。

我搬到弗冉山庄的那天不巧下雨，橡树街上一片泥泞。我已经租好了一辆"优厚"公司的搬家用封闭卡车，不好改日子，只好硬着头皮在橡树街的泥泞里慢慢开。我租的是尺寸最小的九英尺卡车，车轱辘小，刚开进去十几米，就开不动了，车轮上的泥太多了。就这样我遇到了我的邻居，查理。我正站在车前一筹莫展，查理坐着朋友的车进来了。知道我就是他的新邻居以后，查理和他的朋友一起帮我把车连推带开地拽进了弗冉山庄。

我以前在弗冉老太太那儿陪住的时候见过查理，我不记得当时是否跟他说过话，我觉得他还记得我。对我怎么会成了他的新邻居，查理一句也没问。现在查理有七十多岁了，还很健壮。查理说话慢吞吞的，面目不很清晰，五官有些圆，让人想起圣诞老人。查理留着一头灰黄的长发，一直垂到腰下，但被藏在圆领衫里头。猛一看，你会以为他把头发梳得整整齐齐，背在脑后。但再一定睛，你会发现从查理背后圆领衫的下缘露出一抹尾巴一样的发尖，那样子简直可怕。查理以前在李镇的镇公所里做什么小工作，现在退休了。查理和我一样，都没有汽车，所以当我在六号公路上等着拦公共汽车的时候，有时候能碰上查理。查理是一个沉默寡言的人，但看见我，总要跟我说几句话。这样我知道了查理曾经在哈佛大学读古代语言博士学位，不知因为什么跟导师闹翻了，闹到连学位都拿不到了，就遁入 M 州西部的偏远小镇，一边做着什么小工作，一边继续钻研各种古代文字，说不出是为了消遣还是为了什么。到现在，查理已经掌握了二十多种古代语言了，只是仍然单身，而且没有汽车。

两天以后，查理介绍我认识了橡树街上的另一位邻居，凯蒂。凯蒂的房子是橡树街的第一家，是橡树街1号，就守在土路边上，很小，几乎像个岗亭。我给弗冉老太太当护工的时候没见过凯蒂，以前住在橡树街1号的是一个很老的老太太，见我经过，就跟我说"Hi"。现在那位老太太不见了，换成了凯蒂。凯蒂是一个有轻微痴呆残疾的六十多岁的胖子，两只圆眼睛分得很远，说话做事总是迟迟疑疑的样子，这一点有些像查理。凯蒂吸烟，对不吸烟的新时尚毫无察觉。凯蒂见到我似乎很高兴，对我是个中国人也不甚留意。凯蒂大概常常坐在临街的窗前张望，因为我在走出橡树街去六号公路散步的时候常常被凯蒂叫住，说上一两句话，再被放走。所以不久我就知道了凯蒂的丈夫已经去世了，有一个儿子，在北卡罗来纳的一个陆军基地当兵。凯蒂在超级市场当清洁工当了一辈子，几年前被车撞了腿，保险公司赔了她一笔钱，她于是就势退休，买了橡树街的这幢小屋，天天守望着杳无人迹的土路。然而，据查理说，凯蒂有时候画画，是个乡土艺术家，很有摩西老奶奶之风。摩西老奶奶七十岁才开始画画，画儿画得五颜六色，比例和透视都不准，但一笔一笔很详尽，像小孩那样画得很天真，但眼光又不同于小孩，画的题材都是美国乡居生活。摩西老奶奶画画的时候正值第一次世界大战结束不久，现代派艺术正进入高潮，在被毕加索大力赞赏的非洲艺术的刺激下，摩西老奶奶的乡土画也被纽约的大画廊看重了，顿时洛阳纸贵，到现在，一尺左右长的小画可以卖到上万元。我还没看过凯蒂画的画。

我这才知道，在新英格兰远离城市的茂密的树林里，潜伏着无数怪异的各路豪杰。我于是更觉得弗冉老太太大有深意，而且真正神秘莫测。

橡树街是我的深水潜艇的潜望镜。我跟查理和凯蒂的来往很少。查理的房子也深深地隐藏在林子里，不同于弗冉山庄的是，在查理的房子和橡树街之间没有修能通车的路，从街上完全看不见房子，只见一条曲曲弯弯的小径没入林子。我经过这条小径的时候，从来没有听见过里边的响动。尽管如此，我觉得在宁静的橡树街上能感到一种深厚的宽慰，就像小时候每次想到家中屋角里坐着年迈的祖母时感到的那种简单和天真的宽慰一样。我们三个人，稍微有些痴呆的前超级市场清洁工兼乡土艺术家，终生学习古代语言的前博士生和镇公所的退休文书，加上我，研究过克尔凯郭尔反讽理论的前图书管理员助手，在坚守各自的潜水艇的同时，好像组成了一支看不见的深海舰队，在新英格兰的广阔林带不动声色地缓缓游弋。我和查理不时地通过橡树街这个潜望镜察看一下四周，这时候，凯蒂就目不转睛地盯着我们，如果我们要浮出水面，凯蒂就设法请我们代买各类杂物。凯蒂因为有一条腿受过重伤，加上胖，所以很不爱走动。

已经是下午的后半截了，我看了看表，快四点半了。天很阴，东面的山坡上铺满了金黄的松针，青草正在枯萎。我又走到卧室的西窗前往外看去，橡树的叶子还绿着，枫树的叶子则已经落了一半。在不时飘落的黄叶中，冷雨开始悄悄地落下。搬进弗冉山庄转眼已经有五个多月了。我去厨房烧了一点儿水，沏了一杯新茶，又回到楼上，在书桌前重新坐下。终于，我觉得可以开始写了。

2

回声：灯灭

　　成了鬼魂以后我才知道，所谓"死"就是被永远封存在自己的意识里。记得以前活着的时候我曾经为死人的去处犯过难，上万年积攒下来的这么多的死人都到哪儿去了呢？就算是上天堂或者下地狱，那也有一天会都挤满了呀。现在明白了，那都是瞎操心。人死了以后的确是变成了鬼魂，只不过，跟活人所猜想的很不一样的是，鬼魂既不上天堂也不下地狱。

　　那鬼魂们都到哪儿去了呢？告诉你吧，鬼魂干脆哪儿也不去。这么说吧，虽然鬼魂哪儿也不去，可谁也找不着鬼魂。为什么呢？因为鬼魂不光是哪儿也不去，鬼魂还哪儿也不在。听起来费解吧？是这样，所谓"在"要有两个条件，一个条件是空间，也就是地方，第二个条件是时间，这时间是什么谁都明白。而鬼魂之所以是鬼魂，恰恰就是因为失去了这两样东西。没有时间和空间，那让鬼魂怎么"在"呀？

　　还不明白？容我换个角度解释。记得中国的一句俗话"人死如灯灭"吧？那意思是不是人死了以后失去精神只余躯体，就像一盏熄灭了的油灯失去光亮只留空灯一样？你反过来想这句话就能明白我的意思了。试想，死亡就像没有灯的灯光，你说死亡的境地奇妙不奇妙？

　　不过，严格地说，说死亡像失去灯的灯光并不准确。不准确的地方就是灯光也需要空间和时间，而鬼魂不幸并没有这两样属性。让人看不见摸不着固然不利于证明鬼魂的存在，然而唯其如此，鬼魂才能做到"永垂不朽"。这听起来绝对像是一个好消息，因为想永垂不朽的人本不必费劲儿当伟人或者烈士，咱们其实人人最终都不得不永垂不朽。我知道，活人中谁也不会相信我的话，要不然怎么会说"阴阳两隔"呢。

可万一呢，万一要是有人有兴趣听听从死亡之地传来的消息，我就愿意再做一点更详细的传达。我这么乐于传达是因为活着的时候最让我着迷的一件事就是猜度死亡。我上穷碧落下黄泉地研究了有二三十年，最后得到的结论是，天外有天，在人所存在的物质世界之外还另有维度，至于是怎样的维度那会儿我就不清楚了。但我坚信存在的方式绝对不止一个。我还坚信此天和彼天之间的通道就是死亡。我对彼天的兴趣实在是太强烈，以至于等不及活满寿数就"上路"了。等纵身跃入通道以后才知道，我以前对"彼天"的理解有很大的误差。以前我还以为"彼天"也有山川河流什么的，只不过维度不同，不能进入而已。殊不知，"彼天"里什么也没有。"彼天"要是有什么维度的话，那就是一个既无限大同时也无限小的"点"。我"现在""在""哪儿"呢？"我"就"在"这个"点"中间。甚至可以说，"我"就是这个"点"。要是我用"吾即宇宙"来一语道破，那是一点也不错的。

听到这儿有人要是觉得有点儿晕头转向的话，我就再换一个方式说。这么说吧，人的躯体一死，意识就永远地脱离了躯体所属的空间和时间，成为"绝对独立"和"永垂不朽"的鬼魂。"绝对独立"的意思是，你的意识就是一切，或者说，一切都只不过是你的意识。你的意识之外别无他物。当然，你依然可以坚信，在你的意识之外有一个（甚至很多）浩瀚世界，里面的芸芸众生或日夜操劳，或尽情享受，或悲哭，或欢笑……但这种坚信充其量是你的意识的一部分，更严格地说，是来自你的记忆。记得一开始的时候我说"一个人的死原来就是被永远封存在自己的意识里"吗？我之所以说"封存"，意思是由于鬼魂没有一个星光灿烂或者繁花似锦的"外界"可以面对（固然，我们也没有眼睛可以睁开，我们的一切只是记忆），所以鬼魂都是无限地向内。我们既不能串门，也不能互相联系。所以不管我多么思念已经成为鬼魂的父母，我却永远见不到他们。这么一想，就得承认，我其实不知道别的鬼魂的情形是否跟我的情形一样，我只是由此及彼地猜想，别的死人也都是像我这样，既无限自由，又哪儿也不能去。由于有了自身的体验，我就知道了，那些关于在深夜的坟地四处游荡的鬼的传说都是活人的误会。

至于说鬼魂的"永垂不朽"，我的意思当然是鬼魂永恒不灭。鬼魂之所以永恒不灭，并不是因为鬼魂特别坚强，而是因为鬼魂不再拥有时间。换句话说，在你成为鬼魂的那一刻，你的时间终止了。从那一刻起，我们鬼魂都处于绝对静止的状态，我们不再有新的经历供意识体验，所有供我们思索的题材都是往事。所以，每一个鬼魂都是不可救药的自恋狂，我们全都心中充满了自己。甚至可以说，我们全都心中不得不充满了过去的自己。可这能怪我们吗？除了无休无止地一遍又一遍地回忆自己的经历，我们还有什么别的事可做吗？

等到终于把鬼魂的这种情形弄清楚了以后，我就很有些后悔了，不该早早地在三十一岁的年纪就因为着迷"彼天"而让自己当上了鬼魂。因为要是活到九十岁再死，供回忆的往事不就多出了两倍了吗？每想到这儿，我就想狠狠地掐自己的大腿，但马上就会想起，我已经没有什么大腿可以掐了。

粗略地说的话，我的生命钟表停摆的那一刻是一九八六年三月九日下午四点多。我跃入死亡通道的方式是割腕。

我对跳楼、投河、上吊、触电、喝敌敌畏、吞一整瓶儿安定等种种能置人于死地的方式都做过认真考虑，最后决定采用割腕的方式。选中割腕的原因是只有割腕可以确保死的尊严。割腕最多脸色惨白，绝不会脑浆四溅，也不会吐出舌头或者被水泡得涨头涨脑活像一个沉重的大口袋。割腕以后不到半个小时我就昏迷了，以后再也没有醒过来，所以我永远不知道到底是四点几分我成为鬼魂的。

所记得的是，我躺在我们那套两居室的客厅里的长沙发上，盖了一床厚棉被，以免血流多了的时候让人看见。当我的作为活人的意识开始若即若离的时候，我还能听见我的丈夫在卧室和人一会儿低声一会儿高声地说话，不时地"哧哧"地笑，让人觉得他既狡猾又胆怯。刚认识他的时候我并没有注意到他笑得这么可恶，是过了好久才注意到的，注意到以后，他每次再这样笑，我就不由自主地火冒三丈。到了后来，不管我的丈夫是不是在"哧哧"地笑，只要见到他我就不由自主地火冒三丈。

"躺"在永恒的死的寂静中，我不由得使劲儿纳闷，怎么开始的时候没有这样的感觉呢？而且，"开始"是什么意思呢？究竟是什么"开始"了？厄运吗？抑或，错误的开始？为什么是错误？怎样才是对的呢？莫非有什么对与错吗？每次回想起阴阳两隔的那一刻，这些问题就都向我涌来。于是，我就开始新的一轮寻思……

我几乎一夜没有睡着。快到凌晨的时候，我做了一个梦。

我又梦见了父母。

在梦里，母亲变得非常瘦小，非常轻，身材简直像一个大娃娃，脸却是大人的，留着直直的短发，和所有当时的女干部一样。母亲几乎不说什么话，只是对我的问话点头或者摇头。不知为什么母亲很衰弱，我帮助母亲移动，我可以轻易地把母亲抱起来或者背在背上。母亲的脸上总有阴影，我始终没有机会看清母亲的脸，不知道母亲脸上的表情是悲伤还是喜悦。父亲则变得非常老，样子很像爷爷，可我一看就知道不是爷爷，而是父亲。已经年迈的父亲在模模糊糊的光线中对我招招手，指指不远的地方，小声说，他要坐着姐姐的自行车去什么地方。我抬头一看，只见姐姐正踩在一辆大28男车的车蹬上费力地蹬过来。跟突然年迈的父亲不同，姐姐变得很幼小，好像一个八九岁的小女孩。看着这一老一小的计划，我不由感到一种深深的无助。我于是焦急地去劝阻，说，这哪行？但是父亲不说话，像以前那样只微微笑着。我忽然很难过。我去告诉母亲，母亲似乎也很焦急，仿佛挣扎着要说什么，但什么也没说出来。我正在想，怎么这么半天还没有听见母亲说话的声音呢？就醒了。

我看看四周，晨光从遮着窗户的蓝色塑料布上透进来，可以看见对面的铺板床空着，靠墙的床头放着叠得整整齐齐的红花面被子。我于是明白刚才是又做了一个梦。今天是星期天，同屋的同事李莲不在，回在昌平县城的父母家去了。我脑子里仍然想着刚才的梦，心里沉甸甸的。父母去世已经十年了，我几乎没有一天不想念他们。我常常梦见父母，梦中的父母千变万化，陌生奇异得让我醒来以后又想哭又想笑，觉得他们还活着，藏在什么地方不出来。每次做完梦我都有好一会儿忘了他们其实已经死了很久了。

我擦掉眼里的泪，想起了什么，翻身起来，向挂在墙上一个钉子上的一个当书包用的草篮走去。在草篮里翻检了一阵以后，我找到了那个小纸条，立刻放了心。看看桌上的闹钟，还不到六点，昨天把闹钟上到了六点半，所以闹钟还没有响。我把闹钟拨了回去，省得一会儿响起来被吓一跳。

跟我熟的人都叫我青蛙。我其实另有大名，我叫庆华。我的母亲是南方人，说话有口音，叫我"庆华"的时候听起来挺像叫我"青蛙"。我要是抗议，母亲就说青蛙有什么不好？青蛙是益虫，吃掉很多很多的蚊子呢。父亲后来就专门叫我"青蛙"。别人也都跟着叫我青蛙了。青蛙就青蛙吧。我其实不在乎。我早就决定对很多事都采取不在乎的态度。我的对人对事都满不在乎的态度曾经让我的事事较真、事事好强的姐姐很不满意。我姐姐觉得我不求上进，将来会没前途，没出息。

我的确不算有"上进"心，是因为我觉得没有上进心也没什么。我牢记着父亲的话，一个人要活好很不容易，活高兴了就是活好了。"上进"是什么意思呢？是不是就是有人夸你？别人要是夸我，我当然不会觉得不痛快，可要做到让人夸就得先知道人们都喜欢什么。那，"上进"不就是讨好人吗？老得讨好人多讨厌呀！要是我得一辈子讨好，我就不觉得我这辈子活好了。所以我听了姐姐的批评就毫不动心。

但是此刻有一件事让我很在乎，那就是我必须找到"他们"。

上个周末，我专程进城去美术馆看了一个奇特的美术展览。然后我就非要找到"他们"不可了。我当时在展厅里转了半天，不知道怎样才能找到"他们"。终于，我想起来，可以去问展览的管理人员。一个在展厅门前一张桌子后坐着的像是管理人员的小伙子居然就给了我一个地址。

我很兴奋，决定这个周末再进城。

我那时在北京城北边的沙河镇学校教图画课和音乐课，和教语文的女同事李莲合住一间小学的空仓房，算是住在学校提供的单身教员宿舍里。从沙河镇乘坐远郊区长途公共汽车进北京城还算方便。虽说我曾经是城里人，那我也不常进城。原因很简单，我在城里已经没有地方落脚。

我家里的人只剩下比我大三岁常批评我不求上进的姐姐。我姐姐倒是挺上进，在山西插了好几年队以后，那时在太原上大学。

我们的父母在十年前的春天的一个早晨一起自杀了。

我在北京城里曾经有一个家，在西城一个有四个房间的小偏院里，每个房间的窗户上都垂着钩花白窗帘。父母活着的时候，都在城外的大学里教书。我十岁的时候，"文革"开始了。

　　"文革"是在我不知不觉中开始的。先是父母神色严峻地听电台播音员激昂地读种种报纸社论，我也跟着认真听，但总是不能听得很明白，所以不算有兴趣。但是看到父母那么注意，我就本能地感到与自己也很有关系，所以也一天到晚心事重重的，虽然并不明白担心的是什么。

　　有一天，姐姐不在家，我一个人正在家里又纳闷又发愁，猜想什么时候父母才能从城外的学校回来。以前，父母去城外学校教课都是当日去，当日归。可这次他们去学校已经两天了，还没有回来，也没有用街道上的传呼公用电话告诉我们他们什么时候回来。中午了，我正觉得饥肠辘辘，忽然一大伙人拥进院子，看见我就说，你这个特务的狗崽子，不要乱说乱动！这伙人先是四处一通乱翻，然后把所有的书都装在麻袋里送到停在街上的卡车上，接着把值钱些的家具、器皿和衣物都拖出来，堆在院子里，跟我说不许动，街道一会儿来人拉走。没几天，两户人家根据派出所的指令搬进了我家的小院，各据一间屋。又过了几个星期，父母被放回来了。我们一家四口住剩下的两间，三家合用厨房和厕所。这种拥挤的生活只过了一年多一点儿，神情总是寂然的父母就离开人世了。还没等我醒过闷儿，就又有一家人搬进了我们的院子，占了父母的那间房。我家最终缩成了一间十二平米左右的小屋。

　　我和姐姐在小屋里一起住了不到一年，姐姐就被分配到山西插队去了。我从此独自在小屋里坚守，眼巴巴地只盼着姐姐回来。但是父母不在了，姐姐当农民挣不到什么钱，怕把父母留下的那一点钱用完，姐姐就再也没有回来过。两年以后，我初中毕业，也被分配去插队。我走了以后，那间小屋就被街道派出所收走了。从此，我和姐姐在北京就彻底地无家可归了。

　　我插队的地方是昌平县的北七家公社东二旗村。在那个小村子插了一年多队以后，村里小学一个老师去生孩子，我被派去当替补。不知为什么那个老师再也没回来，我就一气当了三年的替补。知识青年回城的政策下来以后，我被调到沙河镇学校，算是对我落实了政策。

我把手里的写着地址的纸条又看了一眼，不能相信就要见到那些藏在怪异的木雕和惊世骇俗的画布后面的俊杰。我到门外的自来水龙头那儿接了半脸盆冷水，又进屋来兑了些暖瓶里的热水。李莲是一个厚道勤快的人，临走也没有忘记把暖水瓶灌满。我很快地把脸洗了洗，又对着放在桌子上的小圆镜梳头。想起李莲会把长头发编成辫子然后高高地盘在头顶，我就照着记得的法子也把头发盘了起来，虽然不能像李莲那样盘得那么紧，但好像一时也掉不下来。我最后看了看镜子，觉得自己相貌平凡，很有些气馁。我从来对自己长相不怎么介意，但这时候忽然颇希望自己美丽。真是鬼使神差，那天我对怎么打扮自己着实费了点儿心思。对穿那条浅绿格的裙子还是穿蓝长裤，我想了一小会儿，望了望窗外有些朦胧的初秋的空气，然后决定穿长裤。为了配蓝裤子，我穿了一件灰蓝相间的小格子的的确良短袖衫，又换上灰色的半高跟塑料凉鞋。最后打量了自己一下以后，看看手表，七点半了，八点有一班车去北京城里，我把当书包用的草篮挎在肩上出门了。

沙河镇学校是一个连着初中的小学，主体是三排坐北朝南的灰砖平房，每排两座房子，每座房子有两个教室，其中一间教室做了十个老师的办公室，还有一间教室做校长和会计的办公室。在北面最后一排的两座房子之间，利用两边的山墙加盖了两间低矮的小房做仓库，我和李莲就住在其中靠东的那间里。门前不远就是自来水龙头，供学生课间用。下课的时候，我和李莲的宿舍门前很忙乱，但是此刻却很安静。

我穿过教室区西边的小操场，学校的大门在小操场的西边。离大门不远靠北墙的地方又有一溜小平房，一共有三间房，校长一家住在其中的两间里，看门并打扫教室的孔大爷住在把门的第一间里。我经过的时候，听见平房里有人说话，好像是校长。校长是一个精瘦的衣着朴素的女人，四十多岁，留着齐耳短发，眼睛细长，脸上没肉，薄薄的嘴唇包着一嘴大牙，一看就知道是满族人的后裔。北京北边的地名净是什么"旗"什么"营"的，当年守北京城的清兵都部署在这一带，年深日久就成了当地居民。但是校长完全不提清兵和满人。校长像是一个训练有素的女官员，脸上永远堆着闪亮的笑容，说话虽然显得伶牙俐齿，但是声音圆润，口气柔和。校长对我很客气，从来不挑毛病，至今也还没有问起我入团入党的问题。我觉得政治环境很有些宽松，就很喜欢这位校长。我虽然喜欢校长，但每次与校长相遇，我心里总有一种莫名其妙的隐隐约约的忧伤，有一点儿像每次梦见父母以后所感到的远不可及，但又不尽一样。想起父母，我心里有一种沉入深渊般的不安；校长则让我感到清冷，感到四周空旷，感到孤零零的静寂，感到笑容和阳光的徒劳。这确实非常奇怪，因为校长明明笑眯眯的，热热闹闹地说着，四处张罗和忙碌，仿佛她在哪儿出现，哪儿就有了阳光一样。也许是，校长自身那种认真然而简单的存在暗示着什么，暗示着一个模糊的、黯淡的、马马虎虎的未来，暗示着一个角落里的冷清世界的边缘。不如说，父母是我心底深渊里的梦境，是黑暗中遥远、神秘、若有若无的召唤和依托，而校长则是现实的提示者，是我的梦境的对应，是对所有神秘的否定，是我无边无际的沮丧的注脚。

我看了看校长家的窗户，都还遮着当窗帘用的绿塑料布，就加快脚步走了过去。孔大爷已经起来了，正驼着背蹲在砖地上对着洗脸盆洗脸，房门开着。大概是听见了我的脚步声，孔大爷从放在地上的洗脸盆上抬起苍老的脸，探寻似的看着我。我就朝孔大爷笑笑，又挥了挥手，表示是出门。孔大爷点点头。和气、驯良的孔大爷也让我隐隐地有些忧伤。孔大爷是个没家的老单身汉，已经满头白发，一脸皱纹，说话声音沙哑，我觉得能听见岁月在孔大爷的骨缝里穿来穿去的声音。也许，孔大爷让我觉得寂寞，那种"零落成泥碾作尘"的寂寞。

学校大门外就是通北京城的京张公路，进城方向的长途汽车站就在马路对面。已经稀稀拉拉的有几个人在那儿等车了。我赶紧加入进去。这个车站对于沙河学校很重要，六个女老师里有四个住在城里，她们每天的一件大事就是不能误了下午五点进城的那班车。下班的时间一到，就见那几位老师互相招呼着奔向车站，一脸的郑重和紧迫。我明白，那郑重和紧迫与她们的人往高处走的雄心有关。沙河虽然就在北京城边上，但四周被农村包围着，住在沙河就让人觉得还是农村人，天天进城则明确表明与乡村的疏离和无关。在现代中国，当个农村人是一个切切实实的灾难，这一点，我一插队就明白了。所以，机灵一点儿又有办法的人全都努力避开乡村，而且越远越好。其实，那四个每天在沙河镇和北京城之间奔忙的老师里有三个原本生长在当地农村，都是到昌平县里读了几年初级师范，分配到沙河学校当老师以后就有了城镇户口，再进一步和城里的什么人结了婚，就等于一只脚进了北京城了。这几个女老师的人生一大搏的最后一战是要调进北京城里的某个学校，彻底进北京。据说很难做到，一个原因就是北京城里早已经人满为患。

我站在一个带着一个小女孩儿的中年女人的旁边，对面的学校静悄悄的，大门紧闭，左边墙角有一小股白烟慢慢地旋转着升上天空。大概是孔大爷在生炉子烧开水。沙河镇学校实在是一个寂寞的地方，但我有些喜爱这个寂寞的学校。这儿的人多半静静地守着自己的一份寒素的日子过。最重要的是，在这个不起眼的学校里，有一张办公桌是让我用的。然而，奇怪的是，夜深人静的时候坐在旧仓房改的宿舍里的三屉桌前，被昏暗的灯照着，我又觉得好像是在天涯海角，不知家在何处。

我又想起了早晨的梦。

父母在弃世的前一天晚上镇静如常。

那天晚上，父母没有像往常那样收听电台七点钟的中央新闻联播。父亲坐在已经收拾干净了的饭桌前出了一会儿神，没有动桌上的报纸，就进他们的房间跟里面的母亲说什么去了。我留在饭桌那儿写日记。我刚看完《牛虻》，是跟朋友借的（后来我才知道，凡是自恃有些才情的跟我年纪差不多的人那时都看过这本书，可见我也逃不过一代风气）。姐姐不知为什么不在家。快九点的时候，母亲出来说，该睡觉了。我说，还早，姐姐还没回来呢。母亲说，那也睡觉吧。我就睡下了，而且很快就睡着了。半夜，也许还不到半夜，我听见姐姐回来了，又听见姐姐悄悄躺下了。不知道姐姐这两天在忙什么，常常很晚才回家。母亲也不怎么问。一抹月光斜照在西墙上，墙上的树影一动也不动。我缩在薄被里，听得见自己的呼吸声。父母的房间里一点声响也没有。邻居家也静悄悄的，整座小院里鸦雀无声。偶尔，深秋的风卷着几片枯叶扫过院子，发出轻微的"泠泠"的声音。我想了一会儿《牛虻》，很为其中的浪漫气息吸引。我很有些羡慕琼玛，因为琼玛既是革命志士又是牛虻的爱人；但又替琼玛抱憾，觉得牛虻爱蒙泰尼里爱得有些古怪和复杂。又回想了几遍牛虻的诗句"不论我活着，还是我死掉，我都是一只快乐的大苍蝇"，在黑暗里感受了一阵说不明白的沉痛。然后，在对牛虻式的浪漫的"革命"生涯的向往中，我睡着了。

早晨，我在一种怪异的安静中醒来。姐姐还没醒。通常，我总是被母亲去公用厨房做早饭的声音吵醒，但今天母亲好像还没有起床。我知道父亲和母亲这会儿应该都在家，因为要是他们去学校，走以前一定会告诉我的。所有的学校都停课了，但有资格参加"文革"的人都忙着什么。父母亲自从被定成特务分子以后，虽然失去了参加"文革"的资格，但也仍然时不时地被叫到学校，那意思是他们并不能因为做了特务分子以后倒舒服地放起长假来。我不知道他们在学校做什么，也不敢问。不必去学校的时候，父母亲就在他们的房间里，常常是静静地坐着。从抄家的那天起，我就什么都不敢问父母了。我很想跟他们说话，但是他们好像不怎么愿意我去打搅他们。我注意到，最近父亲的神情变了。前一阵，父亲的脸色总是很阴沉，最近一个多星期，父亲的脸色明显地不怎么阴沉了。父亲的样子很像是把什么事都想好了，于是镇定自若，只是偶尔仿佛若有所思。母亲也有些变化。母亲原来常常兴致很高，喜欢说话，喜欢操持家务，也喜欢为各种小事情责备我和姐姐。以前，母亲一回家，家里就充满了母亲的声音，又热闹又让我觉得坐立不安，唯恐让母亲抓住什么而受她的责备。出了事以后，母亲变得很沉默，常常一天也不说一句话。没有什么比母亲的沉默更让我清楚地感到天塌下来了。然而最近，母亲开始说话了，但不多，也不再责备我和姐姐，只是问问我在做什么，甚至还问我想不想学一点英文。母亲说，如果我想学，家里剩的书里还有几本学英文的课本，放在他们房间里了。父母亲的这种变化让我觉得轻松了一些，甚至模模糊糊地觉得有了某种说不出内容的希望。但母亲的神情中有一种恍惚，看我的时候，眼光好像透过了我，让我禁不住要回头，看看身后有什么。

我哭了。摇醒了姐姐。

母亲吊死在衣柜里，父亲借助木床床头的栏杆用绳子勒死了自己。

破旧的红黄两色的公共汽车摇摇晃晃地驶进了车站，虽然等车的人比平常少了许多，大家还是习惯性地一窝蜂拥向车门，然后一齐用力往车门里挤，大家死死挤成一团，足有十秒钟谁也上不去。我自从下乡以后，已经有好几年不常乘公共汽车了，挤车的技术居然很有些生疏，虽然也努力挤了一通，还是最后一个上的车。车上其实很空，竟还有几个座位没人坐，我赶紧坐到一个靠窗的单人座上。天气很好，我能感觉到阳光随着车的颠簸在我的左肩上轻轻地跳跃。车窗外面，一片又一片已经收获过的田野里空空荡荡，只有秋天的空气在飘浮。

忘了是什么时候，我做了这个梦：不知怎么回事，我发现自己匍匐在黑暗的田野里静悄悄地费力爬行，四周还有一些人，也都匍匐着向什么地方艰难地爬行。我觉得父亲好像在这些人中，接着又看见了母亲。我觉得他们也看见了我，像是认出了我，又好像没有。我激动地想大叫，招呼他们，却发不出声音。正在这时，一群巨大的黑色的鸟像轰炸机机群一样向我们低低地飞来。当黑鸟带着难忍的腥膻从我们头上掠过的时候，我觉得它们的肚皮都擦着了我的头顶。接着，我发现地上布满了沥青般漆黑和黏稠的鸟粪，而且好像越来越厚。我想躲开这些鸟粪，但是感到难以忍受的无力和笨拙。我先是发觉自己的手插在鸟粪里，接着厌恶地发觉自己已经全身都泡在腥臭黏稠的鸟粪里面了，就好像掉进了沼泽，举手抬足都十分费力，呼吸也困难起来了。我抬头看四周，觉得好像看见父亲也在若隐若现地挣扎。我又找母亲，却怎么也找不着。我正着急得要命，母亲忽然出现在眼前。母亲满脸都是漆黑的鸟粪，眼睛闭着，脖子上有一道青紫的勒痕。我大哭起来，哭得心都累了，却没有眼泪，也没有声音。母亲忽然睁开眼睛，对我宽阔和灿烂地一笑。不知为什么，母亲的笑容是白色的，白得耀眼，突然展开，好像无声的闪电一样锋利。我醒了，眼前一片漆黑，分不清东南西北，四周一片寂静，稍等一会儿，就能听见李莲在极轻微地打鼾。我定定地看着眼前深厚的黑暗……

青蛙你是个做梦家，李莲说。李莲自己几乎不做什么梦，就是做了梦也是一醒就忘了。总之，李莲的世界很轻快，里面没有什么梦，不像我，身后有一串又一串的无穷无尽的沉重的梦，好像拖了一条硕大无朋的尾巴。我因此有时候颇有些羡慕李莲。李莲比我小三岁，从昌平县初级师范毕业不久，这一年二十岁。比起我来，李莲显得兴高采烈多了。李莲的父母都在离沙河不太远的昌平县城里的县政府工作，在这一带很吃得开。李莲是个朴实本分的女孩子，顺顺当当地读完师范，又在沙河镇有了对昌平县城人来说地点不算差的工作，好像没有什么理由不痛快。所以李莲整天高高兴兴，在宿舍里不时地就要唱一阵歌，有时大声，有时小声，要看我的鼓励程度有多大。昌平人李莲对我这个北京人很尊敬，不论我说什么，李莲都眯着一双小眼睛认真谛听，然后信服地使劲点头。李莲觉得我什么都懂，很听我的，这让我又感激又有些担心，怕辜负了李莲的信任。李莲对我的奇奇怪怪的梦虽说不出什么高见来，但听我描述的时候总是一脸同情，多少能让我感到一点支持。所以，当我有兴致的时候，就从梦的储蓄里找出一个来当故事讲给李莲听。给李莲讲泡在鸟粪里的梦的时候，李莲皱起鼻子，一个劲儿地甩手，好像她手上也沾上了腥膻黏稠的鸟粪。我没有提在梦里看见了父母。

我不跟任何人谈自己的父母。有一次，李莲好意问我的父母在哪儿工作，我淡淡地说，他们都去世了。看到李莲的眼圈红了，我有些被激怒，就瞪了她一眼。我觉得，李莲的怜悯太浅薄。我不许别人怜悯父母。事后，想起李莲的无辜，我又有点儿后悔。我之所以对沙河镇上的这个小学校很有些好感，一个最重要的原因就是这里没有人跟我提我的父母。当然我一到这个学校就明白，每一道投在我脸上的目光都在默默地读着我脑门上那个看不见的标签：可教育好子女。那个标签是我死去的父母留给我的礼物。那会儿，凡是有政治问题的人的子女都被称为"可教育好子女"。"可教育好"的意思当然是还没有教育好，所以我在政治上尚属异类。虽然我到沙河镇学校不久"文革"就结束了，我的父母也已经被非正式地平了反，但我觉得自己好像依旧是另类。我的一个根据是，除了李莲，别的老师待我都还像以前一样，既客气又疏远。

我对当"可教育好子女"不怎么太在意，甚至，在心底，我对自己被别人看成另类还觉得有点儿合心意；如果不是这样，也许我反而会对自己更不满意。我表面上沉默寡言，内心却颇有一些对自己的期待。在我不多的个人财产里，最受重视的是几个大大小小不同封皮的笔记本。在那些笔记本里，我密密麻麻地抄录了不少合我心意的警句，比如"天将降大任于斯人也，必先苦其心志"之类。你看，我姐姐批评我不求上进对吗？我觉得自己还是挺求上进的，只不过我不求靠拢领导努力争取入团入党受上级赏识然后被提拔升官那样的上进罢了。某种骄傲阻止我笑嘻嘻地去问团支书或者党支书对我有什么希望和要求。上中学的时候班上的团支书，一个面容异常严峻的尖下巴秤砣身躯的矮个儿女生，找我做了一场冷冰冰的谈话。团支书告诉我"可教育好子女"不应该自暴自弃，不管是谁，只要要求进步都是大有希望的。团支书认为我的缺点是自由散漫，不愿意暴露活思想，"斗私批修"不狠不深，不主动靠拢老师和班干部，甘愿游离在组织之外……我知道当团支书长篇大论地说完以后我应该微笑着向团支书表示感谢，但是我只做到咧了咧嘴，然后就讪讪地告辞了。再没有人比那位团支书更让我觉得不能忍受了，我觉得实在无法做到去"靠拢"她。我自信在"靠拢"和"表现"之外我另有"大任"。

　　但困扰我的是，这"大任"是什么呢？如果我此生的"大任"就是每天伴着五六十个孩子扯着嗓子喊（要是那也算唱歌的话），那我就觉得不怎么对头。因为我是个"左嗓子"，根本唱不好歌，让我教音乐课纯粹是误人子弟。我跟校长说了，可是因为没人愿意教音乐课，校长就非让我教不可，说左嗓子没关系，多练习练习就能改。为了减少孩子们的损失，我设法让孩子们从一上课就开始唱，一直唱到下课。孩子们对此倒也没什么意见，校长和别的老师只要听见歌声不断，就也很满意。但这毕竟很有些荒谬。退一步，就算我极富音乐才能，指挥着一群孩子音调准确地吼几声"东方红，太阳升"，也好像算不了什么"大任"，不过是个差事，让谁做谁都能做。非要把随波逐流得来的吃饭的差事说成是体现人生深度的崇高使命，我觉得是自欺欺人。刚看完《牛虻》的时候，我觉得应该选择当职业革命家这样的大任。但做了好几个像亚瑟那样被敌人枪毙的梦以后，我不由暗中希望自己能逃开那种糟糕的命运。这么想的同时，我又很有些惭愧，怎么能既要当牛虻式的革命者，又不能做出牺牲呢？我于是对自己很不满意，觉得自己虚伪。后来成了个"可教育好子女"，我固然觉得压抑，不服气，但在心底又好像松了口气，这下就不必为害怕被枪毙是不是虚伪而苦恼了，因为即使想做革命志士也已经没有资格了。随着时间的推移，不过几年，革命志士的问题自己就烟消云散了。很简单，没有革命，哪里来的革命者呢？革命已经被各种"工作"所代替，只要工作，就是参加了革命。淘大粪是革命工作，威风凛凛当官也是革命工作，而且是更重要的革命工作。既然都是革命工作，为什么不挑那最重要的来做呢？所以，全体中国人民都在争做最重要的革命工作，让我觉得七十年代仰慕权势的中国革命者实在很有些虚伪。

　　于是有意无意间，不管在哪儿，我的位置总是在边儿上，好事儿一概轮不到我头上。好在我也不热衷于捞好事儿，倒不是我有心把好事儿都让给别人，而是我就是不觉得那些好事儿有什么好。算是自我安慰吧，我给自己的定位是，"那人却在，灯火阑珊处"。看出我的问题来了吧？我自觉此生尚有"大任"，却老是待在"灯火阑珊处"。

很早我就觉得此生此世要去一个不知在哪儿的地方。我的梦，我心底的忧伤，都明确地暗示，我属于一个不在眼前的国度。我的大任大概就是找到那个地方，到那儿去，只有那儿才是我安身立命的地方。就是这个信念让我一任别人折腾回城，折腾考大学，折腾好工作，自己则在东二旗村，在沙河学校蹉跎了整整八年。然而，矛盾的是，我每天既安之若素，又惶惶不安，好像每天都在为上路作准备，起程的日子一天一天逼近，却还不知道去哪儿。

过了清河以后，车上的人开始多起来。我身边密密实实地站了好几个人，让我觉出拥挤来了。当明确地感到一个人的下腹部正紧贴着我的头时，我不客气地撑起胳膊肘，使劲顶着那人的腿，那人的下腹部只好不贴得那么紧了。趁车晃动厉害的时候我梗起脖子侧过头来看了一眼，果然，努力要贴着我的是一个男人，一个说不出是什么年纪的瘦瘦的男人，也说不出是昌平的工人还是乡下人。那个男人扬着下巴看着窗外，似乎他的紧贴完全是无意的，只是拥挤所致。我只好继续使劲儿撑着胳膊肘，不让那个男人贴得太紧。

七岁还是八岁的时候，差不多有一两个星期的时间，我天天思索死亡的问题。我觉得死不仅难以想象，不可思议，而且不可接受。这个世界怎么可以没有我？我不再存在的世界是什么样子？永远与世界分别不是太糟糕了吗？那我在哪儿？躺在土里吗？还是更糟，连土里也躺不成，变成烟，变成土末？我那几天茶饭无心，每分每秒都痛苦万分。终于，我决定去问父亲。本以为父亲会笑我，这么小的人为什么要这么怕死？但是父亲没有。父亲很耐心地说，青蛙，死和生一样，是自然的一部分。对于自然的东西，人的愿望和意志没有什么效用。比方说，你想让一块石头变成蛋糕就怎么也做不到。一定要发生的事，害怕还是不害怕，结果都是一样的，那又何必要害怕呢？对一件事，要是你没有选择，你就不必多费心思，顺其自然好了。就好像既然你不能让一块石头变成蛋糕，那你就别生气，让那块石头当石头好了。当然，你也可以选择生气，没人能拦着不让你生气。可是，你想想，一个人，因为不能让石头变成蛋糕而大生其气，那他不是很笨吗？所以，到了该死的时候，如果没有别的办法，那就什么也不再想，死好了；否则，不就像那个为石头不能变蛋糕而生气的人一样了吗？你要是这么想，死就不怎么可怕了。是不是？青蛙，要是让我说，生比死难。那为什么？我不懂。父亲说，因为你必须选择怎么活着。难就难在选择上。我很困惑，选择什么呢？父亲说，选择活得好啊。谁都愿意活得好，可是并不是谁都能活得好。我说，那我活得好吗？父亲说，青蛙你高兴不高兴？我想了想，说，有时候高兴，有时候不高兴。父亲说，那你就是有时候活得好，有时候活得不好。我又问，高兴就是活得好吗？父亲说，对了。我说，那我就老是高高兴兴的。父亲说，那你就老是活得很好。

　　越是离城里近，每站上车的人就越多。等到还有一两站就要到德胜门终点站的时候，车上已经十分拥挤了。那个紧贴着我的男人奋力抵御着前后左右的压力，坚持把下腹部压在我的头和肩膀上。我也不示弱，始终用右胳膊肘顶着那个男人的大腿；但是车上的人太多，我的力量相比之下太小了，结果大多数时候那个男人的热乎乎的下腹都能紧贴在我头上。我心里气愤得不得了，忍了半天才没叫出来。正在想办法，车慢了下来，快进站了。这是到德胜门的前一站。要下车的人都猛力往门口挤过去。突然，就在车要停下，由于惯力而猛地向前倾的一霎间，说时迟，那时快，一只黏糊糊的手在我头顶的右侧和脸上抹了一把。我甚至觉出抹在脸上的鼻涕一样的黏东西还有一点温热，接着闻到一股说不上是什么的难闻的味道，有点像是鸡屎味，又好像不是。正在惊疑，就听见后边有个女人厉声叫起来："流氓！抓流氓啊！那个人把他的脏东西抹在人家姑娘脸上了！"话音还没落，我身边的人都已经一窝蜂般地挤下车去了，那个男人也早已不知去向。车上还剩不少人，但都尽量离我远点，省得惹麻烦。我回头看看，刚才叫喊的那个中年女人在气鼓鼓地跟旁边的人说着什么，听的人不时朝我投去一两眼。其余的人都默不作声，有的看窗外，有的表情木然，大概在想心事。我虽然又气又急又有些糊涂，但也明白没人能帮我，就从草篮里找出备用的卫生纸和手绢，使劲儿擦右侧的头发和脸颊。纸不多，我小心地叠着用。捏着那一团潮乎乎的东西，我心里真是腻味透了。这时那个女人挤了过来，递给我一团纸。我很感激，趁机问她，那人把什么脏东西抹在我头上了。"精液呀！那个混蛋男人的精液啊！纯粹是个大流氓！哪个村儿的混账光棍儿、下流种子，八百辈子娶不上媳妇儿，到公共汽车上犯阴撒野来了！还专找人家城里姑娘，真叫恶心！"女人很气愤。

我顶着一头鸡屎味呆呆地站在德胜门外西侧肮脏的街上，心里满满的，与其说是懊恼、委屈、愤怒，还不如说是失望和沮丧。街上各种小铺子和住家混在一起，一个紧挨着一个，充斥着在秋天的太阳下变得亮闪闪的星期天照例地忙碌。一周里只有这一天有点空儿，大一点儿的孩子都被家里人打发到街上来，不是去窄小拥挤的菜店排队买菜，就是干别的什么杂事儿。也有不少中年人带着小孩子忙着赶路。街上吵吵闹闹，满地脏水和垃圾，自行车铃声响成一片。我好不容易回过神来，开始琢磨是回沙河还是继续执行原定计划。盘在头顶的辫子好像还没有掉下来，可我现在碰都不愿碰一下自己的头发，就好像头发上沾满了屎。我希望现在自己是个秃子。怎么办？这个样子还去吗？我又捏了捏衣兜里那张写着地址的纸条。

我那时完全不知道"他们"是些什么人。但说不出是为什么，我本能地觉得"他们"跟我有关系。我觉得跟我一直在寻找的"路"有关系。按说也有点儿奇怪，我一向"不求上进"，不"靠拢"任何人，但当时我却跟得了失心疯似的跟磁铁旁边的铁屑似的不顾一切地要"靠拢""他们"。我并不是一个有艺术禀赋的人，完全没有觉得自己是个潜在的艺术家，可却从心底觉得我的"路"在他们之间。

在一户临街的住家那儿，我要了一点凉水，把手绢浸湿，把右侧的头发和脸又好好擦了一通，然后找了个角落把手绢扔了。定定神，我把草篮又挎在右肩上，好像什么事也没发生似的朝德胜门下27路汽车总站走去。

一点不错，那就是所谓"开始"时的我，已经二十四岁，却还像十五岁一样满心迷茫，外表尽管意气风发，可是内心已经塞满了噩梦。那天我顶着精心盘起的发辫，右边额上的头发散发着鸡屎味儿，手里使劲儿捏着一张小纸条，脚步轻盈地走在痰迹遍布的德胜门外大街上，心中既有豪情也有沮丧。一般来说，我不是一个善于行动的人，但是从那一天起，我算是毅然上路了。一路上有很多人看我，害得我直担心，是不是他们闻到了我头上的鸡屎味儿？我现在想，莫非，那天的担心竟是我一生的隐喻，我的生命之旅不幸只是一个对心仪形而上的嘲讽？

那天发生的一切，实在是非常地乱糟糟。但想来大概其实很说明问题。说明什么问题呢？想来想去，我觉得说明我这个人的"要素"。什么要素呢？比方说，我坚信父亲所说的道理，人要活得高兴，然而我却在心底深埋忧伤；我自己具有一种非道德的倾向，但却极度惧怕品格上的污垢；我几乎无所求，却时时刻刻感到无助；我似乎与世无争，却处处与世界格格不入，走到哪儿都觉得尴尬；我分明是一个走向内心深渊的急切的赶路人，却无时不痛感失路的迷茫……诸如此类吧，要说下去，似乎还很多。总之，现在反省，我实在是一个不可救药自取灭亡的自相矛盾者。

接下去，我就要第一千八百遍回忆我一生中最后六七年的生活了。这段生活，我至今不知应该怎样评价，想都想累了。每当想累了，我就稍微地觉得有一点儿腻味。所以我现在要闭上我的想象中的眼睛，定定神儿再说。

3

深林：邂逅

　　一连几天大风大雨，储柴小屋的门关不上了。我一看，不仅小屋的门朽得厉害，连门框也已经糟得几乎散了架，快要挂不住门了。我的财政安排是，存款只能用来交房地产税和吃饭取暖，任何其他花销都需要另外挣来。盘算了一下，结论是储柴小屋的门必须修，否则里面冬天取暖要用的木柴会被打湿，其他物品也会受潮。雇人修肯定很贵，我必须自己学着修。第一步是找到一个电锯。查了查，弗冉老太太的遗产里没有电锯，只有一把已经锈得快要认不出是什么东西的小手锯。想必以前弗冉老太太都是请木匠来做这类活儿的。我去商店里看了看，好一些的电锯要差不多一百块钱，我于是决定去超级市场当一个月左右的半时"装袋员"。"装袋员"是我对英文bagger的汉译，就是站在收银员对面帮助把已经清账的货物装进纸袋或塑料袋的人。选这么个工作的原因是，几乎没人认为这是稳妥的终身职业，所以干一阵就走是常事，不会受到雇方的责怪。"装袋员"当然只能挣最低工资，一个小时五块钱左右。我一天干四个小时，能挣上二十多块钱。这样，工作一个星期就能买一个电锯了，计划干一个月的理由是觉得应该对超级市场表示一定的尊敬。此外，除了买电锯，我还需要买几样别的工具和材料，比如水平仪、木料、木胶、钉子什么的。

　　怎么那么巧，到超级市场上任的第一天我就遇上了一位老熟人。当时我已经连续给十多位顾客装了袋，正想喘喘气，就听见有人用中文叫我的名字。我四顾一周，发现老熟人站在超级市场的出口，手里提着一个装满东西的塑料袋，像是正要出去，却不知怎么看见了穿着工作人员鲜红的大背心的我在喘气和擦汗。老熟人站在原地不动，像是在等我走过去。像很久以前那样，老熟人微仰起脸，从两只眼睛的右下角看我，薄瘦的脸上似笑非笑，好像痴憨，好像调皮，好像厚爱，又好像矜持。我让自己的愚笨的心眼努力转了几圈，想着对策。想到我们之间已经多年的冷淡和疏阔，我觉得可能应该低下头，做视而不见。然而，我却沉着地缓缓地走向他了。

老熟人姓韩名烨，既是我的本科大学同学，也是我在 M 州大学读比较文学博士的同学。算起来，我们相识已经快三十年了，应该说实在是很熟络了。当年读本科的时候，韩烨在不少人眼中，特别是在一些女生眼中，或者，至少在他自己的眼中，是我们系的王子。当然，要是，也是一个老王子，因为韩烨在我们那一届最年长。要是我们有机会比较民主地讨论，我们也许应该封他当我们的公爵，既符合他的神气十足，又给他一种老到，也许能免去他以老王子自居时难免给人的那种飞扬浮躁、自恋和有些油滑的感觉。大学一年级的时候，我十八岁，韩烨已经二十五岁了。也许因为这一点吧，我惯于接受韩烨的教导。当然，并不是仅因为这一点。坐公共汽车的时候，韩烨会环顾满车若有所思的人，苍凉地说，每一个人都有一个深邃的秘密，都是一个动人的故事。我们一起给系墙报画报头的时候，韩烨会停下正在画的什么人的手，满脸深思地告诉我，细节的真实是艺术的生命。比方说，话剧里老工人的手紧握书的时候应该是这样，有力，然而颤抖，显示出他的尊重和恐慌，因为书对于他来说，是一个既高贵又陌生的东西。韩烨还曾经对我振聋发聩地说，康德说崇高与美是对立的，凡是美的都不可能崇高，而崇高的，就不美。我那时没读几本书，对康德尚一无所知，因此不能评判韩烨是不是歪曲了人家康德。然而我自觉崇尚艺术，因此一听"美"与"崇高"的字眼就服气得很，遑论这两个了不得的词还要对立，就对韩烨的危言和阔论印象深刻。我觉得韩烨不仅满身诗情画意，而且学识也渊博极了。我现在想，当时我之所以常常独享被韩烨教导的殊荣，大概就是因为我的这种近于愚蠢的态度。别的男生对我翻白眼，我还不明白为什么。

有将近三年的时间，系里指派一位女老师、韩烨，还有我，组成一个美工小组，在下午不上课的时候画宣传画。那时学生食堂的大门前和各教学楼的门口总是摆着若干画着鲜艳报头的板报。

韩烨上中学的时候曾经在少年宫学过画，这可不是人人都能有的训练，所以他的画名自然就像纸里包不住火一样。我小时候也喜欢画画，但止于小孩子的乱画，从来没有跟别人提过，莫非无所不调查的系领导连这都打听到了？总之，奇妙归奇妙，我居然就像被乱点了鸳鸯谱一般莫名其妙地混了那个在人眼里很文艺的美工小组里了。说是"混"，那是名副其实，我的任务经常是给韩烨的画稿上色。在我埋头上色的时候，一身轻松的韩烨就与那位性情活泼的女老师热烈说笑。女老师比我要大上去快二十岁，说话的声调和口气却都像小鸟依人的小女孩。相形之下，我着实觉得自己粗鲁不文。在女老师一个接一个天真的和惊奇的赞叹中，韩烨才情焕发，诙谐调皮，满脸的深思烟消云散。韩烨曾经神色诡异地向我透露，那位女老师是一位智识界大名流的女儿。但我孤陋寡闻，很久都不知道那位智识名流究竟是谁。女老师叫侯仿。侯老师显然觉得只有韩烨的笑话和议论令其愉悦，所以只跟韩烨谈笑，跟我却差不多不说什么话。我就以为是因为我不如韩烨聪明和有趣。对此我并不在意。

如果不上课，也不画漫画，我就躲在什么地方看系里俄文阅览室藏的翻译小说。因为如痴如狂地看俄国十九世纪小说，我被班里的几个农村来的女同学不无恶意地称为"西方小说家"。我也不在意。

不管从哪方面看，我的大学生涯都给人一种可笑的空幻感。对那种感觉，我很久找不出一个形容的办法。终于有一天，我发现一段对美国新绘画派画家大卫·沙里（David Salle）的评论很有帮助。那位评论者说，深受普普派影响的沙里用业余手法马虎潦草地临摹巴洛克古画，其效果正如一切印刷品的图像性格：平面，间接，艳丽，和空幻。用这段话来形容我们那时的心智形态，真是恰如其分。毋宁说，与我们的心智形态相像的只是印刷品的图像性格，而并非沙里。沙里可比我们幽默多了。沙里虽然跟我们年纪相仿，却与我们分属两个世纪。沙里在二十世纪，嘲讽自由的庸俗；我们则在十九世纪，向往自由的崇高。被沙里讥讽的美国"婴儿潮"一代所热衷的中产阶级流行文化，很可能正是我们那时紧裹在旧蓝布衣里的下意识的梦境——现代家具面对着大落地窗，印第安花纹的新地毯对应着石砌的大壁炉，音乐像透明的巨大吉他在空中飘浮，象征六十年代西方年轻人的良心和理想的红色五角星高高悬挂，被雨淋湿了似的沾满了怀旧的泪水，早已经可望而不可即。只不过，沙里罗列的西方文化符号，除了红色五角星，其他我们一样也还没有见过实物。的的确确，西方新潮音乐离我们如此遥远，我们连一把真正的吉他都还没有摸过。此外，沙里的画五彩缤纷，而我们描绘自己的色彩只有两种，黑与白，有照片为证。然而，虽然我们的盛宴是馒头加白菜炖红烧猪肉丸子，我们的华屋是六人共享的学生宿舍，我们的风中骏骑是破旧的永久牌自行车，集结我们的红色大旗上印着镰刀斧头，陶冶我们的艺术是红旗下昂首挺胸的工农兵宣传画，我们的心智却空幻又空幻。

那时候，我的头脑和身体分别属于两个世界。我的身体在二十世纪七十年代的北京，经常坐在学生食堂的水泥地上，出席工宣队召开的全校师生的各种大会，不是听报告就是听传达，深以腰酸腿痛为苦；而头脑和与之相关的情感则附着在我偶然抓住的几枚欧洲十九世纪的艺术和文学的碎片所构成的象征主义上。我猜想，我们这一代，凡是看过几本翻译小说的人可能都这样。比如，我们要是情场失意，想到的是惨遭叶甫盖尼拒绝的达吉亚娜；夸奖某人厚道善良，就说他是《战争与和平》里的彼埃尔；要是有人野心勃勃，那就成了《红与黑》中的于连；如果朴素含蓄然而其实雄心不减，就被比为简·爱。这些形形色色的十九世纪欧洲小说人物，经过我们的在意识形态牢笼中铸造的压面机般的想象以后，都被狭窄和变形的感伤主义与英雄主义挤压得扁平，正如原版艺术变成劣等印刷品以后，平板、简陋和不得要领。好在那时还闭关锁国，既无从知道外边世界的庐山真面目，又不闻"东方主义"的奥妙，我们不妨尽情乱用洋人发明的符号，倒也划出另一个境界，然后在里面自以为是地感受七十年代的缥缈空泛且又狭窄贫乏的中国诗意。

韩烨，一脸嘲讽，两手油彩，满嘴"长歌可以当泣"，站在那个七十年代中国大学生的空幻梦境里，既像是一个追求诗意的符号，也像是一个诗意本身的证明。

我们大学毕业的时候，绝大多数同学都被分到偏远的郊区县去教中学，独有韩烨意外地留校了，而且，还火线入了党。对此，我们自然有些惊愕，因为留校的人清一色都是农村来的党员学生。韩烨不是我们这些离经叛道之辈的首领，浑身上下浸透了诗歌、戏剧与绘画的气息吗？什么时候把系里的工宣队打点好了，给自己谋了这么个好差事，而且，还以迅雷不及掩耳之势在即将毕业前入了党？但是，尽管惊愕，尽管忽然感到世事不可捉摸，我们仍然对我们的老王子有一种莫名其妙的期待，好像我们的模糊不清的未来有待他的引导，至少，应该有他的参加。我们不能说擅长恋爱，但我们以为总能成全友情。我们以为，在已经能看出来并不怎么美妙的生活道路上，我们能互相忠诚。用桃园结义或梁山好汉做友情的比喻，对我们来说太陈腐——我们愿意彼此之间是十二月党人式的朋友，既肝胆相照，一起历尽艰难困苦，又不失文化精英的矜持与丰富。但谁知，自从毕业离校，韩烨和我们就好像有了行阳关道与走独木桥的分别。虽然都算挤进了第二等级，韩烨面前通往主教的道路豁然敞开，我们则明显地只能在乡间做一辈子土庙里的小执事。总之，韩烨仿佛很自然地就消失在云端里了。我们这些在独木桥上行走的人也逐渐悟出，在我们社会主义祖国，不误时机也至关重要。于是在种种为显达的忙碌中大家不知不觉分道扬镳。

没有想到，我们曾经热烈盼望的"未来"跟陆续变成了"过去"的一个个"现在"没什么两样！长大成人以后的日子竟如此寂寞。在饱受了六十年代和七十年代学校的机械和僵化的教育以后，我们既没有能力获得爱情，也没有能力缔造友谊。离戴着红领巾，激昂地高唱"你看哪！万里东风浩浩荡荡；你看哪！漫山遍野处处春光"和"让我们荡起双桨……问你亲爱的伙伴，谁给我们安排下幸福的生活？"的日子好像还不太远，我们已经毫无生气，彼此漠不关心，各自枯坐在指定的椅子上，终日望着窗外发呆，任凭时间一寸寸地逝去。

不久，一个偶然的机会，我进了国家通讯社，当上了助理编辑。忽然有一天，我收到了一封韩烨从美国寄来的信。韩烨在信上说，他辗转从别人那儿得到了我现在的工作地址，想要告诉我，学校用公费送他去美国一个南方大学的英语系进修两年，至今已经快一年半了。他不无讥讽地祝贺我进了通讯社，称我为大记者。信中还附了两张照片，一张是一群七八岁的金发碧眼小女孩穿着小紫裙子游行，另一张是韩烨本人倚在畜牧场的木栏杆上，笑嘻嘻地和一匹黑色的高头大马合影。韩烨薄瘦的风貌未改，老王子的口气也依旧，虽然居高临下，满口教训与嘲讽，但又意味无穷，像是对我还很有些赏识与厚爱；炫耀与得意之余，又仿佛忧愁深远，哀鸿天外；似乎乐不思蜀，又仿佛正背负着十字架，任重而道远。韩烨的字写得忽大忽小，龙飞凤舞，还有古诗句出入行间，什么"沉醉似埋照，寓词类托讽"，又什么"鸾翮有时铩，龙性谁能驯"之类。得承认，老王子的信很好看。韩烨对所附的那两张照片只字未提。我盯着照片上那一群穿紫裙子的小女孩，百思不得其解。

韩烨继续稀稀拉拉地给我写信，有四五年之久。其间他在美国与一位美国姑娘结了婚，又几经转学，最后定在M州州立大学的比较文学系。等到我也在M州州立大学比较文学系出现的时候，韩烨已经开始写博士论文了。

放第一个暑假的时候，我的朋友沙梨，就是给我写推荐信的那两个聪明姑娘之一，邀请我去纽约玩儿几天，住在她那儿，其时沙梨在纽约为公共电视台工作。安城离纽约不算太远，坐长途公共汽车三个小时就到了。我去的时候，韩烨和我同路。韩烨和妻子住在纽约，韩烨的妻子是一个大提琴手。由于不再需要上课，韩烨只是在需要见导师的时候才来安城。在此之前，韩烨已经通过我先认识了沙梨，他告诉我，沙梨说我的英语"给人印象过于深刻"，所以请他把我一直送到她的公寓。我们的长途汽车六点左右到了纽约市内的长途汽车总站。从长途汽车总站的大楼出来以后，韩烨带着我钻进了地铁，转了一两条线以后，我们从地铁里钻了出来，站在中上城96街上。韩烨告诉我，这一带还算好街区，一室一厅的公寓要月租一千五百块钱不稀奇，沙梨那么年轻就住这么好。韩烨的口气听不出是感慨还是不满。等到我们终于乘电梯到了沙梨九楼的公寓门前，却吃了闭门羹。沙梨在门上贴了个条子，说抱歉临时要加班，今晚要很晚才能回来，让我先在韩烨家过一晚，她明天中午去接我。韩烨说没问题。

我们就又钻进地铁，在里面"咣里咣当"地奔驰了一阵，出来以后，我竟觉得四周似曾相识。原来我们又回到了长途汽车总站所在的第八大道42街。我问韩烨，莫非你就住在车站附近吗？我心里很感动，以为韩烨为我多费了时间与地铁票。韩烨说他们住在布鲁克林，离这儿不算太近。我于是很困惑，那为什么我们又回到这儿呢？韩烨诡谲地一笑，说一会儿你就知道了。我就随着韩烨走。已经八点多了，天色开始昏暗，商家的灯火也随之越来越显得明亮。在一家相形之下有些黑乎乎的店门口，韩烨停住了脚。我们先看场电影吧，韩烨说。我的肚子很有些饿，对看电影的建议颇觉漠然，但此刻我完全是个进了大观园的刘姥姥，所以点了点头。韩烨不由分说买了两张票，拽着我就往里走，我忽然想起刚才看见电影院门口上方有一串三个×，就明白要看的电影是成人性电影了。韩烨这才问我，你不反对看这种电影吧？我说不出什么，只觉得因为身不由己而不怎么痛快。还行，我说。

我还从来也没有看过性电影，然而，不知为什么此刻一点儿也不好奇。尤其让我觉得不可思议的是，带领我看平生第一个也是最后一个性电影的人，竟是我们的曾经满身诗情画意格高调雅的老王子韩烨。要是我是韩烨，我也许会满脸沉痛地问自己，人生必定得这么充满了嘲讽吗？然而我不是，所以我木然地跟着韩烨就座，满心的莫名其妙。

电影院的生意似乎很冷清，昏暗中只辨出角落里坐着一两个男人。放映机机械地转着，一遍又一遍地放着几种约二十分钟一场的电影。我的英语很糟糕，听不懂什么。但也无须听懂，电影几乎没有什么情节。一对男女，或几对男女，说笑着，或是争吵着，先还穿着衣服，一会儿衣服就脱了，一堆肉滚在一起。我越看越觉得意兴阑珊，渐渐觉得无聊得不可忍耐。而韩烨，正相反，不仅兴致勃勃，而且且看且评论，一会儿这儿真棒，一会儿等着等着，下一个该来精彩的了。显然，韩烨对这些不仅很熟悉，而且真心欣赏。

看了一阵以后，觉得荒唐得实在有些坐不住了，我就对韩烨说，太饿了，咱们走吧。

韩烨和妻子在布鲁克林所住的公寓楼位于一段露天地铁的槽沿上。那架势就像苏州的河街，只不过流河水的地方过地铁列车。可想而知，每次过地铁列车，公寓里都要地动山摇一番。有点儿烦人的是，差不多每半个小时就要过一趟。然而奇怪的是，在经过了几次地动山摇以后，再过地铁列车，就有些充耳不闻了。

韩烨的妻子原来不在家，韩烨说去费城演出了。据说在美国当音乐家很不容易，弄不好，一辈子打零工，天天等介绍人的电话，哪儿的乐团演出有临时空缺就去哪儿，所以很多音乐家年轻的时候打零工，到中年还签不到乐团的长期合同，就干别的去了。韩烨的妻子好像还在打零工阶段。

韩烨的公寓里灯光昏暗。纽约的公寓的老旧程度好像与灯光的昏暗程度成正比，公寓越老旧，灯光就好像越昏暗。韩烨在厨房里的老式炉子上煮了两包方便面，充作晚饭。我们默默地吃了一会儿面。见我注意到厨房的饭桌上有两本旧的《花花公子》，韩烨就皱了皱眉说，沙梨问为什么中国人喜欢看《花花公子》，为什么就许美国人看，不许中国人看？这不是种族歧视是什么？我看了看青花瓷碗里的面，说，可能是文化趣味的问题，甚至也是阶级的问题。沙梨和她的中产阶级出身的男女朋友之间可以尽兴胡来，但不看《花花公子》，就像他们只喝果汁而不喝可口可乐一样。可口可乐和《花花公子》都太蓝领了。也许还有女权主义的影响。沙梨可能觉得《花花公子》整个是对女性的歧视。沙梨不喜欢中国男人热衷《花花公子》，未必是歧视中国人，可能是有些失望。他们这种被中国文化吸引的美国人总不免把中国浪漫化。我尽量把对沙梨的批评往轻里说。韩烨怔了怔。离饭桌不远的一个小柜子上放着一个小电视，韩烨顺手把电视打开了。公共台在放严肃艺术集锦的片断，柴可夫斯基的《黑桃皇后》里的老伯爵夫人正在唱回忆年轻时候的咏叹调。我们就都聚精会神看字幕。老伯爵夫人唱得很慢，所以我还能凑合看懂简单的歌词："我记得很清楚，就像昨天才发生似的，国王对我说，'我爱你。'我的心跳得很厉害……"

吃完方便面以后，我们在客厅的旧沙发上坐下来。韩烨一室一厅的公寓陈设很简单，几乎看不出他的妻子存在的痕迹。在旧沙发上坐了一会儿以后，韩烨说，我觉得你变了。怎么变了？你不再天真无邪了。我以前天真无邪吗？我还以为我笨得不行呢。韩烨叹了口气，怎么人人都得与时俱进呢？韩烨的口气让我觉得仿佛我做了什么错事因而应该受到责备。我就低下头想究竟是怎么回事。到美国以后，虽然与韩烨同在一个学校，但很少见面，就是偶尔见了面，韩烨也只是用嘲讽的口气跟我打个招呼而已，反而比以前更疏远和冷淡了。我本以为不过世事炎凉，没想到韩烨对我竟很有些批评。我不免觉得意外。

看看天色不早，韩烨说，睡觉吧。我就等着他安排，因为他们的公寓里只有一个卧室。韩烨说，我们一起睡吧。我很吃惊，有点儿不相信自己的耳朵。为什么？韩烨有些意外似的回答，我以为你也愿意。我压着惊讶和愤怒，低声说，我不愿意。我忽然想起了刚才看的《黑桃皇后》里怀想国王情人的满脸皱纹的老伯爵夫人。我心里木然，没有像老伯爵夫人那样感到心跳得很厉害。

韩烨垂头站在客厅的沙发前，好一会儿，才说，也许我说得不对，也许你就应该与时俱进。你是不是因为我结了婚而不愿意呢？我在心里叹了口气，说，这么半天我都有点忘了你还有个妻子。不是因为你结了婚，我就是不想。韩烨问，是不是你有男朋友？我有些烦了，想说，凭什么你觉得我就愿意呢？但我忍住了，说，没有。又愣了一会儿，韩烨说，那这样吧，我睡在客厅的沙发上，你一个人在卧室睡，你能不能不关门？我说，行。毕竟，韩烨是我们的老王子。

于是，我在卧室里的大床上和衣而睡，韩烨躺在外面的沙发上，跟我继续说话。我觉得，韩烨说，结婚不结婚只不过是一个形式的问题。我没接话。韩烨又说，将来你结了婚你就知道了。我还是不知说什么好。韩烨继续说，我其实也喜欢女人也不那么喜欢女人。别把这种事看得那么严重。嗯，我能不能问你，你还是个处女吗？……我听得实在太厌烦了，就打断他说，韩烨，这件事没关系，我不看重，也不在意，睡觉吧，我困了。韩烨那边这才没有了声音。只听见窗外的地铁槽里每半小时过一列呼啸的地铁列车。

什么地方整个错了。我觉得像是吃了一只苍蝇。我觉得我简直是在一幅达利的画里：坚硬的钟表像一块柔软的面饼一样耷拉在台阶上。时间变成了一个笑话。韩烨没有说，林深，你知道吗？我喜欢你，我一直喜欢你。或者，林深，虽然我以前不爱你，但我现在爱你。也没有问，林深，你喜欢我吗？你爱我吗？你让我爱你吗？虽然，我会告诉他实话，我会告诉他，不，很抱歉。或者，更委婉一些，告诉他，我从来也不敢想象他会是我的男朋友。尽管我们无论如何会让彼此失望，但这总会让我自始至终尊重他。然而没有，韩烨觉得责备我不再天真无邪就足够了。他觉得只需要大模大样地说一声"我们一起睡吧"就足够了。他觉得，只要他一点下巴颏，表示召唤，我就会雀跃地来尽红颜知己的职责。他以为，只要把我领进性电影院，我就聪明地、与时俱进地忘记他曾告诉我，他在内蒙古草原唱着自己编的夯歌给牧民打过井，就会把他桌上的《花花公子》看成是刷新了的八十年代中国诗意，就会心领神会地对他充满爱意。或者其实是，他以为我自始至终对他充满爱意。

不不，我觉得我不能这么看重自己，以为别人果真爱自己，或者，果真需要我的爱意。所以，让我更感到难过的还不是韩烨的傲慢和无理的表达，而是达利的柔软的面饼一样的时钟。也就是说，时间救不了我们。相反，随着时间的推移，我们的心智好像越来越空幻。这证明就是我们的老王子。我们的老王子是我们的风格表率。让我沮丧的是，我们的表率竭尽全力让我们的风格与时俱进，结果不过是在纽约街头闪进昏暗的性电影院和在吃饭的时候潇洒地浏览《花花公子》，然后被都市女权主义分子所嘲笑，脸气得有些红而已。这么一想，我就更觉得像是刚吃了一只苍蝇。倒不是我感到没受到应有的重视，差一点儿被当了道具，而是，我过去白白钦佩了韩烨一场。到头来，韩烨只是我们中的一个，跟我们一样平庸，跟我们一样凡俗，跟我们一样肤浅，跟我们一样，充其量不过一个机会主义者。十年的流逝，对我们是名副其实的白驹过隙，实在是毫无影响可言。我们依然故我，依然既不会想象，也没有创造力。我们还以为在标新立异，其实不过是老一套的随波逐流，老一套的仰慕名流，老一套的追随时尚，老一套的趋炎附势。所以，在草原，韩烨就高唱"共产主义平地起"的夯歌为牧民打井；在北京的大学，韩烨就入党、留校；在纽约，韩烨就大看性电影和《花花公子》，希冀我与时俱进地变成沙梨那样的一个开放的美国大学生跟他随便性交。所以，大概不必怪韩烨，也不必觉得受了什么损失。也许倒应该庆幸，性电影院对我毫无吸引力，韩烨，也同样，毫无吸引力。我在平静中睡着了。

韩烨一早起来就去打工了。我一人在他的公寓里等沙梨。沙梨来了，第一句话是："好像韩烨在追我。"

此时我已经不觉得意外了。也许，韩烨其实是秉承我们东方的含蓄底蕴，兼祧西方的自由精神，极尽其想象之能事，在别扭而又笨拙地谋求一种存在主义的审美意义上的生存？一般来说，在大多数情况下（《红楼梦》除外），国人除了性的亲热，男人与女人之间没有别的亲热。不过现在都说各种文化平等，我们文化里男人与女人之间总是别别扭扭也就不应该算缺点。而且，情欲也的确在很多现代艺术家看来大有诗意。不用说，因为病歪歪于是狂热恋爱不已的劳伦斯是第一个好例子，就连我现在正在研究的冷漠的画家杜尚，都难逃法网呢。比如，杜尚就说他的经典之作《大玻璃》（《被单身汉们剥光的新娘》）是关于情欲的。我很喜欢的作家王小波也得意万分地写出了这样的诗句，"阴茎从天上挂下来"，然后他的妻子评论说很美。这么一说，我好像确实有什么地方应该受到责备。不过，也有人指出，杜尚的意思其实是和达·芬奇的意思一样的，与其说是赞美，还不如说是嘲讽；据说，杜尚的意思很可能是用挂在半空中的新娘来描绘人的根本生存状态——充满了空虚的欲望，却永远处于渴望与拥有之间。看来人们的意见很不同。不过，我很赞成有所不同。我觉得早期的禁欲主义固然大可不必，但也不需要一下子人人都变成把情欲当成生命的劳伦斯。要是让我站队，我恐怕不选择贾宝玉和劳伦斯，而愿意站在达·芬奇和杜尚这一边。我们这边还有康德、克尔凯郭尔什么的，我们都不怎么愿意当哭哭啼啼的情人，把跟别人搭上关系当作立足之本，那不是本末倒置吗？当然，也不应该把劳伦斯灭掉，得给自己留一点余地，因为不管是谁，一不留神运气不好，没准儿都会当上一会儿劳伦斯。所以，韩烨的悬空新娘状态尽管不能引起我的钦佩，大概也不是他的错。韩烨的努力的徒劳，倒让我又感到了熟悉的静静的绝望。

自从跟沙梨一起离开布鲁克林的韩烨的公寓，我就好像再也没有机会见到韩烨。那个暑假过去以后，有一天，我在学校系里我的信箱里发现了一封韩烨的信。严格地说，是一张封起来的明信片。已经完全想不起来明信片的图画，记得韩烨只在上面抄录了一首美国民歌的歌词，其中有这样的句子："你没有赶上我的大车，从此我的大车不复再来。"到底是老王子，总要居高临下。又过了有四五年的样子，听同学说，韩烨在什么大学找到了教书的工作，已经离开了。

算起来，我与老王子纽约一别到如今已经有二十多年了。二十多年来，在新交与故旧的穿插与磨灭间，老王子的影子早已退到脑后，而且淡薄得像看不清的蝉翼了。然而，在这样一个随随便便的深秋的黄昏，在偏远小镇安城的安安静静的超级市场，老王子手提一袋杂物兀然从遗忘中凸现，让我不由有些吃惊。我愣了一下神，此刻，老王子，依然清瘦，微仰起脸，好像要避开已经非常低斜的太阳的余光，耐心地等我晃着身上的大红背心缓缓走近。我自觉有数丝白发在头上轻轻飘动。

"林大画家，还认得我吗?"

"当然。"

"我们有十几年没见面了吧?"

"有二十多年了。"

"你怎么在这儿打工?"

"嗯，说来话长。"我在大红背心的前襟上擦擦手。

"真没想到会在这儿碰见你。"

"嗯。"

"还好吧?"

"还好。"

"我拿到了一个给资深教授的两年的研究资助，先到处走走，在这儿已经待了两个星期了。"

"……"

"没想到你还在安城。"

"嗯。"

"你什么时候下班?"

"还要差不多一个小时。"

"你下班以后有事儿吗?"

我摇摇头。

"要不，咱们一起吃晚饭?"

我想起了那年夏天在布鲁克林韩烨公寓吃的方便面。看我有些犹豫，韩烨问:"你，结婚了吗?"我摇摇头。"那你怕什么，这样吧，我有车，一会儿你下班的时候我来接你。"我看见老板在看我，就说:"行，一会儿见。"然后去干活了。

韩烨于是拎着东西出去了。

韩烨说牙口不好了，吃点儿软的吧，我们就去了安城的一家中餐馆吃豆腐和清蒸鱼，韩烨说他请客。不是周末，餐馆里食客不多，昏暗的灯光里，廉价的中式桌椅的黑漆幽幽地反着光，高度近视的秃顶老板趴在门口的一张桌上，头埋得低低的，不知道是在看书还是在算账。坐在暗幽幽的、温暖、安静的餐馆里，我忽然很有些高兴，很久不做梦了。

"这家饭馆的清蒸鱼很不错，我已经吃了好几回了。"韩烨仰在椅背上，显得有信心，那种走到哪儿都如鱼得水的信心。不像我，走进一家讲究些的店铺，就由不得要有些胆怯。韩烨的这种阔绰的样子是我不太熟悉的。"我很少在饭馆吃饭，所以对这家饭馆还不如你熟悉。"我给自己倒了茶，也给韩烨倒了一杯。"我能不能问你，你现在做什么工作？"韩烨皱起眉。"我可以说是什么工作也没有。现在在这个在超级市场的工作是临时的，只打算干一个月。"我微微笑了笑。

"你，嗯，从来也没在，嗯，学校工作吗？"韩烨听起来难得地很小心。

"倒是在学校工作了，甚至也教了点书，不过，是当操练课助教，并不是当教授。"我又微微笑了笑。

"不当教授也好，所以你的样子没怎么变。当教授太苦了，简直是背上了一个十字架。"韩烨深深地皱着眉，我所熟悉的忧愁深远的劲头又来了，"怎么，当助教当了这么多年吗？助教的工资不是很低吗？"韩烨扬了扬下巴，有点不信似的。

"嗯，助教算是兼职，我还在学校图书馆当一个管理员的助手。这两个工作，可以说是半斤对八两。不过，图书馆的工作有一定的福利，所以我想，还应该把助教的差事当作兼职。"我想起了黄文慧，这一阵有点把她忘了。

"一身兼两职，挣的一定比当教授还要多，不错不错。那你为什么又不干了呢？"韩烨毕竟是我们中国人，对别人的财源禁不住要好奇。

"我一直打算就干到五十岁。"我决定先不提弗冉山庄。

"毕竟是天不怕地不怕的林深，出手果然不凡。"韩烨喝了一口茶，侧脸看看四周，又说，"张老板老了不少，桌椅也都换了，看样子，生意还挺不错。当年在这儿当学生的时候，咱们只配在这儿打工，洗碗端盘子。"韩烨听起来对自己的成就很有些满意。顿了顿，韩烨问："你是不是没有拿到博士学位？"

"拿是拿到了。"我看着韩烨。

"那，没试过找个教授职位吗？"韩烨仰起脸，避开我的目光。

我想说，你不是说，当教授是背十字架吗？但我忍住了，老老实实地回答说："试过几次。但是好像不是那块料。所以就算了。"

"是不容易，凡是找到的都得有三头六臂。"韩烨龇牙笑了笑，眼里的光跳了跳，"跟在中国不一样。在中国，给领导的印象好就行了。在美国，不光得给领导好印象，还得让同事都喜欢你。而且，不光在面试的时候得让人人喜欢你，而且为了拿到终身职位还得一路讨好下去，当大伙的孙子得至少当六年才行。话不能说多一句，也不能说少一句。"韩烨意识到了什么，纠正说，"不过，我说的是一般情况，我可没给人当孙子。也不是总是'直如弦，死道边。曲如钩，反封侯。'另外，学问多少也得说得过去。"停了停，又看了看我，带点怜悯似的说，"说实话，林深，我觉得你怎么也不至于在图书馆干一辈子，有点儿可惜了。"

"没事儿，没关系，没什么可惜的，我不在意。何况，现在这些对我都已经毫无意义了。"

"真的吗？果真是一只闲云野鹤了吗？"韩烨的口气似乎是认为我在打肿脸充胖子，辜负他的诚恳同情，"我真羡慕你们这些能攒钱的人。当个图书管理员就能这么早就躺倒不干吃闲饭。我怎么挣六万还觉得钱紧得不行呢？学文科在美国怎么也不行。我们这些人注定了要背十字架的。在国内现在就不一定了。能混得一年也能挣上好几十万。在国内花销还是小，不像我似的，每月房子的分期付款就得交出去一千多块钱。有时候真觉得后悔不该出什么国……"

我没有再说话。

菜来了，韩烨用筷子指指，说吃吧，别客气。我还没有见过韩烨这样摆出孟尝君的架势过。以前同学聚会，我们的老王子总是大模大样的，不仅任别人张罗，而且从不付账。

"我要是能像你这么放松就好了。"韩烨叹了口气，"我觉得我们这批人真苦。"

我等着他说下去。

"你要是现在在国内你就知道了，现在的年轻人真自由，跟咱们那时候简直没法比。你要是去一次北京的迪斯科舞厅就知道我说的是什么了。"韩烨一脸懊丧，真正悔恨什么似的。看到我有些困惑，韩烨有点儿不耐烦，但还是解释说，"跳迪斯科得年轻，咱们年轻的时候不能跳，等咱们能跳的时候，已经不年轻了。所以，那种忘我的境界，那种销魂的感觉，那种我即宇宙的瞬间，咱们永远不能体会。咱们注定了永远身背重负，永远拘拘谨谨，永远不能从说不出道不明的痛苦里解脱。有时候，我真想能像现在的年轻人那样放松一下，什么也不想，什么也不愁。"

看到韩烨这么认真地感到难过，我很想能附和附和他的忧伤，很想至少也皱起眉毛叹口气什么的，但还是忍不住笑了出来，"迪斯科不过是年轻人的玩具，年轻的时候多一样玩具或是少一样玩具有那么严重吗？"

韩烨大概本以为以他的真诚，我会像很久以前那样对他的感慨肃然起敬吧，对我的哂笑，竟一时语塞。好一会儿，缓过气来以后，韩烨皱着眉说，"你大概没看过什么心理学的书，deprived child（被剥夺的孩子）这一说法你听说过吗？年轻时候的创伤会影响人一辈子。何况，我只不过是用迪斯科作为一个例子。"

吃着人家的饭，所以我好不容易才忍住了没有又笑出来，我垂下眼睛，赶忙喝茶，免得又被韩烨的严肃神情逗笑。

"我真正想说的意思是，"韩烨的口气重又深沉了，"我们这批人太放不开，所以不会幸福。比方说，你也是单身一辈子。我其实就知道你结不了婚，我早就知道。我也是。"

我惊异又不惊异地抬起眼皮。

"我跟那个拉大提琴的早就离了。后来又遇到了好几个人，又结了两次婚，都离了。现在一个人。"韩烨往椅背上一仰，脸隐在阴影里，"你就从来没有遇到什么人吗？"

饭馆的侍者这时正好走来问需要什么服务，等侍者走了以后，我就把话题岔开了："我最近正在看一本关于画家杜尚的书，觉得很有意思。"

"谁是杜尚？"韩烨有些不耐烦。

"一个后来入了美国籍的法国画家，六十年代末才死的。"

"怎么想起来看这么一本犄角旮旯里的书？这么多年，你就是这样东瞧西看地长学问的吗？"韩烨的言下之意，似乎是我的阅读有些随随便便。

我明白，当了教授的韩烨现在不仅是孤陋寡闻，骄傲得可笑，而且，功利得很有些讨厌了。"不过是好奇，我从来不想为了标榜和获利而长什么学问。要不然，我怎么当不成教授呢？这么说吧，我就不要被什么能卖钱的学问牵着鼻子读书。"

韩烨大概也觉得自己言重了，就往回挽，"好奇其实也是个看书的理由。我的意思是人生苦短，没有那么多时间仅为了满足好奇心而看书。人毕竟不能太随心所欲，否则有后果。"

"对对，活着真是不容易，放不开，痛苦；放开了，又有后果。所以，说到底，是一个选择的问题。熊掌与鱼既然不能兼得，我就不要熊掌了。我这一辈子，只希望能有机会选择自由。自由地看书，自由地做想做的事情。如果对于我来说，自由的机会就是摔倒，那我就选择摔倒，躺在地上，就不起来。摔倒的后果不过就是有时候得在超级市场当当装袋员，我觉得可以承受，而且，还觉得容易得有些喜出望外呢。"我脸上淡淡的，心里已有一些愤怒。

韩烨觉出分量了，一边咀嚼嘴里的鱼，一边沉思，然后就转了话题，"你还记得侯老师吗？"咽下一口鱼以后，韩烨抬起头来，"侯老师两个月前去世。她去世的前几天，我跟她通了电话。"

我有些意外，"侯老师有多大年纪了？"

"六十多岁吧，也可能快有七十岁了。是癌。"韩烨显得有些难过。

我忽然想起当年韩烨在侯老师的面前神采飞扬的样子，第一次，我觉得要是韩烨能回到那时就好了。那时的韩烨，至少还没有把我们这些注定要走独木桥的朋友看得像芥草一样，踩一脚也没什么；那时的韩烨，尽管飞扬浮躁和无端地骄傲，至少，还没有让人看出他的卑微和愚蠢，还没有让做了小人物的我们体会到势利和背弃的冷酷。不过，这样的感觉只一瞬间就消失了。

"侯老师死在了她的父母之前，命真苦。"韩烨叹气，"侯老师是我遇到的最有风度的女人。多才多艺，又含威不露。"

"……"我想起来，侯老师其实画得像小孩一样。而且，侯老师有什么"威"要含着不露呢？

"侯老师也是咱们系里对学生最好的老师。"韩烨一往情深。

"侯老师固然对你很好，但我怎么不记得她跟我说过什么话呢？"

韩烨看了我一眼，那意思简直就是那有什么可奇怪的，"虽然我也不知道为什么，可是，我不信侯老师会有什么错儿。侯老师带我去她父母家玩儿过几次，还送给我一幅画呢。唉，在这个世界上有这么多人都能好好活着，多他们一个或是少他们一个一点儿都没什么要紧，怎么就偏偏容不下侯老师这么出色的一个呢？"

我本来还很同情地听着，等到韩烨说出这种浑话，就不由得冷笑道："幸亏你们都含威不露，否则，还有我们活的份儿吗？"依着我以往的脾气，我早就起身抬脚走了，但现在我能忍住了，所以坐着不动。

韩烨脸红了，或许是屋里的暖气烘的，"林深，其实，这次我到安城是专来看你的。"韩烨很艰难地继续说，"我接到侯老师的死讯后，想起那时我和她一起画画的情形，想了好久。你是唯一的见证。见见你，就只当又见了侯老师吧。请你理解。"

我不知道怎么回答，只是模模糊糊地觉得，难得侯老师这样被人怀念。

韩烨用车把我送到弗冉山庄，低声说了一声"保重"，就把车开走了。我站在黑黝黝的橡树下，看着韩烨的车的红色的尾灯渐渐远去，然后拐弯，消失了。我明白，这一页算是最后合上了。虽然，我们彼此之间早已漠然，早已很难说还是朋友，但我还是在记忆里放上这一页。为什么呢？也许，为的是，如果我的旅途经过的是一个又一个的沙漠，那"荒凉"二字对我就也很亲切。

4

回声：小石的青蛙塘

　　我好像是在闭着的眼睛里瞪视了许久，才明白以后我就老是这样了。好像是想什么就能看见什么，可多少都有些模糊，而且也说不清都是什么颜色，都似曾相识，又都并不能辨其究竟。我想摸摸眼睑，查看一下是不是在闭着，但是做不到。我没有对自己的感觉，有的只是意识，总的来说还挺清楚。

　　在进入这种状态以前，我在病房的窗前看了一阵外面。外面正下着雨。我盯着离窗户最近的那棵树上的一片大黄叶，心里想，要是那片黄叶今天落不下来，那我就等到明天。可是，正想着，那片叶子却悄悄地飘了下去。于是我知道，这下真的得一不做，二不休了。我不再多想。反正那次扒着窗户已经见过正在餐厅坐着吃晚饭的女儿了。女儿冲那英国女人一笑，我就知道没我什么事儿了。小石打开门，板着脸，问我来干什么，我就知道没我什么事儿了。小石打电话，把疯人院的人叫来，把我送进了病房，我就知道没我什么事儿了。有班茨跟我聊天做伴儿那会儿，我虽然也会想念小石和蛐蛐，可心里的疼痛木不唧唧的，好像是一块老也好不了的旧伤。那会儿小石和蛐蛐的模样也记不清楚，让人觉得像是分开很久了，只剩下想念的份儿。医生说班茨是我的病，多半儿医生说得对。可有班茨多好啊！班茨比小石还机灵聪明，对我可比小石对我好多了。虽说我还是希望能有小石，因为班茨再好也还是个小孩子，终究让人觉得依靠不上。可我哪儿能做得了小石的主啊。多亏了有班茨给我解闷儿，我虽说还是常常觉得委屈，但凑合着也能对付着活了。可偏偏又遇到了个好医生，把我给治好了。我这一好不要紧，班茨没了！我本来也盼着把病治好，心想治好了以后去看小石和蛐蛐。可谁想到清醒以后根本就不能想小石，一想心就跟刀扎着一样！我自己劝自己说这是何必呢，当初不是也没觉得小石有多好吗，不是还嫌他黑来着吗？怎么这会儿没他就活不成了呢？这事儿就是这么怪，什么道理都没用，这心怎么觉着什么也管不了。我想来想去，怎么想怎么觉得这种日子没法儿过。就决定还不如一不做二不休，这日子既然没法儿过，不过不就完了吗?!

剩下的就是什么时候了。我这人干脆，一想好，马上就行动。发现那片决定性的叶子已经不在树上了，我就在床上垂头静坐了十分钟。我不让自己想别的，闭上眼睛专心想那片落叶。我想象那片叶子失去了托依以后，一滴眼泪也不掉，平平静静地颤抖一下，然后就悄悄地飘落。我想象自己像那片落叶一样，一滴眼泪也不掉，静静地，飞向土地，好像什么人的诗一样。我就让自己只坐十分钟。十分钟一过，我就站起来，从容不迫地走到病人活动室。然后，趁人不注意，我慢慢地，好像是要在楼道里散步似的，轻轻地跟在一个老护士的身后，在别人看来，好像她带我去哪儿似的。我就这么混出了病人区。当走到一个楼梯口的门前时，我停住了脚，等那位老护士走远，我轻轻推开了门。我的运气好，这是供工作人员用的楼梯，警铃没有响。我又轻轻地，但是果断地上楼，一级一级，一直上到最高一层。不记得最高一层是第几层了，不过只要三层就够了，只要保证是头朝下。我竟然摸到了一扇天窗前，天窗外就是屋顶。我打开窗户。爬出窗户的时候，我注意到我的膝盖很尖。我现在已经很瘦，十年前要是有这么瘦就好了，那样我就能穿那件从友谊商店买来的大白毛衣，小石就不会说我穿那件白毛衣像颗大白花生米。

我在窗户外的屋顶上只蹲了一小会儿，怕被楼下的人发现，就朝屋檐出溜下去。这时我又想起那片叶子，诧异那片叶子怎么等不到明天就落了呢。我知道这么想可不行，就决定什么都不再想。雨下个不停。伦敦秋天的雨也这么凉，被劈头盖脸地浇着还挺不舒服。可是我知道这是老天在帮我，一下雨，就没什么人在院子里散步了，所以我顺利地慢慢出溜到了屋檐，没人看见我。我在屋檐又稍许蹲了一会儿。

算来有差不多整一年没看见小石和蛐蛐了。上次见到他们还是我那次去春天街。我扒着窗口看见蛐蛐朝那英国女人笑，女儿认她就不认我了吧。女儿大概信了我是坏女人。小石开门时板着脸，我简直都不认得他了。他不认我了。他也有资格评判我？唉，现在说什么也晚了。我硬了硬心，去他的，大不了不就是一个死吗？！我现在就要一了百了。咱们活不痛快，还不死个痛快！我甚至还笑了笑。我心里很静，眼里没有流泪，满脸都是冰凉的雨水。我扶着尖尖的膝盖站了起来。厚厚的雨幕一重又一重，看不见远处的楼群，只觉得灰蒙蒙地成了一片。来伦敦两年多了，对伦敦还是不怎么熟悉，伦敦太大了。管它大不大呢，我这不就要活到头了吗？跟我还有关系吗？要说我还真挺喜欢伦敦，还没去过伦敦塔呢。参观伦敦塔得买票，好些个英镑呢。小石老说那地方去一次就够了，等有朋友来伦敦的时候一起去，可以省点儿门票钱。小石账要说算得不错。可惜，还没等到这样的机会，我自己就先走人了。倒是刚来的时候跟小石和萝西一起去了好几次免费的国家美术馆。别提了，我想起来就觉得憋气，一进美术馆小石和萝西就溜得没影儿了，剩我一人瞎转悠，也不认得英文，就认出了几幅莫奈和凡·高的画，其余的全不知其所以然，可以说是什么见识也没长。跟小石说，小石说见识不是靠背画儿那么长的，全凭的是悟性。总之，就那么回事儿。好在进国家美术馆不要钱，我想什么时候进就什么时候进。后来我去唐人街买菜的时候就顺路老自己去，我敢说对国家美术馆我比小石还熟。

蹲在屋檐上，我琢磨要不要在心里跟小石和蛐蛐告个别。想了想，说什么呢，算了吧。我忽然想起了父母，就难过了起来。父母肯定要伤心的吧？可家里有弟弟呢，再说谁的记性那么好，老记着你呢？我又硬了硬心。透过雨雾，我默默地跟远方的父母告别：礼花没活好，不能给你们养老送终了，人各有命，我认了，从此算我远走高飞，浪子不回头。然后，我站起来，像多少年前从十米跳台跳水似的，脚原地不动，绷直身体，一味向前倾，接近一百八十度时，我就笔直地头朝下落了下去。在空中的时候，我觉得像一片飘落的叶子一样轻盈，自由。等我像一只巨大的鸟一样坠落到地面，我还听见了"噗"的一声闷响，与此同时，我的眼前一片白。再过一阵儿，我就成了现在这样，好像早晨的时候将醒未醒，眼睛好像闭着又好像睁着，好像一切都历历在目，又好像什么也没看见。等心里渐渐地清楚了以后，奇怪，第一个我想起来的人不是撕我的心的小石，竟是蔫儿不唧唧的青蛙。

青蛙比我早死了两年半。做梦也没想到，我这么个痛快人，竟追着她的脚后跟也来了。我们这伙人怎么就跟熟透了的果子似的，"扑噜""扑噜"地一个接一个地往下掉呢？当听说青蛙的死讯时，我又惊讶又不惊讶。虽然没有人能说得出青蛙为什么要死，可我觉得有点儿像是早就料到了似的。青蛙的脸上好像一直就写着这一天。我以前没跟人说过，可一听说她的死，我就想起来了。要说呢，青蛙的模样挺好的。青蛙的美非同寻常，小石说过。小石说，青蛙的美是娜斯泰谢的那种美。我还问小石娜斯泰谢是谁，小石说是陀思妥耶夫斯基的小说《白痴》里的女主人公。小石说的时候还有点不耐烦，我知道是又嫌我不够知懂了。我就自己找了本《白痴》看了。我觉得小石说得有些道理。只是，小石说青蛙美，还是让我有些不舒服。所以只要他提起来，我就一定要补上，嗯，神经质那种。

青蛙自杀的消息传来的时候，我正在我们伦敦公寓的厨房里给客人们预备晚饭。客人是经伦敦去德国的一个北京诗人和他的妻子。小石问起在北京的熟人，又特别问起了青蛙。我就竖起了耳朵。客人说，怎么，你没听说吗？青蛙不在了。小石说，什么？青蛙不在了？什么意思？客人说，你们在这儿果然闭塞，居然会不知道。青蛙割腕了，都死了有三个多月了。咱们在北京的哥们都去参加了她的葬礼。没想到，咱们这些人居然也开始死起来了，而且，竟然是青蛙第一个死。青蛙这样一个安静的人，谁想到她的性子会这么烈？我听见小石问，你知道为什么吗？客人说，怪就怪在这儿，没人知道是为什么！也没听说青蛙和楚源怎么不合，就知道后来青蛙好像心里不痛快，连班儿都不上了。也不知道跟那个慧慧有多大关系。据楚源说没多大关系。可谁信呀？我们的厨房跟客厅是打通的，接话茬很方便，我就说我知道那个慧慧，我临走的时候还嘱咐过青蛙呢，我就知道得出事儿！小石一听就立即打断，说先别说别人，说说青蛙到底是怎么回事儿？我就关心青蛙。我听了心里冷冷一笑，眼泪却流了下来。看我哭了，客人的妻子就说，青蛙那人怪里怪气的，挺孤僻的，心思深着呢，做出这种事，也不奇怪。哪儿像咱们似的，貌不惊人、才不出众的，可有一样好，就是不出事。一听这个，小石就转话题说别的去了。我在心里哼了一声。

不过，我得承认，虽然青蛙比我小好几岁，但她沉稳，内秀，和气，常常比我想得还周全，所以我有事常跟她说，我们是不错的朋友。她不明不白地突然就死了，让我挺难过。那天夜里，我把青蛙着实想念了一大阵。

我回忆起与青蛙的初识。

那是一个秋天的星期天。一大早就有人敲门。敲门的声音虽然很轻，但是很坚决。当时小石正在阳台上忙什么，没听见。我呢，正在给八岁的女儿蛐蛐穿衣服，准备一会儿全家出门，去小石的父母家过星期天。听见了有人敲门以后我很有些不耐烦，以为又是哪一位小石的狐朋狗友星期天一大早就来造访。本来小石默默地在一家杂志社以工代干当资料员，挺清闲的。最近跟一伙朋友一起展画，小石忽然成了个大忙人，不是一天到晚不着家，就是无时无刻没有人找他。等我脚步很重地走去打开门一看，更不痛快了，不速之客是一位陌生的年轻姑娘。再一看，这姑娘还非常漂亮，我就气不打一处来。我盯着她，不客气地问："你找谁？"那姑娘一愣，有点窘地小声说，请问迟小石是不是住在这儿，画展的人介绍我来这儿找迟小石。我说，迟小石认识你吗？那姑娘说，不认识，是展览会的人给了我这个地址。我又问，你找迟小石有什么事儿？姑娘说，也没有什么要紧事儿，就是看了他们的画展，觉得很不平常，很想有机会跟这些艺术家谈谈。我正盘算怎么把她打发走，是说小石不在呢，还是说我们不巧正要出门，小石闻声过来了。我只好扭头说，小石，有人找。然后在小石肩头咬耳朵说，别忘了我们马上得走。我拉着女儿蛐蛐到卧房，一边给她编小辫子，一边留神听小石跟那个姑娘在客厅里的谈话。别看我们小石黑黑的，眯着一双超小号的细眼睛，一天到晚抿着薄嘴唇，跟秦朝的兵马俑似的，不多言不多语，没想到事实证明其实特别招女孩子。我爹妈把他介绍给我的时候说小石是个老实孩子，靠得住。我以前也这么想，现在有点儿半信半疑了。最近来找小石的女的太多了，虽说小石还跟以前差不多，可我心里为什么越来越有点儿不踏实呢？

就听小石说："坐，坐，请坐。能问你叫什么名字吗？"

"庆华。"

"什么？青蛙？"

"是庆华。不过，确实好多人都叫我青蛙。"

"叫青蛙比叫庆华好玩儿。还是叫青蛙吧。我女儿叫蛐蛐。可别把我女儿吃了啊。"

"青蛙只能吃蚊子那么小的虫子。蛐蛐太大了。"

"那我可就放心多了。"

我听着虽然也觉得有趣，但更盼望小石快点儿把青蛙打发走。正着急，就听小石问起来："你找我有什么具体事儿吗？"

"没有具体的事儿，"青蛙的声音低了下去，"我从来没见过你们画的那种画儿，还有那些雕刻，非常喜欢，就很想能认识你们，至少，希望能跟你们谈一谈。"

"你是干什么的？"

"我是小学老师，教音乐和美术。"

"你有作品吗？要是有，可以拿来看看。"

"我没有什么值得一提的作品。我不知道怎么才能说清楚……"

"没关系，一时还没有成熟的作品也没关系，欢迎你来参加我们的活动。我们其实就是一伙喜欢艺术的年轻人凑在一起，寻找渠道表达。你听说过'落选者展览'吗？你听说过印象派吗？没有？那也不要紧，慢慢来，怎么说呢，关键是要有自己的感受……"

"小石！"我叫了一声，怕小石收不住闸。

那边静了一下以后，又听小石说："今天不巧，我们还有事儿，这样吧，我带你去见一个人，是写诗的，没关系吧？你对文学更熟悉？那太好了，你们先聊聊。以后有机会，咱们还可以再谈谈画儿。"

小石进来对我说："你先带着蛐蛐去爸妈那儿，我送庆华去找楚源谈谈。庆华从郊区来，来一趟不容易。然后我从楚源那儿去找你们。跟爸妈说中饭别等我。"

我能说什么，带着蛐蛐走吧。

结果，小石一天都没在他父母家露面，夜里快十一点了才回到我们在月坛的自己的家。

我那天别提心里有多乱了。我以前也有嫉妒的时候，但从来没有觉得害怕过。以前我一觉得嫉妒，就理直气壮地责备小石。小石多半笑笑就算了。我觉得这么做很自然，我怎么说小石，小石都该让着我。我跟小石的关系不能再铁了。我跟小石同年，我们是青梅竹马，从小儿就在一块儿。虽说快上小学的时候他跟着他爸妈来北京了，可我爸妈跟他爸妈是老战友，每次他爸妈到省城，都来我家看我们，每次来，都夸我漂亮。可以说，我是他爸妈看着长大的。要不是特别喜欢我，他爸妈怎么会要我当他们的儿媳妇呢？他爸妈是什么人？他们什么人没见过？人家不仅都是老革命干部，而且还都是著名诗人，又有权力又有文化修养，是闹着玩儿的吗？再说，小石当初别提多喜欢我了，跟他爸妈到省城去见我的时候，一下子黑脸就红得跟块大红布似的，说不出什么，可就跟糖似的，黏上我了，到哪儿都跟我在一块儿，那股高兴劲儿，谁都看得出来。没半年我们就结婚了，结婚的时候我们都还不到二十一岁。那时候《婚姻法》还没把男方的岁数改到二十三呢。我们有了蛐蛐以后，小石的爸妈每个月还补贴给我们四十块钱，说是帮着养活蛐蛐。要是不待见我，能这么做吗？可以说，我跟小石的婚姻有双重保险。可我那天就是担心得不得了，人都蔫儿了。小石的爸妈摸不着头脑，以为我哪儿不舒服，一个劲儿地问，我当然明白不能说真的，就顺水推舟说头疼，吃完晚饭就带着蛐蛐回家了。

当然，我很快就知道，那天我是虚惊了一场。

小石回来的时候一脸的兴奋。看我瞪着他，就搓搓手说，楚源掉进茫茫情网里了。

小石告诉我，楚源一个劲儿留他，很不寻常。一般来说，楚源虽然沉默寡言，有时甚至近于古板，但总能落落大方，很少有张皇失措的时候。小石说他一想，去父母家毕竟算不了很重要的事，也就不推辞了。我听的时候对这个在心里"哼"了一声。

小石说，楚源那天口若悬河，滔滔不绝，精言妙语纷纷扬扬，犹如天女散花，别说青蛙，把小石都吸引住了。从洛尔加到瓦莱里，从后期象征主义到意象派，把青蛙听得如醉如痴。难得的是，青蛙立刻进入了角色。听楚源背诵了几首西方的现代诗以后，就能随着跟楚源联诗了。小石得意地说，他听出来了，楚源其实是在用从《外国现代派作品选》里看来的叶慈的诗，楚源说："我就要动身走了，去一个海岛"，而青蛙居然就基本上蒙出了下一句："要在那儿盖一座小房子。" 小石说他都听愣了。我撇撇嘴，心里说，那有什么难的，谁想不到？去一个荒岛能做什么，可不就得先盖所房子吗？

小石说，青蛙对艺术的感觉别提多好了。我就插嘴，你怎么知道青蛙准就没看过那本《外国现代派作品选》呢？小石噎了一下，说，问得好，不过，我觉得她好像没看过。不管怎么说，就算她看过，也不能因此就抹杀人家的才能。人家楚源算是很有才能了吧，也夸青蛙的感觉好呢。我转了话题，问小石为什么说楚源掉进了茫茫情网。小石说错不了，楚源的眼睛就跟火炬似的，始终紧盯着青蛙，话又那么多，跟变了一个人似的，我觉得我的直觉不会错。我说赵轻盈怎么办。赵轻盈是楚源已经谈婚论嫁的女朋友。小石说不好办不好办。我说青蛙怎么就那么好。小石说说不出来。我说青蛙比楚源岁数小不少吧。小石说不清楚，大概是吧。我盯了小石一眼，小石你怎么回事，平常你不怎么留意这些男男女女的事呀？小石没说话。我说小石你可不能跟楚源似的说变就变，要是你变心，我就杀了你。小石没有像以前那样笑笑了事，而是紧闭着嘴，不看我。我心里"咯噔"了一下。又补了一句，要不，你杀了我也行。

很快我就都给问清楚了，青蛙比楚源小八岁，青蛙那天在楚源家留宿，青蛙从此每个周末都进城来找楚源。赵轻盈哭闹了无数次，把她的名诗人兼翻译家妈妈都搬出来了也没有用，不出一个星期，我们全清楚，青蛙是楚源正式的女朋友。

青蛙不请自来两个星期以后，赵轻盈来找我，问我小石为什么要把青蛙带去见楚源。我张口结舌说不上来。我想为小石辩解，想说谁也想不到会发生这样的事，想说青蛙本来是来找小石谈画儿，想说我们正要出门，想说……可我一句辩解的话也说不出来。不是说我们有什么错儿，而是忽然觉得非常怪异，觉得冥冥中有什么东西很有些不祥，令人悲哀，又非常可怕，而且阴森森的。那种恐怖的感觉就跟小时候跑去看人家办丧事有点儿像，听着和尚哼哼呀呀地唱，心里若明若暗的。唉，那就是预感呀。可那会儿知道什么呀？总之，我忽然很同情赵轻盈，就对赵轻盈说，赵轻盈你别难过了，塞翁失马，焉知非福。赵轻盈说你这是什么意思？我说楚源有什么好，要是这么快就变心，再好对你也不好了。赵轻盈说话是那么说，可这口气怎么那么难咽。我说难咽也得咽，就跟吃药似的，咽下去就完了，就什么事儿也没有了。赵轻盈说那么容易？赵轻盈眼睛红红的，脸色苍白，在我们家一直坐到半夜十二点。

我那时劝赵轻盈劝得多轻松，多在理，怎么到自己就过不去了？

赵轻盈后来就再也没找楚源闹过。人家赵轻盈自己撑着，硬是考上了中央美术学院的王牌油画系的研究生。可把小石羡慕坏了。

小石从小爱画画儿，他爸爸妈妈还给他请过老师专门教他呢。"文革"把小石耽误了，上山下乡加当兵，好长时间连在哪儿混饭都还没着落，哪儿能安心学什么画呢？要不然，小石的素描早就过关了，素描那东西，得静下心来花时间练，是功夫。小石考中央美院的研究生都考了两次了，每次都是素描差一点儿，没考上。小石的父母还托人去问过，美院的人说小石对颜色的感觉很好，素描基础再好一点儿就行了。小石不言不语的，可我知道他心重。前一年他和一伙朋友搞了一次什么落选者展览，大概把考美院的路堵了。他也明白，所以以后他就不考了。不考就不考，我不指着他当画家吃饭。我老劝小石考个别的行业的研究生，把他的工人身份换换。我还有个干部身份呢。我在戏剧出版社工作，是小石的爸妈帮着调进去的，虽说只是个秘书，好赖也是干部。小石的爸妈说以后机会有了也帮小石调工作。所以我一点儿也不着急。小石什么研究生都不考也没关系。到青蛙来那年，我和小石结婚都有八九年了，想想都觉得好笑，三十不到，我们都已经成了老夫老妻。问题是，我们只有老夫老妻的索然无味，而没有老夫老妻的浑然一体。现在往回看，那年是真正的转折点，从那年起，我的坏运气就开始了。

当时可不知道，还以为是从此开始欣欣向荣了呢。小石从那一年起，不用上美院，也俨然是一个画家了。美院那帮研究生都认识小石，没事儿老来看小石的画儿，一坐就是半天，抽烟抽得满屋都是烟味儿。小石的那帮"落选"画家朋友来得就更勤了，因为我们家有地儿。我们不跟父母住，自己有一个两居室单元。跟小石的朋友比，有一个算一个，我们的生活条件算是最好的了。所以多数时候我愿意小石的朋友来，倒茶送水什么的，都不算什么，反正我要是懒得理他们，我也有地方待。不过，这种让我烦的时候还不算多。一般来说，我挺爱听他们聊的，跟着长了不少见识。

那几年真邪门，人人都跟发了烧似的，个个儿眼睛亮得像火炬，心思又深又高，不是写诗就是画画儿，个个儿都是才子，就见才子们一嘟噜一嘟噜地冒出来，跟东北山里雨后的蘑菇似的。就拿我家对门的一个小伙子说吧，前两天还在什么厂里上班呢，几天不见，也拿着画儿送去参加小石他们组织的落选者展览了。小石还连说那小伙子的画儿有意思。那小伙子顿时就泡起病假不再上班了，三天两头往我家跑。我问小石怎么一下子变出这么多能人来了，小石说都是"文革"给憋的。我又问对门那小子果真画得好吗？小石说很难说，人家刚开始画，问题不在技巧，就看有没有悟性。我说小石你有悟性吗？小石说那当然。

除了画画儿的来以外，我家还不时地来点儿诗人。虽说中国人都觉得诗画一家，我还是看出来了，那些诗人多半是冲着小石的父母来的。我跟小石说，小石不搭茬儿。我看小石肚子里也明白。小石就是那种人，不轻易把意见说出来。我不行，我老得说。那些人请小石把他们写的诗递给小石的父母看，希望能在国家级《诗刊》上发表。小石有的给递，有的不给递。我问小石标准是什么，小石也不告诉我，就说别跟人说。

人来得多了，我就发现，画画儿的跟写诗的不怎么一样。我问小石为什么不一样，小石说画画儿的多少是手艺人。那我就明白了。用咱们习惯的语言，画画儿的是劳动人民，粗点儿，实诚点儿，写诗的是知识分子，细点儿，精明点儿。这么一说，按照党的教导，好像画画儿的在品质上要可靠一些，而小石偏巧是个画画儿的，这让我很觉宽慰。现在当然知道了，满不是那么回事。

不过，诗人也有诗人的好处。听楚源慢条斯理地讲爱伦堡写的《人·岁月·生活》，讲帕斯捷尔纳克，讲《日瓦格医生》的故事别提多有意思了。有时候，楚源还带来外国唱片，让小石点上蜡烛，让我给大伙倒点儿二锅头，然后一边儿喝酒抽烟，一边儿听唱片。夜幕沉沉，烛光闪闪，我们都有点儿今夕不知何夕，好像楚源成了帕斯捷尔纳克，青蛙是拉拉，我和小石是谁呢？我寻思。

我希望小石是即将到西方流亡的艺术家，我将和蛐蛐一起，陪伴小石走遍天涯海角。我把小石不久以前买的那套利奥奈洛·文杜里的《西欧近代画家》翻了翻，然后希望我们最终能像莫奈那样，在巴黎郊区有一处别墅，有一座小花园，有一个池塘，每天早上，水汽从池塘缓缓上升，阳光从树叶的缝隙洒下来，我和蛐蛐打着阳伞散步，那时蛐蛐已经是大姑娘了。小石在他的画室里创作。周末，朋友来访，散坐在花园里的藤椅上，或者，坐在铺在草地上的毯子上也成；我给他们端来茶点……不不，不能那么老式，我给客人们喝可口可乐，成箱地搬出来，就像我们在法国外交官的公寓里看到的那样。小石他们的展览引来了好多外国外交官，那些外交官不时地请小石他们去他们的公寓做客，每次都把我也给请上。我把我的梦告诉小石，小石笑了。小石说，想不到你还挺有眼光，在那么多画家里挑出了莫奈让我当。对了，我就是莫奈那种重色不重形的画家。我很得意。

那就是那一年我们的眼光所及，我们的知识够得着的最最晚近的西方画家那一年是比凡·高晚生十年的亨利·德·图鲁兹-劳特雷克。为什么呢？因为，亨利·德·图鲁兹-劳特雷克是文杜里在他的书里所评论的最后一位画家。我还记得，那位画家是个病残侏儒。我居然还能记得这么长的一个怪名字，真是可惜了我这好记性！那时，小石只能搜集到人民美术出版社出版的黑白小画册，能看出灰不溜秋的《青蛙塘》的斑斑水影，《阿尔让特依大桥》的小船也能模模糊糊地依稀辨认出来，但莫奈的用色究竟怎么好，我们其实不知道。再过两年我们就看到蒙克了，北京的美术馆办了一次蒙克的展览，真好看啊！连我这么个不好动的人都陪小石去看了两次，小石自己还和别的朋友去看了不止一次。不过，要想闻听杜尚，还要再等五年。

看了蒙克的展览以后，得知蒙克跟易卜生和斯特林堡在柏林过往密切，小石和楚源的来往不知不觉地也多了起来。我还到处找易卜生和斯特林堡的书来看。易卜生的中文翻译早就有，反而不好找到，斯特林堡的《鬼魂奏鸣曲》包括在《外国现代派作品选》里，新出的，比较好找到。我看了，觉得不怎么样。

不管怎么说，我们那时精神很是抖擞。我们不再是混在街上浑浑噩噩的人群里的无名鼠辈了。我们有了令人刮目相看的新身份，我们是凤毛麟角的前卫艺术家，我们是外国外交官家里的座上客，我们是全中国最时髦、最有文化风格、最风流倜傥、最才华横溢的一批人。嗯，也许，我一时还不能算是艺术家，可我是艺术家的妻子，况且，焉知我就不是一个未来的前卫艺术家？就许我们对门的那小子几天之内变成艺术家，而不许我也如此蝉变吗？谁规定的？心里这么想，单位里那些烦心事儿就不那么烦了。我的顶头上司是社长老陈，一张大麻脸，两只巨手跟钳子似的，握起小姑娘的手来半天不放，我不算什么小姑娘了，可也难逃这种厄运。要是不幸被老陈把手给握着了，我就好像撒娇似的狠瞪老家伙，老家伙弄不清真假，就把手松了。老陈被我瞪了十几次以后，就不待见我了，动不动就给我加活，要不就是不许我请假，烦透了。幸亏有小石这一摊儿在我心里帮我戳着，大麻脸老陈算什么，单位里有一个算一个，一帮乌合之众而已，不就会把我当个小秘书来拿捏吗，焉知哪天等我一高兴，我就来个艺术家当当，到时候你们就大眼瞪小眼吧。况且，我很快就要不伺候你们了，我就要和小石去外国走南闯北，去看莫奈的《青蛙塘》，在阿尔让特依大桥上散步，在巴黎郊外的花园里与别的艺术家一起喝下午茶。而你们这帮坏蛋，你们就在这破楼里端着满是茶垢的大口瓶子喝一辈子次茶吧！

肯定不光是我一个人这么觉得，我相信，青蛙和雨都这么想。

陈雨是刘星的妻子。刘星没工作，号称是诗人，跟楚源一块儿办地下文学刊物《瞬间》。刘星和雨是一对金童玉女。谁见了他们谁都这么说。那时他们都还刚二十岁出头，个子都不高，都长眉大眼，又都有一种说不出的灵秀气，站在一起，非常引人注目。他们这一对跟楚源和青蛙那一对极为不同。楚源瘦高，神情寡然，甚至常常没精打采的，显得心不在焉，然而在凝神静思时，有意无意间又暗透出一种老谋深算；青蛙也清瘦，而且还挺矮小，猛一看很不起眼，但要是细看，青蛙脸色苍白，眼睛漆黑，隐约中，有一种凄惨，现在回想，说不定，是一种疯狂，让人忍不住要再看一眼。楚源和青蛙要是站在一起，会给人一种说不出来的复杂和紧张的感觉，不知道是应该羡慕他们呢，还是应该为他们担心。而洋娃娃似的刘星和雨就让人放心多了，这俩人要是不单纯，那就没人单纯了。不过，那也很可能只是表面现象。我老是忘不了刘星第一次到我家来的时候说的那些话。

那天我家的客人不少，都是楚源带来的，除了两三个见过一两次面的美国姑娘以外，还有几个生面孔的中国人。刘星和雨是其中的两位，那时他们两人还没有结婚。我正在不断地打量着这两个比我们年轻很多的漂亮人物，就听刘星皱着眉头嘟囔："我不能理解，不能理解，人怎么能离婚？我实在不能理解，人怎么能离婚？"我顿时很好奇，还没等我问出来，刘星又嘟囔起来："人怎么能离婚呢？我姐姐要离婚，人怎么能离婚？我实在不能理解，实在不能理解。人怎么能……""得了，得了，别唠叨了，都唠叨了一个上午了。歇歇吧。想点儿别的，换换脑筋。人怎么不能离婚呢？那么多人不是都离婚了吗？你姐姐怎么就不能离婚呢？她要离婚那就一定有她离婚的道理，就如同做错了一件事，应该给人纠正的机会。"雨跟刘星说，口气像个姐姐，又像个母亲，长长的眉毛下，大眼睛凝视着刘星。刘星翻了翻他的大眼睛，明显地仍然有疑问，但听话地不再嘟囔了。我觉得很有意思。那几个美国姑娘都听得懂，也会说汉语，当然也注意到了刘星和雨的对话，她们面面相觑，很有些不屑教导刘星的意思。

楚源以其漂亮的诗作和深沉的性情成了那帮诗人中的领袖人物，小石那伙儿画画儿的没有头，要办事了，就来找小石，刘星写诗和为人都极为天真、执拗和主观，是大家公认的天然诗人。于是，我，青蛙，雨，一时成了当时北京半地下的前卫艺术沙龙的女主人般的人物，得了，别神气了，还是谦虚点儿，说团伙吧，那时公安局觉得说犯罪集团都太抬举那些罪犯，老是管他们叫犯罪团伙。我们那会儿既高雅又有点儿像无业的社会青年或者流氓，没人有像样的工作，个个儿都是泡病假的高手，在各自的单位领导看来，全都吊儿郎当，把我们称为团伙也不算太冤枉。总之，我们三人总在北京各处的前卫艺术活动场所出现，很有点沙龙女主人的劲头儿，再加上经常在一起，我们就成了给那帮所谓有世界视野的前卫艺术家打气、添趣、增气氛的不可或缺的三套车。就是在外国外交官的客厅做客，我们也很重要。没有我们，楚源他们就像一帮野小子。有了我们，他们就显得稳妥，有根底，自给自足。在外国人面前，我们一点儿也不怯场，我们高声谈笑，大口喝外国人的可口可乐；我们举止不俗，穿着时髦，年轻、漂亮、聪明、自信。我们深知，要想让外国人瞧得起，要想让外国人对我们兴味十足，要想让外国人把我们从一脸低眉顺眼穿着又灰又蓝的大拨儿中国人里挑出来，中国人欣赏的谦虚低调只能适得其反。那帮外国人不就是想从我们身上看出艺术家的反叛加时髦的质地吗？那还不容易？什么叫聪明？什么叫顺时势者为俊杰？想到这儿，我不由得打鼻子里又哼了一声。

　　想哪儿去了，不是正在想青蛙吗？干吗非得想青蛙呀？不过，现在反正除了想，什么别的事儿也没有，那就爱想什么就想什么吧。那我就还是琢磨琢磨青蛙。我这人粗中有细。楚源说过，人都有两种性格，一种叫作表层性格，另一种叫作深层性格。这两种性格常常很不一致，甚至在根本上互相冲突。我一听就很同意。我就是那样。不少小石的朋友都认为我是个母大虫顾大嫂，先不说我很不同意这种看法，就算他们说得有几分对，那也只是我的表层性格。他们哪儿知道，我不仅记性好得出奇，而且我还敏于观察，长于思考。我为什么老忍不住要琢磨青蛙，就是因为我总觉得青蛙跟我的今天有很大关系。

　　要是非说青蛙跟我今天的灭顶之灾有直接的关系，可能也有点儿冤枉青蛙。我的意思是，要是没有青蛙，我会这么义无反顾地在这条路上一条道儿走到黑吗？怎么说呢，要是从头说，我和小石都还是党员哪。我这人，不能不承认，最初的时候见识挺窄的，长到二十一岁，除了党和爸妈的教育，别的看法、观点全都没听说过，整个儿地把脑筋换个过儿并不那么容易。党和我爸说，听党的话，跟党走。我妈说，在家听爸妈的话，在学校听老师的话。嫁到北京以后，我妈说，听你公婆的话，跟小石好好过日子，在哪儿都别闹脾气。况且，我虽然是性情中人，但生性并不浪漫。可以说，我这人其实又本分又务实，本来靠着小石的父母，在月坛的两居室单元里守着小石和蛐蛐，时不时地到友谊商店逛逛，过得挺满意，怎么就跟得了失心疯似的跟着小石一起追求起流亡艺术家的生涯来了？我不是没犹豫过，也不是没在小石耳后嘀咕过，跟那些前卫艺术家一起展展画儿就得了，用得着整天混在一起吗？可是，我发现，自从青蛙加入了进来，我的犹豫越来越少了。

　　青蛙其实也没有怎么跟我特别地亲密。或者不如反过来说，我其实没有怎么跟青蛙特别地亲密。因为青蛙比我小，还因为，我不乐意小石跟青蛙接触太多。可是我心细。虽然我差不多没怎么跟青蛙深谈过，我知道青蛙与众不同。要想说明白青蛙怎么与众不同还很费劲儿。我不是说过青蛙脸上有股凄惨劲儿吗？要是说得再文点儿，应该说，青蛙脸上有股寥落劲儿。要是说得俗白点儿呢，那就是青蛙有股孤魂劲儿。青蛙自己对这个可没有意识，要不然，她可能就不会跟楚源好，不会跟我们这些人混了。那她会做什么？可以肯定的是，就算青蛙在沙河学校教了一辈子音乐与绘画，她也仍然是一个孤魂。

就是青蛙的孤魂劲儿，让我有意识无意识地觉得青蛙是我们的良心。

还有雨。要是青蛙是我们凄惨的良心，那，雨就是脑子，那种执拗、热烈、坚定的女人的脑子。

5

回声：红罂粟

多少次，我想象我是那个死人，躺在解剖医生的手术台上。解剖医生举起锤子，在我的头上敲击了一下，又敲击了一下。于是，我的黑暗的脑际腾起一颗火星，又腾起一颗火星。升腾的火星像夕阳，照亮了一片盛开着鲜红的罂粟花的原野。从原野的尽头，远远地，我的爱人，迎着夕阳般的火星，穿过一丛丛火红的罂粟花，向我走来。黑暗中，死人无声地笑了。

那是一篇我小时候读过的超短小说，全部篇幅还不到一页的四分之三，以上所说的已经包括了那个故事的全部情节。或者不如说，那篇小说什么情节也没有。小说的题目好像是"死者"。但究竟是不是，我也记不清了。记得小说的作者是个德国人，叫什么名字也忘记了。说不出为什么，反正我深刻地爱那篇小说。我当时把那篇小说反反复复看了好几遍，然后发誓在死的时候要再度回想这篇小说。我要知道，在我死的时候，会不会在脑际也有火星升腾，有没有人会穿过被夕阳照亮的盛开着罂粟花的原野，走来向我告别。要是有，那我就会彻底地心满意足，就会像那个死人那样在黑暗中暗自使劲儿笑，笑得像在夕阳里的微风中摇曳的罂粟花。要是没有呢？我会怎么样？那我一定会痛哭，在黑暗中，独自躺在冰冷的停尸床上，哭得像泪人一样。不，决不能让这种情况发生。我死的时候，一定要让火星升起，一定要有人向我走来。我要尽一生的努力，让我的爱人在我死的时候走来跟我告别。我要看见那片盛开着罂粟花的原野。我要在永远遁入黑暗之前，看见我的爱人在夕阳里微笑着向我走来，在他的身前身后，血红的罂粟花到处盛开。这是我从小就下定的决心。

可是，开满了罂粟花的原野究竟是什么样呢？很长时间，想起来我就琢磨，鸦片不就是罂粟的果实吗？等我第一次能用英文版的百科全书的时候，我查的是"罂粟"。原来，罂粟有很多种，鸦片罂粟只是其中的一种。鸦片罂粟生长在亚洲的热带和亚热带地区。在欧洲漫山遍野开放的罂粟花是另一种，俗名叫玉米罂粟，是一种植株高大的野花。让我意外的是，玉米罂粟竟是第一次世界大战的纪念花。原来，玉米罂粟的种子可以躺在土里多年都不发芽，一旦土地被翻动，玉米罂粟会突然红彤彤地开遍原野。人们注意到，在第一次世界大战期间，每个战役之后，遍布炮弹坑的战场上都会在当年或来年的六月开满血红的罂粟花。于是，野地里的罂粟花成了第一次世界大战的悼亡象征。此后，在欧洲，用罂粟花编成的花圈也就成了追忆亡人的象征。怪不得，那个死人的脑海里盛开的是罂粟花！

我还在那本《大百科全书》"罂粟"词条的附录里看见了一首与罂粟花有关的名诗。附录说，这首诗是一个名叫约翰·麦克科瑞的加拿大医生在第一次世界大战时写的。这位医生后来得肺炎病死在他所服务的设在比利时的野战医院里。诗的题目是"弗兰德斯的原野"。诗不长，我抄了下来，然后对着英文词典翻译了出来：

弗兰德斯的原野，罂粟花盛开
标明我们的死亡之地
十字架，一排又一排
空中，云雀依旧飞翔
地上炮声隆隆
遮住了它们勇猛的歌声
我们都是战死者。虽然数日之前
我们还沐浴曙光，眺望落日的余晖
怀念爱人，被爱人怀念，然而
现在，我们躺在弗兰德斯原野的地下
请继续与敌人争斗不休

请高举我们颓瘫的手臂

投向你们的火炬

请完成我们的遗志，否则

即使罂粟花开遍

弗兰德斯原野，我们在地下

也难以长眠

我从来没有给刘星看过这首诗。这首诗跟我深爱的死人与罂粟花的故事截然不同。那个死人梦见了罂粟花以后顿然释怀，而这首诗里有什么让这位罂粟花下的阵亡者耿耿于怀。但我珍藏着这首诗，和我记忆里的死人和罂粟花一起，走到哪儿，带到哪儿，说不出是为什么。

后来，我终于亲眼看到了活生生的罂粟花，在像蔚蓝的大海里游弋的鲸鱼般的遥远的新西兰，在北岛小镇的鲜花市场，在奥克兰大学教授们的私人花园里，最后，在我们的小屋前。我们的在威基岛上的小木屋是刘星翻修的，翻修以后还是又小又简陋，却仍然是忙活了一年才最后修好。刘星本不善干活，翻修旧屋使他成了一把干活的好手。他的手变得又粗又硬，劈起木柴来，一斧子就能劈到底。罂粟花是一年生植物，初夏开花，秋天就死了。我们的小屋终于修好那年，春天的时候，我到小镇的鲜花市场，挑了几盆已经有了饱满的花苞的罂粟，带回来移种在窗下。这样，我们在新西兰住下的第四年，夏天，我们的院子里第一次开出了红彤彤的罂粟花。罂粟花有小拳头那么大，阔大的单层红花瓣，花心却是黑色的，花瓣靠近花心的一圈也是黑色的，乌鸦羽毛那样的油黑，看上去让人心惊。花开的时候，我叫刘星来看。刘星来了，看了一眼就走了，一句话也没有说。

我的眼睛被夕阳照得有点睁不开。

他说，你好！我叫刘星。你叫什么名字？陈宇？是宇宙的宇吗？这年头人都爱叫宇宙的宇。你怎么不叫陈红宇啊？我净听见别人叫红宇了。张红宇、李红宇之类，有的是。哎呀，不光要红遍中国，还要红遍天下。不光要红遍天下，还要红遍宇宙。你说这雄心大不大？下雨的雨？那我以后就叫你雨好了。单一个雨多好听啊。

火车走上弯路，夕阳转到旁边去了，我睁开眼睛，一个大眼睛、模样周正的小伙子坐在对面的座位上，北京口音，口气有点儿大，但是，不容置疑地诚恳。

你这人怎么回事，怎么那么多看法？你别反动好不好？叫红宇怎么了？我就特想叫陈红宇，想得都要疯狂了，可惜我爸爸不喜欢我叫陈红宇。我也努力打起我想象中的京腔。

你这带上海口音的京腔真好听！我就喜欢听上海女孩打京腔。你这上海人到我们北京干什么来了？

你别搭北京人的大架子，谦虚使人进步。

你要是我的女朋友，我保证谦虚一辈子，天天进步！

你这人不是不怀好意吧？你对我一点也不了解，刚问清人家的名字，为什么一下子就要人家做你的女朋友？怎么可以这样鲁莽？我要是很生气呢？我是不是应该气得不再搭理你？

他皱皱眉，神情有些悲哀。"感情跟头脑有什么关系？需要头脑决定的感情，绝对不可能刻骨铭心。我不是鲁莽。我压根儿就不是一个鲁莽的人。我心细如发。我的心细得风轻轻动一动都能觉出来。我的心什么都能觉出来。一看见你，一看见你在阳光里眯起眼睛，我的心就告诉我了，我此生此世注定了要跟你在一起。要想让我离开你，就得等我死了才行。那也不行，我就是死了，也不离开你。我的鬼魂会继续跟着你，一直跟到你也成了鬼魂，那时咱们就又能在一起了。你看，这使命多重大，我怎么会在乎你生气呢。我相信你就是生气也不会生很久的。不要多久我就能让你相信我的真心。你不搭理我也不要紧，我就跟着你，你上哪儿我就跟到哪儿，直到你搭理我为止。你瞧着吧，从现在开始我就跟上你了。这叫'咬定青松不放松，扎根原在磐石中'！你知道这是谁写的诗吗？你知道宋朝有个叫石谦的人吗？"

是开玩笑吗？他脸上没有笑容，直直地看着我。

火车又走上了向南的直路，夕阳又回来了，我的眼睛一下子花了。脑后，我看见自己在笑，笑得直晃悠，罂粟花。

刘星从此果然就跟上我了，他居然跟着我当天就进了我家的门。见我爸爸一脸疑惑，刘星先古里古怪地鞠了一躬，然后不慌不忙地说，他是北京人，高中毕业以后没有下乡，现在待业，喜欢写诗，理想是以后能在什么文学刊物的编辑部工作。这次到上海来是想见某著名作家，希望能得到那位作家的支持。在火车上遇到陈雨，决定要跟她交往。我的在中学教语文的爸爸什么都没有，却偏偏有很多想象力，在这一点上，他不怎么像一个上海人。我爸爸觉得这个又斯文又胆大的英俊小伙子实在有意思，而且，不仅是有意思，简直就是绝无仅有。不顾我妈妈的反对，我爸爸当即就说，好啊，欢迎你来我家，很少人像你这样讲话，来来，咱们谈一谈。你怎么就觉得你可以在文学刊物工作？你想不想考大学呢？我们一直鼓励陈雨考大学，她考了两次，都没有考取。你有没有去试过？没有？为什么不去试？

我都有点不相信，但是从此以后，我跟刘星形影不离，我们都还没有正式的工作，却已经结婚了。我跟着刘星到了北京。我坚定地相信，刘星就是那个将在我的死去的头脑里迎着夕阳穿过罂粟花向我走来的人。

大多数上海人是死也不愿意离开上海的，我在上海长大，我明白为什么。那是因为上海人的生活是世界上所能有的最合理和最细致的一种生活。上海人的生活一丝一缕都是经过精密计算的。举一个例子吧，一个朋友向我抱怨她的邻居占她便宜，说，这个人为了省下两分钱的五十分之一（那时一盒火柴两分钱，一盒火柴里大约有五十根火柴），居然把我家煤气炉上正在烧的水壶拎起来，好点燃她的纸捻去引火，却不知把放凉了的水壶再烧热要费我们多少钱的煤气？总归会比两分钱的五十分之一要多吧？真正自私极了！这就是我们上海人的细致的道理。我们的一切，都是从这里开始。我们的心胸和眼光可以伸延得非常广大，但是终其极，也仍然是精密计算的街巷生活的放大。所以，只有"燕赵多慷慨悲歌之士"的北京才会弄到坦克上街的地步，上海才不稀罕得到慷慨悲歌的名声。我理解上海，所以我愿意离开上海。我怕上海的计算会终于把我的罂粟花的梦算得无影无踪。

然而，我虽然有一颗背叛上海的心，却仍然留着上海人固有的计算的头脑。我觉得这样才对。一个人固然应该有理想，也正因为有理想，才不应该虚飘飘。所以，刘星的爸爸问我们，图片社要办图片杂志赚钱，有一个文字校对临时工的位置，你们俩人谁愿意去，我就说，我愿意去。刘星的爸爸在那个图片社当发稿人，有一定影响力，所以我就去成了。

我和刘星在北京时住在他的父母家里，吃饭可以不花钱，但是其他的地方要用钱该怎么办呢？总不好意思去向他的父母开口要吧？这些事情要是跟刘星讨论，刘星就只会着急，只会情绪低落，只会皱起眉头，叹一阵气，然后说，要不然，我去卖菜？

对我和刘星的未来，我有很深的考虑。

我要帮助刘星成为一个伟大的诗人。

要成就这个志向，我要做很多牺牲。

这跟我生就的上海心是相违背的，因为是个上海女人就懂得应该找个有工作挣得到钱的男人做丈夫。写诗算什么工作呢？除非是专业作家，在作家协会领工资，但要成为在作家协会领工资的专业作家，则需要先有被文化部认可的文学成就。

我是这么想的，刘星现在要是在某个文化单位有个可以领工资的工作固然好，可问题是现在随便哪个文化单位都已人满为患，好不容易有个空缺也轮不上刘星去，有大批的硕士毕业生在等着呢。况且，刘星只有高中学历，当个文字校对临时工就得算是最好的出路了。以刘星的才华而论，当文字校对临时工当然很屈才，但真正的问题还不是屈才。真正的问题是，那样用刘星的时间太不合算了。刘星应该抓紧时间多发表作品。只有发表了很多实打实的好作品以后才能说，我是一个诗人，而且，是一个伟大的诗人。没有作品发表，就是再有才华也是一个零。发表了很多好作品以后，作协就该要你了。那时就又有工资又有住房，可以说是熬出来了。但是发表作品是要用掉很多时间的。我看刘星为了写好一句诗，有时要整整想上半天呢。就算三天能完成一首诗吧，那一个星期最多就能写出两首诗来，还得短，要是长点儿，就不知道要费多少时间了。创作可不像干体力活，并不是多出力，干快点儿，就肯定能指望完成的。要是让刘星每天八小时搞文字校对，再花上两小时挤公共汽车上下班，那他就很可能一个月也写不出一首诗了。再说，十首诗中要是有一首能发表就很不错了。那样的话，刘星就是白了头，恐怕也写不出足够让他进作协的作品了。这笔账我是算得很清楚的。何况，归根结底，我不是冲着刘星的挣钱能力来跟他结婚的。有个靠得住的工作的男人有的是，但是第一等的诗人可就不多了。我是另有志向的人。要是我自己不得不去做个文字校对临时工，我就要在看稿看得眼花缭乱以后，闭起眼睛在脑海里能看见罂粟花的原野，看见在远远的原野的尽头，我的爱人微笑着向我走来。我不要一个药房的伙计或是一个房管局的公务员站在那儿，冲我傻呵呵地笑。我要我的爱人是一个诗人，一个艺术家，一个和我一样能在脑海里看见大片大片罂粟花的人。所以，我心甘情愿去做那个文字校对临时工，每天看稿看得头昏眼花也不要紧，因为我还同时是一个诗人的妻子。我有一个诗人为我撑起一片诗的天空，让我有一个只属于我的夕阳与罂粟花的世界。

后来，我和青蛙、礼花，以及一些别的艺术家一起看在北京的美术馆举办的蒙克画展的时候，蒙克的一幅自画肖像让我深受感动。年轻的蒙克高大英俊，侧身站着，凝神静思的脸上蒙着阴影，背后黄色和绿色的背景给人一种说不清道不明的感觉，温柔，又很有些悲哀。我多少觉得，那幅画倾诉了我要让一个诗人爱我的欲望。我还记得，我、青蛙，还有礼花，在蒙克的那幅自画肖像前站了很久。大概我们都没有想到，年轻时的蒙克居然这么像一个我们理想中的诗人。

一九七九年搬到北京不久我就认识了礼花。一年以后青蛙又加入进来。我们三人成了最熟的朋友。可从一开始我就很明白，我和礼花、青蛙三人之间不会发展出独立的友谊。倒不是因为别的，而是因为我们跟各自的男人的关系都太深刻。而这三个男人之间的距离也许并不明显，却是深刻又深刻的。尽管如此，我们三人之间仍有一种同舟共济的亲切感。不知不觉中，我们互为参数。这是因为我们的生活无论从内容来说，还是从每天面对的种种选择和决定来说，都跟常人的生活很不同。举一个最简单的例子，对一般人来说，谁不得工作挣钱养家糊口呀，这还用说吗？可对我和刘星来说，就不能考虑得那么简单。如果我们跟常人一样考虑，那我们就完了。只是，没有人保证我们会成功。所以，从本质上来说，我们的生活选择有一种冒险性。因此，我们有意识和无意识地需要互相参照，互相鼓励。在这个意义上，礼花和青蛙是我的不可多得的朋友。一想到我们三人竟都早死，我就不由不深深地惊讶。

礼花是我们三人中年纪最大的。我见到礼花的时候，礼花已经二十八岁了。二十八岁的年纪对当时二十二岁的我来说，就跟三十岁没什么区别。我们那时候觉得，三十岁是一个很老的年纪。但是，快三十岁的礼花仍然非常漂亮。礼花可以说是长得富丽堂皇，高高的身材，微微有一点胖，椭圆的白面孔上明亮的大眼睛在浓密漆黑的睫毛中一闪一闪。

礼花是一个性情中人，多半时候快快活活的，对四周别人的时不时的和不经意的冷嘲热讽让我们听了以后觉得自己神气，有头脸，信心十足。就像刘星是一个天生的诗人一样，说话高声大嗓的礼花是一个天生的反讽者。或者说，礼花其人有一种黑色的喜剧性。但最好的说法是，礼花既是一个天然的反讽者，同时，礼花本人又是一个对她自己的最大的反讽。我的意思是，心高气傲的礼花常能尖锐地指出别人的要命的缺点，可她却把自己的力量建立在深水上的一层薄冰之上。那层薄冰就是小石。不过这一点当时很少有人看出来。所以，更经常的是，有礼花在，我们这一伙就格外地觉得自己既聪明又幸运。偶尔，礼花一瞬间的忧虑，又让我们觉得远远的前景上空其实阴云密布。

　　青蛙只比我大两岁，面容无意识地总有些愁惨，是一个以她的不自觉的悲剧感反而让人定心的奇怪人物。青蛙瘦瘦小小，步履轻盈，很勤快，很注意听别人说话，自己却很少发表看法。比起快人快语的礼花来，青蛙的心思就难猜多了。可青蛙有这么一个好处，不管是有意还是无意，她那份寂然戚然的沉静好像能给我们增添一点分量，让我们这一伙自觉像是江洋大盗的桀骜不驯之辈看起来颇有些严肃的态度。有青蛙和我们站在一起，我们就觉得在冥冥中有某种道德的根底，于是不知不觉地大义凛然起来，尽管"道德"二字在我们的耳朵里听起来既陈腐又可笑。真的，要是我们中间居然有一个人把道德作为一个命题提出来，那我们就觉得没有人比这个更不可救药地愚蠢了。所以我说青蛙奇怪就是奇怪在这里。青蛙加入进来的时间跟我差不多，当然算不上是这伙前卫艺术家里的元老，可是好像青蛙的看法总是有些重要，她要是说了，别人就愿意想一想。而且常常是，青蛙提出的意见总是有一点复杂，难回答。如果是别人来提同样的意见，这伙前卫艺术家早恼了，他们无一例外地全都自视甚高，才不喜欢别人向他们质疑呢。当然，他们之所以对青蛙特别地宽容，跟青蛙并不常提意见也很有关系。至于说青蛙都提了些什么意见，当时我不怎么太留意，现在回想，有一两个我还记得。有一次青蛙问一个搞雕刻的："你刻了这么多个女人的大屁股是让看的人高兴呢，还是你自己刻着高兴？"那个雕刻的听了一愣，说我也不知道。想了想，那个雕刻的问："那你看着高兴不高兴？"青蛙说："我看了半天了，除了觉得这么多大屁股摆在一起很特别以外，没有觉得有什么让我高兴的。"那个雕刻的说，为什么要高兴？艺术不是为了让人高兴。青蛙说，可也是，要不然，大家都去说相声得了。也许，艺术是为了让人不高兴？要是那样，是不是也就可以说，艺术是为了让人觉得死是可以的。那个雕刻的又想了想，说青蛙你扯到哪儿去了。你说青蛙奇怪不奇怪？要是问我青蛙的问题和结论有没有道理，我怎么回答得看什么时候问我。要是那时候问我，我很可能说青蛙的结论有道理。因为那时候，我真心实意地觉得只要我在死的时候能看见那片夕阳下的罂粟花的原野，我就心满意足。可要是现在问我这个问题，我就会说，问题是，你死的时候其实看不见那片罂粟花的原野，根本就看不见！

到我最后离开我们在威基岛上的小屋时，青蛙死了已经有八年了，礼花也死了有七年了。本以为以我的合理的头脑，我能善始善终。没想到，我们全都连三十五岁都没有活到。我们三人本来彼此都很不相同，为什么结局却这么惊人地相像呢？在这永无止境的死中，我没完没了地琢磨。

我说过，楚源、刘星和小石之间，关系太微妙。也许男人之间其实不存在真正的友谊。这么说或许过于绝对，也许，更合适的说法是，男人之间很难存在真正的友谊。有一次，我把这个看法告诉刘星，刘星问，什么是真正的友谊？我顿时张口结舌。我后来想了整整两天也没有想明白。直到后来我们到了新西兰，有一次我问高培瑞，高培瑞的回答让我明白了许多。高培瑞是个白种澳大利亚人，本名叫派瑞·戈尔，高培瑞是他给自己起的中文名字。可能是为了跟中国人打交道方便的缘故吧，几乎所有研究中国的洋人都有中文名字。高培瑞在奥克兰大学东亚系当中国古典文学教授，也兼教中国现代文学，是邀请我们到奥克兰大学访问的校方主人。高培瑞是我们的老朋友。我们一九八二年就在北京认识高培瑞了。那时高培瑞还在写博士论文呢。高培瑞人很好，比我们年纪都大，他就让我们叫他老高。老高最初学了一些西方古典文学，不知怎么后来改了念头，专攻起中国文学来。对我的问题，老高是这么回答的。他说，我们西方人受亚里士多德的影响很深，看问题的时候喜欢分门别类。我们把"友谊"作为一个命题，放在伦理学和道德哲学的门类里，学者们对这个题目有很多议论。我个人最喜欢的是亚里士多德的见解。亚里士多德说，朋友可以分出几种来，有只在生意上合伙的朋友，有只在一起玩儿乐的朋友，也有可以无所不谈、彼此忠诚的知心朋友。其中，最高级的当然是最后那种肝胆相照的心灵上的朋友。一个人不一定只有一种朋友，既可以有知心的朋友，也可以有只在一起玩儿的朋友，并行不悖。只要恪守范围，是不是都可以算是真正的友谊？因为，你不能因为一个人只跟你做生意，不跟你谈心，你就把他算成一个敌人；想通了朋友不必知心不就行了？我觉得高培瑞说得很清楚。那我就明白了，我原来所想象的真正的友谊，指的是最高级的友谊形态，肝胆相照的心灵上的朋友。也许应该这么看，无论是男人还是女人，都很难铸造肝胆相照的心灵上的友谊。为什么呢？我还得再想想。

刘星与楚源的关系源于《瞬间》。

《瞬间》是楚源创办的一个半地下的双月民办文学刊物。半地下的意思是，《瞬间》没有在政府有关部门登记注册，原因是既不知道这有关政府部门究竟是哪一家，又准知道就算是打听到了也不会登记得上。同时呢，尽管《瞬间》在街上叫卖，一时半会儿官方也还没有来查禁。总之，《瞬间》就这么不明不白地"蒙混"着，居然出了差不多有两年之久，终于还是让停刊了。

刘星是《瞬间》同仁中的后来者。他是楚源招进《瞬间》编辑部的新人之一。很快，由于刘星的热情和执着，刘星成了《瞬间》内部仅次于楚源的重要人物。楚源跟刘星一期一换地轮流当《瞬间》的责任主编。

我由衷地敬佩楚源，或者，不如说，楚源像一个令人神往的谜，让我不知疲倦地猜测不已。我对楚源的敬意也是源于《瞬间》的改组始末。在我看来，楚源的发展和成型显示了神机与妙算的完美结合。而更令我深深好奇的是，如此完美的结合，在多大程度上是一个人的远见卓识的实施呢？我这样关心这个问题，是对扶助刘星的重大职责的自觉所致。我当然懂得机会与才能的关系。正是因为我懂这一点，我才对孰是英雄孰是时势非常关注。这么说吧，我对自己其实也有一种英雄的自觉。只是我深知，我的英雄行为并不表现在自己的成就上。也就是说，我是一个潜在的和暗藏的为刘星鞠躬尽瘁的诸葛亮。既是诸葛亮，就不能与曹操相谋。而楚源正是一个曹操。明白了吧？然而，眼见楚源不动声色地呼风唤雨，暗中作法，渐渐成事，我不由自主地在心中暗暗激赏。我相信，当年诸葛亮虽然千方百计抵抗曹操的击杀，但他其实一定很佩服曹操。曹操一定让诸葛亮感到一种兴奋，一种棋逢对手的兴奋。但这还不是最重要的。最重要的是，有很长一段时间，刘星虽然是《瞬间》的中坚成员，但在《瞬间》之外，并没有多少人知道他。对大多数注意《瞬间》的人来说，楚源是《瞬间》的灵魂和领袖。我对此倒并不怎么愤怒。我有理解力，也有耐心，我明白刘星不过初出茅庐，还需要楚源的帮助。所以，可想而知，楚源与刘星之间隐而不露的慢性发炎般的冲突让我当时有多么不安。

起初，我以为是因为楚源与刘星的性格不同。楚源虽然总是从容不迫，沉着冷静，但面容严峻，低垂的眼睛暗藏闪烁的光芒，令人多少觉得可望而不可即，所以已经有些落落寡合。而刘星的性格就跟得了孤独症似的，大多时候闷声不响，对人视而不见，只顾自己出神，脸上仿佛有阴影浮动，像云彩飘游着的天空。但要是高兴了，刘星就会欣喜若狂，话多得不得了。要是刘星有什么想不开了，就很躁郁，轻的时候唠叨不已，严重了就大吼大叫，对别人骚扰很大。有相当一段时间，楚源对刘星还比较担待，刘星的坏情绪爆发的时候，楚源就一声不响，静等刘星平静下来。但到后来，楚源就不怎么耐烦了，遇到刘星发脾气，楚源抬脚就走，留下刘星一个人在屋里面红耳赤地生气。渐渐地，楚源立下了这么个规矩，每次刘星发脾气之后，楚源就不再跟他说话，直到刘星自己为什么事来找他，这才一切照旧。几次下来，刘星这个不会察言观色的人也明白了，楚源不买他的坏脾气的账。刘星是个老实人，不会、也想不到斗法，既然人家不许，他就不了。刘星渐渐学会了怎么跟楚源说话，学会了耐心地听取楚源的意见，学会了对楚源述说自己的看法时重要的是不动声色，学会了遵守游戏规则——对于人来说，形式通常比内容重要，而虚荣心则永远比真理重要。

所以，问题并不是刘星的性情不同于平常人。继续耐心观察了一大阵以后，我终于看出了一点端倪。是什么呢？说来真复杂。而且，复杂还是小事一桩，让我既绞尽脑汁又深感焦虑的是，我怕立身的根本大计最终要失败。

我制定的立身根本大计是什么呢？现在回想，当然很有些幼稚，但谁没有年轻的时候呢？那时我才二十出头，心心念念的，是要走进一张蒙克自画像那样的图画，让画像里的诗人成为我的生活的一部分，成为我的生活结构；我要我的生与死都不同凡俗，都是诗意的和为了诗意的。我不要像千千万万惆怅的女孩子那样，徒然仰望蒙克的自画像。我要让诗人脸上的阴影是因为我和为了我。我的立身的根本大计是给自己找到那片开满罂粟花的原野。我发誓在离开这个世界的时候，一个诗人走来跟我告别。那个诗人让夕阳下的原野开满罂粟花，照亮我的黑暗的死亡。我将不再羡慕那个脑中有火星升腾的死人，我将志得意满。我有理想，有计划，也有实施的手段。所以，我是一个非感伤主义的和有把握成功的包法利夫人。

那我看出来的"端倪"是什么东西呢？是这样，有一天我突然意识到，楚源对刘星的不赞许虽然看起来有些蹊跷，甚至有些霸道，但如果追溯渊源，还得说是刘星的错。这错就是，刘星不懂得妥协的必要，刘星一心一意要做一个纯粹的诗人。具体一点，楚源认为《瞬间》之所以要办，是因为他们这样的"在野"诗人没有地方让他们的诗作跟读者见面。换一句话说，如果他们也能在官方的刊物上发表作品，就不一定非要办《瞬间》不可。而刘星却认为，《瞬间》存在一天，就标志着艺术自由的原则存在一天，这跟官方刊物如何对待他们的作品没有关系。乍一看，楚源的看法跟刘星的看法区别好像不很大，但要是仔细一琢磨，就会明白，他们两人的看法其实差别很大。说得直白一点，楚源的观点找到了一个又有斗争性又灵活和实际的政治位置——能进能退，能攻能守，既标明了对峙的立场，又在申述理由的同时，暗示了退却的可能和条件。楚源的观点真是聪明，听起来刚中有柔，实行起来游刃有余。刘星的主张固然高屋建瓴，在见解上更深刻，但真正实行则无异于破釜沉舟，把退却的后路截断，堵死，让自己只能硬着头皮去撞横在前面的大墙，那不是死路一条吗？《瞬间》停办以后，楚源主张《瞬间》的作者们在写作上作适当调整，说妥协也行，然后尽量争取在官方刊物上发表，以此法再成气候。刘星则坚决不同意，如果都被招安了，那不是对《瞬间》的背叛吗？刘星说，楚源你怎么闹了半天骨子里是个天天想被招安的宋江啊？楚源深深地看了一眼刘星。《瞬间》同仁从此分道扬镳。

以我理智的眼光，我当然赞同楚源识通变的看法和做法。刘星不向官方刊物投稿，那他什么时候才能成为被社会广泛认可的诗人呢？莫非我得做一辈子文字校对临时工来养活一个自封的诗人吗？这就是我担心立身的根本大计可能失败的缘由。但是另一方面，我的梦想罂粟花原野的心却能感觉到刘星的真正的诗人质地。我的英雄本色，就在于临危不惧，勇于承担重任。所以，看出了刘星有自我毁灭的危险倾向以后，我并没有慌张。我不是一个诸葛亮吗？我决定要学楚源的样子，不动声色地引领刘星绕过横在他面前的大墙，然后，坚定不移地走向远方我们的家园。

远方我们的家园！

在南太平洋的深处，有一条巨大的鲸鱼浮在水面上一动也不动。那是新西兰。

美丽的新西兰主要由两座大岛和一群小岛组成，南岛好像露出水面的鲸鱼的上半身和微仰的鱼头，北岛则像鲸鱼的尾部，尾梢向右甩去。周围的小岛像是鲸鱼在水波和浪花中隐隐约约显露的腹部。当我们飞临新西兰上空，快要在奥克兰机场降落的时候，刘星指着飞机下面看上去只有一丈多长的露出洋面的新西兰国土说，芳草天涯。

高培瑞用奥克兰大学的名义邀请了楚源去做为期一年的访问诗人之后，紧接着第二年也邀请了我们。我以为我们能在奥克兰见到楚源，还觉得挺兴奋。《瞬间》停刊已经有十年了。在这十年间，我们与楚源见面不多，关系仿佛越来越疏远。对此我总觉得遗憾。十年之后，刘星也跟楚源一样成了知名诗人，要是他们能在世界著名的奥克兰大学的校园相逢一笑泯恩仇，还有比这更令人向往的吗？然而，当我们到达洒满二月阳光的奥克兰，在机场上，来接我们的高培瑞说，楚源几天前去欧洲了。跟楚源在新西兰的失之交臂，有一点像兜头浇下来的一盆冷水。果然是楚源本色，令人简直无从回味。

虽然楚源的避而不见让我们那终于也踏上了外国土地的兴奋失色不少，但我们也不打算老不痛快。何况，新西兰让我们目不暇接。上海人的都市品位使我深深被奥克兰市中心的豪华所震撼。等稍微醒过一点味，我又被号称"千帆之都"的奥克兰独特的舒适所吸引。老高骄傲地说，奥克兰的舒适和宜居可以和瑞士的苏黎世和日内瓦媲美。两个星期以后，我开始考虑奥克兰对于我们意味着什么。

一天，我和刘星在港湾漫步。那些皮肤被南太平洋上的日光晒成金黄色的高高的年轻人走在港湾上的样子真好看。他们肩上滑水用的鲜艳的水橇板与港湾中停靠着的上百只小帆船的白桅杆一起反射着明亮的阳光，海风吹来远处的笑声和喧嚣。四周的一切这么漂亮，新鲜，宁静，我却忽然觉得自己从来没有这么孤独过。或者说，一种从来没有过的说不出的寂寞的感觉攫住了我，我觉得自己像一个一文不名的流浪儿，正缩在一条喧闹的大街的一角，只能看着来来往往穿着时髦的人们兴高采烈地买东西，街上五光十色的好东西没一样跟我有缘……我感到一种没赶上趟的痛切的失落。我于是明白奥克兰对我意味着什么了。

刘星，我们留在新西兰吧，我说。我的意思是，留在奥克兰。

刘星没说话。远方，数点洁白的帆影在海浪的波光上跳跃。

我们留在这儿，就算是浪迹天涯。我以后也不用指望你进作家协会当什么专业作家了。要是留在这个地方，好也罢，歹也罢，总算是我们有生以来头一次对在哪儿安身立命做了一次选择。咱们中国人一向只能是生在哪儿就长在哪儿、死在哪儿，咱们的眼界就只能那么大。要是咱们留在这儿，也可以算是对咱们的命运的反抗。我知道刘星总是倾向于反抗。

谁说中国人的眼界不大？中国人的眼界大得很，问题是，人家让吗？中国人要是想在哪儿住就能在哪儿住，中国早就不会有那么多人了。我不信这个世界会那么平等，对咱们那么客气。刘星阴沉地说。

以前我总是能理解刘星的忧郁，但现在，在南太平洋的海风轻柔的吹拂下，我忽然对刘星的思维方式很不耐烦。哪个福建农民会在奥克兰中餐馆非法打工时苦苦思考中国人的平等问题？对于平常人来说，一块面包的实惠一旦与理念的原则发生冲突，面包的实惠将百战百胜。何况，我和刘星毕竟还不到为了面包而挣扎的地步。也正因为如此，刘星才为不怎么相干的事焦虑。要是我们也落到无依无靠的福建农民的地步，刘星也许不容分说立刻就去奥克兰中餐馆打工了。

但是有一天，威基岛的风忽然使刘星顿悟。

那天，我们在威基岛上做客，主人是刘星在奥克兰街头一家酒吧里偶然认识的一个四十多岁的农民，叫杰克。杰克在威基岛上经营一个小农场，在认识刘星的那天来市中心办事。刘星跟杰克聊起了在威基岛上办小农场的种种事端，说得杰克兴起，非要刘星到威基岛上他的家去看看。我们就找了一个好天去了。威基岛可以说是奥克兰的郊区，在豪拉吉海湾里，跟奥克兰隔海相望，从奥克兰坐轮渡走差不多十八公里就到了。杰克的小农场坐落在威基岛东边一座小山脚下，被菜地围绕着的简朴的小房子后边有一条小路通到山上。我们在杰克的带领下看了一遍他的菜地，他的种种农具，喝了杰克老婆煮的黑豆芹菜汤配玉米面面包，又就着咖啡吃了杰克老婆烘烤的花生酱饼干。之后，我和刘星顺着房后的小路慢慢走到了小山的山顶。山顶是一大片中间拱起的碧绿的草地，半尺多长的细草伏在地上被海风吹得簌簌发抖。山顶四周镶嵌着一圈叫不出名目的蓬蓬松松的矮树。山的北面是豪拉吉海湾的出口，接着碧波万顷的南太平洋。虽然是盛夏天气，午后的太阳却并不令人头昏眼花。我坐在一棵树下，让阴凉遮住我，眺望山下波光闪闪烁烁的海面。后面，刘星迎风站在山顶的最高处。许久，刘星高声朗诵起来：

充满了无形的火焰，紧闭，圣洁
这是献给光明的一片土地
高架起一柱柱火柱，我爱这个地方
这里金石交织，树影幢幢
多少块大理石颤抖在阴魂之上
忠实的大海倚我的坟墓而眠
彪悍的忠犬，把偶像崇拜者都赶走
让我，孤独者，带着牧羊人的笑容
悠然在这里放牧神秘的绵羊——
……
为自己，为我所独有的一切
靠近自己的心，靠近诗情的源头
以空无所有和漫无目的
我等待那宏伟内在的回声
……

我呆呆地听着。

刘星告诉高培瑞，他要永远住在威基岛。高培瑞说，他可以跟学校再申请一年赞助，请刘星跟他合作翻译中国的当代诗歌，但不能保证第三年的经费。刘星说没关系，他跟杰克学种菜。

到刘星在杰克家东边不远的一片人迹罕到的旧宅地披荆斩棘，翻盖一所破旧的小木屋的时候，楚源已在巴黎大学当上了教中文的讲师。我在刘星旁边给他打下手的时候，常常想起青蛙。青蛙要是不死，是不是也去巴黎，在巴黎的中国店里买虾，在窄小的六楼旧公寓里跟楚源一起喝德国啤酒，在黄昏的窗下独自一个人读里尔克的诗？青蛙说过，她很喜欢里尔克的一首小诗《邻居》。我一直记着，到了新西兰以后，到奥克兰大学的图书馆里借了一本英译里尔克的诗集，在里面找到了那首诗。现在怎么回忆也只能模模糊糊地想起里面的几句，好像是"为什么，我总是与这样的人为邻，他让你的歌声充满恐惧，让你颤抖着说，生命比一切都沉重？"也不知道我记得对不对。唉，在这死亡之地，我永远不能再去图书馆借那本诗集查对了，只能独自苦苦地回想。

6

深林：橡树街

储柴小屋的门费了我一个多星期的时间才修好。为了修这扇门，我不是买了一把锯，而是两把。第一把是个烧汽油的链锯，看上去像把大刀，刀把上有马达，非常威风，我很喜欢，又因为减价百分之四十，不容分说我就买了。回来以后看了半天使用说明书，终于大着胆子把油锯打着了，在木条上一试才明白，用这把锯锯木条真是用屠牛刀杀鸡大材小用了。而且，甚至不是大材小用，而是根本干不了那个活儿，锯齿太粗，一沾木条木条就裂了。我很困惑，就去问查理。查理跟我一起去建材商店挑了一把细齿小电锯，又挑了个电改锥，说我的手劲儿可能没那么大，拧不了那么多的螺丝钉，又帮我挑了扇最便宜的三合板的预制门，两个人抬着，坐公共汽车回来。要上车的时候，司机打量了我们半天，拿不准主意让不让我们上。当地人去建材店买东西，都用自己的车运货，没有人抬着门板上公共汽车。看查理有点气嘟嘟的了，又看看车上没几个人，司机把要说的话咽了下去，让我们上车了。我告诉查理我要把那把大链锯退还给商店，查理说你需要用那把锯伐林子里的死树好冬天取暖用，买木柴太贵，而林子里有的是死树，不烧就烂掉了。死树得趁还立着的时候赶紧伐，等树倒了就已经烂得没烧头了。他本有一把类似的链锯，但是坏了，他想出一半儿钱，跟我合用那把锯。我一想也好，就同意了。查理给了我五十多块钱，立刻就把那张锯扛走了，说有棵树要锯。

我跟查理抬着门板浩浩荡荡地穿过橡树街，自然引起了凯蒂的注意。我在超级市场上班的时候，凯蒂几乎天天让我给她带一两样东西。好在凯蒂的钱有限，她花起来很小心，每次要买的都是小东西，一个面包或是一盒小苏打粉什么的，带起来并不费力。所以我总是痛痛快快的，给她办得很好。凯蒂觉得跟我很熟了。见我和查理如此兴师动众，她就抓住第一个又见到我的机会，问我在跟查理做什么，是谁买的那扇门，为什么要买门，查理是不是常常去找我。我一一回答了以后，问她为什么要问查理是不是常去找我。凯蒂粉红的胖脸立刻愁得皱了起来，眼睛也变得水汪汪的，说，我闯祸了。看我有点儿关切，凯蒂赶紧拉我进她的门，把我安置在她的小客厅的沙发上，还给我倒了一杯可口可乐。我一边惋惜不能去散步了，一边打量她的房间，想看看有没有她画的画；搬进弗冉山庄已经半年了，还没有机会见识见识凯蒂的画。然而没有，凯蒂的小客厅的四壁光秃秃的。我于是有些疑惑，查理的话未必对吧。

　　凯蒂呼哧带喘地把自己安顿在沙发旁边的一张破旧的大安乐椅上以后，一边咳嗽一边给自己点燃了一支烟，又忧愁地叹了两口气，才一边吸烟一边告诉我，她把查理惹翻了，查理现在不跟她说话了。为什么事你把查理惹翻了？我问。凯蒂说，那天他们俩人在凯蒂门前闲聊，离他们不远的地方有一棵巨大的橡树，树叶落得差不多了，露出主权上的一只硕大的鸟窝。凯蒂说，她跟查理开玩笑，让他看那个鸟窝，问他像不像他的球。查理就把脸给气红了，说她粗野，对他不礼貌。凯蒂说，查理说完就走了，也不等她给他道歉。以后他再看见她，就不跟她说话了。我觉得有点好笑，但也很同情看上去伤心欲绝的凯蒂。我说凯蒂没关系，过一阵查理气消了，你给他道个歉不就行了吗。凯蒂说都过了两三个礼拜了，查理还是对她视而不见，不给她机会道歉。我说那就再等等。凯蒂说那地上的树叶怎么办呢？原来，每年都是查理帮凯蒂清院子里的落叶，凯蒂付给查理工钱。可别以为在新英格兰清理院子里的落叶是个轻省活儿。这儿的树叶又厚又重，黄了也减不了什么分量。问题还不是单个叶子的分量，而是数量。新英格兰的纬度跟中国东北差不多，雨水充沛，树长得别提多高大了，那一树的叶子落下来，铺在地上厚厚的一层，可够人清的。把树叶都收集起来已经不容易，更费劲的是运走。我们橡树街的居民得天独厚，我们领地辽阔，可以把落叶运到林子深处，扔在那儿就可以不管了，让那些叶子渐渐变成腐殖质。住在镇中心的人就不成了，他们得买大纸袋子把落叶装进去，然后专门付钱请垃圾公司运到专门处理的地方去。镇政府体恤镇民的不容易，所以每年到秋高气爽气压高的那几天，允许院子大一点的镇民在院子里烧落叶，但必须事先申请并得到批准，否则罚款。这么严格，既是为了防火也是为了减少空气污染。我这几天一有空儿就用床单兜一大堆落叶往林子里运，很有些腰酸腿疼。凯蒂这么胖，腿又有旧伤，把自己挪进林子里已经很困难，再背上一大兜树叶子，走上几十趟，大概是太难了些。我看看愁眉不展的凯蒂，觉得她那样子不像是想请我帮她清树叶。凯蒂不是个拐弯抹角的人，又有点一根筋，她要是想，就会问我。现在她像是认定了只有查理才是解决她的落叶问题的答案。凯蒂，我听查理说你会画画，能不能让我看看你的画？我转了话题。

凯蒂的脸上放出了光："查理跟你说了这个吗？什么时候？是最近吗？"也不等我答话，凯蒂就窸窸窣窣地费劲地起身，带我去她的地下室。凯蒂的房子也有两个卧室，都非常小，她自己住一间，另一间留给儿子来时住，所以，她在地下室画画。

凯蒂的地下室收拾得干干净净，不怎么像艺术家的画室，倒挺像个小小的图书阅览室，或者，像个小旧书商的铺面，因为沿墙摆满了大小不一的各种各样的小书架，一看就知道是凯蒂从旧货摊上淘来的。地下室临街的西墙高出外面的地面约两三尺，在快到房顶的地方开了一个一尺多高两尺多长的小窗户。凯蒂在离西墙两米左右的地方放了一张小书桌。这样，凯蒂坐在桌子后边面对西墙就可以看见行人经过时的脚与小腿。小书桌的右侧放了一张破旧的单人沙发，也是面对西墙。凯蒂是一个狂热的橡树街的守望者。

我走近那些小书架才发现，小书架上放的都是凯蒂的画作。凯蒂的画的尺寸看起来不大，好像都只有一尺来高、两尺来长。每幅画都用旧报纸包着，像放书似的，一幅挨一幅地立在书架上。我看看凯蒂，凯蒂正忙着把自己安顿在小书桌一侧的那张旧单人沙发上。看我看她，凯蒂就说，你自己挑着看吧。她懒得跑来跑去。我就随手取出一幅，拿到小书桌上，打开外面包着的旧报纸。当那幅画从旧报纸里亮出来以后，我不由得倒吸了一口气。

凯蒂，是你画的？真不错！

凯蒂耸耸鼻子，查理也这么说。

凯蒂，这画的是你的家乡吗？

嗯，小时候我们家住在农场里，我爸爸是个农民。我家的农场在宾州。这画儿上的马车是阿米什人的。他们只用这种老式的。我家离阿米什人的村子不远，我小时候常看见他们赶着这种老式马车经过。你知道阿米什人是些什么人吗？我爸说他们的祖上是德国人，说他们不喜欢用机器，说他们信上帝的法子跟我们不一样。他们不跟我们来往。我小时候就爱看他们的马车，我想让我爸也买一辆，可我爸说马车走得太慢，说再说咱们也没有马。我家没有马，我家有拖拉机和卡车。

凯蒂，你画得这么好，怎么不开个展览？

那年有个人从什么地方来，好像是从纽约来，也许是波士顿，记不清了，说是要在什么地方给我开个展览，可是后来就没有了消息。我也不明白是怎么一回事。我才不在乎。

那你就没有再找人来看看你的画了吗？

凯蒂疑惑地看着我，找谁？

对这个我也感到茫然。我把手里的画先放在桌上，又取了一幅打开看。

凯蒂，这是个学校吗？你在那儿上的学？

我做梦的时候就在那儿上学。那是我家附近的一个私立女子寄宿中学。在那儿上学的女孩子全都又聪明又漂亮又有钱。我爸说要是一连三年农场能赚到钱，他就让我也到那儿去上学。他说也许不用成绩好，交钱就行。我爸还说我不用到那儿上学也跟那儿的女学生一样漂亮。

我看看凯蒂，凯蒂的布满粗大的汗毛孔的粉脸上堆满了皱纹，披在肩上的长发又黄又灰又白，睁大的水汪汪的眼睛看着那个高高的小窗户，神情像是在做梦。

凯蒂，你爸爸还活着吗？你妈妈呢？

凯蒂摇摇头，没说话。过了一会儿，凯蒂又摇摇头。

我不记得我妈。我爸说我妈生下我就走了。我爸病死了。是肺的毛病。说是肺癌。我爸死的那年我十六岁。我爸跟我说，以后要是有人欺负你，你就跟那人说，谁欺负凯蒂，谁就比凯蒂要糟多了。凯蒂又摇了摇头。

你才十六岁，后来谁照顾你的生活呢？

我哥，彼得。彼得比我大四岁。我爸跟彼得说，彼得你是个聪明的家伙，你一定能混得好。凯蒂上学费劲，将来养活自己可能有点儿难，把农场留给她得了。你看着点儿，雇个人帮她经营，再帮她嫁个好人，那人得同意经营咱们的农场。彼得说行。彼得那时还在上大学呢。后来彼得当了教授，他在安城大学教过书，教生物学。我到这儿来就是彼得叫我来的。

那你的农场呢？

让那个可恶的罗伯特给卖了。

罗伯特是什么人？

我丈夫。尼特的父亲。

尼特是凯蒂的那个在北卡罗来纳当兵的儿子。

罗伯特为什么要把你爸爸的农场给卖了？他不是得同意跟你一起经营那个农场吗？

罗伯特说那个农场不赚钱，他又找了别的女人，要跟我离婚，说他可付不起赡养费，得把农场卖了算是他的赡养费。彼得说那个农场是凯蒂的，你不能卖，谁跟凯蒂结婚谁经营那个农场。罗伯特说哪儿写着呢？再说，农场都给押出去借债了，不卖，谁还债？你还债还是凯蒂还？彼得也没办法，就让罗伯特把农场卖了，罗伯特说卖来的钱都还债了，一分钱也没给我和尼特。可我就不跟罗伯特离婚。我想我不同意你有什么法子？罗伯特就自个儿走了，到那个女人那儿去了。彼得后来劝我说凯蒂你同意跟罗伯特离婚吧，那样他得给你钱你好抚养尼特，要不然法院没法儿强迫罗伯特给你寄钱。等我想明白了，到哪儿找罗伯特啊？早就跟一股烟儿似的无影无踪了。前两年来了通知，说罗伯特死了，因为他没跟我办离婚，让我领一半儿罗伯特用剩下的社会保险金，那一半儿给那个女人，说她跟罗伯特有二十多年的事实婚姻关系。嗐！两个人每人每月三百块钱！彼得可是个好哥哥。农场没了，罗伯特走了，彼得说凯蒂你一个人又没地儿住又没工作，你带着尼特到我这儿来，我帮你先安下身来再说。我和尼特就来了。彼得帮我在超级市场找了个清洁工的工作，又帮我租到了州政府赞助的帮助收入低的人的廉租福利房，这样我和尼特凑合着就能过下去了。尼特小的时候，晚上我得去上班，半夜才能回来，彼得就把尼特接他那儿去过夜，第二天尼特下午放学后坐校车回我这儿，这么着有好几年，直到尼特满了十二岁。尼特十二岁，我让他一人在家就不犯法了。

凯蒂，彼得现在还在安城大学吗？

我寻思也许在安城大学见过凯蒂的这个教生物的哥哥。

凯蒂又像刚才那样有些迷茫似的摇了一阵头。

彼得死了。

彼得怎么也死了？

彼得也得了肺癌。我家人都得肺癌。彼得说凯蒂你可别抽烟了。我说我不在乎，我正想爸呢。彼得就哭了。彼得说凯蒂我不能再照顾你了，我的一点儿储蓄给你一些，剩下的给我妻子，她也需要。你别害怕，尼特大了，他能管你。我说彼得你别难过，我没事儿，我有地儿住，有饭吃，干吗害怕。我就是想爸，我也会想你。彼得说凯蒂你还是画画儿吧，你画的咱家的农场我真喜欢。我知道那样你就不那么想了。

凯蒂你现在还画吗？

凯蒂点点头，又摇摇头。

现在颜料太贵了。

我想起每次凯蒂请我帮她代买东西都买便宜的，而且量很少。

我又把那两幅放在桌上的画分别拿起来仔细看了看。

凯蒂，你画得很好，我非常喜欢你的画。现在明白了你为什么喜欢画画，我就更喜欢了。

凯蒂听了以后很高兴，脸都发红了。

我想告诉凯蒂我在写书，但嘴张了张，又咽回去了。我怕把凯蒂吓着，以为我是什么了不起的大学者。

林，你真的喜欢那两幅画？

当然，我非常非常喜欢。

那我送给你得了。我留着也没有什么用。

你留着，每次看，你不是就又回家了吗？

画完了我就不看了。要想家我就再画。

那，颜料不是很贵吗？

我能对付。林，你拿着，我更高兴。我爸早就说我是个特别的女孩子。

凯蒂的脸放着光，头发蓬乱的大脑袋仰靠在破沙发的椅背上。

我相信了，凯蒂是真心要把她的画给我。

我赶紧捧着凯蒂的画急急忙忙地回家要挂起来，一路上别提多高兴了。

夜里，一点以后，我把计算机打开，在网上查找价格合适的颜料。圣诞节快到了，本来我没准备给任何人买什么圣诞礼物，我不喜欢那些个假招式，也不愿意莫名其妙地以此表示我这个中国人也过什么圣诞节。但现在我愿意今年送给凯蒂几管颜料作为圣诞节的小礼物，当然不仅是因为凯蒂送给了我两幅画。之所以要等到一点才上网，是为了节省。我找到了一个不收费的上网线路提供公司，但白天不能用，只能在半夜一点以后和早上七点以前用。

计算机是我从查理手里买的，是个二手货。查理有个表弟在附近的一个小计算机公司里工作，有时来找查理。我搬到橡树街的那天碰见查理坐车进来，开车的就是查理的表弟。查理表弟的公司经常处理用旧了的计算机，不久前查理买了一个，很满意，就打电话问我要不要也买一个，说不太贵，是奔腾三的，什么都没坏，就是因为人家要换成奔腾四的，一百五十块钱一个，带屏幕。我不怎么知道二手计算机的行情，想想新的也许至少要八百块钱，一百五十块钱买个不算旧的还带屏幕也许的确不贵，再说我写小说有个计算机可就方便多了，就也买了一个。只是又该去超级市场当会儿装袋员了。好在上次当装袋员当得很好，超级市场管跟顾客收钱清账那一摊的主管对我很友善，我要再去应该不难。可我想也许应该稍微等等，好把两次打工之间的间隙拉得稍微长一点，而且每次干的时间也应该稍微长久一点，要不然就更显得来去匆匆，不把人家当回事了。

找到了一个合适的网上颜料销售商的网页以后，我把网页的链接存了档。到圣诞节还有差不多两个月，我想过一两个星期以后再买，应该来得及。我抬头又看到了挂在东窗一左一右的凯蒂的那两张画，不由又重感到那两张画里的复杂的时间和复杂的喜悦与忧伤。灵机一动，在网上查起卖画的网页来了，心想凯蒂画了那么多的漂亮的画儿，要是能卖出去一些就好了。

可是，凯蒂的画真的需要卖吗？我也拿不定主意。我觉得也许值得想一想。凯蒂没有多少钱，但是，要是凯蒂有很多钱，那又怎样呢？在一般人看来，没有钱的凯蒂这一辈子大概不算过得好。然而，如果凯蒂过得不好，是因为没有钱吗？况且，凯蒂果真过得不好吗？怎样才是过得好呢？从表面上看，凯蒂孤苦伶仃，又老又胖又有伤，还轻微痴呆，没有人会觉得应该去羡慕每天花很多时间守望空无一人的橡树街的凯蒂。可是，凯蒂能拿起画笔，蘸上颜料，在一小块画布上画她家旁边的女子寄宿学校，画那五十年前的校园里一度碧绿的草地，原木做的校舍的外墙刚刚油漆过，散发着结实强壮的清香，小径穿过草地，跟十几岁的凯蒂一样漂亮的女学生三三两两地走在草地上的小径上。此刻，在凯蒂的地下室，时间和地点都变得复杂起来，所有有关的界限都变得模糊不清——既是现在，又是五十多年前；既是在橡树街，又是在宾州的农场；凯蒂的头发既又灰又白，同时又金光灿灿，凯蒂既又老又胖又有伤，同时又年轻又窈窕又健康。此刻，凯蒂年老的脸上流着小姑娘的泪，心里充满了对逝去的父亲和哥哥的忧伤的爱。凯蒂在对他们的深切的怀念中与他们重逢。此刻，凯蒂虽然人坐在新英格兰偏僻的橡树街上的一所孤寂的小房子里，情感却正在重温那久违了的遥远又遥远的旧日阳光。凯蒂一遍又一遍地画，于是，凯蒂一遍又一遍地越过千山万水返回那时间之外的她的失落的家园。追究起来，归根结底，又有谁心底的忧伤不是昔日家园的失落呢？但是有多少人能像凯蒂那样，一次又一次地胜利重返那失落的家园？凯蒂不让人羡慕吗？

设想凯蒂忽然腰缠万贯，下一步会是什么呢？凯蒂得应付各种各样找上门来的募捐者和慈善机构的无数宴请，得应付成群结队的房地产买卖中介人和投资中介人，得应付一堆殷勤的家具商和室内装修设计师，得应付一夜之内冒出来的许许多多的表亲和旧友，得买车，买衣服，得请司机，请花匠，请清扫女工……这些忙碌意味着什么呢？除了意味着与钱的数目相联系的购买的力量以外，还有什么呢？证明了凯蒂的艺术才能？那，没有这一切，凯蒂的画儿就不感人了吗？是艺术先感人再值钱还是相反？如果是后者，不荒谬绝伦吗？再说，凯蒂置身于这一切之中，就会幸福地露出痴呆的笑容，而不再流着泪，回想她的父亲和哥哥，不再回想，当她远望那些漂亮的女学生穿着白上衣和黑裙子在校园里走来走去，身后父亲说，凯蒂，你不用去那儿上学也跟那些女学生一样漂亮？如果，能在情感中与父亲和哥哥重逢凯蒂就心满意足，那，坐在地下室的小窗户前独自守望橡树街，跟坐在富丽堂皇的客厅里痴呆和空洞地对陌生人微笑，果真很不同吗？

　　既然如此，凯蒂的画为什么一定要送去展览，又为什么一定要卖掉？凯蒂为什么一定要成为又一个令洛阳纸贵的摩西老奶奶呢？这些问题对于我，一个心仪终生敲铁皮鼓的侏儒奥斯卡的弗冉山庄号潜艇上的深海航行者，当然不是什么难以解答的问题。当然都不必。

　　但令我仍有些困惑的是，值钱的艺术是因为感人吗？或者，感人的艺术就必定会值钱吗？同样的毕加索的画，在二十世纪初的巴黎街头几个法郎就能买到一幅，现在要准备好上万的美元才能问津。不难理解，艺术的市场跟艺术的感受完全是两回事。难理解的是，不受市场束缚的自由的艺术怎样才能在艺术家之外生存呢？也就是说，自由的艺术怎样才能在诞生之后不转瞬即逝呢？凯蒂的画怎样才能避免在书架上变成尘土呢？

　　这个问题直到我在网上买了一幅海地小画以后才算初步解决。我，一个计划要靠四万块钱活十二三年的提前退休者，一个为了要买一把电锯就得去超级市场做一阵装袋员的可以说是一贫如洗的人，居然鬼使神差和万分骄傲地花了四十块钱买了一个海地人三十多年前画的一幅小画来和凯蒂的画一起收藏！连我自己对此都深感惊讶。

　　这幅小画是用丙烯颜料画在一块一尺高、六七寸宽的纤维板上的，画法像小孩，线条粗大清楚，散点透视（远小近大的比例不准确，凯蒂的画也是），画的是一个海地的村庄。村庄坐落在重重叠叠一直延伸到天空的几座丘陵上。在葱绿的山坡上，墨绿的树和浅绿的种植作物与一座座橘红色屋顶的小房子相间。树一棵一棵地画得尽可能仔细，屋旁的是一种小叶的树，山顶上则是不怕海风吹的椰树。每块坡田的耕作都不同，有的是一层一层的梯田，有的是整片的散播，有的打着格子。大脑袋、黑皮肤的村民有的在劳作，有的在与邻居打招呼或聊天。天上飞着三只硕大的鸟。画买来的时候没有框，好在我为修门已经买了一个小电锯，就买了些松木条，给这幅充满愉悦的小画配了一个拙朴的白松木框。画这幅画的那位海地画家叫杜比克（Dubique）。

在买这幅画之前，我对海地的艺术一无所知。是因为先喜欢这幅画，我才去把海地和海地艺术考察了一番。这才知道，海地这个加勒比海上的小岛国尽管不幸沦为西半球最贫穷国，却在绘画和雕刻上颇享盛名。海地人百分之六十不识字，会画画的却成群结队。你到海地首都王子港或游客多的海滨去走一走，到处都有街头艺术家向你兜售他们的画。海地画家也分画派，一小部分到欧洲或美国受过学院科班训练的多有古巴画风，但大部分海地画家没经过训练，所以属"拙朴派"（Naive Art 或 PrimitiveArt）。"拙朴派"声名很大，"拙朴派"的画不仅在王子港的街头和海滨卖，也被纽约和巴黎的画廊买去卖。街头的海地画几美元就卖，纽约和巴黎画廊里的海地画则售价成千上万。显然，海地人如此热衷绘画艺术，跟商业很有关系。

我又试图寻找杜比克的踪迹。终于，在韦伯斯特大学的网站上一个名叫鲍勃·科尔贝特的教授编的海地知名画家八百人名单上发现了杜比克的名字。但是，仅一个名字而已，没有任何其他关于杜比克的消息。由此可知，杜比克受到注意的程度很低。似乎是，杜比克尽一生努力，只在八百人名单上留下了一个名字，还有，让我仅用四十块钱就买到了的这幅小画。

杜比克的小画挂在楼下小客厅里我常坐的木条折叠床兼沙发旁，一抬眼就能观赏。每次看，小画都总是像一只翠绿的益然有生气的小青蛙，让我感到一种由衷的喜悦。

是因为漂亮的用色吗？可是，如果把一块葱绿与橘红相间的花布挂在墙上，我不会被感动，不会觉得深切地欢愉。是因为内容吗？然而，在此之前，我与海地应该说是毫无关系，在世界上上百的国家里，我不会特意地想起海地来，即使见到一幅拍得不错的海地山村的照片，也不大会买来挂在墙上天天看，更不会因此而感到难以言说的深远喜悦。那，是因为画家的画技吗？也未必。固然，像小孩似的画画，是一种眼光。毕加索说，他十几岁就能画得和大师一样，但他花了几十年学怎么画得跟孩子一样。然而，我看毕加索的画与看这幅杜比克的画的感觉并不一样。在我眼里，毕加索再怎么学孩子，他的画处处在表现欧洲男人的兴致。而杜比克虽然画得的确跟孩子一样，我总觉得杜比克大概并不想学孩子，只是认真地要画好。画画的材料有限，所以画幅很小。画幅小，用笔就得细，就得周到。所以杜比克一丝不苟，连不足一寸的小屋顶上排的瓦都要规规矩矩地画出来。在杜比克的笔下，树木葱翠，屋瓦橘红，鸟在天空展翅，菠萝树在地上挺立剑叶，海地女人叉着腰，伸着胳膊指点，俭朴的日子过得既热烈又认真。也许，让我感动的是，贫穷并不能阻止人感受在灿烂的阳光下的生命的喜悦？

那么，这幅画拥有的这些因素，是不是"客观"的艺术价值呢？似乎又不尽然。

如果是三十年前，我想我不会买这幅海地画。我最可能挂在墙上反复看的大概是蒙克的《尖叫》的印刷版。凡·高的《繁星》也有可能，当然也只可能是印刷版。总之，那时我会宁可买大师的印得色彩走了样的廉价复制品，也不会对这幅拙朴的海地原画多看一眼。年轻的时候，不免人云亦云，向往动荡的历史时刻，悲伤的诗意，浅显的崇高，响亮的愤世嫉俗，戏剧性的流浪，虚张声势的离经叛道。只有到了现在，见识了所谓大千世界以后，一只在泥沼边缘跳跃的青翠的小青蛙才显出魅力。我现在只看重两种品质，朴素和坚强。有了这两种品质，一个人就不会虚荣，就不会胆怯，就有了拥有自由的可能。在我看来，杜比克的画体现了这两种性格。小画中海地山村的永恒的阳光，葱绿的丘陵，摇曳的椰树，热烈呼喊的海地女人，让我想起小时候和伙伴游过泳以后坐在湖畔无忧无虑地晒太阳的感觉。小孩的心和一只青蛙的心可能差不了多少，其中除了生存的必然，别无旁骛，自在，因此自由。

只是，我对这幅画的感悟，未必就是杜比克作这幅画的初衷。我对杜比克实在是一无所知，我对他所怀的尊重完全是一厢情愿，强加于人。杜比克画这幅画的时候也许什么都没想，只想把画卖出去。村庄的题材很热门，于是就画了许许多多，这幅画只是其中很不重要的一幅而已。或者，杜比克是个城里人，由于城市是他的现实，于是就把乡村作为与现实相对应的诗意的象征来画。又或许，杜比克在那个山村遇到了他所爱的姑娘，后来出于什么原因而与他的爱人失之交臂，于是，那个村庄就成了他的失落了的爱情的符号。但也许，杜比克就在那个山村出生，生于斯长于斯。后来，杜比克被海地首都王子港的美国人办的艺术中心登记在册，于是登堂入室，成为被国际艺术界认可的正式的艺术家。他的画一度也卖得很好，杜比克就在王子港买了房子，成了城里人，他的孩子甚至到古巴、到欧洲、到美国去受教育。然而，在杜比克的心中，那个灿烂阳光下的山村仍然是他的一切的起源和归宿。于是，他不断地画，反反复复地画，好一而再、再而三地重返旧日家园，正如我的朋友，橡树街的热忱的守望者凯蒂，一而再、再而三地画她父亲的农场一样。

让我沮丧的是，不管我怎么猜，不管我猜得如何有声有色，杜比克本人的意思早已经并且从一开始就无从猜测。杜比克和凯蒂的丈夫罗伯特一样，早就像一股烟一样消失得无影无踪了。证明罗伯特曾经一度存在过的是凯蒂每月从政府那儿领取的三百块钱。杜比克留下的，是一个列在海地画家八百人名单里的名字，还有，零零散散的数幅画。也许，我手里这幅其实是唯一留下的一幅？不管怎样，这幅画现在是在作为艺术家的杜比克之外自己独立地生存了。我于是想，甚至可以说，所有的艺术作品都不得不最终在艺术家之外生存。而艺术作品的所谓"生存"，只不过是观赏者的一次又一次的感受。这些感受，可以跟艺术家的初衷相去甚远。

我于是豁然开朗。画家不必关心观赏者怎么看。画家只为自己画。杜比克只管由着自己的高兴画，画完了就完了。凯蒂也是，凯蒂只管为了自己的心画，为了自己的快乐和忧伤画，画完了就完了。好比凯蒂的画是为了凯蒂的情感而生存一样，艺术是为了艺术家的情感而生存。可以说，凯蒂的画只为了凯蒂而生存。这样的艺术，就是自由的艺术。自由的艺术既可以生，那也就可以死。能因为要死就不生吗？所以，自由的艺术就是不怕死的艺术，就是不怕在诞生之后转瞬即逝的艺术，就是不怕在书架上成为尘土的艺术。如果说，只有自由的艺术才是真正的艺术，那么，只有死去的艺术才是真正的艺术。所有流传下来的所谓"不朽"的艺术，都只不过是自由艺术的棺椁，都是"昔人已乘黄鹤去，此地空余黄鹤楼"，跟他们自己的精神本源已经没有关系了。如果我们觉得"不朽"的艺术仍然能感动我们，那，感动我们的，是借尸还魂的新艺术，是在我们自己的时代精神里再生的我们自己的艺术想象。以为我们还能体验昔日大师的初衷，纯粹是误会。这么一想，我就明白了，人人本来都可以是各种各样的艺术家，而且，都应该是艺术家。我之所以爱凯蒂的画，爱杜比克的画，大概就是因为这个原因。

　　这几天，每次我经过凯蒂的家，都会看见凯蒂紧张地盯着我。我于是不能不记起，凯蒂还在焦虑地等着我去帮她跟查理联络清落叶的事呢。天气越来越冷，眼看就要下雪了，我只好一边在心里叹着气，一边琢磨怎么解决这个难题。这件事的难处在于，第一，美国人不作兴有个不能说太熟的人作为第三者自告奋勇地来协调纠纠葛葛；第二，查理是个倔脾气的人，不那么好说话。

7

回声：楚源的小屋

楚源什么也没说，只用他的舌头舔了舔我的面颊，我的眼泪就流下来了。

我想这也许就是爱情了。我相信爱原本都是悲伤的。凡是你爱的人，你想起他们来心里一定感到一种往下坠的悲伤。真是怪极了，你爱的人的存在让你悲伤不已。比方说，我从一记事起，每当独自一人想起父母，心里就很难过，是那种既担忧又害怕的难过，好像是在心里不出声地使劲哭。我从来不能像别的孩子那样，笑嘻嘻地面对父母。我从来没有觉得父母能保护自己，相反，我心里充满了不能保护父母的恐惧。我总是觉得他们不真实，抓不住，不能紧紧握在手里，然后死不撒手。他们活着的时候就已经跟我的梦混为一体，他们在我的心里从来都是若明若暗，仿佛偶然听到的歌声，听到的时候就已消失了，或者像远方的呼喊——激动，热烈，然而微弱，甚至若有若无。我这么觉得，也许跟他们都出奇地英俊美丽而又出奇地沉默寡言有关。他们这样漂亮，就让人特别地觉得他们跟别人不一样。跟别人不一样，就多少有点不妥。他们漂亮却沉默，就让人觉得他们无比软弱，因为他们本应该为自己的漂亮响亮地骄傲才对。他们要是看起来软弱，就更让人觉得不祥，觉得他们一定会遭厄运。我仿佛从能记住他们的形象起就感到了注定要失去他们。所以，他们的存在让我觉得孤独无比。他们是我来到这个世界的原因，于是，对他们的爱让我觉得这个世界的根本就是悲伤。我现在差不多可以肯定，我的感觉是对的。既会存在，那就一定会消失。越是强烈地希望你爱的人存在，你的爱情就越令你悲伤，因为在你的心底，丧失的阴影就越厚重。

另一个例证是，对不爱的人，你想起来时就毫无感觉。比方说，我在沙河镇学校的同事周小国，有好大一阵子老是磨磨叽叽地在我身边蹭来蹭去，对我又殷勤又和善。可我很久都没有注意到。直到好几个月以后李莲向我指出来，我才明白，周小国大概是对我有些所谓的"意思"。周小国算得上是当地的天之骄子，全沙河镇姑娘心中的第一白马王子。周小国的爸爸雄赳赳的，是沙河公社的党委书记。周小国的妈妈严肃郑重，是沙河中学的校长。周小国本人是当地公认的帅小伙，美男子，在沙河镇学校当团支部书记兼教高年级主课语文和政治，大家都说他以后至少要当沙河镇学校的校长，将来还要接他妈妈的班，并且很有可能当昌平县的教育局长。全沙河镇的人都羡慕周小国一家，觉得他们这一家子又有能耐又有文化又有权势，真是要什么就有什么。听说从周小国十六岁起，给他说亲的人就成群结队了。要是让李莲来形容，那就是都快把他家的门槛给踩塌了。要是知道我拒绝了周小国的爱情，大多数沙河人都会觉得我不是得了失心疯，就是眼高得没了边。

李莲的提示让我觉得有些心惊。我已经很习惯被人看成异类，忽然被高看，我不能不多少感到受宠若惊。我对周小国虽然没什么"意思"，可也没觉得他讨厌。那几天我还着实地好好想了一想。我先试着想父亲要是见到周小国的雄赳赳的父亲会怎样。我想父亲会放下手里的书，从容地站起来，静静地看着对面的周书记。当然，父亲会伸出手来跟周书记握手，还会请周书记坐下。可是周书记那么气宇轩昂，那么雄姿英发，那么兴高采烈，那么志得意满，相形之下，父亲一定会一方面佩服周书记的兴头，另一方面，希望这位嗓音洪亮的周书记快走，他好返回自身的宁静。要是周书记关心地问他们都在忙些什么革命工作，我觉得我的父母会不知说什么好，因为他们不知道怎么对周书记解释，父亲为什么觉得有必要翻遍敦煌古籍比较唐朝的《孝经疏》与今文的同异，母亲又为什么认为乔伊斯的《尤利西斯》是二十世纪最伟大的小说。难道什么西斯比我们的《红岩》更伟大吗？《孝经》不是四旧吗？我能想象鼓着金鱼眼的周书记震惊和不满的样子。我的父母会觉得难以应付周书记与他们的格格不入，他们甚至会觉得是他们的错，因为他们认为一个人没有权力怜悯别人的愚昧。周书记的威风凛凛带给他们的与其说是压力，还不如说是痛苦，那种陀思妥耶夫斯基的怀疑理性的痛苦。

可是父亲一定会说，青蛙最重要的是你觉得周小国好。周小国好不好呢？应该说，周小国没什么不好，有一个挺着将军肚酷爱发号施令的当公社党委书记的父亲也不是他的错。周小国的确仪表堂堂，个子高高的，又黑又瘦，长形的脸上目光炯炯，鼻梁挺直，方形的嘴甚至显出某种坚毅。周小国性情活泼，挺会说笑话，无怪招人喜欢。周小国也不愚笨，甚至应该说很有几分聪慧，你要是跟他谈一会儿鲁迅什么的，二十分钟以后他也会熟练地使用"国民性""民族魂"这类名词了。周小国最让那些女孩子着迷的是他很会唱歌。周小国是个悠扬的男高音，有一次唱《星星索》，一声"呜喂——"把李莲都给唱哭了。在别的女孩子面前，周小国又说又笑十分神气，但在我面前，周小国总是很腼腆，让我觉得他有一点可爱。周小国也上了昌平师专，比李莲早一届，所以李莲在昌平师专时就认识他。李莲对周小国大加夸赞，说他是昌平师专的女生一致公认的最有吸引力的男生。李莲的忠厚使她听起来对我毫无妒意，但也说不定。

可是，我想起周小国的时候心里没有那种往下坠的疼痛的感觉。一点也没有。相反，想起他我就觉得有一种受到搅扰的感觉，或者说，有一种觉得受什么有点讨厌的东西威胁的感觉。我清楚地知道并不是周小国本人做了什么搅扰或威胁我的事。让我不痛快的是，我觉得跟着这件事铺天盖地向我压来的不是别的，而是令我泄气万分的甜俗。我一想起人们意味深长地点头，说我跟周小国"搞对象"，就头皮发麻。再想象在沙河街上跟周小国一起像所有"搞对象"的年轻人那样逛商店，穿着周小国父母给买的呢子裤，骗着腿坐在周小国骑着的簇新的自行车后架上，去看望周小国的神气活现的父母，低眉顺眼地给他们倒茶，削苹果皮，添饭，让他们从头到脚一遍又一遍地打量和审视……哎呀，我觉得不对路，不是那么回事，不能忍受。李莲说我不食人间烟火，我不同意，我怎么不食呢？插了好几年队，我怎么不知道白面馒头比玉米面窝头好吃呢？我当然明白周小国父母住的宿舍楼比我在沙河镇学校里的仓库改的单身宿舍要舒适多了，跟沙河镇的第一大公子一起在沙河镇的第一家庭出出进进比灰溜溜地当个"可教育好子女"可能要强不少。再说，我自己有什么好，我姐姐不是老说我不求上进不会有出息吗？可我怎么就是觉得难以想象我在那幅图画里呢？大概这种事总要动心才行。只是，打动人心的常常不是道理。可以说，道理从来不能打动人。

所以，当周小国终于鼓足勇气托李莲来问我的"意思"时，我就干脆利落地说，这件事不行。周小国又托李莲来问为什么，我想了想，告诉李莲，周小国的一切对我来说太高级，太好，对我不合适。李莲说这是什么意思？哪有嫌人家太好的？我说，你不明白，我这人不求上进，没出息。

周小国沉闷了几天。两个星期以后，李莲扭扭捏捏吭哧了半天，好不容易让我明白了，周小国要跟她交朋友。我说那真是太好了。

在楚源家的第一夜，我生平第一次整夜没合眼。仰脸躺在楚源的小屋里靠墙放的单人床上，我留神看着能看见的一切，心里又纳闷又高兴又伤心。紧挨着我，楚源也仰脸躺着，但是睡得很熟。

楚源的小屋在城里的一个大杂院里，楚源自己在这儿住，他的父母和他的妹妹住在别处，也在某一个大杂院里，有两间房，但也非常窄小逼仄。楚源说他住的这间小屋是跟别人借的。楚源说的时候像是很抱歉。可我一点也不觉得这间小屋有什么可抱歉的。相反，我对这间小屋怀有一种由衷的感激的心情，就像一只在洪水里漂流了很久的筋疲力尽的小鼠终于爬上了一只小船一样。

我在黑暗中仔细地观察这只滔滔洪水中的小船。楚源的小屋只有两米多宽和三米左右见深，将将能顺着放下一张单人木床和一张三屉桌。三屉桌旁边放一把木椅，木椅和窗台之间是一个脸盆架，脸盆架上有一个白色的搪瓷脸盆。单人床上铺着一条半旧不新的蓝白格的床单，靠墙那头放着一条叠起来的棉被，被面露在外边，灰不溜秋的，说不出是什么颜色。被子上放了一个枕头，也说不出是什么颜色。像当年流行的那样，枕头上盖了条浅蓝色的提花枕巾，看上去还干净。墙上糊满了有些发黄的旧报纸，天花板上也糊满了有些发黄的旧报纸，跟北京郊区的农民家里似的。从屋子正中天花板上吊下来的电灯被一根铁丝拉到桌子上方，开关电灯的灯绳本安装在一进门的地方，也被一根铁丝拉到床头。我和小石进来以后，楚源请我坐在那张木椅上，楚源自己坐在床里边，背靠着被子卷，小石坐在靠外边的床头，背靠着墙，我们三人一直谈到深夜。

屋里有一种潮湿的气味。我现在还好像能闻到。那种北京城里破旧砖房所特有的通风不好的房间里的潮湿气味，一种身份的气味，一种平民百姓在北京的街头巷尾蝇营狗苟地生存的气味。那时候，北京的住房大致可以分为两种，一种叫楼房，另一种叫平房。楼房一般都在北京的旧城墙以外，应该说都是一九四九年解放以后由政府各机关或单位盖的；而平房则几乎无一例外地都是解放以前留存下来的城里的旧房子。可想而知，住楼房和住平房的是不同的两类人。住楼房的都是在中央和国务院各部委工作的人，或者是在北京市政府部门工作的人。住平房的可就杂了，地位高和地位低的人都有。但住平房的人里地位高的人是少数，多数都是形形色色的城市平民。地位高的人住在政府发的过去的王府改的官邸里，而没有地位的城市平民们则都住在破败不堪的胡同里的大杂院里。这些房子一度都是什么人私有，租给贫民们住，解放以后那些房主怕因为收房租而被指责为剥削，渐渐地都交给政府了。区房管局管理这些房子并向住户收取房租。政府把胡同里的官邸修得很好，很现代化，对大杂院就很忽略了。所以城里的平房大部分都是越来越破旧，越来越像贫民窟，一走进小胡同就能闻见浓烈的公共厕所的臭味儿和泼在街上的污水臭味儿。住在胡同里的平民子弟被住在楼房里的所谓"干部子弟"讥为"胡同串子"，其卑微可想而知。我家住的就是那种胡同里的平房，虽然还不至于沦落为大杂院的一部分，但也是很旧的房子。我们胡同里的邻居都是大杂院里的居民，我小时候的玩伴都是住在大杂院里的孩子。所以，我很熟悉那种破败房子里蝇营狗苟地生存的气味。

楚源是个唯胡同串子才能生发出来的英雄。我一眼就看了出来。有胡同串子的根基，楚源才能如此坚韧不拔地完完全全地依靠自己，才能如此彻底地相信自己，才能如此无拘无束地汲取非正统思想，然后，不动声色然而义无反顾地举起反叛的旗帜。我忽然很想摸摸身旁的楚源，因为有点儿不相信这一切会是真的。可是我不敢，不仅不敢伸出手去摸楚源，而且自己连动也不敢动一下。生平第一次这么近地挨着一个男人躺着让我很紧张。我屏住呼吸，绷紧了全身。楚源也一动不动，呼吸很轻微，安静平稳地睡着。整个房间好像都充满了楚源的泛着精液气息的睡眠。那一天是我的精液节。

　　记得当时我忽然想起了以前做过的一个梦。我梦见深夜里，我站在一片荒原上，干枯的草高得快没了膝盖，月光穿透在深蓝色的天空上静静飘浮的灰色的云，把纹丝不动的草地也映成一片混浊的灰色。我不明白为什么会站在这里，然而我也并不多想，只是一味耐心地盯着消失在灰色中的远方，好像在期待着什么人的出现。终于，有什么从迷茫中渐渐显出形象，是一个人牵着一匹马。再过一会儿，能看出是一个年轻的女人牵着一匹白马。他们从我的右前方出现，平行着，向我的左前方缓缓走过去。那个年轻的女人好像没看见我，但那匹马似乎对我有点察觉，远远地，在经过我的时候，打了个响鼻。就在他们经过我的那一刹那，我发现那个年轻的女人竟然是我自己！我很惊愕，不知道应该不应该大声地向另一个我呼叫。我愣了一会儿，终于还是没有发出声音，而是张着嘴，站在原地，呆呆地看着远处的另一个我拉着那匹在月光下变得灰白的马涉着荒草悄无声地缓缓走远，渐渐又隐入灰暗。远远地，我听见那匹马长嘶了一声，像是在召唤，又像是在告别。我顿时感到失了魂似的，不知从何而来，也不知向何而去，只觉得没有立足之地，站错了地方，应该走开，却又找不到路。

　　现在回想，才明白，一个人的命运其实很早就有征兆预示，不过一般人都不会注意到，就算是少数人注意到了，也不能明白那些征兆的意义，至多是徒感茫然而已。征兆是留给我们在已经经历了一切以后在死亡中回想的，省得我们觉得活得过于索然无味，而且缺乏深度。由于种种原因，一般人都不得不过一种平淡无奇的生活，所以死后往往觉得自己真是白活了一场，难免毫无用处地悲愤不已。可是，要是腾出悲愤的工夫来琢磨琢磨以往的征兆，虽然对已经永远了结了的生存仍然不能有任何裨益或者修正，但能给死一点娱乐。除此以外，琢磨征兆还有一个更大的益处，那就是我们会渐渐悟出，一个人，即使不幸经历了最平淡无奇的人生，如果死后仔细琢磨，会发现很多活着的时候不曾注意到的奥妙。体会这些奥妙，就会使没活好的懊恼稍稍减少一些。

　　因此，只有到了现在，我才有点明白那个梦作为一个征兆是什么意思。原来我的问题是一生下来就丢了魂。我说我怎么老觉得困惑，老是不怎么痛快，老觉得丢了什么重要的东西，老想找什么。闹了半天我找来找去找的是自己的魂啊。那，同样，我总是觉得待的不是地儿，哪儿都不是家，应该赶紧上路去什么地方，可是到底应该去哪儿却永远不知道，也是这个道理了？莫非，我要去的地方其实近在咫尺，我其实一步也不用迈，我的归程的尽头就在我心里的什么地方？我千里万里寻觅的就是我自己的心？可是，不管从哪个角度看，当我还活着的时候，我明明一分一秒也没有离开过自己，我始终牢牢地守在自己的皮囊里，我的眼睛骨碌骨碌地向外看，我的心怦怦地在自己胸腔里跳，用手摸，虽然只能摸到胸膛，但是却时刻确知里边有一颗心。怪！

不管怎么说，那天夜里我躺在楚源身边，心里充满了一只溺水的小鼠终于爬上了一条船的激动。我不敢碰触楚源，就不断地摸手下的床单。幸亏楚源的床单还算结实，不然让我摸得次数太多，磨出一个洞来可怎么好。怎么也睡不着，就看四周。由于完全没有月光，屋子里太黑，好一阵什么也看不见。我就想怎么跟校长解释迟到的原因。不管用什么理由，这一夜是跟楚源一起过的却无论如何不能露。校长虽然脸上老是挂着宽大的笑容，其实是个深沉的人。要是让校长知道了我迟到的原因是跟一个素昧平生的男人夜宿不归，她嘴里很可能不会马上就说什么，但过一阵脸上就会挂出来——小庆（校长总是一本正经地叫我小庆），男女之间生活作风还是一个应该注意的问题，团结、紧张、严肃、活泼，咱们为人师表，处处就都应该当表率。否则，万一学生也犯了这种错儿，咱们去批评他们怎么开得了口呢？要是咱们不能批评学生，算什么老师呢？

我也没有想到有生以来第一次对一个活生生的男人的爱情会以这样的方式降临，说不上是悲还是喜，说实话心里倒是觉得有点儿乱糟糟的。

可是，不管我的心情有多么复杂，其中却没有羞耻。好像比想象的要平淡，但我却一点控制的能力都没有。只觉得脑子里空了，只想紧紧贴在楚源胸口，好像要不然就会像一片树叶一样被滚滚洪流冲走。然后我就觉得很累，很悲伤，而且有点沮丧，或者是有点失落，不知所措。

我纳闷怎么没有被所谓的幸福感给填得满满的呢？小说里一写这种情况，不是都说主人公心里充满了巨大的幸福感吗？或许，那种获救的感激就是幸福感？记得当时对这个问题我乱想了半天，什么时候外边下起了雨都不知道。当雨下得足够响亮的时候，我就不再考虑幸福感的问题，而去专心听雨落在院子里的声音了。淅淅沥沥的雨声这么多年第一次唤回了小时候的心情，那种放松的、懒散的、宁静的心情。记得一般都是在放暑假的时候听到这样的雨声，一到这种时候，不管是白天还是黑夜，我都紧紧贴在床上的凉席上，像小青蛙紧紧贴在一张荷叶上一样，让沙沙的雨声渗进我的头发、耳朵、全身，一时间，好像全世界的宁静都随着雨声被吸进了我的身体。身下的凉席好像是阿拉伯神话里的神毯，托着我在无边无际的风里飘荡。我好像失去了重量，失去了四肢，失去了身体，只有一颗心像小小的帆一样鼓满了绿色的静谧。不知什么时候起，我就再也没有听到过这种雨声。好久了，下雨让我格外觉得世界荒凉和黯淡。雨的声音甚至让我感到焦虑和烦躁，觉得随着一切都变得湿漉漉的，生活更加的别扭和疙里疙瘩。可是这会儿，我又回到了小时候的心情，又能让宁静的雨声把身下的床单变成神毯，然后渐渐失去身体，只有心鼓满了绿色的静谧。

当天终于渐渐亮了起来的时候，我想起了沙河。

一想起还得回沙河，我就觉得很有些沮丧。倒不是觉得沙河镇学校怎么亏待了我，也不是觉得沙河镇学校庙太小，盛不下我的巨大的才能，而是，沙河镇学校的人说一种语言，让我觉得自己是个外星人。那些在乡村长大的昌平中等师范学校的毕业生们都有一种朴素的聪明，他们多半把我当成一个文静老实然而身世不佳的倒霉蛋，所以在一般的情况下他们对我不怎么注意。由于生活总的说来不算复杂，当腾出工夫的时候，他们也愿意对我表示一点同情和关切。又由于我们的生活内容就是那些，所以他们的关切就表现为不时有人问我有没有对象，要不要从城里代买东西。应该说，他们尽了他们的力对我好，为此我对他们心存感激。可是，对我来说，他们代表了，或者说，他们构成了那种我要拼命逃离的不死不活的现实，他们和我从小就熟悉的城里的"胡同串子"一样令我灰心，同样的小打小闹，同样的蝇营狗苟，同样的安详沉稳，同样的精细周到——冬天要把大白菜存好，夏天拌黄瓜的香油要省着用，几年内把儿子结婚用的手表和自行车买齐……我不是看不起这样的生活趣味，我就是觉得不像是我的生活。我想象要是告诉我的同事们我有了男朋友，他们第一句话就会问"哪儿的?"我要是说"城里的"，他们就会意思复杂地说"想必是"。他们会接着问"干什么的？"我要是说"看大门的"，他们一定会满意地说："怎么找了个看大门的？"我要是说"他会写诗呢"，他们就会面面相觑，然后说"嗬，不简单，我说呢，都在哪儿发表了？拿来让咱瞧瞧！"我要是说"都在《瞬间》上"，他们会问："《瞬间》是什么玩意儿？是市级还是国家级？民办的呀，那水平行吗？"我能想象他们摇头晃脑的样子，表面上是要显得多知多懂，实际上是又动了他们当年都自诩有才的才子情结，于是不由自主地文人相轻。不行不行，这件事不能让他们的嘴念叨，一念叨准不是那么回事。

不过，我又为这么想我的寒微的同事而感到有点儿惭愧。靠拢领导式的革命者虽然不再是志向，但自从插队以后，我一直在要求自己跟压在社会最底层的农民认同，获得俄国小说所谈的"人民性"，成为一个拥有热爱"人民"的"伟大"心灵的人，一个为人类盗取天火而受难的普罗米修斯，一个与劳苦大众同甘共苦的富有牺牲精神的基督。现在，"躺"在这里，一切已经变得如此遥远，我当然更加明白，这样想象自己实在是太傲慢了。可那时，每天夜里躺在知青屋的土炕上，盯着旧木窗框上的黄窗户纸，听着窗外风掠过秫秸垛，鸡窝里的鸡咯咯叫着要安顿下来睡觉，这些虚妄的和自欺欺人的幻觉让我感到毕竟好像有什么可企盼。况且，被禁锢在土地上的农民的苦难，不能不让任何一个有同情能力的人感到难以心安。可是呢，我经历了这样一件事：我们的邻居贫农老冯得了肝癌。从县医院揣着这个坏消息回来的第二天夜里，老冯在他家房后的树上上了吊。老冯沉默寡言，斯文沉静，又长得很清秀，看上去与村里人都不一样。老冯对我们很好，帮我们垛秫秸，搭鸡窝，夜里黄鼠狼来拉鸡，我们吓得不敢出去，老冯就出来帮我们赶黄鼠狼。老冯有个细眉细眼的瘦极了的媳妇和七个孩子，穷极了，所以老冯老是很愁苦的样子。老冯死了以后，村里人才知道，老冯觉得不自在很久了，但一直舍不得花钱看病，最后难受得不行才去医院看，一看才知道他得的是肝癌，已经到了最晚期。老冯死的时候只有三十七八岁。我们都很难过。办丧事的时候，老冯的媳妇问我们她家外村的亲戚能不能借我们放东西用的厢房住几天，我们当然说行。等老冯家的亲戚走了以后，我们每人都少了几样东西。让我很懊恼的是，母亲给我织的一件红色的厚毛衣也在那些不翼而飞的失物之中。我们去告诉老冯的媳妇，老冯的媳

101

妇听了以后沉下黄黄的瘦刀脸,垂下发肿的眼皮想了想,然后一甩手丢下我们一声不响地走出大门,站在街上拍着膝盖哭喊起来:"孩子他爸呀,你可不该死啊,剩下我们孤儿寡母,让人当贼啊!"围了一群人看,都说我们诬赖穷人,说我们这些城里的学生实在是太看不起农村人。我们只好在屋子里干跺脚生气,有好一阵忘了我们曾经那么想当拯救老冯媳妇的普罗米修斯或者基督。

我在沙河镇学校的大门口碰见了校长。校长歪着头,睁大了细眼睛,意思很明确,你怎么回事?我只好说,跟一个看大门的人聊天儿聊晚了。校长的眼睛睁得更大了。

楚源的工作真的是看大门,给社会科学院的一个研究所看大门,是他给自己找的。楚源没有像他的大多数同学那样去插队,他先在学校里给新生当辅导员,好拖着不走,后来果然就得到了在郊区的煤矿当矿工的机会。可是当矿工太累,累得既不想看书也不想写诗,再加上得住集体宿舍,就是想看书写诗,也难得必要的安静。楚源就想办法换了工作。研究所很清静,因为研究人员都不坐班,研究所的专业又是个相对冷僻的学科,所以研究所的大门常常半天无人出入,用"门可罗雀"来形容是很合适的。楚源说他上班的时候可以眼皮抬都不抬地看上半天书,所里的领导就是看见了也不说他,还觉得他"爱学习"。所以楚源觉得他这个看大门的工作别提多好了。不过,楚源跟我说,看大门毕竟只能看几年,倒不是有什么人惦着他这个活儿,要跟他抢着干,而是当真看一辈子大门可就真的是没出息了。我听到这儿,不由得看看楚源,很佩服他这么胸有成竹。我的印象是换工作很难,沙河镇学校的那几个嫁进城的女老师把一辈子的精力都快拼完了,还是一个都没调进城里的学校。楚源没说他的理想工作是什么。

几个星期以后我认识了雨和刘星。从雨那儿我知道了楚源的理想工作和刘星的一样,都是当职业诗人,我觉得很好。然而楚源自己却从来也没说过。雨还说,楚源将来没准儿跟帕斯捷尔纳克一样,不定什么时候就得诺贝尔奖呢。我听了觉得有点儿意外。迄今为止,我遇见的都是多少有些寒碜的低头顺眉的平头百姓,最有野心的也不过把当昌平县教育局长定为终生的奋斗目标。我固然为撑足了才有这样的格局感到遗憾,但对得诺贝尔奖的胃口,不知为什么并不觉得应该钦佩,大概是不由想到了前者，下意识地觉得其实有点儿是一回事吧。

然而，我还是开始对在沙河镇学校工作感到不安了。我的解释是由于楚源的缘故，我现在往城里跑得比过去勤多了，沙河离城里太远，老挤公共汽车给挤烦了。但其实也许是，那一阵我必须时时见到楚源，我总觉得抓不住他，总觉得他不真实，只有见到他，一抬手就能触摸到他，我心里才稍稍安定些。如果见不到楚源，我就觉得没有着落，心里就很难过，好像在跟什么人生离死别。要是实在觉得悲痛，我就去学校附近的沙河，沿着河岸走出去很远很远，看远处村庄的炊烟慢慢升上黄昏的天空，等着星星一个一个地跳出来。我给楚源看过我当时写的很多诗中的一首：

> 刹那间绝望从天而降
>
> 只因为没有
>
> 一只耳朵
>
> 可以注入心中的恐怖
>
> 没有一丝风
>
> 可以再一次吹来
>
> 那一片麦浪哀伤的气息
>
> 轻轻摇动心旌
>
> 让夕阳照亮
>
> 怀抱
>
> 歌声
>
> 梦里的哭

楚源看了以后说声不错，就再也没有说什么了。想起第一次见楚源的那天晚上，他让我跟他联诗，一个劲儿夸我感觉好，我心里一沉，决定再也不让楚源看我的诗了。那首诗是楚源看到的唯一的一首。而且，我也从此不再写诗。有时候，当独自待在楚源的小屋里，我觉得自己像一只水淋淋的小鼠，在空无一人的小船上眺望滔天洪水。

尽管如此，我还是得了失心疯似的要在楚源的小屋里多待。回沙河越来越让我觉得艰难。虽然在小屋里我觉得世界很不真实，觉得像是飘在半空中，杳然没有归宿，但出了小屋，冷清、呆板，而又琐碎的世界又真实得难以忍受。楚源给我出主意泡病假。可是我跟沙河镇医院的大夫不熟，没病就开不出病假条。我想了一阵以后，就把一壶刚开的水浇在了光着的左脚上。沙河镇医院的大夫一边咂着嘴，一边忙着挑泡、上药、裹纱布，然后给开了一张两个星期的病假条。我跟校长说我的课都是副课，不怎么重要，就给学生免了吧，不用找人顶替。校长盯了我一眼，说不行。校长派了李莲和周小国给我代课。我一瘸一拐地走出校门去进城的长途汽车站的时候，感到后背上驮着校长的沉重的目光。

我就明白了那几个女老师使足了劲儿要调进城里工作是有道理的。我跟楚源说，调进城里的学校太难了，得排队，据说，还得在昌平县教育局和北京市教育局都有帮得上忙的熟人。这样的熟人我可没有。何况，我没结婚，没有要求调动工作的理由，所以连排队的资格都没有。我能不能也找个看大门的工作呢？楚源说没有女的看大门的，人家单位觉得来了贼你打不过。再说，女的看大门多少让人觉得匪气，你说你像个女保镖吗？我看了自己的细手腕，不再说什么。

但终于，我进城了。那是在我跟楚源结婚两个月以后。

是楚源的母亲提醒了我，我应该跟楚源结婚。

我认识楚源的时候，楚源的母亲早已经离职了。楚源的母亲离职前在某小学教地理。再往前，楚源的母亲是某营造厂主家的大小姐，嫁给了也开着一家营造厂的楚源的父亲以后，并不工作。生下楚源不久就解放了，没一两年又公私合营，楚源的父亲成了原属自己现属国家的小型钢管厂的工程师。由于街道上动员家庭妇女参加工作，不工作好像就是不顺应新社会，楚源的母亲就找了个在小学教地理的工作。但她没干几年就辞职了，说是跟学校里的人合不来。工作很快就很难找，楚源的母亲不高兴去求人，就索性待在家里了。

楚源的母亲是个奇特的人，跟楚源一样不苟言笑，但偶尔却会出奇地活泼，会提议跟我们一起唱各式各样的歌。一到这种时候，楚源的父亲就说，哎呀不好，歌女又要唱了，然后抬脚走出去，不是去街上遛弯，就是钻进楚源妹妹的小屋里看报纸。楚源的母亲瘦骨伶仃，却有一副极为浑圆深厚的女中音嗓，唱得最好的歌是《康定情歌》。楚源的母亲一唱起歌来，整个世界就好像变成了一所沉浸在荒谬幻觉中的疯人院。楚源的母亲是一个离群索居，与外界格格不入的人，"文革"刚过去，她就把已经有些灰白的头发留长，白天在脑后盘成一个髻，晚上睡觉前放下来。每次见到楚源的母亲垂着灰白的长发的样子，我就有些心悸。楚源的母亲唱歌通常是在睡觉前，有月亮的时候，不知为什么她老是在这个钟点想唱歌，大概跟月亮的活动有点关系，楚源是这么说。楚源的母亲唱歌以前总是让把灯关上，朦朦胧胧的月光下，楚源的母亲看上去像一个瘦削的年轻女人，稀薄的长发披散在肩头，夹杂其间的白发都隐而不见，然后，楚源的母亲眼望窗外，喉间送出极为沉厚、舒展和柔和的一声"跑马溜溜的山上……"让我和楚源哭也不是，笑也不是。

在我认识楚源一年多以后，一个星期天，我和楚源去看他的父母。楚源大概也说不上是个孝子，看大门的工资都自己留着，但隔三岔五地常去看望他的父母。吃过晚饭，楚源的母亲坐在居然从"文革"幸存下来的家中唯一的一把旧太师椅上，手搭在旁边的饭桌边上，看着我坐在小板凳上就着放在地上的瓦盆洗碗。许久，楚源的母亲忽然说，楚英比楚源小六岁，都结婚了，你们什么时候办事呢？你们完了事，我的事也就都完了。我正洗着碗的手不由得停了下来。

这之前，有一个下午，不知楚源从哪儿拿到了一本非常精美别致的诗集或者摄影集，因为诗集的作者同时又是一个摄影家，不知是诗配摄影呢，还是摄影配诗，总之，大幅大幅的黑白摄影上印着中文的短诗，在当时的我看来，无论是诗还是摄影都极为不凡。可惜的是，这么一部精美绝伦的作品，我竟不知道作者是谁。但作者应该是个洋人，因为照片上的女人是一个洋女人。鉴于当时国内还是百废待兴的局面，所以，可以推论，那本可以说是"闲书"里的"闲书"的集子是在香港或者台湾出版的。诗的内容已经完全不记得了，但是大部分的照片我还记得挺清楚。全部照片都是关于一个人，一个女人，一个年轻的女人，一个新娘，一个黑发、黑眼睛的神秘的新娘。那个新娘的雪白的婚服上镶着精致的花边，新娘的头上没有婚纱，黑色的长发披散在肩上，像楚源的母亲唱歌的时候那样。新娘不是在教堂里，也不是在婚宴上，她的周围一个人也没有。孤独的新娘徘徊在树林里，躺在落叶上，躺在池塘里，身上盖满了睡莲。新娘的黑发在黄昏的风中飘飞，新娘的眼睛里充满期待。我问楚源，新郎在哪儿？楚源说，问题就在这儿。

那天夜里，我梦见自己像那个新娘那样躺在冰冷漆黑的水里，身下是滑溜溜的睡莲，我在睡莲上漂荡，从水波中仰望静寂的夜空，繁星像无数冰冷的眼睛，盯着我一眨也不眨。我的婚服像蛇一样黏滑，我觉得周身起满了鸡皮疙瘩。

过了几天，我问楚源，你要跟我结婚吗？

一个月以后，我们结婚了。我们没有举办婚礼，只在一个小饭馆和楚源的家人吃了一顿晚饭。

又一个月以后，楚源的母亲去世了。楚源的母亲是在侧着身子午睡时去世的，所以衣着整洁，头发也没有放下来。楚源的父亲说，前一天，楚源的母亲交代过，现在楚源结了婚，他俩谁要是过世了，就把他俩的屋子跟楚源换，因为楚源跟人借的那间屋子太小，实在住不下两个人。我说那哪行，楚源想了想，跟父亲说，就换两年，两年以后，我就会有房子了。

为了对得住楚源父亲腾出来的房间，为了在那两年内不让那间已经变成了楚源母亲生命的房间寂寞，我把沙河学校的工作辞了。楚源说那又何必，接着说，也好，省得挤公共汽车了，最后说，你想找个什么工作？我没说话。

8

回声：外国啊外国

对怎么到这儿的已经想了无数遍了，都悲愤得有点腻味了，换个法子解闷儿吧，咱们学学青蛙，琢磨点儿深刻的，比方说，想想这辈子这么过冤不冤吧。不成，想这个又该悲愤了，这不是自虐吗？要不，把前因后果再琢磨琢磨，要是证明出咱没别的选择，只能这么做，也许感觉会好一点儿吧？顺带说一句，我觉得这会儿有点儿明白青蛙为什么自杀了，自杀的人多半是因为活得不舒心。这么说当然太温和，拿我的体会来说，自杀是一个出路，一个人实在困顿得不行了，就好比是陷进了泥沼一样，非得扒出一条出路不可，那可实在是势在必行，不由人意。一个人困顿得太厉害了，就不愿意活着受这罪了。所以说呀，死其实不是最糟的一件事儿，受罪敢情是最糟。这么一想，我觉得多少得到点儿宽慰。

人活着的时候，就想着怎么能更好，从不想要是更糟可怎么办。反正我是这样来着。我琢磨，到了儿我吃了这么大的亏，八成跟我那什么都得够好的心气儿有关系。我不是说小石就没有错儿，小石的错儿大了去了。问题是，我要是知足常乐，不火上浇油，不疯了似的支持小石去什么外国，是不是下场能好点呢？不能这么想，这么想，就好像错儿全在我头上了，那太不公平了。或者说，我要是不那么好胜，遇事能忍就忍，就让小石去看萝西，是不是能求个全乎呢？这"全乎"又是什么意思？跟小石还是夫妻？还是一家子？这一家子里有我跟蛐蛐，还有萝西和乔治？要是遂小石的心愿，我们跟萝西和乔治住楼上楼下才好呢，他两处跑着才便当呢。要说呢，到了后来，我只不过是他法律意义上的妻子，是他大慈大悲留着没让下堂的糟糠，萝西才是他的"达令"和"心肝儿"。当然啦，留着我，没让咱"下堂"，大概全是看在蛐蛐的分儿上。不管怎么着，蛐蛐照样是他的女儿，乔治更是他的亲儿子，他倒捞了个儿女双全！去他的！我犯得上吗？咱们宁为玉碎，不为瓦全！

可这事儿是非得这么糟糕吗？这事儿起头儿的时候不是好得不得了吗？我妈不是说难得公公婆婆都是自己爹妈的老战友，小石又是从小就认识，还有比这更知根知底的吗？我跟小石当初不是也好得个蜜里调油吗？那会儿不兴叫什么"达令"，要不然，小石还不得一口一个"达令"地叫着我？那会儿小石那个黏糊呀，老抱着我不撒手，推都推不开，好像我是个大面包似的，恨不得把我给吞到他的肚子里去。那会儿我才二十一岁，我能不信他吗？小石不言不语的，都说他老实，不会骗人，他那么热火，我能不认定了他这辈子就爱我一个人吗？小石开始时说我实诚，性情中人，没心眼儿，直率，天真，有什么说什么，激情型。渐渐地，对我的评论就有了变化，说我任性，傻气，头脑简单，鲁莽，冲动，泼辣。再后来，小石就说我狭窄，没见识，乡妇，粗野，河东狮子，猜忌型，混，泼，疯疯癫癫。我还整个儿一个不明白，还一个劲儿地不服气，没完没了地为自己辩解，跟小石嚷嚷，问他怎么跟当初不一样了；要不然就是悄悄地暗中修炼，想把脾气改改，还真以为是小石不待见咱的狗脾气呢。真叫一个傻！同样一个人，一会儿是天真可爱的性情中人，一会儿又成了横蛮的河东狮子，这善变的，到底是谁呢？可说这些又有什么用呢？当时嚷嚷都不管用，现在在这儿独个儿想，把脑壳想炸了也没用呀。

叫我现在说呢，全是叫这个艺术的事儿给搞糟了。千不该万不该，不该鼓励小石搞艺术。小石要是不当艺术家，我们出什么国呀，想出也出不了啊，那可不就得糗在家里守着爹妈平平稳稳过了呗，那其实倒太平了，哪儿会有萝西的影儿啊，更蹦不出小乔治了。小石他一个小杂志社的资料员，能有我这样儿的给他当老婆，能住上爹妈给的两居室，还不知足死了？可那会儿哪想得到这些呀，那会儿一想到凭小石的才干只当了个资料员就觉得窝囊死了，恨不得天天催他考大学，考美院研究生。后来兴出国，出国又成首选了，我就一门心思地认定要是能出国，咱们这辈子就齐了。话虽是这么说，我那盼着小石往高处儿走的心思其实有一半儿也是跟着社会潮流瞎起哄。说实话，那时候我脸上虽然没挂出来，心底下对我的处境其实也挺满意的。这么说并不自相矛盾。一方面，我着实得意和神气得不行，因为从小到大路走得实在是顺得不能再顺——该入队就第一批入队，还当大队委，该入团就入团，入了团就当班里的团支部副书记，别人插队，我去省军区当机要兵。该结婚了，就有当着名诗人和大干部的小石的父母从北京找上门来。结了婚，说进北京就进北京，也不用费劲儿找工作，没上大学也不当工人。生了孩子公公婆婆出钱给养着，还高兴得不得了。此外，跟我们年纪差不多的人，谁结了婚有自己的房住啊？除非是高干子弟，要不然全都得跟父母挤着，能在父母家挤出一间屋来就算是很不错了的。可我们呢，我们自己单独住着一个两居室的单元！可是呢，另一方面，得手一多，就习惯了有什么好事儿都得沾上才行，要是沾不上，才不善罢甘休呢。所以呀，我虽然一肚子志得意满，但还是唠唠叨叨地紧催着小石往前蹿。也许，我踏实点儿、沉静点儿，见好就收就好了。又想到这儿来了，怎么一想就想是自己的错啊？就算咱们要强点儿，心高点儿，就该被当糟糠对待啊？再说，我不过就是给小石打了打气而已，并没有给他出什么主意，所有的大主意都是他自己拿的。小石就是不嚷嚷出来而已，他是个用心劲儿的人。何况，青蛙够踏实够沉静吧？怎么也不行呢？

　　说到青蛙，我就又想起了艺术的事儿。为什么呢？就因为青蛙有那么一股子艺术烈士的劲头。这么说青蛙可能有点儿刻薄，人家青蛙自己可从来没有摆过艺术家的架势，也没跟人说过她崇拜不崇拜艺术家。那不过是我的观察。除了记性好，我觉得我这人还有一个过人的长处，那就是会观察。要不我怎么老担小石的心呢，谁都说他老实，就我觉得不踏实，结果还不是我对了？现在还是接着说青蛙。虽说青蛙并不能完全跟我比，我的意思是说跟我比家庭的情况。我的家庭情况当然比她的好得太多了，她的父母不过是普通知识分子，还都早早地死了。可就算青蛙没人照顾，凭她的聪明，总也不至于钻到大杂院儿里使劲儿扇煤炉子才做得了饭啊。还不是为了楚源的缘故，要不怎么也能找到个有厨房的人嫁啊。那天我骑车路过他们住的那条胡同，一高兴就问着路拐进他们院儿去看他们。那是我头一回看见他们的居住条件，那叫一个惨。哪儿有厨房啊，就着房檐儿搭了个小棚子，一个人在里边都转不开身，只要不下雨，家家都把炉子端到院子里来做饭。就看见青蛙也蹲在一个黑不溜秋的煤炉子前边儿，用把破扇子使劲儿往炉口里扇空气，被烟呛得泪汪汪的。看见我来了，青蛙让我坐在一个小板凳儿上，还让我坐远点儿，别让烟熏着，说该做午饭了，炉子却灭了，点了半天了，就是点不着。我回家跟小石说，也不知青蛙跟楚源受这罪上算不上算，虽说艺术是个高级的好东西，一般人都太凡俗，想沾还沾不上艺术的边儿呢，可艺术家的日子要是太困难，艺术不就像是解不了近渴的远水？不能解渴的水还有意义吗？何况，艺术究竟与人生有没有关系呢？是什么样的关系？小石说礼花你这人太俗。

我怎么就太俗？因为我说大实话？还是我这人把一针一线都看在眼里？怎么我妈从小就教我一粒米都不应该不放在眼里？我妈那人对家里的柴米油盐样样关心，敢情我妈也俗。那我爸也不能免俗，他花钱也小心着呢，可见钱在他眼里挺有分量。听我汇报我婆婆每月给钱养蝈蝈，我父母都不吱声，八成怕我也跟他们要钱。这么说我们这一窝子都挺俗。怎么就是不俗？这个问题我寻思很久了。起初我还真有点儿信小石的，他们一家都写诗作画的，俗得了吗？我就学着小石的样儿，不跟人议论物质方面的问题。眼见青蛙越穿越土，开始还有蓝格衫子绿裙子，后来就常穿着松松垮垮的蓝布褂子和蓝布裤子，我憋着什么意见也不发表。可另一方面，我往家里的大箱子里使劲儿掖用外汇券儿从友谊商店买回来的高级纯毛毛衣和真丝衬衫之类。去出国人员服务部商店的路我走得不能再熟了，小石的爸妈老能给我们买大小件儿的票，也常给我们外汇券。那会儿进口货控制，税高得是人买不起，可是政府照顾出国的人，让他们在出国人员服务部的商店里用省下来的国家发的外汇津贴买免税进口货。可也不能想买多少就买多少，有限额，出国一年让买一个大件儿和两个小件儿，不到一年的只能买一个小件儿。电冰箱和电视机之类算大件儿，照相机、录音机、吸尘器什么的都算小件儿。我们先买了个十三英寸的日本彩色电视，后来又买了个中等尺寸的德国西门子电冰箱，尼康照相机和索尼录音机之类就别说了，我们连电扇都是日本日立的。小石使用起那些洋货来从容不迫，听见朋友艳羡地评论也不搭茬儿，我也学着不露声色，可在心底，我觉得有一种充实压在那儿。

物质如此重要，可物质又好像是一个深刻耻辱一样不可言说。我从来没听说过有哪本书因为讨论这个问题而流传百世。中国的书上到处都说求田问舍是没出息的勾当，我在小石常翻的辛弃疾的集子里就读到过什么"求田问舍，怕应羞见，刘郎才气"，问小石怎么回事，小石说三国时候有个叫许汜的家伙到处请教怎样买房子置地，结果让名士笑话，成了囿于个人生计的琐屑小人的代表，辛弃疾很是不齿。刘郎就是刘备，辛弃疾觉得刘备是个雄才大略的英雄。小石说，辛弃疾的意思是自己不能跟许汜似的只顾过日子，要不然死了以后在黄泉里就没脸见刘备那样等级的世上的大英雄了。我听了以后，自己悄悄想了好几天，结论是，那都是纸写的谎言。我那会儿很看了一些书，"纸写的谎言"是我从鲁迅那儿借来的词儿，鲁迅说，纸写的谎言掩盖不住血写的事实。我对鲁迅佩服得五体投地。比方说小石吧，老翻辛弃疾的《稼轩集》，可他爸妈每次问他要不要外汇券儿，没一次他说不要的。买电视和电冰箱的时候，小石研究得可认真仔细了，到处问人哪种牌子好。到了对着新电视机吃刚从冰箱里取出来的西瓜的时候，小石就该温习"倩何人唤取，红巾翠袖，揾英雄泪？"这类东西了。我不是专门恶心小石，小石再对不住我，我也还说他算是个老实人。我的意思是说，人都不说真格的，说真格的太扫兴，明明是人人都爱住得宽敞，却不能写文章说怎么才能弄得来大房子，你要是傻了吧唧地到处问，就会跟许汜一个下场，被中国人千秋万代地嘲笑。被大伙儿认为高明的是不拘用什么法子，先不露声色地住上大房子，然后激赏辛弃疾，敲着酒杯仿佛很抑郁似的大吼："求田问舍，怕应羞见，刘郎才气。"得了便宜卖乖，是所谓"内圣外王，文武之道"的直白。我对自己的领悟很感得意，跟小石交流，被小石阴沉地瞪了一眼。

我要说的是，在箱子里塞满高级毛衣，在客厅里摆上日本电视机和西德电冰箱，给了我异常深沉的踏实感觉。我觉得只要一抬眼看四周，就能捕捉到生活的质感。

谁说物质是低级趣味？物质有一种简单和明了，物质还有一种诚实和忠诚，该有什么功能就有什么功能，一按开关，电视机的屏幕就亮，就有人在里面说话和走动，绝不会忽然不亮，为的是卖关子，斗气。物质是内心的扩延，比方说，电视机给我们大家伙儿的鸽子笼一样的小单元提供了一个假想的窥视口，既让我们觉得视野宽阔了不少，同时又倍感躲在屋里的安全。把剩菜放进电冰箱里让人觉得健康有了保证，还有不用天天去肉店买当天吃的肉，把放在冻盒里分成小块儿的肉拿出一块来化冻就得了，那种方便的感觉让人觉得生活本身很合理，也很有条理，计划既不费力，完成计划也很容易，可不吗？买来三斤肉，分成六等份儿，一家三口一天吃一份儿，星期天吃点别的，带鱼黄花鱼什么的，难吗？房间里要是有彩色电视机不断地跳动着画面，再加上电冰箱在角落里轻微地嗡嗡作响，你就真好像没心可操似的。

我承认，这样的感觉很简单，可能也很古老，不是说"民以食为天"吗？大概就是这个道理。这么说我不过是个"民"，是个凡妇，跟村儿里随便什么王二嫂张大姑都没什么区别。要说有区别，区别就是我运气好，不用把让一家老小吃上一顿葱花烙饼当最高理想。王二嫂张大姑有什么错儿吗？她们不就是津津有味儿地过贫困和简单的生活吗？用小石的话说，她们不就是津津有味地过着吃糠咽菜的猪狗的生活吗？这么说的话，是个人就不应该忍受吃糠咽菜的生活，为什么？因为吃糠咽菜是猪狗的生活。可见我又有道理了，物质是划分人与猪狗的界限，人该吃米面，猪狗该吃糠菜，不能反过来。王二嫂张大姑的错儿就是她们甘心当猪狗，或者说，她们当着猪狗却不自知。那，我对青蛙钻在大杂院儿里生炉子做饭的状况质疑，很有道理呀。凭什么小石说我俗？恐怕还是那个老死结，要想不俗或者要想不笨，就不能跟王二嫂张大姑一起吃窝头嚼咸菜，得有电冰箱冰镇啤酒，然后再使劲儿敲着盛着冒泡儿的凉啤酒的啤酒杯大声儿嚷嚷"把吴钩看了，栏杆拍遍，无人会，登临意"。当然，最妙的还是心想或默读"求田问舍，怕应羞见，刘郎才气"。可是，这么一个浅显的道理却怎么这么难跟人讲通呀？小石是个聪明人，怎么也不让我讲这个道理呢？

哎呀，哎呀，想明白了，想明白了，问题就在这儿！我说怎么是我死了呢，还是小石高我一筹。闹了半天，人生境界是如此分高下呀。津津有味吃糠咽菜是笨也，到处广告不吃糠咽菜而要吃米面是俗也，想法儿做到不吃糠咽菜但秘而不宣是聪明也，第一不吃糠咽菜第二时常诵读"求田问舍，怕应羞见，刘郎才气"自勉是高雅。我只到了第二境界，怪不得小石说我俗！啊！啊！太可惜了，我这会儿才悟出来！我觉得出了一身冷汗。当然，只不过是"觉得"而已。我也真想狠狠地跺跺脚，好表示沉痛的遗憾，但也只能是"想"而已。

就像要增加自己的沉痛似的，我又想起了一个证据。青蛙他们后来搬家了，搬到劲松小区。是楚源给办来的。我说也是，能当艺术家就不能太笨了。楚源找落实政策办公室，从街道找到区里，又从区里找到市里，说他家的私房在"文革"的时候被占了，住着街道派出所里什么人的亲戚，怎么要也要不回来。左找右找，终于让市里在新建的劲松小区给落实了两个两居室的单元，条件是把他们现在住的那两间分着的平房交给市里。楚源跟他妹妹一人一个单元，说是他父亲的意思，他父亲还住在楚源那间跟人借的小屋。楚源一直给着房租，所以其实是租着那人的房。青蛙那天给我打电话，说他们搬家了，请我和小石去那儿看看，说还有几个朋友也去。我们就去了。果然不凡，他们家外屋的水泥地上竟铺着鹅黄底浅咖啡色间深蓝色图案的大地毯！还有一个镇人的地儿，他们家的窗户虽然不落地，雪白的厚棉布窗帘却落地。青蛙说，楚源认为家居布置最重要的是地毯和窗帘，别的都在其次。我看了看，没有看见有电视机和电冰箱，舒了口气。又看见他们有个很不错的咖啡色的真皮长沙发，像是个外国货，那会儿中国人家里刚开始兴简易单人沙发椅，还得自己做，商店里还没货呢。我家的客厅里就摆着俩请木匠做的简易单人沙发椅，挺小，胖点儿的就有坐不下的危险。见我的眼睛盯着那张沙发，青蛙解释说，是法国大使馆的人卖给他们的，一个法国外交官期满回国，把不想带回去的东西都处理了，楚源从他那儿买到了这个沙发，还好不算贵。我真想知道多少钱，可青蛙没说。我寻思八成儿是马希礼给牵的线，还想了会儿马希礼怎么不先问问我要不要。回家的路上好几次我想跟小石就这个问题交流，但都忍住了。

马希礼是个三十多岁的法国博士生，正在写关于中国的博士论文，同时在法国使馆里帮忙，身份是外交官待遇的临时雇员，而不是正式的外交官。自从小石他们办了第一届落选者画展，我们就没断跟外国大使馆里的人来往。外国使馆里数法国大使馆请我们次数最多，而马希礼又是法国大使馆里跟我们这些人混得最熟的一个。这么说吧，当年北京那伙儿前卫艺术家有两个最铁的外国哥们儿，一个是研究中国古典文学的新西兰人高培瑞，另一个就是法国人马希礼。这俩哥们儿又有分工，高培瑞常找楚源和刘星，说是跟他们讨论中国当代诗人怎样对待传统影响。高培瑞也正在写博士论文呢。楚源他们就跟他吹屈原，吹得高培瑞高兴得不得了，去了好几趟湖南不说，还摩拳擦掌地要想法子找钱好聘请他们跟他一起翻译《九歌》。后来高培瑞回新西兰到奥克兰大学当中国文学教授，跟楚源他们还一直联系着。马希礼呢，爱找小石他们这帮画画儿的，不知为什么。按说他的博士论文题目是中国清末明初那段的外交史。后来马希礼到底也没写完他的论文，八成儿跟他变了兴趣有关也未可知。反正一九七九年、一九八〇年那两年马希礼找我们找得勤得不得了，三天两头跟我们聚会，不是到我们中间什么人的家，就是把我们请到他的外交官公寓去，直到我们中间的一个女画家耗子因为当他的女朋友而被劳教了，马希礼才停止跟我们的频繁畅谈，掉头回法国去开展国际营救，大使馆的工作也不要了。耗子被劳教了两年，出来以后到巴黎找马希礼结了婚，听说婚礼还挺隆重。再过不到两年，我就带着蛐蛐到伦敦来找小石了。

马希礼和耗子这会儿也不知在哪儿，大概就在巴黎吧。小石跟耗子前后脚同一年离开北京的，伦敦又离巴黎那么近，但他们从来也没再联系过。

我是想说，自从结识了马希礼他们这伙儿外国人，我们的人生境界就有了新的标准。用耗子的话说，要想活得痛快，就不能每星期到外国人那儿去做客的时候才能喝上一杯加冰块儿的可口可乐，而是呢，得能像马希礼似的，成箱成箱地买了存放在家里，然后成打成打地在冰箱里冰镇，想什么时候喝就能什么时候喝。耗子是个比我还鲁莽的人，说起话来眉飞色舞到龇牙咧嘴的地步，她发表这番高论的时候还没当上马希礼的女朋友，当了以后就斯文和矜持起来，再也不公开表示崇拜可口可乐了。按照小石的标准，那时候的耗子也难免是个俗人，但是小石从来没这么说过。可我猜小石之所以没跟他们联系，大概跟这个有关系。

我是想说，那会儿的人，要是亲眼见了外国人在北京都怎么生活和有什么权利以后，谁要是非说中国人过得更像个人，那这主儿不是笨得不能再笨，就是装孙子，别有用心。举个小例子，那会儿，中国的平头百姓不管多老实巴交也不许进大饭店，先不说没钱，就是有钱也不行。是嫌咱脏呢，还是觉得咱都是贼？总之，中国人要想进豪华大饭店里去瞧瞧，就得跟外国人扎在一起，尾随着外国人，由外国人跟门卫说你是他们的客人才进得去。就这一条儿就让人恨得牙痒痒，恨不得在定了这条混账规矩的人脸上抡圆了扇几个大嘴巴子！这不是明告诉中国人低外国人一等吗？老用解放前上海租界公园门口"华人与狗不得进入"的牌子教育咱们，说帝国主义有多么可恶，这是什么？没挂牌子就不是歧视了吗？就凭这，咱说什么也要挣巴到跟外国人平等。我敢说，但凡有点儿血性又有点儿脑筋，不管是谁，跟着洋人进一回北京饭店，按着瘪钱包脸上挂着感激的微笑让洋人付钱请吃一顿大餐，就得在心里发誓，得着机会说什么也得在让中国人这么凄惨的家伙脸上抡圆了扇大嘴巴子，而且，得找机会往壮了混。

我想要说的是，当马希礼他们这伙儿外国人跟我们混得好像是老朋友了以后，莫奈的《青蛙塘》就好像不再是遥不可及的模模糊糊的黑白照片，不再像天方夜谭，不再像我们梦境里的捉不住的光芒，而像是近在咫尺，伸手可触。这么说吧，虽然莫奈压根儿不认得我们是谁，我们也很难说对莫奈有什么深切的了解，然而在我们心目中，莫奈是我们的精神的最好的表达者。我们激动地觉得跟莫奈实在是心有灵犀一点通，整个儿是一伙儿的。我们才不觉得跟莫奈之间有中国人与法国人的分别，有东方人和西方人的分别。我们觉得莫奈就跟马希礼似的，是我们的熟朋友。当然，我们谈不上崇拜马希礼，可跟马希礼的熟腻，让我们更加崇拜莫奈。

马希礼跟我们说，莫奈早就过时了。我们问那现在是个什么形势？马希礼说他也说不很清楚，现在太乱了，五花八门。我们说那就说跟莫奈都有什么不同吧。马希礼就去找了些图片给我们看，我们一看，都不说话了。也记不清那些画家的名字，就记得有一张画儿画了黄乎乎的一堆碎片，猛看上去就像砖瓦厂的废料堆。马希礼说那幅画的标题叫作"下楼梯的裸体"，说画儿的作者名声很大，快跟毕加索一样了。马希礼说"下楼梯的裸体"就是那位大画家的成名作。小石的那些朋友立即分头思索去了。没几天，就见他们有了新作，都是各种各样的抽象画儿，也不知他们画得对路不对路。小石一会儿赞赏这幅，一会儿赞赏那幅，但他自己却足足有一个多月什么也没画。问他怎么想的，也不说。我自己不敢说懂画儿，所以也不参加议论，但私下里，我还是喜欢莫奈，因为小石喜欢莫奈。我寻思，对莫奈尚且一知半解，遑论莫奈之后了。对一点也不明白的东西兴趣十足，不是装是什么？我就算什么优点也没有，至少还有这么个优点，就是不装。

我没事就翻小石那套《西欧近代画家》里关于莫奈的那章，琢磨为什么小石喜欢他。后来到了英国，听那儿的朋友吹时兴的理论东方主义，说马希礼娶耗子是典型的东方主义，说中国人崇拜西方油画也是东方主义，说中国人搞东方主义是自我阉割，就差没指着小石的鼻子说你们来英国也是东方主义了。照我看，问题才不会这么简单呢，其实是万变不离其宗，还是我总结出来的那个人生境界的问题。要想境界高，就应该先死乞白赖地到人家使馆要到签证，然后到了外国以后眼观六路、耳听八方地一通猛找定居的机会，孙子似的唯恐人家不要你。等捧稳洋饭碗，再买房子买地住稳了以后，就是弘扬国粹的时候了。最高的是反守为攻，指着洋人的鼻子痛斥他们看不起东方人的罪行。为什么呢？那帮洋人，忏悔原罪上了瘾，要想搔着他们的痒处，就得批评他们。你要是能骂服他们，他们才尊敬你呢。只不过，要想让他们服，需要很多技巧。先得念个博士学位，然后，你还得顺着洋人的思路批评才能得彩。你应该等他先说自己身上有个疮，你这才能说对了，就是有个大脓包！他要是觉得这会儿挺好的，你凑上去说你有个大脓包，他非急了不可。所以，看起来好像是挺有知识分子的批判精神，其实还是人家指哪儿你打哪儿，捧着人家的饭碗嘛。难怪我见了那帮煞有介事四处搜寻万恶的东方主义的侵蚀点的学舌学者就气不打一处来！小石还说那些人可能不无道理，把他们请到家来，听他们白话什么萨义德听了整一个晚上。把那帮人送走了以后，小石说，太乱，这个巴勒斯坦人萨义德既然这么恨西方，干吗非在美国住着不走呢？再说了，巴勒斯坦的亡国之恨怎么就把莫奈给搅了呢？咱们是画画儿的，还是老老实实画出几幅画来再说吧。可事实是，小石他后来就不知道画什么啦！

我是想说，我其实是应该反对东方主义的。我应该一起根儿就反，可惜一直到小石跟我彻底翻脸了我才意识到这一点。就是这东方主义的传染病让小石他们都跟丢了魂儿似的一个劲儿地要往外国跑。可我愣是没认识。小石说，礼花，萝西要去剑桥读研究生了，她说她能帮我联系去伦敦，你觉得怎么样？我还乐得跟疯了似的，赶紧说这还用问吗？那会儿耗子刚去成了法国，给我们的震动都很大。这伙儿人，不管是画画儿的还是写诗的，就都嚷嚷着说要找个外国人结婚。小石虽然对耗子通过结婚出了国什么也没说，可我知道他也动了心。

我也动了心。要是非说我是全冲着成箱地往家搬可口可乐动的心也不公平。我都把《西欧近代画家》看熟了，有意识无意识地，我也挺向往外国艺术家的生涯。以前小石在我眼里就是一个挺不错的结婚对象，可自从他组织落选者画展起了事以后，他有了通向另一个世界的新身份证。我也跟着打开了眼界，看见自己扩延到千里万里之外的海市蜃楼般的巨大梦想。凭借着一本《西欧近代画家》，我觉得塞纳河畔的阿尔让特依终有一天会印上我们的足迹。我愿意小石能像莫奈那样，以成为艺术巨匠为雄心，终日生活在对艺术完整性的孜孜不倦的探索中。我将欢天喜地给这样的小石洗衣做饭，生儿育女。作为回报，小石建造池塘边的小屋给我避寒，修林间的小路让我跟蛐蛐散步。招待贵客的时候，小石骄傲地把我介绍给客人们，说我就是他站在身后帮助他成功的那个女人。我问小石，文杜里说莫奈在阿尔让特依画的风景画通过水光的反射和树叶的颤动取得了艺术的完整性，他怎么就取得了？什么是艺术的完整性？你给我画个演示演示？小石说艺术的完整性就是无懈可击，可惜没看见过莫奈的画儿，所以我演示不了。再说，我的画儿离艺术的完整性还差得远着呢，倒是得谢谢你对我这么有信心。我还对自己的瞎拍马屁很得意。我要是聪明，就该说，咱们哪点儿比洋人差呀？干吗跟在他们屁股后边儿学啊？就许莫奈自以为是个独创者啊？咱们佩服莫奈，不就佩服的是他那点儿闯劲儿吗？要是老是拿洋人马首是瞻，咱们怎么独创啊？可我没这么说，小石就在一个阴沉沉的上午走了。我和蛐蛐去机场送行，刚进机场的大门就让警卫给拦住了，那会儿跟国际有关系的都戒备森严得不行。我拉着蛐蛐的手，让蛐蛐跟爸爸说再见。蛐蛐高声大嗓儿地说完了以后，小石抱抱她，跟我说，我尽快接你们，就转身进海关走了。小石没抱我。

小石很久不抱我了。自从有了蛐蛐，小石就只抱蛐蛐了。可是我见小石抱过萝西。那是小石第二次见到萝西的时候，在楚源家。萝西刚探亲回来，看见小石以后满脸放光，上来就是一个大拥抱。小石脸红了，可也不含糊地顺势紧抱萝西，让我看了一个准。我后来问小石，你跟萝西有什么意思吗？对这样的问题，以前小石都是用沉默来表示不屑回答，可这回小石却厉声答道，我跟萝西什么意思也没有，你记着，这个问题你只能问这一次！

萝西从美国来，却是一个英国人。她的爸爸是个医生，医生在英国赚不了大钱，萝西十一二岁的时候，她爸爸带着一家人移民到了美国。萝西在美国已经住了十几年了，可还是坚持拿英国护照。我们是通过楚源认识萝西的。那会儿萝西二十七八岁，拿到文学硕士学位都有三四年了，却一直在中国晃，教英语。萝西非常漂亮，个子很高，皮肤很白，一头长长的黑发，高扬的黑眉下深棕色的眼睛又大又亮，让人想起高傲的西班牙公主。萝西身边也的确老是围着一伙儿人，中国人外国人都有，很有些前呼后拥的意思。然而萝西说她是个马克思主义者。她说西方的民主很虚伪，一切都听有钱人的，无产阶级专政其实很好，因为"人民"由于不具备政治远见而不可信赖，他们就像容易迷途的羊群，离不开牧羊人的引领。听了这番告白以后，我就知道萝西是个内心非常骄傲的人。我跟小石说我的看法，小石只是笑笑。然而萝西对我们很和气，跟我们在一起的时候有说有笑的，所以最初我还是挺喜欢她。小石带她到我们家看了他画的画儿以后，萝西请我们去她在蓟门大学的公寓，亲自下厨做了一顿意大利牛肉面招待我们。那次是我头一回吃外国人做的家常饭，不觉得好吃，所以萝西问我喜欢不喜欢的时候，我就很含蓄地说，嗯，有意思。还是小石够机灵，看萝西的脸色有点儿不好，就赶紧说他爱吃极了。我盯着小石，见小石对萝西微微地会心一笑。我又看萝西，萝西也微微一笑。

雨说，这事得从三方面想和做。第一你自己要沉住气，不要想象力过于丰富，否则疑心生暗鬼，不光自己忧愁，还会白白地让小石伤心，反而把你们的关系伤害了。第二，人心难度，耗子确实震动了一片人，所以为了不要大意失荆州，你同时应该处处留心，轻轻拉紧缰绳，好防微杜渐。第三呢，自己要坚强，小石要是真像你说的那样儿，不要他就是了。

青蛙说，你知道吗，礼花，我怎么觉得很羡慕你啊？难得的是你这么经久不衰地喜爱小石。大概小石有过人的好处吧。你跟小石结婚有多少年了？九年？我跟楚源结婚刚一年，怎么就已经觉得平淡无奇了呢？要是现在楚源跟别人好，我可能一点儿也不伤心。这可让我纳闷死了。我觉得结果也许不重要，重要的是感觉的充实。难得的是经久不衰地爱一个人。或者说，难得的是经久不衰地爱一个值得爱的人。要是这么说，你可能应该好好想想小石是不是一个值得你这经久不衰的爱情。但很可能你是对的，因为既然经久不衰，其中一定有某种真实。那，如果你得到的东西是真实的，怎么会忽然又不存在了呢？

再往后，我又不怎么担心了。为什么呢？因为萝西自从请我们吃过家做意大利牛肉面以后，就关起门来什么人也不见了。听别的外国朋友说，萝西跟她爸爸通了个电话，在电话里，萝西的爸爸管萝西叫"老姑娘"，还问她什么时候找正经工作。萝西于是哭了一通，情绪恶劣得是人不见了。我正很有些同情呢，就听说萝西要走了。都说萝西要去英国剑桥大学读英国文学博士学位。我问小石听说了没有，小石说听说了。我看小石的脸色，小石看起来很平静，几乎是无动于衷。我问小石是不是读剑桥大学的文学博士对外国人来说很容易。小石说你以为剑桥是闹着玩的地方吗？告诉你吧，萝西聪明绝顶。我就想哭，因为小石给我的最高评语是"性情中人"，那不是傻了吧唧是什么？

小石说，萝西明天要走了，咱们去她那儿看看她，算是个送行的意思。我说要不要找点儿什么送给她，一条真丝头巾行吗？要不，一块真丝衣料？小石皱皱眉，说给她幅画儿吧。小石找了一幅小画儿，说好带。我看看，是一幅红色的变形人体。不太重吗？我问，这幅能跟外国人换一个自动照相机呢。小石没说话，把画儿塞进了他的大书包。

萝西一个人住在蓟门大学提供的在校园里的一个两居室单元里，因为她有一个硕士学位。要是只有学士学位，就得跟别人合住一个两居室单元。我们到她的单元门口的时候，听见里面乒乒乓乓地响一阵，又笑一阵，很热闹。萝西笑着来开门，小石问怎么这么热闹？萝西说她和朋友找到了一个处理中国人送的礼品的好办法。我们进去一看，原来萝西和沙梨正在你一个我一个地往墙上摔小瓷玩意儿。那些小瓷玩意儿都是她们教过的学生送的，多半是小人儿或是小动物。学生没有什么钱，只能送这样的礼物。再说，中国人都喜欢小瓷玩意儿，家家的书柜和电视柜上都摆着小瓷玩意儿。那些学生们可没有想到，他们觉得很可爱的那些小瓷玩意儿，在萝西和沙梨眼里俗不可耐，而且是如此俗不可耐，不摔碎就不足以涤荡恶俗趣味对她们的侵害。我忍不住说，把这些小瓷玩意儿送给那个清扫楼道的女人多好，她一定有孩子，孩子可以玩儿。沙梨笑嘻嘻地说，这些礼物太俗了，我们才不想带回去，可又怕学生知道我们不喜欢他们的礼物，所以就都摔碎了，然后扔掉，不就没人能知道这些礼物都到哪儿去了吗？说完，沙梨又抓起一个小瓷熊猫朝墙上狠狠地扔过去，然后哈哈大笑。萝西也跟着哈哈大笑，但是没有当着我们的面再摔。比萝西年轻一点儿的美国姑娘沙梨是萝西在外国专家宿舍楼里的邻居，在蓟门大学外语系教英语教了两年以后，现在也要回去了。我说你们想得可真周到。坐了一会儿，萝西说一会儿她们要去西苑饭店吃晚饭，请我们跟她们一起去，她请客。小石说太不巧了，蛐蛐的爷爷奶奶今晚有外事活动，要我们五点以前把蛐蛐接走。说完拉着我起身就走，我看见他的手一直按在那个大书包上，却始终不把那幅画儿拿出来。萝西毫不经意，笑嘻嘻地说那小石、礼花伦敦见。

都说外国人人一走茶就凉，特别是那伙真格想娶外国女人的小子们，一说起这就十分愤愤不平。我也以为萝西从此是断了线的风筝了，对她给小石的许诺也没有当回事。说是这么说，我心里在有些宽慰的同时又空落落的，有些委屈，像是让人涮了似的。然而，萝西刚走没两个月，就给小石打电话说有戏了。伦敦的一个艺术学院对小石有兴趣，要约他先在电话里谈谈。

原来萝西刚回美国没多久就去了伦敦，死乞白赖地约见那些艺术教授，有一个算一个，又是请他们看小石画作的幻灯片，又是介绍小石在中国争取艺术自由的艰苦卓绝，居然就说动了皇家艺术学院的教陶瓷设计的库伯教授。库伯教授觉得小石的画儿装饰性挺强，有东方情调，就跟萝西说想先跟小石在电话里谈谈。小石担心英语不行，萝西说给翻译。我们没有电话，那会儿私人还不许安电话，只有大一点儿的官儿家才有公家安的电话。结果就在小石爸妈家跟那位库伯教授通了电话，萝西在另一头给翻译。小石不让我们听，我带着蛐蛐跟爷爷奶奶去了附近的公园。一路上，小石的爸连连说，小石要是能去英国就好了，在国内没个学历再怎么画得好也没有前途。小石的妈说，这个叫萝西的英国姑娘还真挺好，帮这么个大忙。蛐蛐说，我见没见过萝西？我说你怎么没见过，萝西到咱们家来看过爸爸的画儿。蛐蛐说来过好几个外国人，是哪个啊？我说蛐蛐你这么上心干什么？蛐蛐说爸爸要是去英国，咱们去不去？我说当然了。蛐蛐说那我好去谢谢她啊。蛐蛐那会儿快九岁了，学校的老师已经给我打过两次电话，说蛐蛐思想复杂，跟同桌的男孩子太亲热，以后恐怕会有作风问题。我把老师说的告诉小石，小石说去他的，他自己八岁的时候，喜欢坐在他前边的女孩喜欢得都快疯了，可从来也没有作风问题。

我没跟小石的父母说萝西临走前把学生送她的小瓷玩意儿都砸了，也没说小石本想送她一幅画，结果没拿出来。

萝西七月份走的，小石第二年二月就在伦敦皇家艺术学院陶瓷系上课了。小石说他的奖学金不够，要我和蛐蛐先在北京等，最多等上两年，两年以后他就能拿个硕士了，到时他一定想办法挣上钱。

还真是等了两年。两年以后，小石的父母给我和蛐蛐买了两张到伦敦的单程飞机票。我们俩人带了四只大箱子，装满了我以前在友谊商店买的毛衣和真丝衬衫。我知道从此咱们在英国过了，靠不上小石的父母了。那两张飞机票是他们能送我们送得最远的地方了。在机场的海关前，小石的父母久久不肯离开。小石的父亲两手交叉，放在肚子上，小石的母亲不断用手撩掉到脸前的头发，他们俩人的头发都花白了，小石的母亲每天早上都一个人在厕所里用什么药水往露出来的白头发上抹，但可惜没有什么用。我忽然很难过，就让蛐蛐使劲儿大声儿再跟爷爷奶奶说声再见。

小石在伦敦的机场接我们，跟他一起的还有萝西。萝西挺着个大肚子。我还没醒过味儿，挺高兴地问她，你都有孩子啦？什么时候结的婚？怎么也没告诉我？要不然，我还能给你带点礼物来。想到她和沙梨扔那些小瓷玩意儿，我又把嘴闭上了。萝西笑笑，什么也没说。

我是想说，我真应该一见萝西的大肚子就拉着蛐蛐爬上一架回北京的飞机，那就救了我们啦！我想什么呢?！

9

深林：晚宴

被凯蒂顾盼了十几次以后，我终于想出了一个在凯蒂和查理之间当和事佬的办法。我跟凯蒂说，我请你跟查理在我家吃顿饭吧。凯蒂乐得两眼泪汪汪的。

我给查理打电话，说查理快到感恩节了，我搬来也快半年了，想就事儿请邻居们吃顿晚饭。查理说，我的天，那可真不错，我可爱吃中国饭了。林，谢谢你。我一听，凯蒂的在场完全不是问题，松了一口气。

说实话，我对请客吃饭这种事总是很发怵。多少年前，我刚来美国，在沙梨家做客，沙梨让我给她家人做一顿地道的中国饭。结果是，我在厨房手忙脚乱，他们一家七口坐在堂皇的桃心木大饭桌前面面相觑，好不容易端出了几盘黑乎乎的菜，还没等大家摆弄几下筷子，菜就都凉了。事后，沙梨不客气地指出，那真是一场灾难。我到安城来上学不久，被同学请去吃了一两顿家常饭以后，思忖着应该礼尚往来，就也下了请柬，把请过我的同学请来吃饭。不巧那天是感恩节，所有的商店都打烊关张，我初来乍到，事先竟不知道，以至于到时候无处买菜，只好将就着给客人炒了几个鸡蛋就米饭。客人们看着孤零零的一盘炒鸡蛋，慢慢扒拉着碗里的米饭，脸色都很阴沉。只这两次，我就体会到了做主人招待客人的艰难。在此之前，我只体会到了做客人的艰难。坐在别人的饭桌前，我永远不知如何是好。每次看我当年在沙梨父母家吃饭的照片，我那几乎像是哭的微笑的表情总是让我感到很不妥。照片中的我越看越像是个失魂落魄的空壳，茫然不知所措地向周围所有的人无精打采地微笑。当然，我那么魂不守舍还有个客观原因。当时我还在倒时差。生平头一次坐飞机从北京到纽约，一坐就坐了二十多个小时。下飞机的当晚就跟着沙梨又坐飞机到密歇根州卡拉马祖市她父母的家。第二天就是圣诞节，沙梨说不能让我孤零零地一个人过圣诞节。那张照片就是在沙梨父母家吃圣诞节晚餐时拍的。照片上，乔伊斯一家六口，沙梨的奶奶海斯特，爸爸詹姆斯，妈妈劳拉，沙梨，沙梨的妹妹黛碧，弟弟凯文，全都容光焕发，笑容可掬。唯独我，夹在他们中间，两手艰难地相扶着平放在桌子上，脸色灰白。

沙梨已经远远地消失在逝去的时间里了。以沙梨的聪明能干，我确信沙梨一定还好好地活着，一定早已经跟那个当年的实习医生结了婚，有了若干漂亮的孩子，住在美国某个舒服的大城市里的一所大房子里。到现在，沙梨的孩子大的大概都上中学了。不知道有没有这样的时刻，沙梨偶一愣神，对自己说，林深现在在哪儿啊？

我有这样的时刻。有时候，我会望着那个已经用了二十多年的发了黄的白电话机，心想，要是沙梨这会儿给我打个电话会是什么样的情景？但这样的念头一闪就过去了。我会立即想，沙梨又不是弗冉老太太，沙梨对奥斯卡敲铁皮鼓的兴趣不会有什么同情。沙梨会说，嘿，林深，我以为你早就回中国去了呢。你怎么还在这儿？你为什么不找个好点儿的工作？你为什么没结婚？你觉得我能帮你点儿忙吗？你要不要我们的旧汽车？

幸亏，沙梨在电话那一头保持着永恒的沉默。

我与沙梨的聚散似乎总是离不开饭桌。我们是在我的老师家的饭桌上认识的。老师说，系里来了几个教英语的美国姑娘，跟你年纪差不多，你们认识认识吧。那天在老师的家里，我一共见到了三个从美国来的姑娘，萝西、海伦、沙梨。其中最爱说话的就是沙梨。我问，你们怎么就想起了到中国来教英语？只见沙梨"腾"地站起来，然后又"扑通"跪在地上，双手抱拳，操着洋腔洋调的中文说，因为我们不愿意这样子求他们给我们工作。我就明白了，她们大学毕业后都没有找到工作。沙梨这么慷慨激昂，我不由打量了她一阵。沙梨高大健壮，脸色粉红，头发浅黄，但又稀疏又缺少光泽，怎么看怎么不像个美人。神使鬼差，我脱口说，沙梨，你像是一个爱尔兰后裔。我是，我爸爸的祖上是爱尔兰人。你怎么会知道？是因为我的姓吗？沙梨姓乔伊斯。那是我第一次得知，乔伊斯是一个爱尔兰姓。从那时起，再过四年，我就要上沃尔夫教授的课，通读二十世纪最伟大作家詹姆斯·乔伊斯所写的三部长篇小说和一部短篇小说集。沙梨对我的眼力很感惊异，又听明白我在通讯社工作以后，大概把我当成了一个罕见的聪明中国人，当即邀请我过两天到她的公寓去吃晚饭。

沙梨跟黑人姑娘海伦同住一个两居室的教员公寓。虽然是沙梨出面请的我，做饭的却是海伦。海伦做的是炸鸡块儿。为了做这顿饭，海伦专门去了一趟供外国人买东西的友谊商店去买去头去脚去内脏的肉鸡。附近供北京平头百姓买东西的副食店里的鸡都五脏俱全，连头带脚，太全乎，而且瘦小枯干，海伦觉得没把握。蓟门大学在北京城西，友谊商店在城东的建国门外，海伦顶着冬天的狂风弓腰骑自行车去的。海伦说没事，很容易。海伦把拳头大的鸡块儿跟面粉、干蒜粉、盐和黑胡椒粉一起放在一个塑料袋里摇来晃去，为的是让鸡块儿沾上那些佐料。海伦说是跟她爸爸学的。

然而海伦并不是沙梨的好朋友。很快她们两人就各干各的了。我懵懵然地被沙梨收拢为帮友，所以那顿美式炸鸡是我所吃的唯一的一次由海伦做的晚饭。海伦在蓟门大学的外语系只教了一年就回去了。我几乎不记得她的存在，只是在这会儿特特地回想与沙梨的初识时才兀然想起她。海伦是一个个子不高圆头圆脑说话不多的瘦姑娘，大学专业修的是中文。我纳闷儿为什么海伦要学中文。中文，对于七十年代末需要在职业市场奋斗才能立身的美国中产阶级子弟来说，已属奢侈品，对没有根基的有色人种子弟就更难以想象其立竿见影的实际用途了。因为就像学梵文一样，没有一个银行老板会因此对你印象深刻。海伦的炸鸡吃过之后，海伦就好像立即消失了。那时我还没有结识奥斯卡，不懂得敲铁皮鼓的意蕴。为此我责怪自己。幸亏此刻，在笼罩着弗冉山庄和茫茫新英格兰河谷与丘陵的深秋的夜幕中，久已消失的海伦又渐渐浮了出来，一头黑色的卷发，鼓着眼睛，面容严肃地在我的记忆里摇晃那个装着鸡块儿和佐料的塑料袋。我从来不知道海伦姓什么，即使现在忽然满怀深情想与她再续从未开始的友谊，也仍然无法找到她。所以，海伦注定了被锁在我的记忆深处，没完没了地摇晃塑料袋。要是有一天海伦与这本书邂逅，我愿她知道，她的爸爸教她炸鸡，然后她远行万里，在北京一个狭小简陋的水泥厨房里，给几个那时还完全没有出国可能的中国年轻人炸鸡吃，是一个让人微笑的可爱的故事。

我想，沙梨一定是真诚地认为我是她的好朋友。抑或，沙梨真诚地认为她是我的好朋友？总之，数年后，沙梨的爸爸给我打电话，说沙梨很伤心，说她觉得我在逐渐与她疏远。我不由黯然神伤。

沙梨比我小一岁，或者两岁？按照当时的想法，客居北京的沙梨应该算是我们大伙儿的客人。但由于沙梨当外教挣着三百块钱一个月，比我在通讯社当编辑挣的四十八块钱一个月要多多了，再加上沙梨说她挣的人民币只能在中国花，就是省下来也没有用，所以永远是沙梨请我吃饭。接受沙梨这么多邀请，在我看来，固然不算有脸面，但更让我气馁的是，每次坐在沙梨当主人的饭桌前，我都无一例外地局促不安。也就是说，我宁愿不在场。或者说，我宁愿坐在沙梨的房间里，和几个朋友随意地谈天。我之所以没有说坐在我的房间里，是因为我住在父母家，沙梨的出现会让我的父母很不自在。八十年代初，中国人跟外国人的自由的私人往来还很稀少，因为一不小心就可能被领导定个里通外国的罪名，那可就麻烦了。所以沙梨才对我的光临那么翘首以待。也正是因为如此，我对沙梨格外地耐心，一而再、再而三地坐在她的饭桌旁，跟她一起喝啤酒，纠正她的中文错误，听她谈她在大学的朋友们。我谈的不多，因为沙梨实在是太爱说话了。我是沙梨在异域邂逅的亦主亦客的异邦人，沙梨则成了在我的寂寞中做短暂流浪的他乡人。我们因为彼此陌生而坐在一起，互相讲着耳边风一样的故事，虽然都觉得不着边际，隔靴搔痒，然而用来度过周末的好几个小时，也差强人意。

开始的时候，沙梨的种种看法对我来说都很有些参数的意义。对一些有关文化的问题，我愿意比较我们两人的看法的异同。比方说，中国人要是熟一点儿，会说，嘿，你脸上有个大疱！美国人之间再熟也不会这样做。为什么？因为脸上长疱的人自己最先知道，一点儿也不需要别人来提醒。你一提醒，倒让人觉得尴尬了。美国人之间好像是再熟也要避免让人觉得尴尬。但很快我就厌倦了，不再对比较文化发生兴趣。原因呢，就是无论同还是异，都什么也不说明。说你脸上有一个大疱又怎么了？跟你说是觉得跟你够熟。中国人对被别人提醒脸上有个疱这样的小病痛才不介意呢。相反，中国人觉得这种对小毛病的提醒是朋友对自己的关心和同情。况且，中国人觉得脸上暂时长个大疱并不是一个十分严重的问题。相形之下，有没有人关心和同情自己才是一个更为重要的问题。所以，被人提醒脸上长了大疱只不过是再一次证明了自己享有别人的善意和同情。有了这样的文化共识，中国人才互相提醒来提醒去，醉翁之意不在酒嘛。哪儿像美国人那么实在，以为中国人关心的真是那个大疱。当然了，如果脸上长的不是大疱而是癌，那就和美国人一样，忌讳别人提醒了！所以，对于熟人脸上的大疱的不同的态度，只说明了不同文化语境内的不同的沟通方式，而绝不说明中国人因此就不如美国人细心周到有逻辑。由此及彼，我就意识到了比较文化的徒劳。所以，有一次，我问沙梨，为什么你的简历的第一页不标页码，沙梨不屑似的一仰头说，因为不需要！我听了就没有因为中国做法不够简明扼要而有所惭愧。相反，我顶了她一句，那别人怎么会想到还有第二页呢?！我对沙梨总觉得中国人做事不够合理有点儿烦了。

然而我继续跟沙梨一起游来逛去。星期天我们很少闲着。要是在沙梨的房间里待腻了，我们就去八一湖，去长城，去十三陵水库，去官厅水库，游泳、爬山、远足。跟我们一起出游的人五花八门，有沙梨的学生，有沙梨在北京认识的别的外国人，但最经常的是各种自封的艺术家。沙梨说她热爱艺术。所以沙梨喜欢跟那些飞扬浮躁的艺术家来往，而且越是装腔作势，她就越是觉得非同小可。由于沙梨的这个喜好，有一次，一个留着披肩油腻长发的写诗的小伙子弄来一大帮电影学院的学生来凑热闹，快有五十多个了，千姿百态地簇拥着去十三陵水库。这么多人的吃喝全让沙梨来买，结果沙梨那个月得跟朋友借钱才过得去。人太多了，没法儿形成一个中心，于是那一大伙儿就都在水库边上自顾自玩儿，一小群一小伙儿地疯打疯闹，累了，就坐下来不客气地喝酒、抽烟、吃面包夹香肠，讲黄色故事。主人沙梨倒成了不相干的人，坐在一边微笑着听、看。我就更是一个不伦不类受忽视的旁观者了。自始至终，我都被一种羞耻感折磨着。我知道，眼前的一切既愚蠢又浅薄。大概沙梨也这么觉得。但更可能的是，沙梨没准儿觉得中国人都这样，她的耐心既是仁慈慷慨礼貌的必需，又是宽厚文化趣味的显示。

渐渐地，有意无意中，我成了沙梨在北京最要好的朋友。对此，我总觉得惭愧，因为在心底，我总有一种要逃脱的冲动。

我问沙梨，你听的是什么歌儿？能不能把歌词的意思告诉我？

沙梨说那个歌手的名字叫利奥·塞尔，是个英国人，年纪已经不轻了。沙梨的意思是她的品位不同于那些疯狂崇拜美少年的美国女孩子。那首歌儿的意思是，沙梨说到这儿停了停，想了一下说，歌词太长了，没法儿说，等我给你写下来吧。说完沙梨就"唰、唰"地写了起来。几分钟以后，沙梨把她手里的那张纸递给我，我一看，都是用英文写的。沙梨诡诈地一笑，毫无歉意。我把沙梨的词典拿来，对照着看下去：

TELEPATH　心灵感应

Leo Sayer　利奥·塞尔

I'm leaving the smog below me now　我就要离开身下的那些浓烟

I'm leaving my troubles on the ground　我就要离开大地上所有的那些烦心事儿

I'm watching those smokestacks just blaze away　我眼望着幢幢烟囱一个劲儿地冒着火光

The sky will be blue never grey　天空将蔚蓝将不再灰暗

The future is filled with wasted time　未来充满了浪费掉的时间

I can't see the road　我看不清道路

I'm going blind　我的两眼就要失明

I'm laughing at all of my future plans　我嘲笑一切关于未来的筹划

Shining like gold in my hand　这些筹划像金子一样在我手上闪烁

Isn't it funny how you reach me　真有意思你努力找我

You know exactly what I'm thinking　你对我的想法一清二楚

You're always helping me from sinking　在我有难的时候你永远援手相助

127

It's your way　这就是你

Hello, this is London calling　喂，我在伦敦打电话

Is my flight due　我要坐的飞机就要起飞了吗

Hello, Is there someway I can reach you　喂，我怎样才能
找到你？

Isn't it funny when you call me　真有意思你努力找我

You call me up while I'm sleeping　你打电话的时候我正
在睡觉

You're always helping me from sinking　在我有难的时候你
永远援手相助

It's your way　这就是你

Now this is the end of all my dreams　现在我所有的梦想都
结束了

The drumming has stopped behind my ears　耳后的鼓声已
经停止

There's no looking back　义无反顾啊

'Cos I'm too far away　因为我已走得太远

I'm shaking like mad in a daze　一阵晕眩中我颤抖得像是
在发疯

Then out of the night you join me here　是你从黑夜中冒出
来走到我的身边

The people around me, they disappear　身边的人群于是无
影无踪

And I hear your voice and you speak to my eyes　我听见你
的声音你看着我眼睛跟我说话

And every thing comes alive　世间的一切全都重又生气勃勃

Isn't it funny how you read me　真有意思你努力找我

You know exactly what I'm thinking　你对我的想法一清
二楚

You're always helping me from sinking　在我有难的时候你
永远援手相助

It's your own way, it's your way, it's your way　这就是你，这就是你，这就是你

Hello, this is London calling　喂，我在伦敦打电话

Is my flight due　我要坐的飞机就要起飞了吗

Hello, Is there someway I can reach you　喂，我怎样找到你？

I said Hello, Hello, this is London calling　我说喂，喂，我在伦敦打电话

Is my flight due　我要坐的飞机就要起飞了吗

Hello, Hello, Is there someway I can reach you　喂，喂，我怎样才能找到你？

Isn't it funny how you reach me　真有意思你努力找我

You call me up when I am sleeping　你打电话吵醒了我

You're always helping me from sinking　在我有难的时候你永远援手相助

It's your way　这就是你

It's your way　这就是你

It's your way　这就是你

我花了一个多钟头才磕磕巴巴地看完。沙梨笑眯眯地看着我说，怎么样，好不好？

我想说没什么好，但什么是好？

沙梨的一切好像都很具体，包括她的诗意的象征世界。这大概就是跟我们中国人的区别所在吧。他们受不了"你看哪，万里东风浩浩荡荡，你看哪，漫山遍野处处春光"这样的歌词。我们中国人对大风从来就很有感受，我们一想起浩浩荡荡的大风就模糊觉得有什么东西很了不起，就很想歌颂一番。老百姓唱"风吹草低见牛羊"，政治家唱"风萧萧兮易水寒，壮士一去兮不复还"，"大风起兮云飞扬，安得猛士兮守四方"。沙梨他们不行。空荡荡的风不能让他们感动，不能让他们想到自身的庄严。更有甚者，十五世纪的意大利画家马萨奇奥（Masaccio）画的亚当和夏娃被天使逐出伊甸园时还被风吹得歪里歪斜

的，更显得狼狈。米开朗琪罗也很不爱画风景，对他来说，最美的是人，因为人的形象就是神的形象。沙梨他们连神都不信了，更别说大风了，他们愿意唱打电话，唱"喂，喂，我怎么才能找到你？"乍一听，我觉得也挺不错的。为什么？多具体啊，具体才能把握，才能心里有底。有了烦心事儿，有个朋友打打电话好像就行了。那，找到一个愿意在你有难的时候援手相助的人做朋友不就万事大吉了？怪不得沙梨为没有男朋友这么忧愁。怪不得她要反反复复地听这首歌儿。也怪不得这位利奥·塞尔如此出名。只是，我把这首打电话的歌词看了好几遍以后，就腻味了。我生就的喜爱大风的中国心不能被这种啰里啰唆的感叹感动。问题不在于有没有人可打电话，而在于，你心里的寂寞好像跟任何人都没有关系。

沙梨可不这么想。一次，我刚看了一本翻译成中文的关于米开朗琪罗的小说，问沙梨，亲眼见过米开朗琪罗雕刻的大卫吗？那还用说，当然见过了，我小时候爸爸带着全家去过一次意大利。好不好？不错。我刚看了一本书，说米开朗琪罗刻的大卫与众不同，说说怎么与众不同吧？噢，哼，我不记得了，我那时年纪很小。我看的那本书说米开朗琪罗的大卫之所以重要是因为揭示了人的伟大之处。哼，那当然，米开朗琪罗的大卫很完美。嘿，沙梨，好像还不只是形式，我很喜欢那本书的作者的看法，他说米开朗琪罗的大卫捕捉住了一个揭示了高度真实的瞬间，就是能够在决定采取行动的同时看到行动本身的悲剧性。在米开朗琪罗之前，所有的大卫像几乎都注重表现大卫与歌利亚的搏斗，要不然就是大卫脚踩歌利亚的头颅表示胜利。而米开朗琪罗的大卫则是在与歌利亚的战斗到来之前，孤零零地一个人站着，一手攥着石弹，一手去取弹弓，凝神看着前方的敌人。那位作者说，正是大卫在就要出手打击歌利亚之前的若有所思体现了深度。

沙梨听得快不耐烦了，我赶紧把最重要的往外倒，沙梨，听着，为什么这本书的作者说决定比行动更重要？什么样的决定？为什么说品格比行动更关键？什么样的品格？为什么说是大卫的决定，而不是大卫战胜了歌利亚的结果，使他成为巨人？为什么说大卫此时此刻想的其实是采取行动后将失去的一个牧羊人的自由？为什么在山坡上孤独地放羊比当国王好？这种希望消失在自由中的看法怎么跟庄子差不多了？怎么西方人也觉得权势其实使人黯然失色呀？沙梨盘腿坐在床上，扶了扶掉到鼻梁上的眼镜，愣了一会儿，然后笑眯眯地说，林深，你知道吗？你的趣味太保守了，中国人都很保守。我们现在都觉得米开朗琪罗很粗俗，而且，米开朗琪罗也很大男子主义。你知道吗？米开朗琪罗只爱表现男人，他认为男人的身体最最漂亮。还有，历史上的大卫后来当了以色列的国王，杀了很多人。《圣经》把大卫理想化了。那些艺术家都把大卫理想化了。我愣了。

沙梨毕竟善良，又开始表扬我，说她没想到中国人对西方艺术知道得这么多。你知道吗？我到中国来的一个目的就是要把西方艺术带到中国来。可是到北京以后，我遇到的每一个艺术家都好像知道得比我多。只不过，好像所有的中国人都还留在西方艺术的过去。比方说你，你听起来太像一个十八九世纪的人在谈论艺术。我更惆怅了，想说我们闭塞得可以了，全中国没有一家博物馆里有一张西方藏画；想说为什么你一个平平常常的美国大学本科毕业生就想来教中国人西方艺术？想说政治制度并不能完全控制住人的识见；想说米开朗琪罗的深度恰恰是把牧羊人大卫与以色列王大卫做对比，恰恰是要表现大卫为从此就要失去非政治的自由而深思！然而我什么也没说，沙梨是一个傲慢的美国人。我后来想了一下，对自己说，如果那是真的，如果二十世纪的人的思想必须变得如此扁平和肤浅，那我宁愿选择留在十八九世纪。我愿意能永远把牧羊人大卫的深思留在心底，永远把对荒野中孤独然而自由的牧羊人的遥想留在心底。我愿意我的想象力能伸展到过去，不管是西方的过去，还是中国的过去，都越久远越好。我愿意有能力向四面八方、向时间深处无穷尽地拓展，然后一次又一次地迁回归宿到庄子，证明中国心曾有过的浩大。

此刻，在我的书架上，放着一本英文原文的《挣扎与喜悦》，作者是欧文·斯通。正是二十多年前我跟沙梨提到的那本书，我在安城一家旧书店里买的，才花了四块多钱，是一九六一年的初版本。书这么便宜，可见无人问津。

沙梨后来有了一个中国男朋友，就是那个留着一头油腻长发的诗人。诗人不仅仅表堂堂，而且很高产，写了很多晦涩难懂的长诗，有的还发表了。沙梨当然看不懂，就常常问我诗人的诗怎么样，但对我的批评却充耳不闻，毫不理睬，一味容光焕发地爱那位诗人。沙梨变得像小姑娘那样温柔，不时地把长长的双臂搭在诗人女人般的肩膀上，痴迷地看着诗人的酷似蒙古人的狭长的细眼，然后禁不住一次又一次地当众深吻诗人的薄唇。沙梨的热情奔放让我很感动，也让我理解了莎士比亚的《仲夏夜之梦》。我明白了对于恋爱中的人，重要的是主观体验，而不是客观真实。不幸的是，沙梨的爱情只持续了几个月就戛然而止了。怎么就那么巧，沙梨居然就撞见了她的诗人男朋友正搂着一个中国姑娘在热烈地接吻。看见的人说，沙梨的眼泪哗哗地流。但是沙梨事后对我说，他甩了我，我还甩了他了呢！还说，他在中国是小盆里的大鱼，到了美国就是大盆里的小鱼了。他要是到美国，就只不过是一个不会说英语的中国人！听了这，我对沙梨的失恋就一点儿也不在意了。倒是有点儿沮丧，有点儿倒胃口。而且，也有点儿不快，沙梨大可不必虚荣，大可不必掩饰本来还有些真诚的本心，要不，为什么会想到诗人在美国的前景？莫非人家诗人跟你说要跟你去美国了？当这么想的时候，我又惭愧了，我觉得我对沙梨不怎么忠诚。

在沙梨的帮助下，我居然在纽约与沙梨重逢，而且还得以在沙梨的父母家过了两个星期。作为他们家最有出息的大女儿在中国认识的中国朋友，我在沙梨家很受优待。他们一家人人都对我很好，带我到不大的卡城各处去逛，让我从他们一年一度的要捐献给教会的衣服里挑出自己喜欢的留下。沙梨还开车带我到几十英里之外她姥姥住的养老院去看姥姥。沙梨把那儿的老人集合到活动室，给他们放映她在中国拍的幻灯片，告诉他们那就是中国，然后把我介绍给那些老人，说我是她在中国最好的朋友，现在要在Ｍ州大学读博士学位了。别的老人看完幻灯片以后都有礼貌地微笑和慢慢鼓掌，只有一个十分矮小的老太太看了以后皱了一阵眉，想了半天以后大声说，怎么中国看起来这么穷呀？还是这位老太太，听了沙梨对我的介绍以后，磨磨蹭蹭、窸窸窣窣地走到我身边，拉住我的双手，有些胆怯地努力抬眼看我，和我的眼睛对视以后，她那有些愁眉不展的布满深纹的老脸一颤，嘴唇哆嗦着明显惊疑地说，哎呀，她很美。说完，放下我的手，头也不回地走开了。我看着她的瘦小的背影，觉得她可爱，愿意记住她的好奇和诚实。那位有些糊里糊涂的老太太，把沙梨当成了哥伦布，把我当成了哥伦布从美洲带回来的印第安人，把她自己当成观赏哥伦布战利品的西班牙女王了。

沙梨在纽约又展开了艰苦的恋爱。这回的对象是一条大鱼，一个正在实习的三十多岁的脑外科医生，一个以后肯定能挣大钱的志得意满的高个子白种男人，一个思想保守厌恶纽约的南加州人。沙梨比在北京的时候瘦了很多，不再粗壮，也不再满面红光，而是细高细高的，大脑门，短发，再加上穿着时髦，沙梨显得极为精明强干。高度都市化的沙梨洋洋得意，但也很不自信，这时的沙梨已经三十岁了。从这个时候起，到我终于不再与沙梨联系，有四五年之久吧，每次我到纽约去找沙梨，不是看见沙梨在那儿奋力地给那位脑外科医生编织毛衣或毛围巾，就是听沙梨哭鼻子抹泪地诉说她对脑外科医生的思念。其间，脑外科医生跟她吹了好几次。沙梨说是因为她自己太独立，而脑外科医生一家子都是从墨西哥移到南加州的白人铁杆共和党，所以不觉得东部女人的独立精神有什么好。沙梨还脱不尽她在弗芒特上大学时得来的印记，愿意标榜自己的政治和文化立场属于美国新英格兰自由派，既热爱艺术又追求自由。其实，沙梨是中部人，但却总是以一个东部人自居。我说沙梨你为什么爱他？沙梨说就是爱他，不为什么。自从见识过沙梨跟诗人那事儿以后，我就基本不信沙梨会因为"就是爱"而爱了。可是我想知道沙梨的艺术到哪儿去了，就故意不断地问，沙梨，你的脑外科医生喜欢艺术吗？当然，他喜欢艺术。他喜欢什么艺术？嗯，沙梨沉思了。等沙梨再说话，话题就变了。所以，我始终不清楚那位脑外科医生的艺术情况。在沙梨的恋爱前景还不明的时候，我就开始了缓慢的分离运动。终于，不知不觉地，我跟沙梨什么联系也没有了。所以，我就再也没有机会得知那次沙梨的恋爱成功了没有。我希望沙梨成功。

我与沙梨疏远是因为我明白了，我之所以成了沙梨的朋友，是因为她当时人在中国，除了孤立无援，还有要纪念品的意思。当我们同在美国以后，她还继续与我密切来往，那是因为她为人慷慨，愿意帮助她的纪念品。沙梨不知道的是，从始至终，我心中都暗暗盼望从她的友爱中逃走，只是总因为盛情难却，逃走未免不恭。当沙梨无意间把她对住在唐人街的美籍华人的看法告诉我以后，我就不无轻松地感到那便是加在我背上的最后一根稻草。那天，我们在纽约坐公交车去什么地方。公交车经过唐人街的时候，我忽然问，沙梨，你在纽约都住了这么久了，为什么你没有什么唐人街朋友？你不是愿意结交中国人吗？沙梨从鼻子里哼了一声，说，谁知道他们是什么人？他们又不是中国人，又不是美国人！沙梨，他们难道不是既是中国人又是美国人吗？沙梨坚持说，不，不，正好反过来。我沉默了。归根结底，沙梨不能平等地看待中国人。她绝不会对一个从法国来的人说，你既不是一个法国人，也不是一个美国人，谁知道你是什么人？她更不会对她的白人脑外科医生说，你们一家子都既不是墨西哥人，也不是美国人，谁知道你们是什么人？所以，沙梨不能跟老实的黑人姑娘海伦做朋友。沙梨也拒绝跟生长在美国的中国移民做朋友。沙梨可以跟我做朋友，因为我是她在中国认识的当地土著，是她的也许并不自觉的殖民主义者经历的象征品。在沙梨的平坦的胸膛里，跳动着一颗暗自希望美国是一个白人国家的陈旧的种族主义者的心。看清了这一点以后，尽管并不耐烦卷入狭窄的美国种族文化冲突的纠缠，我也仍然觉得再也不能继续讪讪地做沙梨的中国土著朋友了。

但是说实话，我有时候想念沙梨，但愿她也有时候想念我。毕竟，在某种意义上，我们的友谊超越了道德的狭窄。特别是在美国生活久了，越想越觉得沙梨其实比很多人都要好。比如，沙梨绝不会因为我到头只不过当了个半时图书管理员助手而不愿理睬我。沙梨不能说一点也不势利，但是沙梨对朋友又慷慨又忠诚。在我后来遇到的人中，几乎没有人能像沙梨那样友爱地对待我。不知为什么，我的运气越来越糟糕，这可是我离开沙梨的时候所没有想到的。虽然我并不后悔失去沙梨，或者说，我不后悔让沙梨失去我，可我还是觉得在这件事上，我应该责怪自己。我觉得我不如沙梨慷慨大度。我采取了批判的行动，却未能像米开朗琪罗的大卫一样预知行动本身的局限。越活才越明白，一个自觉大义凛然的人往往忽略，在大义凛然的同时，常常并不仁慈。

有了跟沙梨做朋友的经验，我对待凯蒂和查理就宽厚多了。

凯蒂不骄傲，也不怎么看重自己，虚荣心很有限。所以凯蒂对我的中国人身份基本上不注意。我这么说，不是说凯蒂就把我当美国人。而是说，在凯蒂眼里，我是不是个中国人一点儿也不要紧，只要我说的话她能听懂，只要她请我帮忙我答应，她就不管我是什么人。还有，在凯蒂看来，我对她的画的称赞跟美国人的一样不可多得，她一样感动得热泪盈眶。当然，在听说我要请吃饭的时候，凯蒂没含糊，小心地问了问，是吃中国饭吗？凯蒂说她这辈子只吃过一次中国饭，是她儿子尼特有一次回来探亲给她买的外卖。凯蒂说来送外卖的人找了半天才找着她家，很不高兴。凯蒂就再没订过，再说，她也舍不得，买外卖要付饭钱不算，还得给送的人小费。凯蒂说没想到中国饭很好吃，说她盼着再吃一次中国饭。

查理跟凯蒂不一样，查理可比凯蒂心思缜密多了。查理对我很尊重，也对我很友好，此外又极为沉默寡言，但我还是能觉出来，查理把我当作中国人对待。但也许也不对，我也许神经过敏。我也知道不必这么强调我是个中国人这个因素，因为反而小气了。但我还是希望查理在跟我说话的时候不那么小心地挑选字眼，好像唯恐会冒犯我似的。我也希望查理能痛痛快快地告诉我，他正在学古汉语。可查理不，他会出其不意地在纸上写个繁体古字，然后告诉我，他知道这个字的意思。我要是问他你怎么会知道，他就神秘地一笑，高深莫测，那意思既可以是他正在学，也可以是他早就熟知。对了，查理有一点虚荣。跟查理说话之所以不容易，除了好像他天生就沉默寡言以外，还因为他好像很爱面子。大概一个人因为爱面子，就会不知不觉地常常不赞同你的意见，不知不觉地愿意让你觉得还是他高明。比方说，你要是说，查理，我听说我的房子是个嬉皮士风格的房子。查理就会抿着嘴，眼睛微向下斜着，想一会儿，然后温和地说，嬉皮士才不在乎这种房子呢，我就是个嬉皮士。你只好哑口无言。

但是查理远不止这些。

我的晚宴安排在四天以后，星期五的晚上，离感恩节有六天。之所以要避开感恩节，是因为感恩节是美国人的家庭节日，凯蒂和查理都难免有别的安排。到底做什么吃，我颇想了一阵。正琢磨呢，查理又打来电话，说他不吃肉，也不吃盐。这可让我犯难了。想了整整一天，最后决定做两套菜，一套无盐无肉的糖拌西红柿和香菇油菜浇米饭给查理吃，另一套油盐凉拌黄瓜和青椒炒鸡丁加白米饭给我和凯蒂吃。

星期五晚上六点半左右，凯蒂和查理都来了。凯蒂先来的，还特地穿了一条黑色的布长裙，上面罩了一件鲜红的大毛衣，笑眯眯的，容光焕发。查理刚过六点半也到了，也是一本正经的样子，头发刚梳过，还抹了一些发胶，看起来很平贴光亮，一条干净的宽大的灰布裤，上身穿一件白布衬衫，也很干净，但是没有系在裤子里，显然是查理要遮住他那过腰的灰黄长发。凯蒂看见查理，立刻对他微笑，说嗨查理，你好不好？查理慢声细气地说还行。

查理忽然开始讲一些令我深深惊讶的事，一些他的身世。查理说，我不知道是不是我希望是一个嬉皮士，但其实，我不能算是一个嬉皮士。为什么呢？因为我太过时了。我觉得我甚至不能算是一个十九世纪的人，我最心仪的时代，也许是快两千多年前的前基督教时期吧。我说查理那是为什么呀？查理说，我向往简单的物质生活，越简单越好，因为这样精神才能自由。汽车、豪华大房子什么的对我毫无吸引力。我心中理想的生活是披着粗布袍在茫茫大漠中静寂地凝视灿烂的穹空，在沙上写对神的赞美诗歌，在石岩上刻写对神的感悟，在凛冽的清泉的小水潭里清洗脸与手足。为此，我甚至曾经当过修士。

我不由睁大了眼睛。

查理立刻明白了，赶紧接着说，不过，我只当了两年修士。之所以只当了两年，是因为发现了修道院也不是净土。由此我明白了，所有的机构，只要是一群人挤在一起，就难免要政治化，连修道院也不能幸免，而且，修道院里的政治纷扰尤为愚蠢，尤为不能忍受。等看明白这一点，我就忙不迭地离开了。修道院的经历让我懂了，我之所以热爱前基督教时期，仅因为我憎恶现代生活的高度体制化。我发现精神自由与体制很难并存。要是你相信体制，你一定已经失去了精神自由。修道院也不例外。修道院也是一种体制。当然，体制有体制的道理。但是体制既是对恶行的制约，也是对恶行的妥协。我没法儿真诚地尊重体制，于是我决定，我这辈子要想活得痛快，就应该尽全力逃避一切体制的捕捉和侵蚀。从修道院出来以后，我进了哈佛，想以后在什么小大学教古代语言和宗教史。我那时猜想，一个有终身职位的教师也许能把体制对个人精神自由的束缚减到最低限度吧。

查理顿了顿，垂下头，接着说，当然，我父亲又一次对我感到极度失望。我父亲的见识跟我的截然不同，他是一个固执的和务实的电气工程师，一脑子科学技术和琐碎的生活常识。我父亲对自己的职业并不满意，因为赚的钱虽然可以维持舒适的生活，但没有奢侈的余地。他花了很多钱送我上好大学，本希望我毕业后能找到挣大钱的好工作。在他眼里，只有律师和医生这两种职业值他为我付的学费。我大学毕业以后去当修士可把他气坏了。我离开了修道院的消息只让他高兴了一小会儿，因为紧接着我就为看佛经学起梵文来了。我父亲不肯借给我钱付读研究生的学费，还激烈地教训我，不许我回家，所以我跟他吵翻了。从此我们谁也不理谁，只当彼此并不存在。也好，他不知道我到了也没有能拿到博士学位，否则他对我就更失望了。我父亲到死也不肯原谅我，我得到他的死讯的时候，他已经下葬了。我从没有去过我父亲的墓地，尽管在他的遗嘱执行律师寄给我的通知里有他的墓地的地址。现在我已经找不到那张纸了，所以可以说是我连我父亲葬在哪儿也不知道了。那已经是很多年前的事了。我母亲比我父亲去世早，我父亲只有我这一个儿子，我也不知道他把一生积蓄都给谁了，总之什么也没有留给我。查理停了停，又说，我想那是最好的。

查理，你为什么没有把博士学位念完呢？我忍不住问。

查理用餐巾纸擦擦嘴，咕噜了一句什么，看看凯蒂，凯蒂正不管不顾地忙着用叉子往嘴里塞鸡丁儿。查理又看看我，见我还在等着，就说，说来话长，你是过来人，你当然知道读书和读学位是两回事儿。读书的时候你可以爱怎么想就怎么想，可读学位就得是导师怎么想你怎么想了。我厌恶导师，那我怎么能得到学位呢？

我默然。我不想这时候检讨，问自己是不是因为迎合了导师才拿到学位。但我完全相信，在拿不拿学位的问题上，查理比我更诚实和更有勇气。

晚宴很圆满，查理答应第二天就到凯蒂那儿去帮她收拾落叶。我注意到，凯蒂和查理走路的样子都有些步履蹒跚了。于是在上床以后，我想了好一会儿我们林海舰队的老龄化问题。我怕有一天，当我经过凯蒂家的时候，凯蒂没有叫住我，我想也不想地就走过去，而其实，凯蒂已经死了，心肌梗死。凯蒂那么胖！查理也不是没有这种可能，否则他为什么不吃盐？我决定从明天起，每天晚上给凯蒂和查理各打一个电话，问他们一天过得怎么样，祝他们晚安。

那天夜里，我还想象查理在深夜黑暗的风中飞行。查理穿越的不是千山万水，而是两千年的时间。我想象查理回溯到两千年前的大漠，查理的面容比现在的样子年轻，也比现在瘦削。我想象查理披着粗布袍独自坐在大漠上，静寂地凝视灿烂的穹空，在沙上写对神的赞美诗歌，在石岩上刻写对神的感悟，在凛冽的清泉的小水潭里清洗脸与手足。

10

回声：威基岛

由于失去了时间，我"现在"既没有白天，也没有夜晚，不存在"日子一天天地过去"这样的概念。这有好处，当然也有坏处。好处是再也不用发愁变老，也就避免了活着的时候每次看自己照片时难免产生的懊恼。坏处是无法用"明天"来抚慰往昔的悔恨。活着的时候，总可以希望有一天能弥补悔恨，可一死之后，就跟停了摆的钟一样，什么都成为永恒，无论是昔日的欢乐还是悔恨，都凝固在那儿，任你怎么恨得"牙根儿"痒痒，也终是无可奈何。说老实话，这种"痒痒"的"感觉"还真挺难受，这才体会到白居易诗句："天长地久有时尽，此恨绵绵无绝期"的有眼力和有功底。楚源和刘星当初互相恭维，说中国的诗人除了屈原就数他们俩伟大了，把人家白居易和所有的其他诗人都一起一笔勾销了。可无论是楚源还是刘星，都还没有写出过如此真实有力的诗句，真正是"尔曹身与名俱灭，不废江河万古流"。除了死人的罂粟原野，我脑子里还储存着这么多唐诗，都是小时候我爸爸一个劲儿地让我背的结果，谁知到了这会儿还真派上了用场，可见我爸爸的用心有多么良苦。

但严格地说，死亡状态的意识也不是绝对地一成不变，而是一阵清醒，一阵晕眩。清醒的时候我的意识里虽然充满了往事，但一遍遍地反复想终归会觉得无聊，我就用随意组合的法子跳着想。好在过一阵昏眩就会来，昏眩要来的时候还有征兆，我总是先感到有一个大巴掌在我"脑后"挥舞，于是"天旋地转"，然后就好一大阵儿没有什么意识了。

我不懂为什么会这样。但一想明白昏眩并不会让我受什么损失，因为已经没有"浪费时间"之虞，我就听之任之了。只是，我更希望在进入昏眩之际，意识中的影像不是那个大巴掌，而是无边无际的罂粟花的原野。固然，现在我算是明白了，活着的时候我对罂粟花这么神往，就是为那个大巴掌的猛击做准备呢。尽管如此，我还没想好最好的对策是什么，也许我永远不能知道，因为我对知识的积累在大巴掌猛击的那一瞬间已经彻底地终结了。尽管如此，清醒的时候我还是赶紧想事，希望在往昔的经验中搜寻出什么被忽略的真知。我那遇事总要探个究竟的诸葛亮本性可真算是"至死不改"。可为什么不呢，活一场不容易，总不好太随便。

现在看来，我特特记住了那几句里尔克关于危险的诗不会是无缘无故的。但当时我可是什么也没有觉察到。

我们在奥克兰度过的最初两年靠的是高培瑞为我们申请到的访问学者津贴。钱虽然不多，但租个一室一厅的公寓和吃饭还够用。所以，在那两年间，我和刘星多半时候都心情愉快，甚至可以说是生气勃勃。老高给刘星的头衔是中国当代最重要诗人之一，很够分量。那会儿，我们两人每天都一早就起来，先在屋里一起做操，然后一起出去散步。我们住的是学校访问学者中心的房子，在校园深处，离房子不远有一条长长的林荫路，通向一个小池塘。我们通常沿着林荫路一直走到尽头的小池塘边，在那儿看一会儿从海港那边飞来的海鸥，还有若干叫不上名字的水鸟。我很喜欢其中一种通体漆黑小脑袋却雪白个儿跟野鸭子大小差不多的，倒不是因为它们处处跟熊猫相反，而是因为它们聪明。一看见有人到池塘边来，这种水鸟就赶紧轻快地游过来，一边紧划水，一边还清越地鸣叫，打着招呼，好像是人家的什么熟朋友。很快我就弄明白了，原来是常有人用面包喂鸟。我觉得好玩，就也常常用塑料袋装上一点前一天的剩饭来给鸟吃，通常是带些剩米饭，因为我们不怎么吃面包，何况面包也不算太便宜。看着鸟儿们在我们前面游来游去，飞上飞下，把早晨的阳光切碎再切碎，我心里觉得很宁静。而这时候刘星总是显得呆呆的，好像若有所思，我也不去问，因为他要告诉我的话，就不需要我去问。我注意到，刘星从来不喂水鸟。散完步，我就去做早饭，我们的早饭通常是热牛奶泡剩米饭。我们上海人节俭起就总爱用开水泡剩米饭当早饭。奥克兰的牛奶比较便宜，我就用热牛奶来代替开水。牛奶泡饭可比白开水泡饭强多了，又好吃又有营养。我做早饭的时候，刘星就在客厅里的小写字台前坐下，写几行诗。那两年他写了很多。

一旦决定留居新西兰，我就开始研究我们的经济问题。我给这个"课题"定名为"艺术与贫困"。我比刘星早一步看出来了，怎样谋生将是我们留居新西兰要解决的第一大问题。我当然先考虑了像楚源那样让刘星在大学教中文的可能性。可是，好像新西兰的情况跟法国颇不同，至少是，新西兰好像很强调规范。要想在新西兰的大学教书，就必须有博士学位。我想了又想，怎样才能有个例外呢？去找老高，让老高说服学校给刘星一个破格待遇？可凭什么我们能得到个破格待遇呢？刘星在奥克兰大学虽有个中国当代著名诗人的名声，但是刘星在好几个方面都吃亏。第一，刘星完全不会英语，当访问学者每学期只需要做两个讲演，刘星用中文说，老高给翻译，那还算能对付。可要是靠老高翻译天天给学生上课就不行了。我是会一点儿英语，可是我那点儿英语只限于翻字典勉强阅读，当场给刘星做同声翻译是绝对不够格的。第二，就算刘星终于把英语练到能对付上课了，一看他的履历，上完高中以后就是一片空白，别说博士学位了，连个最起码的大学本科的学历都没有。再加上，刘星作为诗人的成就几乎完全靠老高那么一说。因为国内的出版社老不给刘星出个人诗集，刘星又没怎么在刊物上发表诗，所以在刘星的履历书里几乎看不出他到底写了多少诗。这后两条，别说学校会觉得没法跟校董事会交代，就是学生看了大概也会翻白眼，觉得交学费交亏了。只有我和老高知道，刘星写的诗出二三百页一本的诗集早够出五本了。此外，不知为什么，不管是谁写的中文诗，不管是现代诗还是旧体诗，一翻译成英文，怎么就全都不对味儿了呢？听起来总是太直白，太显露，甚至于太简单，一点儿也不精妙。洋学生都不耐心，胡乱一看，根本看不出诗思在哪儿。所以刘星也不怎么受学生拥戴。这么一想，就明白了老高就是再愿意帮忙，也好像不能帮刘星在奥克兰大学的中文系破格找到个教职。即使如此，我还是问了老高一下，不问白不问，万一呢。老高听了以后显得很为难，低头看地沉吟了半天才说，恐怕做不到。先不要说眼下系里没有空位子，即使有了空位子，刘星的情况也很难说服校方同意聘用。因为教书和写诗很不同，能写诗固然说明有才能，但教书不需要有写诗的才能，教书需要的是职业训练。况且，咱们也不是不知道，刘星几乎完全不会英语。是不是有别的法子，让我想想看吧。

老高想的结果是，有一天刘星对我说，咱们要是留下不走，就得准备过艰苦日子。老高不可能在中文系再帮咱们找到第三年的钱。老高说以后可能还有机会，要看他能不能找到翻译《离骚》的赞助。老高也许就是这么一说，也许以后能真帮忙。不管怎么说，在此之前，咱们得靠自己谋生。那咱们可是端盘子洗碗扫地擦桌子卖菜送垃圾什么都得干了。要是到了那一步，咱们就得离奥克兰大学的校园远一点儿，咱不能昨天还是在人家校园里昂首阔步的中国名诗人，今天就给学生们点头哈腰端盘子了。当然了，真急了那也未尝不可，可让老高怎么跟咱们相处呢？让老高每次见着咱们苦哈哈的就破格给咱们好多小费还是怎么着？往后老高还怎么把咱当名诗人再介绍给学生们？要是想给老高和咱们自己都留着些余地，最聪明的就是咱们搬得远一点儿，让奥克兰大学的人全都看不见咱们，咱们就随便了，爱怎么活就怎么活。那样的话，即使再也没有机会重返奥克兰大学的讲台，至少咱们还能跟老高轻松来往。你说呢？

我能说出什么呢？其实，我很惊讶，惊讶一向不务实的刘星居然说出了这一大片合情合理的话来。

该搬出奥克兰大学访问学者公寓的那天终于到了。我们早已把行李都收拾好了，还是来时带来的那四个大箱子，装得满满的，基本上是我们的衣服。我们没有买什么东西，因为我们得把能省下的每一分钱都存起来应付马上就到来的贫困。我倒是很想把公寓里原来就有的旧家具和旧锅旧碗什么的带走一些，我不信那些东西会被大学里管这片儿公寓的人登记在册，我认为那些东西都是以往在这儿住过的访问学者不要了留下的。但刘星不让，说咱们自己买。我说挺贵的呢，刘星说那咱们一次买一个碗或一个盘子，一样一样慢慢儿添置。

听说威基岛东边房子的租金低，两个多月以前我们就托杰克在他的农场一带帮我们找个住处，租金越低越好。杰克留着一头稻草色的齐耳短发，个子很高，驼着瘦瘦的背，很老实的样子。杰克找得很认真，先看当地报纸上的广告，看了有一个多月以后才开始行动，有租金合适的就自己先去看看，觉得差不多才带我们去看。杰克带我们先后跑了十几处，最后，我们决定把离杰克家不到两英里的一个快要倒塌的小木房子租下来。租金最低当然是一个因素，更主要的是，房主有意要把房子便宜卖给我们。但我们说，先租着吧，考虑考虑再说。

小木房子别提多小多破旧了，残留在发黑的旧木板外墙上的油漆灰不灰绿不绿的，没有栅栏的院子也很窄小，门前将够停下一辆车，四周五六步开外就是别人家的地方了。小房子里面更令人沮丧，里里外外加上厨房一共才三个房间，说不出是什么颜色的旧墙纸黄得不像样不说，还到处裂开，一条一条地耷拉下来，厕所小得转不过身，洗手池和马桶白瓷都黑黢黢的，淋浴的蓬头上结着厚厚的黄水碱。不用说，这所小房子肯定是当地最糟糕的一所了。不过，唯独如此我们才可能买得起。房主要四万块钱，我们说只能出三万。其实三万我们也拿不出来。我们是这么想的，两年来从老高给的津贴里猛攒下的六千块钱够付头款了，其余的可以跟银行借。所谓考虑考虑，只是我们的托词。我们早就问好杰克了，杰克说小房子的整体结构还挺结实，把外墙的粗木板条换换补补，上两层厚漆就行了。就是装修屋里头得费点儿劲，因为要用的材料可比粗木条贵多了。真正的问题还不是如何修理房子，而是我们一时半会儿还不能说服银行借给我们钱，因为不论是刘星还是我，都还没有个靠得住的工作。没有固定的收入，银行是不会借给我们钱的。这一点，我早就打听好了。所以我们只有先不慌不忙地考虑一阵再说。

现在明白了，我还真是一个充满了预感的人。迁入那所小木屋的那一天，我的心情很有些悲壮，有一点像荆轲渡易水，但可能更像随着亚当一起出伊甸园的夏娃。看看刘星，也是一脸严肃。老高一共开了三趟车，先送我们和我们的那四只箱子，第二次和第三次都是运老高送给我们的东西。老高从他家里搜罗出好些旧家具和锅碗瓢盆，说送给我们先用着。威基岛是奥克兰市的大郊区，上岛来回都得坐船，连车一起上。一路上阳光很亮。满眼都是蔚蓝的海水。远远近近的小岛在耀眼的波光里神出鬼没。我心里亦忧亦喜。

小木房子缩在四周秀丽的乡村景色里，很像是一个穷困潦倒的倒霉鬼，只想缩进自己的破衣服里，让人看不见才好呢。老高是第一次看见那所木屋，嘴张了张，但是什么也没有说，只是在帮我们搬完东西要离开的时候嘱咐我们需要帮忙的时候找他。老高的脸色有一点黯淡，临上汽车的时候，嘴又张了张，像是要说什么，但最终又是什么也没有说。老高的旧汽车"突突"地轻吼着，很快就消失在树丛里了。老高大概有些难过吧，但也可能是有些担心。老高大概觉得我们要留下来的决定不怎么高明。不过，老高一定也理解我们是怎么想的。老高很有教养，从来不主动评论我们。

老高给我们的东西可真不少，以至于老高存放旧物的车房都搬空了。老高甚至把还铺在床上的一条毛毯都揭下来送给我们了，说天气冷了，夜里不能冻着。即使如此，我们还是缺很多东西。我们有一张老高送的小书桌，三把椅子，其中一把摇晃得很厉害，还有一个挺不错的小书架。但是我们没有床。杰克夫妇来看我们，还带来了一个苹果派。发现我们没有床以后，杰克立刻回去从他家拉来了一个旧床垫子，还是双人的。杰克搓搓手，有点不好意思似的，说可以先凑合着用，岛上有卖床和别的家具的商店，要是我们愿意，明天就可以带我们去买。我们赶紧说这个旧床垫就很好，好多东西都得买呢，钱得省着用。杰克夫妇连连点头。杰克老婆跑去看了看厨房，回来说电炉是好的，可以做饭，不过冰箱是空的，请我们晚上到他们家去吃顿便饭，吃完饭让杰克带我们去超级市场买菜。我说那可就太谢谢了。杰克说那就过两个钟头来接我们，说完就和他老婆一起回去了。

我赶紧收拾，先把床垫扫干净，铺上老高给的一条浅绿色的旧布床单，刚巧尺寸正好。在配套的两个枕套里装几件衣服，就有枕头了。我说刘星你要是累了，就睡一会儿吧。我对我们生平自己所有的第一个床挺满意。刘星说不累，但是走到床前，弯下腰，轻轻地摸了摸床单，又摸了摸枕头。

我问刘星把小书桌放在哪里，放在里屋呢，还是放在外屋。放在外屋吧，刘星说，我们只有这一张桌子，得又做饭桌又做书桌。我说，咱们可以去买一张饭桌。还是先别买吧，悠着点儿，拣最需要的买。饭桌就挺需要的，我们天天用，一天用三次。刘星忧愁地望了望我。

小书桌被摆在了外屋离南窗有三尺的地方。我纳闷怎么刘星忽然有了这么多主意。

在杰克来之前，我们已经把最基本的东西收拾好了。四个箱子都拖进了卧室，马上要穿的衣服已经取出来挂进了没门的壁橱。老高给的锅碗瓢盆也都迅速摆进了厨房里的破碗柜里，只要有菜，就可以做饭了。我环视四周，小木屋里所有的设施都好像勉强可以用，而且房租便宜得跟让我们白住似的，所以我们不能要求房东更换。可是，所有的设施全都又旧又脏，看着都像不好用似的，很让人烦。厨房和卫生间的白瓷水池不知得擦多少遍才能勉强看见白色呀。我叹了口气。

杰克准时来了，还带来了一辆旧自行车，说是他儿子的，他儿子去上大学了，这辆自行车放在家里没人骑，我们可以骑着去商店，如果要买的东西不多的话。

商店和市场都不太远，离我们的小木屋大约有五公里左右的样子。杰克的自行车会非常有用。杰克说如果要买大件的东西，或者要买很多东西的时候，他可以开车帮我们运。

到了那天晚上的九点钟，我和刘星在小书桌旁坐定以后，摸摸桌子粗糙的木纹，我心里好像有了一点儿底。仿佛所有宏大的计划都找到了一个起点。我端详四周，裂开的墙纸在昏暗的顶灯下显得斑斑驳驳，小窗户上没有窗帘，而且，窗框有些歪斜。但窗外，月光皎洁。远远近近黑黝黝的树影一动不动。窗户开着。我们一进来就把窗户打开了，为的是换空气。刘星站起来，要把窗户关好，一使劲儿，把插销拔掉了。明天再修吧，杰克说，这里很安全。

刘星，今天对咱们意味着什么？

从今天起，咱们就跟杰克一样了，住在南太平洋的一个岛上，朝朝夕夕满耳海涛轰鸣，日出而作，日落而息。跟杰克不一样的是，咱们不是新西兰人。

咱们是什么人？

咱们从中国来，咱们是自我放逐到新西兰的中国人。

你的意思是，咱们既不爱中国，也不爱新西兰？

差不多。不过，反过来也成，咱们可以又爱中国，又爱新西兰。干吗非得找一个国爱呢？我最讨厌马屁精了……

得了，得了，你扯到哪儿去了。国的意思也可以是祖国，祖国的意思是一个人生长的地域和人文根基。一个人至少应该尊重自己的根基。所以，中国和新西兰咱们还是都爱吧。中国是故乡，新西兰是咱们选的家园。问题是，以后你还是一个中国的诗人吗？

我想我只能是一个中国的诗人吧，如果我最终能算是一个诗人的话。

你觉得你有可能最终不能算是一个诗人？

要是我能明白怎样才算是诗人，或者，诗人到底是什么意思的话，我就能回答你这个问题了。一个人写了几首诗算不算是个诗人呢？据说不算，为什么？说是只写了几首诗，太少。那一个人要是写了几千首诗呢？算不算呢？据说还得发表和出版才行。按照这种看法，要是写了诗以后只放在箱子里，就算是攒了几大箱子诗，也不算是诗人。又据说诗人不能自封，得别人承认了才算。那谁是那个评判的人呢？诗歌刊物的编辑？他们就怎么见得就是在判断诗上最高明的人呢？他们不过是在大学里读了两本文学史，一本古代的，一本现代的。对了，大概是三本，还得读一本外国的。再看点儿名著摘选什么的，总之，三四年囫囵吞枣一通以后，就算是精通了文学的人才了。大学毕业以后，国家把他们选中分配到各种文学刊物工作，他们就成了诗人天堂的把门的了。能被选中去把门，至少得让学校的领导相信他们可靠吧？那不是一伙儿马屁精又是什么呢？让马屁精来挑选什么是可以发表的好诗什么不是，那好得了吗？中国人主张诗言志，让这伙儿人来决定谁是诗人谁不是，这不是荒谬绝伦吗？在我看来实在是莫大的耻辱。什么诗，什么诗人，中国现在就不配有什么诗，就不配出什么诗人……

你又没完了，你知道我问的不是这个。

我还没说完呢，你怎么知道我不是在回答你的问题呢？别急，别急，听着，你问得很好，我正想这个问题呢。最近我对"当代中国诗人"这个词产生了重大怀疑。但是，如果所谓当代中国诗人不太可能在其真正的意义上存在，我怎样才能成为诗人呢？莫非能当个新西兰诗人？这不是笑话吗？我对新西兰又知道什么？毛利人跳舞颇有些奇特感人，但那是作为异国风情让我感动，而不是作为自己的根基让我感动。我的祖先也许弓着腰在田里锄豆，也许戴着高冠穿着宽袍在田野里信步，在山林间攀登，总之不作兴围着草裙在火边跳跃和颤抖。说来说去，新西兰跟我有什么关系？不错，新西兰美丽温和，对咱们宽容友好，咱们是可以把新西兰当作一个居住之地，当作我们的家，但这是一个跟人借来的家。既是跟人借的，那从根本上来说，新西兰是人家的家，不是咱们的家。咱们完全可以在这个借来的家里乐不思蜀，但要……

难道诗人一定要是民族的吗？你什么时候成了一个民族主义者？你不是说过艺术没有祖国吗？你不能就是一个干干净净纯纯粹粹的诗人吗？

问题不正在这里吗？你所说的诗人是什么意思呢？广义的还是狭义的？照我看，广义的诗人就是写诗的人。那我当然就是一个诗人。狭义就有点不好说，要是诗人是一个职业，那就有点问题。既是职业，就应该能据此谋生。也就是说写的诗得能换取足够生活的钱。那咱们就又回到咱们的老问题了，要想当职业诗人，得他们批准。咱们就不当民族主义者，我就索性自封是一个没有国界的世界的诗人，我总得用中文写诗，我倒想用英文、法文、德文写呢，办得到吗？在奥克兰大学待的这两年算是让我明白了，人的判断力根本上基于生活经验，个人的和民族的生活经验，而不是普遍道德原则。道德判断尚且如此，更不要说审美判断了。比方说，我呕心沥血写出来的诗，读给那些奥克兰大学的学生听，哪个学生不是听了个一脸茫然呢？我觉得深刻的诗思，我觉得感人的诗意，一丁一点儿也到不了他们的心里。反过来也如此，有些他们喜欢得不得了的诗，比如说，美国二十世纪大诗人弗罗斯特的名诗，《雪夜林边驻马》，恕我不恭，在我看来就很有一些一般。据说这首诗的结尾尤为神秘和出色，可是你听，"可爱的树林又深又暗／可是我有承诺在先／况且在我入睡以前还有远路要赶／况且在我入睡以前还有远路要赶"。也许歌谣般的平白正是弗罗斯特设置神秘的手段，但毕竟，作为美国二十世纪一流大诗人的第一名作，让我怎么想也想不出到底高明在哪儿。我猜想用英文来读一定比中文的译文好得多。可我的这点儿英语远远不够去评判英美诗歌，正如一切学中文的外国人无论如何没有能力评判中国的诗歌一样。你说我能不为语言对诗的局限沮丧吗？但真正的问题还并不在这儿！语言的隔障固然不幸，但真正可悲的是，生活经验的差异使写作与阅读既是历史的又是地域的。正如一个人不能同时既在此又在彼一样，写作与阅读都不能不是一时和一地的。也就是说，写作和阅读很可能根本就是两回事儿！这使我想到，我写的东西也许连你也不见得理解和喜欢。我觉得我所以不能……

也不见得那么绝对吧？那怎么那时候你和楚源他们在工人体育馆朗

147

诵诗的时候有那么多人那么热烈地鼓掌呢？

那还不过是几年前的事，怎么好像已经恍如隔世了？我不知道应该怎样描述那几年。像梦幻。像发烧。像过狂欢节。像革命。那时的刘星，一头挤进楚源那一伙人中，跟他们一起比着狠狠地写诗。真是众人拾柴火焰高啊，大伙儿写诗的热情都快比上唐朝人了。不是快比上，而是胜过许多。唐朝人写诗哪有那么野啊。成群结队的当代贾岛和李贺，都在那儿目光炯炯地语不惊人死不休。触目惊心的诗句像铺天盖地的乌鸦一样飞满了八十年代中国人想象的天空。眼睛死了流出酒，鸟飞入自己的头骨，地上长出死人的白发，手上升起乌云，长满青苔的舌头滴下语言的水银什么的，长长短短的语焉不详的诗啊就像春天的树叶一样，一夜之间千千万万。置身于一群号称是中国最出色的诗人之中，世界上仿佛除了诗就没有别的，我和青蛙气都快喘不上来了。我们觉得正与历史挽着手臂站在中国文化创造的山谷里，四周密集的、刁钻古怪的诗正像热带雨后的食人花般扭动着蛇一样的枝叶诅咒着、呼啸着冲向天空。仿佛，中国现代诗的森林正在我们四周形成。想到我们触摸着的诗句将成为中国历史的一部分，我们的朋友们的名字将因此永垂不朽，我们激动不已。我和青蛙热烈地读着一首接一首的新诗，简直忙死了，那也看不过来。

记得当时我问刘星，莫非，我们真的赶上了一个伟大的时代？否则，没有时势，怎么会有那么多的英雄？

刘星说，不会吧，我怎么看不出这个时代有什么可伟大的？不过是风向忽然变了，气温升高了一点，化了一点冻，于是，在文化的荒原上冒出了几株草，有一群年轻人开始学着写几首诗而已。谈不上英雄吧。你仔细看看，刚几个月下来，大家就已经你抄我、我抄你。现在的水平，充其量是刚明白诗可以怎么写，但离领悟诗应该怎样写还早呢。更不要说写出真正振聋发聩的旷世杰作了。

我很想表示不同意，但想想，刘星说的好像也有道理。可不是嘛，似乎所有人的诗里都有黑夜，都有梦，都有孩子，都有谎言，都有倾听，都有寻找，都有漂泊，都有消失，都有阳光和火，都有雾和帆，都有路和岸，都有明天，都有触摸和奔跑，都有污垢和死亡，都有柔软和痛苦，都有死亡与唤醒。每一个诗人都像是历尽沧桑的深沉的谙知秘密的高瞻远瞩的先知、预言家，张口则龙与怪鸟、土龟残碑、岁月、黄铜、合欢树叶等等。开始觉得很动人，很美，看多了，难免觉得成了俗套，成了切口，行话，好像特殊货币，一旦获得，就可以进入一个特定的市场交易。而这些特殊货币都是从翻译成中文的外国现代诗那儿得来的。谁见过合欢树？谁见过罂粟花？又有谁在雾里的帆下被海上的季风吹过？那季风是冷的还是热的？那也不妨碍把这些外国诗里的意象郑重地挪进自己的中国现代诗里。望文生义嘛，一见"合欢"这个字眼儿，我们就想到中国的婚礼之夜，就想到朦胧月光下的爱人的笑容；罂粟不就是鸦片吗？于是就想到毒品和死亡，想到以死亡为代价的飘飘欲仙，想到消沉，想到腐朽派的浪漫。至于"帆"的漂泊的、孤独的、富于冒险精神的浪漫意象，虽然早就由莱蒙托夫的经典之作给定型一百多年了，但让我们这些连走出北京一百里地都很有困难的破屋里的烛光聚会狂们的耳朵听来，那真是振奋极了。诸如此类。总之，谁要是对当时很有限的翻译成中文的外国作品敏感，有机会和有能力在别扭的翻译体的中文里体验和感悟外国现代诗的风格和词汇，再加上一点政治眼光，谁就捷足先登，谁就弄拙成巧，谁就成了中国二十世纪八十年代诗坛的弄潮儿。再把这种将错就错、郢书燕说的精神现象仔细想一想，我就明白了，这不是伟大文化的创造，而是时尚。如果需要老实不客气地说破，那就是机会主义。十年的"文革"把中国人的人生现实剥夺到一贫如洗的地步，真所谓"白茫茫大地真干净"，于是，里里外外都空空荡荡的中国人充满了期待变化的浪漫精神，像张开的帆，像鼓足了气的气球，只等着变化像风一样吹过来。什么变化都行，语言的变化也罢，情绪的变化也罢，只要是变化！不不，这么说吧，那会儿需要的恰恰只是语言的变化，而且恰恰是文学语言的变化。任何别的变化对我们都会过于沉重，语焉不详的滑头那会儿对于惊魂未定的浪漫的中国人是最合适不过的了。我们只接受客观的机会主义。

后来，我们在新西兰住下来以后，我在一个小图书馆里当管理员，偶然看到了一篇讲达达主义的文章，就更觉得豁然开朗了。以时尚和机会主义为本质的达达主义本身固然平庸，但说明我们时代的根本问题。所谓后现代，就是对平庸表示谦恭的时代，就是大量的复制品和便宜货的时代，就是遍地东施按照自己的模样打造西施来崇拜的时代。而所谓

"后现代"精神，就是反精英的精神，或者说，就是东施精神，就是西施为广大东施服务的精神，所以其实也是反艺术的精神。在今天，我们有的只是比达达主义更空洞的时尚，更装腔作势的风格，更徒有其表的标新立异，和观赏皇帝新衣式的更加虚荣和愚蠢的大众的附庸风雅。

固然，我的思考结果很有些令人沮丧，但我觉得完全可以理解和原谅正在诗坛上弄潮的人们。因为，我认为大多数正写得热火朝天的诗人们对此并不自觉。比如刘星。我很慎重，没有把我的领悟告诉刘星。

对我的问题，刘星沉吟了一下，然后说，伟大时代是一大群具有伟大才能的人物做出创造性贡献的结果。知道吗？伟大的才能和创造。伟大时代的出现是需要积累的。比如，唐代诗歌就是汉魏积累的结果。得好几代人都已经写得很好了，才能出现真正的高峰。现在我们不过是刚刚开始而已，连创作都还很难说。在中文原作诗里用上什么"颤抖""天堂"之类的基督教语汇就不太像是中国人的创造。而且，不光是在语言上创造，还得在诗意上创造。要是只有一肚子说不出名堂的郁闷和委屈，只有一团模模糊糊的不满意的或者忧伤的情绪，而没有深邃和开阔的视野，没有广博和坚实的思想，没有基于丰富经验和广采博收的阅读的判断力，那怎么也开拓不出堪称伟大的诗的境界。古人说"诗言志"，一点也不错。只不过，在我眼里，"志"的意思并不是政治上的志向，而是……

那，你怎么评价你自己？你以前不是说中国诗人里只有屈原能赶上你和楚源吗？我打断了又要滔滔不绝的刘星。

咳，那是开玩笑。我实在还是在学徒。也许终吾一生，我也不过是一个学写诗的小徒弟。刘星有些诧异似的望望我。大概觉得我不应该特别地记着他的吹牛。他可能觉得有点惭愧。

我觉得心里被戳了一刀。

老高说，中国诗歌总是跟政治很有关系，屈原受楚王气了，就写《离骚》，大伙儿对"文革"不满意了，就在天安门给周恩来写悼诗，现在中国人想要开海禁，自然就大写起这些西方风格的现代诗了。

当时我在心里对老高的见解笑了笑。

刘星又看了看我，说，工人体育馆吗？那是耍猴儿，我们俩是两只猴儿。所谓明星效应，其实就是耍猴儿效应。不同的是，猴儿傻点儿，得到俩栗子当报酬就算了。明星聪明点儿，要大钱。鉴于我和楚源也没得什么，我们就更跟猴儿差不多了。诗人怎么能跟闹剧演员似的靠夸张的表演哗众取宠呢？我现在想起来就后悔。我那么用心构思的、想与乔伊斯的《尤利西斯》一比高低的复杂长诗，怎么可能通过舞台灯光的效应和罗马斗兽场的群情激奋来传达呢？观众越是高声喝彩，我就觉得对我的诗的误解越深……

为什么不倒过来想？为什么不觉得其实是你们俩在耍猴儿？耍那些听你们朗诵的人？

刘星低下头，又抬起来，说，那就更令人遗憾了。

我明白我要问的重要问题需要搁置，令我满意的答案需要教育才能出现，就说，不早了，睡觉吧。

那，搬进小木屋到底意味着什么呢？我想了又想。

虽然比作为高深莫测的中国诗人侃俪进驻奥克兰大学的访问学者公寓时要灰溜溜一些，但在心底，小木屋还是让我有些兴高采烈。因为我心里有很多的关于未来的计划，搬进小木房是实施这些计划的第一步。

何况，小木房未必比我父母在上海亭子间里拥挤不堪的家要糟许多，这么说吧，北京刘星父母的家其实也好不了多少。刘星家虽然比我家要宽敞一些，但白灰墙经年不刷，看起来到处灰蒙蒙的，门窗的木框也因年深日久连原先的油漆是什么颜色全都看不出来了。楼道里就更可怕了，黑漆漆的不说，楼梯的水泥台阶的边都踩圆了，一不小心就会踩空，于是摔个大跟头。此外，楼道里还堆满了各种破烂，楼里的环境就更显得恶劣了。那会儿中国人的家全是这样儿，都跟灰蒙蒙的水泥洞穴似的。不是吗？农民老是羡慕能住上水泥洞穴的城里人，城里人也唯恐被从城里的水泥洞穴里赶到乡下去。大家都变得一看见水泥洞穴就心安，因为水泥洞穴是我们中国人五十年来能得到的最好的生活的要素之一。一想到水泥洞穴居然是我们中国人安身立命的根基，而我们自己其实连水泥洞穴也不拥有，我就觉得选择小木屋纯属义无反顾。

不管怎么说，那小木屋是我们自己的第一个家。当然，不幸的是也是最后一个家。只是当时我没有可能知道后者。当时我心里正充满了奋斗的豪情。

刘星也很兴奋。第二天一早就起来，围着小木屋里里外外地转，把要修理的地方用笔在小本子上一一记下来。我则一边做早饭一边开始琢磨在我看来最要紧的事，找工作。

刘星自可以谦虚，说要是终其一生他充其量不过是一个学写诗的学徒，他认了。但是从我这儿我不能认。我相信我能帮他。我要帮他。所以，找工作主要是我的事，刘星应该专心写诗，写诗之余可以修修房子。

可是工作可真难找。要是住在岛上又没有汽车，那工作就更难找。

虽然我对刘星成为东施时代的伟大诗人仍然寄予厚望，但在心底，我爱我的罂粟花原野，我也爱这首歌的开头：

> 我耳中她说的最后的话是
> "再给我唱一首歌吧"
> 艾琳，晚安
> 晚安，艾琳
> 我将在梦中与你重逢
> ……

我听杰克老婆有一天晚上唱的。

11

回声：维度

我觉得，直到读了那篇小说，我心里才透亮了些。我觉得自己对世界上诸事的理解有了一点进步。可楚源并不这么觉得。相反，楚源觉得我的脑子越来越乱糟糟。他开始动不动就说，青蛙你脑子有点儿太乱了。一个人稍微疯狂一点儿还行，弄俏了还有人说你有艺术气质。可是别疯狂得太过分，什么事一过分就不好了。疯狂过了，小心人真把你送进疯人院。我纳闷楚源为什么跟我说这些。

那篇小说是谁写的？我忽然怎么想也想不起来。大概不是什么有名的人写的，登在一本英文的旧杂志里。杂志是高培瑞的。

老高是个瘦瘦的新西兰人，在语言学院一边进修中文一边教英文，同时还在写博士论文。老高都四十多岁了，但是他那飘着一头轻细的金发的敏感的样子往往让人忘了他的那一大把年纪。此外，老高很谦和，又好像懂得很多，所以楚源他们都很爱跟他来往。

那天去友谊宾馆老高的公寓参加聚会，一块儿去的除了楚源以外，还有雨和刘星。老高那儿已经有几个客人先到了，认识的有沙梨和萝西。我们到了以后，了解我们口味的老高立刻请我们喝可口可乐，但是楚源要啤酒，所有在座的洋人也都在喝啤酒。楚源说现在外国年轻人时兴的是不喝用化学品配制的苏打饮料，可口可乐不过是一种苏打饮料，苏打饮料就是汽水，苏打饮料对健康没什么好处。但沙梨说他们大喝中国啤酒是因为中国的啤酒便宜死了，而且质量也很不错。不知怎么就说到文学的目的上去了。刘星瞪着大眼睛说他觉得文学没有什么目的，也不应该有什么目的。马克思主义者萝西把她那头浓密的长长的黑发一甩说，在客观上文学是有目的的，在客观上文学为政治服务。那句中国话怎么说来着？树不要动，可是风要它动？楚源说，树欲静而风不止。对了，萝西又谦虚地学了一遍，树欲静，风不许。没人笑萝西，也没人纠正她。

刘星把眉头拧起来，政治的内容比文学的内容窄多了。我说我觉得至少文学应该是对人有用的。老高就问我文学对人有什么用。我一时语塞，说不上来。也许老高是为了替我解围，就说他也觉得文学应该至少对人有好处。老高说他很同意中国作家鲁迅的看法，文学应该是为人生的。刘星说是不是有点太笼统？怎么为人生？什么样的人生？受苦受难是人生，作威作福也是人生，文学为哪种人生？沙梨说人需要美，文学是人创造的一种美。沙梨的中国男朋友，也是一个诗人，说他同意。沙梨很得意，吻了他一下。

萝西一笑，说那为什么乔伊斯的《尤利西斯》一会儿不美被禁一会儿又特别美以至成了美的经典了？老高就给我解释，说乔伊斯的《尤利西斯》二十年代在美国曾经一度是禁书，现在则是西方现代小说数一数二的名作。沙梨说那萝西你说说乔伊斯的《尤利西斯》怎么为政治服务了？为什么政治服务了？反对爱尔兰民族主义？反对爱尔兰民族主义对世界有那么重要吗？《尤利西斯》成了二十世纪世界文学第一大名著就因为反对爱尔兰民族主义？萝西又一笑，不说了。

我问老高，你是研究文学的，你说呢？老高说这是一个没有答案的问题。老高说凡是不能证明的答案，都不能算是最后的答案。老高说他倾向于我的看法，文学必定有什么用，但究竟都是些什么功用，可能又是得不到最后答案的问题了。老高说文学研究很奇妙，就像一个敞开口的宇宙黑洞一样，所有的说明和解释的尝试都被吸进去，然后就消失了。结果是，研究文学的人永远互相不服气，谁也不能把文学到底是怎么一回事说清楚。我说那老高你还研究文学，多泄气呀。老高说他也不明白，跟自己逗闷子呗。老高刚跟什么人学了"逗闷子"这个词，赶紧用。

就是那次我跟老高借的杂志。老高说那是英文的，我说我妈妈教了我一些英文。楚源就说那你把我的诗翻成英文吧。

跟老高借的那本杂志在我那儿放了好长时间。后来老高要回国了，就把那本杂志送给我了。那本杂志里有一篇短篇小说，我只看小说，我看得挺慢。

楚源说，青蛙你怎么也得有个工作吧？将来咱们要是有俩仨孩子，我一个人看大门的工资可不够一大家子活。咱们得早点儿作打算。

我就问雨，雨说他们图片社上次就批了一个校对临时工的名额，刘星想当还当不上呢。你跟刘星一样，也没有大学学历，都终归当不了编辑的。再说了，编辑也没有现成的空额。

问礼花，礼花说进戏剧出版社现在肯定没有可能，但她可以帮着打听，看有没有文秘一类的小工作。但她又说不过他们那儿有资格用秘书的就社长老陈一个人，眼下她自己正给老陈当着呢。可她又一笑，什么意思呢？我说你们有看大门的工作吗？看大门也挺好的，能看书。礼花说青蛙得了吧你，咱们不至于的。先让楚源养着你，我慢慢给你打听个好点的工作，哪儿有年轻女的看大门的。

楚源说青蛙你懂英文，别死脑筋就知道看大门，去问问老高能不能想个什么办法。

我就鼓起勇气去问老高，老高说据他所知中国人要想被外国部门雇用，那得先进中国政府的外国人员服务局才行。要是我能想办法先进外国人员服务局，他可以去新西兰大使馆问问有没有中国雇员的空缺。老高说他猜想进那个外国人员服务局大概很不容易。我说那当然了。虽然我是头一回听说有那么个单位，但我是个土生土长的中国人，见识过也参加过沙河学校女老师们调进城的奋斗，我能不懂这个吗？

那篇小说是我平生所读的第一篇英文原文短篇小说，题目我还记得，"维度"，不怎么振聋发聩。工作的事，唉，问完了老高以后，我决定安心等礼花去帮我打听。那是一个冬日的下午，我还记得，天不阴也不晴，或者一会儿阴一会儿晴，楚源出去了，我一个人在屋里转了一会儿，把桌子椅子都擦了擦，虽然生着暖气，屋里还是有点儿冷，我索性把被子摊开，钻进去，开始读"维度"。

哈，明白了，多瑞是个英国人，这是一个发生在英国的故事。多瑞是个二十三岁的年轻英国女人，可是好像已经有了三个孩子！没说这三个孩子在哪儿，多瑞一个人住，住在一个离伦敦不远也不近的什么地方。到伦敦多瑞得换三次长途汽车，多瑞隔一阵就不辞辛苦地换三次车去伦敦一趟。多瑞让人觉得是个很老实、很本分的人，在一个小旅馆里安安静静地当着清洁工，每天给客人换床单，擦洗客房的卫生间。小旅馆里的同事里有人给她出主意，说她应该趁着自己年纪还轻，补习个什么学历，是不是个高中学历？要不，是大专之类？好像多瑞没上完高中。多瑞不是十六岁就是十七岁就结婚了，因为得生孩子。可多瑞没去补习，多瑞说她不在意在小旅馆给客人换床单。多瑞甚至对这么个工作挺满意，因为工作的时候只有她一个人，不必跟人说什么话。哼。

楚源回来了，跟楚源一起来的还有刘星。我在里屋听见他们两个人正说着什么，进了门，一边看着我出来，一边脱大衣，都不停嘴。他们俩一人一件大蓝棉袄。我赶紧进里屋把被子重新叠好，然后又出来给他们沏茶。都快五点了，我看了看楚源，但楚源好像没有要留刘星吃晚饭的意思，他看也不再看我，只管神情严肃地跟刘星说话。我听了听，他们在谈《瞬间》的事儿，我就不留意了。既然楚源没发话让做饭，我就又去抱着英文词典啃那篇小说。一会儿楚源和刘星站起来，穿大蓝棉袄，说他们要去哪儿，我也没听清。

多瑞说到目前为止她在小旅馆里的同事们好像都还不知道发生的事儿。可多瑞又觉得也许他们其实知道，只是不露出来。多瑞的照片在出了事以后曾经在报上登过。哼。多瑞说那张被报社或者警察局选中的照片是"他"拍的，多瑞怀里抱着还是婴儿的小儿子季米特里，身后一边一个站着大儿子萨沙和老二女孩子芭芭拉·安。那这个"他"应该是多瑞的丈夫吧。多瑞说照相那会儿她还留着长发，多瑞说她的头发自然微卷，像棕色的大波浪般地垂下来，"他"很喜欢。现在多瑞把长发剪短了。现在的多瑞留着染浅了的短发。多瑞还说她比照相那会儿瘦多了。而且，她现在也不叫多瑞，她现在的名字是弗乐。她也不再住在她过去住的地方。"他们"给她找了这个在小旅馆换床单的工作，"他们"让她搬到现在她住的这个离伦敦不远也不近的地方。哼，哼，哼。

我想象多瑞的样子。一个安静老实然而深藏秘密、受教育有限却又处处有些复杂的年轻的英国女人会是什么样子呢？瘦许多的沙梨？同样的没有光泽的浅黄的头发，同样的忽略保养的浅粉色的不平坦的皮肤？但是沙梨比多瑞自信多了，话也多多了。沙梨是高傲的和自认为强有力的。多瑞好像正相反。多瑞没有提自己相貌如何。多瑞虽然纤瘦，但干得动力气活儿。纤瘦的多瑞每天都在一个小旅馆里静静地擦洗客房的卫生间，静静地换床单，然后静静地一个人回家。多瑞有三个孩子，萨沙，芭芭拉·安和季米特里。还有"他"。但在多瑞现在的家里，只有多瑞一个人。多瑞始终没说她寂寞不寂寞。

几天以后我知道了，那个"他"，正是多瑞的丈夫，叫罗德·多瑞。每隔一阵就换三次车去伦敦，为的就是去那儿看她的丈夫罗德·多瑞，说起初罗德不见她，她去的第三次罗德才见她。除了隔一阵去看一次罗德以外，多瑞每个星期一还要见散德太太。散德太太是个在心理康复方面受过训练的社会服务人员，在多瑞家出了大事以后，散德太太负责照管多瑞。散德太太经常鼓励多瑞向前看。多瑞家出了什么大事呢？

楚源说我没想到你的英文还能看小说，是不是抽时间把我的诗都翻成英文？那可对我帮助不小。要不，你写点儿评论也行，把我的诗给评评，送出去发表。要是能把你的评论翻成英文那就更好了。没有声势不成。事儿全看怎么办了。事在人为。我觉得你的中文很不错，你其实是个才女，别把你的才能给埋没了。要是以后我写诗你评论，那就没有比这更理想的搭档了。真是的，以前咱们怎么没有想到这儿呢。我没说话。楚源鼓励了我半天。最后，楚源说，你看人家雨，多帮刘星使劲啊。你要是有半点雨的机灵劲儿咱们就全齐了。怎么就全齐了？跟你说你也不懂。

我想了又想，心里不知道是高兴还是发愁。我很紧张，既觉得任重而道远，又觉得有一点不够磊落，好像被人招降纳叛，上了什么贼船，但到底要干什么，心里其实一团漆黑。我开始更仔细地读楚源的诗。我使劲儿想什么是好诗。

散德太太看来是个很沉着的人，她不断跟多瑞说渡过难关需要时间，急不得。散德太太说多瑞现在的状况不错，说多瑞正在逐步地恢复。散德太太有一次不小心用了"死"这个字眼。散德太太发现自己不留神说出这个字以后，脸红了。但散德太太很小心，她没有道歉，怕的是多瑞会更加注意这个字眼。哼！

楚源的朋友们都说楚源的诗写得有才气，我也一直这么想。我常让楚源给我读他新写的诗，当我听见"孤零零""梦""遥远""流动""悄悄""忽明忽暗"这些字眼儿时，我就总好像是受到了某种感动。我想应该把我心里的感动用评论的方式写出来。楚源说这样做对他会有很大的帮助。

多瑞说她是在母亲动手术住院的时候认识的罗德，那年多瑞十六岁。罗德在多瑞母亲住的医院里工作，当勤杂工。罗德的谈吐很自信，以至于很多病人都把他当成了医院里的医生。罗德一有空儿就到多瑞母亲的病房跟多瑞母亲聊天，由于他们俩都当过嬉皮士，所以挺聊得来。罗德比多瑞母亲年轻几岁。罗德跟多瑞母亲一起回顾昔日的放浪形骸，吸毒，抗议游行，摇滚音乐会之类。有一次罗德在医院的电梯里吻了多瑞，然后对多瑞说多瑞你是一朵开在沙漠里的花。说完罗德又嘲笑他自己说的是陈词滥调。多瑞好脾气地安慰罗德说罗德其实是个诗人可是你自己并不知道。多瑞的母亲不幸突然死在了医院，一块血栓把她的肺呛住了。母亲死后，十六岁的多瑞就轮流在母亲的朋友们的家里住。这些朋友包括罗德。而多瑞最愿意住在罗德家。于是，多瑞快要十七岁的时候怀孕了，然后就跟罗德结婚了。这么说多瑞小时候家里只有母亲。母亲死了，多瑞就孤苦无依了。结婚以后，罗德换了工作，带着多瑞把家搬到了一个更偏僻的小地方。这以后的几年里他们生了那三个孩子。

我问老高，老高你说楚源的诗究竟好不好？老高说楚源的诗写得很不错，很像西方的现代诗，他觉得在他认识的写诗的中国年轻人里，可能楚源和刘星写得算是最好的。我觉得老高还是没说透，就又问，那你是不是还是把楚源和刘星的诗当作中国的文学现象来对待啊？老高说是啊。那不跟把熊猫当作中国的特产来对待差不多吗？老高说也不能那么说。那老高你说区别是什么？老高说比熊猫复杂和有意思多了。我说老高这么说吧，你自己喜欢什么诗？在你看到楚源他们的诗以前你喜欢什么人的诗吗？老高说我年轻的时候喜欢里尔克的诗。现在呢？现在也还喜欢吧。

多瑞出的事是什么事呢？应该跟"死"有关，可谁死了呢？多瑞还没说。多瑞倒是终于跟散德太太说了她去伦敦看罗德的事。没想到散德太太说她想到了多瑞会去。散德太太沉住气，一点一点地问多瑞的感受。多瑞说她几乎认不出来罗德了。散德太太问是不是罗德变老了。多瑞说不是，罗德变得非常沉静。罗德还变得非常小心，连是否可以坐下都要问一下。此外，罗德显得心不在焉。散德太太递给多瑞纸巾，但是多瑞没有要哭的意思。多瑞难受的地方是胃。多瑞的胃一到这种时候就好像有人在使劲儿拉拽。多瑞本以为自己再见罗德会受不了，她以为自己会晕过去甚至会死掉。多瑞费了好大劲儿才敢抬眼看罗德，发现她眼前的罗德已是满头白发，单薄如纸，面容冷峻，行走踉跄。多瑞没有把这些告诉散德太太。

老高送给了我一本英译的里尔克的诗集。诗集挺薄，里头有几十首短诗。老高说里尔克是奥地利人，用德文写诗。老高说里尔克一九二六年就死了，可是至今还被认为是二十世纪最伟大的德文诗人。我说老高你为什么说最伟大的德文诗人，莫非语言是诗歌的终极分类吗？莫非你的意思是说，在用不同语言写作的诗人之间不可以作比较吗？老高说不不，他觉得应该是可以比较的，但是比较复杂，因为诗对语言形式、对语言的音调和节奏的依靠比较大，但是诗思和意境应该是可以比较的。毕竟，诗歌不是音乐而是文学。老高听起来很肯定。老高那你告诉我为什么你觉得里尔克的诗写得好。老高不说话了。好半天，老高说，英国诗人济慈说，美即真实，真实即美。这话被人不断重复，重复得都成俗套了，但却千真万确。你先读读里尔克的诗，看你喜欢不喜欢。然后咱们再谈吧。

罗德不让孩子们进学校，罗德让多瑞在家教他们。罗德说这样孩子们跟父母亲近，而且让他们对外界的认识有个过渡，比一下子就把他们全扔进学校好。罗德说他这么决定是他想到了孩子是他的，是他们的，而不是教育部的。那意思是他们得疼他们的孩子吧？英国教育部有为在家上学的孩子们制定的教学课程和进度指南，多瑞可以去附近学校取。多瑞说大儿子萨沙是个聪明孩子，阅读差不多是他自学的。晚上罗德教萨沙地理自然什么的。多瑞说萨沙很快就学在了指定进度的前头。后来多瑞发现还有一个叫玛吉的女人跟她似的在家教孩子，多瑞就常搭玛吉的车去学校取进度，后来还顺便一起买菜喝咖啡什么的。玛吉有两个男孩，两个孩子身体都不好，所以玛吉在家教他们。跟多瑞不一样，玛吉以前工作。玛吉以前的工作是给人配眼镜。玛吉年纪不算很轻了。玛吉有主见。罗德在背后说，玛吉的孩子有病是玛吉的错儿，因为玛吉不肯早点生他们。有一次玛吉听多瑞说罗德不许她私自避孕，就问多瑞对自己的婚姻满意不满意。多瑞不假思索就回答满意。玛吉的问题引起了多瑞的注意。以后多瑞对都跟别人说些什么就很小心了。多瑞说罗德在很多事情上都跟别人的看法不同。虽然在多瑞看来那没有什么，可要是把罗德的看法跟别人说，别人不会像多瑞那样看待罗德的。多瑞让人觉得又谨慎又安分又保守。同时，又让人觉得什么事很有些不妙。

好几天没怎么看多瑞的故事。《瞬间》停刊了。

楚源那几天神情更加严肃，更加沉默寡言，下班回来也不出门，在家反复看帕斯捷尔纳克的《二月》。楚源跟我说现在他可能正处于风口浪尖，还是以静待动。楚源说如果他被捕，请我一定要把事情的真相告诉马希礼和高培瑞，更重要的是，务必把他的诗稿交给老高。楚源说老高研究中国文学，到那时候老高一定会把他的诗翻成法文和英文在国外发表的。我很紧张，很为楚源担心，也很为《瞬间》的短命而难过。刘星来过几次，建议另外再办刊物。楚源说是要再办的，但不能马上当即就再办，等这阵风吹过了再说。中国的事都是一阵风一阵风的，所以，要想办成事，具有把握时机的能力很重要。刘星很失望。我问楚源，还有可能再办《瞬间》这样的刊物吗？楚源没有回答，只说，留得青山在，不怕没柴烧。

一个多月以后老高才露面，和刘星、雨一起来的。老高说他希望楚源和刘星的运气比帕斯捷尔纳克的好一些。刘星冷冷一笑说他们哪儿能跟帕斯捷尔纳克相提并论，又说他们要是能像帕斯捷尔纳克的十分之一就好了。楚源沉默。老高很想安慰安慰大伙儿，就说他要是以后能在新西兰的大学里教书，他就会找机会申请资金邀请楚源和刘星作为访问诗人去新西兰看看。雨显出很高兴的样子，说真的呀？没想到还会有这种机会。刘星没有什么反应，始终愁眉不展。楚源也只是一声不响地听着。老高看了看我，说到时候你和雨也都能去。雨两眼放光，拍拍我的肩说，多好啊！

多瑞说好多人罗德都不喜欢。多瑞不懂为什么罗德会有这么多敌人，她想也许男人都需要有敌人。多瑞说有时候罗德骂他的敌人的时候听起来很像是在开他们的玩笑，甚至在这种时候罗德也允许多瑞跟着他一起笑，只不过不能是多瑞先笑。多瑞说她希望罗德不要讨厌玛吉，不要不许她搭玛吉的车去学校和超市买菜，因为那样的话多瑞去学校和买菜就会很麻烦了。还有，玛吉就会知道罗德对多瑞的控制的态度。多瑞因此很犯踌躇，最后决定管它呢，反正她和罗德的关系没人能理解。多瑞想只要自己做到忠于罗德就成了。

老高问里尔克的诗你喜欢吗？我说我看得挺慢，刚读了一首，很喜欢。老高问是哪一首，我说是《孤独》。

老高沉思了一下，又问你为什么喜欢？我愣了愣，说我也不知道。又想了想，我说，里尔克说孤独是与生俱来的，一阵孤独感袭来，其实就像一场雨从海里升起去迎接夜晚一样自然和平静，说孤独像黎明时分洒在大街小巷的灰蒙蒙的雨，像不用请求的出生权，而且到处都是，连河里都流淌着孤独，我喜欢。要是里尔克哭哭啼啼，哀叹或诅咒自己为什么这么孤独，说孤独如何痛苦，自己如何不幸，那可能就差多了。

老高看了我一眼，微微一笑，说有意思，有道理。我说老高你上次说，真实即美，是这个意思吗？

老高说正是。

老高又说，这么说吧，济慈的意思需要进一步明确。或者说，把英语"truth"这个词清楚地翻译成中文有点难，因为至少有三个有关的意思，一个是"真理"，一个是"真知"，另一个是"真实"。我觉得在济慈的话里这三个意思都有，用一个中文词来表示这三个意思可就不容易了。说到这儿，我很同意一个叫乔治·卢卡契的匈牙利人的看法，即文学关心的其实不是外部显现的真实，而是内心感受的真实。卢卡契是说现代文学是这样，可我觉得其实文学很可能从来都是这样。难道内心的真实跟外部的真实有什么区别吗？我有些不解。老高说那我说的就还不够充分，我是想说，文学关心的是人对生命本体的内心体验。看我仰起脸，老高赶紧说，我的意思是说，文学关心的是咱们活得怎么样。活着到底好不好？为什么好？怎么好了？或者要是好那怎么好多人觉得活受罪啊？为什么觉得活受罪？怎么就是活受罪了？我听了这话以后大为振奋，这不是我从小就关心的问题吗？我赶紧问老高，那，也就是说，里尔克之所以让人感动，或者，让我感动，还有，让你感动，是因为他的诗宽慰了我们心里的忧伤吗？

老高说，在某种意义上可以这么说吧，但是有点儿太简单，一简单就有歪曲和庸俗化的危险。我觉得也许"宽慰"这个词容易被误解。文学不是宗教。这么说吧，人在宗教里寻求宽慰，在文学里体验自由。文学讲究的真实是在对生存的体验上毫无顾忌地展示人所不及的眼光和见地。所以，说到里尔克的这首诗，我觉得更清楚的说法是，这首诗提供了一个独到的领略忧伤的境界，或者说，构造出来一个向内的精神维度，在那儿，阅读的体验可以成为自由的体验。

什么自由？

超越生命自身限制的自由。

孤独感是生命的自身限制吗？

我想是吧。

悲伤、痛苦也都是生命的自身限制吗？

我想是吧。

可以说超越自身是快乐的吗？

我想是吧。

可以说快乐就是超越自身吗？

嗯……加了一个"就"听起来就好像有问题了，加一个"就"就显得武断，简单化，而且危险，我就怕简单化……比方说，"超越"这个词本身就有点简单化，问题是如何超越，文学的本质就在这里。我的意思是说，文学与宗教、文学与哲学的根本的区别就在这里。

老高你说什么哪，我怎么听不明白了？

对不起，我想我扯远了。

那，老高，咱们还是回到咱们的出发点，回到济慈的话。你不是说truth在济慈的诗里也含有"真理"的意思吗？是什么真理呢？

咱们不是已经说过了吗？文学追寻的真理是关于生存的眼光和见地。这种眼光和见地拓宽了生存，或者说，通过创造精神的生存，物质的生存超越了自己，就是在这个时候，阅读成了自由的体验。

但老高又犹疑了，说好像还是有点问题，问题不在于定义本身，而在于审视的方向……

什么方向？

老高说，向内的方向。看我神色迷茫，老高说，还是那个维度的问题，文学所讲究的自由只能是内在的，个体的，主观的，否则就不可能达到文学所要求的那种绝对的程度。而绝对自由的精神体验肯定是不可

162

以应用到外在的现实中的，只因为文学的精神现象的方向与社会实践的常识的方向截然相反。中国不是有个"南辕北辙"的成语吗？正是这个意思。

老高顿了顿，眼睛一亮，说，我觉得我找到了一个更好的说法，咱们这么说吧，文学的内容都是人的自我审视，说得通俗一点儿，就是，文学的功劳在于给了大伙儿一个说出关于自己的真心话的机会。所以说呀，凡是企图通过文学来改造社会或者推广公德的想法都是对文学的误解。在这一点上，我想刘星对鲁迅的质疑是有道理的。但是好像又不尽然，老高又皱起了眉头，发愁似的说，我总觉得文学的目的不是认知，既不是对社会的认知，也不是对自己的认知，如果涉及了认知，那也应该还只是手段。这样吧，咱们说，虽然文学不能改变任何已经有的，但是文学可以添加所没有的，也就是说，文学通过给人的存在增加维度来丰富人的生存。

老高满意地搓搓手掌。

我还是听不明白老高的这一大番话，但又不知道从何问起，就改了话题，说，那，既然体验真理的结果是快乐，济慈为什么不说美即快乐，快乐即美呢？

老高大笑，说青蛙你真是太聪明了，你又问到点儿上了。

怎么问到点儿上了？我受宠若惊，然而稀里糊涂。

老高又搓搓瘦骨嶙峋的大手，说，这又涉及对文学的批评了，也就是如何比较文学作品的艺术成就的问题。所谓美，我想指的是艺术的效果。这么说大概不算错吧，一个文学作品的艺术成就越高也就越美。你看，济慈在这儿又显出有见地了。

不是说文学的效果或者目的是到达自由的境界，而这种自由境界的来临是揭示人的内在真实的结果吗？那是不是可以说，文学揭示的内在越真实就越美呢？

至于快乐，一个人体验了真知于是感到快乐，这不等于文学是为了快乐。况且，可以让人快乐的东西太多了，说美即快乐麻烦可就大了去了。语言很危险，因为语言不能涵括一切概念。一不小心，就会说错。

我点点头，似乎懂了。可以这么说吗？可以说文学的功用归根结底还是鼓舞人吗？

老高皱皱眉，这么说毕竟有点儿简单，但要是非得说得简单，这么说也可以。总之，问题并不是鼓舞还是不鼓舞。比方说，一首诗里要是真的充满了鼓舞人的话，那效果一定是适得其反，一定让人觉得浅薄得不堪卒读，事情就是那么怪。也许，人们要的那种鼓舞并不能从鼓舞的话里得来吧。老高摇了摇头。

我想起了楚源他们的诗，就说，那要是反过来，咬牙切齿、愤世嫉俗或者满腔悲愤呢？

老高说好像也不见得就一定好。要我说，除非是有点儿开玩笑的意思，否则一个认真生气的诗人难免让人觉得自恋得讨厌。这么说吧，文学的才能就在这儿见分晓了。有才能的诗人能做到不露声色地钻进读者的内心，用文字重铸读者生命历程中的深刻体验，让读者觉得书中人就是自己，觉得书所展示的正是读者自己的内心。难的是，诗人所写的一切必须是已有的，是旧的，但同时又必须是从来没有的，是全新的。最妙的是，在阅读文学的时刻，读者能感到自己内心博大，感到在文字中别有洞天，感到文学的乌托之邦虽然纯属子虚乌有，觅来杳无踪迹，但却足以与摸得着和看得见的物质生活抗衡。读者顿开茅塞，心领神会，仿佛绝处逢生。然而，读者在阅读时所感到的这一切他自己却一字一句也说不出来。谁能做到让读者觉得满心神妙而又一字一句也说不出来，谁就是伟大的诗人。可见，所谓文学批评或者文学研究都是瞎掰。文学这事儿就是这么怪，越是说不清楚人们就越想说清楚。反过来，人们最想说清楚的一定是永远说不清的。这永远的逗闷子，就是文学与批评的关系本质。

我的嘴张了张，半天，最后说，老高那你这么知懂为什么要研究文学而不创作文学呢？老高一笑。老高刚才高扬的金发现在轻轻地飘落下来，静静地垂在他的耳边和脑后。

现在我想，那些话是老高跟我说的吗？我记得对不对呢？老高怎么会准确熟练地说出"南辕北辙""杳无踪迹""顿开茅塞""心领神会""别有洞天""子虚乌有"这样的成语呢？但不是老高又会是谁呢？说实话，老高那天一高兴对我说的那一大片话，我真听明白了的并不多。对老高提到的那些人，什么匈牙利人乔治·卢卡契，什么英国诗人济慈，我都一无所知。但是，我觉得，老高那天的话，一字一句都像春天的雨滴一样渗进了我的心，让我不知不觉地用余生来细细体会。

维度！！！维度？？？

终于，多瑞那儿事情一点儿一点儿地变糟了。罗德虽然还没有不许多瑞搭玛吉的车，但是对玛吉越来越横挑鼻子竖挑眼。有一天，罗德盘问起多瑞都和玛吉聊了些什么。多瑞想不出有什么可汇报的，罗德就警告多瑞说玛吉存心要拆散他们俩。多瑞觉得难以置信。罗德说你等着吧，玛吉的目的就是把你弄到她那儿去控诉我是个混蛋。

楚源，你说帕斯捷尔纳克的《二月》怎么好了？楚源放下手里的几页纸，低头沉思。许久，楚源说，我把这首诗看了至少有一百遍，真所谓耳熟能详，熟到这种程度倒反而一下子说不出这首诗到底好在哪儿了。怎么说呢，我现在已经不用读者的眼光看待这首诗了，而是作为一个诗人用同行的眼光跟帕斯捷尔纳克切磋诗艺。你注意到了我最近老看这首诗吧？我是在仔细琢磨呢。我琢磨的都是帕斯捷尔纳克怎么用词，为什么这样写而不那样写，这样效果如何，那样效果又会如何。当然，行家里手之间，很容易只见树叶不见森林。说来说去，一句话，有这首诗垫底儿，我就知道路怎么走了。在世界的文学地图上，帕斯捷尔纳克的位置跟咱们最接近，都是在相近的政治制度下生活。既然帕斯捷尔纳克的诗能走出苏联，我们认真写，我们的诗也应该能走出中国。帕斯捷尔纳克的这首《二月》一度让我深受震动，现在震动的时期已经过去了，我已经完全冷静下来，已经能鼓起勇气去做一番青出于蓝而胜于蓝的努力。我希望有一天我比帕斯捷尔纳克写得要好得多。现在我已经能看出帕斯捷尔纳克的几个短处了，所以我应该是有希望的。

多瑞说，后来发生的事情正像罗德所说的那样，至少在罗德看来是这样。果然有一天晚上都十点了，多瑞来敲玛吉家的门，然后坐在玛吉家的厨房里，涕泪横流。多瑞一路摸着黑走来的，企图用自己的一夜离家出走来镇住罗德的疯狂态度。即使如此，多瑞也没有告诉玛吉她和罗德吵架跟与玛吉的交往有关，她觉得那样会让玛吉尴尬，更要紧的是那样她就会觉得她把罗德出卖给了玛吉。多瑞觉得尽管罗德把她拖得疲惫不堪，罗德还是她在这个世界上最亲近的人。过了一会儿罗德打来电话问多瑞在不在。电话是玛吉接的，玛吉告诉罗德明天一早她就开车送多瑞回家。第二天早上，多瑞坐玛吉的车回家，多瑞下车以后，玛吉开车走了。多瑞看见罗德坐在房子门前的台阶上，周围的地上还留着初春的残雪。罗德不无讽刺地、响亮地、有礼貌地向多瑞问好，多瑞回应了，但尽量让自己听起来对罗德并不注意。罗德仍然坐着，不给多瑞让路，说你不能进去。多瑞决定软磨，就说那我说请让我进去还不行吗？罗德还是说你不能进去。多瑞说"罗德，罗德？"罗德说你最好还是别进去。多瑞说我什么也没告诉玛吉，我就是想在她那儿喘口气，对不起我不该用离家跟你赌气。罗德说你最好别进去。多瑞说罗德你这是怎么回事，孩子们在哪儿？罗德摇头，好像多瑞说了什么不该说的话。多瑞说孩子们在哪儿呢？罗德挪了挪，多瑞闪身进了屋。小儿子季米特里侧身躺在摇篮里，芭芭拉·安在床边的地上，萨沙在厨房门旁。都死了。昨晚罗德给玛吉打完电话以后把他们都杀死了。玛吉鬼使神差地又开车转回来，看见多瑞捂着胃部在院子里跌跌撞撞地走来走去。

楚源说，要不到街道居民委员会登个记吧，算是无业困退知青，看他们那儿能有什么机会。我就去了。一个月以后，街道居民委员会通知我，街道织袜厂有个合同工的名额。楚源说，可想好了，合同工没有退休金。我知道楚源其实愿意我去，我也知道我应该工作，年纪轻轻的谁能不工作呢？我就跟居民委员会的人说我去。楚源点点头说，总比天天跑沙河强，等有好点儿的工作咱们立刻就换。再说了，还不知今后咱们在哪儿活呢。

我想还能在哪儿呢？

罗德没有受法庭的审判，而是被送进了一家专关犯了罪的精神病人的疯人院。多瑞被送进了普通医院，打镇静剂，要不然她逮着什么就往嘴里塞，先是土和草，到了医院以后就是被单和毛巾。过了一阵多瑞安静下来了，就让她出院了。散德太太把多瑞带到了现在她住的地方，伦敦郊外，安排她在那家小旅馆当清洁工。玛吉很愿意来看望多瑞，但是多瑞受不了。多瑞脑子里常出现罗德跟警察说的话，罗德说他把孩子们都杀死是为了不让他们受苦。受什么苦？受他们的母亲遗弃他们的苦。多瑞去看望罗德，多少存着这么个念头，就是要罗德看清事情的真相，收回他跟警察说的那些话。多瑞还做过这样的梦，那天早上她从玛吉那儿回来，以为孩子们都死了，然后她听见罗德在背后笑，接着萨沙也笑起来，原来一切都只不过是一个玩笑。孩子们其实都还好好地活着。

街道织袜厂的确比沙河学校近多了，就在小区里头。我在织袜厂的工作是剪已经织好了的袜子上的线头。坐在那儿，桌上放着一大筐箩袜子，拿起袜子一只一只安安静静地剪就成了。我一边剪，一边想事儿，跟我一起剪线头的大妈大嫂们就笑话我又在做白日梦了。

罗德问多瑞在做什么工作，忘了他以前已经问过了。罗德建议多瑞读个夜校什么的。罗德说他很抱歉他现在不习惯跟人谈话。多瑞问罗德平常都做什么，罗德说他阅读和沉思。罗德问多瑞他是不是跟以前很不同了。多瑞说你看上去变了。多瑞问罗德她变了没有。罗德说多瑞你很美。多瑞心里有点感动，但她忍住不去多想。罗德问多瑞是不是心里也觉得很不同，多瑞说她不知道。多瑞问罗德你呢？罗德说他心里觉得跟以前完全不同了。那次探访一个星期以后，多瑞收到了罗德寄来的一封厚厚的信。罗德的信没有写日期，也没有写"亲爱的多瑞"的抬头，猛一看，多瑞还以为是什么有关宗教的呼吁书。在信里，罗德说他获得了宁静但仍然是个疯子，说他有话要对多瑞说但不能写在这封信里。等到下一次多瑞去探望罗德，问他有什么话要跟她说，罗德又说要是她不问就好了，因为他对他俩这次就讨论那件事心里还没谱呢。下次吧，罗德说，下次咱们再说这个。

小石去英国留学了，在伦敦学美术陶瓷。礼花说是萝西帮他联系的。小石临走在莫斯科餐厅请我们这一伙儿朋友吃了顿饭。席间楚源还当场写了首诗给小石送别。大伙儿多多少少有些伤感，跟上次耗子走的时候有点儿不一样。回来后楚源叹了口气，说你看礼花还挺高兴。我说不是好事吗？耗子走的时候大伙儿不是都嚷嚷要找个老外结婚好出国吗？这回小石不用找老外不是也出成国了？那礼花当然高兴了。我想起来了，怪不得那天我跟礼花打听工作的时候礼花对我笑。楚源连连摇头。楚源这人心思太重。小石这一走就再也没能见过。要说小石还是挺厚道，虽然不多言多语，但心里很清楚，对我总是很好，还送给过我两个他画的盘子。小石走了，我觉得又多了一点孤独。现在我不在了，也不知道楚源会把那两个盘子给放在哪儿。

"多瑞你走了以后我一直在想着你。很抱歉我让你失望了。当你坐在我对面的时候我总是很激动，可是我不露出来。因为我不再有权利对你表露感情，而你则有，但你又总是能保持镇静。所以我要更改我以前说的，我明白了我写出来比我说出来要好些。

"怎么开头呢？

"天堂真的有。

"……"

罗德又来了一封信。在信里罗德告诉多瑞他们的孩子还在，他亲眼又见到了他们。罗德告诉多瑞三个孩子都很好，都又聪明又快乐，看不出他们对他们的遭遇感到什么伤痛，好像他们对发生的事情都有不同程度的理解。季米特里那时还不会说话，现在已经会了。罗德说虽然孩子们还在，但不是他们还活着的意思。罗德说孩子们确实是死了，但他的的确确又亲眼见到了他们，而且肯定不是在梦里，他能分清什么是梦什么不是梦。所以一定有另一个跟我们这个世界不同维度的世界存在。罗德说他之所以能重又跟他们的孩子联系上可能跟他想得太苦了有关系。罗德说他自己一个人日日夜夜想啊想啊，终于获得了这个重见孩子们的机会。罗德说孩子们住在一个跟他们家有些相像的房子里，但那个房子比他们家大些，也比他们家好些。罗德说他问孩子们谁在照管他们，孩子们就都笑他，告诉他现在他们自己能照顾自己。罗德说在他的印象中是萨沙跟他说的这些话。罗德说多瑞请别以为我在说疯话，虽然我一度疯过但现在我已经好利落了，就像一只熊换了一身毛一样。罗德说他希望多瑞也能有机会跟孩子们联系上因为他觉得多瑞更配。罗德说他希望告诉了多瑞这个消息以后多瑞会多少感到轻松一点儿。

我哭了。我哭了又哭。我发现我在为罗德这个渺小了一百倍的现代版的奥赛罗的深重灾难而痛哭。但也不尽然。我发现夜里躺在床上的时候，我在睁大眼睛想那个不同维度的世界，想进入那个世界的可能性。我发现罗德的绝望的狂想让我深深地难过，同时也让我深深地着迷。我对螺丝改锥般一股劲儿往内心深处钻进去的沉思的维度着迷。我庆幸罗德和多瑞有办法得救了。

后来，我又看到了一本日本人写的小说，说一个人的大脑的生物电路被改接了以后这个人就离开自己的肉体进入了一个不同维度的世界，那个世界的一切都是意念，所以无论是人还是动物还是东西都没有影子。那个人后来有个机会选择是否再返回他的肉体的世界，但他最终决定还是留在那个没有物质的不同维度的世界。我又很着迷，认真地想了很久。此外，我在觉得深深的忧伤的同时，还感到了一种难以言说的解脱了般的轻松。

现在我终于想起来了，《维度》的作者叫 Alice Munro。是不是应该翻译成爱丽丝·曼柔？哈，听起来她的姓像"慢揉"！

可《维度》跟老高所说的维度有什么关系呢？

12

回声：伦敦的春天街

　　小石先看蛐蛐，眼中一笑，说蛐蛐两年没见你了，长了不少个儿。蛐蛐叫了声爸爸，有点儿怯生生。我说你走的时候蛐蛐八岁，现在都十岁了，快成大姑娘了。小石听见我说话，眼中一暗，沉吟了一下才答道，可不嘛，过得真快。小石跟蛐蛐说，还记得萝西吗？叫阿姨。蛐蛐稍微愣了愣，眼睛盯着萝西的大肚子，小声叫了声阿姨。萝西笑笑，没说什么。小石的眼神晃了晃，像是有一点儿心慌意乱。萝西就说，小石咱们走吧。小石说对对。我眼睛看着萝西，萝西把头发一甩，径自往大门走去。小石赶紧拉起两只箱子叫蛐蛐跟上，又叫我拉另外两只箱子，说快走吧，停车场按时间收费。"是萝西的汽车吗？"我一边紧跟一边不落空地问。"是我的。"小石头也不回。"小石咱们有车啦?!"我惊喜地问。"你怎么没跟我说啊？"我有点儿不满意，以前连买个电扇小石还得和我商量半天呢，这会儿一个人买了一辆汽车，居然跟我连提都不提一声。但我这会儿没工夫生气，这辈子头一回出国，每时每刻都觉得晕头转向的，眼下只剩下使劲儿跟上小石的大步流星，蛐蛐也是一溜小跑。好在停车场离机场还不算太远，在停车场上汽车的汪洋大海里，我们在一辆灰不溜秋的旧汽车前停了下来。那辆车个儿头不大。还没等我发出评论的声，小石已经开了车门，从车里取出一大卷粗绳子。然后，小石从容不迫地把两个箱子先塞进窄小的后备厢，又叫我帮着把另外两箱子牢牢地捆在车顶的支架上。萝西在一旁赞许地微笑着。小石让我和蛐蛐坐在后座上，萝西坐在前边他旁边。我还挺踏实，认为我和蛐蛐坐的是正座，受委屈的是萝西。

从机场出来以后，小灰汽车在小石的熟练驾驶下载着我们这一大群连同四个大箱子一起七转八转一大阵以后，在一个看上去有点儿旧了吧唧的楼前边停了下来。我从汽车里钻出来，天已经完全黑了，四下一看，我们是在一个狭长的院子里，一边是一长排两三层高的楼，另一边是一溜铁栅栏，铁栅栏外边是条街，有昏暗的路灯照着，不时有车沙沙地驶过。小石说这边算是很好的街区。

我也不懂什么是街区，懵懵懂懂地跟着进了一个楼门，我注意到门厅虽然不大，但是挺讲究，放了一张小桌和一个单人沙发，亮堂堂的，像客厅似的，不像我见惯了的国内的楼门洞，黑漆漆的，还总是挤满了乱七八糟的自行车。门厅一左一右各有两个单元门，左后侧有楼梯通向楼上。小石打开了右边的单元门。小石让蛐蛐跟着我先进去，他去搬行李。萝西没下车。

我拉着蛐蛐进去里里外外一看，立刻很满意。单元不大，不算卫生间的话一共有三个房间，三个房间都铺着浅调的细木地板，显得很高级。两间小的房间是卧房，各放着一张小双人床，厨房跟客厅是一间房，中间由一个跟高桌子似的大白柜台给隔着，这种格局我是头一回见到，倒是挺敞亮的。客厅这边沿墙摆着一个不算新也不算旧的蓝色布面双人沙发，沙发的前面什么也没有摆，但铺了一小块白色的地毯。沙发的右边隔那么一两步是一个嵌进墙里边的书柜，书柜里还放着不少书。书柜外端接着那个大白柜台，书柜后头是一溜挂在墙上的橱柜。敢情那个书柜是厨房跟客厅之间的隔断，我觉得设计得挺好的。沙发左边四五步远就是临院子的那面墙，有一个大窗户，我看有窗帘，也是蓝色的，就顺手给拉上了。窗前有个不大不小的褐色圆桌，三个人吃饭正好。桌子四周围着四把配套的褐色椅子。我拉出一把看了看，觉得质地不错，像是好木头做的，油得亮亮的，椅座上还放着个灰绸面儿的垫子。双人沙发对着单元门，单元门的右手边上有一张看上去很精致的小单人皮沙发，是深红色的。除了这几件家具，客厅里别无他物，给人简洁和轮廓清晰的感觉。我对小石的好眼力又很满意。蛐蛐也瞪着眼睛跟着我这儿瞧瞧那儿看看的，我说蛐蛐这儿好不好？蛐蛐说挺好的。

小石已经呼哧呼哧地把四个箱子都搬进来了，过来问我饿不饿。

我说不饿，飞机上的饭还在肚子里呢，蛐蛐却说饿饿，她饿着呢。小石说他跟萝西都还没吃晚饭，要不然他们带蛐蛐出去吃饭，让我在家先休息。我说也好。小石就拉着蛐蛐走了。我把窗帘拉开一条缝，看小石拉开灰汽车的后门，蛐蛐钻进去，小石把后车门关好，又拉开右边的前门，自己坐了进去。每次开车门车里的灯都亮一下，我看不见萝西的脸，但能看见她的胳膊动。接着灰汽车发动了，然后开走了。我放下窗帘。

我忽然觉得困得要命，刚想明白是时差，眼睛就怎么也睁不开了。我晕头晕脑地摸到一张床前，倒头便睡，一直睡到半夜。不知是什么时候，我觉得心里"咚"的一下，猛地睁开眼，眼前一片漆黑。我想了有好几秒钟才想起来，我这是已经到了英国了。两年来我朝思暮想的不就是带着蛐蛐到英国来找小石吗？我于是心满意足地在黑暗中悄悄地笑了。我满以为小石就在身边，伸手可及，哪儿知道一摸，旁边竟是空的。我一下子坐了起来，心里又有点儿糊涂了，我不是在做什么梦吧？我翻身下床，摸着黑找着门边的电灯开关，打开灯，没错呀，这是在那个小石带我们进来的小公寓里呀？那小石在哪儿呢？我又把客厅的灯打开，把另一间小卧房的灯打开，蛐蛐躺在床上，盖着一条厚毯子，被我吵醒了，看着我，好像莫名其妙。蛐蛐，爸爸呢？蛐蛐摇摇头。蛐蛐说，他们三人吃完饭回来，爸爸让她睡觉，她就睡着了。

我回到自己的房间，坐在床上，低头纳闷儿。伦敦的深夜居然也很安静，我在卧房里，能听见某个水龙头在悄悄地一滴一滴地慢慢地滴水。偶尔，外边有一阵沙沙的车过的声音。我在黑暗中坐着。

多少年前，小石画了一个裸体男人，又画了一个裸体女人，让我看。我有点不好意思，但装得很老练，睁大眼睛看，什么也不说。小石说，男人是亚当，女人是夏娃，夏娃是亚当的骨中骨。我不出声，当时我不知道亚当夏娃都是谁。小石懂那么多。小石说他就是亚当，我就是夏娃。我很欣喜。我是小石的骨中骨。谁能把自己的骨头给掰了？谁能不要自己的骨中骨？

不知过了多久，天都蒙蒙亮了，我听见外边院子里有轻微的脚步声，然后是门开的声音，客厅里脚步的声音，什么东西放在桌子上的声音。我站起来，走出去。小石垂头坐在那张深红色的小沙发上，听见我进来，抬起头，一脸倦容。小石你到哪儿去了？怎么这么晚才回来？小石低下眼睛，沉缓地说，我送萝西去东区，再折回来就太晚了，地铁已经没车了，也怕吵你们。你不是开车吗？干吗要坐地铁？我很惊讶。小石说，平常在城里跑我不开车，不容易找地方停车。我也还没买这儿的停车证。我听得有点儿糊涂，又问，那天亮以后我要是出门怎么办呀？有你开车多好啊，我又不懂英语，哪儿敢坐地铁呀。小石说萝西今天去剑桥，要用车。萝西干吗用咱们的车啊？我大为惊讶，而且不满。小石说我愿意让她用车。看小石的脸黑了，我把已经到嘴边儿的话又咽了回去。我不能让自己在这个时候往那边儿想。我只跟自己说，乍到伦敦，这丈二金刚摸不着头脑的事儿怎么这么多啊。

我纳闷我怎么会一下子就爱上了伦敦。尽管到伦敦的头一夜小石就没回家，我还是心满意足地一心一意要在伦敦住下去。

那天早上，和蛐蛐一块儿就着牛奶吃了小石从唐人街买回来的油条和老婆饼，小石说他得去画廊，画廊每天上午十点开门，让我今天哪儿也不用去，和蛐蛐在家好好歇歇，以后事儿多着呢，又说冰箱里有些吃的，应该够了，说他回来再带些吃的，又说要是实在闷了，就带上蛐蛐在附近街上走走，钥匙放在大白柜台右手第一个抽屉里了，钥匙旁边儿还有一个纸条，用英文写着这儿的地址，要是万一找不着回家的路，也别急，街上有公用电话，那些红亭子就是，给我打电话也行，问街上的人怎么走也行，抽屉里还有几个英镑的硬币，出去的时候别忘了带上。小石说完，摸摸脑袋，像是想想是不是落了什么没说，然后摇摇头，也没再看我一眼，提脚就走了。

我来以前小石在信里就告诉我了，他读完了艺术陶瓷的硕士学位以后用艺术家的身份申请到了留居的签证，很是不容易，因为不光得向英国移民局递交说明艺术活动与成就的履历，还得由有分量的人士出具书面证明，最要命的是还得证明拥有在英国生活所需的财源。小石说他沉着冷静，在朋友们的帮助下，早早就办起一个小画廊，卖他的画作和陶瓷作业，居然还卖得不错。这样向移民局申请居留签证的时候就好办了。我很为小石的能干感到骄傲。

把蛐蛐的衣服先从箱子里找出来放好以后，我把出国前跟外国人那儿买的半新蓝色牛仔裤和长筒高跟红皮靴抽出来，走到窗前看看天，外边不知什么时候下了场雨，到处湿漉漉的，盖满了黄叶。都十一月了，伦敦还不怎么冷。我说蛐蛐咱们出去走走吧，认认家门，看看街景儿。蛐蛐说好。

在国内我还不怎么敢穿的牛仔裤和长筒高跟红皮靴让我三下两下就套上了，又把那件大白厚毛衣给罩上，一种新生的感觉油然而生。在单位我再有艺术气质穿着上也得多少悠着点儿，咱不找那被人议论的不痛快。我给蛐蛐也换了身我觉得够洋气的秋装。拉开大白柜台右手的第一个抽屉，除了钥匙、写着英文地址的纸条和钱，我还看见了一张伦敦市区地图。小石把我们住的那条街在地图上用红笔圈了出来。我们住的街是春天街。自从小石走了以后我就开始学英语，虽说怎么也做不到十分努力，而且打死我我也不敢张嘴说，但总算能认得"街"啊"春天"啊这样的简单的几个词。我把我们住的这条街的名字的意思解释给蛐蛐听，蛐蛐信服地点点头，我于是很骄傲。

我拉着蛐蛐的手，站在春天街和萨塞克斯花园街的拐角东张西望。萨塞克斯花园街上好像除了一幢幢讲究的住宅楼以外什么店铺都没有。空气又湿润又新鲜，我低头看看脚上的红皮靴，发现满地的黄树叶把我们母女俩衬得很鲜艳。我望望来来往往的几个过路的英国人，都是漠然地看我们俩一眼然后仰着脸走过去，毫无理睬搭话问候之意。我心想果然英国人傲慢。我怕走丢了，就拉着蛐蛐又回到春天街上。春天街上有几家小铺子，我拉着蛐蛐一一看过去。两三家是饭馆，一家是礼品店，还有一家是食品店。我拉着蛐蛐走了进去。蛐蛐看中了一个苹果，我想买个苹果应该不算什么，我心里有一种要在英国买第一件东西的激动，但不知可不可以只买一个苹果，在国内可不兴只买一个。我拿着那个苹果在店里东看西看了半天，终于一张印度人的留着灰白络腮胡子的长脸从什么地方冒出来了。我举着苹果朝他晃了晃，那印度人严肃地看着我，一声不响。我举着苹果走过去，印度人接过来，称了称，电子秤盘上显示出了钱数，一个英镑。我大惊，几乎要拉着蛐蛐转身就走，但忍住了，从兜里掏出小石留的硬币，不认得都是些什么，就都举给那个印度人看。印度人从里面拣出微黄的挺小的一枚，让我看看，用英语告诉我那是一英镑。

我拉着蛐蛐走出来，一边走一边跟蛐蛐说，记得吗？那是一英镑。

英国钱不说块。一个英镑这会儿都快值六块人民币了。在北京买一斤国光苹果才三毛五，这儿一个苹果就要六块人民币，英国东西多贵啊！蛐蛐说那咱们别要这个苹果了。我说买了就买了，咱们蛐蛐怎么也应该能在英国吃个苹果呀。蛐蛐脸涨红了，说那爸爸挣的钱够吗？你不是说爸爸的工资一个月是四十八块吗？我说那是在北京，你一个小孩子急什么，有爸爸妈妈呢。我其实心里忽然很有些发毛。

中午的时候小石往家里打了个电话，告诉我方便面放在哪儿了，嘱咐我让蛐蛐多吃青菜，说刚坐了那么长时间的飞机，肯定缺菜，说青菜在冰箱里。放下电话，我又觉得来英国来对了，在北京的时候，要想在家里打电话就得到小石的爸爸妈妈那里去打。这不，我们也有电话了。六块钱一个苹果的惊吓一瞬间无影无踪，有小石呢。

还不到做晚饭的时候我和蛐蛐就都困了。伦敦时间比北京时间晚六个小时，伦敦的下午四五点钟就是北京的后半夜了。我搂着蛐蛐在蛐蛐的床上快要睡着的时候，脑子里全是红皮靴、黄树叶、伦敦秋日的蓝天、印度人的山羊脸、一个英镑的小硬币，还有，钉在街灯柱子上的春天街的黑底黄字的小金属路标牌。没有一个伦敦人理睬我，然而，我认定了这一切将是我的家。

一觉醒来，小石已经回来了，正站在床边看着我发愣。我一笑，说你回来了。小石点点头，说饭他已经做好了。我忽然问，你今天晚上在家吗？小石又点点头，但什么也没说。

吃饭的时候，我和蛐蛐争着说逛街的事，蛐蛐终于还是问了，英国的东西这么贵，爸爸你挣的钱够吗？小石笑了，说不怎么够，怎么办啊？蛐蛐？蛐蛐难过地皱起眉，说我能工作吗？小石大笑，说英国不许儿童工作，要是哪个儿童工作，警察就把那个儿童的爸爸妈妈抓起来。蛐蛐为难地伏在桌上，想了想，说要不然我和妈妈回北京吧？小石眼里忽然有了泪光，拍拍蛐蛐的头说，傻孩子，瞎着急，爸爸怎么也不能让你饿肚子。爸爸让你跟妈妈在北京等了两年就是为了不让你来了以后为钱着急。我看着这一对父女，心想，咱们这一家子要是老能像这样有多好啊。

那一晚，我摸着小石的后背，说小石你真不容易，我算是明白了在伦敦混有多难。我也能挣钱，你瞧着吧，等我英语一过关，我立马就去找工作。小石背朝着我，一动也不动，许久，也不转过脸，小石说，蛐蛐下星期一该上学了，明天就礼拜五了，我让画廊晚点开门，我带你们两个先去认认路，以后就是你每天去学校接送蛐蛐。

蛐蛐的学校在一条叫顿拉文的小街上，在公立小学里算是非常好的。小石说就是为了能让蛐蛐上这个学校他才租下了春天街的这个小公寓。这所小公寓每个月的房租要四百英镑哪！临我们来小石才租下来。小石说就那还是难得的好价钱，他和萝西找了半天才找着。我说那小石你以前住在哪儿啊？我这才想起来我都不知道小石以前的住址，我有的小石的地址是小石的学校。小石说最初他跟几个同学合租一个在东区的便宜公寓，后来开了画廊，他就一直住在画廊里。我说哪天让我去看看你的画廊啊？小石说不忙。

我们三人去顿拉文小学的路上又下雨了。幸亏小石让带伞了。我说小石伦敦怎么这么爱下雨啊，都十一月了。小石说伦敦就是这样，一年四季三天两头下雨，你以后接送蛐蛐记着点儿带上伞。我们走了这一大半天。小石说可以坐地铁，也可以坐公共汽车，但最好还是走路，因为地铁票和车票都不算便宜，更重要的是走路可以锻炼身体，当然天气太坏的时候就别走路了。去顿拉文街要先在萨塞克斯花园街上走到头，然后往右拐上爱格外尔大道，又走到头，再上公园道，走不远，左手就是顿拉文街了。小石说这是远路，好认。回来我带你们走近路。以后熟了，你们走近路，就不觉得远了。近路是走水湾大道。如果说萨塞克斯花园街和爱格外尔大道是弓背的话，那水湾大道就是弓弦。不过从春天街到水湾大道要经过好几条地图上标不出来的小窄街，不熟悉的话一下子就能给绕糊涂了。

顿拉文小学地方虽然不大，但井然有序。小石已经把蛐蛐上学的事跟学校都说好了。把蛐蛐和我介绍给校长和蛐蛐的老师以后，小石带我们看了看教室和饭厅，低年级的教室里还有好多玩具，让我不胜惊讶。小石说，英国的小学从五岁开始上到十一岁，蛐蛐十岁了，再读一年就该上中学了。离顿拉文小学不远就有一个好中学。很方便。蛐蛐说那我每天几点来啊？小石说老师说了，别的学生每天上六节课，九点来，四点走，可你的英语需要补习，所以你上学的第一个月四点以后再加半个小时的英语课，学校专门为你请了一个补习老师，是个伦敦大学的研究生。蛐蛐点点头。小石跟我说，别忘了，第一个月每天下午四点半来接蛐蛐。我也点点头。

我对顿拉文小学很满意，觉得比蛐蛐在北京的学校设备要好多了。小石还说英国教育注重发展个性，老师要针对学生的特点给每个学生都制订一个个人发展的计划。我都有点不相信我的耳朵。咱中国人不是最怕个别吗？小时候上学，老听见老师责备学生说，你怎么这么个别！

那天夜里，小石又没回家。小石连晚饭也没回来吃。小石把我们从顿拉文小学送回家以后就又去了画廊，从画廊打电话说他要在画廊赶制一批陶瓷作品，晚上不回来了。我抓着电话的听筒说不出话来。

那个周末，小石带我们去逛了哈罗德百货商场。小石说伦敦的哈罗德百货商场就是北京的王府井百货大楼。照我看，哈罗德百货商场可比王府井百货大楼气势磅礴多了。哈罗德百货商场一共七层，上下都有电梯，不像百货大楼似的，还得徒步上下楼。哈罗德百货商场装饰得别提多豪华了，而且每层售货大厅的装饰风格都不相同，那种变化多端都到了让我头昏眼花的地步。小石说凡是一个人能想得到的好东西，哈罗德百货商场里全都有。但我和蛐蛐想不出多少东西来，哈罗德百货商场里的货品有一多半我们都不认识。在五光十色的奢华商品中缓缓穿行固然让我感到身价百倍，但同时我也心知肚明，其中任何一样东西我们现在也买不起。小石不谈这个。小石只耐心地回答蛐蛐一个又一个的问题。蛐蛐指着一堆亮晶晶的小机器问，这些是干什么的呀？小石说这都是煮咖啡用的。蛐蛐知道咖啡，就说，噢，那爷爷怎么用个小锅煮咖啡啊？小石说那是因为北京商店里没有煮咖啡的机器。蛐蛐说那咱们以后给爷爷买一个煮咖啡的机器吧？小石说一定。蛐蛐很乖，她说以后。在哈罗德百货商场的地下食品大厅，我们排队一人拿了一个免费的炸面包圈，小石给蛐蛐买了一大杯浓浓的草莓搅奶，给我买了一杯滚热的英国茶。我说小石你呢？小石说他不渴。我说小石那咱俩一起喝这杯茶。

回来以后，蛐蛐问小石，哈罗德百货商场是伦敦最好的地方吗？小石说那要看是谁的看法了，妈妈可能会这么觉得。要是我说，英国国家美术馆和大英博物馆才是伦敦最好的地方。言下之意，即好像把我举得挺高，为了照顾我所以先去哈罗德百货商场，又好像告诉蛐蛐我比他俗气。我想反驳，又咽了下去。不知为什么，一到伦敦，在小石面前我处处变得有点儿怵怵惴惴的。蛐蛐说那下个周末咱们去国家美术馆和大英博物馆吧，小石说要是我没时间，叫萝西带你们去。我想起来到了伦敦还只见了萝西那一面。

又过了几天，小石提回来了一个十三英寸的小彩色电视，说是跟朋友借的，说再等三四个星期，各个商店就该开始圣诞节前的减价促销了，到那时候要是看到有价格合适的就买一个。小石嘱咐我，借这电视是让我们俩学英语用的，别让蛐蛐看多了影响学习。听那口气，他是领导。我呢，新来乍到的，对这伦敦一时半会儿是事儿不懂，也只有听的份儿。

小石三天两头在画廊过夜，说忙是好事，怕的就是不忙，不忙就是没生意。卖不出东西，你们吃什么？

我渐渐习惯了天天徒步远征四趟的日子。每天我和蛐蛐八点整准时动身，先穿过曲曲弯弯的几条小街，然后在水湾大道的人行横道路口沉住气等绿灯。在那儿呼吸几口带着雾气的早晨的清新空气以后，灯一变绿，我就拉着蛐蛐的手大步过马路。过了马路我们沿着水湾大道一个劲儿地往东走，走到头，往右一拐，就到顿拉文街上蛐蛐的学校了。一个人回来的路上，我就慢慢儿溜达，东张西望。水湾大道的南侧是海德公园。海德公园在中国人里面很有名，那年头年轻和时髦的中国人谁没看过那本书《马克思和燕妮》呀，都说马克思埋在海德公园了。中国的公园都有围墙，大概跟中国的公园过去多半都是皇帝家或王公贵族家的花园有关系吧。海德公园没有围墙，只是一大片绿色的草地和一丛丛树木。小石说中国园林和洋人的公园是两个不同的建筑概念。中国的园林可以说是严格意义上的一种建筑，洋人的公园是对自然的整理和使用。我大受启发。马克思主义专家萝西后来告诉我，说马克思埋在海德公园是很多中国人的误解，马克思其实埋在了伦敦北边的海格特公墓，要是我有兴趣，她很愿意带我到那儿去凭吊。不管怎么说，我发现深秋初冬时分的海德公园景色非常宜人。我要是高兴，就走进海德公园浏览一番。海德公园挺大，尽管四周都是马路，马路上车辆川流不息，海德公园里面却仍然很安静，偶尔有散步和遛狗的人在长长的甬道上走。已经十一月中了，海德公园里大片的草地依然碧绿，不过落叶树木的顶尖已经秃了，只能在风中摇曳着半树黄绿杂错的树叶。地上碧绿的小草顶着一片又一片的金黄的落叶，出太阳的时候，看上去有一点无可奈何。早晨的海德公园到处都湿漉漉的，还常罩着像极薄的轻纱一样的若有若无的雾霭。英国的深秋气象让我那读过"感时花溅泪，恨别鸟惊心"的中国心觉得迷茫，不知道应该感到快乐还是忧伤。有几次我顺着往南的那条甬道一直走到了一个大池塘的边上，在那儿看天鹅和野鸭子，看水光一闪又一闪，看偶尔有人荡一条小船悠然经过。这种时候我就觉得这护送蛐蛐上学的保镖日子也挺有诗意。我也会想起青蛙，想起那帮诗人，想起雨，总是想给他们写信，但跟他们说什么呢？说海德公园的天鹅和野鸭子？还是说哈罗德百货商场？是馋他们还是气他们哪？朋友们忽然变得极其遥远，变得彼此不相干，所以我终于还是什么也没有写。

到唐人街买菜让我精神抖擞。到那儿去，我既会乘地铁也会坐公共汽车。到了该买菜的日子，我送蛐蛐去上学的时候就带上买菜的家伙，一个能折叠的带小轱辘的大尼龙袋，等把蛐蛐送进了学校的门以后，我就从那儿坐23路公交车去在国家美术馆一带的唐人街。地铁虽然比公交车快，可是我嫌上下地铁的楼梯太累。唐人街让我尝到当海外华人的甜头。唐人街的小铺子里中国的吃食几乎是应有尽有，而且全是质量最好的。最让我兴奋的是大虾。那会儿国内到哪儿去见这么多大虾呀，我长这么大，统共也就是我跟小石结婚的时候在北京的丰泽园吃过一回干烧大虾，一人只有一只，稀罕得不行。现在我们每星期都吃，蛐蛐和小石都爱吃极了。就冲这大虾我也得在伦敦且住一气！很快我就成了买菜又便宜又好的买菜专家。我当然再也不去买一个英镑一个的苹果了，在唐人街，我用一个英镑能买到四五个苹果。我的经济才能，连清高的小石有时候也忍不住要夸奖。

从唐人街开始，伦敦向我渐渐展露一个商业社会的妙处。原来，只要下功夫，伦敦好多东西都能很便宜地买到。牛津街、摄政街、邦得街和骑士桥街让我大开眼界，让我领略什么叫作大都市，什么叫作时尚，什么叫作名牌，什么叫作高级，什么叫作现代生活。人头攒动的伦敦闹市让我兴奋不已。

我在商业街上浑身热腾腾地阔步时，有时社长老陈假装慈祥的麻脸会在我脑海里冒出来。老陈对我来英国偷偷生气，跟我说刚领了工资没两天，得对得起国家，不许请假回家收拾行李，干到临走的最后一天吧。每次想到老陈我都深感得意，心说老陈您那点儿刁难算什么？您见过这世面吗？一边儿喝您的次茶去吧。我东张西望，在每一个标着减价的名牌店的橱窗前睁大眼睛，看看有什么好东西的价格跌到了我能买的程度。小石给我的钱一时半会儿还不是太多，一般来说刚够买菜，一大家子吃饭更重要，所以我买什么都极为谨慎。被我稳、准、狠地抓到的第一件名牌产品是一个巴掌大的蓝白两色网状花纹的Gucci帆布化妆小手袋。我得意地展示给小石，让小石看清组成蓝色网状花纹的网眼的大写G。小石只瞥了一眼，脸色甚至有点儿阴沉。我赶紧说只花了二十几个英镑，这是上百英镑的东西。小石还是什么也没说。我心里"咯噔"一下，不知道是担心还是愤怒。

我琢磨怎么才能有个工作，也好挣点儿钱。小石说你先学学英语，把蛐蛐照管好了再说吧。我说要不然送完蛐蛐以后我去你的画廊帮忙，多少总会有点儿用。小石说你又不能跟来看画的英国人聊，顶多能扫扫地擦擦厕所，我顺手就能干了，还能把你来回跑的车钱省下来。我说要不我也练点儿画儿吧，画廊不是咱们自己的吗？就在咱们的画廊里混着卖，碰上不长眼睛的兴许就能卖出点儿钱来。小石眼一瞪，你当画廊是闹着玩儿吗？画廊要是没有标准还办得下去吗？小石就是不让我沾他的画廊。

不会说英语，眼下我能干什么呢？唐人街兴许有在中餐馆里洗碗的活儿，可是啊，一来一时半会儿我还拉不下脸，二来时候也不对，白天我有空儿的时候那些餐馆也有空儿，晚上餐馆忙的时候我也忙。小石三天两头晚上的时候不在家，我总得照顾蛐蛐吃晚饭、写作业和睡觉。蛐蛐固然很听话，那也不能把蛐蛐一个人扔在家里我去给人洗碗去呀，到那个份儿上吗？想来想去，我还是得在小石的画廊里谋发展。

为了这个要跟小石一起办画廊的谋算，每次去唐人街买菜的时候我都先去国家美术馆转转。国家美术馆离唐人街不算远，走路就能到。伦敦有这样好，进国有的博物馆和美术馆都不用买票。我听小石有一次说过，办画廊靠的是眼力，多看画儿才能练眼力。我打算按年代一个馆藏一个馆藏地仔细看，把眼睛好好地练练。我从散斯巴瑞翼开始。散斯巴瑞翼藏的都是从十三世纪到十五世纪的欧洲的古画儿。散斯巴瑞翼里有一大堆展室，我已经看了有六七个了，看到的名画有荷兰人凡·艾克在意大利学徒画的意大利风格的《阿尔诺芬尼夫妇像》，还有意大利伟大画家波提切利画的《维纳斯和马尔斯》。我的英文还很差，看不懂画旁边的说明，我就要求自己每幅画都要看足五分钟，这样每次我只能看上一两个展室。看够了一个钟头我就走，一次看多了记不住。我发觉自己打心眼里喜爱那些伟大的绘画。每次看画儿回来以后我都告诉小石这回我都仔细看了些什么画儿，满心以为小石会很高兴，认为我有长进。但小石的反应老是不冷不热，哼哼哈哈的，顶多说声好啊，不错什么的，从来不跟我深谈，也不告诉我他是怎么看的。对于画儿，小石该懂多少东西啊，为什么不教教我呢？我纳闷儿死了。

不管怎么说，刚来伦敦那会儿，我的心情别提多好了。虽然远不是以前梦想的住上莫奈的别墅那样阔绰的法国艺术家的田园生活，但坐落着一幢幢乔治式小楼房的春天街不冷清也不喧闹，一块块铺路的街石被一阵接一阵的雨洗得干干净净，小店铺的水果新鲜诱人，黑色的古典风格的金属街灯柱显示着一种讲究质地的文化的底蕴。静谧的海德公园近在咫尺，我和蛐蛐随时可以到那儿去漫步。所以我们现在既拥有在大都市见世面的机会，又拥有自然的大好风光。我们可以在大英博物馆的罗塞塔石前盯着上面的三种远古文字做高深的静思，在阿尔马尼或者范思哲的旗舰店里兴奋地观赏最新时尚，也可以在星期日的午后坐在海德公园的青青的草地上，让带着树叶清香的微风翻吹手上的书页，让温和的阳光照耀时装杂志上的漂亮的衣衫。曾经让人喘不上气来的中国变成了忧思中遥远的故国，变成了点缀世界大都市的浪漫的东方象征，变成了清晨伦敦冬雨中挥之不去的黯淡的梦境，变成了，嗯，我们心里那点儿自卑和我们外表显现的神秘的共同源泉。

我爱这些夜晚，小石把几个在伦敦萍水相逢的中国人请到我们的小公寓，让我炖一大盆红烧肉，炒一大盘葱花鸡蛋，再剥几个皮蛋，拌一盘烫芹菜或者烫洋白菜，然后大家一起一边喝从唐人街买来的二锅头一边聊中国。我们中国人，还是家文化，小石每次必说这句话。每次听小石说这句话，大家都觉得自己去国离家，流亡异域，很有些浪漫和悲壮。

我也爱这些早晨，我送蛐蛐去上学，我拉着蛐蛐的手，两个人都穿得很漂亮，明亮的太阳照着我们红扑扑的脸，街上的行人和店铺的伙计们都把目光印在我们时髦的背影上。我们是住在富裕的春天街上的唯一的一户中国人。我们是高深的艺术家。我们既美丽又神秘。

我更爱这些傍晚，我和蛐蛐一起坐在海德公园那个叫长水的大池塘边的长椅上，在水光荡漾中，在树叶闪烁中，在水鸟的阵阵鸣叫中，看夕阳西下，漫无边际地遥想：想小时候在省城见过的连天的火烧云，想阴雨天父亲犯的背疼病，想北京我们的单元，现在一定早已盖满厚厚的尘土了，想小石有一天终于成了伟大的画家，想我们的画廊将来举办的一次次影响重大的画展，想我们老了会是什么样子，会住在哪儿，想蛐蛐长大了会爱上什么样的小伙子，想要是能再生个儿子就好了，叫他蝈蝈……我心中多么希望小石不是这么忙。要是此刻小石也在身边，跟我一起这么乱七八糟地梦想，那我就是天下最走运的人。

可是，天下就是不能有那样的好事。更有甚者，树欲静而风不止！

我说，小石，我来伦敦都一个月了，怎么还没捞着参观参观你那画廊啊？小石皱起眉头，先不耐烦地说急什么，一会儿心思又变了，说明天吧，明天你送完蛐蛐自己坐地铁来，我告诉你怎么走。

第二天我就真去了。按着小石给的路线图，我先坐上粉红城铁线地铁穿城而过，从我们住的市中心的西头儿一直到东头儿，在利物浦街站下了车，然后左拐右拐地找到了那条叫格瑞维尔的小街，小石的画廊在这条小街与另一条大一点儿的街相接的地方。小石说，那条大一点儿的街离伦敦东区旅游景点儿砖道比较近，会给画廊引来一些逛街的人。画廊夹在两边的红砖楼的缝儿里，门脸儿可以说是很小，只一扇单板门，临街连扇窗户都没有，更别说大陈列橱窗了。画廊临街的这一面儿让小石给整个儿漆成了一种安静的海蓝色，门是淡淡的苔绿色，门旁边的墙上钉了一块漆成黑色的一尺半见方的木牌，上面用白漆写着：Stone Studio， 102 Gravel Street（斯东工作室，格瑞维尔街102号）。我说小石画廊不是"gallery"吗？为什么写成"studio"呢？小石说我又不是专职的画商，一个画商开画廊卖自己画的画儿就像一个人办个刊物专发自己的作品，像话吗？可要是有人在画家的工作室里直接买画家的画，那就另当别论了。那我就明白了，这画廊有点像是个发表机构，就像文学刊物发作品要有标准一样，画廊也要让人明白自己讲究标准。怪不得小石说我不能用这画廊卖我打算画的破画儿，原来是怕砸了画廊的名声。

又怪不得小石说办画廊全靠眼力，没眼力怎么敢说服人家买呀。

　　我从没见过艺术家的工作室，乍一进小石的"画廊"，还真觉得怪怪的。从外边看画廊有两层楼高，进里头一看才知道只有一层，天花板高得出奇。小石说他把楼层隔板给拆了，把原先的两层改成了一层，要不然不能挂大画儿。小石把一楼的窗户也全都堵了，为的是要墙的面积多一点儿。二楼的窗户全留着，一共也只有两个，还挺小。小石嫌暗，把房顶掀了一溜，安上了玻璃。我说小石窗户都那么高，你怎么开呀？小石说有梯子呢。我仔细一看，果然，在屋角乱七八糟的种种家什中，立着一个铝梯子。我对这"画廊"的景象倒吸了一大口气。原先我以为小石的画廊还不得像个小型博物馆展室似的，四壁得洁净，布置得优雅，不承想小石的画廊像个厂房，工作台、画架、颜料还有各式各样的陶胎等等都像开了膛的肠子肚子般地裸露着。在一进门的右手夹角的两面墙上挂着小石的两组作品，一组是只有黑白两色的漫画风格的人物线描，用的是聚乙烯颜料；另一组是民俗画风格的色彩极为丰富的油画儿，画的可能是中国神话，我能看出来的有女娲补天、精卫填海。一张黑白两色的人物画吸引住了我。画的是一个女人，一头乌黑的浓发，虽然是漫画风格，我还是一眼就从那双深渊般的大眼睛里认出了萝西。我看了足足有两分钟，没说话。

　　我找小石睡觉的地方。四下一看，画廊后墙有一个门。我走过去打开门，果然是一个卧室，还不算太小，有个二十平方米的样子吧。卧室的墙上挂满了小石的画儿，我看出来里面有不少都是萝西，大大小小的萝西，不同风格的萝西。我也能看出来还有的画的是蛐蛐。我找来找去，没有一幅画的是我。小石的床虽然只是一个床垫子，但是很大。我仔细审视小石的床。一条被罩雪白的鸭绒被把整个床上都罩严了，铺得整整齐齐，看不出有什么特别的地方，可直觉立刻告诉我，这床有女人的痕迹，被子太讲究也太干净了。我没有掀被子，只盯着被子出了一会儿神。我移开目光，又注意到床脚当中横放了一个坐柜式的大木箱子，一柄大锁触目地挂在那儿。我想把小石叫过来问问箱子里装的都是什么宝贝，为什么还要上锁，嘴都张开了，最后一刹那我忍住了。能问什么呢？小石一句"都是我的重要东西"就能把我噎回来，再也问不出第二句。我定了定神，对自己的忍耐力深感惊讶。我还从来没有这般深沉过。我这是怎么了？我扭开脸，使劲儿把满腔的不痛快压下去，一边心事重重地琢磨，一边继续审视小石的卧室。除了床和大箱子，这间屋里别无长物。我打开洗漱间的门，虽然确信什么也找不到，但仍然目光敏锐地搜寻。一个系着口撑得鼓鼓的小塑料垃圾袋被竖在垃圾桶旁，像是准备拿走但还没来得及。我在心里"哼"了一声，不动声色地走过去，拎起垃圾袋，正要打开，小石进来了，从我手里把垃圾袋拿走，说都是垃圾。

伦敦一下子黯然失色。

蛐蛐都觉得了，老偷偷地从眼角瞥我。我要是冲她笑笑，蛐蛐就松了口气似的。我只好躲着蛐蛐一个人在心里哭。我想这怎么办呀？小石可是什么也没说呀？要不要问问小石去？怎么问？小石不吭气，倒是要怎样呢？虽然小石不说，可我怎么觉得这回要生离死别了呢？

小石没事人似的，依旧三天两头住画廊。

好几次质问小石的话都冲到嘴边了，又让我使劲给咽回去了。要是依着我以前在北京的脾气和气势，我早就跟小石嚷嚷过不知多少回了，早就把小石批得体无完肤了。可这次，好像有对末日的预感似的，我硬是强忍着，一声也不吭，等着，等着小石手里握着的那块石头砸到我头上。小石你真的狠得下这个心吗？我不是你的骨中骨吗？

圣诞节过去了。新年过去了。快到春节的时候，我和蛐蛐跟着小石出去买回来了一个二十七英寸的彩色电视机。蛐蛐兴奋极了，老凑到新电视前头左看右看，不时地问她现在能不能开电视看。蛐蛐已经能听得懂BBC的儿童节目了。

整个儿一月份都过去了。

我不动声色，提着心，在暗中看着，等着。

一九八六年一月的第一个星期一，下了一天的冻雨。小石一大早就被一个电话叫走了，一整天都没往家打个电话。我往画廊打电话，也没人接。一直到晚上，很晚了，蛐蛐都已经睡了半天了，小石才回来。我说小石你白天都到哪儿去了？打电话也没人接，你吃晚饭了吗？小石不答话。我说小石你吃晚饭了吗？小石不答话。我说小石出了什么事儿了吗？你怎么哑巴了？小石还是不答话。我心里"咯噔"一下。

我就明白时候到了。

小石低着头。我盯着他。

小石抬起头，眼睛直视我的眼睛。

小石说，萝西生了，是个男孩子。我说那多好。

小石说，萝西难产，差点死了。我想说那多好，但我没吭气。

小石说，那个孩子叫乔治。我说那多好。

小石说乔治是我的儿子，我是乔治的爸爸。我说那多好。

小石说乔治是蛐蛐的弟弟。我说那多好。

小石说，乔治很好看。我说那多好。

小石说礼花你别难过。我说那多好。

小石说礼花你怎么了？我说那多好。

小石说礼花你别这样，咱们照旧过。我说那多好。

那多好！那多好！我就会说那多好！我就说得出来那多好！

13

深林：浮世

在弗冉山庄生活了将近九个月以后，我对在美国偏远小镇乡居的种种辛苦感慨良深。

照管这儿的任何一所房产，哪怕是照管一所像弗冉山庄这样比较简陋的房产，一年四季的活计都很多。夏天草旺盛的时候每隔一个星期就得推着剪草机给草坪剪一次草就不必说了，有空儿就要蹲在草地里拔除四处蔓延的凶猛的野草也不必说了，打扫秋天的落叶看起来好像是小事一桩，其实能把一个壮汉累得躺倒。我刚气喘吁吁地用三个多星期的时间把院子里的落叶都运进坡上林子深处，紧接着就被寒风逼着着手修理储柴小屋的朽门。干木匠活实在在我的能力之外，幸亏有查理的帮助，我终于把储柴小屋的门修得歹能关严了。

在查理的指点下，费了九牛二虎之力修好门以后，我又挥舞着大刀般的链锯在下雪之前把林子里两三棵没怎么朽的死树锯成了大块儿大块儿的木柴，把储柴小屋装得满满的。我摸着由于搬挪木头磨粗了的手，大松一口气，满心以为这下可以好好歇歇冬了。不承想，冬天的第一场铺天盖地的大雪又把我打发到超级市场去当装袋员了。

细说呢，是这么回事。虽然美国的乡间小镇偏远僻静，但也都有相当程度的水电方面的现代化。比方说，各家各户没有不用上下水设施的，也都拉着照明的电线和装着烧热水、烧暖气的锅炉和管道什么的。弗冉老太太虽然在楼下起居室里修了一个可以烧大块儿木柴的大壁炉，但实在只能用来烤一会儿火，并不能完全取代保护上下水管道的暖气设施。第一壁炉的火力小，第二老得有人看着，木柴一会儿工夫就烧完了，不及时添柴火就灭了。夜里你总得睡觉吧，总不能为了添柴而昼夜不睡呀。何况，到了夜里，还必须得让壁炉里的火灭得透透的，要不然没人看着，一个火星蹦出来，还有火灾的危险呢。新英格兰的冬天就跟中国东北的冬天那么冷，要是夜里没有暖气，小屋的自来水管道就该都冻裂了。为了节省，我只把暖气开到让屋里不会结冰的程度。白天我在壁炉里烧木柴取暖，晚上我盖上两条被子再加上一条厚毛毯，这样就可以过冬了。弗冉山庄用的热源是罐装天然气，跟我家在北京曾经用过的煤气罐是一个意思，只不过弗冉山庄的煤气罐比北京我家用的那种大多了。弗冉山庄的煤气罐有二三尺宽、四尺多高。这么大的煤气罐用空了以后就不能用手拎着到煤气站去换煤气了，得煤气公司的高压罐车来灌。煤气公司的车夏天的时候三四个月也不用来一回，到了冬天就每个月都得来了。美国有条法律，各块地面的主人得保证客人或来访者的人身安全，要是有人在你的地面因为什么缘故而受伤，你得赔偿。在美国看病治伤都很贵，动不动就成千上万，除此以外，还有心理创伤补偿这一说呢。电视上播过一些人专门设法在商店里摔跤，然后去找店主勒索大笔的赔偿费。幸运的是，到目前为止我还没有遇到过这种倒霉事。煤气公司的人也好，查理和凯蒂也好，在弗冉山庄都还走得稳稳当当，谁也还没有摔过跤。一下雪可就难说了。所以下雪的时候学校都停课，各个工作的地方也尽量收工。大伙儿都尽可能待在家里，谁都明白一大群人挤在滑溜溜的路上走路或开车不是什么好事。等雪一停，各家各户的第一要事就是赶紧把自家车道上的雪清了。问题还不光是要避免让任何人摔跤以后找你赔钱，更要避免的是不要让来送煤气或燃油的车一看你的车道还被雪盖着转身就开走了。因为煤气公司和燃油公司都很不情愿为员工的工伤大把大把地掏钱，所以都有严格的规定，不许员工冒险给不清雪的人家送煤气或送燃油，哪怕这家的煤气或燃油断了顿也在所不惜。新英格兰的冬天很严酷，经常冰天雪地，夜里温度降到零度以下的时间长达三个多月，只要一个晚上没有暖气，这家的水管准就得被冻爆了。结果呢，肯定是大冷天的满屋满地都是水。谁遭了这难不得大叹其气呀。查理早早就把这片道理讲给我听了，所以第一场雪刚一停，我赶紧就勤快地操起一把大雪锹出去铲雪。

只铲了一次雪我就知道厉害了。雪好像是挺轻的东西，可要是用这种二尺来宽一尺多见深的塑料雪锹撮起一大下子，端起来也有四五斤了。弗冉山庄的车道足有二百米长，算起来我至少得端起这么重的雪扔扬将近一千次。虽然我十几岁的时候在中国的农村干过平整土地蹬锹扬土的重活儿，颇受过一些锻炼，但毕竟是落花流水春去也，等我花了将近两个钟头终于把车道清完了，腰已经直不起来了。我正拄着雪锹在那儿大喘气，查理又涉雪而来，要我跟他一起在橡树街上开一条车能走的单道。查理说真是抱歉极了，没早点儿告诉你，李镇税低经费就跟着少，镇长说咱们橡树街走车少，积雪要是不到五英寸就不花钱雇铲雪车给橡树街清道。我说这可不像话，煤气公司的车不肯进来那可怎么办？查理说可说的是呢，他已经向镇长提抗议提了好几回了，镇长说要不然你们多交点儿税，把你们这条街升成繁华商业区。我说查理那可不成。查理说是不成。我说查理我明白这不是你的错儿，可我现在腰都直不起来了，咱们能不能明天再干？查理说要不然他自己先去铲一点儿，说不管怎么说铲出一点儿是一点儿。

　　晚上查理打电话说过两天又要下雪了，要我早作准备。我在新英格兰住了都快有二十年了，当然知道这里的冬天三天两头下大雪，只不过今年是头一年管理房地产，对于雪的威胁格外感到压力大。查理还说他听说今年的雪特别多。

　　我发起愁来。这活着不仅要有一点儿钱，还得有力气！思来想去，毕竟不能不活下去。要想活下去而力气又不够，就得另外想办法。我就又给查理打电话，问有什么好办法。查理说不难，买一个铲雪机就能把活下去的大问题解决了。我问铲雪机贵不贵，查理说一个中等的要一千块钱。我说那咱们明天就去买一个。查理说不巧他现在没有那么多钱。我说没关系，我先给买上，然后我去超级市场当两个月的装袋员就齐了。查理说那当然行。

　　我们买的铲雪机的个头跟儿童推车的大小差不多，其实应该叫扬雪机，因为这种机器清雪的办法是由螺旋形的雪铲在柴油机的推动下一路翻转一路把前方的雪收进喷射筒，喷射筒能定向把雪喷出二三米远。我们的这个铲雪机一趟下来能清出差不多二尺宽的一溜，所以要想清出一条能过大卡车的道，来回得走上至少四趟。查理很兴奋，推着簇新的橘黄色的铲雪机在橡树街上来回走了有五六趟。我说查理不用那么宽啊，冻红了脸的查理只是笑笑。查理还坚持以后要由他来负责给橡树街铲雪。凯蒂也高兴得不得了，说她可以分摊一点汽油钱，要不然她老是很惭愧，因为她什么也干不了。凯蒂的腿越来越瘸。

就这么着，不过八个月多，我已经是第三次找超级市场的人事部门要求当装袋员了。

我在超级市场清账这一片儿人头已经很熟了。每次来上任，只消向左右点点头就算是跟大家行过又一轮任期的见面礼了。当然了，每次都不可避免地要见到新面孔，那点点头也行，因为我们是美国社会里最谦虚的一群，对艰辛生活的见解大致相同，所以一见各自身上的超市红号衣，就心知肚明都是一伙儿的，彼此之间不必太客气。

由于是第三次来，我站在装袋员的岗位上已经如鱼得水。我对自己拿了博士学位然后攀升到这个可以自由来去的装袋员的职位甚至有点志得意满。装袋员的岗位是我从弗冉山庄号潜艇升出水面的瞭望塔。当没有人清账因而不需要我装袋的时候，我就站在我的瞭望塔上悠然四顾，只见买东西的顾客个个忙忙碌碌，人人心事重重。这种时候我就觉得自己好像站在无数纷杂缭乱的梦境的边缘，只需冷静观望而并不受别人的胡思乱想的搅扰。我对此深感满意。由此我也会想到我们橡树街上的狂热守望者凯蒂。我觉得当我当装袋员的时候，我就成了守望中的凯蒂。多数时候我希望不受打搅地一个人安静地守望。但偶尔，我也有一点儿暗自希望与什么故旧在这里邂逅，就像我第一次当装袋员遇到了老同学韩烨一样。我不知道为什么要怀抱这样的希望，大概想给我的守望增加一点儿深度吧。奇怪的是，除了韩烨，迄今为止，还没有第二个熟人走来跟我寒暄。我猜想他们要不然就是没有把我从红号衣里认出来，要不然就是把我认出来了以后嫌我太寒碜，懒得搭理我，就都远远躲开了。为此，我甚至都有点儿怀念那位老熟人韩烨了。

可是啊，我的名字被人叫的好运这次居然来了。那天我正埋头装袋呢，忽然有人拍拍我的肩膀，一个甜蜜蜜的声音说这不是林博士嘛。

我抬头一看，是笑眯眯的黄文慧，我在安城学院图书馆工作时候的顶头上司。

不等我答话，黄文慧又接着说，林深你怎么搞的，走了以后既不给我留电话也不给我打电话，害得我怎么找也找不着你，还真以为你老人家昔人已乘黄鹤去了呢。黄文慧还是老样子，伶牙俐齿，咬文嚼字。我不由微笑。大概发现我居然比以前更窘迫，黄文慧显得很有些踌躇满志甚至一脸欣喜。还没等我回过神来，黄文慧已经要走开了。黄文慧对我扬扬手，说林深我一会儿还要来找你，现在我要先去会一个人，别走啊，一会儿见！说完黄文慧就头也不回地风摆杨柳似的摇荡着长裙走远了。

望着黄文慧的背影，我不知道该想什么才好。跟黄文慧共事了十几年，黄文慧好像从来没有跟我如此亲热过。听黄文慧的口气，倒像是她与我之间原本有源远流长的友谊，而我这一走居然竟杳无音讯，岂不大大辜负了她的深情厚意。可我明明记得黄文慧一向以我的上级自居，跟我说话总是一本正经，而且竭力言简意赅，一语千钧。我对此的理解是黄文慧唯恐我会巴巴结结地去做她的腻友，于是示其威严好让我警觉。所以我总是知趣地跟我的上司保持距离。离开图书馆以后，每想起在那儿做黄文慧跟班的处境，我总是由衷地感到终于得以逃离的幸运，真是避之唯恐不及，哪里会想到给挺胸昂头的黄文慧打电话致意。我琢磨了一阵，想不出个所以然，呆站了一会儿，并未见黄文慧转回来。过一会儿到了该我休息的时候，我就脱下身上的红号衣，毫不犹豫地去超市的咖啡座吃午饭了。

我们超市员工虽然不见得都要在咖啡座买东西吃，但是被许可在休息的时候坐在那儿吃自带的午饭。我找了个僻静的角落里的座位坐下来，先揉揉站酸了的腿，然后不慌不忙地就着带来的凉绿茶，吃起自制的生菜鸡蛋三明治。我一边吃一边悠然四顾，不料看见黄文慧坐在咖啡座里灯光最明亮处，目光炯炯地盯着卖咖啡的柜台，像是在顽固地等待着什么人。我开始端详此刻的黄文慧。

黄文慧的样子很奇特，猛一看，谁都会以为她是一个美人。黄文慧在中国女人里算是个子高的，有一米六七的样子，很瘦，腰虽然好像有一点过长，但是很细。黄文慧的年纪是个谜，有时候像是三十多岁，有时候又像是五十出头了。我猜想黄文慧大概总有四十多岁了。黄文慧仍然留着漆黑的披肩长发，加上永远穿着几乎拖地的长裙，黄文慧显得更加修长纤细。修长纤细的黄文慧走起路来还微微地前后左右地摇摆，那架势，用中国文人的惯用语来说，就叫作弱柳扶风。要是有了弱柳扶风的印象，一般来说人们就不在乎黄文慧的眼睛细得近于猪眼睛，鼻孔像猴子似的有些向上翻，一嘴健壮的牙有些太往外鼓，以至于嘴巴都有点要包不住了。黄文慧大概对自己五官的不够理想有所警觉，所以总是用粉把脸擦得煞白，尽力用眉笔把眼睛的轮廓描黑，在上眼皮上擦上棕色的眼影，然后尽量紧闭嘴巴。好在黄文慧的脸很窄也很小，人们第一眼注意到的往往是她的浓黑的长发和拖地的长裙，于是黄文慧在这一带好像多多少少地为自己赢得了一个模棱两可的大概其的东方美人的名声。黄文慧虽然曾经是我在图书馆工作时心里难免存有的悲愤的源泉，但每次凝视她对自己外表的郑重其事，我心中都有一种佩服油然而起。我想坚强的意志和审美的热情在某种意义上都是值得尊重的。

此刻，黄文慧穿一条暗红的长呢裙，胳膊交叠着平放在桌子上，露出深灰色的薄毛衣，瘦削的肩头支着一件黑色的长呢大衣，大衣的领子外头像美国人那样搭着一条很长的浅灰色的羊绒围巾，浓黑的长发把本已经很窄小的瘦白脸又遮去了一半，那一溜露出来的颜色苍白的脸射出一道凝神静思的专注表情，看上去居然给人一种蒙克画的梦境中的女人那种超现实的甚至是诗意的感觉。我不觉好奇起来。

我想起有一次安城的中国人的基督教会组织春节联欢会，黄文慧硬要拉我去，我就去了。联欢会借用了安城学院的小剧场，我进去的时候里面已经坐得满满的，不仅方圆十几里地的中国人多数都去了，安城学院学中文的学生也好奇地挤在那儿。一会儿，灯光暗了，接着完全熄灭了，整个剧场在伸手不见五指的黑暗中静等了足足有五分钟之久，直到某些美国学生又咳嗽又笑要坐不住了，一束白得发蓝的极高度数的聚光灯光才"唰"地打到舞台上，只见雪亮的光点正中笔直地站着一个身材修长身着落地深红色天鹅绒旗袍的黑发白面女人。由于这惊人景象出现得有点儿过猛，观众几乎以为见到了恐怖电影里的厉鬼，不少人不由得轻轻"啊"了一声。我再定睛一看，是黄文慧！黄文慧那天当司仪，嗓音圆润，口齿清楚，谈吐不俗，很引人注意，可以说是出尽了风头。那之后整整有一个星期黄文慧都在跟我说联欢会的种种趣事，让我对她突然变得喋喋不休深感惊讶。此外，当时更让我心惊的是，如此煞费心机地以一个极为盛大和夸张的悲剧演员的形式在一堆其实很随便甚至有些

191

粗陋的通俗春节联欢会的观众面前亮相，黄文慧该有一个多么绝望和疯狂地要求表现的自我呀。现在，可能是已经远离了的缘故，对于黄文慧我似乎多了一点同情的能力。我开始这么想，莫非，黄文慧的心中也藏着一个悲哀的、不屈不挠的爱玛·包法利？

我的休息时间已经用完了，我站起来，绕过几个座位，从仍然坐在咖啡座灯光最亮处坚持等待的黄文慧身后悄悄离开了。那天，我没再见到黄文慧。

回到我的工作岗位，一个叫南希的装袋员女同事捅捅我，对我诡笑一下，说你认识黄？这位同事虽是个美国土著，但却有点爱说闲话。我点点头，没说什么。南希说，她认识黄的丈夫，她的小孩儿现在正在上麻州大学的幼儿园，黄文慧的丈夫在麻州大学的幼儿园里当头儿。不过，南希又诡笑一下，现在已经是前夫了。

我以前在图书馆工作的时候见过黄文慧的丈夫。黄文慧的丈夫是一个相貌平平个子不高年纪也不轻的中国人，偶尔到图书馆来找黄文慧。黄文慧从来不跟我提她家里的事，所以我至今不知道她的丈夫的姓名，更不知道他的底细。图书馆里别的同事曾经告诉过我，说黄文慧的丈夫为了跟黄文慧结婚，把留在台湾的妻子和两个孩子都遗弃了。现在南希暗示黄文慧离婚了，我就有点想知道是怎么一回事。南希见我扬起眉毛，不由得很得意。得着个机会，南希凑过来一五一十地把她所知道的都告诉了我。离婚的原因很简单，黄文慧跟一个麻州大学的教授好上了，立刻就麻利地跟她丈夫离了婚。南希说黄文慧的丈夫很生气，到处诉说，说黄文慧利用了他，说黄文慧根本就是个骗子，说黄文慧来安城之前曾经伪造学历，假称有博士学位，骗取到在某常春藤大学教中文的教职，教了几年以后，被人揭发伪造学位，结果被学校解雇了，在穷困潦倒、一筹莫展之际通过跟他结婚才缓过一口气。黄文慧靠他才在安城站住了脚，又找到了工作，现在为了更上一层楼，就冷酷地一脚把他踢开了。假定黄文慧的悲愤无比的丈夫所说的有几分是事实吧，我对黄文慧还有这样一大番诡异、繁杂、屈辱和困顿的经历觉得颇惊讶，但又好像并不意外。我想起黄文慧曾经郑重地告诉我她有美国王牌音乐学院纽约朱丽亚特学院的钢琴硕士学位，只是因为太喜欢教中文她才没有去做职业钢琴演奏家。至于对为什么又到了图书馆，黄文慧可没有说。

过了几天，黄文慧又飘飘地来找我，依旧的一脸欣喜，也不提几天前的允诺，只说怎么搞的，还是没有你的电话，你有电话吧？下次一定要告诉我。我看你是白天上班，明天晚上到我家来做客怎么样？你还是没有车吧？你几点下班？六点半？那好，明天晚上六点半我到这儿来接你。有一个人要见你，你一定得来。说完，不等我回话，黄文慧已经飘飘地离去了，对背上贴着的南希的鄙夷的目光毫不觉察。

黄文慧总是有一点儿让我觉得匪夷所思。黄文慧从台湾来，据她说父母都是江浙人。黄文慧的令人费解，跟她说话吞吞吐吐多少有关。大概是为了做高深之态，或者也许其实是为了掩饰其知之不多，黄文慧总是问我的看法而不露她自己的看法。偶尔说点什么，黄文慧也总是欲言又止，从来没有听见过她痛痛快快地议论过什么。

黄文慧曾经问我上中学的时候喜欢看什么书，我告诉她大陆的中学生都看《红楼梦》。黄文慧说她最喜欢张元干和辛弃疾的词。当时我还很钦佩黄文慧的壮怀激烈。所以，在我的想象中，当时的初中生黄文慧可能刚背诵完张元干的词，一脑子的"天意从来高难问，况人情老易悲难诉，更南浦、送君去"，再和有生以来第一次尝到的失恋的惨痛混杂在一起，初中生黄文慧把眼睛哭得跟熟得快要腐烂了的红桃子一样。从此每年的这一天，黄文慧都要在脑后系上一个大大的黑色的蝴蝶结，纪念那位风流倜傥的中学教员，纪念初中生黄文慧有生以来的第一次深刻的爱情。

当我这么想的时候，我对在已经发皱的脸上扑着厚粉然而像小姑娘般头系大蝴蝶结的黄文慧深感同情。

可我更愿意这么想，黄文慧是一个在后现代的中国模子里塑造出来的爱玛·包法利。前一阵美国的《时代》周刊把福楼拜的《包法利夫人》列为人类有史以来最伟大的十本小说中的第二名，我还没来得及去研究是怎么一回事儿。总的来说，给文学作品排名论次在我看来很没有必要。但就我个人对那本书的理解，我认为《包法利夫人》对我们所处时代的精神特质独具慧眼。

福楼拜生于一八二一年，比我的父亲整整早生了一百年，居然早早就知道了我们的精神特质，能不让人佩服吗？那，我们时代的精神特质是什么呢？要说也挺简单，那就是人人都要求幸福。不过，虽然听起来简单，仔细想想，并不简单。中国过去是只许皇帝一个人要求幸福，除皇帝以外，其他人都一律只许尽职责，不许想别的，所谓君君、臣臣、父父、子子就是这个意思。外国呢，也差不多，顶多在被许可要求幸福的人里加上一小群贵族之类。总之古时候并不是所有的人都可以要求幸福的。我们所生活的现代跟古时候的区别就是，现代人认为，追求幸福是天赋人权。十八世纪的法国人提出来的自由、平等、博爱的口号，就是我们现代人要过幸福生活的宣言。只不过，也搭着我们中国离法国远点儿，都过了快有三百年了，一直到了二十世纪末我们中国才刚开始人人都要求起幸福来。谁想到，我们还在欢欣鼓舞地琢磨这新时期的滋味儿呢，福楼拜却早在一百多年前就把我们向往幸福的时代精神给看破了。福楼拜在《包法利夫人》里忧郁地告诉大家，凡俗注定了是咱们在新时代逃也逃不掉的命运。福楼拜说他在写《包法利夫人》的时候为仰慕虚荣的爱玛·包法利大哭，很多人还不解。

福楼拜实在是个奇特的人，自己一辈子幽居在卢昂，阴郁地独往独来不说吧，还一个劲儿地扫所有人的兴。咱们不是都要幸福吗？他却说，要想幸福就得具备三个条件，愚蠢，自私，再加上好身体。福楼拜还说不过要是没有愚蠢，其他两条就一点儿用也没有了。在这样一个目光犀利的人的眼里，爱玛·包法利的惨败，究竟说明了什么呢？自己想去吧。福楼拜大哭，大概哭的是怎么样也没有出路吧？每次想到这个问题，我都要想起也大哭得很有名的阮籍。当然也不尽一样，阮籍大哭是因为路太多了，他不知道走哪条；福楼拜大哭，则可能是因为没有路可走。在福楼拜眼里，爱玛·包法利比她的丈夫查理·包法利要聪明些吧？可爱玛·包法利以死追求的，仍然不过是幸福。何况，更大的问题是，世界上何止有千千万万个爱玛·包法利，简直就是遍地都是拼命追求幸福的爱玛·包法利。不信，去问任何一个正活得兴致勃勃的人什么才使人幸福。要是这个人不虚伪，他一定会同意，美貌、财富、爱情和上层社会地位使人幸福。而这几样东西，正是福楼拜让爱玛·包法利去拼死追求的。想想吧，全世界所有的人都在浩浩荡荡地向"美貌、财富、爱情和上层社会地位"进军，这个世界能不凡俗到了极点了吗？福楼拜能不哭吗？不信，翻翻报纸，看看电视，难道不是瘦身、整容、理财、性病偏方、伟哥、高级管理人才培训班之类的广告满天飞吗？能不佩服福楼拜吗？爱玛·包法利是十九世纪的法国北部的乡下人，所以，即使是拼命追求幸福，手段还是有限，不过是瞒着丈夫赊账买衣服和会情人，等到被债主逼着还债时，情人都不肯帮她付账，她就只好自杀。我们中国人常常能后来者居上，追求起幸福来，比爱玛·包法利胆子大多了，计谋也多多了。我的昔日上司黄文慧就是一个好例子。然而，由于毕竟不脱爱玛·包法利的窠臼，所以其中有一种关于我们人类的复杂的悲哀，目光敏锐的福楼拜是不是因此而大哭呢？

黄文慧开着她的簇新的金灰色的丰田卡玛瑞型轿车载着我转过一个弯道以后，我认出这一带是梅思教授住的地区。我心里开始暗暗惊讶。果然，黄文慧把车开进了梅思教授家的车道。我从车里朝梅思教授的灯火通明的白色房子望去，梅思教授已经打开了门，站在台阶上等着我们进去。十几年不见，梅思教授的头发已经几乎全白了。

在麻州大学读书的时候，我来过梅思教授家不止一次。梅思教授那时可能是快五十岁了，虽然又瘦又高，但并不是运动员型，并不精神抖擞，反而有点懒洋洋的。梅思教授在麻州大学比较文学系主教十九世纪浪漫主义和象征主义诗歌。

我上过梅思教授的好几门课。美国大学有个习惯做法，当一个学期快要结束的时候，教授一般都会以某种方式招待一下上自己课的学生。要是学校有钱，教授的招待费用就能由学校给报销。我不知道总是闹经费危机的麻州大学有没有这笔钱，但我上梅思教授的课的时候，每到期末，梅思教授总要把学生请到他家里来吃顿晚饭。梅思教授的妻子有个好名字，叫嘀嘀。嘀嘀是波兰人，本来是个芭蕾舞演员，梅思教授在华沙遇到她，跟她结了婚，把她带到了美国。嘀嘀在麻州大学图书馆工作。我见到嘀嘀的时候，嘀嘀可能有四十多岁了，但还很漂亮，中等身材，很苗条，总是站得笔直，挺着纤细的长脖子，一头浅浅的金发，灰蓝的眼睛又大又深。嘀嘀说英语时有波兰口音，而且说得挺慢。嘀嘀人很老实，有时候跟我们说她很想有个孩子，可是梅思教授不想。嘀嘀给我们做波兰饭吃，烤面包就卷心菜包碎猪肉。嘀嘀让我想起上大学时学的俄语、普希金和达吉亚娜。但是嘀嘀不谈普希金和达吉亚娜，只问我们喜欢不喜欢肖邦。可是嘀嘀会说俄语，我试着跟她说俄语，才发现我已经几乎把所学的俄语忘光了，只记得个把单词了，只会流利地说对不起，我不会说俄语。嘀嘀笑死了，说那你还说得这么准确和流利。

嘀嘀到哪儿去了呢？

梅思教授跟我握握手，说很久不见了。我笨拙地点点头，不知道回答什么。梅思教授说请进。我就低头看地地进去了。梅思教授的客厅还是老样子，嘀嘀做的拼布挂毯还挂在壁炉上方的墙上。原来放在炉台上的嘀嘀和梅思教授的合影却不见了。壁炉里生着火。壁炉前的沙发上的小盖毯也换了新的了。总的来说，梅思教授的客厅变化不大，依旧很漂亮，以前四处摆着的有趣的装饰品也都还在。当我心里关于嘀嘀的念头越转越强烈的时候，梅思教授小声说，林，我知道你想什么呢，嘀嘀离开我了。嘀嘀回波兰了。嘀嘀走了有五年了。我知道我不能问为什么。毕竟，梅思教授只是我的老师，并不是我的亲密朋友。

可我曾经暗暗希望梅思教授是我的亲密朋友，因为我一厢情愿地相信梅思教授有一种冰雪聪明，这种冰雪聪明使得他能够穿透一个西方人看一个东方人时候的漫不经心，穿透我的总是显得很笨拙的灰头土脸的外表，看到我对他的钦佩和欣赏是很有见地的。梅思教授喜欢开机智的玩笑，但谁跟梅思教授说话都能看出他其实是个羞涩的人。比较文学系的学生，无论是本科生还是研究生，都非常喜欢梅思教授，都觉得他不仅才思敏捷，而且和蔼可亲。选修梅思教授开的课的人总是很多，所以梅思教授从来不为选课学生的人数发愁，这一点很让系里别的教授嫉妒。可能是为了给同事留些学生，当然更可能是为了避免批阅过多的学生作业，梅思教授总是把修课学生的人数限定到学校规定的低限上。如果学校说学生不能少于十二个，那梅思教授就绝对不收第十三个学生，任你把嘴皮磨破也没有用。

我那时也是那些热衷于选修梅思教授的课的学生之一。记得那年我修梅思教授的法国象征主义诗歌，第一天上课，梅思教授忽然想用法文背一段波德莱尔的诗，于是就背了《美之颂》的结尾："我才不管你来自撒旦还是来自上帝，是海妖还是天使，啊，我眼中唯一的王后，你把这丑恶宇宙的沉重的此刻变成了韵律、芬芳和光芒！"梅思教授对自己的法语正有些得意，抬眼看到教室里坐着几个欧洲留学生，其中还有一个法国人，就急忙开了个玩笑，说他的法语有时候好些，有时候又糟些，比方说今天 …… 那个法国学生应声说，今天就比较糟糕一些。梅思教授咧开大嘴笑了起来，脸有一些红。这就是梅思教授的一个大好处，他允许学生自由地，甚至是浅薄和冷酷地开他的玩笑。

梅思教授的另一个大好处是，他不拿自己的文章事业当回事。而别的教授都挖空心思地出书，比如我的导师科恩教授。

科恩教授学了一辈子的中文，虽然还是连美国大学汉语课二年级的汉字都写不出来，却又在五十多岁的时候到处告诉人他在学习白族语。为什么呢？冷门呀，容易申请到研究基金，也容易出书。这位有些英俊但资质不高的科恩教授不幸是个不可救药的机会主义者，对钻冷门的好处有切身的体会。科恩教授的父亲是得克萨斯州某油田的石油工人，漂亮的科恩教授对黑漆漆油乎乎的油田工人的生涯很腻味，不想子承父业。正巧就在科恩教授二十岁出头的时候，苏联的载人火箭在美国之前先登月了，美国于是举国上下人心震动。美国当时的总统肯尼迪痛下决心，给各大学拨款设奖学金，鼓励学生学习共产党国家使用的语言，汉语即在其中，而且是冷门中的冷门，奖学金只要申请就能得到。笃信天主教因而坚决反共的科恩教授就毅然离开荒漠上的油田小镇，进名牌大学攻读起中国文学的博士学位来。六十年代美国学院文学批评界非常时兴跟心理学有关的神话构架的理论，该理论说西方的文学作品无一例外都是在反复表现希腊神话中的各个心理主题。科恩教授于是也在翻译成英文的中国的《红楼梦》里看见了神话的心理主题，也不管中国有没有希腊神话那样的神话传统，更不管中国古代神话跟《红楼梦》的超现实叙述是不是一回事儿，至于说西方神话构架理论的心理内涵与《红楼梦》的心理内涵的异同那就更扔到一边去了，对着字典和英文翻译本凑合把《红楼梦》的头尾看了以后，就言之凿凿地写了一大篇论文论《红楼梦》的神话构架，一通说空空道空空，居然就阴差阳错地拿到了博士学位，进而又找到了教职，继之成了博士学位指导教授。我曾经恭敬地选了科恩教授开设的一门阅读《红楼梦》的研究生课，结果大失所望，简直就是身体力行当代美国学界的《官场现形记》或者"学界现形记"。

那门课连我一共只有两名学生，另一位上当学生也是中国人，刚从台湾来。我们一星期上两次课，每次一个小时零十五分钟，上课内容就是我和那位学生轮流朗读《红楼梦》开头的第一回到第五回，以及结尾的两回涉及太虚幻境、大荒山、茫茫大士和空空道人什么的，至于《红楼梦》中间穿插的人神交道科恩教授就有点顾不上了。显然，科恩教授让我们读的，都是他当年写博士论文时用力看过的。然而，我们朗读的时候，科恩教授在一旁边听边在他的书上给不认识的字注拼音，然后就好像是在查核，问我们是什么意思，我们的答案要是一致，科恩教授就记下来。到底我也不是十分明白科恩教授那么做是为什么，大概主要是为了混事儿，顺带着也复习的意思。所以呀，假、大、空的学术也并不是中国的特产。科恩教授后来出了什么关于白族的书呢？说出来都有点罪过，科恩教授用申请来的研究费给云南大学民间传说专业的几位老师少许的一点钱，让他从人家白族村落里收集上来又已经整理好的白族民间口传文学里挑出好几十篇，又给云南大学英语专业的几位老师少许的一点钱，请他们把他挑出来的那好几十篇给翻译成英文，然后科恩教授给润色润色，署上他自己的大名，就成了他所出版的著述中的一个新条目了。而且，有了白纸黑字印出来的著述，科恩教授在美国学界还有了中国白族民间文学专家的资格。你有什么话说？

跟科恩教授很不同，梅思教授的著述事业进展缓慢，好像他对写书很提不起精神来。原因呢，好像倒不是梅思教授太懒，而是他不喜欢鹦鹉学舌般地跟在时髦文学理论家的屁股后面鼓噪。梅思教授愿意在安城酒吧里跟年轻人一起演奏摇滚乐，梅思教授是个出色的吉他手。梅思教授还是个默默无闻的诗人。梅思教授倒是出了两本诗集，只不过几乎无人知晓。当别的教授都在热心地或者好奇地谈论结构主义、解构主义、新历史主义、东方主义等七八十年代的时髦货时，梅思教授则跟相投的研究生一起在酒吧喝酒，微醉的时候用法文背马拉美："Je me mire et me vois ange! et je meurs, et j'aime – Que la vitre soit l'art, soit la mysticite – A renaitre, portent mon reve en diademe, Au ciel anterieur ou fleurit la Beaute!（我崇拜我自己，我把自己看成天使！我要死去，我渴望——让这酒杯成为艺术，成为神秘——再度降生，头顶我的梦境的王冠，前边，天国里，美像鲜花一样盛开!）" 梅思教授说，他在普林斯顿大学写他的比较文学博士论文的最后一章时，正是七十年代初结构主义开始流行的时候。有一天结构主义论坛主将语言学家乔姆斯基来普大讲演，他也好奇地去听，但只听了一耳朵就退席了。他的灌满了法国象征主义诗歌的颓废的耳朵受不了结构主义的"所指""能指"之类的机械、僵硬和枯燥的东西。梅思教授说，从那一天起他就明白了，波德莱尔、马拉美这些人的唯美的艺术理想已经彻底地成了过去。梅思教授得做个选择，是跟着昔日的艺术理想一起寂寞地留在时代的后头呢，还是与时俱进，政治化，改换学术门庭，拥戴福柯和德里达，以便在熙熙攘攘的学术界出人头地。显然，梅思教授选择了前者。结果好像是，梅思教授勉强做了副教授以后，就再也升不上去了。

据说头脑比较浪漫腐朽的梅思教授对此有时也难免觉得郁闷。当梅思教授觉得郁闷而去找校领导的时候，校领导就说再拿出一本有理论分量的书来就给你升正教授。不知为什么，美国的学校既喜爱理论教条，又推崇思想时尚，结果是那些只会拾人牙慧的平庸的功利之辈因为机灵地紧跟时尚猛靠所谓理论前沿而大大得彩，特立独行而且有才情的梅思教授出了两本原汁原味的诗集也不算什么。我想过，结论是这还得归结于我们时代的错误。一直到十九世纪，思想建设都还是有闲阶级做的事，要想靠参加思想建设挣钱吃饭是不行的。现在呢，人人都参加思想建设不说，还要把思想建设当成饭碗。前者似乎是好事，正所谓人多热气高，干劲大，只不过难免鱼龙混杂，再加上总是鱼多龙少，于是把思想建设得很平庸就势不可当了。至于后者，那就纯粹是灾难。不得不平庸也就罢了，蝇营狗苟、不择手段简直就是卑鄙了。把想什么和怎样想跟吃饭穿衣这样生死攸关的重要问题直接联系在一起，那还有多少独创可言。所以据说梅思教授郁闷一小会儿以后又会很高兴，觉得自己其实还是很幸运，不参加思想建设居然也在大学里得到了个饭碗。我对这一点也感到幸运，幸亏麻州大学有个有意思的梅思教授，不然我的研究生生涯会更加枯燥无味。

记得有一次梅思教授和几个志同道合的研究生闲聊，有人提到乔伊斯的名篇《死者》，问梅思教授那篇东西到底是什么意思，梅思教授想都不想就说《死者》表达的是丧失，说全部文学反复表达的都是丧失。满座沉默了一阵。一会儿，又有人谈到莎士比亚的《麦克白》，说《麦克白》的悲剧意义在于一个极其雄心勃勃而且有能力的人毁于一个错误的目标；另一个人则说，在他看来是一个非同寻常的雄心勃勃的人毁于自己不可克服的缺点；梅思教授咧嘴一笑，说不如说是一个聪明人毁于自己的能力和雄心。这类谈话都是我非常喜爱听到的，我觉得多多少少都算得上是真知灼见。此外，从梅思教授那儿我还悟到了，对文学本身有真知灼见比追随时髦理论在趣味上要高级许多，自嘲比标榜任重而道远在见地上要高明许多。我觉得我对梅思教授的这一大套认识的确值得梅思教授的重视，然而，我的不可救药的灰头土脸使得梅思教授好像从来没想到过这一点。所以，虽然我把梅思教授算作少数几个我认为是我遇到的最出色的美国人之一，然而，自从毕业，我从来没想过要与梅思教授联系。

这样一个深受我尊敬的梅思教授竟然会有意让黄文慧来争取取代嘀嘀！我的心差点没蹦出来。我困惑得要命。要是依着我以前的脾气，我会立刻把梅思教授拉到一边，然后痛陈黄文慧的种种不良。现在我已经明白了，那种冲动是我头脑愚笨的证明。我的切身经验使我不得不对海德格尔的真理观深表赞同。海德格尔很正确地指出，世界在具体的时间内存在的方式势必使对真理的认识因人而异。在这个意义上，客观的真实无法存在。比方说，要是现在把我给黄文慧当秤砣的痛切的经历讲给备受黄文慧关照的梅思教授听，梅思教授虽然一定会有礼貌地表示同情，但难免不在心里认为我在攻击朋友，忠厚友爱不足。我聪明地平了平心气，坐在沙发上一声不响。

黄文慧主妇般在房间中穿梭，一会儿给我端来一杯茶，说林深这是绿茶，我现在已经教会了内森喝绿茶。

内森是梅思教授的名字。以我跟梅思教授的交情，我只有恭恭敬敬叫"梅思教授"的份儿。

梅思教授果然也端着一杯茶在我对面的椅子上坐下来，喝了一口，然后把茶放在旁边的小桌上，说，嗨，林，你好不好？这么多年了，你看起来没怎么变。我希望你过得很不错。文慧说你曾经是她的同事，怎么又离开了？

我知道梅思教授对我离开图书馆去做装袋员感到困惑，正如我对他让"文慧"在他家里穿梭自如感到困惑一样。而且，我觉得很难解释，也正如梅思教授会觉得很难解释一样。我喝了一口茶，又低头想想，说梅思教授你怎么想起来把我请到这儿来了？

黄文慧插进来说，内森有一天在超市看见你，都有点儿认不出来了，把我叫过来问，那是不是林深，我说你怎么会认识林深，内森说你上过他的课，然后内森就让我来找你，我忙，内森还老催我，问怎么还没跟林深说。这不，好不容易这两天我不太忙，赶紧去找你，总算是了却内森一件心事。哎呀，你们以前不会有什么师生恋吧？

我看黄文慧一眼，梅思教授皱了皱眉。

黄文慧自知失言，却还要强词夺理，说开玩笑呢，大家的心胸都宽着呢，是吧？一两句玩笑话又有什么。你们慢慢谈，先喝一点茶轻松轻松，饭很快就要好了。说完黄文慧就扭身去厨房了。

我看着黄文慧的背影，心想梅思教授看上她的什么了？黄文慧穿一件时髦的深灰色的紧身羊绒短毛衣，一条黑色的到脚腕的直筒薄呢长裙，足蹬黑色麂皮高勒平底软靴，看上去典雅轻盈。我不觉低头看看自己，为了这次的做客，我特地换上了我最好的衣服，一件黑色的薄棉线套头衫，外罩一条黑格间绿格的棉布无袖工装长裙，鞋也换了，一双船鞋，抑或叫元宝鞋？鞋底厚厚的那种皮鞋。这些行头都还是刚拿到学位的时候为了找工作买的呢，想想都有十多年了。相形之下，我又一次感到自己的灰头土脸。但我在心底笑了一声，莫非梅思教授也像大多数美国人那样相信如何说话穿衣说明智力和品格？

梅思教授又喝了一口茶，看了看我，不再问我的状况了，站起身离开，回来的时候手里拿着一本小书，递给我，说，文慧介绍我读这本有英译的中国诗集，说诗人叫徐志摩，你当然知道吧？文慧说徐在中国很有名，是她最喜欢的诗人。我想起来黄文慧跟我说过她最喜欢的诗人是辛弃疾和张元干，从没听她提过徐志摩。

我翻了翻那本中英文对照的诗集。

梅思教授说，我不懂中文，无法判断徐的诗究竟如何，英文的翻译固然难免生硬，但也还有一些句子让我喜欢。比如那首文慧特别让我看的《朝雾里的小草花》，前半首很像是印象派的诗，文慧说徐志摩在欧洲的时候，认识一些欧洲的诗人，所以难怪。我没想到中国那时候也有如此欧化的诗人。另外一首文慧让我看的《卑微》也有意思，既指向西方的人的生存状态犹如风中的芦苇的哲思，又有东方佛学的色空底蕴。

我在那本诗集里找到了《朝雾里的小草花》，看中文那部分，前半首只有四句："这岂是偶然，小玲珑的野花！／你轻含着鲜露颗颗，／

怦动的像是慕光明的花蛾，／在黑暗里想念艳彩，晴霞；"我看着"小玲珑的野花"，心里直痒痒，恨不得想什么办法给改成"玲珑的小野花"。然后，我又看了看"慕光明"和"想念艳彩，晴霞"。又翻到"卑微"，开头一节是，"卑微，卑微，卑微，／风在吹／无抵抗的残苇"；最后一节是，"也是一宗化解——本无家，／任漂泊到天涯！"我于是微微一笑。

梅思教授说，好像你不怎么喜欢徐志摩的诗？

我说也不是，现在倒觉得徐志摩的诗原来很好。

梅思教授沉吟。

我说，我猜想徐志摩的诗用英文读可能比用中文读还要好些。

梅思教授扬起了眉头。

我不想在这个时候给梅思教授讲解中国书面语的变迁史和方言对标准口语的影响，就说，说起来话长，以后让黄文慧给你讲吧。我相信要是梅思教授真的去问黄文慧，黄文慧一定会竭尽全力在图书馆搜寻出答案来的。

黄文慧依旧戏剧性十足，转眼间，她已经把嘀嘀随随便便的饭厅给布置成了一间举办盛筵的豪屋，连梅思教授都不由睁大了眼睛，说好家伙。原有的镶花边的白布窗帘上加了深红的闪丝光的不知什么质地的新窗帘，全都半垂着，露出由于夜晚而漆黑的玻璃窗，像镜子一样反射着餐桌上闪闪的烛光；餐桌上铺了一块雪白的新桌布，放在白盘子下面的垫子是深红色的，跟窗帘的颜色一样；餐巾呢，又跟桌布一样，雪白。哎呀，我们这是到了加拿大了吧？梅思教授开玩笑。黄文慧这才意识到加拿大国旗成了她的盛宴色调的主题。

离开梅思教授家的时候，梅思教授问我住在哪儿，要亲自开车送我。黄文慧说我曾是她多年的同事，送我回家她当仁不让。在车上黄文慧问我，是把我送到超级市场还是把我一直送回家，她知道超市那儿有公共汽车站。我说送我到超市吧。

那天夜里，我觉得终于把这件事想透了，梅思教授也想幸福，而要想幸福，就得愚蠢点儿。

又过了几个月，消息多的南希又告诉了我一个新闻，黄文慧跟那个麻大的教授分手了。我问为什么，南希说据黄文慧的丈夫说好像是那位教授的主意，不过她也不敢完全相信，说黄文慧的丈夫对此很满意，说黄文慧活该被人甩了。

有一天晚上，我在公共电视台频道看到了一个节目，讲的是一只圆头海龟从墨西哥海湾洄游到日本海岸去产卵的历程。节目的名称是《一只海龟的孤独之旅》。我看得非常着迷。

这只海龟三十年前在一片日本海滩上出生，和它同窝一起破壳出世的小海龟有上百只之多，大家从蛋壳里挣出来以后都立即拼命爬进汹涌的海里。小海龟们一钻进海里，就都头也不回地费好几年的时间远渡到太平洋的另一端，直至墨西哥海湾，在那儿的海水里生活，但从来不在墨西哥海湾登岸。海龟们都是出生后一入海即和同窝的兄弟姐妹们分手了，从此各自在海中静静地独往独来，偶尔相逢，也只默默地行一下注目礼，然后擦肩而过，谁也不记得谁。等到了三十岁，海龟的生殖期就要开始了。海龟要产卵就得上岸，然而它们似乎只记得它们出生的那片日本海滩。于是在墨西哥湾留居的雌圆头海龟们就第二次远渡太平洋，游回它们出生之地。洄游只需要一年多一点儿的时间，因为大海龟比小海龟游得快多了，已经能只花一小时的时间就游出一英里了。当年跟这只海龟一起出发的几百只海龟最终只有几只能返回，多数都在远渡大洋的旅途中丧生了。而这只海龟是一个坚强的和幸运的胜利者。

这只洄游七千英里的海龟一路上饱览海中奇观，穿过成千上万"唧唧"的喋喋不休同时翻江倒海的海豚兵团，避开无数次金枪鱼和海豚联盟围歼聚成球形的巨大鱼群的混战，浏览精致的夏威夷海域晶莹的珊瑚礁和五彩的小巧热带鱼，在海底火山的岩洞里睡觉，巧妙地慢慢绕开夜里巡猎的鲨鱼升到海面换气，躲避能咬碎龟壳的抹香鲸的巨嘴，给号称"海中快艇"的巨大的蓝鲸群让路……我由此知道海龟行动迟缓，与世无争，所以只能以没有游泳能力的海底的蚌类和漂浮着的海蜇为食。海龟呼吸空气，但很节约能源，能做到每六小时才换一次气。

海龟一旦回归自己出生的那片海岸，就不再远游了，而是在故乡的海域中度过余生。要是一切顺利的话，一只海龟能活到一百多岁。不幸的是，这只海龟运气不算最好，在成功地把一百多只蛋产在日本海滩的沙土里以后不久，就在一次台风中在附近的海域里淹死了。海龟的孤独然而广阔的生涯让我深深惊讶。而更让我着迷的，是那只观察海龟的人类的伟大的眼。

我觉得有点儿明白了梅思教授请我到他家做客的原因。莫非在梅思教授眼里，我有一点儿像那只迟缓的然而不屈不挠的孤独之旅中的海龟？

我不由得哆嗦了一下。

莫非，有一天我也会洄游？

14

回声：天堂树

有人告诉我，在新西兰要想找到工作，首先需要有一个固定的地址，好让雇主放心，觉得你靠得住，所以在搬家之前，我一直慎着。现在我们搬进了小木屋，总算是有了比较固定的住址，何况再过三个多星期就该交下个月的房租；房租虽说不算多，那也不能坐吃山空；因此，在小木屋住下的第二天一大早，吃过早饭以后，刘星又开始屋里屋外地察看和登记待修项目，我则碗都不洗，立即端坐在小书桌前，在桌上摊开昨天在超市买的报纸。摸着手中的报纸，我的心甚至跳得有点快起来，那阵势，如临大敌，如上战场。我飞快地找到招聘版，只见密密麻麻的有满满的两大页，立刻很受鼓舞，马上对着英汉词典认真看起来。考虑到交通的不易，我先看在奥克兰东边都有什么。第一则是：

"Category Development Manager, FMCG Category Leaders Industry Best Practice Supercharge your Career！ This company is one of the leading suppliers in NZ FMCG, with an unparalleled commitment to its brands as the industry's top advertiser. Impressive growth is sustained."

我怎么看词典也弄不懂是个什么工作，好像跟做广告有关，但职责究竟是什么还是不怎么清楚，只好放过往下看，下边还是招"category development manager"的，还真不少，一连串有六七个地方要"category development manager"，只好都放过去，心里想幸好广告多着呢。下边接着是好几个招聘"accountant"的广告，这个我知道，就是会计师。算账我觉得我会，工资一看还很多，一个半时的会计职位一年还能挣到两万七千新元，全时的挣四五万之多哪！连会计助手全时的都能挣到三万左右。我用笔把所有的会计工作都标出来，免得回头找不着，为了省地方吧，广告的字都小得很。又往下看，希望有更好的机会。接着是个找"recruitment advisor"的，年薪七万新元！我很振奋，赶紧仔细看：

"Our client is a large, well-known NZ service and sales organisation. They are looking for an experienced recruiter to join their dynamic team. This is a high-volume end-to-end recruitment role, including involvement with weekly assessment centres and liaising with hiring managers. You are passionate about recruitment and are a fantastic communicator, capable of quickly building strong relationships with a wide variety of stakeholders. You thrive as part of a close-knit team and enjoy a fast paced environment. You are very organised and efficient, and ideally have gained your recruitment experience running a high-volume desk. Please apply, quoting Ref. No. 9B / 20744, Tel.（09）367 8978."

我看得一头雾水，汗都出来了，猛查了一通词典，又揣摩了好一会儿，还是没什么把握，觉得像是给什么公司雇人的，那可就不是能让我做的事了，我自己还一次也没让这里的人雇过哪。我叹口气，好像与那到手的七万年薪失之交臂。然而我毫不气馁，继续一则广告接一则广告地看下去，看了整整一个上午，终于看出个名堂了。给钱多的工作全不是我现在应当企望得到的，因为不仅要有学历和资格，而且还得有工作经验。开始我还以为也许能至少当当会计，看着看着我心里就清楚了，以为会个加减乘除就能在这儿的公司里混个会计当那纯粹是误会。在新西兰当会计得有专门的学历才能得到资格证书，有了资格证书才能当上会计呢。我把所有的招聘广告全部顺了一遍，把估计有可能要我的都画出来，大概有这么几类吧，高级的是秘书，中等的是售货员或者饭馆服务员，最差的是各种打杂性质的力气活，比如园丁的助手或者饭馆里洗碗的什么的。再进一步仔细研究一番，我又把所有招聘秘书的都先删了出去。为什么呢？因为，虽说在新西兰都住了有两年了，我的英语还是不能说得顺当和流利，跟人面对面说也许还凑合能表达意思，那还要加一些面部表情和用手比画之类的，打电话可就费力气多了，总是听不太明白，说得更是张口结舌，不要提多紧张和难受了。要是给人当秘书就要整天接电话，我自己倒不怕费力气，可人家公司谁要跟你费这个力气呀？还是先不要自己给自己找钉子碰吧。又转念一想，以我现在的英语程度，去当售货员可能也没有人愿意雇，不能跟顾客随意谈天，那哪里能尽到推销的职责呀。看来只能先去试试能不能端上盘子了。

面对如此有限的选择，我大大地叹了口气，心情有些低落。

这才算是有点儿明白了，在新西兰，每个能挣到钱的工作岗位对候选人资格的具体要求就是这个社会的组织的根底。换句话说，在这里，你这辈子是个啥日子过得舒服不舒服都取决于你能不能在职业市场上卖出个大价钱，正所谓，是骡子是马拉出来遛遛，是匹好骡子就能让好主人给买去就能吃上好草料，是个草驴那就只能给人推推磨，吃上碎草渣子就算不错了。可以说，这里一个人的一生荣辱都系于他的骡马市价，价高则为人生的成功，卖不出价的就是失败者。对这样一个价值体系，我还远说不上熟悉，不不，应该说是太陌生了。在新西兰报纸上的招聘广告所昭示的价值体系里，我显得既无根底也无分量，几乎是一个零，一个隐身人。我感到不可思议和不平。我明明情怀丰富，目光犀利，见地深远，然而，此时此刻此地，却一筹莫展，既当不上骡子，也当不上马，大概连条驴子都当不上，真所谓非驴非马，用楚源的话说那就是完全失去了自我。怪的是，在无比沮丧的同时，我还是感到一种迎战的兴奋。我隐隐约约地觉得，这报纸上的招聘版像是一个入口，一个高深莫测的陌生世界的入口，一个貌似井然有序实则荆棘丛生的世界的入口，一个花团锦簇的繁华世界的入口，一个腥风血雨的残酷世界的入口，一个拥有另一种光荣但同样要求以生命为代价换取的世界的入口。

我望望窗外，阳光中，刘星的身影不时地从窗口晃过。每次，刘星的身影都像是落在了我的心里，阴凉阴凉的，让我觉得一阵儿恍惚，一瞬间，觉得报纸上的奇妙世界只不过是一个不相干的梦境，又一瞬间，觉得与刘星的一切才是一个已经开始变得遥远的旧梦。

我打了一个寒战。

我把双臂伸直，平放在小书桌上，把脸埋在双臂里，紧张地思索起来。

我应该怎么想呢？哪一个才是梦呢？为什么一到新西兰，一下飞机，中国的一切好像立刻就模糊不清了，中国的生活不再真实，好像是一个很久以前的梦，而新西兰的一切才是切实的，吸引人的，不可比拟的，才是任何一个人无须犹豫的唯一的选择？我跟在奥克兰遇到的几个中国人谈过天，他们都有这样的感觉，都说到了新西兰哪儿能再回国呀，这还是问题吗？这还用说吗？这些中国人的背景五花八门，但多半都是党员加各类专业人才，在国内的工作都比我的好，而在这里一时半会儿他们有好几个都在中餐馆里端盘子洗碗。固然，他们中间有人在读研究生，有人同时在找对口的工作，对他们来说，端盘子洗碗不过是个过渡，以后自有远大前程。但不管怎么说，那答案终归总是一个，混得出人样也好，混不出人样也好，都要在这里混！不过，这些人跟我们情况不同，说得不客气一些，他们都是大俗人，我不能一股劲地顺着他们的思路想。那，我这个自认为不俗的人为什么也非要在这块陌生的土地上争取端盘子呢？

迄今为止，或者，不对自己那么苛责，在我踏上新西兰的土地以前吧，我对外国的了解主要地仰赖于中国七十年代末和八十年代初的对于外国文学的翻译。现在看来，不光是对外国的知识，我对一切是非曲直及利害关系的判断都基于这个可以说有些独特的外国文学中文翻译版。要说呢，也许不能说是独特，因为翻译的人总不能见一本外国书不分青红皂白就埋头翻译起来。在翻译一本外文书之前，一般人总会想想翻译的理由是什么。所以具有选择性是翻译书的普遍特点。这个选择的眼光才值得深究，因为眼光不是别的，而是一代人的处境的反映。从都出些什么样的翻译书中能体会一个时代的内心焦虑和流行寓言。焦虑是因为痛苦，寓言是对痛苦的理解，同时也是对痛苦的自我抚慰。这两样东西我觉得就是了解一个时代的历史精神的门径。要是一个人想通过把握自己时代的精神来表明自己没有懵懵懂懂地白活了，就得努力弄明白大家都在急什么，都在反反复复地说什么，都在盼望着什么。

我倒不想研究什么时代精神，我想说的是，反过来，一个人跳不出自己的时代，越是显得有个性，就越是代表自己的时代。我们的问题是，或者说，我们的不幸是，我们所代表的时代是一个虚假的时代。所谓虚假，就是表面上新，其实旧。我怎么以前没有很好地把这一点想通呢？还以为我们走在了旧时代的前面呢，谁承想没有人比我们更通晓那个行将就木的时代的寓言，更深得那个即将失去的时代的精神了！要是不信我的话，可以去翻看七八十年代大陆发行的出版物。谁都能一眼即明，那些出版物最大的特点是用五十年代、六十年代和七十年代的中国体验诠释五十年代、六十年代和七十年代的外国文学。

现在想想，应该承认，我们这批人的心灵就是对这些诠释的又一次诠释。比如，我在七十年代读到的德国印象主义加简约派的短篇小说就是我今天与刘星组成的生活格局的地基；普希金的牢房窗外的鹰，莱蒙托夫的海中孤独的帆，叶芝的蜂群在芸豆架中唱歌的茵纳斯弗利岛，T.S.艾略特的《窗前晨景》，是我们选择小木屋住下的原因；当我们蹬着旧自行车在北京冬夜的寒风里奔向东单天主教堂去瞻仰圣诞夜弥撒时，心里想着的是英国诗人威廉·燕卜荪的生长在土耳其的渴望红色黎明的树，美国诗人艾·肯明斯的把海卷进梦中的太阳下山时的风。我们对街上遍地的痰迹和随风起舞的烂纸片视而不见，对春节前菜市场里买带鱼的长队漠不关心，眼里有的只是肯明斯笔下的被教堂的尖顶刺痛的蜂群，跟庞大的钟声一起震响的玫瑰，或者T.S.艾略特的急急掠过海面的兽爪般的波涛。我们以为读过"呵，我变老了……我变老了……我将穿上白法兰绒裤在海滩上走过"就跟T.S.艾略特一起诗意地经历了一生，T.S.艾略特写"啊，城啊城"，我们写"路啊路"，我们就成就此生宏愿，得以忝列世界诗人之伍。生活对于我们，怎么能是对两居室的单元公寓和冰箱电视机的憧憬，怎么能是不得涨工资的愤怒或涨工资的快乐，怎么能是生儿育女，怎么能是挖空心思在银行积蓄上几千元钱。那些个中国人希冀过上的好生活的内容和景象我们都用"女佣们潮湿的灵魂在大门口绝望地发芽"来一言以拒绝之。我们对理想人生的理解是火中成长的天堂树，母亲希米莉被烧死以后才得以诞生的酒神巴克斯，每五百年自焚一次，然后在灰烬中复活的不死鸟，心中一无所有的在笼子里转圈转得发晕的金钱豹……

总之，没有人比我们更能说明中国的八十年代了。中国的八十年代是什么？中国的八十年代是回声，是五十年前的回声，是中国二十世纪初的"五四"精神的回声。而"五四"精神是什么呢？是西方十八世纪启蒙主义的自由精神在东方的回声。也就是说，我们的大好年华的极致是一片没有发声源的虚无缥缈的回响，是对多少年前那片浪漫的回声的回应，是回声的回声。等我们这些虚幻又虚幻的回声一消失，一个不属于我们的拒绝理想主义的新时代立刻就在中国开始了。中国的八十年代是中国漫长的对欧洲启蒙主义思潮呼应的最后一叶，正如西方早期的现代主义文学其实是西方启蒙精神与理想主义的最后表述一样。可以说，我们生得既逢时又不逢时。尴尬的是，我们刚苏醒，就已经是历史，刚降生，就已经入土。

我们千里万里奔袭新西兰，而新西兰却早已属于那个在中国刚刚开始的新时代，我们能不过时又过时吗？对此我们还浑然不觉，依旧兴冲冲地选择了这个岛上的小木屋住下，不识时务地还打算像叶芝的诗里那样栽种几架芸豆，听蜜蜂鸣唱。我们年纪轻轻，心里充满的却是过去的回声。

我又打了一个寒战。

我这才好像明白了老高昨天临走时仿佛有些担心的神情。我望望东倒西歪的门窗，望望眼前老高送的旧书桌，望望那三把不配套的旧木椅，其中一把还缺了一条腿，心里不觉更加沉重起来。天堂树，不死鸟，铁笼中旋转独步的豹，固然玄妙，固然超凡绝俗，然而，美则美矣，却近于痴人说梦，或者，干脆就是痴人说梦。再一想，那，我的罂粟花原野呢？莫非，也是痴人说梦？我的打造伟大诗人的志向呢？是痴人说的梦里的梦？

刘星嘴里嘟囔着什么走了进来。我说你嘟囔什么呢？啊，没什么，瞎哼唧呗，庞德，刘星看了看我和桌上的报纸，怔了怔，扭头大声地继续哼唧起来：为时三年，同自己的时代不合拍，他力图恢复已死的诗歌艺术，想保持旧意义上的"崇高"。这从开始就是个错误……

我听得忽然有点不耐烦，就打断他说，别吵，人家正在用功，准备申请个工作给咱们这个巨穷的家挣一点钱呢。

刘星转过身，睁大眼睛，看定我，神色严肃地说，雨，你别急，你真的不用急，我也要工作。你要是不愿意工作，瞧着我来养活你。

我说不要，你还是沉住气写诗。头一次，我的声调稍微有一点犹豫似的。再说，我赶紧补上，你的英语就跟不会似的，怎么找工作啊，还不是要到中国饭馆里去洗碗？

刘星说，咱们暂时先不去给他们洗碗，洒家自有高招儿。昨天夜里洒家几乎想了一整夜，觉都没睡好，眼圈儿都是黑的吧？给累的！但洒家终于想出了一个绝妙的好主意！

我不信，说区区毛贼能想出什么高招？讲来与朕闻听！

刘星做了一个京剧武打招式，高高地跳起来，落地以后下蹲，侧伸出一腿，一手按地，另一手举过头顶，手掌向上翻着，怪叫一声以后说，洒家权当就是个菜园子张青！

我说这话怎讲？

刘星蹲得腿发颤了，改坐到一把椅子上，说我去跟杰克学种菜。

我说杰克看上去不像个阔佬，能雇你吗？就算他能雇你，大概也给不了你多少工资。

刘星说当学徒岂能期望挣高工资？多少挣几个就行。等我学会了怎么经营，咱们就跟杰克似的，自己弄个小农场干干。

我说说得倒容易，咱们连买这个小木屋的钱还没有呢。

刘星说慢慢来，不要心急，心急吃不了热豆腐，看洒家的，洒家自是个天生的菜园子张青。说着又要跳起来做京剧武打招式，我赶紧说先不要跳，说说你怎么会看上种菜这个工作了？刘星说那天咱们去杰克家做客我就看上了。我其实一直觉得咱们中国过去的耕读文化挺不错的，农忙的时候种地，农闲的时候读书，头顶青天脚踩大地，高兴了难过了都到林子里叫叫，一辈子坦坦荡荡，谁也不侍候，多自在。

我说得了吧，那一定是地主的生活，至少也要是富农的级别才行。

刘星的眉头顿时皱了起来，说所以我才要在新西兰当农民呢，什么地主富农的问题都没有。

我说刘星你也不能把中国的历史和现实一笔勾销，一个民族的存在复杂着呢，有些阶级的斗争有什么奇怪。

刘星说人贵有自知之明，洒家自是个菜园子张青，那张青除了种菜，也稍微地做一点儿颠覆社会的勾当，比如打家劫舍之类的，洒家也是，只不过洒家打家劫舍的形式只限于文字而已。更何况，在洒家看来，政治活动既不是人的能力的最高体现，也不是任何一种价值的最高体现。甚至可以说，人的政治性是人的弱点的总和，应该把不得不搞政治看作是一种做人的不幸，不得已才为之呢。

刘星说你看过陶渊明的《桃花源记》吧？还是老子的思想高，小国寡民，鸡犬之声相闻，老死不相往来，省多少事！看我听得眉毛皱了起来，刘星改口说，这只是理想而已，我当然明白做白日梦什么用也没有。我为什么忽然想在新西兰留下？就是那天在杰克家，我忽然明白杰克的日子正是我的理想生活。一座小木屋，几亩菜园，春、夏、秋种菜，冬天在木屋里写诗，终日只与自然为伴，远离俗世的滚滚浊流，更不必与什么村干部打交道，还有比这更合我的心意的生活吗？况且，这还可以称为大隐于市。

我问，这话怎讲？

刘星说，离菜园子几里地就是超级市场和购物中心呀，骑几分钟自行车就进入现代，再骑几分钟自行车就又回到了古代，这日子不妙还什么日子妙？刘星的大眼睛闪闪发光。

我听着仍然觉得不妥，可马上想不明白怎么不妥，一时无话可说。

看我不说话，刘星转身做了一个提脚要走的姿态，却又扭头看我，撇着京剧腔说，大王要是没有什么吩咐，小的去也。

我们在奥尔兰看了几场台湾来的京剧团演的京剧，刘星就爱上了京剧，一高兴就撇上两句四不像的京剧腔调。我不好扫兴，就说去吧去吧，本大王没有什么吩咐了。

刘星于是摇着京剧里的方步，一边向门走去一遍念叨"呵呵呵，果然都爱做大王，真个是，因嫌纱帽小，致使枷锁扛。"

我说你说什么哪?! 咒我哪?!

刘星说哪里哪里，岂敢岂敢，去也去也，唉唉，世人都晓神仙好，唯有功名忘不了，古今将相在何方？荒冢一堆草没了，世人都晓神仙好，只有金银忘不了……刘星的声音和他一起出了门，然后消失在什么地方了。刘星最近把我们带来的《红楼梦》又翻了一遍。

那天的阳光怎么那么亮啊，树的闪亮的绿影让小木屋的窗户晶莹得都好像是玉做的了。我看得心里直发疼，生怕一闭眼眼前的一切就会立刻成为梦境，就会在下一秒钟消失。我当时那么感觉是一点错都没有的，我这人怎么那么有准呢？事实证明的确有什么正在变成梦境从我心里消失。现在我当然明白是什么，可当时我还不明白，由于不明白，就有点没头没脑地心慌意乱。记得低头看到了什么时候随便放在小书桌脚边地上的小红皮包，不觉一怔。

除了刘星以外，彭东方是另一个让我想起来觉得有些忧伤的男人。

起初我们还很恭敬地叫他彭先生，后来熟点了，他说别客气了，管我叫大彭吧。大彭的年纪比我们大几岁，跟楚源好像差不多，英俊的程度跟刘星不相上下，但个子可比刘星高多了，快有高培瑞那么高了，比刘星几乎高了有一头。刘星每次看他都得仰头，因此常常憋气地眯起眼睛，咕哝一句大彭你小时候净吃肉了吧，咱们吃菜长大的硬是没法儿跟你比个头儿。大彭听了一般来说总是憨厚地笑笑，不知说什么，但偶尔机灵的时候就说吃什么肉，到哪儿找肉去，咱祖上是山东人，吃什么都低不了。大彭也是从北京来的，说是在单位太受气，老婆先来的，叫他也来，他就来了。刚来的时候英语太差，混得很糟糕，结果老婆跟他离婚了。后来大彭发愤开中药店，买卖居然越来越大，不仅在奥克兰开，也在惠灵顿开，后来还在斐济开了个分店。说来有些惊人，大彭最擅长的还不是经营中药铺，而是设计女人的装扮。因此常常有女孩子来找大彭，让他看看新买的衣服颜色对不对，式样好不好，有时候干脆把大彭拉去当买衣服的现场指导。刘星对此很有些不齿，说大彭五大三粗的吊什么娘娘腔，腐朽。刘星还说怜什么香，惜什么玉，充什么热爱女人的贾宝玉，纯粹是活错年头了。按说我应该也这么想，因为这事是有些怪，没听说一米八的中国汉子愿意对女人着衣倾心提供意见的，都撑阳刚还撑不过来呢。可我却在惊异中对大彭有一种理解，我疑心大彭才真正是特立独行，因此常为大彭辩解，说五大三粗也可以感觉细腻，说没准大彭其实是个天才的时装设计师，只不过没有机会出山而已。

在心里，我对大彭其人很有些好奇，甚至有一些惧怕，我怕他对我品头论足。总的来说，我和刘星都是对自己充满信心的人，我们觉得自己无论是外表还是内心都无懈可击，连老高都羡慕我们的自信，常说做人自信如我们，很不容易。老高在名校东亚系镇守一方，按说混得够不错了，可他却还时常显得有些愁眉苦脸，若有所失。刘星说洋人跟中国人就是不一样，没事儿爱惩罚自己，尽是些自虐狂。我要是问老高愁什么哪，老高就说没愁什么。相形之下，我们对自己的自信还很得意。但认识了大彭以后，我就难免不莫名其妙地担心大彭会对我评语不佳。

但大彭从来不评我。实际上，大彭谁也不评论，除非你去问他，他才会奉献他的建议。可有谁不腹诽呢？果然，有一次我去大彭店里买三黄片，看大彭不忙，就跟他闲聊几句，大彭打量了我几眼，然后告诉我应该弄一个红皮包。我问为什么，大彭说你这个人就该用红皮包，解释起来太复杂，你就听我的好了，再说，你有这么多蓝衣服，你是喜欢穿蓝衣服吗？我说大陆来的嘛，蓝衣服还不多？我没把大彭的话当回事。在北京的时候我有意识地不打扮，青蛙也是，我们都几乎只穿蓝布衣裤，我觉得喜欢打扮是小家子气，大概青蛙也这么想吧。在我们的影响下，礼花相对也比较收敛，偶尔才珠光宝气一下，只有耗子在那里努力地永远珠光宝气。

然而，几个星期以后，我跟刘星说，咱们到奥克兰都快有一年了，还没到奥克兰最热闹的女王街好好逛逛呢，听说这两天那儿的好多商店都减价，买不买的，咱们也去看看，只当散散步。刘星怔了怔，说行。在一家豪华商店，我看见了这个鲜红的皮包。我把这个红皮包拿在手里看了半天。红皮包不大，六七寸见方，皮子又软又厚，式样很简单，就是方方的，但是用来关皮包的挂钩很别致，是一个直径一寸半左右的金色的金属圆环，圆环的顶端有一道金属横杠，看上去很像是个马嚼口。我看了又看，足足看了有一刻钟，然后我把皮包放了回去。我没有看皮包的价钱。

回到奥克兰大学我们的寓所，刘星把门关严以后，在屋子里背着书包先做了几个猴跳，然后把床单从床上拉下来，罩住自己，压低嗓子让我看他变魔术。刘星在床单里胡扭几下以后，把床单一撩，扬起胳膊，那高扬的手里握的正是这只红皮包。我又惊又喜，问，刘星你是"袖的"？刘星说如此高级的店面，老板一定阔得发愁，"袖"他一个又怎样。这个包就该是你的，别的包都钉着磁卡，"袖"了也出不了商店的门，哪儿那么巧偏这个包上什么也没有，连价钱标签都没。大概是个退货，要不然就是什么人的，给丢了。管它呢。我从来没见你看一个皮包看这么久过，洒家愿为你两肋插刀！呸！区区一个皮包还在话下吗？

这就是我们，我们才是彻头彻尾的精神贵族。虽然一贫如洗，默默无闻，但我们真心实意地相信自己优越，而且如此优越，以至于所谓道德在我们眼里一点分量也没有。我们在北京的时候常"袖"东西，只不过那时我们感兴趣的对象只限于书。只要一出新翻译的外国文学的书，我们立刻就去书店"袖"，倒不是小气，而是实在没有钱。可惜北京的书店太少，"袖"几次人家就记住你的脸了。我们就轮班去，轮书店

"袖"，那也不能由着性子"袖"，没那么多让你"袖"的。辛苦"袖"的结果是我们终于拥有了两百多本新译的书，现在都放在北京刘星父母的家里，来的时候不知道要留下，要不然就都带来了。多亏了这些"袖"来的书，要不然我们到哪里去获悉詹姆斯·乔伊斯的名言："流亡是我的美学，不管它的名字是社会、教会或祖国！"（我现在怀疑翻译的人译得不高明，要不怎么有点不通呢？我怀疑应该是"流亡是我的美学，不管使我流亡的理由名叫社会、教会或祖国！"）我们怎能毫不犹疑地与美国"垮掉的一代"认同，又怎能在笔记本里郑重抄写下萨特悟出的真理："他人即地狱！"那些"袖"来的书是我们的思想库，是我们呼吸的空气，是我们想象的根据，是我们的诗歌的源泉。如果对我们如此重要的东西只能"袖"来，那我们为什么要犹豫？同样，如果现在一只小皮包对我忽然很重要，刘星自然会毫不犹豫。

我从刘星手里接过小红皮包，在刘星的脸上亲了一下，却什么也没说。事情似乎多少有些非同一般。

果然，每次我背着这只红皮包出去都会有很多人看我。我又纳闷又得意。我猜想那些电影明星和时装模特对自己的感觉就是这样。这样一想，我就又有些不安，我怕不再拥有我们自己的骄傲，我怕失去让我们据为己有的T. S. 艾略特的语言：在马该海滩／我能够把／乌有和乌有连接在一起／脏手上的破碎指甲。／我们是伙下等人，从不指望／什么。

我特意背着红皮包去了一次大彭的中药店。大彭看见我的红皮包先是一笑，接着脸色又变得有点暗淡，没说什么。大彭的女店伙小球儿快人快语，招手让我过去，一把拉过红皮包就看起来，不看则已，一看就惊呼起来，说陈雨你真是好福气，你的先生对你这么好，给你买了一个萨尔瓦多·菲拉加莫意大利大名牌皮包！我都不用问你多少钱，这式样的萨尔瓦多·菲拉加莫我在女王街的店里见过，五百多新元一个呢！你们北京人就是大手笔，出手真是不凡。要是放在我老公身上，他吓都要吓死啦！小球儿自己是从广东来的，她的丈夫也在这一带打工。大彭把头扭到一边，好像在忙什么。我的脸"腾"地热了起来，我猜想我脸红了。我忽然有一点冒火儿，很想对此时不言不语的大彭放一点小刀，跟他说是不是怕我们把钱花完了要向他借钱用。但我还不够伶牙俐齿，迟疑间，就把时机错过了。大彭转过身对我笑笑，说我的眼力很不错。

我把脚边的红皮包拎起来，按了按，皮子软软的，很有弹性，像是一个人的脸颊。我打开皮包，把脸凑近，仔细地往里边看，厚实的皮子透过黑底灰花纹的丝光衬里发出一股新鲜的新皮革味，我的扁扁的钱夹安详地躺在那里，紧挨着一小本通讯录。一个踏踏实实的世界。一个远离曼陀铃的哀鸣的世界。我直起腰，定了定神，觉得可以结束我的思考了，我有了结论。批判的武器不能代替武器的批判。年轻时的痴人说梦不能代替成熟的、脚踏实地的生存。我现在也许是一个零，但这个世界给是零的人变成一甚至是十的机会。这个世界固然布满荆棘，一不小心就会被刺得流血，但同时，这个世界也充满了机遇。问题的关键是灵活，变化，是知机，是随机应变，正所谓大丈夫能屈能伸。

我问明白了，找在饭馆端盘子的工作不用事先寄履历表和申请信，打个电话约个时间，然后按着广告上的地址直接到饭馆找老板谈就是了。我就选了几个最近的在威基岛上的饭馆挨个打电话，不料所有的饭馆都是没说几句话就告诉他们已经找到人了，只有一个留下了我的电话，说如果需要跟我面谈他们就给我打电话。我又给那些在奥克兰东边要招人的饭馆打电话，结果也一样。我有些纳闷，于是给全奥克兰市所有的要招人的饭馆都打了电话，仍然没有立刻请我去面谈的，但有几家问了问我以前干过没有，一听我说没有，就都说先等等，要是他们找不到有经验的再来跟我联系。我再一愣神，发现在这张英文报上登广告招聘服务员的饭馆没有一家是中餐馆，我就明白又是我的笨拙的错误百出的口音浓重的英语误了事。我想起在当地的中文报纸上见过中餐馆的招聘广告。唉，我本来希望能避免去中餐馆打工，因为中餐馆的工资比较低。现在看来我是别无选择了。

大彭听说了，让小球儿给我打电话，问我愿意不愿去中药店，从库房做起。小球儿说库房的工作就是管理存放药材和成药的仓库，最主要的工作是搬运，出货和进货，还有盘点登记什么的，在中药店里算是比较累的活，工资也是最低的。听小球儿的口气，好像是大彭给的工作很不怎么样，她不过是奉命通知而已。小球儿说完这些以后，在电话里沉吟了一下，又说，彭总说你要是信得过，就先做起来，工资数额等他亲自跟你谈。我问小球儿我能不能再问问大彭是怎么回事，小球儿说彭总不在，去惠灵顿了。我说小球儿那我想想行吗？小球儿说那你得快点，

216

你要不来还有别人要来呢。小球儿怎么好像还有点不耐烦,似乎我欠她什么,所以她有权利对我不客气似的。

开始,这个消息让我很高兴,倒不是仓库管理员这个工作本身对我很有吸引力,而是那种受逼迫的压力一下子减轻了不少,因为谁知道寻找一个在中餐馆当服务员的工作会不会顺利。现在有大彭给的这个机会垫底,多少觉得有些柳暗花明又一村。可想了一会儿,我又有些不快了,大彭要是对我好,为什么让我从库房做起?一本正经的,是摆谱吗?为什么要摆谱?跟我摆谱不是显得有些刻薄了吗?大彭为什么要对我刻薄?下马威吗?还有小球儿,平时闲谈还挺活泼友好,叽叽呱呱话很多,怎么一要做同事就老三老四起来,好像她是大彭的嫡系,别人都是杂牌儿。话又说回来,小球儿跟大彭的关系就是非同一般。大彭自己讲过,他的中药店第一天开张分文未进,结果要打烊的时候小球儿说她买盒清凉油吧,算是开市大吉。大彭后来发起来,给小球儿记了一份很重要的功。莫非,让我从库房做起其实是小球儿的主意?这么一想我就很有些踌躇了。

刘星说罢罢罢,咱不去给大彭当搬运工,哪儿有女的当搬运工的?

刘星给杰克打工的计划也不顺利。杰克说有个帮手固然好,但他现在实在雇不起。

等到大彭从惠灵顿回来给我打电话,我已经在威基岛上的一家中餐馆里洗了一个多星期的碗了。大彭还是要我从库房做起,我说谢谢,能不能等等,我已经答应中餐馆的施老板先做三个月。大彭在电话里沉默了很久,最后说那好吧。

身材高大的施老板跟大彭一样,祖籍也是山东。但施老板是从台湾出来的,先在美国读了个农业方面的硕士学位,然后回台湾参加农业改革,据他自己说,因为思想激进和性格骄傲,为上下左右所不容,不久就被迫出走南洋,先去新加坡,后来去马来西亚,最终驻足新西兰,在冷冷清清的威基岛芒加纽山脚的奥拉皮尤路上和妻子一起开了一家很小的中餐馆。我见到施老板时,施老板已经五十出头,戴着一副稍嫌过时的大眼镜,眼镜后面的微凸的眼睛仿佛永远充满了疑虑。当时我正奋力骑着杰克儿子留下的自行车,顶着开始西斜的新西兰深秋的太阳在奥拉皮尤路上忧愁地赶路。我要去马图库湾附近的旅游点侦察,看能不能就近找到个过渡性的工作。就在一个弯路边上的绿树丛中，我看见了施老板的小小的然而优雅的"四合院中餐馆"，一座油漆成深褐色的小房子，非常小，正门开在侧边，小小的侧院用一人多高的屏风风格的木篱围着。猛一看，我还以为是某个休假地的小木屋，等到看清了屋旁木篱上挂的原色木牌上的黑漆汉字以后，我就毫不犹豫地把自行车放倒，绕到后门，推门一看，施老板站在临门的水池旁边，正透过大眼镜睁着犹疑的两眼看着我，手里还攥着一把葱。

施老板比大彭痛快，跟我说洗碗的刚辞了工，我要是不嫌，当晚就可以上任，一等有人替我，我就可以升成招待，把管账兼任招待的施太太给替换下来。

我当晚就上任了。从下午四点半到夜里十点半，做一个晚上可以挣到几乎三十个新元。

在威基岛上度过的第一个月让我一下子谦逊了许多。我得琢磨琢磨是好事还是坏事。

按我们中国人的说法，谦虚是美德，一个人变得谦虚了应该是好事。可我怎么有些疑心谦虚其实是胆小和卑怯的伪装呢？以前我骄傲的时候，我用我的罂粟花的原野跟整个世界对峙，我的罂粟花的原野固然虚幻空洞，但让我敢于一览群山小，超越一个校对临时工所拥有的时空。那时，现实很轻很小，只是一小片空茫茫的土地，我站在那一小片土地上面捕捉千里万里之外四面八方回声般的遥远诗意，我只凝神聆听空中，对渺小的脚下毫不在意，我觉得自己拥有天空。后来我谦逊了，充斥着芸芸众生的现实变成了群山，我仰望群山，心里充满了对攀登的紧张和畏惧。我的世界成了一条曲曲弯弯盘旋向上的狭窄山径，我努力紧贴着地面，无暇仰望苍空；我绷紧全身的肌肉全力以赴投入攀登，心中忧虑重重。我怕在坎坷不平的山径上摔倒，怕在重重群山中迷失，更怕失去时间最终爬不到顶峰。随着时间的逝去，我越来越紧张，越来越亢奋，越来越急躁，也越来越胆怯。我承认，当我的生命终结的时候，我心里充满了恐惧。

15

回声：生逢末世

　　老高说，有几个中国的成语我真是爱死了。我问什么成语啊？老高说比方说"生逢末世"吧，用起来比英语要清楚多了。英语只有"活错年头"这一个短语，不能表达"末世"这个概念。我问老高怎么会特别地注意到这个成语，老高说他常常"甘处亮沈（感触良深）"。我笑得要命，老高怎么听起来像个山东人啊，笑完又觉得老高怪不易的。

　　幸亏有老高，我的一度中断的梦又续了起来。青蛙，你是个做梦家。以前李莲老这么说。我有时想念李莲。但一想起也许李莲早就跟周小国结婚了，我就又不想了。对已经跟周小国结了婚的李莲我就不觉得挂念了。

　　我的黑夜在深渊中、在波浪中、在起伏的山峦中、在树枝间、在荒漠上、在一个接一个的窗户中飘荡……

　　高高的接近黄昏的天空。大块大块的白云。高高的古堡。斑驳的危墙。枝叶繁茂的巨树。罩着片片阴影的草地。空无一人。我自己也不存在。只有我的眼睛存在。

　　群青色的窗户。粗糙的石窗台。四个深蓝色的玻璃瓶。三本浅蓝色的书。窗户的玻璃上映着一个我看不清楚的人影。人影一动也不动。

　　一张看不出形状的桌子。桌子上有一个肮脏的调色板，两个倒斜的花瓶。一个花瓶是空的，另一个插着一枝花。花是一个蝴蝶标本。桌子后是一面墙。墙上印着水纹。平平的水纹中一条金鱼在扑腾。桌子的旁边，又是一个人影。每次我的目光投向那个人影，那个人影都做出要飞速逃离的姿态。我把目光转开，那个人影就又留下来。

秋天，秋天。千姿百态、大大小小、高高低低的树都变成了金发女郎。一大群金发女郎都像沙梨一样哈哈大笑着。但是无声。我的目光在无声地大笑着的树变成的金发女郎中行走，像落叶在流水上行走。小径穿过草地，通向林中的小屋，小屋的窗户开着。我的目光升起，像空气，像风一样穿透窗户。目光像侦探一样四处寻觅，一道光，一道阴影，悄悄掠过一串串无声的大笑。

砖红色的瓦罐里插满了朴素的野花。瓦罐依着硕大的青花瓷瓶。瓷瓶后面的墙上涂满了孔雀蓝。我的目光充满好奇，谁这样布置？是谁的手在瓦罐里插满野花？谁在青花瓷瓶后的墙上涂满孔雀蓝？我的目光像雨中的玻璃翠——瓦罐、野花、青花瓷瓶和墙上的孔雀蓝，像雨淋在我的目光上。

喧嚣然而寂静的夜。黑色的泥沼上，干枯的长草一挦一挦扭成一束一束的草柱，挺立着，像一只又一只鹅的长脖子。每一只鹅的长脖子都顶着一朵火焰。朵朵火焰照亮了烟雾缭绕的夜。星星升上去。星星落下来。我的眼睛变成了两个星星。升上去。落下来。

杏黄色的大漠。我身轻如燕。飞过球形的沙丘。鲸鱼形的沙丘。蜗牛形的沙丘。蚂蟥形的沙丘。人腿形的沙丘。落日像一个空心的圆环。躺在奇形怪状的沙丘中。我轻轻飞过落日。落日后面还是沙丘。鲸鱼形的沙丘。蜗牛形的沙丘。蚂蟥形的沙丘。人腿形的沙丘。落日像一个空心的圆环……

啊，太阳在那儿。在那座绿色的金字塔般的山腰上。绿色的金字塔般的山下，山后，是明黄色的空间。空中有一棵椰树。椰树上有两只黑色的飞鸟。椰树下有一只弓背的猫。弓背的猫看着一棵巨大的绿草。绿草前立着一个十字架。十字架上有一个人影。

深蓝色的夜！金黄色的圆月裹着一圈煤气蓝的晕低垂在天边。大地倾斜着。红色的火，黄色的火，蓝色的火，像河流一样在大地上流淌。火河的中间，一个钢架像岛屿一样岿然不动。钢架上站立着一只瘦骨伶仃的黑色的鹤。黑色的鹤凝视着天边裹着煤气蓝的晕的金黄色的的圆月。圆月中暗影幢幢。

一个人坐在桌前。桌上有一杯水，一盏油灯，还有一个巨大的花瓶。巨大的花瓶里插着更加巨大的花束。花束旁站着一个女郎。女郎穿着红衣衫，穿着彩色的长裙。裙子上画着一个村庄。村庄里有一只漂亮的公鸡。公鸡昂起头。鸡鸣像云彩一样飘来。

村庄，层层叠叠的山丘，椰树在山顶发疯般地摇着长发般的枝叶。大海在山下闪光。菠萝树的利剑生气地指向天空。我像气流一样无形，怀着异乡人的寂寞，在耀眼的陌生的村庄里漫游。我不知道来处，也不知道所终，只知道眼前一切美丽然而冷清。

旷野，白色的奇光从地平线上射过来，把黄昏的天空照得像午后一样蔚蓝。所有的树都变成了影子，变成了蘑菇般的影子，像泡泡一样，像海蜇一样飘浮起来。我心里一片悲哀，深知这灿烂奇诡景象会在瞬间消失。我拼命记，希望有个照相机，然而我没有。

老高听得哈哈大笑。笑完以后，老高蒙住眼睛呆了一会儿，说青蛙你的运气很好。

织袜厂的同事也说青蛙你的运气好，你的丈夫对你好。楚源到织袜厂来找过我几次，跟他们搭过几句话，客客气气，彬彬有礼，他们就说我运气好。

我问老高，为什么说我运气好？老高说因为我会做梦。老高说他从来没有梦见过色彩，他的梦永远只有黑白两色。老高这么一说我就有些二乎了。我到底做过那些梦没有？

老高说别把你的梦忘了，写下来都是诗，画下来都是画儿。你最倾心的那两个字是什么来着？

维度！

我大笑起来。笑完以后，又有些难过。

老高还到过织袜厂。

那天我正一边剪线头一边听一个大妈唠嗑子，看门的老王来找我，说一个老外来找我，在大门儿那儿等着呢。我一看是老高，嘿，老高，你怎么到这儿来了？老高说他一个人待闷了，想来看看我们织袜厂。我问老王老高能不能去我们验收车间，老王挠挠头，说咱们这织袜厂还没来过外宾，是不是得请示请示厂领导。我说老高在北京都待了快三年了，哪儿都去过，咱们织袜厂又不是什么保密单位，现在也许可有个外国朋友，老高是我的朋友，统共也就有十来分钟的工夫，走个十几步就到我们验收车间了，在那儿就坐一会儿我就让他走，行不行？我历来对老王很尊敬，老王就很买我的面子，现在看我真的求他，就一咬牙一瞪眼，说小庆咱就这一次，跟你们车间的那几个老太太说说，就说你跟我说好了，出什么事你负全责。我说谢谢您了。老高在我们车间坐了足足有一个多钟头，跟那些大妈大婶聊了个够。大家都对老高的娴熟汉语深表佩服。老高还帮大伙儿剪线头，剪得又快又好，剪了有一百多双。等老高剪够了，老高就问我今天几点下班。我说再过一个多钟头我就下班了，有事吗？老高说要不他在这儿等着，等我下班了一块儿到我家去见楚源，要是赶得上，他请我们吃饭。我觉得让老高在这儿待长了总不是什么好事，就说我请个假，可以现在就走。我就去跟党小组长兼车间主任蔡大妈说了，蔡大妈一本正经地把我的请假时间登记在她的本子上。

从织袜厂出来，我等着老高对我的职业做评论。但老高对我干的这一行什么也没说。

不少人跟我说，青蛙你这人可真够怪的，跟楚源一样怪，你们俩一个赛一个地怪，一个看大门，一个跟一群老太太剪线头，你们是不是成心啊？是真的没辙吗？青蛙你可真沉得住气，还不趁着年纪轻有人要赶紧换个工作，一过三十可就没单位要你了啊。你和楚源现在不是都已经认识了很多人吗？

扪心自问，我当然说不上热爱剪线头。可我也不觉得剪线头不可忍受，我甚至还觉得跟一群老太太一块儿剪线头是个挺安静的活儿。我这人大概就是没什么出息。也许楚源说得对。楚源说他看大门跟我剪线头有本质的区别：他看大门是为了便利写诗，是给写诗创造条件，所以是策略，并不失积极和进取。而我剪线头什么也不为，就因为得有个工作挣点吃饭钱，就因为一时半会儿没有个更好的工作机会。所以本来剪线头儿应该是个权宜之计，干个半年一载的就应该想法子给换了，而我都已经干了三年多了，还不见有什么换工作的动静，所以我是消极，是待人自处缺乏积极态度和进取精神。

在去我家的路上，我问老高我是不是太消极了一点儿。老高说怎么讲？我说在这么个小工厂剪线头。老高想了想，说那你喜欢做什么呢？我说问题就在这儿呢，要是我知道我喜欢做什么就好了。除了一个人在角落里发呆，我怎么什么也不在乎呀？我这样是不是不对头啊？老高说也许有一天你愿意把你发呆的时候想的写下来？我说不知道有没有这一天呀，要是活到底没有这一天，那我活得算不算消极？消极行不行呢？老高说他觉得要是像我这样活就是消极，那他就觉得消极地活也行，甚至可以说是挺不错。我说老高你是不是逗我呢，怎么会挺不错呢，可别拿我开心。老高说他不是逗我，他真的这么觉得。

　　到了家，楚源不在，留了个条子，说今晚下班以后从单位直接去找什么人，不定什么时候才能回来。老高说那咱们自己去吃饭。我说要不然我做一顿吧。老高说那就由他来做，自己做更好，他老想给我们做一顿西餐，一直还没碰上机会。老高说反正没有酒，我给你做一顿新西兰的早饭吧。老高说现在做饭还稍微有一点儿早，咱们再随便扯扯，愣一会儿，不对，是绷一会儿。老高，你什么时候学得这么土啊？你知道这么说话土极了吗？我大笑，用暖壶里的热水给老高和自己各沏了一杯茶。

　　那是个五月的傍晚，窗外桃花盛开，暮春的温暖一阵阵地从半开的窗户涌进来，让人觉得微微的不宁，好像要误了什么似的。装有白色落地窗帘的窗下放着浅黄色的三合板写字台。我和楚源结婚时，每对新婚夫妇可以在单位领一张家具票然后到家具店买一件家具。楚源说要写字台，说北欧家具的浅黄色是流行色，我们就买了那张写字台。写字台上放着一张精致的信笺，我走过去一看，上面写着一首诗，我看了看，不是楚源的字：

　　　　我知道
　　　　这已是下午的阳光
　　　　所以你只静静的
　　　　眼中
　　　　一片一片的云掠过
　　　　遥远而又遥远的
　　　　音乐，忧伤里的喜悦
　　　　下午的阳光
　　　　忧伤里的喜悦，要落下的
　　　　树叶，掩起隐秘
　　　　微笑

呼应着天边的热情

远如梦中

　　老高问是不是楚源新写的诗，我说不是，不知道是谁写的。老高要过去看了一会儿，还给我，没说什么，转身去做饭了。

　　我又看了一眼那首诗，放回了桌子。

　　楚源不久以前好像不经意似的问我，要是让我选择，我愿意当《日瓦格医生》里的拉拉还是托尼亚？我说什么意思？是问我喜欢这两个人中的谁吗？我觉得她们两个都不错，干吗要"当"她们？楚源说拉拉的原型叫奥尔嘉，是帕斯捷尔纳克的情人，帕斯捷尔纳克爱上奥尔嘉的时候都五十多岁了，奥尔嘉比帕斯捷尔纳克足足年轻了有二十二岁，帕斯捷尔纳克晚年写的情诗都是给奥尔嘉的。那帕斯捷尔纳克的妻子呢？我问。楚源说帕斯捷尔纳克结过两次婚，他的第二个妻子叫吉娜伊达，原是一个钢琴家的妻子。帕斯捷尔纳克四十岁那一年，跟第一个妻子一起应邀跟钢琴家夫妇一起度假，结果疯狂爱上了吉娜伊达，四年以后吉娜伊达跟帕斯捷尔纳克结婚，两人最终白头偕老。帕斯捷尔纳克为什么没有如法炮制，跟吉娜伊达离婚，然后跟奥尔嘉结婚呢？我又问。楚源躲开我的视线，说据说一个人五十岁以后的想法会跟三四十岁的时候很不同，我猜想这会是个原因吧？我问有什么不同呢？楚源说我还不到五十岁呢，我怎么会知道？你等我过了五十岁再问我这个问题吧。楚源有点儿不耐烦了。我还是追着问，那托尼亚是不是吉娜伊达呢？你觉得我是当拉拉好呢还是当托尼亚好？可惜咱们已经结婚了，那我想当拉拉也当不成了。你是不是希望再有个拉拉？灵机一动，我的话忽然很多。楚源使劲盯了我一眼，不再说什么。楚源可能觉得他的目光有某种威严，所以常常以目光代语言。

　　老高做了两个大蛋卷，蛋卷里包的是洋葱丁儿和青椒丁儿，还摊了两张甜的软面饼。老高说要是早知道，他还可以带来枫糖浆，枫糖浆浇甜软面饼是英式早餐一绝。要是没有枫糖浆，蜂蜜也行。你有蜂蜜吗？老高问。我说没有，我们平常吃饭用不着蜂蜜，我们只有一般中国人家厨房里最常备的一点东西，油盐酱醋什么的，今天刚好有昨天晚饭剩下的青椒和洋葱，要不然就只有几个鸡蛋。不过其实可以出去买，我们没

224

有冰箱，所以几乎天天需要去菜店买菜。老高说不必不必，我可以"讲机纠儿（将计就计）"。老高真是酷爱成语。我说老高你们新西兰人每天早上都吃这样的早饭吗？老高说其实这是英式早餐，不过很多新西兰人是英国人的后裔，所以保存了很多英国习惯。英国人讲究吃丰盛的早餐。当然了，平常大家都忙，早饭也很简单。跟中国人早餐喝粥吃火烧似的，新西兰人喝杯咖啡吞一片烤面包也就完事了。咱们彼此彼此。

老高顿了顿，看定我，犹疑了一下似的，然后问我一般来说心里快乐不快乐。我反问老高心里快乐怎样心里不快乐又怎样。老高说他还在想我那个生活消极的问题，说现在西方医学对一些不快乐的人有一种叫作忧郁症的临床诊断。我问什么是忧郁症。老高说据说是一种精神病，得了这种病的人对什么也没兴趣，心里老是很难过。老高说不过他自己并不太相信关于忧郁症的说法。老高说现代人可能过于相信医药科学，发现了人脑的一些化学结构以后就以为化学物质可以左右人的心情，因此就相信不愉快的情绪是可以用药物治疗的。老高说那些生活讲究的现代人很有点儿自己娇宠自己，不光要丰衣足食，还必须心情舒畅，不能让自己经受一丁点儿不愉快。老高说在社会里占优势的那部分现代人认为心情不愉快是病态，必须治疗，其实在他看来不快乐很可能是人的生存的基本构成之一，是思想深刻的条件。

话又说回来，老高话锋一转，说青蛙我怎么觉得你活得多少有一点儿太冷清呀？能不能活得热闹一点儿呢？我说什么叫热闹？你的意思是热闹还是热烈？是不是你觉得我活得强度不够，应该活得更热烈点儿呢？老高说不是不是，你的想象力很强，你的想象力的强度没人能跟你比。我几乎要认为你的旺盛的想象力有些太强了，都已经妨碍你像普通人那样热热闹闹地过日子了。我说怎么就是热闹呢？老高说比方说爱吃爱喝，在窗台上摆一盆花装饰房间，穿一条漂亮的裙子什么的。唉，我这是说些什么呢，我觉得我说得并不对，或者说，我用汉语说不清楚我的意思。我翻译一句英语试试吧，英语的意思是要紧紧拥抱生命。拥抱得用两条胳膊，还得用身体，紧紧地抱住，到什么时候也不撒手。你明白吗？我多少觉得你不肯紧紧拥抱自己的生命。你是把生命拿在一只手里，不断地掂量，琢磨是不是值得拿着，要是一旦觉得不值得，你就会一扬手扔了。我心里"突"地哆嗦了一下，嘴里说老高怎么会呢，我也

225

惜命着呢，我把命攥得紧着呢。老高看了我一眼，张嘴要说什么，可是又闭上了。

门响了一下，我们扭头看，是楚源回来了。一看表，已经晚上八点多了。楚源看见老高在，好像很惊愕，又看到我们在吃饭，就明显地把脸沉了下来。我说楚源你累了吧？你吃饭了吗？你上哪儿了？老高来找咱们去吃饭，你不在，我们就在家做了一顿。我没有提老高还到织袜厂去了一趟。

楚源没应茬，自顾着四周瞧，抬眼看见了桌上的写着那首诗的纸，就先走过去把那张纸收在了什么地方，然后才回身微笑着说哎呀老高好久不见了。

老高说最近在加紧赶论文，遇到了一个问题，想来想去不得究竟，又觉得太闷，就来找你们聊聊。

老高说他觉得《楚辞》里屈原作品的次序放得可能有点不对。怎么不对？楚源扬起了眉头。老高说他觉得《天问》和《九章》的写作时期可能比《离骚》和《九歌》要早。有意思！为什么？你是怎么想的？楚源很有礼貌地询问。我能听出来，楚源其实兴趣不大。老高兴头顿时来了，说他觉得《离骚》其实是《九歌》的序。屈原说"吾将远逝以自疏"的意思不是像王夫之注释的那样是要出远门游历，而是他就要辞别这个世界。"骚"当然是"歌"的意思。"离骚"就是"告别之歌"，但不是与朋友告别，而是与人世告别的意思。"九歌"是祭祀之歌，是屈原献给诸神祇的礼赞，大概是跟各位神仙在相见之前先打好招呼的意思。老高说《天问》和《九章》是抒怀和自我解释，这么不嫌麻烦地阐述政治怀抱，可见对听者的理解还寄予相当的希望。而一个人到了要自杀的地步，就应该对人世不存任何希望了。所以他觉得《离骚》和《九歌》很可能写在《天问》和《九章》之后。有道理，有道理。楚源有礼貌地点了点头。你跟懂屈原的人谈过了吗？楚源问。老高说谈了，不过他们都觉得根据不足，而且也无关宏旨。老高叹了口气，说怎么能说无关宏旨呢。如果我的看法对，那些香草美人的影射理论就都有问题了。香草美人的象征系统是中国学界对屈原的研究的基石，可我觉得不见得那么僵硬笨重吧？这个世界不好，屈原就不能给自己幻想一个好一些的世界？老高摇摇头，说学问家的世界太窄小了，还是屈原的运气好，是个大诗人，所以可以给自己构想出一个广阔得多的世界，让那些学问家琢磨了数千年还是摸不着边际。我看楚源在一边心不在焉地胡乱点着头应和。

我去厨房收拾碗筷，看见老高已经把厨房整理好了，用过的锅和锅铲什么的都已经洗干净，擦桌子的抹布也洗得干干净净，叠成一个方块，搭在水泥水池的边上。不要的洋葱皮、蛋壳、青椒柄、青椒瓤儿什么的都放在一个搪瓷小盆里，老高没找着放垃圾的地儿。老高的心真细。

楚源有一次说老高肯定是个同性恋。为什么？我很吃惊，脑子里不由滑过了小时候在什么地方看见的法院枪毙鸡奸犯的公告，伏法者的罪行还包括与牲畜性交。我于是觉得楚源的猜测难以接受。楚源说老高文质彬彬，心细如发，都四十多了，还翩翩小伙儿似的，这儿游游，那儿逛逛，既不结婚，好像也没有个女朋友。看见我一脸惊疑，楚源说同性恋在外国不新鲜，很多艺术家都是同性恋者。比如说金斯基，还有柴可夫斯基，还有达·芬奇。中国也有同性恋，《红楼梦》里贾宝玉和秦钟，和蒋玉菡。还有一个成语呢，叫做龙阳之好。下次你教教老高这个词。我看了楚源一眼。楚源咧嘴一笑。我忽然觉得此刻的楚源有些卑鄙。

等老高发完感慨，楚源停止了点头，踱到窗前的写字台前，坐在桌沿儿上，伸直腿，看着老高，下巴一扬，问道，哎，我说老高，这柏拉图的精神恋爱到底是怎么一回事啊？我觉得老高的肩膀在厚衬衫下面微微一抖，但也许并没有，也许是我的目光抖了一下。老高曾经专门学过西方古典哲学，一般来说总是很乐意回答这方面的问题。老高没有看楚源，垂着眼皮看着前方的地面，缓缓地说，古希腊的贵族文化包括同性恋，柏拉图著述里所谈的爱情一般来说指的多半是同性恋。同性恋与社会体制对生殖的需要有冲突，当柏拉图从政治的和社会的角度论述伦理的时候，柏拉图就强调同性之间在精神上的爱恋，来淡化同性的肉体关系与社会需要的矛盾。所以说，认为柏拉图崇尚男女之间精神上的恋爱是一个误解。说到这儿，老高皱了皱眉，说我怎么听着我自己说得那么枯燥无味呀？大概一涉及社会政治什么的，谁都得有些违心吧？连柏拉图也免不了吧。说完，老高的眼睛转向楚源。楚源脸上毫无表情，不知道他听了柏拉图的精神恋爱与男女关系无涉以后是感到满意还是感到失望。老高站起来，说时候不早了，他该回去了。楚源说再坐坐，来一趟不易。老高说下次吧，抬脚向门走去。我跟着去送，老高说青蛙再见了。门在老高身后"嘭"的一声关上了。楚源一声不响地进里屋去了。我觉得四周冷冷清清，心里却有一种奇怪的安静和踏实的感觉。

我感激老高问青蛙你快乐不快乐。我当时不知道怎样回答，因为我一直还没想过这个问题。

那天夜里，我梦见了父亲。我已经很久没有梦见父亲了。见到父亲，我有一种悲喜的和久违了的感觉。父亲在一片灰蒙蒙的雾中问我，青蛙你活得好吗？我问父亲，怎样就是活得好呢？父亲说，青蛙你高兴不高兴呢？我说有时候高兴，有时候不高兴。父亲说，那你就是有时候活得好，有时候活得不好。我又听见父亲说，要活得好可不容易，所以说活比死难。我问父亲，那为什么非要活好呢？活得不好行不行呢？不知怎么回事父亲消失在迷茫中了，我对着迷茫的梦境大叫爸爸你在哪儿？妈妈在哪儿？死了以后你们在哪儿？你和妈妈是不是因为活得不好就把命扔了？你和妈妈是不是认为生命不值得不顾一切地拥有？有比生命更宝贵的东西吗？是什么？活得不好不行吗？我没有听见父亲的回答。

醒了以后，我发现心里很沉静。而以前，每次梦见父母后，我心里总是充满了沉痛。

我不断地想老高问我的问题。

我发现这个问题怎么想也想不清楚。

我发现很多跟我有关的事我已经不记得了，比如说小的时候我曾经和别的女孩子一样醉心过用彩色塑料细绳编织小动物和钱包。我攒了一大堆作品，足有几百个之多。而这些"玻璃丝"制品竟不知所终，我也把这段经历忘得一干二净。要不是一天早上从一个混乱的梦中惊醒，偶然抓住了一根瞬间就要失去的记忆的线头，才把这段记忆从一片苍茫中拽了出来。这事固然细小和琐碎，似乎微不足道，但却让我感慨很深。我意识到所谓"客观存在"是很不牢固的。一个人，一件事，此刻仿佛明明存在，但会一个瞬间之后就不再存在了。如果这个瞬间长一点儿，不是几秒钟，而是二十几年，几十年，那就不是"会"，而是"注定"。

存在注定要变成记忆，然后再注定变成虚无。比方说，我的父母的存在现在全保留在我的记忆里了，一旦我的记忆随着我一起消失，我的父母曾经存在这个事实就是完全的虚无了。可见"存在"是一个多么短暂的过程。因此"存在"就宝贵吗？有什么道理？"事实""真理"之类对暂时的意识依赖这么大，还能成其为颠扑不破吗？可见说真理颠扑不破是不对的。短暂的存在在永恒的虚无面前纯粹是一场徒劳，徒劳有什么可宝贵的？珍视生命的态度本身不也是一个徒劳的努力吗？我承认，我的脑子有点乱了。

我感激老高提醒我要拥抱生命。不知为什么，老高这么一指出，我心里就安宁了。我的脑子很乱，但我心里却平静。我想我是有底了，这事儿原来是可以选择的，可以选择拥抱生命，也可以选择把生命放在手心上掂量，还可以选择一扬手把生命给扔了。

以前楚源对老高总是比较称赞，可后来，楚源背后对老高的微词渐渐多起来了。老高那都是瞎忙，楚源说，还真的以为"他山之石可以攻玉"呢。质什么疑，字还认不全呢，查字典可能都够困难的。为什么？读音不准啊。读音不准查字典该得多费劲儿啊！得一笔一画儿地先数偏旁儿的笔画儿，再一笔一画儿地数部首的，想起来连我都替老高发愁。我听了觉得楚源对老高很不厚道。但是当面，楚源对老高一如既往，既亲热又客气，常常提供一些对屈原和《楚辞》的看法。老高听了以后总是眉开眼笑。

忽然传来老高要提前返回新西兰的消息。本来老高打算十月回去，一边准备论文答辩，一边着手找工作。新西兰大学的学年都从二月底开始。消息灵通的雨说老高在奥克兰大学东亚系意想不到地忽然得到了一个教职，七月中旬就得上任。雨还神采飞扬地说这下可好了，咱们都能去新西兰看看了。楚源知道了以后垂头想了想，又垂头想了想，然后不动声色地对我说，也好，不过，认识老高挺长时间的了，咱们应该给老高举行一个送别聚会。

我还琢磨老高说的我也许应该活得热闹一点的话。老高好像不喜欢断言，老是说也许、我觉得之类的，可能是因为这种谨慎和谦虚的态度吧，我对老高说的话总是比较留神，很往心里去。我开始留意织袜厂里的年轻姑娘们怎么个热闹法。不留意还行，一留意我就更沮丧了。织袜厂连我在内一共只有四五个年轻女工，只有我分在验收车间，其余的都在织袜车间。不知道是不是这个缘故，那些织袜车间的年轻女工从来不搭理我。我琢磨心里的事还琢磨不过来呢，所以对她们对我的冷落也不在意。验收车间的大妈大婶有时候也说小庆你别老跟我们这些老帮菜扎堆子，有工夫找那些小年轻儿玩儿一会儿。我纳闷儿她们为什么这么说，但我居然就颇听话地去了。一天午休的时候，鬼使神差，我端着搪瓷饭盆，里头盛着在锅炉房蒸锅里热好的昨晚的剩饭，一路找到了织袜车间。在一个角落里，那几个年轻女工正在一起观摩一双黑色的高靿高跟皮靴，看见我，就都有些冷脸，只有一个人对我笑了笑，说小庆你怎么还没吃完饭呢，你想不想也来试试这双靴子？小王的亲戚帮她在上海买的，齁儿老贵的，四十多大块呢！顶一个月的工资了。小王说稍微有点儿挤脚，这不，让我们都试试哪。我赶紧摇摇头说不试。小王就使劲把烫得波浪起伏的披肩发一甩，说人家哪儿稀罕啊，老外朋友一大嘟噜一大嘟噜的，人家想买什么买不到？小赵你也真是的，多余问！那几个人就都朝我白了一眼，然后扭过头又热心地讨论起来。我的脸“腾”地热了，端着搪瓷盆站在那儿不知如何是好。几秒钟以后，我悄悄离开了。

那天快下班的时候，那个小赵到验收车间来把我拉到一边说小庆今儿中午你没生气吧？小王就是那牛脾气，说话冲了点儿，你可别介意，介意可就小气了，就更混不着人缘儿了。哎小庆我问你，你不是有好些个老外朋友吗？我问你，跟他们换外汇券儿好换不好换？要是好换，你能不能帮我也换点儿？也不用多，换个千儿八百块的就成。我妈说要买个日本彩电，正好我二哥从他朋友那儿弄来个大件儿的指标，挺不容易的。啊，小庆？行不行？小赵显得亲热极了，好像从来就是跟我无话不谈的密友，那熟腻的口气简直就是不容回绝。我很为难。想了想，跟小赵直说还从来没有跟老高换过外汇券，不知道好换不好换，我可以帮她问问，只不过老高快要回国了，可能不愿意要好多人民币。小赵立刻把涂得血红的薄嘴唇噘了起来，但很快又改为一笑，说那我等你的信儿啊，说完蹬着高跟鞋“亢亢”地昂然离去。

我很为难，我觉得要是见到了老高我肯定问不出口。幸好一时也还没机会再见着老高。后来的那几天每天到织袜厂上班都能看见小赵在我们验收车间的附近晃，遇到我的视线，小赵就把脖子一昂，闪身走开，好像我就会跟在她后边，向她汇报我的询问结果。由于几次发现她的身后都是空的，小赵的脸色变得难看了。再往后，小赵就停止在验收车间附近出现了。

我正觉得轻松一些，蔡大妈耷拉着她那张黄胖脸来找我了。蔡大妈也跟小赵似的一脸严肃地把我拉到一边。她们这些人表示郑重的办法都是一脸严肃地把你拉到一边。蔡大妈说小庆啊听说你跟那个那天来的老外好上了，有这么回事吗？我哭笑不得，说什么什么？蔡大妈说什么什么！厂里传得可厉害呢，说得有鼻子有眼儿的，说你要跟楚源离婚，好跟那个大鼻子黄毛绿眼睛结婚，说那个大鼻子黄毛绿眼睛快走了，你也说话就要办离职了。说楚源这会儿还蒙在鼓里呢。有这么回事吗？我说小庆你可别，楚源那小伙子多好啊，待人多有礼貌啊，看大门儿有什么，好赖也是一个整工作，有劳保有退休金吧？往家挣来钱就都一样，你说是不是？咱们可不能这山望着那山高，人心不足蛇吞象。再说那大鼻子黄毛绿眼睛靠得住吗？那还不是说把你甩了就甩了？都说外国人总离婚。还有呢，生个孩子也是个杂种，瞧着多别扭呀。我说小庆，没有这回事吧？你蔡大妈可是一片好心，你可别当成了驴肝肺！我看着蔡大妈的肿眼泡和一脸大皱纹，心里忽然来了气，很想在上面拍一大巴掌，想着要是那样蔡大妈就该一屁股坐在地上哭开了，跟多少年前昌平农村里老冯的老婆一样，一边大声哭一边大声咒骂。我被心里的想法逗笑了。蔡大妈说你笑什么？莫非真有这事儿？我说蔡大妈你真信啊？你说的都是些什么天方夜谭啊？蔡大妈把肿眼泡一撑，说我不懂什么叫天方夜谭，小庆你别拿字眼儿耍我，今儿咱们就说到这儿，反正躲得了初一躲不了十五，总有一天出水溅你那一腿泥！说完蔡大妈也跟小赵似的"亢亢"地昂然离去，那架势像是尊严上受了什么严重伤害，正等着我追上去奋力解释。但我任蔡大妈"亢亢"地昂然离去，懒得追过去解释。我不懂她们凭什么这么气宇轩昂。

那以后，蔡大妈每次看见我都板着她的黄胖脸，好像我做了什么对不起她的事。蔡大妈是验收车间的各方面的领袖，既领导着生产，也领导着政治；既监护着精神生活，还指挥着情绪的变化。枣核儿似的蔡大妈是验收车间至高无上的女皇。蔡大妈心情好大伙儿全心情好，蔡大妈要是对谁不满意，那大伙全对谁不满意。自从蔡大妈觉得我没有感激涕零地给够面子，也没有干脆利落地向她澄清"事实"，我就开始常常受到周围人的批评和指责，一会儿是出神误工，一会儿是线头剪得不干净，一会儿是数错了袜子数。在大鼻子黄毛绿眼睛的谣言出现之前，蔡大妈还问过我对入团入党有什么想法呢，说"可教育好子女"也是有希望入团和入党的，说只要有心，铁杵都能磨成针，更何况小青年儿争取进步哪儿有那么难。蔡大妈这辈子的后三十年可没白活，学得满嘴都是政治术语，再加上天生的铁嘴钢牙，整个一个人好像浑身上下都是嘴和牙齿。每天被这样一个浑身上下都是嘴和牙齿的女皇高度监视着，我就很不爱去织袜厂上班了。

我们在家为老高举行送别晚会那天来了不少人，都是楚源通知的。我注意到，来的外国人比中国人多，画画儿的比写诗的多。老高来得比较晚，都快八点半了。老高来了以后先跟楚源打了个招呼，楚源立刻走过去跟老高谈了一会儿。一会儿楚源走进里屋，拿了些纸片出来，找到老高，把纸片塞给了老高，看着老高把那些纸片小心地装进了带来的厚牛皮做的大皮包里以后，楚源不动声色地走开跟别人说话去了。

那些纸片是几张照片和一份文稿，楚源几天以前就准备好了。楚源给我看了看，是楚源跟几个朋友的几张合影和楚源最新的诗稿。那几个朋友中有人已经在狱里，那些新诗里有若干首是献给入狱的朋友的。楚源说这些东西都会很有分量，应该能引起国外的注意。

老高在角落里找到我，塞给我一张小纸片，说青蛙以后你要是有事可以给我写信，这是我父母的地址，他们会把信转给我，等我有了自己的地址和电话以后，我会马上告诉你和楚源。老高说青蛙你记得我的话吧？你记得那句英语的说法吧？我说记得记得。我说老高你的工作好不好？老高说很好，说要是奥克兰大学不是新西兰最大最好的大学，那也是最大最好的之一，他能在那儿教书应该说运气真是很不错，他自己也没想到。我说那多好啊老高。老高说是啊。老高说完叹了口气。

雨来找老高。礼花拉着蛐蛐也来找老高。又有好几个人来找老高。老高身边围了一大群人。我离开了。我不知道老高什么时候走的。

就是那晚，我第一次看见了慧慧。慧慧快十点才来，楚源把她领进来，先介绍给老高，说慧慧也写诗，然后带着慧慧来见我，说慧慧是个诗友，诗写得很不错。

那一晚，慧慧的眼神老跟着楚源，大概是觉得环境有些陌生吧，一副小鸟依人、安静胆怯的神态。有一头漂亮的浓密长发的慧慧很年轻，穿着非常时髦讲究，一看就知道是一个很自尊、很敏感的人。我忽然想到那首我跟老高一起看到的写在那张精美的信笺上的诗。

　　拉拉来了！

16

回声：骨中骨

　　布莱恩背对着我，正在用心画他那幅已经画了两个多星期的新画儿。

　　布莱恩的新画儿很大，有两米见方，深红底子上已经出现了一只变形的大山羊，大山羊的屁股上面有一个插着彩旗的有三四个拱顶的建筑，大山羊的前蹄下头有一个像是十字架的东西，也许是个伸开两臂的人？布莱恩正在那幅大画儿的右上侧画一只巨大的睁大的眼睛。布莱恩用夸大的两维几何图形来界定每个物象的轮廓，又用不同的图案填充轮廓线里的空间。在大山羊的扁平的元宝形或船形的身体里，布莱恩画上了好几个叠在一起的三角形，每两个三角形之间还画了一溜小圆圈。布莱恩的用色我很喜欢，深红为主，深蓝和暗黄为辅，再点缀一点紫色和灰绿色，既古典又富有现代的装饰意味。我告诉布莱恩的时候，布莱恩咧开大嘴一笑，然后做了个灿烂的鬼脸。布莱恩的凌乱的灰发和一脸深刻的大皱纹在鬼脸之中一时还显得挺容光焕发。

　　我搬进布莱恩的画室已经三个多星期了。布莱恩的画室在从东大街下来的柳树街上，也在东区，这一带叫“沟沿”，听着就不像是什么好地方，因为让我想起老舍笔下旧北京的贫民窟龙须沟。可是布莱恩说不然，“沟沿”这地方早先曾经有过一个巨大的女修道院，很肃静幽雅呢。到了十七世纪，英国工商业开始兴起，宗教就慢慢衰落了，女修道院也跟着萧条，终于关门了。女修道院关门以后，“沟沿”成了欣欣向荣的资产阶级聚居的住宅区。当然了，好景总是长不了，不过百年，到了十八世纪末，“沟沿”就沦落为一个肮脏无比的大贫民窟，成了罪犯和妓女的天下。那现在呢？我问。现在怎么了？布莱恩不懂我的意思。现在住在这儿的都是些什么人呢？我不由想起了安静富裕的春天街，春天街上一座挨一座的浅黄和白色的乔治式小楼，精致的饭馆，印度人开的昂贵的食品店。我心里一疼。布莱恩说他猜现在一定能在沟沿的居民里找出几个在市政府工作的正经人，不过住在这一带的还是少家缺业的人多。这些人多半是在霍克斯顿街上瞎混的附庸艺术、没着没落的家伙。再不然，就是夜里从各区跑来泡酒吧结果醉得回不了家只好在街上过夜的酒鬼。总之，不能跟你的春天街比。借着心里的疼劲儿我使劲瞪了布莱恩一眼，布莱恩哈哈大笑。每次我瞪布莱恩，布莱恩都哈哈大笑。小石可没这样的气度，我要是瞪小石，小石就反瞪我，跟我顶牛，看谁瞪得过谁。

布莱恩六十刚出头，比我就大个二十五岁左右吧，大不到三十岁就行，大三十岁就该跟爷爷似的了，我老这么跟自己说。布莱恩虽然已经头发花白，一脸皱纹，可布莱恩比小石个儿高，肩膀比小石宽，加上瘦骨嶙峋，布莱恩远远看去还真是一表人才。我跟小石是在一个画家的聚会上认识布莱恩的。在那以前我们也听说过布莱恩的名字，也在东区的画家联展上见过布莱恩的画儿。布莱恩在霍克斯顿一带小有名气。不过小石说布莱恩的风格早就过时了，小石说都什么时候了，还学毕加索的立体派。

可我跟布莱恩一见如故。布莱恩有家有室，有老婆有孩子，可我跟布莱恩不管那一套还是一见如故。我跟布莱恩说咱们一见如故，布莱恩说可不是嘛，咱们真就是一见如故。布莱恩每次说完这句话就使劲儿搂我的腰，用的劲儿大极了，我就说"哎哟我的腰要折了怎么劲儿这么大啊？"布莱恩就笑得满脸开花，一边笑一边说因为他还在全盛时期呢。我就试探地问那你什么时候就会过了全盛时期啊？等你过了全盛时期我怎么办呢？布莱恩就不再看我。布莱恩对这些问题从来也不回答。

我生气了，就说布莱恩你的画儿的风格早就过时了，都什么时候了你还学毕加索。布莱恩就说礼花你的英语还说不清楚呢，你懂什么叫过时？我就跟布莱恩嚷嚷，英语说不清楚又怎么了？你不是还是一样跟我睡觉？再说我怎么不懂？我门儿清着呢！你问我吧！我什么不懂？什么新原始主义、新表现主义、新造型艺术、新德国、新奥地利、新几何、新概念、新这、新那，三天一新也好，两天一新也好，都在我肚子里呢！我朝布莱恩使劲儿瞪眼睛，对布莱恩不瞪白不瞪。布莱恩苦笑一声，说礼花你不知道自己说什么呢。

我是不知道自己说什么呢。不久前我还规规矩矩、有板有眼地在国家美术馆一幅古画儿一幅古画儿地练眼呢，还一脑子的康斯太勃尔、柯罗、莫奈、修拉、凡·高呢，等到真的亲自蹚了一脚伦敦画界的浑水，我的头一下子就晕了。谁知那些个吃饭吐气儿的活着的艺术人士早就不提什么康斯太勃尔、柯罗、莫奈、修拉、凡·高了，毕加索才死没几年，可好像也已经老朽得提不得了。提提杜尚还行，可我就生是没时间把杜尚到底是怎么回事了解个真正清楚。每个星期都必定有个新什么玩意出现，要不然就好像大家全体一起失职了。我只好没头苍蝇似的跟在高谈阔论、紧跟潮流的艺术界人士的屁股后边，努力把那个新玩意的名字听清楚，好有工夫的时候问问布莱恩。布莱恩很欢迎我这么做，因为要是他画画儿一忙，就常常把那些珍贵消息给漏了。布莱恩只需要知道新玩意的名字，因为他有的是画界的朋友，有了名字就好打听了，要是连名字都说不出来，那可就无从问起了。我就知道名字重要得厉害，名字是纲，提纲才能挈领；名字又好比是地名，画家都一小群一小群地在艺术界占地儿，没有地名谁知道那块地方是你的领域啊？所以新这新那，新流派的名字满天飞。有了新名字挂在嘴边，关心艺术的人就心满意足，觉得没被热闹的时尚给落下。只不过苦了我这个门外汉，在这个摆出高深莫测神态的所谓画界里前不着村后不着店的，这个新冒出来的画派的名字还没说顺念熟，下一个画派的陌生名字就又蹿出来了。我站在那些参加画廊首展的鸡尾酒会的人群中一定是笨嘴拙舌一副傻样儿。

我留心看布莱恩画画儿。等布莱恩把那个大眼睛画完，我就小心地问布莱恩他打算给这幅画起个什么名字。我其实是想知道布莱恩怎么构思，可我就是不直接问。布莱恩用画笔杆敲敲头顶，说这是玛沟。玛沟是什么？布莱恩看了我一眼，犹豫了一下才说，玛沟是个地方。玛沟在哪儿？布莱恩又看了我一眼，又犹豫了一下，说玛沟在俄罗斯。在苏联？布莱恩盯着我，在俄罗斯。俄罗斯不就是苏联吗？玛沟在俄罗斯。说完布莱恩又转身去画画儿了。你为什么要画玛沟？我不能放过这个机会。布莱恩头也不回地说他爷爷在玛沟出生。玛沟是个什么样的地方？

我怎么听都没听说过？布莱恩说他也不知道，只知道是个小地方，还有玛沟的人都笃信东正教。那你为什么要画玛沟？布莱恩说他要给自己想象出一个故乡。

布莱恩的回答证实了我的猜想。

艺术家必须得牛，得横。管你是什么狗脑子呢，管你是怎么想的呢，你必须得一头认定你的主意就是了不起。有这么一个巨大无比的信心就好办了。下一步就是尽可能地胡来，满纸涂鸦，或者把木棍铁棒什么的乱绑乱扎，把旧钢琴吊起来也好，拆成碎片也好，在围观的人群面前把自己的衣服全脱光也好，在钉子上打滚儿把自己扎得鲜血淋漓也好，总之，坚信不管你怎么画，怎么表现，怎么表演，经你手的全都是无可争论的第一流的艺术作品。所以关键是得有气魄，得能使劲儿地傲慢，得能毫不心虚地相信自己点石成金，坚定不移地确信你说什么是艺术，什么就得是艺术！这个霸道的做法的始作俑者据说就是大名鼎鼎、面容清秀的杜尚。他们说杜尚年轻的时候有一次懒得画了，就找个男厕所里用的尿池送去参加画展，说这是"喷泉"。虽然当时被退回来了，可是现在那个叫作"喷泉"的尿池被认为是一个再绝妙不过的经典之作，都几十年了，还有好多人学个没完呢。布莱恩说他的一个朋友专门用各种材料做假尿池，做得像极了，三个一群，两个一伙儿的，标题都是"无题"。有好多阔佬花大钱把这些假尿池买去当珍贵艺术作品小心收藏呢，你说可笑不可笑。

话又说回来，你说可笑有什么用，反正，推不翻的历史事实是，自从杜尚说他那个尿池是艺术，各种各样的尿池艺术就都永垂青史了！这说明的是个什么问题呢？我琢磨了很久了。我的结论是，杜尚的尿池之所以永垂青史，是因为此举道破了艺术从此的命运。换句话说，当代艺术的定义就是惊世骇俗。除了惊世骇俗，当代艺术别无其他。所以，可以说，当代艺术没有本质，只有效果，也就是说，当代艺术已经变成了彻头彻尾的时尚。当然了，这是到哪儿都绝对不可以说破的。说破了就是扫全世界的兴。跟全世界过不去，那还有好果子吃啊。所以呀，如此看来，所谓当代艺术家都是故作高深。可以说，这帮艺术家们有名的也好，没名的也好，其实全都是有意无意地在那儿挂羊头卖狗肉，欺世盗名。画画儿的又没念几本书，玩儿什么深刻！都是装孙子。不过可能也不能怪艺术家，要怪就应该怪观众们太虚荣。老百姓不虚荣怎么会有《皇帝的新衣》这样绝妙的童话？总之，我琢磨来琢磨去，发现惊世骇俗的手法所表现的到底是个什么东西其实很次要。由于其实次要，又由于可以在表现手法上耍花招儿，比方说故意弄得云遮雾罩的，或者索性傲慢得什么也不解释，深刻不深刻的照我看来就很容易混过去。当然了，作为艺术家你绝对不能承认这一点。

要是这么看，谁是艺术家谁不是莫非全凭欺世盗名的决心和勇气了？我顿时觉得很受鼓舞。为什么？因为我这人最不缺的就是决心和勇气。

布莱恩说不尽然，还得再加上一点好运气。布莱恩说现在谁是艺术家谁不是全凭有影响的画廊说了算。布莱恩说当然了反过来画廊还要看谁最能欺世盗名，然后画廊就说这个人的作品将会因为惊世骇俗而在历史上留下痕迹，因此会保留下来。于是投机的阔佬就花巨款把画廊保荐的作品买下来。在有名的画廊花巨款买下来的作品才有机会进入第二级艺术市场，知道是什么吗？就是艺术的拍卖市场。布莱恩说唉，你们中国人相信有为人民服务的艺术那可真是大错特错了，岂不知艺术从来都是为一小撮权贵和阔佬服务的。你以为现在花大钱买那些乱七八糟的当代艺术作品的阔佬是因为懂当代艺术爱当代艺术吗？才不见得呢，买艺术品是为了赚钱。投资当代艺术作品的回报听说到过一年百分之四十！布莱恩连连摇头。什么意思？艺术值钱不好吗？布莱恩还是摇头，说礼花你不懂。

怪不得布莱恩至今不过是一个三流画家，他没有胆子！小石说他过时算是说对了。

那天晚上布莱恩和他的妻子跟什么人有饭局，到点布莱恩就走了。临走还给我一个大 kiss，说 sweetheart 祝你夜晚快乐。我一噘嘴。我都三十好几了，还跟嫩丫头似的把嘴一噘。我管他呢。布莱恩乐颠儿颠儿地走了。

一个人的时候，我还是常常想小石。唉，现在想小石，就像一个游荡的孤魂想那再也不能返回的家，或者说，像撒旦想天堂——布莱恩给我讲了撒旦造地狱跟上帝叫板儿的故事以后，我就觉得自己就是那个撒旦。我说布莱恩我就是一个撒旦。布莱恩说礼花欢迎你参加我们的撒旦俱乐部。艺术家都是撒旦。布莱恩说过好多次。

我要是撒旦，那也是小石给逼成的。

小石说礼花你别这样，咱们照旧过。

小石和萝西生了一个儿子叫乔治，让蛐蛐喊乔治弟弟，小石说跟我照旧过。乔治是我的什么人？乔治喊我什么？

我的心一下子疼到了底。

我想躲起来，我不想让小石看见我哭。以前我能嚷嚷，现在我不嚷嚷，我知道没用了。可躲到哪儿去呢？屋子这么小。外头下着雨。

等我吞下好几大口泪水，喘上气来，我说小石你为什么不杀了我？你记得我早就跟你说过，你要是变心就把我杀了？你为什么不杀了我？为什么不杀了我！

小石沉下脸，说礼花你不用这样，咱们谁也别杀谁，干吗非得血了呼啦的？该怎么活还怎么活，该怎么过还怎么过。

该怎么活呢？该怎么过呢？

小石拿来乔治满月的照片，问我这个儿子像不像他？那口气自然得好像我是他的知己好朋友，要跟我分享他的喜悦。我转身走了。

小石带蛐蛐去看萝西和乔治，让蛐蛐管乔治叫弟弟。蛐蛐回来问我，为什么乔治是弟弟？是亲弟弟吗？为什么萝西的儿子是她的亲弟弟？那萝西是她的什么人？爸爸是乔治的亲爸爸呀？怎么回事啊？是爸爸要跟萝西结婚吗？

我的眼泪流下来。蛐蛐不问了。

我猜暗地里蛐蛐着急死了。我猜她脑子里的真正的问题是爸爸要跟你离婚吗？

小石仍然三天两头不回家。

小石日子是该这么过吗？这是什么日子？这叫日子吗？

我说小石你为什么不跟我离婚？

小石说离婚了你怎么活？

小石你难道不想跟萝西结婚？

小石不说话。

萝西为什么愿意这么不清不楚、死乞白赖地混着？

小石说礼花你最好别提萝西，你一提萝西就没好话。萝西对你挺客气，萝西要是对你不客气，这日子就过不成这样了。

我噎得喘不上气，眼泪"哗"地涌出来。好一会儿，我声嘶力竭地大喊，我这过的是日子吗？

蛐蛐从她的房间里跑出来，愣在那儿，一会儿，蛐蛐的眼泪也流下来。

小石走过去，摸摸蛐蛐的头，说没事，回房间去吧。

小石走过来，双手按住我的肩，看着我的眼睛慢慢地说，礼花什么日子不是个过，还是今朝有酒今朝醉聪明。礼花你把心就放宽吧，萝西跟你不一样，萝西不是平常人，萝西不想结什么婚。你当人人都跟你似的非得结婚哪。

我看着小石，心里说忘了当年你把我当大面包似的使劲儿搂着了？当年结婚的时候是你急茬儿还是我急茬儿？

小石看出来了，把手收回去，抱在胸前，一字一顿地说，礼花你跟我这么多年了，蛐蛐都这么大了。你还不明白吗？搞艺术的管不了感情，也不愿意管，感情是艺术家的生命。没有感情的激励，艺术家就什么也做不出来。你又何必在感情上跟我较真呢？

我瞪着小石，说不出话来。小石摔门走了。

我呆坐着，心如刀绞。

每天除了照顾蛐蛐我都这么呆坐着，心如刀绞。

莫非我的余生都是这样心如刀绞地呆坐着不成？

我像是等什么。可我等什么呢？

小石泰然自若，一如既往。

而我心如刀绞，耳朵高高地竖着，听着时间一秒一秒像一个接一个的炸雷一样滚过心头……

怎么办？怎么办？

阿拉斯泰打开门，一看是我，尖瘦的鼻子不由得哆嗦了一下。我说布莱恩那老家伙把我轰出来了，说着我就拎着我那俩大箱子挤了进去。阿拉斯泰也不帮着把箱子接过去，只闪身让过我，然后把门小心地关好。阿拉斯泰也是布莱恩那号人，表面上温文尔雅的，其实心硬如铁。我来找阿拉斯泰是因为一时实在太窘迫了，谁让阿拉斯泰跟我睡过两回觉呢。

本来我觉得在布莱恩老家伙的画室里一时半会儿还算住得稳，就一股劲儿琢磨着什么时候在那儿也瞎蒙着画儿张画儿，然后让布莱恩到那些跟他熟的画廊里去举荐举荐，让我也参加他们的联展，都说多参加几次画展画儿就能卖出去了。能卖画儿的人才是画家呢。我憋着这个心思一声不响地观摩了足有三个多月，终于有一天我觉得计划可以开始了。没想到，我刚跟布莱恩老家伙提出来让我用他的家伙也来练一幅画，布莱恩老家伙居然跟我急了，说要是那样就得跟他合租那个画室，所有的花销我都得出一半。看我的脸色变了，布莱恩改口说要不然出三分之一也成。我这人在不要紧的事上主意大脾气也大，吆吆喝喝浑不论似的，不高兴就又噘嘴又嚷嚷，好像真的有人使劲儿给宠着。其实呢，谁宠我啊？欺负我的人倒是有一大群！而且每次别人欺负到头上，除了掉眼泪，我不光什么好主意全没有，连心气都一下子就低了下去！愣了好半天我才问出来，布莱恩你难道是真的在意我用你一块画布几管颜料？统共有几英镑？我连那几英镑都不值吗？你我不是一见如故吗？布莱恩赶紧说sweetheart对不起，我不是那意思，Sweetheart咱们别这样谈钱好不好？我说是谁先提钱的？布莱恩说sweetheart你别误会，你要住在这儿那就只管住，那样你就是我的客人，要是又画起画儿来，就不伦不类了。我说闹了半天我是你的客人呀！布莱恩说莫非你还是主人？我气得又说不出话来了。我忽然觉得一个劲儿地掉眼泪太腻味了，想起我不是地狱里的撒旦吗？就抓起窗台上的一个空酒瓶使劲儿摔在地上，说好你个布莱恩，跟我玩儿什么字眼！我不是主人难道就必得是客人吗？哪个混蛋随便跟客人睡觉?!

我想不哭来着，可是还是忍不住一把鼻涕一把眼泪地跟阿拉斯泰哭诉了一通。我跟阿拉斯泰远不如跟布莱恩熟，所以我一边儿哭诉一边儿心里直后悔。可我需要阿拉斯泰的同情，要不然我上哪儿去啊？

阿拉斯泰听完了以后站起来，在他那狭小的公寓客厅里踱来踱去，还把俩手都插在旧呢子裤的兜儿里，瘦削的后背微微弓着，头垂得下巴都要贴着胸脯了。一看就知道阿拉斯泰挺发愁。阿拉斯泰踱了一会儿，站住了，说礼花你不能就这么闯来了。

那我应该怎么着啊？

我们英国人不兴招呼都不打就拖着两个大箱子敲门进来了。你是要住在这里吗？坐坐可以，喝点儿水，说说话，休息休息。可要是打算住在这里，就不能这么办。阿拉斯泰好像把他搂着我跟我睡觉，一口一个 sweetheart 的，事忘得干干净净。

我睁大了眼睛瞪着阿拉斯泰。我也只有睁大了眼睛瞪着人的份儿了。

阿拉斯泰去厨房鼓捣了一阵，端出来两杯茶、一盘饼干，说来来，先喝点儿下午茶，放松一下。

我端起茶也不管烫不烫就喝了一口，我太渴了。拖着俩大箱子上下地铁，还又着急又上火，我也实在是太累了，连生阿拉斯泰的气的劲儿都没有了。

我是在布莱恩的画室里的画家聚会上认识阿拉斯泰的。

阿拉斯泰的年纪跟我差不多，可能还比我年轻一点儿，我也没问过。阿拉斯泰也没问过我的年纪。可见我们彼此关心的程度了。但阿拉斯泰长得很迷人。阿拉斯泰跟布莱恩一样瘦瘦高高，但五官可比布莱恩精致多了，据说阿拉斯泰有贵族血统。阿拉斯泰和蔼可亲，举止文雅，我老是喜欢这样的男人。阿拉斯泰画抽象画儿，我在什么画廊的联展上见过阿拉斯泰的几幅画儿，记得有人买他的画儿，因为凡是已卖出的画儿都在下面贴个条子。我就很看得上阿拉斯泰，尽管我对阿拉斯泰的画儿可以说是一窍不通。布莱恩说阿拉斯泰学约瑟·博伊斯。我就问怎么见得就是学什么博伊斯啊，博伊斯是谁啊？

要说我跟布莱恩还真学了不少东西。布莱恩说博伊斯是一个德国佬儿，是现在整个欧洲最红的艺术家，唉，艺术家！布莱恩的口气很不以为然。布莱恩很少这样，都说英国人含蓄。看我纳闷儿死了，布莱恩又勉强说了点儿。

原来博伊斯大玩儿"深刻"，弄点子破烂儿堆在一起表示各种各样的看法和观念。比方说在一张铜做的小桌子上放一个铜做的方块儿，再在地上放俩铜做的大圆疙瘩，然后用电线把那俩铜疙瘩和桌上的铜方块儿分别连起来，表示什么呢？布莱恩问我，好像我知道似的。看我挺木，布莱恩就自答说，表示在现代生活里被遗忘了的生命之间的联系！瞧咱们艺术家多会瞎掰扯。布莱恩像是自嘲。想起了什么，布莱恩接着说，最近博伊斯的一个装置又很轰动，弄了一大堆凿得不规则的长方形石块儿，也可能是用水泥浇筑的，然后在每个长方形的上面一端都凿出一个

242

人头似的圆坑，表示那些长方形都是棺材里的木乃伊，那些长方形被排列在地上，旁边修筑一个楼梯，观众从楼梯上缓缓而下，就有了进入坟墓的感觉。这个装置的标题是"二十世纪的终结"。布莱恩把头摇了又摇。我说布莱恩你为什么这么使劲儿地摇头？布莱恩说艺术不应该忧国忧民，不应该表现一时一事，忧国忧民、一时一事是政治家和社会活动家的事儿，艺术家可以过问政治，但不应该画政治，为什么？政治不配当艺术的题材，政治既狭窄又片面，更糟糕的是，政治还虚伪。艺术家也不应该追求深奥的概念，为什么？因为艺术家干这事儿既没有足够的脑子也没有足够的手段。用色彩和线条来分析概念不是太勉为其难了吗？艺术家何必去跟哲学家争一短长？艺术家傲人的地方是创造愉悦形式的才能。礼花你好好听着，越纯粹的东西才越愉悦。所以艺术家应该画纯粹的东西。什么是纯粹的东西？我问。生命自身，没有比生命自身更纯粹的东西了。布莱恩想了想，又改口说，不如这么说，艺术家画的是生命的真实。什么是生命的真实呢？生命的真实就是忧伤。为什么说生命的真实是忧伤呢？因为生命的本质是存在的喜悦，问题是，存在的形式其实是不断地失去！失去了喜悦当然就要忧伤了。所以归根结底，艺术家真正要画的还是愉悦，只不过，深刻的愉悦的形式其实是忧伤。

虽然听了半天似懂非懂，我还是觉得布莱恩的看法挺合我的心意。可又终究有点不全信，因为我怕布莱恩的看法不合时宜。为了显份儿吧，我就质问说，既然艺术家追求愉悦的形式，那我怎么没见什么大师画过笑哈哈的人呢？我们的宣传画儿倒是老画笑哈哈的工农兵，可那叫艺术吗？布莱恩说问得好，艺术家与非艺术家的分野就在这里。怎么分野呢？眼光和才能呀！第一，既有眼光又有才能的艺术家不做虚伪的政治宣传。贵国笑哈哈的工农兵跟我们艺术家追求的生命的真实一点儿边都不沾。那叫真实吗？那不是权力的谎言又是什么？第二，所谓艺术，就是直白浅陋的反面，脸上的笑和内心的愉悦完全是两回事。说完以后，布莱恩把头一昂，然后大声叹了一口气。那博伊斯跟阿拉斯泰有什么关系？我还是不明白。阿拉斯泰的画儿不是一点儿也不直白浅陋吗？布莱恩把不耐烦咽了下去以后说，那是对你而言。你哪儿知道，阿拉斯泰画政治。阿拉斯泰画政治？打死了我我也瞧不出来。阿拉斯泰画的都是两个一组的长方形的各种各样的排列，永远只有两种颜色，什么政治呢？倒是挺单调古板的。我的头大了。这画画儿的世界倒是大还是小啊？我这算是进来了还是没有？现在画画儿怎么乱七八糟的讲究这么多啊？我能画吗？我这瞎混的究竟是什么呀？我本来不是有家有业的吗？

我又喝了一大口茶，想起布莱恩新近的冷酷，委屈的眼泪重又滚滚而下。

阿拉斯泰见我又来了，脸一耷拉，说布莱恩也许不是不让你画画儿的意思吧？言外之意，是我跟布莱恩的缘分到头了。

我其实也这么想。布莱恩是借碴儿。我在布莱恩的画室里住了快半年了，布莱恩八成腻味了，老家伙不想再养着我了。

阿拉斯泰说要不然这样吧，你可以在我这里住一个星期。我也不知从哪儿学的这股子女光棍的劲儿，居然就不管三七二十一点头答应了。

阿拉斯泰毕竟有点人心，那天晚上没有摔门自己出去玩儿，而是给我做饭，陪我说话解闷儿。

阿拉斯泰说，礼花你这是何苦呢？小石不是没有说要跟你离婚吗？

每天除了照顾蛐蛐我都这么呆坐着，心如刀绞。

莫非我的余生都是这样心如刀绞地呆坐着不成？

我像是等什么。可我等什么呢？

小石还是那样，泰然自若，一如既往，三天两头住画廊。

乔治一天天长大，已经满地爬，已经开始长第一颗牙，见人就笑，小石说。

蛐蛐说，妈妈你怎么不会笑了？

我没事就呆坐，像一棵枯草，像一个木乃伊，内心却紧张无比，听着时间一秒一秒像一个接一个的炸雷一样滚过心头，等着，等着头上悬的那把剑落下来……

忽然有一天，我对自己说，那把剑不是已经落下来了吗？乔治不就是那把剑吗？落下来的头还能再安回去吗？还能再长上吗？你等什么呢？莫非你真以为落下来的头能再长回去吗？

我就跟小石说，你说你跟我照旧过是什么意思呢？怎么个照旧法儿呢？要是照旧，你得把我当你的骨中骨，你做得到吗？我泪流如雨。

小石说别闹。

我为什么是闹？你这不是欺负我吗？你这不是欺负我没能耐，你怎么对不起我我也没辙，不能把你怎么样吗？你什么时候变得这么会欺负没能耐的人？你什么时候变得心这么狠，随随便便就要我的命？你为什么要杀了我？

小石说胡说，礼花你是不是疯了？少提命不命的，吓唬谁呢？再来这一套，就请你走！

走到哪儿去？

爱上哪儿上哪儿。最好是回国。你在这儿这么不痛快，干脆回去算了。

你说让我带上蛐蛐回去？

蛐蛐在这儿挺好，为什么要回去？谁不自在谁回去。

小石你是要把我一个人踢出门吗？

小石说礼花你这人讲不讲理？我不是说了无数遍咱们照旧过吗？你要我怎么样呢？你要我不认乔治这个儿子？那对得起乔治吗？对得起萝西吗？我也许在你眼里不怎么样，但在我自己眼里，我是一个对得起人的人。我一生一世就要求自己对得起人，要求自己有担当，能负重。生活就那么简单吗？谁不得有点儿担当？谁不得忍辱负重？

小石居然慷慨激昂！

闹了半天是我疯了！

让我回国？总不会让我回北京去住小石爹妈给的那套小公寓吧？就算是让我住，又有什么意思？回去做什么呢？出版社早把我给除名了，再说就是让我还给大麻脸老陈当秘书我也不干了。让我垂头丧气地回省城去找我妈去？让我回去听我妈数落我脾气不好？让我回去看着我爸黑着脸不跟我说话？让我妈在省城里四处托人给我再找个对象？我这十来年莫非是白活了？蛐蛐呢？只当没有？我做了什么歹事就这么让人给当个零似的给抹没了？我为什么就有这两条路走，要么在这个春天街上的小公寓里终日枯坐，要么就回省城当个等待改嫁的半老徐娘？灰溜溜地回去是不可能的，这叫曾经沧海难为水；在这小公寓里没滋没味儿地给小石当老妈子，我是那窝囊人吗？小石你凭什么这么神气？你凭什么这么对我颐指气使的？就凭你有那贼胆子敢挂羊头卖狗肉欺世盗名吗？不就是敢胡涂乱抹吗？怎么见得我就没那胆子？！

我不再对着小石流眼泪。我把心横下了。我还是等，但等的不再是那把砍我的头的剑。我的头已经被砍掉了。我要把掉在地上的头捡起来，安是安不回去了，长不上了。我要把掉下来的头掖在裤腰带上，像被黄帝把脑袋砍了的刑天一样，双乳代目，照抢大斧，死不认输！我等的是时机。

阿拉斯泰问，礼花你为什么要画画儿？要是为了谋生，干什么都比当艺术家容易。我说我要跟小石赌一口气。阿拉斯泰说赌气重要吗？我说我是中国人，中国人相信人活的就是一口气。阿拉斯泰说那中国人可比英国人骄傲多了。我说谁说的？中国人最谦虚了，可要是把中国人逼急了，中国人也能当撒旦。在英语语境里，现在的我就是个撒旦，在中文语境里，现在的我是刑天。刑天是什么？阿拉斯泰有点儿好奇。我就把从鲁迅的"《阿长与〈山海经〉》"里看来的刑天的故事给阿拉斯泰说了说。可惜刑天的故事太短了，说来说去就是刑天与帝争神，帝断其首，葬之常羊之山，乃以乳为目，以脐为口，操干戚以舞那么几句。阿拉斯泰听了听，说刑天像个希腊英雄，又说还是撒旦好，还是当撒旦吧。我说为什么？阿拉斯泰说刑天不过是用形体表示不服输，撒旦则是用灵魂表示反到底。

阿拉斯泰是个单身汉，这一点可比拖着个一脸皱纹的老婆的布莱恩强得太多了。而且脸部异常精致的阿拉斯泰长得很迷人。都说老高的脸精致敏感，阿拉斯泰的脸比老高还要精致。我承认我很受阿拉斯泰的吸引，也暗自想过要是能像耗子似的嫁这么个老外该是个什么浪漫劲头呀。我现在算是明白了，嫁人和做人情妇是很不同的两回事。要是这会儿有女人请教我，问我男人是不是跟情妇感情更真挚，我就会毫不犹豫地告诉她，那是瞎扯。我这人对屈辱最敏感。

阿拉斯泰在我搬进他的小公寓的那天晚上留下来陪我。我哭哭啼啼的，阿拉斯泰还挺耐心，劝了又劝。第二天晚上阿拉斯泰可就找了个借口溜跑了。半夜，我躺在客厅的长沙发上，听见阿拉斯泰回来了，就睁开眼看。只见阿拉斯泰也不开灯，蹑手蹑脚地摸黑穿过客厅，身后跟着一个男人，也蹑手蹑脚缩脖耸肩长脚仙鹤似的。两个人进了阿拉斯泰的卧室以后关好门。我竖起耳朵，只听里边喊里咔嚓的，像是打架，可又夹杂着小声儿的说笑。我的心啊，又一次深深地沉了下去。

我不算爱布莱恩，可我有一点儿爱阿拉斯泰。

但夜深人静，坐在我心头驱之不走的还是小石，但不是现在的会说一口流利英语而且当了乔治爹的小石，而是很多年以前的小石。我梦中的小石皮肤晒得黑黑的，眯着酷似兵马俑的细细的眼睛，傻小子似的笑着，用粗条炭笔画了一个裸体的小伙子，又画了一个裸体的姑娘，然后指着它们对我说，礼花，这是亚当和夏娃，你是夏娃，我是亚当，夏娃是亚当的骨中骨。

第二天早上我很早就醒了，在生地方我老是睡不好。一个人坐不住，我就出去散了一小会儿步。阿拉斯泰住的这个街区比布莱恩的画室那一带环境还要糟糕，街道两边的房子破旧零乱不说，还满街垃圾。我没走多远就心虚地回去了。回去以后，阿拉斯泰已经起来了，正在公寓的小厨房里若无其事地煮咖啡，烤面包片。那个男人坐在小厨房里的小餐桌前看报纸。我走进去，他们两人一起对我说早上好。我也大模大样地在餐桌前坐下，阿拉斯泰端给我一杯橙汁。我喝了一口橙汁，看了一眼那男人，发现他是一个很英俊的小伙子。嘿，怎么好小伙子都是同志啊！我也学油了，对那漂亮小伙子一笑，说我叫礼花。小伙子说，哈啰礼花，我叫米歇尔。

得着机会，我问阿拉斯泰你什么时候成了同志啊？阿拉斯泰嗯啊了两声以后说咳你不知道我从来都是换来换去。我不做声了。

客厅里，我的那两个大箱子忧郁地挤在角落里。

那天夜里，天漏了一样地泼着大雨，雷声阵阵，春天街上水泡纷飞。我说小石你今夜在家吧。小石说不行，今晚不行，萝西今晚不想一个人过，乔治总是哭，可能病了。我说小石你就听我一次，今晚在家吧。小石说不行，萝西在等我，乔治病了。我又说小石你今晚在家吧。小石没说话。我说小石你今晚在家吧。

我说小石你今晚在家吧。

我说小石你今晚在家吧。

我说小石你今晚在家吧。

小石说不行，今晚萝西不想一个人过，乔治不舒服。

小石拿起伞走了。

我跟着小石，一直跟到画廊。小石不知道，径自进了画廊。我站在画廊外的大雨中，盯着亮着灯光的画廊的窗户，盯着里边晃动的人影。

我忘记了时间，忘记了什么时候灯光熄灭了，忘记了瓢泼大雨发疯一样浇在身上，忘记了我早已冻得瑟瑟发抖。

不知过了多久，我睁开眼，发现自己浑身透湿坐在深夜的雨地里，四周空无一人。没有一扇窗户亮着灯，没有一辆车从身边驶过。

热泪把我淹没了。

17

回声：蝉变

　　摘下大眼镜，施老板是一个好看的男人。施老板高大健壮，长方脸上五官端正有力。施老板的年纪虽然已经过了五十，但看上去还像是四十多岁。我想我之所以一下子就决定在施老板的饭馆里洗碗，除了地点合适我可以骑杰克给的自行车上下班以外，还跟施老板相貌不凡有关。

　　更没想到的是，施老板的妻子施太太居然是一个清秀妩媚的四十岁出头的洋女人，让我不胜惊讶。难得的是，施太太不仅清秀妩媚，而且勤劳能干；不仅勤劳能干，而且安静朴实。我不由不对施老板夫妇印象极为深刻。

　　"四合院中餐馆"中午也营业。因为学校还在放假，施老板就让他的上高中的儿子安迪中午在餐馆洗碗。施老板说等学校开学了，要是我愿意，中午也可以来。当然啰，施老板又补充说要是找到了顶替你的人，你就当招待，不用洗碗了。

　　刷碗刷盘刷茶杯都好办。施太太把用过的盘碗都先分类放在几个大方塑料盆里，见哪个满了，就端到我这儿来。我在水池里用溃水龙头把整盆的盘碗大致冲一下，然后一个一个地摆进洗碗机专用的塑料笼屉。饭馆用的洗碗机样子像个大铁箱，两边都有可推上拉下的门，塑料笼屉从这两个门里一进一出，构成一个很短的流水线。我把装满了的塑料笼屉推进洗碗机以后，把洗碗机的门拉下来，一按电钮，洗碗机就吼叫着又洗又涮，还高温消毒。这高温消毒最关键，否则新西兰卫生检疫当局不让你开饭馆。不出二十分钟洗碗机就完成任务了。等洗碗机一停止吼叫，我就到另一边把出笼屉的门推上去，把笼屉拉出来，把里边的盘碗按类别按大小在就近的碗盘柜上摞起来。我很快就适应了洗碗机的运作，还觉得挺有韵律。

不好办的是洗锅。洗锅得用手洗，因为洗碗机对付不了里面的嘎巴，而且锅不要求高温消毒。施太太看我一手把锅悬空端着，另一手拿着蘸了洗涤剂的塑料海绵在锅里面又擦又蹭，知道我不会，就走来教我。只见施太太把锅放在水池里，一手扶锅，另一手擦洗，让水池底支撑着锅。我看了才明白这样做就不用自己跟自己较劲儿，能省很多力气。我的洗锅的技术虽然大大改进了，可洗锅的活计仍然不轻松。好在锅不像碗盘那样时时刻刻需要洗，一个晚上就是收摊的时候洗一次。当然了，到时候要洗的就不只是一只锅。

不管怎么说，我在"四合院中餐馆"的洗碗工作在吃力的程度上还算过得去，我觉得可以作为一个维持眼下生活的临时手段让我们先喘喘气。我算了算，要是每天都去洗五个小时左右的碗，一个月可以挣出来一千多块，交了房租和水电费以后还够两个人吃饭。

在"四合院中餐馆"洗了几天碗以后，我对那里的上上下下就比较熟悉了。渐渐地，我发现了一种对我来说别有洞天的平凡生活。我暗中吃惊的是，这种生活居然让我有一点神往。

怎么形容这种生活呢？我费了很多心思。

这么说吧，照我看来，人们对自己的生命的处理方式大致可以分为两种，一种是让生命的过程像流水，随物赋形，在山中就是水潭，甚至是深渊，下坡就是溪流，经过岩壁就是瀑布，在两山之间就是急湍，在平原上就是静静的河流。换句大白话说，就是怎么过都行，没有什么一定。另一种则是第一种的背反，决不能怎么过都行，一旦选好了某一个特定的生活模式，这个特定的生活模式就是决定性的，所有的人生的决定都要服从这个选定的生活模式，如果不能按照这个生活模式度过生命历程，那就会是根本的人生失败。总之，前者柔，后者刚，这么说意思清楚吗？好像不尽然。让我再想想吧。

姑且用我的分类的话，我觉得施老板的生活也许属于第一种。

海外中餐馆的习惯做法是，每天打烊以后，把一切都收拾妥当了，大厨再炒两个最便宜的菜，一荤一素，招待全体工友。"四合院中餐馆"

规模很小，所有干活儿的人都算上也只有四人，一个从新加坡过来的正经的厨师，负责外部联系兼二厨的施老板，管账兼招待的施太太，再就是洗碗扫地的我了。"四合院中餐馆"尽管小，也仍然给大家提供这顿免费的消夜。只不过，施太太常常不吃。施太太虽然吃的时候不多，但总是跟大家在一起坐着。吃消夜的时候，大家难免觉得应该随便聊一聊。那位从新加坡过来的厨师是一个沉默寡言的人，大家都称他陈先生，花了我好几天的时间才搞清他的名字叫陈继德。是"积德吗?"我觉得有些滑稽，不由得追问。陈先生的脸就红了，连连急迫地摇头，那架势有点像是觉得受到了重大的误解。施老板就替他说不是不是，是继承的继。我在心里觉得好笑，陈先生也计较自己的名字是不是高雅。施太太不会说汉语，所以跟我们在一起的时候很少说什么，不幸持重的施老板也不多说话，所以我们的消夜常常有些令人难堪地沉闷。我憋了几天以后，就大胆试着聊几句，好拯救苦于失语症的大伙儿。我于是很有些受欢迎。当施老板和施太太得知我的丈夫是一个诗人以后，就都好像对我在好感之外还增加了敬意。施老板很想称我为刘太太，在我一再坚持之下，才继续叫我小陈。施老板常说，以"四合院中餐馆"之小，居然拥有一大一小二陈。陈先生也对我很亲切，我猜想可能不是因为刘星是诗人之故，而是因为我也姓陈，说不定是同宗之故吧。

我于是大致知道了施老板是怎么来的新西兰。说实话，我有一点吃惊，因为施老板怎么看也不像一个性格激烈以至于弄得自己在台湾无处存身的人。一旦对施老板刮目相看，我就常常不由自主地从暗处悄悄端详总是在忙碌的施老板。戴着一副已经过时的大眼镜，魁梧的施老板在锅碗瓢盆鸡鸭鱼肉葱姜大蒜中弯腰立直奔来跑去忙忙碌碌一头大汗的样子未免有些滑稽。可是我发现，当施老板挺直身板，摘下大眼镜，举手静静地擦汗的时候，施老板的样子居然持重深沉，眼神中恍恍惚惚有一种隐秘的凝思。不知为什么，那一点点若有若无的隐秘的凝思，使我不由神往。我就很想多知道一些施老板的身世。可是施老板的话总是很少，不问，施老板是不会谈到自己的，可是我总不好不依不饶地追问。

施太太的名字叫素。但在"四合院中餐馆"里只有施老板管施太太叫素，我和陈先生都用英文叫她 Mrs. Shi，也就是施太太。施太太是那种越看越好看的女人。施太太的身材纤细挺拔，大大的灰眼睛宁静朴素，说起话来声调总是很低，要是眼睛对着你，就总是一脸温和的微笑。施太太跟我一样，也是骑自行车上下班。跟我不一样的是，施太太骑的是一辆漂亮的红色越野运动式自行车，施太太骑车时必定要戴上一个骑自行车用的小头盔。这样，施太太骑车就好像是运动锻炼身体，不像我，在看不出是什么颜色的旧自行车上费力地拐呀拐的，我觉得我的样子一定有些穷酸和狼狈。施太太戴着头盔搬自行车进门的样子可以说是英姿飒爽，难怪四十多岁了，看上去还像三十刚出头。我对这样一位施太太竟然跟着猛一看有些傻呵呵的施老板不离不弃深为惊讶。而且，施太太让我莫名其妙地有些羡慕，因为我猜想他们的相识相知相爱一定是一个动人的故事。话说回来，要是没有一个不平常的故事做根基，我觉得对于施老板和施太太这样一对漂亮人物，这种在锅碗瓢盆鸡鸭鱼肉葱姜大蒜中弯腰立直奔来跑去忙忙碌碌的生活未免枯燥平凡得有一点难于忍受。只不过，那个动人的故事永远封存在施老板忙碌之余摘下眼镜擦汗时眼中若有若无的隐秘的凝思中，也永远封存在素的微笑的然而沉默的灰色的大眼睛里。

在我初去"四合院中餐馆"打工的那些日子里，夜里一闭上眼睛，我的脑子里就涌现这样的景象，一个晴朗的日子，也许是在夏天，更为年轻一些因此更为漂亮一些的素在新加坡的街上闲逛，施老板正坐在街头的露天咖啡座喝咖啡，两个人对视，都心头一动。施老板朝素微笑，素说你好。施老板目不转睛地望着在炎热的阳光下闪烁着晶莹汗珠的漂亮的素，素说，我可以坐下吗？从那一秒钟起，施老板到目前为止的全部生活就都变成了前朝旧事。施老板对那一刻之前的素也毫无兴趣。素对他来说刚刚降生。他和素只互相看一眼就都失去了各自的历史。从那个晴朗的新加坡的夏日起，施老板施太太挽紧手臂，相跟相随，颠沛流离，最后在浩瀚的南太平洋上这个小小的岛屿上的一个小小的叫作"四合院中餐馆"的角落里安下身，从此任世界喧嚣尘上，他们径自甘守自己这份卑微。他们要的只是从早到晚每一个两人相守平静安宁的足足的日子。我总是忍不住要猜，这对文化背景如此不同的漂亮的夫妇互相面对相视而笑时都说些什么呢？施老板会不会像刘星那样，说雨那天我们在火车上相遇阳光像水银一样在你脸上流过来流过去，说雨你还记得我们有一天夜里在玉渊潭看到的提琴般的树影吗？你还记得那天夜里铺天盖地的月光变成了提琴般的树影的音乐吗？

要是跟陈先生提起施老板，陈先生就不说话，好像发过誓绝口不谈我们的老板，让我又惊讶又佩服他的忠诚。可是有一天，听到我又提起施老板，闷头闷脑的陈先生忽然意外地没忍住，脱口说了一个词"小气！"我疑心是我听错了，追问陈先生你说什么？陈先生却又恢复了沉默。

月底，施老板给我发工资，说小陈这个月你一共打碎了三只玻璃杯、一个盘子，所以在你的薪水里要扣掉十块钱。施老板还说小陈你不要介意，学徒总是要交一点学费的。我们做事都要认真的，都要守规矩，这样大家才能都赚到钱。等到后来我当上了招待，施老板要我如果客人给了小费，每天晚上收工时要交出一半好分给当厨师的陈先生，引座的施太太，和洗碗的工人，说这是饭馆的规矩。我洗碗的时候怎么没有这个规矩？施老板分明看到了我眼里的疑问，但是装作没有看到。可笑的是，新西兰的餐馆不兴收取小费，客人愿意给当然好，但本地客人一般是不给的，欧洲来的游客也一般不给，美国来的游客倒是会糊里糊涂地给一些。但哪里能指望天天都有糊里糊涂的美国游客挤破餐馆的门呢？这个施老板，那一点钱也要看在眼里！

刘星说要是施老板这么孙子，咱们不去了成不成？我看看刘星，刘星的脸晒得很黑。我纳闷儿那是为什么。刘星的菜园计划还是一筹莫展。我说餐馆的客人多半不会留小费的，除非吃得太高兴了又看我特别顺眼才给一点呢，那么一点钱，算了吧。

我整整洗了三个月的碗。怎么那么巧，就在我从施老板手里拿到第三个月的工资那天，大彭给我们打电话，邀请我们去他的新家做客。

我已经听说了，大彭在离奥克兰市中心不远的东海湾一带买了一所豪宅。到奥克兰不久是人就会知道，东海湾一带是奥克兰的超级富豪区，能在东海湾一带买房子的中国人还不多。然而大彭的壮举并不使我意外。大彭的宽肩膀早就对我暗示了这一天。我们跟大彭不算很熟，然而大彭请我们去做客也不使我感到意外。第一次见大彭我就明白，大彭将是一个我不用担心会丢失的朋友。

刘星说不去，干吗去给暴发户当清客捧场，大彭就是不能免俗，在东海湾买房子俗不俗啊，硬是憋不住要显摆。要是我，就算是腰缠万贯我也还住咱们的小木屋。我说还是去吧，眼格宽一点嘛，宰相肚里能撑船，管人家俗不俗呢。大彭总是好意，总是把咱们当朋友的意思。咱们为什么非要硬邦邦地拒绝人家的好意呢？咱们单枪匹马在海外闯天下，多个朋友总归会要多一条路，你这么别扭，倒显得小家子气。再说，你那万贯缠在哪里了？我怎么从来没见过？刘星睁大眼睛，好好看了我一眼。

大彭坚持开车来接我们。我说不用，我们乘轮渡过去，很好走。大彭还是坚持来，说有车为什么不用？别跟我客气，我这个人不会客气。

我这个人也不会客气，刘星更不会客气，说大彭愿意来接就让他来接吧。结果跟大彭说好了，我早点下工，五点钟跟刘星一起在家里等大彭开车来接。

新西兰在好多地方都跟中国正好相反。比方说，中国的南方暖北方冷，新西兰则是北方暖南方冷。你说怪不怪？气候也是，现在是三月，在中国的南方正是阳春三月，可在新西兰的北方则是绚烂的初秋。我从衣箱里找出一条有衬里的钩花白短裙和一件米色薄毛衣，穿好以后对着镜子梳了半天头。刘星说嗬这么漂亮，雨你真漂亮。

大彭按时到了。我从窗户先看见的，赶紧去开门，忙得差一点摔一跤。刘星说慢一点，急什么。

身穿米色卡其棉布裤和驼色棉布衬衫的大彭容光焕发地站在门口，落日的光芒斜照下来，大彭的脸一半明一半暗。大彭对我微笑，不动声色地打量我。

大彭的宽大的黑色的汽车很配大彭，乌亮乌亮的，既沉着又高贵。我想夸奖夸奖，碰到刘星阴沉的眼神，就把嘴闭上了。刘星坐在前排大彭旁边，我一个人坐在后座上。大彭的车无声地越过我们家前方的树丛，越过杰克家的菜地，越过"四合院中餐馆"……

我在后面盯着大彭的后脑勺，大彭的头发里夹着不少白发。我忽然看见大彭从后视镜里看我。我闪开目光。我想跟刘星说话，可是当着衣冠楚楚的大彭，我不想问刘星的菜园子张罗得怎么样了。不知怎么，我嘟囔了句哎呀刘星你怎么不换身衣服呢？大彭扭头对刘星笑了笑，说诗人嘛，都是不修边幅。刘星没搭茬。我觉得刘星太冷，就问大彭今天还有什么客人。大彭说太忙，没请别人，说你们俩是头一拨。我说怎么小球没去过吗？大彭说没有，又反问为什么小球得去呢？我说你们不是患难之交吗？大彭沉吟了一下，说，是患难之交，但是生意上的患难之交。我想起了老高说过的亚里士多德的朋友之道，不由又看了看大彭的后脑勺，又看见大彭在后视镜里看我。我朝大彭微微浅笑了一下。大彭不动声色。

没想到大彭的新房子如此漂亮。站在入口，我不由得拉住了刘星的手。刘星的手冰凉，在我的手里一动不动。我知道刘星在想什么。要是能，刘星会转身离开。刘星什么回应都没有，任我拉住他的手。

大彭的环形的房子外面覆盖着一层白色涂料，不知道是不是水泥，形状像是一个有个缺口的粗细不匀也不很圆的精雕细琢的象牙手镯，入口就是那个缺口，一扇黑色的铁栅栏门仿佛钩链一样合住了手镯。走进铁门就是走进了那个大手镯，手镯的中间是个院落，我们南方管这种院落叫天井，只不过中国的天井院落都是四方的，倒是这个近于圆形的院子更加像一个井。院子并不平，很像一个海螺的里面，处处是宛转的台阶，有的地方是花池，有的地方是闲坐的小平台。沿着院子里的露天台阶可以走到楼上。我仰脸看看，四周一圈都是连成一体的流线型房屋，由低到高，有的地方是回廊，有的地方是布满落地大玻璃窗的图书馆，这所房子最高的地方就是二楼。大彭搓搓手，说要不要先参观参观房子？刘星面无表情地说不必。我觉得刘星别扭得不近人情，就赶紧说大彭你带我先看看吧。大彭细心地说刘星你累了吧，要不先喝一点水，歇歇再说。大彭又说咱们也可以先吃饭，饭我都预备好了，是从朋友的餐馆里买的现成的，好吃不敢说，但比我做的总要强些。刘星笑笑，小声说都行。

大彭把饭一一热好，盛在几个大白瓷盘里，摆在一楼的餐厅里的大餐桌上，又用白瓷碗盛上米饭，还打开一瓶红葡萄酒，倒进三只晶莹闪亮的硬玻璃杯里。我们在桌前坐定，从餐厅的大玻璃窗可以眺望正在落日熔金中的米申海湾。刘星举起酒杯，微笑着说，大彭，祝你乔迁新居。我赶紧跟着说，对对对，大彭，祝你鹏程万里。刘星看了我一眼。我自己听着好像也挺俗气。大彭绽开笑容，说多谢，不过我这种草民哪里谈得上什么鹏程。我说姓彭嘛，总归要走路的，怎么会没有路程？刘星莞尔一笑，喝了一口酒。大彭也莞尔一笑，喝了一口酒。一道夕阳的斜晖射进来，正照在大彭的脸上，一层层思虑像淡淡的阴影在大彭的辉煌的但不再年轻的脸上轻轻颤动。我转脸望望刘星，刘星整个人都沉浸在阴影里。我忽然想起了跟青蛙和礼花一起看过的那张蒙克年轻时候的自画像。忧郁的蒙克也整个人都沉浸在阴影里。我又想起老高说过蒙克的一生都被对疾病、疯狂和死亡的感受所缠绕。一瞬间，我心里仿佛有两个世界同时存在，一明一暗，好像我可以选择，好像我得选择。为什么我忽然又要选择？我不是已经选择过了吗？莫非一个人可以有两次选择的机会？甚至比两次还要多？老高不是说过人其实每时每刻都可以做选择吗？我不知不觉地既担心又兴奋。

吃过饭，大彭引我把房子看了一圈，到他用的在二楼的主卧室门口，大彭随手把门轻轻关上，说这是我睡觉的地儿，没收拾，乱着呢。我不知道说什么。大彭顿了顿，好像等我的反应。我还是不知道说什么，大彭等什么呢？是不是等我说什么呢？我能说什么呢？我看看大彭，大彭似乎有些失望，怅然说，咱们到下边的阳台上坐坐，喝点儿茶，再聊聊。我说行。

我们三人坐在阳台上，一边慢慢地喝茶，一边闲谈。米申海湾在我们的眼底一点一点地变成一块闪亮的黑绸，星星一个一个地跳进深蓝的天空。在海风轻轻地吹拂下，夜晚悄悄地把世界吞进自己的柔软的肚子里。我渐渐平静下来，开始放松地然而认真地谛听刘星和大彭的对话。

刘星说大彭你以前在国内是干什么的。

大彭说我走的时候在一个报社当助理编辑。

刘星说嘀，看不出你这个经商有道的人还舞文弄墨。

大彭说看不出才好。

刘星说就是，要不然怎么能说是蝉变。

大彭说这两个字用得好。我要的就是蝉变。

刘星说可是蝉变双关。

大彭说怎么讲。

刘星说要么有始无终，要么齐万物。

大彭说那我希望是齐万物。

刘星说好样儿的。

大彭不语。

刘星说齐万物其实也双关。

大彭看刘星。

刘星说虚无也双关。

刘星说虚无既是恪守本质也是逃避本质。难就难在恪守，容易就容易在逃避。

大彭看刘星。

刘星看大彭。

大彭一笑，说我最近在想，做生意赚钱哪儿有什么尽头，不愁衣食了就行了。我还是忘不了我的本行。

我一愣，脱口问道，什么本行？当编辑吗？你还想当编辑？回国当吗？还是在这里当？用中文还是英文？

大彭看看我，好像对我的急切有些惊愕。顿了顿，说倒不见得非得当编辑，我是泛指文化事业。具体一点儿说，我对"文革"这件事总是放不下。我觉得我们这辈人败也是因为"文革"，成也是因为"文革"。可是不过二十年，"文革"的来龙去脉和历史效应在国内就几乎没人再关注了。当然了，有些海外学者也许还在做冷门文章，但也不过是白头宫女闲坐说玄宗罢了。我痛心的是咱们国人的健忘。我想不明白，那么深刻的经历和体验怎么可以不留痕迹。

我问那大彭你能做什么呢？

大彭昂扬地说，我要回去发起一个运动，一个每一个人忏悔在"文革"中做过的一件坏事的运动。我的目的是要国人明白，我们每个老百姓单独的盲从和怯懦加深了整个社会的灾难。我是鲁迅先生不变的信徒。我相信不医治每一个国民的狭小和胆怯的灵魂，我们的文化就没有伟大的创造性的前途。充其量，我们中国人只能跟在外国人的文化后边一知半解地鼓噪。

我问那你怎么能让大家都来忏悔呢？人家好好地活着，上级既没有硬性规定也没下指示，又没有什么实际的物质上的好处，为什么要自找不自在呢？我对沉稳的大彭居然很有些天真有些意外。

大彭激动起来，说一个人多少有一点良知，否则这个世界就太可怕了。我就是要诉诸这点良知。我先第一个忏悔，然后我发动我的好朋友们都来忏悔，一个带动几个，几个带动一片……

刘星说大彭你当你是火种，星星之火可以燎原哪。你怎么就是脱不掉先知先觉革命家救世主运动民众的陈旧窠臼啊。

大彭一愣，说怎么是陈旧窠臼？我要做的事前无古人。咱们中国人忏悔过吗？咱们的民众文化是忏悔的文化吗？

刘星叹了一口气，说"民众"有什么意义吗？

大彭说莫非民众没有意义吗？

刘星说我是个只见树木不见森林的人。树木让我愉悦，森林就让我觉得麻烦。换句话说，我愿意一棵树一棵树地观察，那样，树就在我的审视之下，而要是置身在森林里，被树包围，我就会觉得受树的压迫。人也是，我愿意跟单个的人交往，要是被一大群人包围，我就会觉得受挤迫，被裹挟，有危险。所以我不去理会什么"民众"。此外，人们要想结成一伙就得以互相妥协为条件，那也很讨厌。对于"民众"，我逃还来不及呢。

我看大彭的脸色有些发白，就插进来说，刘星你作为诗人当然可以不理会民众，但是武器的批判不能代替批判的武器，政治的存在是现实，总要有人来现实地对待吧。大彭报社出身，总免不了要关心政治和民众一些，不能像你一样，给自己造一个精神的象牙塔钻进去就完了一个诗人的事了。

大彭勉强笑了笑，说闻君一席言，胜读十年书。不错，不错，有独到之处。我应该再想想。陈雨说的呢，也有道理，我又不是诗人，跟象牙塔一时半会儿还没什么缘分。当然了，等我哪天也写起诗来的时候说不定就有缘分了。作为一个中国人，我还是觉得对民众有责任。唉，从小就听惯了天下兴亡匹夫有责这样的话，让我放弃对民众的责任感，还真是有些不容易呢。我承认，在这个意义上，我是脱不了这个一个中国人与生俱来的胸怀天下的窠臼，可能也不想脱。何况，对于一个中国人来说，诗与志是不能分割的。历史上哪个伟大的中国诗人没有救国报民的政治志向呢？

我知道，大彭这些话说得有些厉害。

刘星听了以后，环视一下大彭的豪宅，笑了一下，说当一个传统的齐家治国平天下的中国人究竟是好还是不好呢？换句话说，传统的"中国人"跟中国的"民众"是一回事吗？要是是一回事，中国民众跟大彭你这个传统的中国人是一回事还是不是一回事？我怎么越听越糊涂，大彭你要做的究竟是什么呢？你莫非要既坚持传统又要革传统的命吗？

大彭说诡辩诡辩，我这人嘴有点儿笨，不会辩论，让你们二位见笑。我不过是觉得，什么东西都是可以进一步分析的。中国的传统应该也是这样，应该可以去糟粕留精华。你看西方人不是这样对待他们的传统吗？所以西方的传统就没有断。不像咱们，咱们的传统断了。可惜呀。其实，说句公允的话，中国的传统里也有好东西应该继承。知之不可为仍为之，儒家不可谓不勇。

刘星皱了皱眉，沉默了半天，然后低声说，个人的儒家道义加起来不过是统治者的集体护家犬。越勇岂不是越糟糕？大彭你知道吗，我其实是很佩服咱们中国人的，你说还有谁比咱们中国人更老实又更灵活？

我知道刘星是真烦了。每当刘星觉得对方满口陈词滥调不知所云的时候就很烦恼。

大彭很知进退，笑了笑，说我这个人孤陋寡闻，所以我的见识就没什么意思。哎，听说了没有，旅新华人互助协会就要成立了，所有住在新西兰的华人都可以参加，不管是台湾来的还是大陆来的。成立这个协会的目的是想改进和提高在新西兰居住的华人的文化生活质量，同时对刚来的新移民和留学生提供一些帮助和救援，尽一点同胞之谊的意思。异国他乡，有这么个组织总是好一点儿。你们有兴趣参加吗？要是有兴趣，我这儿有报名表……

刘星打断大彭，说别忙了，大彭，歇歇儿，我们先不忙着参加吧。别刚离了国内的团团伙伙，又陷进了这儿的团团伙伙。我对团团伙伙有点儿顾虑。

我怕尴着大彭，就说有个互助的团伙挺好的，出门在外，大家应该互相帮助。大彭你参加了吗？

大彭说参加了，说他还是组织者之一呢。

我说大彭那你给我四张表吧，我要给"四合院中餐馆"的施老板和另外两个华人工人，也许他们也会有兴趣参加。我们也会参加的。

施老板、陈先生和洗碗的小李都参加了华人互助协会。三个人对大彭都赞不绝口，说大彭是个及时雨宋江，侠肝义胆，掏了大笔的钱赞助互助协会，而且主持公道，足智多谋，是解决问题的高手。施老板说大彭是难得的领袖人才。不久我就听说大彭当了互助协会的会长。

如果说，施老板的世界柔，刘星的世界刚，那大彭的世界就既柔也刚。

那次在大彭家做客，走的时候大彭小声问我还打算不打算去中药店，说小球儿催了几次了，说要是不去，她就要聘别人了。我问怎么是小球儿管事呢？不是你的店吗？大彭说小球儿具体负责奥克兰那个店，他们实行层面管理。我说那要是我去了，就要听小球的了？大彭说那又有什么关系，小球儿人挺好的，又很熟悉业务，跟她能学到不少东西。我好半天没说话。最后我说让我想想吧。大彭说别想太长时间啊。

刘星说不去不去，小球儿神气活现的，咱们不去伺候她。我说那我在施老板那里要做多久呢？莫非我这辈子就在那个小饭馆里当女招待了？刘星说等他弄到菜园子跟他一起开办一个蔬菜农场。咱们谁也不伺候，刘星说完拍拍我的肩膀，像是挺有把握。我哪里能相信，悻悻地说我说好久没顾上问你了，你的菜园子在哪里呢？

从大彭家回来那天夜里，我很久睡不着。我心里很乱。

三个多月了，刘星要是不帮着杰克种菜，就满岛乱跑，说是勘探。我就笑不起来了。大概我管不住自己，老是不由自主地有些脸色阴沉。刘星有点顶不住了，要是能出去，他就出去；要是天太晚了不得不在家守着我，刘星就连连叹气，时不时地嘟囔一句"贫贱夫妻百事哀"。我就说你瞎嘟囔什么，要想不哀就努力多写几首诗。可是我心里空落落的，我怕我已经不指望刘星的诗了。

刘星已经半年多什么也不写了。刘星说他不是造诗的机器，所以不能够什么时候想生产诗就能生产。刘星还说不写诗也没什么，什么文章事业，都是虚荣心功利心作怪。刘星说要是这辈子能像杰克那样本分清贫平淡地度过，他就认为是三生有幸了。

刘星果然身体力行起清贫平淡的生活。我说攒钱买个电视机，刘星说不必，说电视里没什么好节目，都是迎合庸俗大众的破玩意，看电视浪费时间不说，还费电费钱，有百害而无一益，有那时间看点儿书多好。我说老高给的盘碗残缺不全，买一套好看的餐具吧，刘星说别，桌子那么小，摆都摆不下。我说那咱们先买个大一点的饭桌，好请人到家里来吃饭。刘星说不用急，他要自己做一个，又省钱又拙朴。刘星说什么都没有拙朴好，说拙朴是最高的品位。在刘星的拙朴的品位的要求下，我们的家不仅蓬屋垢壁，而且家徒四壁，缺东少西。我的鲜红的意大利高档名牌皮手包躺在角落里的从北京带来的旧衣箱上，像一只通红的充满了嘲笑的眼睛一样盯着我。

随着天气渐渐变冷，我们的小木屋里的夜晚越来越静寂。

八十年代初期的诗歌的北京在不知不觉中亦行亦远，让我始料未及。从在火车上结识刘星到此刻，居然已经过去了十三年。十三年的时间听起来够长久的，可青蛙和礼花相继自杀的事，偶尔想起来，觉得还像是昨天的事。只有夜深人静看着窗上的月光细细回想当年，回想我们三人一起热烈议论北京前卫艺术的人与事的时候，我才真正觉得恍如隔世。唉，当时怎么也想不到，不过十三年，我们三人不仅天各一方，而且阴阳两隔了。要是青蛙和礼花当时知道她们各自都只有几年的活头了，该有多惊骇和多悲伤呀。不想则已，要是想就会越想越觉得不可思议，人生的变化应该如此迅速、激烈和惨痛吗？然而有时候，我也会在转念之间觉得有种必然在其中。比方说，我觉得不能想象脸色苍白的青蛙跟我坐在一起一边给施老板剥葱一边讨论怎么申请新西兰移民签证，也不能想象骄傲的礼花像我似的卷起袖子系上大围裙每天洗上六个小时的碗。这么一想，我就觉出时代的步伐了。时间原来不是一个数字的概念，时间是一个全方位的可怕的东西。时间的一分一秒不仅意味着脸上的皱纹，而且意味着心上的皱纹。心如果不能与时俱进，不能随着外部季节的变化而成熟起来，就会和世界发生激烈的冲突，就会导致悲惨的结果。我越想越紧张。我觉得我可得好好审视一下自己的心。

刘星不同意我的看法。刘星说心要是变了，就什么都完了。刘星说人的心不能变来变去，说人生的全部不幸就是心抵抗不住外部的世界，就是心不能守住自己，就是心在变化中消失了，说艺术就是关于心的，说艺术是心的城堡，说艺术的本质就是不变的心。

刘星的不变还包括了他的一贯的挣不来钱。以前我不在乎，现在我发现自己有一些在乎了。为什么我就得干粗活养家呢？为什么我不能像施太太那样为了活动为了和施老板在一起才工作呢？我觉得有点亏有点冤似的。这个发现让我烦恼。刘星还浑然不觉。不过也可能有些觉得了。我发现刘星的笑脸越来越少。以前刘星常常跟我开玩笑，逗我，故意惹我生气，然后再温柔地劝慰我。现在刘星跟我说话比以前小心多了，生怕惹我生气。我注意到了，刘星低头闷想沉默寡言的时候越来越多。刘星这个死样子更让我心烦。

我对去不去大彭的中药店正举棋不定，一个小转机又来了。我这人就好像有福星高照。当然了，不能把我要当刘星的诸葛亮却出师未捷身先死这个惨败算上。我本来是一个神机妙算的人，可到我发现威基岛上的一个小图书馆招聘一个半时图书管理员的广告时，刘星除了不能挣钱，其他都跟以前差不多，连不能挣钱这一点也跟以前一样，让人怎么看得出来呢。问题就在这里呢。要是我能早知早觉，怎么至于三十五岁的年纪就到了这个地方，在茫茫黑暗中瞪大了意识中的眼睛没完没了地回想旧事呢？

白色的小图书馆坐落在威基岛西边人比较多的地方。一个名叫丽萨的女人跟我谈了一会儿以后跟我说，她跟上级报告一下，让我回家等她的电话。丽萨是那个小图书馆的负责人。丽萨告诉我，现在图书馆里只有她一个人，要是聘了我，我的工作将主要是处理还书。丽萨说虽然我没有在图书馆工作的经验，但她觉得如果我愿意，聘我问题可能不大，因为这个工作是个半时工作，薪水也不很高，所以来应聘的人并不太多。丽萨说到这里，好像意识到有点不合适，就又说虽然这个工作现在是半时，但是以后很可能有机会变成全时，主要是要看奥克兰市公共图书馆系统的经费情况，当然也要看工作量是不是相应增加，总之虽然现在她还不能做什么承诺，但肯定不是不可改变的。我觉得丽萨很和气，很有教养，不像小球儿似的，一觉得要当你的上司就端起负大责任的架子。丽萨是一个衣着朴素相貌平平举止文静的五十多岁的白种女人，我觉得丽萨走到哪里恐怕都能让人认出她的职业。

果然没过两天丽萨就来电话说图书馆很欢迎我去，让我考虑一下尽快给她回电话。我当即说我去。

那一刻我喜出望外，甚至有些志得意满。我觉得这下算是踏上正途了。我觉得我在正路上一步一个脚印走得又稳又有节奏。搬出奥克兰大学两三个星期我就在"四合院中餐馆"打上了工，几个月以后，我又坐在威基岛图书馆里整理卡片了。虽然晚上我还需要去"四合院中餐馆"当招待，但我相信那只是暂时的，只要沉住气，一边耐心寻找，一边继续练习英语，新的转机一定会很快来到。

大彭听到这个消息，显然很有些失望。我就鼓励大彭说欢迎他到图书馆来看看。大彭就拣了他有点空的一天开车过来了。大彭见到我一脸喜气，恭喜我能够一点一点拓宽谋生的道路。大彭还送给我一件礼物，是一个异常精致讲究的红色的小皮钱包。我仔细一看，也是萨尔瓦多·菲拉加莫牌，上面也有一个马嚼口形的金色的金属扣环，跟我的菲拉加莫红皮手袋正好配套。大彭说这下就全了。我捏着大彭的礼物，不知道说什么好。大彭在图书馆里东看西看，连连说环境很好，说有书卷气，跟我的气质正相配。我觉得大彭这个人很随和，很大方，很得体，心也很细。跟大彭说话很轻松，不管你说什么，大彭都像一块吸水的海绵一样听进去了。

我把大彭给的菲拉加莫红皮钱包放进刘星"袖"的菲拉加莫红皮手袋里。这两件东西都是我非常珍爱轻易不用的。我没跟刘星提这件事，所以刘星不知道他"袖"给我的红皮手袋的肚子里藏着一个大彭送的小红皮钱包。没事的时候我就审视那一大一小两个红色的小东西。它们好像是两个诺言，分别向我许诺不同的未来。我翻来覆去地掂量它们。我纳闷为什么小钱包那么神气，总是好像笑眯眯似的挺着饱满的小肚子。我就忍不住要捏捏它的小肚子，小肚子柔软得好笑。

当上威基岛图书馆的半时管理员只让我志得意满了一小阵。很快我就又焦虑起来。奇怪得要死，许多事都已经梦想成真，比方说嫁了诗人出了国，可我却越来越焦虑不安，好像真正想要得到的东西并没有得到，而且不可能得到，或者很难得到。我觉得好像我永远是在路上跋涉，路漫长得看都看不到头。要是一辈子都这样茫茫然地辛苦得要死而又毫无结果，我觉得可怕死了。

我沮丧，因为我的辅佐刘星成为伟大诗人的计划越来越显出是一个空想，不仅是刘星并不听我的，更重要的是诗人的时代过去了，现在凡是执意要做诗人的人都多少有些疯傻。刘星也沮丧，但我不知道使刘星沮丧的究竟是什么，但是肯定不是因为做了诗人。刘星从来就有些喜怒无常，情绪忽高忽低，要么滔滔不绝，要么沉默寡言，要么兴高采烈神采飞扬，要么沮丧沉闷死螟瞪眼。我本来觉得可以习惯，谁让人家是诗人呢，诗人的个性总要有些特别。可是后来我就有些厌恶了。我知道其实不是因为刘星越来越神神道道，半疯，让我莫名其妙。那因为什么呢？因为刘星越来越不懂变通僵硬无趣？因为刘星其实一事无成与常人无异？还是因为……

从什么时候起我对刘星写不写诗觉得无所谓了呢？甚至于，我对刘星的诗都觉得无所谓了呢？更甚至于，我对诗不诗的都觉得无所谓了呢？

18

深林：灰娃与泰口

灰娃给我做了三天的女儿。

灰娃是一只小鸟。我认不出灰娃是什么种类。灰娃的个头很小，加上尾巴，灰娃的身长才达到三寸。灰娃披一身蓝灰色的柔软的羽毛，但在小翅膀的尖尖上有一点黑色。灰娃的头上顶着一个小小的蓝灰色的凤冠，看上去很有一点不凡。灰娃年纪很幼小，还不会飞，既然不清楚它是什么鸟，我就给它起个名字叫灰娃，而且擅自决定，灰娃是一只女娃娃鸟。

在弗冉山庄住了一年以后我就知道了，飞禽走兽都不承认我对弗冉山庄的所有权。我渐渐摸清，在我的领地上，除了我以外，还居住着一大堆不是长着翅膀就是用四条腿走路的动物。对此我很介意，见着一位就把它的出没地点和长相都登记在册，因为我要对领地严加管理，当然就很想知道大致上都有些什么客人不请自来硬要在我的地盘上又吃又睡还瞎溜达。在我的客人登记簿上留下记录的有一只红狐狸，四五只大小不同的鹿，七八只黑乎乎的火鸡，一只猫头鹰，两只小田鼠，一只黄兔子，一对野鸽子。至于不计其数的松鼠，不计其数的叫不出名字的各类小鸟，以及不计其数的蚂蚁和各类虫子，我就不一一做登记了。我还见过三四只褐色的鹰或者隼在我的领地上空盘旋，不过并没有落下来。我觉得我可能没有领空，所以就没把那几只鹰隼算上。查理说这一带林子里还有熊，说他见过。可我至今还没见到。我问查理什么时候见着的，查理含含糊糊说不清。没准儿查理吹牛呢。

265

虽然这些野物并不承认我的领地所有权，但它们侵犯弗冉山庄的时候也不大模大样。鹿群多半在天即将蒙蒙发亮的时刻来访，很像一群幽灵在灰黑色的空气中无声地浮动。火鸡们也是天刚发白就起身，像一群悠闲的十九世纪的英国田园绅士一样，慢悠悠地一边在草中觅食一边往北边的溪流踱去，它们每天都要到那儿去喝早茶。火鸡的眼睛很尖，能在灰蒙蒙的晨光中发现窗户里我的脸。它们要是发现我在窗户里看它们，就偏头侧脸地站定，琢磨，看那样子是想弄清楚是不是有什么危险。火鸡可能比较聪明，因为它们从来没有在我的凝视下拔脚逃走。但是当那只红狐狸出现的时候情况就很不同了。火鸡不仅拔脚飞逃，而且"嘎、嘎"大叫。我就是听见火鸡的狂叫才飞奔到窗前，于是得以一见那只红狐狸的真容。那红狐狸连尾巴大概有三尺多长，在雪地里跟一只惊恐万状的火鸡滚在一起团团转，红狐狸要咬火鸡，火鸡拼命躲闪，两个家伙扭打得难解难分。最后火鸡终于挣扎着飞起，红狐狸够不着了，只好作罢。没容我缓过神，那红狐狸已经像一股烟一样无影无踪了。我立刻跑出去寻觅，只见到了红狐狸留在雪地上的一溜小脚印。从此我再也没有机会见到那只神出鬼没的红狐狸的踪影。哼，动物们都非常喜欢故作神秘。火鸡显然是憨厚之辈，所以我经常得以跟它们见面。不过，虽然火鸡们总的来说慢条斯理似乎努力从容优雅，但我还是有一点不喜欢它们，除了因为它们身材庞大，每只都有三四尺长，在我的松林里展开巨大的翅膀翻飞的时候有一点像一群黑色的魔鬼，还因为它们栖息在松枝上的时候老时不时地往下拉屎，让我在林间空地上晾衣服的时候感觉很不方便。火鸡们的生活习性使我领悟到了鹤与松树的关系。咱们中国人相信鹤在松枝上睡觉是因为鹤生性高洁，专挑高尚的树当夜里睡觉的地方，这完全是郢书燕说。火鸡们也挑松树的大枝杈当夜里睡觉的地儿，因为松树的针叶稀疏，容易辨认枝干的位置，火鸡们可以一落一个准儿，不至于踩空跌落到地上去。要是那样的惨剧发生，火鸡身子重，非得摔死不可。鹤择松枝而眠，一定有跟火鸡一样的理由。

与火鸡不同，那只猫头鹰给了我很好的印象。夜里要是我睡不着，猫头鹰就会来给我催眠。当然它不会蹲在我的屋子里，虽然我也不知道猫头鹰究竟蹲在哪儿，但我能清楚地听见它在什么地方不停地"户——户——户——"地呼唤。猫头鹰的嗓音一点也不嘹亮，但也不狰狞，在深夜的寂静中，猫头鹰冷静的，甚至有些轻柔的呼唤听起来既悠远又深邃。难怪咱们中国人把猫头鹰的叫声与鬼魂连在一起，说猫头鹰叫是人死的前兆，猫头鹰的任务是叫魂。好在美国人没有让猫头鹰承担这样可怕的任务。相反，西方人认为猫头鹰非常聪明。在费城近郊的一个精英女子大学的校徽就是一只正在读书的猫头鹰。有趣的是，英语"谁"（who）的发音就几乎是"户"。所以在夜半聆听猫头鹰的叫声的时候，猫头鹰每操着英语问一次"谁——？"我就在心里用汉语应答一声"我"。这样听着答着我就睡着了。有时候睡梦中还能听见猫头鹰在没完没了地用英语神秘地发问："谁——？谁——？谁——？"我有幸在白天的时候近距离地跟这位固执的发问者见了一面。那天猫头鹰可能是睡糊涂了，呆头呆脑地蹲在一根离地面只有四五尺的低垂的粗树枝上，让我无意间发现了。那只猫头鹰的个头有一尺多长，浅褐色的羽毛上布满了深褐色的斑点，圆圆的脑袋上耸着两撮儿尖尖的耳朵般的毛，圆睁两眼，一动也不动。我轻轻地靠近。走到离猫头鹰已经不足四尺的时候，猫头鹰还是一动不动地呆呆地蹲在原处，分明是对我视而不见。我惊讶之余，想起来上小学的时候学的自然常识，猫头鹰的眼睛是"日盲眼"，一到白天就什么也看不见了。四十多年前那位戴着眼镜的呆板的女老师照本宣科教的东西，这时居然让我亲身验证，我不由得十分兴奋。眼看就能摸着它了，我正要握握它的翅膀说声"户——"，猫头鹰却一展翅膀飞走了。那以后我就再也没有遇到这样的机会跟那只圆头圆脑圆眼睛的猫头鹰见面了，只能在深夜时分听它不厌其烦地一遍又一遍地问那个永恒的问题："谁——？谁——？谁——？"

至于说那两只被我登记下来的小田鼠，唉，两位都已经不在人世了。不对，应该说已经不在鼠世了。我之所以能看见它们俩，就是因为它们当时已经死了，两寸来长的小尸体血淋淋地翻仰在草地上。不知是谁在深更半夜的时候把它们谋杀了。莫非是我从未谋面的草蛇？抑或是我的好朋友猫头鹰？让我不能明白的是，动物都是为了填饱肚子才打猎，并不会因为仇恨而虐杀。怎么那两只小田鼠却像是被处了死刑以后又被"弃市"了呢？莫非鼠类也有社会秩序、法庭和法律不成？要不然就是猎杀它们的猎手也遇到了危险，为了逃命只好把猎物丢弃？总之，奇怪奇怪。小鼠的尸体提醒我，夜里的弗冉山庄很不平静，听上去静悄悄，其实各路神秘的猎手云集，到处都藏着杀机，空气中弥漫着血腥，弱小的动物一个不小心就会成为别的动物的点心。当然了，白天的弗冉山庄就是另一番景象了。特别是风和日丽的时候，松鼠在树林里和草地上轻快地跳来跳去，野鸽子柔和地唱着，成双结对地飞起飞落，谁也不会想起夜里这里就是残酷的生死场。

我得到的启示是，自然在整体上看来虽然井然有序，但每一个具体生命的存在却有点随随便便，无可无不可。比如那两只小田鼠吧，莫名其妙地随随便便地忽然就暴死了，而且死了也就只好死了，并没有成群结队的田鼠从各自的地洞里涌出来示威游行抗议暴行，也没有任何权威对小田鼠的死难表示任何意见或者采取任何措施。太阳依旧出来，松鼠依旧欢跳，野鸽子依旧飞翔和歌唱。遇难的小田鼠冤不冤呢？可也只好就算了。看来很多事都不得不只好就算了。大自然中没有不依不饶这一说，只有只好就算了这样一条路可走。生命渺小如田鼠自然是只得这样，生命盛大如基督，或如人间的王，或如当今的娱乐界明星，莫非不亦如此吗？唉，个体生命的这种无依无靠的确让人一想就觉得颇气馁。

一次盛夏的狂风大雨之后，我在门前的石板地上瞧见了灰娃。灰娃歪斜着身子侧卧在断树枝和落叶中。一开始我以为灰娃和那两只小田鼠一样已经遇难了，就没理会，还觉得一会儿又得收尸着实挺麻烦。可我来来回回从灰娃身边经过了几次以后，发现灰娃的姿势居然改变了，不再歪斜着身子侧卧着了，而是改成正卧，小脑袋紧紧地缩在翅膀里。我很惊奇，就弯下腰仔细地看，只见灰娃不动也不飞，只是仰起小脑瓜，像那些火鸡看窗户里的我似的偏头侧脸地看我。我就使劲儿想这是怎么回事。开始我以为灰娃不是翅膀就是腿受伤了，就赶紧找了个纸盒子，在里头铺了块旧布，把灰娃抓起来，轻轻地放进了纸盒子，让它在里头将养。又找了个小水钵，盛上水放进纸盒子里，还在水钵四周撒了几粒米饭，让灰娃有吃有喝。我不敢把纸盒子放在院子里，怕灰娃被野兽吃了。我的二楼的卧室外面有个小阳台，我把纸盒子放在了阳台上。

然而灰娃既不吃也不喝。灰娃伏在那儿，恨不得把头缩进胸膛里，紧闭着眼睛，一动也不动。过了一会儿，我又去看灰娃，发现小家伙自己挪了个窝儿，原来它拉了一粒屎，就不愿意留在原处坐在自己的屎上了。我知道灰娃有救了。

可是灰娃还是既不吃也不喝。

我不知道灰娃在我房门前的石板地上躺了多久，但从我见到它起已经过去了好几个小时了，要是再不喝水，灰娃可就活不成了。我就把灰娃握在手里，用另一只手把小水钵凑在灰娃的嘴边，希望灰娃能认出是水，好伸嘴喝。然而灰娃咬紧"牙"关，紧闭双眼，真是又愚蠢又固执。我着急了，就把灰娃的嘴按进水里。鸟的鼻孔就长在嘴的上端，等水淹着鼻孔了，灰娃这才憋不住不由自主地喝了一点水。我又把灰娃放在阳台的木板地上，把米粒放在它前边，可是灰娃不吃，只是摇摇晃晃地站在那儿，不时地跌坐一下。我仔细观察灰娃，发现灰娃身上什么伤也没有。我这才明白灰娃是一只被风从窝里刮落的很幼小的还不会飞的娃娃鸟，除了鸟妈妈喂的虫子，还没吃过别的东西，当然不认得水和米饭了。喝了一点水，灰娃有了一点精神，就"哇哇"地鸣叫了两声，像是抗议它的妈妈怎么变成了一个陌生的巨人。灰娃的嗓音很像蝉鸣，不能说很悦耳，但很可爱。我很受鼓舞，因为显然灰娃的情绪也恢复了一点。我把灰娃放回纸盒子的时候，灰娃摇头摆脑地四处乱看，同时还张大嘴"哇哇"地抗议。

我知道应该给灰娃吃什么了。我切了两小条肉虫模样的猪肉丝，放在手指肚上，伸到灰娃嘴边，灰娃立刻就啄进嘴里，然后脖子一伸一伸地使劲儿吞了下去。我依稀记得在什么地方读到过，鸟妈妈的育儿工作非常繁重，一只娃娃鸟一天要吃很多虫子，鸟妈妈只好一天到晚忙着捕捉虫子给孩子们吃。于是我就自作主张地每隔一两个钟头就喂灰娃两小条猪肉丝，同时强按着它的头让它喝点水。灰娃好像很乐意吃猪肉，但很不情愿喝水。被抓出抓进纸盒子几次以后，灰娃居然就认得我了，一听见我的脚步声，灰娃就在纸盒子里"哇哇"地大叫。灰娃把我当妈妈了。

我于是责任心更强。为安排灰娃过夜，我费了很多心思。纸盒有六七寸高，估计两寸来高的灰娃跳不出去。灰娃经过一个下午的将养，已经能一蹿一蹿地跳来跳去了。我找了几根带着松针的细松树枝盖在纸盒上，为的是避免让猫头鹰或者别的猛禽发现灰娃。天一黑，灰娃就无声无息地缩在纸盒了里，把头别进翅膀里，睡觉了。

我给查理打电话，报告收养灰娃的消息。描述了灰娃的形状以后，我问查理知道不知道灰娃是什么鸟，查理说他也不知道，说等他亲眼看了灰娃以后去查查关于辨认鸟的书就能知道了，说得给小鸟喝水，要不然小鸟会因为缺水而死去。

第二天一早第一件事就是到阳台去看望灰娃。不看则已，一看吓了一跳，纸盒子上盖的松枝被掀开了，灰娃不见了！我立刻想到了猫头鹰，就很后悔只考虑到新鲜空气和灰娃习惯的温度而没有把纸盒子放在屋子里。我不知道想什么好了，很有些怅然。我伏在阳台的漆成白色的木栏杆上，没有什么目的地四下一望，发现下面的草丛里似乎有一只鸟伏在那里。我一边奔下楼一边在心里想，莫非灰娃已经强壮到能从比它高三倍的纸盒子里跳出来了？从二楼蹦下去会不会受伤呢？闪电怎么会击中你两次呢？怎么会有那么巧，灰娃两次都伏在那里等你救援？

然而果然是灰娃！小家伙趴在草里蹦跶蹦跶的，不像是受了伤的样子。灰娃扭头看见是我在弯腰看它，就"哇哇"大叫着使劲儿往前蹦蹿，看样子是拒绝又被抓回纸盒子。我有点为难了。抬头看见不远的灌木紫杉的枝杈上有一个空着的小鸟窝，就灵机一动把灰娃放进了那个小鸟窝，心想要是灰娃愿意住在那儿也行，我给它送吃送喝就行了，等它长大一点，能飞了，再自己找地方住吧。灰娃站在小鸟窝的边上，小爪子使劲儿抓着窝沿儿，一动不动地看着我。我看了一会儿，就回去做早饭了。等我再出来看灰娃，灰娃已经又从窝里蹦下来了，正站在紫杉下头东张西望，看见我，就"哇哇"叫了两声，还扇了扇小翅膀。我不由得笑了，弯腰捡起灰娃，把它送回了纸盒子。

灰娃在纸盒子里是学不会飞翔的，我就把它带到山坡上，让它在草里蹦跶，蹦跶多了也许什么时候它就无师自通地知道怎么使用自己的翅膀了。我坐在石桌那儿一边看书一边给它当吓唬野兽的稻草人。灰娃好像很高兴，不停地蹦跳，时不时就"哇哇"大叫几声。没想到，灰娃的叫声引来了一只比灰娃大一点的灰鸟，先是飞向灰娃，看见了我以后就打了一个回旋飞到不远的一个树桩上，站在那儿对着灰娃也"哇哇"地叫起来。灰娃激动极了，使劲儿抖动着小翅膀，同时对着那只灰鸟不停歇地使劲儿"哇哇"叫。我猜想那只灰鸟就是灰娃的妈妈。我很愿意把灰娃归还给它的妈妈，可是灰娃的妈妈怎么把不会飞的灰娃带回家呢？灰娃的个头快跟它的妈妈差不多了，把灰娃叼回去是鸟妈妈所做不到的。看着这一对失散以后又重逢的母女，我对它们只能对着大叫觉得遗憾极了。已经到了吃午饭的时候了，我起身把灰娃抓回了纸盒。灰娃叫得很凶，它的妈妈也叫得很凶。等到我端起纸盒子，灰娃的妈妈就飞走了。以后我再在山坡上放灰娃，灰娃的妈妈就不再飞来了。

灰娃成了我的小累赘，我走到哪儿就得把它带到哪儿，要不然它就到处乱蹦乱扑腾，一不留神就有可能被哪个野物叼了去。我带着灰娃去看了看凯蒂，凯蒂也不认得灰娃是什么鸟。凯蒂咕噜咕噜地说反正灰娃不是蓝珍妮，要是蓝珍妮她就认得，说蓝珍妮比灰娃个头儿大，尾巴也要长得多。凯蒂轻轻摸了摸灰娃的小脑袋，又特别碰了碰灰娃的小凤头，灰娃把头缩了缩，然后就偏头侧脸地打量凯蒂。凯蒂温和地笑了。凯蒂开始说她的儿子尼特，说每年尼特都来接她到北卡罗来纳尼特所在的陆军基地去过圣诞节。凯蒂说尼特成了家，尼特跟他的妻子是在陆军的语言学校认识的。凯蒂说军队里的士兵都得学一种外语，尼特的妻子很聪明，所以被派去学中文，至于尼特学了什么语让她给忘了。凯蒂说尼特的妻子那么聪明可现在退役在家当家庭妇女了，因为她跟尼特已经生了两个孩子了，她得照顾孩子。凯蒂说不知为什么尼特参军都十几年了可到现在还是个士兵。凯蒂说她真想念那两个小淘气，两个小淘气大的是男孩，小的是女孩。凯蒂说听说中国人都只喜欢男孩子，可她更喜欢她的小孙女儿。凯蒂掰着粗手指头一个一个地数了好半天，然后一脸茫然地说离尼特来还有好几个月呢。我看凯蒂没完了，就站起身安慰凯蒂说这一年已经过去了一多半了，然后端起盛着灰娃的纸盒子跟凯蒂告辞了。

别看灰娃是那么一个小东西，可有它在，好像我的整个房子都变得满满的。我得每隔一两个小时就喂灰娃两小条半寸来长两毫米粗细的猪肉丝，再按着灰娃的头喝一点水。更令我觉得有如一个繁重任务的是，我得花很多时间在山坡上"放牧"灰娃。灰娃一在山坡上的草里蹦跶就快乐非凡。我只好把在计算机上写作改为在纸上写作，好能坐在石桌前一边写一边给灰娃放哨。要是灰娃蹦跶得远了，就得把它抓回来放在近处看得见的地方让它继续蹦跶。只要被放在地上，灰娃就像个跳蚤似的不停地蹦，还本能地到处乱啄，也不知道它在啄什么，嘴上总不免粘上什么脏乎乎的东西，看上去又可笑又可爱。灰娃什么时候才会飞呢？我很盼着灰娃会飞，好能自己照顾自己，从此脱离它憎恶的纸盒子，自由自在地去过一只鸟的生活。那时灰娃还会记得我吗？灰娃会不会飞回来看我，对我"哇哇"地叫？要是将来有一只鸟飞来对我"哇哇"地大叫，那一定就是灰娃。

第三天下午，正在山坡上放灰娃，天忽然变了，乌云铺天盖地地一下子压得很低，带着雨腥味儿的风在树间窜来窜去。我赶紧把灰娃收进纸盒子，然后大步流星地奔回房子。不能把盛着灰娃的纸盒子再放回阳台，雨会把纸盒子浇湿。刚把纸盒子安顿在楼下厨房的角落里，雨就跟着震耳的雷声下来了。在一个接一个的雷鸣电闪中，灰娃缩在纸盒子里不再"哇哇"叫了。我就放心地上楼继续去写作。由于灰娃，我这两天写得很少很慢。

夜里临睡前，我给灰娃又喂了点儿食和水，灰娃看起来蔫儿唧唧的，我也没在意，把纸盒子盖好以后，还在盒盖上压了一本书。我怕半夜灰娃又蹦蹦出来，被什么东西给吃了。弗冉老太太的小屋里谁知道都藏了些什么，就算是一只耗子也能要了灰娃的命。灰娃静静的缩在纸盒子里。夜里我醒过来的时候还特意竖起耳朵来听楼下的动静，楼下异常安静。

谁知那安静就不是好事！早上我下楼去看灰娃的时候心里就觉得有些不妙。怎么那么安静呢？打开纸盒子一看，灰娃僵硬地侧卧着，伸直了脚爪，死了。

我怎么想怎么不明白为什么灰娃会死。我在纸盒子的盖儿和纸盒子之间留了足够的缝隙，灰娃不会憋死的。灰娃身上没有血，也不像是什么恶毒的东西钻进去咬死了灰娃。莫非鸟儿们有幽闭症，关在黑盒子里会被吓死？没听说过呀？

我打电话问查理，查理说他也没听说过鸟类有幽闭症，说不过那不等于娃娃鸟关在黑盒子里就不会死。查理说他觉得更大的可能是灰娃被热死了，很多动物对较高的温度敏感，温度一高，很多动物会死。

我的心情很糟糕。我觉得是我的愚昧害得灰娃小小年纪就不得不赴黄泉了。

我在紫杉下挖了一个坑，把盛着灰娃尸体的纸盒子埋了进去。把土拍平以后，我在上面放了一块圆溜溜的石头，算是灰娃的墓碑。我不打算悲悲切切，最后看了看灰娃的小坟墓，拍拍手上的土，就离开了。死既然这么难以避免，就只好算了。不是很多事情都这么只好就算了吗？

　　泰口是一条白中透黄的大狗。泰口的本名是英文，叫做Tycho。我本想把Tycho翻译成字眼看上去更文雅一些的泰芤或泰蔻，但想到Tycho是一条沉着优雅有尊严的雄狗，名字里好像不应该有带草字头的汉字，那些带草字头的字按照习惯一般来说是给女孩子起名字才用的。所以我选了"泰口"作为Tycho的中译。泰口固然是大嘴的意思，可大嘴又怎么了？何况哪只狗的嘴不大呀？再说，狗类远不如人类虚荣，狗们对自己的大嘴从来没有觉得不好意思过。又何况，大嘴的女人当今越来越受夸奖，说是大嘴很性感。但这个理由对泰口可不适用，而且，不仅是不适用，简直就是侮辱。自尊心很强的泰口要是懂得人类的语言，一定会把这么评论它的人的腿咬上一个大窟窿。所以，每次我想戏弄泰口，想管它叫"太抠"的时候，一看泰口的两只黑黑的充满了信任的大眼睛，就把那个糟糕的念头给压了下去。怎么能诬蔑与贪婪无缘的狗呢？狗最多就是有一点贪吃，但那是遗传的本能，狗的祖先生活在残酷的自然界，找到吃的东西很不容易，一般来说总是有了这顿没下顿，所以遇到食物不吃个几乎撑死是活不下去的。除了对吃感兴趣以外，狗什么都不想据为己有。狗类才真正是"赤条条来去无牵挂"呢。何况，泰口心情不好的时候，就是让它吃东西他也不肯吃的。泰口是一条敏感的狗。

　　泰口不是纯种狗，但据查理说泰口有一点德国牧羊犬的血统。尽管不是纯种德国牧羊犬，泰口却生得异常漂亮。泰口姿态挺拔，"站直"了有七十几厘米。泰口长身长腿，高额窄面，两只近于黑色的深褐色的大眼睛仿佛充满了冷静和容忍。泰口羞涩恭敬，从不认为自己受宠，要是有别的狗在场，泰口总是静静地站在一边，看着别的狗欢蹦乱跳，撒娇邀宠。要是在这时候你摸摸泰口的下颌和前脖子，泰口就会异常感激地仰头看你，喉咙里轻微地咕噜两声，然后寻找机会舔舔你的手。你从此以后就是泰口永不会忘记的好朋友。泰口是一条非常感恩的狗。

　　可是彬彬有礼的泰口眼中显露的冷静和容忍并不能阻挡泰口成为一只"问题狗"。所谓"问题狗"，就是有过不良行为的狗。狗的不良行为并不是小偷小摸什么的。当然有不少狗的确会小偷小摸，但那不算是公众的"问题"。对公众有威胁的狗才被认为是问题狗。而狗对公众的威胁具体来说就是出其不意地咬人。也就是说，在美国，咬过人的狗就是所谓问题狗。这一点跟中国人历来加给狗的价值观念很不同。中国的狗似乎是越能咬人才越是英雄和浪漫的好狗。不久前还有人写了一本专门赞扬杀伤力极强的西藏出产的一种纯种猛犬的小说，据说出版的时候非常受欢迎。所以要是美国的"问题狗"的心肺足够强壮，住在西藏的高原上，也许就很合适。但"问题狗"们要是去不了西藏，那在美国的日子就不怎么美妙了。在美国人口稍微稠密一点的地区，一条狗要是有咬过人的记录，就如同一个人有了犯罪的前科，一旦背上了这么一个黑锅，走到哪儿都甩不掉。更糟的是，在美国（在别的国家也许有一点难说），一个人要是第二次打伤了别人，虽然弄不好可能会在监狱里度过一小段时间，但肯定还将被允许继续活下去，绝不会因此就被判处死刑。狗可就不同了。查理说，要是泰口再咬一次人，本地的动物管理所就要把泰口带走处死。看来狗就是不如人啊。

　　泰口就是背着这样一口看不见的黑锅站在我面前，头上悬着一把同样看不见但随时会落下来把它的头砍掉的剑。不过泰口并不知道这一点，所以它还挺平静。泰口是和查理站在一起。查理听说了灰娃的噩耗以后，特地带着泰口来看我。查理说林你来认识认识泰口吧，说完查理给了我一块给狗吃的骨头形的饼干，教给我怎么给狗吃——手掌上翻，把饼干放在手掌上，让狗看清楚以后，轻轻地和慢慢地递到狗的嘴边。我照做了。泰口轻柔地用嘴唇把饼干从我手里抿进嘴里。泰口的轻柔让我很惊异。我有生以来第一次喂一只狗，第一次让一只狗碰我的手。泰口的礼貌和小心让我很感动。

　　查理说泰口是他表弟前两年从动物救助所里领养的，今年四岁了。查理说，狗的一辈子短，所以泰口已经是个小伙子了。泰口这小伙子小时候不知受过什么虐待，脾气有点怪。别看它这会儿这么老实，其实刚闯了祸。不久前有几个小孩子围着看它，不知怎么了，也许哪个淘气孩子把它拍急了还是怎么着，要不然就是以前有群坏孩子欺负过泰口，泰口忽然就在一个孩子的腿上咬了一口。我表弟吓坏了，马上就通知那孩子的父母带着那孩子上医院，给那孩子打了针，虽说泰口接种了狂犬病疫苗，那也不能大意了。接着镇上动物管理所的人来了，把泰口的罪过给登记上了。管理所的人说下次泰口再咬人就不能对它客气了。我表弟说泰口不能住在他那儿了，因为动物管理所的人虽然没有马上就处理泰口，但被咬的那孩子是我表弟的邻居家的，要是一天到晚让邻居担着心，那邻居怎么会乐意呢。早晚我表弟会被邻居告上法庭，那时候就不是几万块钱能了事的了。所以泰口就被送到我这儿来了。我表弟说反正我也闷。我其实不闷，不过既然已经送来了，我就只好收下这个小祸害。查理说完拍拍泰口的头，泰口抬头看看查理。我注意到，泰口好像有一点不好意思。当然，很可能是我的误解。查理又说，我怕泰口会一个人闯来，所以先让它认识认识你，那样保证泰口不会咬你了。是不是，泰口？

我摸摸泰口的头。查理教我，摸它的下颌和前脖子，说那儿是狗身上的快乐区域，狗最喜欢人来摸它们身上的快乐区域了。我乐了，赶紧使劲儿揉搓泰口的快乐区域。泰口高兴得直抖。

果然，泰口会自己穿过林子从查理家跑到我这儿来。只要一听见林子里沙沙地或窸窸窣窣一阵响，我就知道是泰口过来了。我要是在院子里，就一拍巴掌，泰口就会像箭一样蹿过来，先在我面前站定，摇着尾巴，仰脸看我。狗摇尾巴是表示友好和心情快乐。等我摸摸它的头，跟它说你怎么样呀以后，泰口就跟着我了，我走到哪儿它就跟到哪儿。我要是摸它的下颌和前脖子，泰口就快乐地发抖，轻声嗳一两声，扭头看我，然后用它的后半身使劲儿依着我。查理说狗都这样，大概狗认为它的后方最重要，把后方亮给你，是表示对你的最大信任。果然，我注意到每次泰口在选卧下来的地方的时候，都要像狼似的原地转圈，直到它觉得判断清楚了什么方向接近于一个假想的洞穴的底时，它就尾巴冲着这个它假想的"底"，面对它认为的"口"。泰口来的时候我要是不在院子里，泰口就坐在山坡上的石桌前，耐心地等我出来。我可以从楼上我写作的小房间里看见石桌。每次一看见泰口蹲在那儿，我就出去迎接它。泰口实在是乖，跟我施完见面礼以后就自己找个地方静静卧下来，我就继续写。我要是起身去厨房什么的，泰口就跟着我下来，站在我身边陪着我。可惜泰口不可能学会洗碗什么的，要不然我就让它洗碗了。

泰口又敏感又自尊，从来不伸头看我在厨房的桌上放了些什么吃的东西。给泰口吃泰口才吃。泰口也不到我的垃圾袋那儿东嗅西闻。泰口很谨慎，甚至是很拘谨，实在是一只怪狗。或者应该说，作为一只狗，泰口实在是敏感和自觉得令人难以置信。通常泰口跟我做一阵伴儿以后，我就拍拍它的头，让它回家。泰口挺聪明，立刻就又窸窸窣窣地穿林而过，去找查理了。后来我做了个小布背囊，要是我做了什么吃的想给查理，就用一个可以盖紧的塑料盒装好，放进小背囊，再把小背囊放在泰口背上，在泰口的肚子上系好带子，泰口就会乖乖地把饭盒驮到查理那儿。下次泰口来，还会背着小背囊，但背囊里只有查理写的一个纸条，感谢我给它送吃的。当然，我也会犒劳泰口，在它动身以前给它吃块面包什么的，后来还特地为泰口买了一包狗饼干放在厨房。

要是不下雨，泰口就几乎天天来看我。我很快就习惯了在弗冉山庄有泰口的身影。泰口在山坡上跳跃奔跑，在林间白狼似的匍匐穿行，在草坪上眺望，在我脚旁的地毯上休息，显得那么自然，那么不可或缺。

泰口让我对狗的内心好奇不已。我现在明白了，狗类已经彻头彻尾地成了人类的伴生物种。所有那些认为狗憧憬独立于人类的动物的自由的想法都是对狗的莫大误解。狗对人类的依赖已经被牢牢地编进了它们的生命密码。狗的每一个细胞都视人为头领。因此，如果人改造了狗以后又遗弃或虐待狗，那就实在是很对不起狗。很多人认为狗爱人类。可能。因为观察了泰口以后，我相信狗是有心理活动和情绪的。如果爱是情绪，那狗是会爱的。当然，狗的爱一定没有人的爱复杂。在某种意义上说，狗的简单的爱比人的复杂的爱还要好一些。因为人的爱里不可避免地要掺杂很多社会的、政治的和文化的因素，所以人的爱是会变化的。狗没长着势利眼，所以不会趋炎附势，因此狗就比很多人要忠诚一些。然而让我着迷的还不是泰口的忠诚。让我着迷的是泰口的内心。当泰口静静地卧在一旁的时候，我不知道在它深栗色的眼睛里的世界是什么样子。泰口显然能把狗与人区别出来，也能把狗与别的动物区别出来。因为泰口一见别的狗立刻就俯下前半身两只前爪轮流拍地，意思是邀请那只狗跟它扑着玩儿。泰口从来不对人做这种动作，也从来不对一只猫或者一只松鼠做这种动作。但泰口的这种区分是概念性的吗？泰口知道自己是一只狗吗？更重要的是，泰口满意自己是一只狗吗？我猜想泰口大概没有"我""自己"这类对主观的概念，甚至于，泰口的狗脑子里可能什么概念都没有。可我又有疑惑，那泰口的记忆是一种什么样的形态呢？泰口怎样记忆呢？泰口怎样记住我呢？泰口的记忆固然主要是感性经验的记忆，比如气味什么的。但怎样把气味与判断联系在一起而又记住呢？还有，如果泰口能记住小时候受过的虐待，那它是不是对自己的狗生活有一定的判断和标准呢？可惜不能跟泰口交谈，要不然，非得好好问问它。泰口对我的凝视总是回以探究的眼神。

不不，并不是我对动物的一般心理着迷。我固然觉得科学非常有意思，但泰口对于我来说远远超出一个科学的题目。我对泰口的内心感兴趣是怕泰口心里难过。我总觉得泰口是一只忧郁的狗。泰口对生人永远退避三舍，对朋友则彬彬有礼。泰口从来不会像别的狗那样一头扎过来，滚在你脚下，邀你来给它刷毛或按摩。泰口表示友好的方式是悄悄走过来，在不碍事的时候轻轻舔舔你，然后就走开，卧在一旁，不是静静地看着你，就是伏在自己的前爪上垂头沉思。泰口几乎从来不欢蹦乱跳。此外，虽然泰口是一只自尊的、优雅的狗，但仍然免不了愿意吃几嘴火鸡的或别的动物的粪便，也免不了对这个纷杂的世界显出一脸狗的茫然。我怕聪明的泰口能感到囿于一只狗的身心里的郁闷和愚弱。我知道我的担心没有什么道理，而且充满了人的主观的虚妄和狭窄的偏见。可我忍不住要深刻地同情泰口，正如我深刻地同情这个不尽如意的世界上的一切失败者和占弱势的人。我同情泰口只能记着掉在它头上的那几点雨滴，只能仰望它顶着的那一小片天空，记住的只能是自己的遭遇，正如我同情所有的人只能感触从自己身上刮过的风，爱或恨自己遇到的人与事，只能为自己眼中的阳光欣喜，只伤悼自己的亡亲。不自由让我怅然。

我的意思是，我担心作为一只狗，泰口没有能力抵御周旋在人世会遇到的灾难。我为什么这样想呢？是泰口的忧郁的神情让我这样想吗？

不管怎么说，我希望泰口对自己的狗生活感到满意。或者不如说，我希望泰口和我一样，对于现实，我们愿意既存在其中又不存在其中，与其与世界的中心和主流的影响纠缠，我们宁愿固守边缘，跟这个世界若即若离。而泰口好像正是这样。或者是，我觉得泰口也许正是这样。总之，我们俩，作为都拥护距离的伙伴实在是挺般配。查理还在那儿纳闷，怎么泰口对我这么着迷？

有了泰口，我觉得我们宁静的橡树街更加完整了。

然而，好景总是不长。

深秋的一个傍晚，查理给我打电话，说泰口被动物管理所的人带走了。我说为什么？查理说泰口又咬人了。

原来下午的时候，查理的表弟按照事先说好的请了假开车来接查理和泰口去一个兽医那儿给泰口接种疫苗。泰口以前种的预防狂犬病的疫苗快到期了。从兽医的诊所出来以后，两个人又去超级市场，查理要顺便买些东西。泰口得留在车上等，超级市场里尽是人吃的东西，怕狗进去给弄脏了。虽然已经是深秋的天气，他们还是把车窗摇下了一些，留了条缝给泰口通风。他们走的时候，泰口乖乖地坐在车里。可等他们出来，泰口已经不见了。车座上有张纸条，是动物管理所的人留的，说他们把泰口带走了，请泰口的主人去动物管理所交涉。查理和表弟知道大事不好了，但也只有硬着头皮去动物管理所。果然，动物管理所的人告诉他们泰口得留在那儿等待最后的处理了。查理说都怪他们俩忘了锁车门，结果泰口在车里听见什么动静就叫了起来，引来了几个对狗好奇的孩子来看他。可以想见泰口很紧张，泰口就怕被一群孩子围起来看。不幸的是，其中一个孩子把车门拉开了，大概是想放泰口出来。但是泰口不肯下车。你知道泰口是一只谨慎的狗，查理说。看泰口不下车，那个孩子就傻乎乎地伸头进去，不知是想拉泰口还是想摸泰口。总之这时泰口就出其不意地攻击了，多亏那个孩子手疾眼快，伸手挡了一下，结果让泰口一嘴咬在小臂的肌肉上了，给戳了个小血窟窿，幸好没有咬在脸上，要不然破了相罪过可就更大了。那伙孩子还不叫？这不，周围的大人打了急救电话，也把动物管理所的人叫来了。

我问查理在动物管理所去看了泰口没有，查理说去了。我问动物管理所在哪儿，我能去看泰口吗？查理说别去，这会儿泰口可能都已经不在了，再说他们只让泰口的主人去看。我说查理这真是糟糕。查理说他知道，就把电话挂了。

泰口是盛夏的时候来的。在我们橡树岭街上才住了三个多月，泰口就消失在一个深秋的黑夜里了。

从此我再也听不到林子里泰口踏陈年枯叶而来的窸窸窣窣的脚步声，再也看不见泰口蹲坐在山坡上的石桌前等我出来迎接它，也再也没有泰口那对几乎是黑色的深栗色眼睛探究地回望我的凝视。

那天夜里，听着秋风中橡实"砰、砰"地砸在屋顶上，我想了很久。

泰口的忧郁是有道理的。泰口大概模模糊糊地感到了它的狗的意识很难与人的意识一致，而它的根本的安全就取决于它的狗的意识是否与人的意识一致。泰口也许预见到它一再犯狗的错误是注定的，而人则不允许它犯第二次错误。我忽然想到，压在泰口心底的还不是忧郁，而是恐惧，是一只被人打过的狗对于人的根本的恐惧。我以为泰口性情淡泊是对泰口的误解。所有那些形容泰口的字眼，比如"优雅""自尊""冷静"之类，都是对泰口的灾难的无视。泰口与其说是生活在淡泊的态度中，不如说是生活在随时随地浮上心头的恐惧中。然而，泰口的恐惧绝不是杯弓蛇影，空穴来风。泰口不能超越作为一只狗而存在的现实，不能控制一只狗的被恐惧驱使的克敌从而脱险的冲动和本能。泰口的悲剧是，它不能选择，它只能做一只狗。既然是狗，泰口的恐惧就不是没有根据的。

宁静致远，淡泊，超脱，与现实对峙之类，固然是眼光，但也是奢侈。第一次，我意识到我的奢侈。一个生活在贫困线以下的孤独的异乡人，居然也能奢侈。泰口让我更谦恭了。

19

回声：天花乱坠

老高说过，青蛙你要是能到罗马就好了。

我问老高为什么。老高说我想带你去看一座雕像。我问老高什么雕像。老高说是贝尼尼刻的圣·特丽萨，哎，是不是汉语也说圣女特丽萨啊？你喜欢哪种说法？圣女特丽萨好听一点儿吧？老高决定用圣女特丽萨，但我发现后来他有时候还用圣·特丽萨。然后老高接着说，那座雕像的标题要是直接翻译呢，叫做《圣女特丽萨的心醉神迷》，可我觉得可能要是反过来，翻成《心醉神迷的圣女特丽萨》就更符合中文的习惯了，因为"心醉神迷"是一个形容词，你说呢？我说是倒也是，但是关系好像不大。老高就有些失望似的，老高对切磋汉语非常着迷。我就把老高引回正题，老高你还没告诉我为什么你想要带我去看这座雕像。老高沉思了一下，说，圣女特丽萨是一个冒着发疯的危险奋身跃进内心深渊的天主教女英雄，青蛙你要是活在十六世纪的西班牙或者意大利，说不定贝尼尼雕塑的就不是圣女特丽萨而是你了。我说老高你说哪儿去了，为什么会是我？你是夸我呢还是批评我呢？我又不信天主教，你是觉得我应该信个什么教吗？我也奋身跃进内心的深渊了吗？跃进内心深渊好不好呢？发疯的危险？你是不是觉得我神神道道，有点儿像个宗教狂？我有点着急了。老高说不不不，哪儿的话，圣女特丽萨本人和她所代表的那一大套天主教神秘主义对你的确一点儿也不重要，对你重要的是贝尼尼刻的那座雕像。不不不，老高挠挠头，想了想，说也许连那座雕像对你都不重要。我很糊涂，也很好奇，说老高你在说什么呢？老高说难说难说，让我想想，啊，哼……

老高分了好几次才说完，我听得很专心，可还是觉得到底也还是不怎么明白。虽然不算很明白，可我还是挺感激老高的。老高说的话，我总觉得跟谁说的都不一样，老高说的有些不像是这个世界的东西。我很可能是过分敏感了。楚源老是说我过分敏感。

老高说，先说圣女特丽萨吧。圣女特丽萨是十六世纪的人，生在信天主教信得如火如荼的西班牙南方的一个叫作阿维拉的古城。要说呢，阿维拉也有几个引人注目的特点。老高觉得自己成功地运用了"引人注目"这个成语，很有些得意，停了停，还看看我，我赶紧竖起大拇哥。老高就高兴地接下去讲，哪些特点呢？首先是地理。阿维拉海拔一千一百多米，当然了，还比不上西藏高原，西藏北部平均海拔四千五百多米呢，是吧？不过，在欧洲这就算是够高的了。还有，跟西藏高原相像的是，阿维拉也被陡峻的群山所包围。我注意到，老高成功地运用了"陡峻"这个词，老高自己也注意到了，不过这回他没有停下来做自我欣赏，而是继续说，所以阿维拉的气候很有点恶劣，冬天又冷又漫长，夏天短得就像白马过隙。我听见"白马过隙"就赶紧竖起大拇指。

老高会心一笑，接着说，我之所以要提阿维拉的地势和气候，是因为我觉得地理环境很可能对人的心理和头脑有影响。平静温和的地理环境容易使人忘记大自然的威力，暴烈艰苦的地理环境就让人对大自然的威严和强大难以相忘了。所以在气候不好的地方，一般来说人神关系常常很好，人对神很是敬畏。总之，不管我的看法对不对，事实反正是，就跟西藏人宗教热情很高涨一样，被冷风一天到晚吹得哆里哆嗦的阿维拉居民也信天主教信得如痴如狂。还有，十六世纪的时候以罗马为中心的天主教好像正如日中天，却忽然在好些地方受到了挑战，在中欧有马丁·路德的改革运动，自己内部有修士会改革运动，在东边还有八世纪才出现的伊斯兰教不仅没有被十字军剿灭，反而成了强大的伊斯兰帝国。所以，那会儿的天主教的铁杆儿信徒们受的刺激又多又深。阿维拉离罗马不算远，这就难怪圣女特丽萨一心一意要为天主教献身，小小年纪就已经一脑子要当天主教烈士的狂热了。这圣女特丽萨不光是想，而且做。圣女特丽萨七岁的时候，有一天居然毅然拉着小弟弟的手离家出走了。特丽萨跟小弟弟说他们要到信奉伊斯兰教的摩尔人居住的地方去，让摩尔人因为他们信天主教而把他们杀死，这样他们为天主教殉教的愿望就达到了。小弟弟还挺同意，乖乖地跟着姐姐走。要我说这特丽萨虽然后来成了圣女，但当时却有点儿不对，小弟弟那么幼小，大概听都没听懂她说的是什么。幸亏外出回家的叔叔瞧见了已经到了阿维拉城墙外头的小姐弟俩，问清缘由以后，不由分说把他们带回家了。小姐弟俩的命当时总算是保住了，要不然，还没等摩尔人瞧见他们，饥饿和寒冷也会把他们的小命要了。那样一来，世界史上就会少个圣女特丽萨，而阿维拉郊外的大山里则多了两副小枯骨了。但是啊，特丽萨七岁的时候身心都太幼小，固然容易受阻，等到她到了十九岁，那就什么都拦不住她要为基督献身的决心了。十九岁的时候，特丽萨终于秘密出走成功，当上了阿维拉一家修道院里的修女。哎，是修女庵还是修道院啊？老高谦虚地问我。我说我也不知道，都行吧，没想到你居然还认得"庵"字！老高赶紧高兴地说不算识字，不算识字，还差得远，差得远。我听了都快要笑死了。

长话短说，长话短说，大概老高觉得自己越扯越远，说了半天刚说到圣女特丽萨十九岁的时候。总而言之，老高搓搓瘦骨嶙峋的大手说，特丽萨之所以能被罗马教廷册封为圣女，并不是因为她勇于出家，成功地当上了与尘世隔绝的修女，而是因为她写了一本神乎其神的记录她自己与基督交流的自述，当然，更主要的是她身体力行了修道院去奢华存简朴的改革。老高看我仍然一脸茫然，怕我走神，就说别急，别急，就要说到点儿上了，啊，哼，就要说到点子上了。咱们当然不去管什么修道院的改革，咱们单说圣女特丽萨与基督的交流。哎呀，别提多神了，圣女特丽萨说她刚进修道院的时候病得很厉害，就在她病得发昏的时候，她按照当时流行的中世纪天主教神秘主义的祈祷书的指导，一步一步地从灵魂的低级境界跃升到高级境界，直至灵魂的最高境界，而这最高境界就是所谓与上帝或者基督同在，无神无我，神我合一，神人一体。这种神秘的境界也被称为极度的喜悦，喜悦的华彩，狂喜，用佛教的说法，天花乱坠是也。哎呀，我觉得天花乱坠的说法最棒，妙就妙在这个"乱"字上。老高得意地又搓搓手，然后看着我，微笑。

我觉得受了一点吸引，但仍然很是茫然。

老高说，圣女特丽萨神就神在她对天花乱坠的体验的叙述上。特丽萨说当时她简直是在痛哭，热泪滚滚，只觉得浑身上下没有一处不是瘫软的和绝对服顺的。

老高说，我觉得这里最重要的意思是向内的精神。让我运运气，想好了怎么说我再跟你说。要不先说说贝尼尼的《心醉神迷的圣女特丽萨》吧。不过，在说贝尼尼的这座雕像以前，我还得对圣女特丽萨对她经历的天花乱坠的叙述补充几句。特丽萨的所提的"经历"可是名副其实的物质的感受，她说当基督降临的时刻，她觉得有一个尖锐的东西一而再、再而三地刺进她的心，还刺她身体内部别的地方，她全身上下、里里外外、从精神到肉体，无一不处于一种不可名状的尖锐的疼痛之中，当那尖锐的东西从她身体里拔出的时候，她在感觉无比疼痛的同时，全身充满了烈焰般的对上帝的挚爱；特丽萨说她虽然疼得不由自主地呻吟，但感到的甜蜜却远远超过了疼痛，而心灵由此得到的满足更是无与伦比。特丽萨还说明了无与伦比的意思是什么，就是得到了上帝。你知道基督教的极乐境界就是人的灵魂与上帝会师，和上帝在一起。

老高接着说，更让人疑虑重重、百般臆想的是，特丽萨说就在她热泪滚滚、心醉神迷、浑身瘫软地领略天花乱坠、华彩般的狂喜的时刻，她悟出了什么是不可宽恕的重罪。但是最让人好奇不已的是，特丽萨说她因此而对人类代代相袭的原罪本质大彻大悟。这基督教所谓的原罪你知道吧？你要是去问神学家，神学家就会告诉你这人的原罪就是非神性。你要是再接着问，非神性为什么是罪过呢？神学家就会说了，因为本来人是有神性的，上帝造了亚当和夏娃以后本许他俩不死，还让他们和自己一起住在天堂伊甸园里。可不幸的是，亚当和夏娃受了魔鬼撒旦的诱惑，吃了上帝禁止他们吃的苹果。这苹果可不是普通的苹果，而是知识之果，亚当和夏娃吃了以后就有了认知的能力了。不巧，亚当和夏娃有了认知的能力以后，互相一看，发现男女有别了。这就是人类的"初罪"。当然了，上帝因为亚当和夏娃脑子里有了男女之别就罚人类活一阵就得死未免有点太狠，因此神学家就使劲儿把人类原罪往严重里说，所谓"非神性"就是夸大其词之一。要是让我说，男女性关系就是基督教的人类原罪。你看你看，特丽萨竟然说她在灵魂的最高境界里领悟了人类原罪的内容。哎呀呀！还有呢，特丽萨坚持说她领略天花乱坠的华彩时刻，虽然并没有看见基督的形象，但心里知道基督是以肉身的形式出现的。那不就是说，她与神同在、合二为一的形式是肉身的形式吗？啊，啊，我知道你想什么呢，正是这个意思！怪不得开始的时候特丽萨周围的人都说她的对神的体验是邪恶的，一点儿也不神圣。说得特丽萨自己也信以为真，为了清涤，特丽萨对自己施加了各种各样的酷刑，真是惨烈呀。圣·特丽萨正把自己折磨得不亦乐乎呢，忽然有一天，特丽萨的忏悔神父告诉她，她对基督的体验其实完全是圣洁的。就在得到这个宝贵的肯定以后不久，特丽萨又有机会感受了一次基督以肉身降临的华彩境界！从那以后，特丽萨坚信不移，基督频频在她面前显示受难的肉身，要说明的不是别的，而是磨难才是人生的华彩，受苦是最神圣的。圣·特丽萨于是乎一生致力于修女会的改革，改革什么呢？改革教士以供奉上帝的名义而大过奢侈生活的风尚。因为特丽萨终其一生到处提倡僧侣过俭朴、艰苦的信仰生活，所以教会给她的墓志铭是："主啊，让我受难，否则让我死。"

老高接着说，要是把圣·特丽萨的墓志铭并不走意思地改一下，改成"主啊，给我天花乱坠，否则让我死"，就更有意思了。哈哈哈！老高得意地满脸放光。我看了老高一眼。

老高放下笑脸，说现在该说贝尼尼的《心醉神迷的圣女特丽萨》了。咱们就要触到我的漫长的谈话的机关了。你知道贝尼尼吧？贝尼尼是意大利人，是十七世纪最伟大的雕刻艺术家。你知道，到了十七世纪，意大利文艺复兴时期就结束了。所谓结束，就是到米开朗琪罗为止的崇尚锋敏的智性的艺术不再时兴了，让位给通俗肤浅的巴洛克艺术。这里的原因我一说你就明白，罗马教廷在中欧宗教改革呼声的压力下，有了很深的危机感，于是下令要求艺术大力宣传天主教，要求绘画、雕刻都要以宗教为主题，表现形式必须通俗易懂，于是花花绿绿、形态张扬、情绪外露的巴洛克艺术就应运而生了。我说，圣·特丽萨那么说了吗？我怎么记得你本来说的是圣·特丽萨的墓志铭是"主啊，让我受难，否则让我死"啊？老高说那是，那是，你记性还挺好。不过，我的篡改固然是开玩笑，但是有深意在其中，因为这直接关系到贝尼尼的《心醉神迷的圣女特丽萨》。

老高过了好几天才有机会接着往下说。

老高说上次我说到哪儿了？我说你把圣·特丽萨的墓志铭篡改成

"主啊，给我天花乱坠，否则让我死"，还说这跟贝尼尼的《心醉神迷的圣女特丽萨》有直接的关系。老高笑了。不知为什么，我觉得老高的笑容有些奇怪，好像他并不真心地快乐，好像他若有所思。当然，可能又是我过于敏感。

老高说哎呀我忽然不知道该怎么说，你先看看这个，是我特意到意大利大使馆跟他们借的。老高从他的大皮包里抽出一本画册似的大开本的书，说是介绍意大利风光好吸引人去旅游的带图片的宣传书，然后翻到某处，打开，递给我。我接过来一看，果然是意大利文的，看不懂，就看老高让我看的那个雕像的图片。彩色的图片很小，大概只有两寸见方，上面的雕像那就更小了，可是还可以看清在金色金属管做的几十道金光下，大理石雕的圣女特丽萨勉强坐在不知是云端还是一块岩石的边沿，全身瘫软，眼睛半闭半睁，嘴半张半合，在她身旁站着一个裸着一个肩膀的少年天使，左手轻轻捏着特丽萨的一角衣襟，右手捏着一支箭或者一支梭镖，像是刚刚从特丽萨身上拔出来，少年天使面露微笑，那模样甚至有点调皮。我注意到有光线从雕像的上方顺着金属管做的金光照下来，照亮的是天使的裸露的半壁胸膛，特丽萨的神情恍惚的脸和她的宽袍的风起云涌般的大堆的皱褶。我又看了看那些皱褶，觉得有些蹊跷，怎么好像那些皱褶才是整座雕像的中心？我说老高特丽萨的衣服可真好看，你知道我的意思，我当然不是说式样，这么一大堆皱褶，像是大股的浪潮撞在了礁石上以后飞腾跌挫浪花四溅一样。老高满意地笑了，说青蛙你真有眼力，一下子就注意到了。我说那也不过如此而已了，更多的我就看不出来了。

老高说青蛙你听着啊，我这就要说到关键的关键了。这座雕像在罗马一个小教堂里一个姓科尔纳若的家族墓室的中心祭坛上，墓室也是贝尼尼设计和建造的，你所看见的特丽萨身上的光不是灯光而是天光，贝尼尼为此在她的头顶专门开了一个天窗。贝尼尼是一个很虔诚的教徒，为了表现圣·特丽萨独创的基督教华彩可以说是竭尽了他全部的艺术创造力。贝尼尼的这座雕像名声可大极了，好评自然是如潮，可也有非议，特别是在启蒙主义和尼采判了基督教死刑以及又有了弗洛伊德以后，你知道那些个关于男女关系的理论。可我一直觉得所有的议论全都不得要领，但又说不清所以然，直到看见了你，我这才明白了贝尼尼的特丽萨雕像特别在哪儿了。老高说到这儿，停下来，严肃地看了我一眼，我就很紧张。

老高说，青蛙你当然知道精神作为"内在"本来是没有形状的，所以是看不见的，可是贝尼尼让人"看见"和"触摸"到了"内在"。

我想我一定又是一脸呆傻般的茫然。

老高说你不是说特丽萨的衣服好像浪潮汹涌飞腾跌挫吗？真说到点子上去了。试想一个自觉身心都处于汹涌升腾跌挫的状态，所谓放浪于形骸之外，上下于碧落黄泉之间，该有多带劲儿！不是庄子说的大自由又是什么？可见东方人和西方人归根结底想的都是一样的。我之所以跟你聊贝尼尼的《心醉神迷的圣女特丽萨》，就是因为我觉得你的梦跟那座雕像有异曲同工之处，你也有能力让内心获得形状。

我听得入神，忘了给老高的"异曲同工"竖大拇指，老高自己也没有留意。你知道吗，老高越说越来劲儿，说"走火入魔"不好听，说"出神"吧。"出神"是一种非同寻常的能力。可能应该说是"进神"，不对不对，是"入神"。进入，往里走，一个人有个"里"可不是什么简单的事，能在"里"里活着，能让"里"成为"外"，再进一步，能让"里"超越"外"，那就更不简单了。这"里"就是"内在"。"内在"的概念是我们西方人用的，东方人用表示"无形"的"无"。当然细究是有所不同的，但正如贾宝玉说的，那只是隔了形骸，并没有隔了精神。哎，青蛙，我跟你说这些，是想鼓励你。你不是怀疑自己活得太消极吗？别那么觉得，为什么？因为你就跟圣女特丽萨似的，有拓展"内在"的非凡的能力。哎，你要是听了觉得不耐烦，那就算我没说，算我都白说了。可能我没能让你对自己更满意，反而把你的脑子搅得更糊涂了。就算我说了一大堆废话吧。可是，在这些大废话之外，我希望你能听我的一句话，那就是做梦也好，不做梦也好，总之高高兴兴地活着。哎，我这又说到哪儿去了，青蛙你可别见怪。我就要走了，有些话不说可能以后就没机会说了。老高说完以后轻轻叹了一口气。

我跟老高闲聊聊惯了，说什么彼此都能听进去，都不算什么。可那天听了老高那一席话以后我心里很有一点难过。我不知道是为什么，想也想不明白。

虽然老高临走以前那几天说的那一大堆话我真听懂了的不多，可我一点也不觉得老高的话是废话。还有，虽然我觉得老高始终也没有说明白贝尼尼的圣·特丽萨跟我究竟有什么关系，但我能感到老高说的都很重要。我觉得我听到了一生中第二场最重要的谈话。我父亲在我八岁时候跟我做的那场谈话是第一场。父亲说青蛙别怕死，说一个人要是不得不死，就别生气，什么都别想，死的不可避免就好比石头只能是石头，再生气石头也不会变成蛋糕一样。父亲说很多人不明白，都以为死很可怕，可是其实活得好比死掉还难，要想活得好是很不容易的。父亲没说为什么赖活着不行。那不就是说要是活得不好死也是可以的吗？父亲虽然没这么说，可是他和母亲却这么做了。老高说他想鼓励我，鼓励我什么呢？鼓励我去做梦？那跟"高高兴兴活着"有什么关系？"做梦也好，不做梦也好"是什么意思呢？"只不过隔了形骸，并没有隔了精神啊"又指的是什么？跟谁没有隔了精神？跟圣·特丽萨吗？不会吧，圣·特丽萨那一套我听都没听懂，圣·特丽萨那眼睛半睁半闭又悲又喜既痛彻心扉又心旷神怡心满意足的样子让我觉得又熟悉又陌生。我对圣·特丽萨可以说是一无所知，而且也毫无兴趣，我怎么会跟她只是隔了形骸呢？

老高在北京的时候我跟他常聊天儿，就不怎么觉得日子过得冷清。等老高走了以后我就觉出来了，因此我怪想念老高的。

老高回新西兰以后给我和楚源分别来了信。我想给老高写封回信，可每次摊开纸，拿起笔，就觉得很难。以前我跟老高聊天儿，都是想起什么说什么，没有什么固定的题目，但也不作兴聊各自的琐事儿。现在老高跟我天各一方，我不知道此时此刻老高正张望什么，老高也不知道这会儿我的眼光落在哪儿了，所以我不知道给老高写些什么。

楚源则很认真地给老高回了信，又是谈中国文学的现状，又是介绍国内屈原研究的动态什么的。所以第二封信，老高就只给楚源一个人写了，但让楚源向我转达他的问候，还附了一张空白的明信片，说是让我看上面的照片。照片上是贝尼尼的《心醉神迷的圣女特丽萨》，比那本书上的图片要大多了。楚源问老高为什么特地寄这张明信片让我看，我说老高说贝尼尼的这座雕像让内心有了外在。楚源听了以后深深地皱起了眉头，但没再说什么。

由于我对楚源的诗渐渐心不在焉，楚源都批评了我好几次了。楚源的意思好像是说我在社会上地位已经不高，要是不能在趣味上保持高雅，那就真的是甘为卑微了，甘为卑微不就等同于自我堕落吗？我听了以后也不想说什么，而且一次也没往心里去过。

我虽然不怎么理会楚源对我的批评，但也并不是没有认真想过这个问题。我其实很有些难过，至少，我愿意知道为什么我自己变了。

楚源对他的写诗事业的态度从来没有改变过，始终异常刻苦认真执着。要是没人打搅，楚源一天到晚几乎无时无刻不在冥思苦想，要不然就是孜孜不倦地看书，还学英文。我们中国人最赞赏的人生态度就是头悬梁锥刺股地用功准备人生的搏击，但其实，所谓用功也不过是翻来覆去地或熟记经典或演习表述经典的技艺。因为"搏击"的内容是有限的，不外是获得多数人的赞赏。而多数人赞赏的根据就是经典。离经叛道作为一时一事总是不受欢迎的。不受赞赏就是失败。也就是说，头悬梁锥刺股必须有一个正确的方向或者目的，所谓方向和目的正确，就是头悬梁锥刺股之后能不能得到在社会上成功的结果。否则，再头悬梁锥刺股也没人夸你。比方说，要是有人说他要头悬梁锥刺股地修炼成一个最终要去蹲监狱的江洋大盗，肯定不会受到大家的赞赏。所以，以楚源的聪明，他的刻苦认真执着既头悬梁锥刺股，也是有一个正确的方向的。

虽然楚源从来也没有把这个方向说出来过，可是我知道，雨也知道，礼花也知道，老高可能也知道，那就是建立一个拿到诺贝尔文学奖的伟大诗人的业绩。

雨说过，要想实现这个非同小可的雄心，单凭刻苦认真执着是不够的。然而雨没有告诉我还需要什么。我问礼花，礼花说雨当然不能告诉你了，我告诉你吧，那就是运作！

我问怎么运作，礼花说那怎么说得清楚，这么说吧，你知道一个人要想成功需要哪两个因素吗？我说不知道呀。礼花说那你跟我学吧，记着啊，一个人要想成功需要两个因素，一个是个人才能，另一个是机遇。这俩因素缺一不可。比方说，这会儿有人说你要是会外语，就请你进外交部，出国当外交官，这是不是天大的好机会？可要是不幸你什么外语都不会说，那不是白搭吗？反过来，要是遇不到机会，你就是会八十国语，又能怎样呢？像我们小石，不能说没有画才吧？可是要是"文革"还是没完没了地搞下去，小石就是再有才不也是个白搭吗？还不是在部队里画画黑板报，让首长夸两句就完了？所以得这么看，楚源刻苦认真执着，是在挖掘和提高自己的才能，雨没告诉你的所谓运作呢，就是为自己的诗才寻找和创造表现出来的机遇。你以为楚源跟老高那么哥们儿是偶然的哪，你以为楚源跟那些民主分子来往是活得不耐烦自己给自己找不自在哪，哪儿能那么简单！不过这也没有什么不好，历来都是如此，咱们自己不造就自己，谁造就咱们？可不得满世界抓挠吗？要不然，我让我们小石理那个傲了吧唧的英国人萝西干吗？还不是为了小石以后的机遇！谁知到什么时候就碰到了个好机会？所以咱们都得能豁得出去，不进山，到哪儿去打着老虎呢？同样，不玩儿了命似的猛"运作"，哪儿来的脱颖而出的机遇呢？坐在家里机遇就来了？这不就跟守株待兔一样笨吗？当然也可能有人的运气特别地好，但咱们能跟那些人比吗？咱们是什么根基和环境？

我本来真心地爱楚源的诗句。我爱他的关于青春、自由、诗情、夜晚、孩子、天空的诗句。我觉得活着有这些就足够了。我希望楚源的笔的魔力把我们的每一个夜晚都变成阿拉伯的神毯，托起我们，在烛光中，在月影下，在琴声里，在长风之上，摇摇荡荡地飞向远方——我们在楚源的小屋里抚摸潮湿的乌云，在落地的秋叶的泠泠声中遥想海底的石钟的轰鸣，在糊在墙上的旧报纸上寻找旷野里闪烁的花朵，在搪瓷杯里的残水里看见山峰在远方倒塌，落进铺满夜色的河流……

礼花的一席话说得我垂头丧气。我觉得真是麻烦死了。怪不得楚源对我越来越不满意，原来是我在"运作"上不够得力。随着北京的时髦东西的逐渐增多，我大概看上去越来越死气沉沉。我的穿着不要说和慧慧、礼花、雨比了，就是和织袜厂里的小青年比也陈旧多了。连很少对我的外表提供看法的楚源都在这个问题上提过意见。楚源说慧慧的长筒皮靴挺好看的，你应该也弄一双穿，外国人那儿可能有便宜的。楚源还说慧慧的披肩长发不错，你又不老，不是刚到三十岁嘛，你也应该把头发留长点儿，别老里老气跟个家庭妇女似的。我听了都没有理会。我不仅不去"弄"长筒皮靴，我连头都懒得好好梳。去理发馆剪头发也太麻烦，我自己用剪子绕圈剪剪就行了。楚源说我剪得七上八下，剪得跟个疯子差不多了。我也不管。楚源说青蛙你这个样子怎么见人呀，到外国使馆去参加聚会怎么也得打扮打扮，要不然太不像话了。我说那我就不去了吧。楚源沉下脸，不说话，想了一阵子，说也好，那你就别去了。

礼花说青蛙啊你怎么这么傻啊，干吗让楚源带那个慧慧去参加外国人的聚会啊？那些外国人全都可喜欢慧慧了，一听说慧慧不是楚源的老婆，就都把楚源撂一边儿，使劲儿围着慧慧转，争着给她送酒跟她聊天，还埋怨楚源怎么以前不把慧慧带来玩儿。青蛙你是不是不打算要楚源了？你要是再这么愣着，那楚源可就要飞了啊。

雨说楚源跟那些写诗的朋友说，慧慧的悟性很高，很有文采，以后诗会写得很好。雨说青蛙慧慧是怎么一回事啊？你要注意呢，留神楚源鬼迷心窍。人就怕鬼迷心窍。

老高把他不需要带走的英文书都留给了我，有一小堆，几十本吧。我没事或者闷了，就翻看那些书。有一天我注意到了那堆书里有一本乔治·艾略特的小说《密城》。萝西在北京的时候，有一次我听见她对乔治·艾略特倍加称赞，说她是所有女作家里最聪明的。让萝西说聪明很不容易。楚源说萝西自己就聪明得像把锋利的刀子一样，人人都害怕她的头脑。我说聪明人有什么可怕的呢？楚源说告诉你吧，聪明人最招恨了，因为让人觉得没地方躲没地方藏，谁不愿意藏拙呢。小石后来告诉我，萝西在牛津读博士学位研究的就是乔治·艾略特。

没想到乔治·艾略特的这本小说是用圣女特丽萨开的头！只见乔治·艾略特在小说伊始劈头写道："哪一个对历史中人类在特定环境里的神奇作为感兴趣的人会不注意圣·特丽萨的生平事迹呢？"我不由心头一震，赶紧往下读："想到小姑娘特丽萨一天早晨和小弟弟手拉手出门去当殉教者，谁能不露出温和的微笑呢？试想，那两个小孩好像两只孤零零的小山羊一样睁大眼睛在阿维拉崎岖不平的山路上摇摇晃晃地赶路，然而，他们的小胸膛里的心已经俨然为伟大的理想而跳动。"我想起了老高给我讲这一段的时候脸上的略带嘲讽的微笑。"……这次孩提的朝圣是圣·特丽萨一生最合适不过的起始点，圣·特丽萨的热烈的、理想主义的天性使她势必以史诗的方式度过自己的一生……；圣·特丽萨最后用改革修女会书写了自己的人生史诗……"写了快一页以后，乔治·艾略特笔锋一转，开始说起一个住在密城名叫多萝西娅·布鲁克的年轻女人，说多萝西娅·布鲁克具有跟圣·特丽萨相类似的气质和才智，而且两个人都富有献身的激情，不过多萝西娅·布鲁克的历史机遇远不如圣·特丽萨的好，所以多萝西娅·布鲁克就没有机会展示和实现她的非凡资质和巨大潜力。多萝西娅·布鲁克是乔治·艾略特这部小说的女主人公。看到这儿，我已经对古典女权主义者乔治·艾略特对圣·特丽萨的理解失望了。我眼里的萝西的聪明也很有些黯然失色，萝西的乔治·艾略特好像缺少个"里"。

我忽然很想念老高。

老高走了有四个多月了吧？老高走的时候正是初夏，树上的叶子刚变成深绿。现在都快十一月了，树上的叶子已经黄了，而且一天比一天稀疏。

楚源，我怎么觉得你的诗有点儿太像帕斯捷尔纳克了？人家写二月，你就写八月。人家写蹲在树上的白嘴鸦像枝头的焦梨，你就写你自己被倒挂在老树上。

楚源，是不是少用点儿"阳光""加冕""成熟""秋天""正午""石碑""海""脊背"之类？要是别人把瓦莱里、里尔克、洛尔迦、T. S.艾略特的诗多看几首，人家就知道你的这些词是从哪儿来的了。

我知道这么说对楚源的打击一定不小，但是看到慧慧总是如醉如痴地看着楚源的神态，有一天我就没忍住，不小心脱口说了出来。楚源听了以后脸立刻就白了，眯缝起眼睛，从合拢的眼睫毛中冷冷地盯着我，一句话也不说，好像要把我的背叛用严肃的和冰冷的沉默击毁。慧慧的脸则涨得通红，还呼哧呼哧地轻轻喘气，想要说什么，又说不出来，就像被噎着了一样。慧慧现在常来，几乎是只要楚源在家，慧慧就来，看见我就跟没看见似的，高兴了有时还给我们做饭吃。别看慧慧年纪轻，菜还炒得很不错。我等了等，没人跟我说话，我就转身出去，在小区里走了一会儿。有好一阵我都觉得背上背着楚源的冰冷和沉重的目光。深秋的枯叶在我的脚下"沙沙"地响。

我的心"怦怦"地跳，终于背叛了楚源。好像早就想这么做了，可是一直犹豫着。等到终于这么做了以后，又觉得有些内疚，有些残酷。为什么老想这么做而又犹豫但终于忍不住还是这么做了？是因为慧慧吗？

慧慧是那种只差一点儿就称得上是得天独厚的人。慧慧聪明，差不多能听得懂楚源、小石他们的谈话，也能干脆利落地写上几首清新的短诗。慧慧伶俐，能在别人高谈阔论的时候适当地沉默，也能在别人觉得沉闷的时候谈笑风生。慧慧会打扮，能根据国际水平穿得摩登时髦，让土头土脑的中国人只能望其项背，而见过世面的外国人见了她则倍感亲切。慧慧能操持，每次跟一群穷哈哈的年轻诗人们到郊外集体远足的时候都像一个温厚的主妇一样为大家备上一只丰盛的有酒有肉的大食品篮，于是楚源俨然是招待大家的主人。慧慧好像是任何一个男人都愿意顶在头上的阳光。

慧慧差哪一点儿就得天独厚了呢？慧慧差的是幽默感。要是慧慧能有幽默感，那慧慧常常摆出的大义凛然就不会有点儿可笑了。我说的幽默感的意思就是一个人自嘲的能力和趣味。我不能喜欢慧慧，固然因为慧慧公然蔑视我的存在，但更主要的原因是慧慧太把自己当回事，太认为自己了不起，也太把楚源当回事，太认为楚源了不起。还有，太把自己与楚源的联盟当回事，太认为这个联盟了不起。慧慧让人想起乔治·艾略特的雄心勃勃的多萝西娅·布鲁克。要是说毕竟有所不同的话，那就是，慧慧的雄心更坚决，但是自省的能力则远不如多萝西娅·布鲁克。慧慧非常傲慢，对自己从来不怀疑。还有，慧慧的雄心固然更坚决，但雄心的内容却比多萝西娅·布鲁克要简单和贫乏许多。究其原因，大概主要是我们的才子佳人的浪漫传统不怎么鼓励佳人发展强有力的头脑。所以不难想象，一个才智与气质与多萝西娅·布鲁克相类似但却在八十年代初的中国焕发青春的女人，在风格上和骨子里都难免糊里糊涂地有些既旧又新。也就是说，在毫不自觉中，慧慧既固守唐明品位，踊跃充当才子"红袖添香夜读书"的梦中红颜知己，又紧跟中国新潮，追随洋派诗人在新近才传来的六十年前的叶芝的《鲑鱼的瀑布》的歌声中渴望也驶向莫名其妙的拜占庭。可能更让多萝西娅·布鲁克瞠目的是，唐明品位和驶向拜占庭的西洋二十世纪初诗意结合的结果是，自视甚高、性格坚强而头脑却有些贫弱的慧慧把恋爱楚源当作轰轰烈烈的伟大事业。

慧慧傲慢地当真认为她与楚源的爱情尽善尽美、崇高伟大和可歌可泣。随着与楚源的爱情事业的发展壮大，慧慧不知不觉地从小鸟依人变得盛气凌人。熟人和朋友们看在楚源的分上不说什么，但对慧慧就都越来越冷淡。敏感的慧慧也不示弱，走到哪儿都仰着脸雄赳赳的，时刻准备反击任何人的攻击。不相干的人在慧慧眼里还跟敌人差不多呢，那我这个正挡路的就更没指望吃顺溜饭了。然而，由于楚源还希望在拉拉与托尼亚之间周旋，所以视与楚源恋爱为毕生伟大事业的慧慧目前还甘做一个拉拉。但让我不满意的是，不管愿意还是不愿意，我现在被楚源和慧慧锁定了当起托尼亚来。

显然，托尼亚是一个有些可怜的角色，因此我有理由嫌恶慧慧。但要是仅仅因为慧慧是一个狂恋楚源的拉拉就去打击楚源，那也未免胆怯和心胸狭窄。不不，慧慧不过是热情和浪漫得有些可笑而已。我打定主意要背叛楚源，跟什么托尼亚和拉拉的酸故事全没有关系。

我要背叛的原因是，我腻味了。

我以前觉得孤寂是一种可怕的心境，现在才明白，腻味才是真正可怕的心境。要是一个人觉得什么都腻味，那可就没救了。

我先是很腻味楚源。楚源让我觉得腻味首先是因为他的头悬梁锥刺股的强烈深刻的功利心，我觉得一个热爱语言艺术沉迷自由想象的诗人同时却在暗中睁大眼睛寻找机遇实在是很虚伪。一旦发觉楚源虚伪，那种腻味的感觉立刻就强烈极了。再看到楚源在那儿不是手不释卷就是垂头沉思，我就打心眼儿里觉得烦闷。对慧慧疯狂崇拜这样机械狭窄的头脑和平庸的趣味，我本来觉得很可笑，后来看到慧慧竟然在我面前以胜利地当上了楚源的第一红颜知己而自傲，这就让我很不耐烦了。我觉得楚源的道貌岸然很可恶，我觉得慧慧自恋式的疯狂崇拜和维护楚源也很可恶，所以我忍不住小小地打击了他们一次。

那天在满地的落叶上着实走了好一会儿以后，我觉得听见了一阵轻微到似有若无的"咯咯"的笑声。再听，又没了。也许是幻觉？抑或，是我自己在笑？不管怎么说，我忽然觉得很满意，就轻松地回家去了。慧慧看见我笑容满面，吃惊得又说不出话来了。我忽然想起早就觉得这个家有些太挤了，就跟慧慧说我很快就要走了。慧慧垂下眼皮，想掩盖不由自主绽开的笑容。楚源从里屋走出来，若无其事地问我晚饭想吃什么，慧慧今天做饭，正要出去买菜呢。楚源说完正要转身回里屋，又才想起来似的补了一句，今晚礼花和蛐蛐来，她们过两天就要去英国找小石去了。

那天晚上礼花拉着蛐蛐坐了很久才走。走的时候礼花显得很有些难过。礼花说青蛙你怎么看上去这么惨啊，我怎么心里这么不好受啊。我说礼花你别这么觉得，我没什么，就是觉得有点儿腻味。我说礼花你见了小石替我问个好啊。礼花的眼泪就流出来了。礼花真怪，平时大大咧咧的，这会儿居然这么感伤。

　　礼花走了以后也没有个信，大概和小石在伦敦的生活还不错吧。伦敦什么样啊？也不知道他们有没有机会见到老高。

　　说到老高，我又想起了雨。自从老高走了以后我怎么就没有再见到过雨呢？雨这人是比礼花冷点儿。

　　我为什么说腻味才是最可怕的心境呢？因为啊，腻味就像癌肿，一控制不住就会疯长，等到对什么都腻味了，一个人就没救了。我就是。开始我只腻味楚源和慧慧，还腻味织袜厂的蔡大妈。后来我连楚源的朋友都腻味，谁来了我都不理，只顾一个人坐在角落里看书。楚源只好让慧慧充当女主人，倒茶递水，必要的时候还做点儿饭。慧慧最高兴当女主人了，忙得团团转。于是楚源的朋友们就都认为我是让楚源和慧慧给气的，谁也不生我的气，反都说是慧慧不好。慧慧气死了。那我也腻味他们。我知道没什么道理，可我就是觉得腻味。我不光把对楚源的腻味扩大到楚源的朋友身上，我还把对蔡大妈的腻味扩大到织袜厂的全体员工头上。我知道没什么道理，可我就是觉得他们让我腻味。在织袜厂上班的时候我谁都不理，只管低头干活。直到有一天我对低头干活也觉得腻味得受不了了，我就再也不去织袜厂上班了。我变得哪儿也不爱去，因为哪儿都让我觉得腻味。我天天花很长时间躺着，不是在床上躺着就是在外屋的长沙发上躺着。开始我还看书，后来看书也让我腻味了，我就两眼瞪着天花板，什么也不做，就那么瞪着。楚源也以为我是在生他和慧慧的气，就采取以静制动的保守战略，不动声色，也不跟我多说话，任凭局势僵持，以便在僵持中得到寻找最佳出路的时间。

　　我瞪天花板瞪了一阵以后，就腻味了。我不仅对瞪天花板觉得腻味了，对整天躺着也腻味了。我于是天一亮就出去，整天整天地在街上转，累了就随便坐在哪儿，冷也不觉得，饿了才回家，吃点什么又出去。开始的时候到处走才能使我心里平静，后来到处走也不行了，陌生的行人和冷落的街景不再能安慰我，反而让我的心更空落落，更烦闷，

294

更无所适从。家里外面都让我觉得难以立足。现在楚源和慧慧公然把我当成一个精神病患者。楚源跟我说，青蛙我带你去医院看看吧。我说为什么要带我去医院看看，我又没有病。楚源踌躇了一下，说咱们去安定医院。我说安定医院不是精神病医院吗？你以为我是疯了吗？放心吧，我没有疯，我就是心里觉得腻味。你们都别理我就行了。楚源不说什么了，只是和慧慧一起一味地躲避我，看我不在了才让慧慧来。慧慧来了楚源就跟她在里屋待着，这样要是我回来了也有个缓冲，不至于兜头撞见。楚源这样做并不是为了减小对我的刺激，而是为了抚慰慧慧。慧慧觉得我现在这个样子很可怕。

我也觉得自己这个样子很可怕。我后来连自己也讨厌了。我觉得自己的存在很荒谬，时不时地就饿了，不管吃什么全都觉得腻味和讨厌。我讨厌自己需要吃东西，我讨厌自己需要喝水。我讨厌自己吃了喝了又要去上厕所。我讨厌看见马桶里的东西。我讨厌不梳头不洗脸就不能出门。我觉得伺候这个身体实在是麻烦极了，也腻味极了。这样毫无生趣地赖活着让我觉得羞耻至极。我像一个全身麻木的人一样渴望疼痛。有一天，我抓起一块砖头狠狠地砸在了脚上，剧烈的疼痛让我抱着脚在地上坐了好半天。然而我心里有些快乐，因为我不觉得疼痛腻味。莫非圣·特丽萨也跟我似的什么都腻味？

我很久不做梦了。我也不盼着做梦。我怕自己会连做梦都嫌腻味。我更怕梦见了父母以后也觉得腻味。同样，我也不让自己去想老高。

心里明白的时候可以控制自己不去想一些事情，可是要是睡着了，脑子里的东西就由不得自己了。终于在二月的一个寒夜，在外屋的长沙发上盖着厚棉被辗转了很久以后，我做了一个短梦。我梦见了父母。

那个短短的梦很乱，分辨不出在什么地方，也分辨不出是什么时辰，不知为什么乱哄哄的有很多人，不知为什么大家都在着急地等车，只见一辆接一辆的公交车开过来，每开来一辆，人群就乱一阵，大家争先恐后地往车上挤，好像怕最终会没有车，被留在那个莫名其妙的地方。我也在人群里，而且居然挤上了一辆车，还坐着了一个靠窗的座。我正茫茫然地往窗外看，忽然看见了我的父母也挤在人群中。我的父母都比活着的时候老了不少，看上去有五六十岁了。我激动地使劲儿拍车窗，也不知我的父母看见我了没有，可是我能听见我的父亲有些张皇似的小声地说："没有赶上电车，没有赶上电车。"我还在那儿着急得拍车窗呢，梦就断了。

醒了以后，我发了很长时间的呆。然后我哭了。哭了一会儿，我心里就平静了。

那天我告诉慧慧我要走了以后，只要能集中注意力，我就紧张地琢磨到哪儿去。我以前要上路的那种既紧张又困惑的老心情又回来了。我明确地知道，真正上路的时候到了。但是到哪儿去？哪儿才是我的归宿？

现在我知道了。

但在上路之前，我要把事情前前后后想透彻。

在这个世界上，能算是我的亲人的，除了楚源，只有我的姐姐。可我姐姐在得知我要和楚源结婚时是拼命劝阻最终无效以后，就再也不理我了。我姐姐对一切涉嫌冒险的事都绝对不愿意沾边。我连我姐姐在太原大学毕业以后去了哪儿都不知道，所以，即使我豁出去丢脸了，也不可能忽然就出现在我姐姐面前说你看怎么着，还真是你说得对，就算我豁出去了心甘情愿陪楚源去过政治上危险经济上贫困的生活，人家让不让陪还说不准呢。这不，我落了一个讪讪下堂的可悲结局？我姐姐或许愿意收留我，但怎么收留呢？因此，不管怎么说，我是没有可能去投奔我姐姐的。

那么回沙河？一晃五六年过去了，沙河学校的校长该不会已经是周小国了吧？就算不是，周小国也该当上了昌平教育局的什么官儿了吧？就算周小国看在李莲的分上还欢迎我，我去那儿做什么呢？还扯着左嗓子带着学生唱《东方红》吗？就算现在不非得唱《东方红》了，那学着邓丽君吼几嗓子《月亮月亮跟我走》就可以让我安身立命了吗？

那就哪儿也不去，还在街道织袜厂供职，当然住哪儿还要费脑筋想。但真正的问题是，要是我从此不必跟楚源厮守了，我去那没劲透顶的织袜厂又是为的哪一宗？蔡大妈越来越难缠，我连看楚源这样的精英人物都觉得腻味，更别说去看一脑子糊涂想法的蔡大妈的肿脸和大松眼皮了。

我知道这些都是明知故问，我不过是要保证做出最后决定的态度和方式都郑重而已。

　　然后，那个三月的星期日下午，天色有些阴，我对自己说，我准备好了，该上路了。我把早就准备好的一把锋利的小刀先压在长沙发的靠枕下头，然后我从容不迫地在沙发上躺下，盖好厚棉被。我刚躺好，就有人敲门。可我依旧躺着，一动也不动。楚源正和慧慧在里屋窃窃私语，把门欲盖弥彰地敞开一条两寸来宽的小缝，所以不会听不见有人敲门。我就耐心听那人继续敲门。等到又敲了有六七下以后，楚源就匆匆从里屋出来了，一边走一边揉脑门，看也不看我一眼。来的是一个也写诗的熟朋友，看见我躺在那儿，就对我点了一下头，说青蛙你好。我也不吱声。那人就跟楚源进了里屋。大家都习惯了我这个样子。我闭上眼睛，静静地躺了一小会儿，忽然没来由地想起自从在那次送老高的聚会上见过雨以后就再没见着她，心里有一点酸。叹了一口气，我对自己说，见又怎样，不见又怎样？只不过是隔了形骸，并没有隔了精神啊。然后我就把小刀从靠枕底下抽了出来。我瞧了瞧刀刃，只见一条若有若无的黑线，纤细得几乎看不见。我又横着摸了摸，薄薄的，刮过大拇指时，觉得有一点麻嗖嗖的。我把左手腕伸出来，在离手掌一寸半的地方使劲儿拉了一下，血一下子就涌了出来。刺心的疼痛让我不得不屏住呼吸。砖头砸脚的感觉又来了！我慢慢地把左手缩进被子，闭上眼睛。我轻轻动动左手，觉得左手附近的被子由于浸透了血而变得滑溜溜的。刺心的疼痛使我几乎喘不上气来。我咬牙又忍了一会儿以后，心里就开始忽悠起来，我知道很快就要进入深度昏迷了。我放慢呼吸，做好了迎接永恒的黑暗的准备。就在这时我忽然想起了圣·特丽萨，就赶紧对她的墓志铭作最后一次回想："主啊，给我天花乱坠，否则让我死"。糟糕，错了，这是老高的篡改。我不由微笑了一下，叹口气，算了，管他错不错呢，没有时间纠正了。在沉进深渊前的最后一刹那，我觉得仿佛有人向我走过来，费了好大力气睁眼一看，哎呀，是老高！我很想高兴地说老高你怎么来北京了？但我已经说不出来了，因为封杀一切的永恒的黑夜就在这时降临了。黑暗中，我模糊觉得自己四分五裂，向四散的流星一样迅速坠向无尽的深渊，满心悲痛，然而笑容满面。

　　父亲，母亲，你们在哪儿赶电车呢？

20

回声：无源流

像梦一样，我的衣襟被拽了一下。

我回身，看见一个有七八岁样子的棕色头发深蓝色眼睛的瘦骨伶仃的英国小男孩正咧着嘴对我笑。

我说哈啰。小男孩说嗨。我说有什么事儿？小男孩说没事儿。我说没事儿那你拽我的衣襟干什么？小男孩说我想知道你是不是个中国女人。我说现在你知道了吗？小男孩说还是不知道，因为日本女人跟中国女人的样子差不多。我说为什么你想知道我是不是个中国女人？小男孩说不为什么，就是想知道。我说那我就告诉你吧，我呀正好是一个货真价实的中国女人，可这会儿我倒是挺希望我是一个黑头发白皮肤绿眼睛的西班牙女人。小男孩说那是为什么呀？我说那样我就能跟我的丈夫生个男孩子名字叫乔治了。小男孩愣了愣，困惑地说那可够怪的。

我再打量，小男孩的样子似乎变了，看不出来头发是什么颜色，也看不出来眼睛是什么颜色，眨眼间瘦骨伶仃的小男孩竟已经是胖胖的，微笑的时候还露出一颗金牙！我觉得头很晕。我瞧瞧四周，我们俩站在国家美术馆的台阶上，前面特拉法加广场上的喷泉哗哗地喷着水，再远一点儿尼尔逊纪念塔塔座四角的黑色大理石卧狮在正午的阳光下闪闪发亮。

我说嗨小孩儿你叫什么名字啊？你家住哪儿？怎么就你一个人啊？小男孩看看我，迟疑了一下，说我最不喜欢别人打听我了，不过你例外，我可以告诉你，我是一个未来的涂鸦艺术家，我将要出大名，我的

298

画儿每幅将要卖到好几十万英镑；我叫班茨，我家住在耶特来，不过我生在布里斯托尔。你知道布里斯托尔吗？布里斯托尔是一个海港城市。

我笑了，说班茨你真会吹牛，在街上胡涂乱抹哪儿能出什么大名，要想当功成名就的艺术家你得先进专门的艺术学校学。我也想当艺术家来着，可他们都说我不成，因为我没上过艺术学校。小男孩说你不信那你就瞧着吧。我说我到哪儿瞧去？你一会儿不就要回家了吗，回哪儿呢？回耶特来还是回布里斯托尔？班茨说回哪儿都成。我说那是什么意思？莫非你也跟我丈夫似的有两个家？你一个小孩儿怎么会有两个家？我就想有一个家，可我现在连一个家都没有。班茨说那有什么，一个人有自个儿不就行了吗？要家做什么？我就不愿意有家，有家就老得回去，还有家里人老要管你。

我又忍不住笑了，说要是都像你似的就好了，你还是个小孩儿，你什么也不懂。班茨说谁说我不懂？我最烦别人说我是小孩儿了，怎么是个大人就要教训我，说我是什么都不懂的小孩儿？我都不爱出门了，因为我估摸这种自以为是的臭混球儿肯定到处都是，都愿意挤到你前边来显摆他们的傻劲儿。班茨显得很不高兴。我说我可不是要教训你，我是自个儿太烦了，羡慕你呢。班茨乐了，说你叫什么名字呀？我说我叫礼花。

班茨说你的名字有什么意思吗？听起来怪好听的。我说当然有了，我的名字的意思是夜里天空中花朵般的火焰，或者火焰做的花朵也成。我生出来的那会儿北京城正放礼花，庆祝国庆节。中国的国庆节是十月一号。你见过礼花吧？班茨说那当然了，嘿，我还不懂中国话，可我猜想中文一定是一种很美的语言。我说那为什么？班茨说英文管礼花叫火活儿，中文的说法多好，夜里天上的火焰的花朵。将来我要把你画在一座大楼的外墙上。我说那敢情好，就是别刚画完就让人给冲洗了，然后罚你款。

班茨把头一昂说，不会！正相反，那座大楼将要因为有了我的画儿而增加很多价值呢。我说班茨你的牛皮吹得真不小。班茨于是很忧愁，说唉，我明白这会儿怎么也没法子让你相信。我说那好我就相信你。

班茨龇牙乐乐，我又一惊，班茨的金牙变成银牙了。班茨，哪儿有小孩儿镶金牙的呀，不对，是银牙，你的假牙怎么这么怪，一会儿金一

299

会儿银的？到底是金牙还是银牙啊？班茨一脸茫然，什么金牙银牙的？我倒是正在换牙，莫非我的新牙是金牙？我妈说这次换的牙得用一辈子呢，得爱护着点儿，要不然掉了就不长新牙了。要是那样，金牙肯定更结实。可我觉得我的新牙好像还是骨头做的。我再看看，果然没看见金牙，也没看见银牙。我的头又晕了。

我看看四周，有几个游人在不远处呆呆地看着我们，有的人脸上还布满了惊恐。我心想莫非他们听见我们说的话了？莫非班茨吹牛吹得太大发了把他们吓着了？我再回头看班茨，班茨已经不见了。这小孩儿，怎么来无踪去无影的，怪不得别人都看他。我冲那些旁观的人笑笑，意思是替班茨表示歉意，可没想到那些人好像更加惊恐了，居然纷纷逃走了。我觉得挺纳闷，可还没等我来得及细琢磨，我就觉得困得不行了。我也不管哪儿是哪儿了，一屁股坐下就睡着了。

不知睡了有多久，我觉得有人推我，睁眼一看，是护士海斯特。要是别人我就该生气了，正睡得好呢。可我不生海斯特的气。海斯特跟我年纪差不多，也三十多岁，跟我说话又慢又和气，我能听懂她的话。海斯特笑眯眯的，跟我说，礼花你该吃下午的药了。旁边的胖子海伦娜就哼唱起来了，我的呢，我的呢，我的呢……那边儿刀子脸亨利就大吼："住口！住口！住口！住口！住口！"我也赶紧借着机会大叫几嗓子："吵死了！吵死了！吵死了！"屋子里所有的人顿时都嚷嚷起来，护士们就都跑进来，让大伙儿都闭嘴，说谁不闭嘴就给谁打针。谁愿意打针啊，大伙儿就只得安静下来。刀子脸亨利还特地小跑过来跟海伦娜握握手，那意思是告诉护士们他刀子脸亨利态度好着呢。海伦娜两眼泪汪汪地看着我一仰脖把让她羡慕不已的三个白药片吞了下去。

吃了药以后我觉得精神头好点儿，就往我的角落走去。在这个有三四十个病人熙熙攘攘"活动"的活动室里，我有一个自己的角落。我的角落在一个靠窗户的屋角，放着一把椅子和一个小桌子，还有一个画架。这些都是塔尔默医生给我预备的。塔尔默医生告诉所有的人这个角落归礼花专用。塔尔默医生是管我们这群病人的头儿，塔尔默医生说给谁打针谁就得打针。大家都怕打针，所以大家都得听他的。我刚来的时候，塔尔默医生听我说要画画儿以后就让我用炭笔在一张纸上给他画了一幅画儿。当时我胸有成竹，画得很快，我画的是省城，我想起了布莱恩，想起了他的玛沟。我先画了几个有圆顶的欧式教堂，那是我们省城的地标，然后画了一大股一波一波上升的烟，又画了一列火车，最后在中心位置上画了一个大眼睛的小姑娘，妖媚地回头看观者。塔尔默医生看了以后连连点头，说礼花你就只管画吧，别的就都不要想了，什么也比不上你的画儿。塔尔默医生给我提供颜料和画布，海斯特说都是塔尔默医生自己掏钱给买的。我的画儿画好以后，也是塔尔默医生帮我收着。我没有画室，所以也没地儿放。

到了我的角落以后，我把椅子拉到窗前，坐在椅子上先看了一会儿窗户外头，然后站起来走到画架前，端详那张我已经画了好几天的画儿。

关于这张画儿我已经和班茨讨论了多次了，班茨说这张画儿将成为我的绘画艺术的顶峰，画完了这幅画就不必再画了。我说那为什么，班茨说因为你再也画不了这么好了，还瞎费劲儿干什么。

不知怎么回事儿，班茨长得挺快，好像我认识班茨还不太久，可是这小孩儿已经长大了不少，看上去像是有十一二岁了。现在班茨经常秘密地到这儿来找我。他不回布里斯托尔了，也不去耶特来，这小孩儿自个儿留在伦敦，也不知道他靠什么生活。班茨还是那么怪，一会儿胖一会儿瘦，一会儿金牙一会儿银牙，眼睛一会儿深蓝一会儿无色，而且来无踪去无影。班茨每次来的时候都是突然出现在我身边，用一个手指指着他自己的嘴，瞪大眼睛，意思是让我别嚷嚷，别告诉别人他来了。我就小声跟班茨说话，让谁也听不见。我问过班茨为什么得这么秘密，班茨告诉我要是别人知道他来了，就该给我打针了，我一打针就见不着他了。我听了以后虽然还是不很明白，但我相信班茨说得有道理，所以我严守秘密，好好表现，不让塔尔默医生给我打针。

班茨说这幅画儿将是我的巅峰之作，那我可要尽心画，让我的巅峰高一点儿。我已经在靠近中心的正下方画好了一个像是浴缸又像是墓穴的深坑。下一步我打算画一个小姑娘，我想让这个小姑娘仰面躺在深坑里。可是我还拿不定主意让这个小姑娘妖媚地笑呢还是伤心地哭。我抬头看看四周，班茨怎么还不来呢？

吃药以后心里安定一点儿，但同时又会觉得很困，所以我常常坐在我的角落里打盹儿。打盹儿的时候我就梦见很多过去的事情。梦醒了以后我就糊涂了，不明白为什么梦里的人都不在了。我就闹着要回家，有时候要回月坛北街的家，有时候要回春天街的家。海斯特就耐心地告诉我说这儿才是我的家。我喜欢海斯特，海斯特不会跟我撒谎。可我怎么想也不明白这儿怎么会是我的家。看着我瞪大了眼睛惊疑的样子，海斯特只微微地笑。

每次回想到进精神病院之前和进精神病院以后的这段，我心里就很恍惚，记忆中这个时期的人与事都是一段一段的，彼此之间连不上，时间的顺序也不对，老是一会儿这段跳出来，一会儿那段跳出来，让我怎么理也理不出个所以然来。但是，总的脉络我觉得自己还是清楚的，只是细节有点混乱而已。那就行了吧。

阿拉斯泰说，礼花你都住了快两个星期了，咱们不是说好了你在我这儿就住一个星期吗？我油腔滑调地说阿拉斯泰你别这么心狠，咱们不是还是朋友吗？朋友不该帮朋友吗？我这不是天天都在找住处呢？你放心，我一找着住处马上就搬走。阿拉斯泰皱皱眉，说对不起礼花，我也许应该耐心点儿，可是，我这个单元实在是太小了，米歇尔抱怨了好几次了，说他不愿意夜里外屋沙发上还有一副耳朵支棱着听着。我说谁支棱着耳朵听了？阿拉斯泰说礼花你知道我不是那意思，不管怎么说，你在这儿，我很不方便。

看我又要哭，阿拉斯泰叹了口气，说礼花你这是跟谁过不去呢？小石说跟你离婚了吗？我说阿拉斯泰你们这些人都是怎么一回事儿啊？难道说非得小石说了才算吗？小石说离婚就离，小石不说离婚我就不能离吗？阿拉斯泰说我不是那意思，我是想说，有时候不能太较真，对人的弱点得原谅点儿，特别是对艺术家的感情，不能要求太严格。要想跟艺术家过长久的日子，就要在感情上宽一点儿，要不然自己吃苦头。我问你，你这么生小石的气，是不是因为你其实还很爱他呀？要是你还爱他，要是你心里愿意还跟小石一起过日子，你就得原谅他，允许他有时候出一点儿圈儿。你要的不是他这个人吗？至于他想要什么，你过问得越少越好，为什么？艺术家的心凡人哪儿管得了？再说，艺术家的心也就是野一阵儿，野完了以后该回家还是回家。见我流泪了，阿拉斯泰赶紧趁热打铁，要是我是你，我就大大方方地回家，跟小石说我想通了，以前怎么过还怎么过吧。你要不要我陪你去？我可以帮你提那两个大箱子。

好像有人捅我，我一睁眼，是班茨。

班茨说嗨，礼花，你怎么又睡着了？我说我又睡着了？我怎么不知道？我要是睡着了就会做梦，可是刚才我好像什么也没梦见。我正盼着你来呢，你这两天到哪儿去了？班茨说礼花你莫非糊涂了？我这不是天天都来看你吗？你画儿画得怎么样了？你在这儿画了个大坑吗？是澡盆还是墓穴啊？是墓穴吧？酷！

我说这个大坑不是澡盆也不是墓穴，而是宇宙的中心。为什么说是宇宙的中心呢？因为这个大坑是一个人的心窝。谁说来着？吾心即宇宙。这个人说得很有道理。为什么呢？因为对于一个人来说，宇宙被感知才存在，而他的心就是他的一切感知的中心。所以呢，我把这个心窝画在这幅画的中间。我要在这个心窝里画一个小姑娘，这个心窝就是这个小姑娘的心窝。一个人能躺在自己的心窝里有多好呀，我就愿意老能躺在自己的心窝里。可我现在找不着自己的心窝了，那滋味就跟一个人找不着家了一样。我觉得我丢了，就是见到你的那天我丢了。我可不愿意让这个小姑娘跟我似的把自己给丢了，所以我要让这个小姑娘稳稳地躺在她自己的心窝里。可我拿不定主意，让这个小姑娘笑呢，还是让她哭。布莱恩跟我说过，艺术是关于忧伤的，画一个人笑哈哈的，大概不是艺术吧？

班茨说你听那个老布莱恩干吗？他一脑子老掉牙的杂碎。什么忧伤不忧伤，开什么玩笑？酸不酸？我说班茨你也别太把布莱恩瞧不起，不管怎么说当今艺术界承认布莱恩是个正经画家。班茨说还提当今艺术界呢，当今艺术界本身就是一个最大的笑话。这"当今艺术界"是什么？是一伙儿特权分子、装腔作势之辈和软弱之徒聚集的巢穴！这些家伙的意见算得了什么！

我看看班茨，这回班茨是一个气嘟嘟的小胖子，一边说着大话一边往窗外瞧。哎，班茨，咱们别扯远了，告诉我小姑娘应该笑还是应该哭。班茨头也不回地说笑。

礼花，跟谁说话呢？是跟班茨吗？不是跟你说过没有班茨这个人吗？海斯特摇摇我的肩膀，又拍拍我的头。

我看看海斯特，又看看班茨，班茨蹲在窗台下边，使劲儿摆手，又用指头指他自己的嘴，意思是别跟他说话。

海斯特盯着我，好像完全没看见班茨。海斯特说礼花你要想治好病就不能跟班茨说话，尤其不能听从他的摆布，不能他让你干什么你就干什么。

我说海斯特你说什么呢，我没跟班茨说话，那不是班茨，我不会听班茨的摆布。班茨只是一个小孩子，虽然班茨到底有多大我也不清楚，因为他一会儿比我女儿蛐蛐小，一会儿又比蛐蛐大。班茨怪着呢，我怎么会听他的？

我一边说一边看班茨，班茨跟我挤眉弄眼，逗着呢。

海斯特扳着我的肩膀让我只看她，说礼花跟你说了很多次了，班茨是你的幻觉，没有这么一个人。我说谁说的？我明明看见班茨了！我的眼睛难道不是眼睛吗？因为我的眼睛看见了班茨就说我有病吗？为什么说我有病？你们都是害我！我知道小石给你们钱了，你们就帮他害我！我没病！告诉你们，我没病！我没病！我没病！我就没病！我要回家！我要回家！海斯特抓紧了我的胳膊，往下按我，想让我坐下。我就使劲儿挣巴，要甩开海斯特钳子般的两手。我又跳又叫，喊得海斯特的脸都白了。从眼角里，我看见班茨蹲在墙角拍着小巴掌，是给我鼓劲儿呢。我叫喊得就更凶了。跑进来好几个护士，塔尔默医生也来了。忽然我觉得胳膊上中了一针，接着我就蔫了，一点儿劲儿也没了。我被护士们架走，被他们放倒在床上。我呆呆地看着天花板，面无表情，谁也不理。班茨也不知道溜到哪儿去了。这小鬼头，就爱看我闹腾，我一不闹腾，他就没影儿了。

我跟阿拉斯泰说去你的，谁要你陪。我怕小石看见阿拉斯泰不高兴。其实我就是清清白白地住在阿拉斯泰家，阿拉斯泰有米歇尔呢。那小石也肯定不高兴。小石是典型的对人严对己宽。男人都是对人严对己宽。我离家都有半年多了，小石肯定能从别人那儿知道我跟布莱恩住在一起。知道又怎么样？他自己呢？不过说真的，我让阿拉斯泰说得动心了。不是也有好多覆水重收、破镜重圆的例子吗？毕竟我跟小石过了都有十几年了，我离家这么久了，小石就一点儿也不想我吗？我现在这么惨，莫非小石就一点儿也不心疼吗？爹妈都说小石厚道，再说，就是看在蛐蛐的分儿上，小石也应该让我回家吧？我要的不就是跟小石过日子吗？小石又没说不跟我过，我怎么就气昏了头，非要出来不可呢？唉，已经出来了，也不用后悔，至少是弄明白了一点，那就是找到个人一心一意跟你过日子难得厉害。这年头儿人心都冷得不行，怎么焐也焐不暖。跟小石当年可没法儿比，小石那会儿心多热多诚啊。这就叫作吃一堑长一智。就按照阿拉斯泰说的，回家，跟小石说这半年多算是亲身闯荡了一场江湖，吃了不少亏，总算长了一个智，那就是我跟谁也贴不上。我这脑筋怎么这么死呢？为什么早不这么想呢？早就应该这么想啊。就算小石的心变了，只要小石的骨头没变，那我还是小石的骨中骨。难道不是这样吗？都只听说变心，没听说过变骨的。小石不是早就说明白了吗？我是他的骨中骨！当小石的骨中骨不就行了吗？阿拉斯泰不是也说了吗？艺术家的心没人管得了，再说艺术家的心也就是野一阵，野完了该回家还不是照旧回家？我在心里把这些话跟自己翻来覆去地说了快一千遍以后，五月末的一个晚上，我来到了春天街。

打那天一早离开春天街以后我这是第一次踏上春天街的石板路。怎么那么巧，又是一场雨后。初夏的柔和的空气被雨水一浸，好像有了弹性一样按摩着皮肤。我的眼睛不由得湿了，心里怀着一种浪子归家的激动不安。我忽然疯了似的想念蛐蛐和小石，想念我们过去的日子，想念在月坛北街的小公寓里和年轻的前卫艺术家朋友们在烛光中的长谈，想念已经遥远得模糊不清的关于莫奈的《青蛙塘》的旧梦……我一边想象着蛐蛐看见我的快乐和激动的表情，一边快步走向那排米黄色的小楼。从远处我就已经注意到我们的窗户亮着灯，我很兴奋，他们都在家！走到了的时候，我正要拉开楼门，忽然听到有萝西说话的声音，我的心一下子抽紧了。

我愣了愣，想了想，就蹑手蹑脚地凑到客厅的窗户那儿。窗帘已经拉上了，但是没拉严，留了一条大缝儿，我就从那条大缝悄悄地往里看。只见临窗的小饭桌上已经摆得满满的，萝西在厨房那边背对着窗户正忙着什么，小石也在那儿，好像在给萝西打下手。在厨房的柜台附近有一个给不会走路的小孩子坐的高椅子，高椅子上坐着乔治，乔治已经长出了一头黑色的卷发，正在哼哼哧哧地摆弄着一个塑料奶瓶似的东西。乔治一抬头看见我，就指手画脚地"咿咿呀呀"叫了起来，我赶紧一缩头。这时小石大声叫了一声"蛐蛐！吃饭啦！"我又赶紧伸头看，就见蛐蛐从她的房间一颠儿一颠儿地跳出来，嘴里唱歌似的答应着

"来啦——来啦！" 半年不见，蛐蛐的个儿居然高了不少，头发也长了不少，像个大姑娘了，我的心一下子跳得快了起来。蛐蛐穿着一件我没见过的黑色的T恤衫。小孩子怎么穿起黑的来了？我又有些烦。蛐蛐一边跟小石说着什么一边往饭桌这边走，我觉得这样被蛐蛐看见不好，就往后退了几步，让窗帘遮住我。又站了一会儿，能听见里面挪椅子放盘子和杯碰碗的声音，夹杂着乔治的哼哧和咿呀，蛐蛐的嘀咕和萝西跟小石说话的声音。这些声音此起彼伏，没完没了，听起来既温馨又安宁。我也不知道在窗户外站了多久，脸上早已满是眼泪。

终于，我能挪动脚步了，就慢慢地朝楼门走过去。我要亲自问小石，我要问他我怎么办。

小石开的门。小石看见是我，迟疑了一下，什么也没说，把门在我脸前慢慢关上了。我听见萝西在里边问小石是谁？小石没答话。又听见蛐蛐在里边问爸爸是谁？小石还是没答话。

我呆呆地站在那儿。

一会儿，门又开了，小石走出来，把门在身后拉上，轻声问，礼花你有什么事儿吗？

我哭得说不出话。

小石说礼花你有什么事儿？

我每次嚷嚷，结果准都是胳膊上挨一针。挨一针以后一般来说我就不想嚷嚷了，偶尔想嚷嚷也没那劲儿了，何况我还真是不想费劲儿嚷嚷，因为心里那股非嚷嚷不可的邪气儿打针以后就没了。只不过，那种不可遏止的怒气虽然莫名其妙地一下子就消失了，心里却并不安宁。这种时候，取代了狂怒的是一种莫名其妙的巨大的恐慌，就像是世界末日到了，心里天昏地暗，没抓没挠，谁也救不了你，就等着下一秒钟天塌地陷。哎，那种难熬的疯了似的恐怖怎么说也说不出来。说像世界末日也不尽然，因为要真是世界末日，好赖大伙全一样，要生一起生，要死一起死，互相之间还有个共患难的相互安慰和支持。我心里的那种恐慌则是独有我自己大难临头，走投无路——冰冷孤独的死亡是最终的威胁，而活着则是受不完的煎熬，我估计得了癌症的人心里的感觉就是这样。一到这时候，我就特别想找到一个大深洞，然后一头钻进去，用胳膊使劲儿抱住脑袋，把脸埋进膝盖里，那样就可以闷声不响地熬着。这时候，小鬼头班茨可就是我唯一获救的希望了。但班茨这个坏家伙总要等我在恐慌中度过两三天以后才肯来呢。

不知道是怎么一回事儿我就已经又是一个人站在街上了。我也不记得是哪条街，只记得我心里热辣辣的，脑子里却一片空白，只想快快地走，好像要夺路而逃，好像有人举着刀在脚后跟追杀一样。我见路就疾走，见岔口就猛拐，直到走跑得气都喘不上来了，才放慢脚步。天已经完全黑了，掩盖了我的惊慌失措，所以路上的行人谁也不注意我。实在累了，我就找个台阶之类坐下歇歇，不知不觉地竟走到了特拉法加广场。

夜好像已经很深了，特拉法加广场上空无一人。经过一场狂奔疾走，那种热腾腾的辣心的感觉已经消失了，虽然还剩有一些微微的亢奋，但心里好像已经很平静了，既不愤怒也不悲痛，只是头脑里空空的，不怎么明白为什么此时此刻自己一个人站在空阔的特拉法加广场上。我慢慢走到花形的喷泉旁，尽管夜深人静，喷泉依旧淙淙喷射。我望望那两个青铜色的大理石做的跟海豚一起遨游的大小男人鱼，纳闷儿为什么让男孩人鱼和海豚口射清泉，大男人鱼却在那儿东张西望。想了一会儿我觉得明白了，可不是吗？只有小孩子和心无旁骛的动物才专心做事呢。我又望望北边不远处的国家美术馆，美术馆的大门廊上垂着红条幅，不知正有什么特别展览。美术馆大门上方的浮雕人像被灯照着，在被强调了的阴影下，似乎凸出了很多，看上去就像活了似的。我不由得有些被吸引，就想走近些好好看看，以前怎么没注意到这些浮雕呢？到了跟前，我又把那些雕像给忘了，只觉得台阶上的阴影既静谧又安详，很诱人，就倚着墙根坐在了台阶上，面对着特拉法加广场。

怎么一点儿也不困呢？平常到了这个点钟我早就困得睁不开眼了。既然无所事事，我打算把思想好好理一理。可怎么什么也想不起来，而且怎么什么也想不下去呢？只觉得千头万绪，却又一丝一缕也理不清楚。小石、蛐蛐、萝西、青蛙、雨、老高、布莱恩、阿拉斯泰、爸和妈、老陈这些名字错乱着跳出来，同时一张又一张人脸在脑际滑过，可我忘了每张脸的名字。我知道每张脸都是有名字的，我也知道我认识那些脸，可我就是想不起来那些脸的名字。脸有时交替出现，有时一群一伙儿地出现，有的对我微笑，有的愁眉苦脸，有的怒目而视，有的充满嘲讽。我又紧张起来，汗都出来了，不懂自己怎么这么笨，脑子怎么不像以前那么好使了，怎么一脑子豆腐渣了呢?! 怎么人都认不清了呢?! 我用手蒙住脸，使劲儿静了静心，慢慢回想起来了，我的丈夫名字叫小石，那张黑黑的不年轻也不老的男人的脸就是小石的，小石的眼神儿怎么那么冷啊? 小石说礼花你有什么事儿? 等我一想明白，眼泪一下子就又流了下来。

我有什么事儿? 我还有什么事儿? 除了活着和活下去，我还有什么事儿吗? 可我怎么活下去呢?

泪眼蒙眬地看了一会儿灰蒙蒙的特拉法加广场，我的脑子又成了一堆豆腐渣，我又开始费力地回想蛐蛐到哪儿去了。

不知什么时候，曙光出现在高耸的尼尔逊纪念塔顶端的尼尔逊雕像上。

班茨! 你怎么现在才来? 我都要闷死了。一瞧见那个小鬼头，我就嚷嚷起来了。班茨赶紧用手指指着嘴，还"嘘"了一声。我想起来了，不能让海斯特和塔尔默医生知道班茨来了，要不然他们又该给我打针了。我压低嗓门儿问班茨，这几天你都到哪儿去了，怎么不来找我啊? 班茨也压低了嗓门说，我要来着，可是他们不让我来。我说谁不让你来啊? 塔尔默医生啊，班茨翻翻眼皮。这回班茨是个小瘦子，眼睛既看不出是什么颜色也没有光泽。当班茨是个小瘦子的时候，班茨的脾气就不那么大了。我觉得精神好多了，就拉着班茨到活动室去看我的画儿。这几天我一直没什么精神画，所以我的"巅峰之作"还基本停留在只有一个"心窝"的阶段。班茨一见就不客气地指出，礼花你是怎么回事儿啊? 怎么好几天了几乎什么也没画啊? 我说班茨你个小鬼头着什么急啊? 班茨说倒不是着急，而是怕你低估了自己的使命。我一听乐了，我能有什么使命啊? 班茨说就知道你还不知道呢，告诉你吧，你将名留青史。我"扑哧"一笑，那可不。班茨一脸严肃，说礼花我可不是逗你玩呢，我说的可是真的。

我说班茨那你说说我怎么会名留青史呢? 你也不看看我现在在哪儿，要是说我疯得名留青史呢，我好像还没有那么疯，塔尔默医生一个劲儿地跟我说我很有希望出院呢。班茨说谁说你疯了? 再说谁能因为得病而名留青史呢? 你想哪儿去了，真是的! 让你这么一胡搅，我都不爱告诉你了。我赶紧哄这个坏脾气的小子，别啊别啊，我是跟你开玩笑呢。我现在要好好地听了，快说吧！班茨翻翻眼皮，说那好吧。礼花你听说过"无源流"画家吗？没有哇？什么叫"无源流"画家啊？"无源流"画家就是绝对自发、无师无友、孤零零地自己画、谁的影响都不受的画家。你要是在进精神病院之前就开始画，你就成不了"无源流"画家了。为什么呢？因为你不可避免地要受到别人的影响。特别是你已经给自己塞了一脑子的"当代艺术界"的烂杂碎，这画派那画派的，你已经知道了不少，就算你没进过艺术学校接受正规训练，你也已经不能成为一个"无源流"画家了。这叫近朱者赤。

我听得瞪大了眼睛，禁不住问，这"无源流"画家有什么好，成不成的有什么关系吗？班茨又翻翻眼皮，好像对我的愚昧稍微有一点儿不耐烦，什么好与不好的，什么叫好？在我看来，对于绘画艺术家，最重要的是别开生面地表述。人生其实很有限，离远点儿看，都跟中国寓言里的狙公也就是猴子似的，为了几个栗子哭一阵儿，笑一阵儿，然后一辈子就完了，世世代代如此。哎，中国古人怎么那么聪明啊？我真佩服中国古人。我瞪瞪班茨，什么意思？中国的现代人就不聪明了吗？班茨则毫不畏惧，应声答道当然不聪明了，不光现代的中国人不聪明，所有的现代人全都不聪明。我不服气说那为什么，班茨说太凡俗，现代人全都太凡俗。凡俗是智慧的敌人。凡是凡俗的人全都与智慧无缘。这么说你我也都凡俗了？我很有些扫兴。班茨说不然，咱们俩可不凡俗。没有比"无源流"画家和涂鸦艺术家更不凡俗的了。

班茨跟我碰了碰拳头，表示自我祝贺。然后班茨把有几点雀斑的小尖鼻子耸了耸，接着演绎他的宏论：不是说过了吗，人生无论在规模上还是在时间上实际上都很可怜，因此呢，由狭窄人生而来的艺术的主题其实也很有限。但是艺术对主题的表述方式则是无限的，艺术就是在这个意义上扩展生命，实现生命的自由。可以说，独创的表述就是艺术的生命。换句话说，在艺术的表述上越具有独创性就越具有艺术的生命力。我的意思你明白了吧？我说班茨你这么个小精灵从哪儿搜刮来的理论呀？你是人还是鬼啊？班茨说你别打岔呀，我还没说完呢。你要不好好听我就不说了。我赶紧赔礼道歉，保证一定好好听，再也不打岔了。

班茨这时睁大了无色然而闪着光泽的眼睛，严肃地对我说，礼花，你说，还有什么流派的艺术家能比"无源流"画家更有独创性呢？我认真想了想，也睁大了眼睛说，当然没有了。班茨说所以呀，"无源流"画家最应该名垂青史了，是不是？我困惑了，那怎么我从来没听说任何一位"无源流"画家的大名呢？班茨怎么会没听说过？你知道马丁·拉米热吗？阿道尔夫·乌尔弗里？还有亨利·达尔格尔？都没听说过？那你中这个崇尚源流的"艺术界"的毒可太深了。我刚才说的那三个人是二十世纪最主要的"无源流"画家，他们的画作都保存在博物馆里了。马丁·拉米热和阿道尔夫·乌尔弗里都跟你一样，有点儿精神分裂的毛病，他们俩也住在精神病院里头。亨利·达尔格尔好像毛病轻点儿，他没住医院，可也好不了多少，没准儿更糟糕，因为他得当勤杂工给自个儿挣面包吃。你知道为什么"无源流"画家全都病歪歪吗？我说不知道呀。班茨诡异地一笑，说不得精神病就怎么也做不到无源无流吾即宇宙呀。礼花你说你是不是因祸得福？你不是说你想当艺术家吗？这不，你不是当上了？而且你还将作为一个"无源流"画家而名垂青史，你的追逐源流的正式艺术家丈夫小石则注定了要成为尘土。告诉你吧，不光是小石将要成为尘土，大部分追逐源流的艺术家都注定了最终要成为尘土。好了，我的话说完了，你快画你的巅峰之作吧。

班茨说得我兴致勃勃，我立刻抓起画笔，三下两下在"心窝"里画了一个缩脖耸肩明眸皓齿一头顺溜溜的黑发的小姑娘。小姑娘微扬弯眉，杏眼斜挑，红唇半开，但绝不邪恶，相反，缩脖耸肩和斜视给了小姑娘一种羞涩的神秘。班茨在一旁大声叫好，说太棒了，不哭也不笑才真正神秘呢！礼花，这小姑娘是你吗？唉，要是我知道她是谁就好了，我叹了口气。

稀里糊涂中，我发现阿拉斯泰和小石正在谈话。看看四周，好半天我才认出是在阿拉斯泰的公寓。再看看天，好像是快到傍晚了。

阿拉斯泰扭头看了看我，没理我，继续跟小石说话。小石的脸色阴沉，看都不看我一眼。我接着发现我那俩大箱子赫然立在屋子中间，阿拉斯泰好像在和小石吵架。我耐心听了听，除了听见他们不断地提到我的名字以外，什么也听不明白。我心里就有点儿烦，正要发话，只见班茨什么时候溜了进来。我就转怒为喜，大声跟班茨打招呼：谁给你开的门呀？你怎么会找到这儿来了？班茨说门开着呢，我自己就进来了。你不是说你想当艺术家来着吗？我算计着你就住在这一带，我一问，果然有人看见过一个中国女人在这个楼门里出出进进。你说有几个中国女人在这一带混啊？我一猜就是你。谁知我的运气竟然好到这个地步，哪儿那么巧这扇开着的门就是你家的门。

我发现小石和阿拉斯泰都往我这边看，就很得意，要拉着班茨去见他们俩，谁知找不着班茨的手，我就指着班茨说，你们听说过这个小子吗？我今天刚认识的，他叫班茨，他说他是未来的伟大涂鸦艺术家。哎，我说班茨，咱俩今天在哪儿碰见的？我正说得高兴呢，班茨却没影儿了，我就四下里找，小石皱着眉头把我拦住了，说礼花你刚才跟谁说话呢？我说莫非你没看见那个小男孩儿吗？小石说什么小男孩儿？我很诧异，就又去问阿拉斯泰看见了没有，阿拉斯泰面色严肃地摇了摇头，说没看见。

我急了，说你们为什么骗我？刚才明明有一个小男孩儿在这儿，是我今天上午才认识的，看样子岁数还挺小，懂得可多着呢。小石说礼花你别嚷嚷，没有什么小男孩儿，那是你的幻觉。礼花你可能是病了，明天一早我就带你去看病。小石转脸跟阿拉斯泰说，我明白你的意思，我是礼花的丈夫，我应该带礼花回家，可家里有两个小孩子，礼花这个样子，我怕吓着孩子。我明天一早就来，带礼花去看病。你放心，我负责安排礼花的生活。我说小石你还是我的丈夫？那咱们回家吧！咱们怎么在这儿啊？是不是来参加聚会来了？那怎么没什么别人啊？是不是太早了啊？阿拉斯泰一耸肩，把两手一摊，说小石你是不是太过分了？两个人又叽里咕噜地吵成一团，我听不明白了。一会儿，救护车来了，一会儿，我住在医院里了。

塔尔默医生是一个个子高高长得有点儿像老高的五十多岁的瘦高男人。多怪啊，我印象好的男人都瘦高，可我死心塌地爱的男人是小石，小石的个子却一点儿也不高。塔尔默医生有一头梳理得整整齐齐的浓密的灰发，笔直的鼻子下头有一小撮灰白的胡须，我就觉得塔尔默医生为人团结紧张严肃活泼，为什么？因为塔尔默医生让我想起毛主席的"老三篇"里的白求恩。塔尔默医生每天上午都到活动室来看看，来的时候，所有状态不错的病友都尽可能热烈地跟他打招呼，为什么？怕打针呀。塔尔默医生每次来都要跟我谈谈。

最近一段时间塔尔默医生对我更加注意，为什么？因为我正在吃一种新药，塔尔默医生很想知道这种新药的效果怎么样。塔尔默医生对我的"巅峰之作"也很注意，每次来了都要问很多问题，有的问题我能答上来，有的我答不上来。不管我说的是什么，塔尔默医生都要记下来。我没想到自己还挺重要，所以我努力把塔尔默医生的问题回答好。塔尔默医生问我"心窝"四周为什么有一圈墙，我思索了一下才说那圈墙是保护心窝的，我怕别人闯到心窝里去。想了想，我又补充说一个心窝只能住一个人，要是心窝被别人占了，自己就没有地方去了。塔尔默医生听了以后点点头，又问礼花那你的心窝里住的是谁啊？我说我的心窝里住的是小石，小石把我的心窝给占了，我就没地方去了，要不然我怎么住在这儿呢？我还想告诉塔尔默医生班茨说这是我的巅峰之作，可想起来塔尔默医生不喜欢班茨，我一提班茨塔尔默医生就会皱眉头，我就忍住了。

　　塔尔默医生又问保护心窝的那圈墙外的那些动物都是些什么动物，我说是心猿意马。我看塔尔默医生不明白什么是心猿意马，就把佛教搬了出来，滔滔不绝地给塔尔默医生讲解了半天万象都是意生的，说得不好听就是疑心生暗鬼。我还联系到自己，说我的病就是意生的，要是我的心里头清清静静的，我就没毛病了。塔尔默医生说那这圈墙的用处就不光是不让别人闯进来了？我说那可不是，还能不让心猿意马闯进来。塔尔默医生说那礼花你的病可就要快好了。我听了以后很高兴。塔尔默医生跟护士海斯特说了点什么，海斯特点点头。一会儿，海斯特走来让我吃药。

　　我怕班茨批评我画得慢，所以只要精神好我就赶紧画，那也是花了好几个星期才初步画好。我很得意，盼着班茨来，可班茨后来就不怎么来了。我最后一次见到班茨是我病好前的一个月以前。那天我的精神不太好，一天都没怎么跟人说话，胖子海伦娜好几次到我的角落里来找我聊天，我都没搭理她。就在太阳快要落山的时候，班茨来了。

　　班茨像往常那样先谨慎地"嘘"了一声，然后说礼花你看上去有点儿累似的，今天过得怎么样？我说还行。班茨又去看我的画，看了好半天，然后班茨叹了一口气。我说班茨你为什么叹气啊？是不是我画得不好啊？班茨说不是不是，你画得真是好极了，这幅画堪称是你的巅峰之作。我之所以叹气，是因为从此你就要挂靴了。我说那我可该有多闷啊，你应该常来点儿，我说今天我怎么觉得这么闷啊，原来是你好久没来了。班茨说我叹气也是为这个，你就要好了，你好了以后就没法子看见我了。我说塔尔默医生和海斯特也都这么说，他们说你就是我的病，要想治好病，就不能见到你。我不懂为什么非得是这样，要是我既能治好病又能经常跟你聊天就好了。只有跟你聊天我才高兴点儿，你的话特别有意思，听你侃，能让我忘了所有的烦心事儿。班茨说那有一个办法，就是你不吃药。我说那我哪儿能办得到啊？海斯特督得那么紧。再说，我也想回家，我想我的蛐蛐，我也想小石。班茨变成了一个小胖子，气嘟嘟地说，中国古人不是说了熊掌与鱼不可兼得了吗？要想要熊掌就得把鱼给舍了。既然你梦想又得熊掌又得鱼，那结果肯定是两样你全得不到！礼花你这么糊涂，想为了凡俗世界而放弃跟涂鸦艺术家神游，那我只好走了。我说别呀，班茨你要到哪儿去呀？我好了以后能不能到耶特来或者布里斯托尔去找你呀？可是班茨不理我，只管自己不见了！

　　一个月以后，一天早晨，我从沉沉睡梦中睁开眼睛，看见了窗外半树沾满了雨水的十一月的黄叶，我心里充满了悲痛。我坐起来，仔细想了半天，正想呢，海斯特进来了。海斯特来让我们大家伙儿吃药。我说海斯特我好了。

　　我又想了将近一个星期，然后我就决定了，然后我就像一只大鸟一样从屋顶飞了下来。

21

回声：坠落

在岛上小图书馆的工作很顺手，我不仅很快就熟悉了图书馆通用的登记图书的系统，而且掌握了职业英文打字的技能。这样，我在做到把每天的还书都迅速归位的同时，还能帮着丽萨撰写新书内容的简要。我的英语固然还不够好，但每本书一般都有前言，只要把前言大致看懂，然后搞得简要一点就行了。总之丽萨对我深为满意，不久就给我的工资加了一些。丽萨还告诉我，她已经跟上级报告了，希望能在明年的新财政年度开始的时候给我转成全时。丽萨说完以后又小心地补问了一句，雨你愿意在我们这里长期工作吧？我说当然愿意。

虽然对丽萨满口应承，但在心里深处我并不打算把生活的规模完全和永远局限在一个偏僻的小图书馆里当一个图书管理员的范围内。要是放在几个月前，听了丽萨的话我会全心全意地说愿意，现在可有一点不同了，因为现在我的眼界又扩大了一些。

大彭偶尔会到图书馆来看我。来以前大彭都先打个电话，问清我忙不忙，我要是不忙他才来，我要是忙，大彭就会改个时候来。大彭来了也并不多坐，只是在图书馆里转转，问问有什么有意思的新书，问问我的情况，也问问刘星的情况。要是大彭觉得有什么地方可以帮上忙，就不声不响地帮。比方说，大彭知道我依靠自行车上下班，看见我的自行车比较旧，每次来大彭都会提出帮我检查检查车子，有什么小毛病大彭就顺手给修了，还不时地给各处机关上润滑油，于是我的自行车总是表现优良。又比如，大彭发现我的自行车的车把上没有装挂筐，我往家带东西的时候都是把装东西的塑料袋挂在车把上，一不小心就会把塑料袋绞进车轮，有点不方便，就自己带来了一个漂亮的红色塑料挂筐，然后不声不响地帮我把挂筐装在了车把上。大彭总是这样心细如发，而又不露声色。当然，我也不是不知道，当大彭仿佛漫不经心地望望我的时候，他的似乎泰然自若的神情里有一种深沉的暧昧。大彭走后，那暧昧就像一块膏药一样糊在我的心上。

刘星看见了红挂筐以后什么也没说，大概以为是我自己装的。刘星这样自信，让我暗中有一点生气。

在我拿到岛上小图书馆的半时管理员的工作四个多月以后，还真是皇天不负有心人，刘星终于弄到了一个菜园子。当然，还是杰克帮的忙。杰克的菜地挨着一个出租公寓的房产主的地界，那位房产主就把挨着杰克菜地的一块三亩左右的地划为公寓区菜园，租住公寓的居民要是愿意，每年交点钱，就可以分到一小块地种菜。房产主的主意本来很好，租户既可以享受耕耘之乐，房产主又可以省去管理的费用。可是，这个主意好是好，无奈向往耕耘之乐的租户不多，每年这个所谓的公寓区菜园里总是长满了荒草，让房产主很头疼。大概是刘星老来帮忙造成的压力不小的缘故吧，有一天老实巴交的杰克忽然灵机一动，就去问房产主能不能索性把这个公寓区菜园租给刘星，那样就可以保证没有荒草了。房产主觉得这个主意很妙，就同意了，跟刘星先签了个一年的合同，说是试试，要是一年下来双方都满意，那就再续。房产主收的租金不高，也说是试试。我在一旁冷眼看着，只见签合同的那天刘星满眼放光。

搬进小木屋七个月以后，我和刘星真正开始了似乎向往已久的男耕女织的共同劳动的生活。当然了，我的所谓"织"不过是辛勤劳动的比喻，我并非在家织布，而是上午去岛西边的小图书馆整理还书，晚上在岛东边的"四合院中餐馆"端盘子。刘星说我要是真能在家织布就更好了。我不耐烦地心想那真是异想天开。

刘星好像很快乐。当时已经进了八月了，正是新西兰的早春。新西兰的气候很温和，冬天不冷，夏天不热。刘星立刻开始规划，规划好了以后赶紧耕耘，到了九月，刘星种下的韭菜已经有三四寸高了。又过了两三个星期，刘星把第一次割下的嫩韭菜一小把一小把地捆好，竖着码在一个旧硬纸板箱里，然后搭杰克的小卡车到岛上的农贸市场去卖回了四十块钱。刘星很兴奋。随着季节的变化，刘星忙忙碌碌地一茬接一茬地种这种那，一会儿葱一会儿蒜，种了油菜种菠菜，给黄瓜搭完架又去给西红柿搭架，忙得不亦乐乎。每个星期两次或者三次，刘星搭杰克的车去农贸市场跟杰克一起卖一上午菜。杰克在农贸市场租了一个固定摊位，让刘星先跟他一起合用，以后看情况再说。每次刘星都能卖出几十块钱来。不知不觉地，刘星不仅真的成了菜园子张青，而且还成了一个算账迷，经常坐在小桌旁，不是写诗，而是算账，收入多少，支出多少，一笔一笔算得很仔细。

转过年来的三月，也就是搬进小木屋一年零两个月以后，我们把小木屋买下来了。所谓"买下来"，其实是贷款买的。我们有了比较固定的收入，尽管并不多，那银行也肯贷给我们一点款了。

买下小木屋的那天，我问刘星要不要庆祝庆祝，把老高请来，也把杰克和杰克的老婆请来，我包点饺子，开一瓶香槟。我本来还想提大彭，但临时咽了回去。刘星皱着眉头想了想，说算了。我说这么久了，都是这些人帮咱们，也该有个礼尚往来呀。刘星说什么礼不礼的，我就讨厌拉拉扯扯。

第一次，我觉得刘星的清高其实是傲慢无理。

大彭听说了，到图书馆来送了一个小青花瓷瓶，说是按中国过去的规矩给我们新买下的小木屋"暖宅"。大彭还说那个青花小瓷花瓶虽然不大，但是真正的古董，据说是明瓷，但他不敢相信，但至少是清朝的，这个他有把握。

我思忖了半天，还是把青花小瓷瓶带回家了，告诉刘星是大彭听说我们把小木屋买下以后了专门送到图书馆的，说是中国的老规矩，暖宅。刘星捏着瓷瓶看了几眼，放一边了。

不知为什么，我常常看那个瓷瓶。那个瓷瓶给我一种很古怪的感觉，我说不出来是不是觉得这个旧瓷瓶好看，但古瓷这个概念让我在观望的时候心里很沉静。我哪里懂什么古瓷啊，小的时候偶尔看到同学家里摆着个青花瓷瓶，只感觉无比的陈旧，甚至想到棺材，想到殉葬，因此就有些厌恶，赶紧移开目光，当然一点也没有探究的兴趣。没想到现在居然自己的家里也摆着这样一个古董，而且，观望的时候，我心中还满怀敬意。为什么还满怀敬意呢？是这样，尽管我对古瓷全无一点知识，但想到制作这件瓷器的人和第一个拥有这件瓷器的人都早已灰飞烟灭，而这件看上去脆弱的瓷器居然能穿越这么长的时间坚持存在，不能不让人佩服它的固执。想到固执，不由得又想起了大彭。小瓷瓶在我的凝视下不知不觉中也变得又深沉，又暧昧。

五月，刘星开始动手翻修我们的小木屋。记得刘星爬上屋顶的时候，冬天的风都开始刮起来了。海岛上的风大。

刘星早就想修房子了，可是由于一直买不下小木屋，当然还由于修房子也要钱，所以就耽搁下来了。等到刘星手里的钱够买一包沥青瓦片了，刘星立刻就搭杰克的小卡车去岛上的建材商店买回来一包。刘星告诉我杰克早就跟他说了，修房子应该先从外部修起，修好了外头，再修里头。刘星说杰克说小木屋的结构还挺结实，不用动，只要把屋顶卷了边翘起来的瓦片换掉，再给小房子通体刷一遍油漆就行了。刘星说，这两个活儿正好是整个修房子工程的一头一尾，换瓦片是头，因为防止漏雨最重要，刷外墙的油漆是尾，因为得确保什么都不再改动了，要不然就会刷个没完没了。

刘星早已经很少写诗，等到动手修房子，刘星就完全停笔了。

不再是诗人的刘星，越看越像杰克，同样地微弓着背，同样地两手粗糙，同样地被太阳晒得黝黑，同样地容光焕发地驱车前往农贸市场去卖菜。

刘星跟我商量，希望能买一辆像杰克的小卡车那样的旧车，说第一不能永远蹭杰克的车，第二修房子的材料不能全靠买，那样太贵，得满岛去找去捡，那就绝对不应该指望杰克的车了。我一查，发现年头久点再加用得狠点的旧卡车几百新元就能买到，就拿出储蓄，跟刘星一起找了一辆买了下来。刘星有了车，每隔一天就去农贸市场卖一回菜。卖完了菜，就顺路到处看，要是看见人家不要的旧门或者拆下来的旧木栅栏什么的，就给拉回来，刨刨锯锯，当修房子的木料。很快，我们窄小的院子就堆满了刘星捡来的各种形状的废旧木料。刘星一有空，就去审视那些旧木料，那架势好像君王巡视群臣。

刘星可能是注意到了我的眼光。有一天，吃过晚饭，坐在屋角的刘星打破沉默，轻轻地说，雨，你是不是觉得我越来越土，越来越不像一个诗人，你是不是失望了？我就趁机一脸严肃地说怎么说呢，有一点

317

吧。刘星垂下头，想了想，抬起头，欲言又止。我睁大了眼睛看定了他。在我的目光的逼视下，刘星移开目光，看着窗外越来越暗的天空，终于缓缓地说，我这个样子，我这么做，就是为了当一个诗人。我压下心头的不快，盯着刘星，努力低沉地说，我怎么不明白呢？为什么种菜卖菜能成为一个诗人呢？什么诗人呢？刘星说，种菜卖菜是我能够做的最大的妥协。能够避免当然最好不过，但是那样我就无法在这个世界上自立。这个道理再简单不过了，一个人恐怕得先能自立，也就是说得先能活下去，然后才谈得上追求内心生活。

我有点不耐烦了，打断刘星说，为什么你就非要断定只有种菜卖菜你才能自立呢？如果仅仅是为了在经济上自立，你为什么不能像大彭那样精明地经营一番，也自立得体面点啊。刘星脸色阴沉了，说那样我可就永远做不成诗人了。为什么？我把脸一仰。刘星说我不是以前跟你说过了吗，情感琐碎，世故圆滑的人，就是写下上万首抒发琐碎感情和短浅见地的所谓诗，也不能说是一个诗人。要想成为一个真正的诗人，必须具有跟世俗决裂的勇气。因为只有跟世俗决裂，一个人才能完全转向内心。也就是说，诗人的诞生绝对不是与世俗周旋的结果。相反，诗人的诞生是内在精神获得了解放的结果。

我拧紧了眉毛，冷冷地问，什么意思？不与世俗周旋你怎么能发表你的诗？莫非你以后一首诗也不要发表了吗？没人读你的诗，你算什么诗人呢？再说，怎么见得大彭就是一个情感琐碎世故圆滑的人呢？我倒是觉得大彭人很厚道，对咱们很友好，你这样评价他，是不是有一点苛刻？刘星叹了一口气，说雨你别生气，我最不愿意做的事就是惹你生气。我说那你就别惹我生气了。刘星说你是不是说我应该明天就去找大彭，是问大彭能不能让我当他一个伙计呢，还是向他请教怎样开一个中药铺？我当然听得出刘星的讽刺，于是更生气了，说刘星你这是成心气我吗？刘星摇摇头，不再说什么了。

大彭打电话说春节快到了，奥克兰的华人要开联欢会，问我和刘星去不去。我说要问问刘星。

正如我所预料，刘星说不去。我说咱们还是去吧，不就是坐在那里嘛，那对咱们有什么妨碍，咱们不如随和些，别辜负了大彭的好意，又可以顺便多认识一些人，怎么就见得就没有一点好处呢。刘星说雨你也不是不知道，我真的不稀罕从那些人那儿得什么好处。咱们选这么个地方住下来，不就是为了躲开无聊的周旋吗？咱们还要什么好处呢？有什么比少做妥协对咱们更好的呢？我不想再说什么，但是心里觉得很憋闷。刘星看出来了，说要不然咱们就去一回吧，省得你这么不高兴。刘星叹了一口气。

联欢会在一个比较大的中餐馆里举行，还包括了一顿很不错的不要钱的晚饭。事后我才知道，得是旅新华人协会的会员才不必交费，我和刘星不是会员，本来应该交钱的，但是大彭没跟我们说，他替我们交了。想想刘星整整一个晚上闷闷不乐的死样子，我很生气。就算那些节目不怎么出色，可前来助兴的人谁不是巴巴地为了一点可怜的喜庆啊？生来没有宗教信仰做心理支持的中国人，谁不感到浮世的飘摇，生死的无常，要是再没有这种俗巴巴的表面的喜庆，中国人还靠什么活着啊？大彭这么聪明，难道会看不出这种事俗气吗？可大彭就能慷慨，就有怜悯心，在联欢会上，大彭尽其所能对所有需要笑容的过春节的中国人提供最灿烂的笑容。这才是真正的悲天悯人和雍容大度呢。相比之下，愁眉苦脸的刘星不由让我觉得心胸狭小和缺乏气度。

小球儿在联欢会上抽了一个空儿跑来悄悄把一个坐在角落里的女人指给我看，说可能是大彭新交的女朋友。小球儿问我怎么样，配不配。那个女人坐在暗处，看不出年纪，不知是光线暗的缘故还是距离比较远，但却让人觉得她惊人地美丽。我没理小球儿，觉得小球儿有点可恶。

过了一阵，趁大彭又到图书馆来坐坐的时候，我问大彭那个女朋友是不是刚刚到奥克兰来。大彭的样子很惊异，说什么女朋友？我说小球儿在联欢会上告诉我你新交了一个女朋友，还指给我看了。大彭说小球儿瞎说呢，别听她的。可是大彭并没有解释为什么小球儿会瞎说，也没有告诉我那个年轻女人是怎么回事。所以我并不觉得很宽心。我也没有想为什么我需要"宽心"。

春节以后，刘星开始每天晚上写东西，一直写到深夜才睡。刘星写的不是诗，也不像诗评，是一种很奇怪的东西，笔记？手记？札记？哲学论文？谁知道！总之，是一种古里古怪的散文。像以前那样，刘星把前一天写好的东西放在桌子上，让我看。

我郑重地开始读：

"从我写第一首诗的时候起，我就苦苦思索什么是诗人。我一开始就拒绝传统的'诗言志'的说法。因为要是那样，我觉得诗就完全是多余的。用诗来解释或者表达一个人的政治看法该有多么费力和乏味！可想而知，我更不会认为在中国已经流行了好几十年的让诗来当革命机器里的齿轮和螺丝钉的说法有任何价值。让我遗憾的是，在我看来中国的最精深的庄子的思想里，不仅没有谈到诗人，而且把所有心智活动和精神现象一股脑儿都给否定了。试想，庄子认为只有在堕肢体、黜精神的坐忘境界中才能追寻无好无常的同化的大道。离开了精神，诗哪里有立足之地呢？这也正是我对老庄有保留的地方。有一天，我在一个十九世纪的丹麦人写的一本薄书里读到这样的句子：'要是人的胸中没有永存的精神意识，要是伟大与渺小的根源都是莫名其妙的激情翻腾激荡的结果，要是这个世界的根基不过是无穷无尽的空虚，人的生命除了绝望还能意味着什么？'我觉得很兴奋。管我叫悲观主义者吧，人生的无谓和归根结底的空虚正是我一生忧虑的根源。所以，看到丹麦人这样开头，我立刻就觉得仿佛遇到了知己，觉得应该把这几句话作为我的思考的出发点。固然，背井离乡几年之后，我多多少少有一些思念故土，所以就很愿意弘扬故国古思，但是不能不看到，我深深喜爱的老庄玄理把生与死等同以后，固然解除了死的悲哀，但是同时也消除了生的趣味。恕我直率地说，死如生固然不错，可要是生如死就有些令人遗憾了。我不能不私下觉得，当庄子隐几而卧，仰天而嘘，嗒焉似丧其偶，在静寂颓丧中失心智于是失世界失生死，这样的生，固然空广博大自由，但也实在是无异于死。为了克服死所带来的恐惧，就让生之境直如死之境，这就好比倒用过的洗澡水时把澡盆里的孩子也一起倒掉了。这怎么能令我完全满意呢？更何况，庄子黜聪明之说使我这个想成为诗人的人顿时无处存身，让我在哪儿又从哪儿开始思索呢？所以，看到这个丹麦人把追寻永恒精神意识和探寻生命本质联系在一起作为思考的起始点，我就觉得非常可取。"

我皱皱眉头，唉，写这样莫名其妙的东西，谁会给他发表？望望窗外，我们的小木屋之外的世界径自生气勃勃，并没有人像那个嗒焉似丧其偶的庄子。求职找工作的相对顺利使我坚信真实的世界不仅可触可摸，直截了当，而且井然有序，一环扣一环，一步接一步。一步跟不上就会跟不上趟，就会有坏结果。不紧张可不行，消极就是坐以待毙。在大家都紧张积极的时候，谁最有想象力和最有勇气，谁就是大赢家。

仿佛无缘由地，我开始憧憬住在一所在清新的海风吹拂下、在动人心魄的月光照耀下的白色贝壳般的海滨房屋中的景象。我常常翻图书馆里有关家居和建筑的刊物，看这里面的漂亮的房子和讲究的家居出神。我对自己说，做做白日梦又有何妨？凭什么我连悄悄想一想都不行呢？何况，像大彭那样在东海湾买一栋房子未必就那么远不可及。要是大彭能做到，别人就应该也能做到。关键是要有想象力。我开始暗中希望有一天早晨，我推开窗户，看见的是蒙着轻渺的晨雾的米申海湾。我又开始翻报纸，期望找到一个挣钱多一些的工作。当我这么期望的时候，大彭的身影就会浮上心头，接着，我就会想到那个远远地坐在餐馆角落里的神秘的而且异常美丽的女人。我就不免觉得怅然有所失，又有一点焦虑和着急。于是，我就给大彭打电话。给大彭打电话我也不会多说什么，就问问他怎么样。大彭总是说还行。大彭从来不说他很好。大彭也总是不忘问问我怎么样。我也总是说还行。我也从来不说我很好。打过这样的电话，我总愿意到窗口站一会儿，望望外面的世界。不管外面是刮风还是下雨，阳光灿烂还是未雨绸缪，我总觉得有一点感动，有一点悲伤，又有一点快乐。虽然离家万里，芳草天涯，前途莫测，但是在心底，我并不觉得空落落。

我垂头接着读刘星的文章：

"然而，等我把丹麦人的书看完以后，我不得不承认，我觉得很有些失望。为什么呢？因为丹麦人竟然跟庄子一样主张堕肢体黜聪明！只不过，丹麦人没看过庄子的书，因此对畸人真人至人神人之类的概念很生疏，倒是从小头脑里就被灌满了基督教观念，所以无论是论证还是比喻，用的都是基督教的象征体系。然而，何其相似乃尔！何其相似乃尔！要想成为丹麦人笔下的'信仰之骑士'，要想成就亚伯拉罕杀子祭神的基督教业绩，也就是说，要想拥有丹麦人心目中亚伯拉罕级别的通神的卓绝信仰，第一就要头脑简单！要是满头白发的犹太游牧酋长亚伯拉罕瞒着妻子萨拉带着年幼的爱子伊萨克在崎岖的山路上攀登的时候稍微左思右想一番，他就能被杀了的恐怖压倒！然而牧羊人亚伯拉罕一根肠子一根筋，一心一意只想着满足严厉大神耶和华的愿望，于是就能义无反顾，经受住对其信仰的终极考验。对信仰这一精神现象深思良久的丹麦人于是毅然据此指出，所有凡俗的聪明和富有常识的计算都是信仰的敌人，推论之，常人的世俗智慧全都是神之见的敌人！丹麦人从第一信仰骑士亚伯拉罕的事迹出发，找到了跟庄子坐忘方式惊人相似的跃升精神的途径：从外部世界无限度地退向内心。换句话说，就是通过全面放弃外部世界来凸现和孤立内心体验，在绝对化了的内心体验中建立与神的关系。哎呀呀，丹麦人和庄子，相差的只不过是一个敬仰基督教唯一之神‘上帝’，另一个敬仰天人合一之‘道’！当然了，还有一个不同，那就是两人之间相隔了两千多年。也就是说，西方人努了两千年的力才走到庄子那儿！这个发现使我非常沮丧。”

"幸好，阅读和思考的美不在于寻求和领略别人的结论而在于触类旁通，别开蹊径。我注意到，丹麦人还有一点与庄子惊人地相似，那就是他两人都看到了个体内在精神与群体伦理道德的冲突。比方说，庄子说，天之小人，人之君子；圣人无情，真人不爱。同样，在丹麦人眼里，当主观信仰与客观伦理发生冲突的时候，个体高于社会，激情高于理性。这真是太让人惊讶了！这样的巧合绝不会是纯粹的偶然！这种神思的汇合一定指向什么东西。指向什么呢？我把丹麦人的信仰骑士又仔细想了一阵之后，豁然开朗。既然坚持信仰高于伦理的信仰骑士不过是丹麦人的创造，为什么不能把丹麦人的作品看成是一种诗呢？难道庄子的写作不是诗吗？还有比庄子的背若泰山翼若垂天之云扶摇直上九万里的大鹏、疾雷破山飘风振海乘云气骑日月游乎四海之外的至人更雄奇的诗思吗？我指的并不是语言。语言对于思者就好比砖瓦对于建筑师。诗思是一切思者的建筑作品。诗思不是别的，而是自由的精神形态。也就是说，建筑使用砖瓦建造各式各样的房子，诗人和哲人用语言建造各种各样的自由精神。那么也就可以说，真正的思者都是描绘自由精神的艺术家。那么，诗人和哲人的区别就仅在于具体的风格了。所以，庄子有气无力地嘟囔：今之吾丧我，汝知之乎？丹麦人昂然疾呼：天才在群体中从一开始就感觉迷失，最终不得不面对这样的艰难选择——为了摆脱绝望的禁锢，要么像撒旦那样跟上帝和所有的人同时宣战，要么在对神的深沉信仰中失去自己。而我则吟唱我的前行者的歌：我就要动身走了，去茵纳斯弗利岛，搭起一个小屋子，筑起泥巴房；支起九行芸豆架，一排蜜蜂巢，独个儿住着，树荫下听蜂群歌唱。我就要动身走了，因为我听到那水声日日夜夜轻拍着湖滨；不管我站在车行道还是灰暗的人行道，在心灵深处我永远听到湖畔的水声。我们的语言固然不同，我们描绘的精神的形态也不同，但我们的作品的本质是一样的，都是与外部世界的对峙，都是挣脱外部世界的禁锢，都是在无限的自由精神中获得永恒。我终于想通了什么是诗人。诗人既不是跟神宣战的撒旦，也不是如痴如狂热爱上帝的信仰骑士，同时也不是在坐忘中失心智于是失生死的哲人。然而诗人跟撒旦、信仰骑士、哲人一样，是大千世界中孤独的迷路人。世俗的琐碎卑微让我们这些迷路者深感茫然，群体的刚愎武断使我们情愿退避三舍。于是我们坚定地退向内心。内心是我们的新大陆，绿洲，家园。内心是扩展和升扬我们的精神的宇宙。在进入这块安身立命之地之前，我们必须做的一件事就是与世俗决裂。与世俗决裂并不意味着放弃生存。与世俗决裂意味着放弃世俗的规则。"

"雨，还记得我们一起读过的福克纳的《献给艾米莉的一朵玫瑰花》吗？还记得你问我那个故事到底是什么意思吗？你说，这个故事真古怪啊，老姑娘艾米莉又老又丑又凶，把要离开自己的爱人毒死，然后和爱人的骨骼夜夜同眠到死，哎呀，我都起鸡皮疙瘩了，这不明明是一个杀人犯嘛，怎么福克纳却让这样可怕的一位老小姐死了以后成了全村男人心中的一块纪念碑？还要全村男女老少都去艾米莉的故居向她致敬？福克纳莫非是在讽刺什么吗？当时我不能回答。现在我能了。福克纳的艾米莉就是丹麦人的信仰骑士。正如在丹麦人的哲学王国里信仰激情的美高于伦理，福克纳的诗意王国里爱情的美高于伦理。让我这么说吧，问题其实不在于诗意是否高于伦理，问题在于诗意的价值概念与伦理的价值概念不能互换。风马牛不相及的两样东西无所谓谁高谁低。艾米莉杀人对不对是伦理的问题，不是诗意的问题。诗意并不否定伦理，但是诗意悬置伦理。换句话说，诗意不涉及伦理，正如伦理不涉及诗意。诗意不是伦理的影子，不是对伦理的反思，既不为伦理服务，也不是伦理的背反和对立。问题是，非此即彼，诗意尽管与伦理无关，但是却排除伦理。同样，伦理也排除诗意。因此，要想拥有诗意，就不得不放弃伦理。伦理不是别的，而是世俗的最高表达。同样，诗意是非世俗的最高表达。所以，要想当一个诗人，就必须放弃世俗。放弃世俗意味着精神上的威武不能屈和物质上的富贵不能淫。不能想象我西装革履地在摩天写字楼里讨生活，也不能想象大彭在他的东海湾的豪宅里诗意地活着。我跟大彭完全是两样活法。诗意不是头脑中的虚幻，不是风格，而是人的实实在在的一种生存方式。或者说，诗意是人从世俗中提升自己的途径。说到底，诗意就是自由。可惜当年青蛙提出文学有什么用的问题时我还没有想通。现在想通了，青蛙却已经死了。"

怎么又提到青蛙了？大彭为什么不能"诗意地活着"？为什么要跟大彭过不去？大彭招你惹你了？这都是哪里跟哪里啊，想什么古怪东西呢，这么钻牛角尖，有什么用处？想要做什么呀？要出家做和尚吗？也许那样倒好些了呢。

刘星的文章还没有写完，我耐着性子把写好的这几段反反复复读了很多遍，还是觉得不得要领。然而我又不打算像以前那样去问刘星。对这样玄而又玄的东西我已经觉得实在是有些无所谓了。轻轻打了几个小哈欠以后，我把那几张纸放回了原处。书架上的小青花瓷瓶用一身暧昧的柔光抚慰我的烦闷与沮丧。

现在回想，凶兆就隐藏在这里，我却毫无察觉！

那个夏天的下午！那个梦一般的夏天的下午……

那天中午，从图书馆下班以后，我临时决定坐轮渡过海到由小球儿经管的大彭的中药店去买板蓝根和感冒冲剂。我和刘星自从离开奥克兰大学搬到岛上以后，很少过海去奥克兰市区。我自己单独去得就更少了，更何况是为了买板蓝根和感冒冲剂这样可有可无的东西。然而，鬼使神差，那天去图书馆上班我带上了那只萨尔瓦多·菲拉加莫红皮包，里面装着大彭送的萨尔瓦多·菲拉加莫红钱包。拿这一套宝贝的时候我脑子里好像什么也没想，好像就是偶然高兴，心血来潮。为了配得上这套宝贝，我还特地打扮得很漂亮，穿了一件淡蓝色的长连衣裙，跟那个晴朗的夏日很般配。大概就是这些非同寻常的行头暗中提示了我吧，总之，不去奥克兰就好像辜负了什么。走以前我给大彭打了个电话。

过海的时候，我站在轮渡的甲板上，船下的波浪哗哗地向后涌去，我想起了施老板和施太太，想起了他们的柔水般的凡俗的生活风格。在俗世上随波逐流有什么不好？让灿烂的阳光随便地照着，让清凉的海风任意地吹着，让漂亮的衣裙飘荡，让干净的黑发像旗帜一样扬起，让时光舒适温馨，有什么不好？这不就是诗意吗？为什么一定要悲观？为什么非要茫然？为什么要死钻牛角尖？世界上不是明明有阳光有朋友吗？为什么要跟阳光和朋友对峙？

大彭开车在渡口等我，说我要的中药都放在车里了，回去的时候带上就行了。我说多不好意思，我应该自己去买的。大彭说你不是骂我吧。

大彭说还没吃中饭吧，找个地方先吃点儿东西吧，在图书馆工作了一上午，你一定有点儿累了。去哪儿呢？去安静的地方还是去热闹的地方？我说我们郊区人，进城不容易，去个热闹的地方吧。大彭说去热闹的地方可就得吃西餐了。我说我在中餐馆打工，吃顿西餐还不易呢。

等我们在市中心女王街上一家典雅清凉的高级法式餐厅坐定以后，大彭让我看菜单，我看了半天也说不出个所以然，就说大彭你帮我点吧。我还想说别点贵的，但是话到嘴边又咽了回去。我觉得提钱总是不好。大彭说我知道你们南方人都爱吃海鲜，要不你先来个奶油土豆牡蛎汤开胃，然后用奶油芥末芹菜根拌大虾的凉菜当主菜吧，天气热，这个菜比较清淡，奶酪味道也不浓，要是不爱吃，咱们再试个别的。我听说上海人不爱吃奶酪。我张了张嘴，但是没说什么。大彭说他给自己点个炖牛肉蔬菜沙拉，还说男人都爱吃肉。我想说刘星就不爱吃肉，但话到嘴边又咽了回去。大彭还给我要了一杯微甜的白葡萄酒，给他自己要了一杯可口可乐，说还要开车，要不然就陪我喝酒了。我又看了看菜谱，发现这些菜都被标明是巴黎名菜。但是大彭没有提，大概不愿意炫耀吧。

侍者很快地送上来面包和橄榄油，还有一小盘鹅肝酱。我说要是在老莫，这些都得要钱。刚说完我就后悔了，怎么这么土啊，不是说不提钱吗？大彭看见我的脸有些红，就机灵地问，什么老莫啊？我说就是北京动物园旁边的莫斯科餐厅啊，北京人油嘴滑舌，都管莫斯科餐厅叫老莫，我也学会了。那时候我们这些人中间谁要是在刊物上发表了作品，大家就会勒索他请吃饭，通常我们都是去莫斯科餐厅，至少环境好一点。我们都去油了。

大彭听了一笑，没说什么。我说没想到咱们在这么高级的地方吃饭，我差一点就穿牛仔裤和T恤衫来了。一说完我就又后悔了，怎么听起来老是有些穷酸呀？

大彭仿佛毫无觉察，微笑着说那也没关系，只要是蓝色，配你的红皮包就行。我就借机问，大彭，你怎么会对女人的衣服这么有研究呢？我本来想说"有兴趣"，但临时换成了"有研究"，我庆幸自己足够机灵。大彭轻轻咳了一下，说，谁说我有研究？我怕失礼，就解释，我觉得你很有时装设计的天分，那是难得的才能呢。我的确是觉得很有些惊奇，你看起来五大三粗，很有大丈夫气概，居然又心细如发，很有品位。大彭笑了，说，我五大三粗吗？我怕又说鲁莽了，就又解释，不是说你粗鲁的意思，是说你人生得很魁梧。大彭说我明白，逗你呢。我放心了。大彭说，我是典型的 A 型血，A 型血的人难免追求完美。不管是做什么，我都希望做得完美。我说难怪你单身，谁敢做你的老婆啊。说完我又后悔了！我这是怎么了？怎么这么尴尬呢？

为了遮掩慌张，我索性直率地问，大彭，你的条件这么好，为什么不再结婚呢？大彭正在切肉，听到这个突兀的问题，不由停了下来，看看我，露出一丝苦笑，自嘲地说，是啊，我自己也纳闷呢，眨眼就要四十五岁了，一过五十岁不就整个儿是一老朽了吗？我能不急吗？我也急着呢！我说大彭你不是开玩笑吧，你怎么会找不着呢？大彭说我还真是找不着。我说那天小球儿指给我看的那个人你究竟认识不认识呢？那个人好漂亮呢。我索性问到底。大彭移开目光，想了想，然后说倒是认识，怎么？我把一个牡蛎放进嘴里，嚼了一会儿，慢慢咽下去，然后微笑着看着大彭说，不怎么。

大彭不再说什么，只是埋头吃。我也不再说什么。等我连咽了两小口葡萄酒以后，大彭抬起头来，直看进我的眼里，缓缓地说，那个人是我中学时候的同学，跟我同桌了两年之久。因为坐同桌，所以我们偶尔会简短地交谈几句，一般都是她问我功课上的问题，仅此而已。但我——暗恋，啊哈，暗恋她整整暗恋了两年。大彭说得有点费劲。

我冲大彭微笑一下，意思是这有什么呢。

大彭接着说，直到"文革"开始，她是干部子弟，参加了学校里的红卫兵组织。我的父亲解放前参加过三青团，所以我是狗崽子。学校停课以后，我很少去学校。有一天，大概太无聊吧，鬼使神差，我踱到学校，想看看大字报，关心一下学校里的政治形势。学校里没什么人，也没有什么新的大字报，我就去我们班的教室，希望能碰见什么跟我差不多的同学好随便聊聊。也许我真正希望看见的是她。没想到，她还真在教室里。但不是她一个人，还有一个男生也在，那个男生是干部子弟，当然也是个红卫兵。我走进教室的时候他们两人正站在黑板前一边说什么一边在黑板上写什么。看见我，她的脸上毫无表情，好像完全不认识我似的。那个男生倒是跟我打了个招呼，但也很勉强，好像是个不情愿的施舍。我愣在那儿，一时不知道该做什么才好。那个男生跟她说了声"一会儿见"，就先出去了。我等着机会跟她说句什么，没想到她在黑板上三笔两笔写完了以后，冷冷地仰着脸看也不看我地从我身边走过，出去了。我看看黑板，她在上面写了个通知，内容是某日几点全班红卫兵在教室开会讨论外调出来的班上出身不好的同学的问题。那是我第一次体会什么是背弃和冷酷。当然也可以这么说，这个所谓的"背弃"是我自己想象的。我这么说也许你不会懂，但不管怎么说，冷酷还是确实的。我最不能接受的是势利眼。我反对地位或者境遇高于友情。我不赞成仅仅因为朋友的地位或者境遇改变了就把朋友抛弃。当然，你也可以说，也许你们从来就不是朋友。你要是这么说，我会同意的。但那时候我只有十五岁，对这种刺激的承受力还很低，以至于至今想起这件事来还会打哆嗦。

我轻轻问，那她怎么会也到奥克兰来了呢？

大彭说，她听说我离婚的消息以后，托人跟我联系上，说她也离婚了，现在生活上有困难，希望我能帮她一下。

我问，你能帮她什么呢？跟她结婚？

大彭垂下眼皮，说，她没那么说，就说想到奥克兰来。我想来想去，最后还是同意帮她解决一下那些初来乍到的人容易遇到的吃住行上的琐碎问题。你看见她的时候，她刚到奥克兰。现在她已经找到了一个小工作，基本上安顿下来了。大彭说完挠挠头皮，像是松了一口气。

我没问她找到了个什么工作，现在"安顿"在哪里了。我继续静静地吃芹菜根拌大虾。所谓"芹菜根"，并非我们通常都扔掉的那种嚼不动的老老的芹菜根，而是另外一种，黄白色，嫩嫩的，倒是也有一点淡淡的芹菜味道，用酸奶油和蜂蜜芥末酱做的沙拉汁一拌，再撒上黑胡椒粉，非常好吃。去了皮的大虾很新鲜，很嫩，非常可口。我对法国饭印象好极了。大彭问我菜怎么样，我真诚地使劲点头。

侍者过来问还需要什么，大彭要了两杯咖啡和两样甜点。我说大彭要吃不下了，大彭说难得来一趟，多吃一点也不会撑坏，还年轻呢。侍者过来收用过的杯盘，大彭细心地关照我把吃甜点时要用的小叉子留下。我想说大彭你好熟练啊，但忍住没说。甜点来了，大彭给我点的是一份奶油草莓加一小片巧克力蛋糕，给他自己要了一份榛子冰激凌。大彭说咱们土，到了还是馋冰激凌，说小时候一到夏天就天天夜里梦见吃冰激凌。我知道大彭怕我不自在。

我们从那家餐厅出来的时候已经快三点了。我每天五点半在"四合院中餐馆"上班。通常这个时候刘星已经在家修房子了。所以当大彭问我要不要在街上走走时我犹疑了一下。想到很久没有在女王街逛了，我就说那先给刘星打个电话吧。我注意到大彭的眼睛略略黯了一下。在一个街角的公用电话亭里我给刘星打了个电话，告诉他我在城里，还要逛逛街，一会儿直接过海去"四合院中餐馆"上班。刘星说行，还说怎么今天这么高兴。我没有提大彭。

女王街上五光十色的大都市景象让我想起了沙梨对她的扎根农村的朋友的意见。大学时代的沙梨曾经和几个同窗好友一起仰慕六十年代的嬉皮士。沙梨机灵，大学毕业以后虽然没有立即找到合适的工作，但是在北京的大使馆社交界颇见了一些国际世面，居然结交了不少美国新闻界和文化界人士，得以最终在纽约的公共电视台找到了工作。沙梨的朋友就不够机灵，发誓要住在美国东部的乡村务农，过清贫的洋陶渊明生活。沙梨曾经从北京千里迢迢去看望他们，回到北京以后感叹地跟我们说，以前她总是觉得自己不如那几个朋友聪明和见多识广，现在则觉得那几个朋友很闭塞愚昧了。我们就奉承她说，士别三日当刮目相看嘛。沙梨还跟我们把这句成语学了半天，到底也没学会。

大彭说雨你走累了吧，要不我开车咱们去米申海湾那儿去坐坐吧。大彭的浅灰色的细布衬衫让我想起远处的天空。

还有时间吗？还来得及吗？我忽然很烦。

大彭按按我的胳膊，说雨你别着急。

米申海湾的沙滩被一道发黑的护堤石墙围着，并不很大。我们在被下午的太阳晒得发热的沙上坐下来，背倚着石墙，远眺海湾中的冉基透透小岛，下午的宁静像一注清凉的水从头顶直灌下来。我什么也不愿意想了。

大彭说雨你该走了。

等我打完工回到小木屋，刘星不在家，桌上放着几页他新写就的文稿。我拿起来读：

"夜色深沉的时候，我的内心的目光就开始向时空的深处投射。投射的对象几乎是任意的，我对这种漫无边际的投射很满意，因为这样我就不至于没完没了地只思索一两件事情，也不至于因为我是一个中国人，就只想到中国的事情。今晚我的目光所至，是一个穿着毛呢长袜脚着软靴肩披半长斗篷的十五世纪的意大利人。严格地说，是一个佛罗伦萨人，因为十五世纪的时候，意大利作为一个现代意义上的民族国家，尚不存在。今晚我所注视的这个佛罗伦萨人名叫马基雅维里。此刻的马基雅维里已经不在佛罗伦萨共和国政府负责外交，因为梅迪奇家族在西班牙国王的帮助下推翻了共和国，恢复了独裁，并且把包括马基雅维里在内的拥护共和国的政治家全都放逐了。马基雅维里于是只好回到了佛罗伦萨郊外乡间的家中以务农为生。我的目光像猫头鹰一样在黑夜中的托斯卡尼地区的丘陵上空静静飞翔。一丛又一丛黑黝黝的橄榄树在冬天的风中簌簌抖动。在佛罗伦萨西边城外几十公里的山间，高大的叫不出名字的南欧的常青树笼罩着一个名叫圣·安德里亚的村庄。我的目光越过小村的几堵石墙，在一条通向村中的石路边找到了一座三层楼的石屋。这座石屋就是马基雅维里的家。被放逐的马基雅维里就是在这座石屋里写下了赫赫有名的《君主论》。"

"但我对《君主论》并不留意。引起我的兴趣的是被迫住在乡间的马基雅维里给朋友们写的那些牢骚满腹的书信。或者不如说是，马基雅维里所抱怨的，正是我所梦寐以求的。我的目光捕捉到一扇窗户里的烛光。摇动的烛光使我的被山风吹得发抖的目光感到了温暖。我的目光穿过窗户，投向一张放在屋子中间油漆成深褐色的厚重的长方形木桌，桌上放着点燃的蜡烛，马基雅维里披着斗篷正坐在桌边给朋友写信。我的目光越过这位细目长鼻长相古怪的瘦削的写信者的肩头，落在铺在写信者前面的纸上，落在一行接一行行云流水般的意大利文上。马基雅维里在信里告诉朋友，白天他身着旧衣在山间拾柴，经常遭受看不起他的农夫的欺侮，饱尝虎落平阳的困顿。然而到了晚上，他就披上昔日的华服，在烛光下阅读经典，与智慧高深的古人神交。我的目光深感满意，开始在这间四壁涂白但除了桌椅几乎空无一物的房间里游荡。写信者的身后有一个壁炉，壁炉里的木柴已经几乎燃尽，写信者在华丽的斗篷里冻得几乎缩成一团。放在三五年前，马基雅维里的这种放逐中的简朴生活还不会引起我的兴趣，但是现在，当我满了三十五岁以后，我发现，最适合我的性情的正是这种生活。"

"马基雅维里是一个雄心勃勃的政治家抑或外交家，因此乡间务农的安静生活使他感到寂寞和失落。而我是一个写诗的人，所以独处和寂寞正是我得以休憩的家园。更何况，现在我对怎样才能称得上是一个诗人又有了新的认识，于是，独处和寂寞就成了我的绝对的必需。雨，我猜想你也许会说，这有什么稀奇？中国古时候不是正有一大堆隐士呢吗？我能立刻就给你举出陶渊明来，'采菊东篱下，悠然见南山'，不是人人都知道吗？何必舍近求远，又何必虚张声势？折腾半天，就是为了在陶渊明后边亦步亦趋吗？要是你这样质问我，我就会说，好一个聪明的雨，问得好！真不愧被楚源称为'诸葛亮'，只不过，目光固然尖锐，但着眼点只在战略和利害。雨，你听我说，我之所以要舍近求远诉诸马基雅维里的困境，不是因为我也根深蒂固地染有现代中国人的崇洋的通病，而是因为中国的'隐士文化'其实紧紧缠绕在计算具体得失的功利的和虚荣的心路中，不过是中国千百年来狭窄的高压政治的心理安全阀而已。这种文化固然起源于老庄，但并没有获得庄子真正的精神实质，只得其表而已，反而把庄子大大庸俗化了。《庄子》一书是千古绝唱。对那些做官失意于是回家'归隐'的'隐士'，我避之唯恐不及，怎么能在他们后头亦步亦趋？更何况，我对庄子也并不是完全满意。相比之下，马基雅维里更老实。马基雅维里就不跟他的朋友夸耀破衣烂衫的自己有多么'悠然'，相反，他老老实实地告诉他们为此他烦着呢。雨，我这几天晚上所写的，就是为了把你领到这里。我要你看到我选择现在的生活方式的原因，我还要你看到这样的生活方式一点儿也不'悠然'。相反，这样的生活方式可能还很痛苦，因为需要跟整个世俗抗争。我要你知道，我也许拙于发财，但明白爱破衣烂衫很难。所以，雨，我感谢你跟我北上北京。我感谢你在灯红酒绿的都市中与破衣烂衫的我坦然前行。我感谢你跟我一起住在这个偏远的小岛上，我感谢你跟我一起住在这个简陋的小木屋里。我感谢你跟我一起在天涯海角迎接每一个平淡的日出，送别每一个寂静的日落，直至我们生命的尽头。"

看到这里，我不由得拧紧了眉毛。

夏天过去了。秋天过去了。冬天也过去了。

初春，刘星把房子修好了。十五个月的敲敲打打，刘星的手臂练得像铁锤一样有力。刘星自嘲说，快赶上米开朗琪罗了。

刘星要是米开朗琪罗就好了，那样的话我们的小木屋修好以后就不会依然显得简陋笨拙。可刘星浑然不觉，拉着我到处看，兴奋地拍拍这里，敲敲那里，告诉我如何结实，如何耐用。我只是脸上笑。

一个星期六，我搭刘星卖菜的车去农贸市场买回来了两盆罂粟，移栽在院子里小木屋的南窗下。

在好几种罂粟中，我特地选了玉米罂粟。玉米罂粟的别名之一是弗兰德斯罂粟。

百科全书说，玉米罂粟的籽可以像芝麻那样食用，植株可以做蔬菜，花瓣可以加入糖浆和饮料。百科全书说，玉米罂粟的原产地不得而知，美洲人认为玉米罂粟原产于欧洲，北欧人认为玉米罂粟原产于南欧，欧洲园林观赏花志则称玉米罂粟起源于欧亚大陆和北非。百科全书说，第一次世界大战后，玉米罂粟成为阵亡将士的悼亡之花。每年在十一月十一日上午十一点，第一次世界大战停火协议生效时刻，包括新西兰在内的英联邦国家向阵亡将士献玉米罂粟花环。新西兰和澳大利亚自己还另有阵亡将士纪念日，四月二十五日——一九一五年四月二十五日，援英的澳洲联军远渡重洋在黑海的加里波利半岛登陆。八千名澳大利亚将士和二千七百名新西兰将士战死。每年四月二十五日，很多新西兰人在胸襟上佩戴一朵扁扁的鲜红的制作的玉米罂粟。

罂粟，死之花。

几天以后，罂粟开花了。

一个月以后，我又带着红皮包去图书馆上班。红皮包里除了大彭送的红钱包，还有大彭送的青花小瓷瓶。中午下班的时候，大彭和他的车已经在图书馆的停车场上等我。

当晚，我给刘星打电话，说好一个星期以后一起去奥克兰中国领事馆办离婚手续。我本以为刘星会反应得很激烈。但是没有。刘星始终没说什么。刘星的声音很低，很轻微。刘星说那好吧。我说去领馆之前我还要上岛一次，有些东西想带走。刘星说我去渡口接你吧。

现在想，那时候怎么会这么大意，为什么还要单独上岛呢？那些东西有那么重要吗？在那些我要拿走的东西里，有我的一个笔记本，其中抄录着刚到新西兰的时候翻译的那首加拿大人的诗，《弗兰德斯的原野》。

多少次，我想象我是那个死人，躺在解剖医生的手术床上。解剖医生举起锤子，在我的头上敲了一下，又敲了一下。于是，在我的黑暗的脑际腾起一颗火星，又腾起一颗火星。升腾的火星照亮了一片盛开着鲜红的罂粟花的原野。从原野的尽头，远远地，我的爱人，迎着夕阳，穿过一丛丛火红的罂粟花，向我走来。黑暗中，死人无声地笑了。

躺在大彭宽阔的胸膛上，我的眼泪流了下来。

我的有生之时的最后一天，刘星在威基岛的轮渡码头等我。已经十点多了。我问刘星今天去卖菜了吗？刘星说没去。

经过图书馆的时候，我想下车去跟丽萨告个别，但我说不出来。

经过四合院中餐馆的时候，我也想下车，但也没有说出来。

刘星一声不响地开车。

眼看要跟刘星生离死别了，刘星在我心里又忽然生动起来——雨，我感谢你跟我北上北京。我感谢你在灯红酒绿的都市中与破衣烂衫的我坦然前行。我感谢你跟我一起住在这个偏远的小岛上，我感谢你跟我一起住在这个简陋的小木屋里。我感谢你跟我一起在天涯海角迎接每一个平淡的日出，送别每一个寂静的日落，直至我们生命的尽头。

我的眼泪流了下来。

刘星看也不看我，一声不响地开车。

刘星的眼睛自始至终不看我。

我在房间里收拾的时候，刘星出去了。等我快要收拾好的时候，刘星回来了。刘星说，雨，你愿意跟我在后山的小路上再散一次步吗？

我点点头。

雨后的小路湿漉漉的。当我险些滑倒的时候刘星在后边一把扶住了我。我回头冲刘星笑，我的脸上布满了眼泪。要是在过去，刘星会说，又哭又笑，没羞没臊。但是此刻，刘星不看我的脸，什么也没说。

刘星始终走在我的身后。

后山的小路一直通到山顶。再往西走走，就到了一个悬崖的边缘。站在悬崖边聆听，涛声震天，低头垂望，白浪滚滚，浪花四溅，大海一会儿像是在嬉戏，一会儿像是在发怒，无限生动。所以，这道悬崖是我们每次登后山漫步的终点。我习惯性地在悬崖边上站定，闭上眼睛，想最后好好听听悬崖下的涛声……背后一记猛掌……我腾空而起，失去了土地。一只手接着攥住了我的胳膊。一个人跟随着我一起在海风中飞速坠落……我知道，那人是刘星。我泪流满面……

22
深林：尾声

凯蒂死了。

我几天以前就觉得了。

凯蒂咳嗽咳得很厉害，一说话就咳嗽，一咳嗽就咳得气都喘不上来。凯蒂对自己说话颇艰难好像很苦恼，因为她正在等着机会把我捕捉到，要跟我诉说什么。我终于被捕捉到了以后，对凯蒂的病样子很担忧，告诉凯蒂应该赶快去看病。凯蒂费力地说她前两天刚搭州政府安排的给靠社会医疗救济的老年残疾人的班车去A城的一个诊所做了例行体检，医生说她挺好的。凯蒂摇摇头，说她没什么大毛病，就是咳嗽，该是着凉了。凯蒂勉强说完就又咳嗽得喘成一团了。我还是很担心。看我一脸的不放心，凯蒂连连摆手，只管急着招呼我在她的小客厅里坐下，她自己也忙着坐好，摆出要稍微谈一谈的架势。凯蒂聊天离不开烟，所以在开谈之前，凯蒂一边咳嗽着一边伸手去够烟。我想说凯蒂别吸烟了，但没说出来。

凯蒂在发话之前，未雨绸缪地先把胖脸皱成痛苦的一团，然后愤怒地吐出一个气喘吁吁的斥责：那个坏女人！我说谁？凯蒂说她！我说谁？凯蒂说卡罗琳！

卡罗琳是尼特的妻子，凯蒂的儿媳妇。

我想起来，今年的圣诞节之前的一个星期，凯蒂曾经非常地惶惶不安。原来她还没有得到尼特什么时候来接她过节的信儿。自从几年前尼特结婚以后，凯蒂都是到北卡罗来纳尼特服役的那个陆军基地去跟儿子一家过圣诞节。凯蒂腿脚不好，更重要的是凯蒂的脑子不怎么好，这两样加起来，让凯蒂感到单独旅行有困难，所以总是尼特来接她。两个人都坐飞机来回有点儿贵，尼特就长途开车来接送。通常尼特总是一过感恩节就跟凯蒂说请她来过圣诞节，然后很快再把来接的具体时间告诉她。尼特知道他的母亲像小孩儿盼过年似的都盼了一年了。可是今年不同，感恩节过去都有三个多星期了，再有一个星期就到圣诞节了，凯蒂还没听见尼特邀请她的信儿。那凯蒂当然着急了。凯蒂急得眼泪汪汪的，看见我就嘟囔说今年的感恩节尼特就没来，要是圣诞节再去不了北卡罗来纳，她就整整一年没见着尼特了。

凯蒂后来到底还是去成了北卡罗来纳。尼特在圣诞节前一天的早上给凯蒂打电话说马上开车来接她。从北卡罗来纳开车到李镇要开将近一天的时间，尼特到的时候已经是圣诞夜了。结果凯蒂和尼特第二天一大早就出发，那也是圣诞节的晚上才赶到北卡罗来纳尼特驻防的基地。可以说凯蒂的圣诞节一多半是和尼特一起在路上过的。凯蒂也说不清楚为什么尼特要这么做。

凯蒂吸了一口烟，又咳嗽了一通，脸都咳红了，刚等气喘匀了，立刻就气嘟嘟地说，她咒我，她说你怎么不一头栽倒死了呢！凯蒂说完以后睁大眼睛看着我，等我表示义愤。我说卡罗琳怎么能说这种话！凯蒂说说得是呢。我说凯蒂你怎么惹着卡罗琳了呢？凯蒂很满意我继续问她，可惜又一阵剧烈的咳嗽把她的急不可待的回答又耽搁了一会儿，喘匀气以后，凯蒂说迈克，尼特的老大，淘气来着，迈克把还不怎么会走路的妹妹劳拉连推了三个大跟头。凯蒂说我就说迈克你这个小坏蛋，不许欺负妹妹。凯蒂说我把迈克也推了个跟头，让他也尝尝摔跟头的滋味。谁知迈克这个小坏蛋竟然扯着嗓子大哭起来。他的小妹妹刚一岁多，摔了三个大跟头都没哭，迈克都四岁了，我就轻轻推了他一下，他就一屁股坐在地上嚎了起来。卡罗琳听见了以后赶过来，迈克这小子就嚷嚷说我把他推了一个大跟头。还没等我说明白是迈克先欺负妹妹，卡罗琳就狠狠地瞪了我一眼，说你干吗推他？他刚四岁！你都六十多了，还跟四岁小孩子打架吗？你怎么不一头栽倒死了呢！迈克就仗势欺人地也瞪我，人小嘴不溜，说不了那么全乎，就使劲儿嚷嚷死死死！我那个哭啊，你可没瞧见。凯蒂说到这儿，又哭开了，接着又咳嗽，咳得脸通红。我说凯蒂别哭了，要不然咳得更厉害了。事情不是都过去了吗？卡罗琳肯定也是急糊涂了，说话说得造次了。你跟尼特解释一下不就行了吗？凯蒂说我跟尼特说了，可尼特一声儿也不吭。我说尼特你得管管你儿子，迈克老欺负劳拉，还跟我嚷嚷死死，没大没小的。我管迈克，卡罗琳就咒我说你怎么不一头栽倒死了呢！有这样的妈，还能指望小的学好吗？尼特听了以后一声儿也不吭！我又哭又咳嗽，可尼特还是一声儿也不吭。本来说好了，我在尼特那儿住两个星期，我刚住了一个星期，卡罗琳就跟尼特说我得走，说迈克受不了我。其实迈克那混小子早就把事儿全忘了，早已经又跟我玩儿得挺好的了。我跟卡罗琳说我和迈克不是玩儿得挺好吗？可卡罗琳不理我，只跟尼特和孩子们说话。我跟尼特说我和迈克不是玩儿得挺好吗？尼特也不说话。尼特一声也不响就把我给送回来了。说好了住两个星期的，才住了一个星期。凯蒂委屈得要命，胖胖的腮帮一鼓一鼓地呼哧呼哧出气，两眼泪汪汪。

我当然只能劝凯蒂别生气，别在意，一家人，总会有时候吵个架什么的，尼特得跟卡罗琳和两个孩子过日子，让他们之间吵架不是更麻烦吗？凯蒂一边认真听一边连连点头，后来露出了笑容，真的以为自己保护了尼特。凯蒂说谢谢你，林，你说得对，我不生气了，可不是嘛，哪儿能是尼特变了心，不要我这妈了，是尼特有难处，我干吗为难他呢？凯蒂话还没说完就又咳嗽起来了，又喘不上气了。等凯蒂平静下来，我说凯蒂你得去看病，你咳嗽咳得可太厉害了。凯蒂说我没事儿，去也是白去，这咳嗽难治着呢。我说那也去看看，弄清楚到底为什么咳嗽。凯蒂说行，我这后背也有点儿疼。我一会儿给老年残疾班车打电话。

那几天，凯蒂呼哧气喘满面通红的样子一直像块阴云一样游荡在我的头脑里。因此，除了晚上给凯蒂打电话以外，那几天每天上午的九十点钟，估计凯蒂肯定已经吃过早饭了，我就再给凯蒂打个电话，也不多说什么，就是问问她身体怎么样。虽然说不出根据，但我怕凯蒂要出事。

果然，在跟凯蒂会面以后的第四天上午，凯蒂没接我的电话。我又等了等，万一今天凯蒂睡过头了，起晚了呢。快十一点的时候，我又给凯蒂打电话，还是没人接。我坐不住了，就跑去敲凯蒂家的门。里头没有动静，我的心跳了起来。可要是凯蒂一早出门了呢？又不像，所有的窗户都拉上了窗帘，不像凯蒂已经起床收拾好了的样子。我担心大事不好，赶紧跑回去给查理打电话。查理在家。查理立即给911紧急救护打了电话。

我和查理在凯蒂家门口等了不到十分钟救护车就来了。接着警察也来了。警察把凯蒂家的门撞开，救护人员冲了进去。我和查理在门外的寒风里等。二十多分钟以后，救护人员把担架车推出来了。凯蒂躺在担架车上的黑色厚塑料尸袋里，尸袋的拉锁拉得严严的。一个警察跟着担架车也出来了，朝我和查理走过来，说要问我们几个问题。

警察问我们什么时候发现的，最近有谁来凯蒂的家，我们跟凯蒂熟不熟，凯蒂最近有什么异常。我们俩尽自己所知简短地回答完以后，警察说他们进去的时候凯蒂已经死了，救不了了。看样子是突发的心肌梗死。现在把凯蒂送到医院去做尸检，好最后确定死因。查理说凯蒂有个儿子叫尼特，在北卡罗来纳。警察说已经给尼特打电话了。

查理跟警察要了纸笔，给尼特写了个条子，告诉尼特我们两人的名字和电话，说明我们两人是凯蒂在橡树街的邻居和朋友，要是他有什么事情我们可以帮上忙，请他跟我们联系。查理请警察把纸条贴在凯蒂房子的大门上。

等我和查理往家走的时候，已经过了中午了。我说查理到我那里去吃个三明治吧。查理说不了，不饿，谢谢。到了查理家的路口了，查理站下来，我继续往前走。走了几步，听见身后"泠泠"地好像是人的脚步声，我回头看，是几片去年的枯叶被风吹得在地上滚。查理还站在那儿。看我回头，查理朝我挥挥手。我也挥挥手，然后扭头继续往家走。一月的寒风像魂儿一样缠绕着。我紧紧围巾。

凯蒂死后的第五天，尼特给我和查理打了电话，说凯蒂的入葬安排在星期天，也就是后天。尼特说没有安排追思仪式，请我们直接到墓地，在A城的西墓园，早上九点。

星期六的夜里飘了一阵轻雪。一早我和查理一人手里拿着一朵白玫瑰搭上八点十五的公共汽车到了A城。我们在三角街的街口下了车。西墓园在三角街的西段，是A城的老墓园，我所敬仰的女诗人艾米莉·狄金森就埋葬在西墓园。凯蒂能在西墓园跟艾米莉·狄金森一起安息真是再好不过了。

我和查理快走到西墓园门口的时候，看见一个穿着黑色羽绒短大衣的瘦高的年轻男人驼着背缩着脖子捧着一束白玫瑰站在那儿。年轻人看见我们以后，迟疑了一下，探寻似的问，查理？林？查理点点头，我也点点头。查理说，尼特？年轻人点点头，然后露出笑容，伸出手来跟我们握手，说谢谢你们来。

　　尽管是星期天，一月雪后的西墓园也仍然空无一人。当然了，谁也不能期待墓地会人头攒动。不过，冬天的墓地那种黑色的荒凉让人格外觉得死的寂寞。我转念去纳闷天这么冷掘墓人怎么能挖得动。然而在西墓园的西南角，雪地上一个挖好的墓坑赫然在目。墓坑上搭着木板条，木板条上罩着绿色的苫布，苫布上是凯蒂的白色的棺木。棺木上蒙着一层薄雪。

　　面目平凡的尼特好像是那种不喜欢出头露面只希望自己淡入背景的人，剃着军人的平头，头发的颜色是一种黯淡的没有光泽的浅红褐色。当一会儿我和查理的头儿，尼特似乎还有点不好意思。在尼特的指挥下，我们一起踏着地上的薄雪向凯蒂的墓穴走过去。路上，尼特解释说他们不是本地人，是因为舅舅彼得在A城大学教书才搬来的，可彼得去世很久了，所以他们在这儿没有什么认识的人，要是在教堂举行追思仪式恐怕没有人来参加，何况他妈活着的时候也没去过教堂。尼特说完以后想了想，又解释说你们知道，我妈她……尼特嚅嚅的，停住不说了。我明白他想说凯蒂的脑子。我很高兴他不再说了。

　　等我们到了凯蒂的墓穴跟前以后，尼特说没有别人了，就咱们，本来也不想麻烦你们，可要那样我妈可能也太冷清了点儿，咱们就凑合着给我妈举行一个简单的葬礼吧。尼特说完羞涩地和抱歉地笑笑，然后低下头，几乎要躲开似的说，可我也不知道葬礼应该怎么举行。查理说，哪儿有什么一定之规，还不是由咱们自己定。尼特，你愿意我们做什么呢？看尼特有些为难，查理就建议说，要不这样吧，咱们每人都在凯蒂的棺木前说两句话，算是跟凯蒂最后告别，祝她从此永久安息。尼特说好。

　　尼特揉了揉鼻头，低头想了想，然后笑笑，说，妈，还记得咱们俩一起看的唯一的一场恐怖电影吗？那个大肉球破了，里面伸出一只手来，吓得我大喊大叫，你把我的嘴捂得那个紧啊，我都要被憋死了。咱

338

们看完电影回到家哆嗦到半夜，你说这电影票买得多值啊。可从此你再也不去看电影了。你说咱们钱少，你去看吧。妈，以前我老觉得冷清，现在我有卡罗琳和两个孩子，我不冷清了。你放心吧。妈，祝你安息。

然后是查理。查理站直了，眼睛看着地，小声说，凯蒂，对不起，有时候咱们还拌嘴什么的。现在你躺在这儿了，我得告诉你一声，我一直觉得因为有你，我们的橡树街更安宁，更丰富。我喜爱你的画，我尊敬你的安详的态度，你的友好让我的心平静，你的朴素使我更爱自然。别人可能觉得你不幸，可对我来说，你的生命是美丽的。我希望我最终能跟你一样。再见了，凯蒂。来于尘土，归于尘土。祝你在地下安息。

该我了。我盯着凯蒂的棺材想了半天。我想说，凯蒂，你的心就是你的家园，你永远在家里守望，所以你不曾在迷茫的欲望中迷失。我想说，我其实很有些羡慕你，凯蒂，我真心地希望能跟你一样，一生一世在自己的家园守望茫茫世界。可我说不出来。酝酿了好半天，我只说了一句安息吧凯蒂。

尼特把带来的花放在凯蒂的棺木上，我和查理也把各自的花放在尼特的花的两侧。

我这才注意到紧挨着凯蒂的墓穴的是凯蒂的哥哥彼得的墓。看我读彼得的墓碑，尼特解释说彼得留下了遗嘱，说他已经给凯蒂买下了墓地，让把凯蒂埋在这儿。尼特说西墓园现在已经满了，幸亏彼得舅舅当年早给他妈买下了，要不然他还不知道怎么办呢。尼特说完，从他放在凯蒂棺木上的白玫瑰花束中抽出一枝来，放在了他舅舅的墓碑前。

尼特说他租了一辆汽车，他这会儿也回橡树街，说星期天办不了什么事，问我们要不要搭他的车。我和查理就坐尼特的车一起回橡树街。路上，尼特说本来卡罗琳也要来，可两个孩子太小，都带来路上太困难，就算了。尼特从口袋里掏出钱夹，从钱夹里取出一张照片让我和查理看。尼特说是卡罗琳和两个孩子。照片上卡罗琳搂着两个孩子好像有点勉强似的笑着。出乎我的意料，卡罗琳戴眼镜。大概是由于戴眼镜，卡罗琳显得相貌平平。尼特说他在卖凯蒂的房子，问查理房产经纪人建议的价格低不低。尼特说房产经纪人帮他开的价是十七万九千九百块钱。查理说他也不知道。接着查理问凯蒂到底是因为什么死的。尼特说是心肌梗死。接着尼特建议我和查理到凯蒂的房子里去转转，看看有什么东西愿意买，他准备尽快把凯蒂房子里的东西都处理了，要不然房子不好卖。我想到了凯蒂的画儿，就同意了。查理沉吟了半天，大概是为了礼貌吧，最后也同意去看看。

尼特不愧是个军人，短短几天之内不仅把母亲的丧事办了，而且已经把凯蒂的房子变成了一个井井有条的旧货店，房子里每一样东西上都贴上了标好了价的红色小标签。查理略微转了转，把凯蒂的一套烧壁炉用的拨火棍、柴夹子和灰铲买走了。我问尼特凯蒂的画儿打算怎么处理。尼特说先卖卖试试。我问画儿都在哪儿呢。尼特说都还在地下室里。我就去地下室看。尼特在地下室的门上贴了一个条子，说不论大小，每幅画儿五块钱，只收现金。我看了看，总共大概有五六百幅之多。想了一会儿，我叹了口气，开始挑选。我把挑出来的十张画儿撂在一起，告诉尼特我明天带现金来取。

两天以后我又去超级市场当装袋员了。我给尼特打了个电话，说要是他走以前画儿还卖不完，告诉我一声儿。

一个星期以后，尼特打电话说他第二天就要回北卡罗来纳了，房子已经卖了，还剩下很多画儿，要是我愿意买，两块钱一幅。我立刻就去把剩下的画儿全买下来了，有四百多幅。我给了尼特一张支票。尼特犹豫了一下才收下。收下以后尼特把我的电话号码写在支票上，还在支票上加注了一条此款用以购买凯蒂的画儿。尼特说是公事公办，万一有问题好查核。尼特显然心情很好，请我坐下，说一会儿帮我用车把那些画儿运回家，问我想不想喝杯咖啡。不容我回答，尼特已经去厨房煮咖啡了。

我端详了一下四周，屋子里已经几乎空了。我注意到我正坐着的单人沙发椅和旁边的长沙发都标着"已卖出"的标签。

尼特端来了两杯咖啡，看我注意到那套沙发，就解释说这套沙发被买房子的人买了。尼特很细心，还同时拿来了糖和牛奶，问我要不要加进咖啡里。我加了糖和牛奶。尼特说他喝黑咖啡，什么也不加。

尼特在长沙发上坐下，把手里的咖啡放在地板上，垂下头想了想，然后抬起头来对我说，我妈跟我提过你和查理，我妈说你俩常帮她。我妈腿脚不好，还有，我妈她，她有点痴呆的毛病。幸亏有你俩帮她。我说那怎么没把你妈接到你那儿去住呢？尼特说我那儿地儿小，是租的单元房，只有两个卧室，还有，卡罗琳不乐意。你知道，卡罗琳不认识我妈，再说，我妈那样儿，嗯，我妈那样儿，不了解的人一看都得吓一跳。卡罗琳不了解我妈，我没办法说服她同意。再说，我妈也变了。我没结婚以前觉得我妈虽说有点儿，嗯，有点儿，嗯，有点儿傻，但脾气还行。我结婚以后我妈的脾气就变了。我妈变得小心眼儿了。也不光是小心眼儿，还抠门儿。卡罗琳说我们得买房子，我跟我妈借钱，我妈竟然不肯借。你知道我妈有多少钱吗？保险公司赔了我妈三十多万呢。我妈买这个房就花了不到八万。她平时又省吃俭用的，结果卡罗琳气得要死。你说卡罗琳能不生气吗？我跟你说这个，不是说是怪我妈不借钱，是要说难怪卡罗琳不乐意。你说是不是？我妈她……

看尼特要没完了，我找个机会打断他，这个房子卖得倒挺顺利，是吧？

尼特立刻满脸放光，说可不是嘛，我也没想到能卖得这么快！我还以为至少得两个月呢。本来我准备收拾收拾就回北卡罗来纳，让这房子慢慢卖，反正也不用花钱，我妈买这房的时候没有贷款，等到什么时候卖到我要的价了我才卖呢。没想到一个星期不到就卖了，比我要的价一分也不少！十八万！卡罗琳一直想买房子，这下行了，连跟银行贷款都用不着。我们那儿房子比这边还便宜。买了房子以后还能把剩下的钱存起来，以后孩子上大学的钱都有了。当然了，除非卡罗琳还有别的打算，那就另说了。我一直觉得摊上这么个妈处处比别人矮一截，没想到我妈死后留给我的比一般人只多不少。你想想，有多少人能一下子得三十多万块钱？反正我的战友里没有一个。这下卡罗琳该不用埋怨我妈了。我妈再傻也对得起她……

我站起来，打断尼特说，天不早了，你明天还要赶路，我就不打搅了。

尼特用他租的车运了好几趟才把凯蒂的画儿都送到我家。尼特走的时候看都没再看一眼那些画儿，利利落落地跟我握了握手，说谢谢，再见。

站在客厅里就像置身在一个旧货库房，到处都是用旧报纸包着的一捆一捆的凯蒂的小幅的画儿。

几天来，我一有空就思考凯蒂的画儿。成天坐在旧纸堆里固然很不方便，但要是很必要，我也可以忍受。问题并不在于如何收存，而在于如何处理。说处理似乎有些不敬，说对待吧。问题在于如何对待。我固然可以在我的房子里到处挂满凯蒂的画儿，还可以定期轮换，从容欣赏；但是等我不在了，几乎可以肯定的是，又会有一个尼特跑来两块钱一幅把这些画儿给处理了，弄不好，凯蒂的画儿被当成垃圾一把火烧了的可能性也很大。当然，我以前已经把艺术成为尘土的必然命运想清楚了，然而，要是凯蒂的画儿能像毕加索的画儿一样在一代又一代的观者的眼中和心中不断再生，是不是比孤零零地守着我，然后在我之后流散到更加寂静的角落，或者更糟，干脆成为灰烬更好一些呢？所谓更好，还有另一层意思，就是这个世界，这个因为有了毕加索，有了肖邦，有了陀思妥耶夫斯基这些人于是更丰富更广阔和更深刻的世界，是不是也会因为有过一个名叫凯蒂的平凡女人而更丰富更广阔和更深刻了一些呢？

一个月以后，我把买凯蒂的画花的钱挣回来了以后，就立即从超级市场撤退回来，开始跟附近的几个小博物馆联系，希望他们能收藏凯蒂的画儿。然而，尽管我一再表示这批画儿是赠送，还是没有一个博物馆愿意接受凯蒂的画作为民俗画藏品。他们无一例外，一问清凯蒂是什么人以及凯蒂的画从来没有展览过也没在画廊卖出过以后，立刻就兴趣全无了。有的博物馆还忠告我，说博物馆是有标准的，并不是任何赠送品都可以成为博物馆馆藏的。我说那你们能不能先看看再决定呢？他们都说很抱歉，不必了。不过，他们都有礼貌地感谢我的好意。

我并不气馁，我甚至觉得很可以理解。要不然，一来所有的博物馆三下两下就被各种业余作品塞得满坑满谷，二来博物馆的观众也会因为博物馆没什么看头而大大减少。博物馆的资金总是嫌不够，里头的工作人员一定不富裕，当然不肯因为我这个外行的几句毫无分量的推荐就丢下手头的重要活计专门出来观赏听都没听说过的凯蒂的画儿。但是下一步该怎么办呢？我潜心静气地想了好几天，终于让我琢磨出了一个主意。

我在电话簿上找到了梅思教授家里的电话号码，然后给梅思教授打了一个电话。梅思教授听我解释了一阵以后，同意先来看看凯蒂的画再说。

让我非常满意的是，梅思教授也很喜欢凯蒂的画儿。梅思教授仔细了解了我的想法以后，说也许M州大学的博物馆愿意收藏，因为M州大学的艺术系的规模比较大，而且设有民俗艺术的专业和硕士项目，再加上凯蒂是本地居民，就使得M州大学更有理由收藏她的画儿。不过，凯蒂毕竟生前太无声无息，因此即使是对门槛比较来说不那么高的M州大学博物馆，也仍然需要做一点儿说服工作。看我睁大了眼睛，梅思教授说让他想想办法。梅思教授在我的小房子里只坐了一会儿就离开了。临出门的时候，梅思教授迟疑了一下，然后小声说，林，我很抱歉那天晚上黄文慧没有把你送到家。听她说只把你送到了汽车站以后，我很失望。我本来应该坚持由我来送。我笑了，说那有什么，我坐公交车坐惯了。梅思教授说话不是那么说，我不希望我的意愿被拐弯抹角地歪曲了。我没说话。梅思教授摆摆手，拉开门，向他的汽车走去了。我看着梅思教授把车开走以后，把门关上了。

两天以后，梅思教授那儿就有了消息。梅思教授说他在A城本地艺术家中心有朋友，他们一起商量了一下，打算选一小部分凯蒂的画儿先在A城本地艺术家中心给凯蒂举办一个遗作展览，然后再去M州西部的其他类似的本地艺术中心作一番巡回展览，有了展览的基础以后，再向州立大学的博物馆做推荐。我说很好。梅思教授说这些展览都需要售画儿，要不然办展览的费用没地方去找。我说行。梅思教授说如果画儿卖了，能不能跟代理方按四六分成，代理方拿六成。我说行。

几天以后，梅思教授领来了一个一脸花白的络腮胡看样子年纪有五六十岁的粗壮男人，介绍给我说是亨利。亨利是个画家，兼任A城本地艺术家中心的主任。亨利看了一些凯蒂的画儿，大加称赞，说怎么以前一点也不知道呢，要是早知道，凯蒂说不定早就成了大名家了，这个凯蒂怎么这么沉得住气呢？亨利一边说一边连连摇头。梅思教授很高兴。亨利选了三十几幅，告诉我他打算把价格开在每幅五百元左右，问我同意不同意。我问是不是太高了？亨利说他还觉得太低了呢，要不是考虑到大学城虽然不乏乡土艺术爱好者，但是没有什么大富翁，他就考虑把价开到一千元一幅。那还低呢，亨利又补了一句。我纳闷亨利哪儿来的信心。我的意思不是说凯蒂的画儿不够好，而是我对观众的欣赏力有点儿信心不足。我问亨利，你怎么知道凯蒂的画儿应该值多少钱呢？亨利说，那还有准儿吗？全凭感觉。我更纳闷了。亨利诡异地一笑。

梅思教授特别请了M州大学专攻民俗艺术的一位资深教授为凯蒂的遗作展写了一个很有分量的介绍。梅思教授告诉我，艺术展览的介绍就好像是书或文章的权威述评，非常重要。那位资深教授在介绍中称凯蒂是一位神秘的前基督教的女潘神，她的五彩缤纷的画就是她的抑扬顿挫的和大自然混为一体的笛声。看了资深教授的介绍以后，我不由一笑。

三个月以后，凯蒂的遗作展在A城的本地艺术家中心开幕了。

A城本地艺术家中心设在三角街上一座古老的漆成黄色的维多利亚式的木房里。艺术家中心在三角街的东头，从三角街东头步行到西头的女诗人艾米莉·狄金森和凯蒂的安息地西墓园只需三百多步，可见三角街之短。

熟悉美国建筑史的人一看三角街上老房子的式样就能猜出三角街兴建于何时。在三角街能见到的最古老的房子式样是那种叫作"盐盒子"的。"盐盒子"式房子从正面看方方正正两层楼，屋顶中央伸出一个大烟筒；从侧面看则像一条鱼，后半扇屋顶一路拖下来，到低到人快要直不起腰的程度时再平行延长，直到又遮住一间屋。最初鱼尾巴部分是扩建的结果，后来就成了新英格兰早期殖民地房屋的固定式样，从十七世纪中一直流行到十七世纪末。"盐盒子"后来渐渐被"乔治殖民式"取代了，因为"盐盒子"的样子太质朴，不适合渐渐阔绰的新英格兰居民的口味了。"乔治殖民式"基本上仍然还是一个两三层楼的方盒子，不过外部添了很多装饰，看上去比"盐盒子"要精致许多。从正面看，"乔治殖民式"跟"盐盒子"最明显的区别是，"乔治殖民式"有两个大烟囱，分别设在房子的两端，这样一来房子里的主要房间就都有取暖的壁炉了。当然，从侧面看，"乔治殖民式"也还是一个方盒子，不像"盐盒子"那样还拖着一条大鱼尾巴。四四方方敦实简朴的"乔治殖民式"在新英格兰流行了一百多年以后，渐渐被更富于装饰的其他维多利亚式样所取代。十九世纪末叶，新英格兰最流行的房屋式样是安妮女王式。所谓安妮女王式就是把中世纪的城堡缩小，麻雀虽小，五脏俱全，方形的主体被回廊、圆形的角楼和从屋顶探出的塔楼包裹，尖的和圆的屋顶高低交错，重重叠叠，窗户大小不一，形状各异，看上去很有些错综复杂，大有中世纪的意味。不知是因为这样的房子盖起来很不容易呢，还是因为这种雕琢的审美与直截了当的现代品位格格不入，总之安妮女王式只流行了短短的二三十年。你要是有了这个知识，一见到一座典型的安妮女王式房子，你立刻就能判断这座房子的建造年代不会晚于二十世纪的二十年代末。

A城三角街上的本地艺术家中心的所在就是这样一座典型的安妮女王式的木制小城堡。我的邻居和朋友，略有些痴呆的橡树街疯狂守望者凯蒂，死后居然在这样一座资产阶级模仿贵族的造作房屋中隆重举行自己的遗作展，让人多少觉得有一点儿怪异。然而，当我一跨进那两间小小的展厅，我的心就安宁下来了。凯蒂的五颜六色的鲜艳的画儿都被郑重地装上了白色的宽木框，挂在漆成土黄色的石膏墙壁上，显得既朴素，又生气勃勃。我去看的时候，展览刚展了两天，可好几幅画儿的下头已经贴上了条子，表明已经被人买下。亨利看见我，立刻绽开笑脸，走来跟我握手，说一切都很顺利，问我为什么没来参加开幕式，问我看A城报纸没有，说报上的反映很好。亨利又问我喜欢不喜欢那些白木框，说都是他和几个朋友手工做的，这样能省很多钱。我说非常好，我很喜欢。亨利的笑容更灿烂了。

两个星期以后展览结束了，亨利给我打电话说卖出去了十四幅画，他很快就会给我寄一张两千八百块钱的支票，还说要再来挑选几幅画，准备和展览后卖剩下的那些画一起参加下一个展览。下一个展览一个月以后在W城举办。W城在M州的西头，离NY州的首府巴夫罗比离M州首府波士顿还近。W城也是一个文化名镇，以历史悠久的名校W城大学和一座美术馆著称。不过，亨利说这次凯蒂的画儿还不能在那座有名的美术馆里展出，美术馆的人说来不及了，因为今年的展览计划去年就订好了。我心里明白，时间仓促固然是一个因素，但真正的原因是美术馆的人觉得凯蒂的画儿不够资格。亨利安慰我，说W城的当地艺术家中心有很好的展览条件，展览一定会非常成功。我很感激，告诉亨利完全没有问题，要是凯蒂还活着，她一定会非常非常快乐。想起那天我赞扬凯蒂的画儿的时候，凯蒂高兴得话都说不出来了，快乐像光芒一样照亮了凯蒂整个的人，我就很有些怀念凯蒂。要是凯蒂现在还活着，她该有多快乐啊。但也说不定，凯蒂那人，虽然花钱别提多小心了，但也没露出多少对钱的欲望。

收到亨利寄来的支票的时候，我想起了尼特，想起了他下意识的对凯蒂的背弃，不由得有些幸灾乐祸。但很快我就不这么想了，明摆着，尼特是个软弱的孩子，对母亲的保护能力有限这一点深感悲哀，以至于总忍不住要为母亲的愚弱向人道歉，希图通过指出母亲天生的病残来获取同情，好像这样一来就能化敌为友，化险为夷。可惜的是，尼特太平庸，又远不如他的外祖父心地仁慈，所以看不出他的母亲的非凡的才能，也体会不到他的母亲的朴素的深刻，结果只能是两块钱一幅把母亲的画儿和对母亲的痴呆的悲哀记忆一起兴高采烈地处理掉，拿上所有的凯蒂的钱一走了事。

W城的展览也很成功，亨利卖出去了九幅画。到春天结束的时候，亨利已经在新英格兰一带举办了好几个展览，把凯蒂的画儿卖了有几十幅。初夏，亨利给我寄来了最后一张支票。几天以后，梅思教授给我打电话，说M州大学博物馆的人要来看看留存的凯蒂的画儿。

很快，一个下午，梅思教授带着一个一脸严肃的中年男人来了。梅思教授介绍说那位中年男人名叫克里斯特，是M州大学博物馆民间艺术绘画部的主任。我已经严阵以待，立刻带着克里斯特奔向在客厅里陈列好的凯蒂的那些画儿。我看到当克里斯特看到那些画儿的时候明显地松了一口气，就知道他曾经担心好画儿都已经卖掉了。这下我就放心了。

克里斯特看了很长时间，看得很仔细，而且每一幅都看了。等克里斯特看完，天都快黑了。克里斯特最后说，他回去以后给博物馆写一个报告，看博物馆能批给他多少钱，然后再跟我商量购买多少和哪些以及价钱这些事。克里斯特一再嘱咐我在此之前务必不要跟别人就这些画儿做任何接触。我刚要说价钱不价钱的好商量，梅思教授拉了一下我的衣襟。我就忍住了。临走，梅思教授小声跟我说，等我的电话。

当晚，梅思教授给我打电话说，M州大学博物馆的人知道我有过捐献的意愿，但是他们考虑了之后，觉得如果博物馆的资金的情形许可，他们还是愿意购买一些。我问那是为什么，梅思教授说如果是捐献，特别是相对完整的收藏，一般来说博物馆就应该作为永久馆藏来接受。我就不追问了，显然 M 州大学博物馆对把凯蒂的画儿作为永久馆藏还有些保留。梅思教授接着说 M 州大学博物馆大概期待用比较低的价格尽可能多地收购凯蒂的画儿，问我对此会怎样想。我不假思索地回答说，只要他们愿意收藏凯蒂的画儿，我不计较价格。梅思教授说他明白我的想法，尽管如此，请我务必慎重考虑以后再答复 M 州大学博物馆的开价。我说那当然行。

两个星期以后，克里斯特打电话说，如果我同意以每幅二百元的价格出售，M 州大学博物馆愿意把我这儿的凯蒂的全部剩余藏画儿都一次买下。我想起了梅思教授的话，就说让我稍微考虑一下。

我给梅思教授打了一个电话。梅思教授说要不要由他跟克里斯特说你希望每幅卖四百元。我说不必。梅思教授沉吟了一下，说你再想想吧，就把电话挂了。

几天以后，克里斯特把我请到 M 州大学博物馆，先引我去看了看准备陈列凯蒂的画儿的小陈列室，然后带我去他的办公室签署转让凯蒂藏画的各类文件证书。在签字之前，克里斯特要我出示拥有凯蒂藏画的法律文件。我愣了一下，把已经兑现了的我那张开给尼特的旧支票取了出来给克里斯特看。克里斯特想了想，又打了几个电话，说可以了，然后递给我一张面额八万元的银行支票，接着请我在有关文件上一一签字。一切就绪以后，克里斯特说明天就派车把凯蒂的画儿运走。

回家以后，我在堆满了凯蒂的画儿的楼下起居室里坐了很久。一方面，我对凯蒂的画儿终于有了一个永久的归宿感到由衷的欣慰，另一方面，我对这些画儿在我这儿停留的短暂又感到怅然。此外，像我深深感念弗冉老太太对我的仁慈和慷慨一样，我也深深感念凯蒂对我的仁慈和慷慨。

有人问过我，你一个东方人，混在一堆西洋黄毛儿里，那滋味儿好受吗？有没有种族歧视？

我觉得这个问题很不好回答。在邮局里，工作人员总是把最贵的邮寄方式温和耐心地推荐给我，误以为我这个说英语有口音有可能不熟悉情况的东方人是帮他们增加销售额的好机会；A 城药店里的那个扁脸年轻女药剂师一看见我就不由自主地把脸挂下来，好像我是她活不痛快的根源；要是我在建材商店里向店员提问题，那些上货的健壮汉子准会心存疑虑目不转睛地盯着我，不相信我有诚意买那些与房产有关的商品；还有，在超市里买东西付款时，常常有不认识我的装袋员一看要轮到我了，立刻转身去上厕所了，我只好自己装袋。在这种情况下，你要是个黑人，去提抗议，所有的白人主管都会立刻认为你不过是一个"气哼哼的黑人"，于是把你的意见当成老生常谈，不予理睬。西洋文化从亚里士多德起，有个归类的老习惯，总认为凡事只要一归类就能认识和理解了。因此，在美国，对不痛快的黑人有个用来归类的名字，即所谓"气哼哼的黑人"。一说某某是个"气哼哼的黑人"，白皮肤的大家就都心领神会，对这位"气哼哼的黑人"极尽敷衍之能事，打发走了事，绝对不必认真的。可我是个东方人，我要是提抗议，他们不知道管我叫什么，脸上的神情就常常是发愣，可由于有对付黑人的经验，发愣之后，他们就耐着性子听你提意见，但最多不过如此，绝少道歉，通常是听了以后不予理睬，所以你期待的结果也一样是没有的。我想我脸上的中国式晦气大概只有我的中国熟人才能领悟，还不至于让那些西洋黄毛儿也因此对我白眼相待。当然了，如果我不是在建材商店这样普通老百姓出没的地方东张西望，而是穿着时髦地在豪华时装店里或者卖当红画家画作的高等画廊里出现，也许情形会很不同。显得阔绰与否对造就势利眼有助，但总的来说，我认为我所遭遇的那些不友好多半还是种族歧视在作祟。

可我也并不因此而十分悲愤，也不因此去参加各种族裔团会、请愿、笔战之类。不是我认为我们东方人应该遭受种族歧视，而是因为所谓种族歧视实在是人性的一种表达。人性在八十年代的中国是一个高尚的字眼儿，不是有一部脍炙人口的中篇小说叫作《人啊，人》吗？那小说批评的就是"文革"压制了高尚的人性。那小说的作者要是听见我说种族歧视实在是人性的一种表达，一定会很不同意的，说不定甚至会万分愤怒。我年轻的时候也以为人性很了不起，活了五十多年以后，就不再佩服人性了。各种各样的人情世故见多了，就会发现绝大多数人心中其实都充满了恐惧。作为结果，满心恐惧的人类大多数就都经常很软弱。而多数人心中充满恐惧不是因为别的，就是因为恐惧是最基本的人性。所以富于人性的大家都有很好的理由畏惧老板，畏惧上级，更别说畏惧政府衙门了。畏惧的表现除了发抖以外还有不诚实、拍马屁和趋炎附势之类。可想而知，咱们人类种种不良行为都是可以用软弱的人性来解释的。对我们与生俱来的软弱，理解固然可以，而且也似乎应该，但非要高歌"人啊，人"，就未免有些糊涂了。再要去佩服自己的无可奈何的人性，不就自恋得太过分了吗？所以，要是我说种族歧视来源于人性，希望没人因此而大为愤怒。因为这里的道理很简单，种族歧视的根源不过是歧视者心里缺少安全感，因此完全没有王者风度。所谓"王者风度"，不就是仁慈宽和吗？"王者"之所以能仁慈宽和，就是因为"王者"觉得自己安全极了。由此推知，凡是不仁慈不宽和之辈，都是因为心里充满了不安全感，于是乎就非常乐于置别人于劣势，有机会踹人一脚，不是就能体会体会自己的腿劲儿了吗？

也就是说，我之所以不想因为A城邮局里的人老想诱导我多花冤枉钱而忿忿然，或者因此而眼泪汪汪地怀念故国，于是愤慨激昂地参加各种族裔团会、请愿、笔战，就是因为大家彼此彼此，都太富于人性。与如此普遍的人性作战，跟与风车打得团团转的西班牙理想主义者唐·吉诃德有什么两样？但我也因此对所谓人性不屑一顾。活了一辈子以后，我终于明白了唯有智性才是我们人类的光明。可惜的是，智性只存在于精神的领域里。一走出精神的领域，智性立刻就被戴着各种各样的政治以及道德高帽的人性击败。所以我就不去和政治和道德价值体系中的芸芸众生理论，只径自固守弗冉山庄。尽管离家千里万里，尽管浪迹天涯海角自始至终孑然一身，但智性引导下的人类中的王者的仁慈、宽和与深刻给了我深沉的宁静，给了我坚实的立足之地。在我看来，弗冉老太太和凯蒂都能在她们一生中的某个时刻成为这样的王者。

仲夏的一个晚上，我忽然收到了一个尼特从北卡罗来纳打来的电话。尼特吞吞吐吐地说，他想用原价把卖给我的所有的他母亲的画儿都再买回去。我说怎么不早说，现在这些画儿都被M州大学博物馆收购了。尼特问M州大学博物馆用多少钱收购的。我犹豫了一下才说，二百元一幅。我心里对尼特很不满意，在美国没有这么盘根问底地打听的。尼特说M州大学博物馆真不像话。我问那为什么。尼特说卡罗琳从报上看的，M州大学博物馆在波士顿斯基尼尔拍卖会上卖了两幅凯蒂的画儿，每幅都卖了上万元。听尼特这么一说我这才真正明白M州大学博物馆一定要收购的用意。尼特说卡罗琳要打官司，说那些画儿是被人蒙了误卖的。我听了有些着急，说尼特我可没有蒙你的意思，事情本来不是那样的。我买凯蒂的画儿是因为真心喜欢，让M州大学博物馆收购也是因为真心喜欢凯蒂的画儿。凯蒂的画儿让M州大学博物馆收藏比让我收藏可强多了。尼特说那M州大学博物馆为什么又要卖掉呢？我答不上来，就说尼特你别急，容我去问问。尼特说我没请你当中介人，在这个案子里你不是中立的一方。我愣了，尼特还信不过我，而且话里好像还有话，像是某种威胁。我说那你自己看着办吧。尼特说了句我还会找你就把电话挂断了。

我心里很有些不安。想了想，不好为这样的事儿再去麻烦梅思教授，就第二天给克里斯特打了个电话。克里斯特一听是我就赶紧解释卖画儿的事，说他们需要卖出几幅画儿来筹集资金，还说要是画儿完全不在高档的艺术市场上流通也不行，未经流通的画儿就像一个教授没有学位一样。我说我不是来过问他们卖画儿的事，然后我把尼特打电话要索回他母亲的画儿告诉了克里斯特。克里斯特一听立刻就说尼特是在胡说。我说要不然我把我那八万块钱分一半给尼特，息事宁人。克里斯特说你的钱你自己爱怎么处理就怎么处理，他不管。不过，克里斯特话锋一转，说要是能的话，他就要尽全力反对我这么做。克里斯特可能觉得自己听上去有些强硬，就解释说，是这么回事，林，你要是这么做的话，就等于承认尼特对已经卖给你的画儿还有拥有权，那可就麻烦了，因为那样一来，尼特就有权否定你跟M州大学博物馆一起签订的收购合同，那可就不是你跟尼特之间的事了。说到这儿克里斯特的口气已经极为坚决了，他说既然这事直接关系到M州大学博物馆，那就不是你自己能决定的了。他请我在这场纠纷没有解决之前务必不要再与尼特进行任何单独谈话，既然现在M州大学博物馆是凯蒂藏画的全权主人，那就由M州大学博物馆来与尼特打交道好了。听克里斯特的口气，好像倒是我在多管闲事似的。我赶紧结束了与克里斯特的谈话。

尼特没有再给我打电话。我很满意。

查理告诉我，从尼特手里买了凯蒂的房子的人是一个从俄罗斯搬来的单身汉钢琴家，名字叫尤里。

尤里搬来不久的时候，我和查理一起去看过他，为的是尽尽邻居之谊。

正如我想象的，尤里四十多岁，中等身材，淡黄的头发理成分头，眉毛的颜色浅得几乎看不见，细长的眼睛里神情有些忧郁，即使笑的时候看上去也有些忧郁。尤里对美国人问候新邻居的习惯还不熟悉，见到我们来访有些惊异。尤里的英文虽然带俄国人的口音，但是已经得心应手，比我刚来的时候所操的英语好了不知有多少倍。尤里接过我们带的蛋糕，请我们在他的小客厅里坐，还用一个俄式小茶炊烧了一点热茶请我们喝。查理对那个俄国茶炊很感兴趣，看了又看。尤里告诉我们他来美国以前在莫斯科的一个乐团里当职业钢琴家，但后来乐团不景气，解散了，他就想法子移民到美国来了。到了才知道在美国进专业乐团当职业音乐家更难，就辗转到了这边当钢琴家庭教师维生。他现在已经有了好几个学生了，生活基本安定下来，所以他很满意。

我看看凯蒂的小客厅，几乎认不出来了。凯蒂的笨重的旧沙发还在，但被蒙上了一块干干净净的深蓝色的线毯，看上去稳重，典雅，而且焕然一新。小客厅的墙上挂满了大小不一的画儿，两个醒目的大书架里挤满了书籍。我和查理都不由自主地朝书架看了好几眼。尤里注意到了，笑笑，说都是俄文的。我和查理相视一笑，都没说话。我为查理高兴，他以后可以跟尤里谈谈他读俄国东正教古籍的心得了。忽然，我发现少了一点什么，就扭头四处看。看来尤里是个极为聪明的人，一看我好像在找什么，就赶紧说你是在找钢琴吗？我说是啊。尤里说在地下室呢，我用地下室当教课的琴室，要不要去看看？我犹豫了一下，查理说去看看吧。我就和查理一起大模大样地在尤里的带领下参观了他的琴室。就在当初凯蒂放她的守望时坐的单人旧沙发的地方，也就是地下室的中心，赫然对放着两架三角钢琴。在一个墙角竖着一个旧的大书架，书架上放满了乐谱。尤里把凯蒂的脏兮兮的地下室粉刷得通体雪白，在一片白色中，黑色的亮闪闪的钢琴让人觉得像两只匍匐的巨鸟，随时准备展开大翅膀飞起来。我望望那个凯蒂以前曾经疯狂守望的小窗，夕阳正射进来，一株小草的细叶在斜晖里轻轻摇摆。

尤里几乎一刻不停地弹琴。差不多是只要从他家经过，就能听见里头的琴声。天气还没冷的时候，尤里在他临街的小院子里放了两把白色的塑料椅子，为的是让我和查理愿意听琴的时候好坐在那儿。尤里自己从来不坐在那儿。我和查理都很少见到他。查里常常坐在那儿。我也常常坐在那儿。有时候我们俩一起坐在那儿。可惜不久天就开始冷了。

搬到弗冉山庄两年多一点儿，在尤里院子里听琴还不觉得冷的时候，暮夏的一个深夜，我写完了我的小说。

在怎么结尾上我没有多想，当写完"头上已经被猛击了一下，又一下，又一下……"以后，就停笔不再写了。我觉得用一个删节号结尾再好不过了，好像完了，又好像没完。本来我觉得似乎应该回到每一个鬼魂的沉思，可写完那个删节号以后，我发觉鬼魂们的沉思，如果真的存在的话，就已经全在那个删节号里面了。我发现删节号很可爱，就一连气又加了三个，这样，三个故事就都一起结束在对自己的删节里头了。写完最后一个删节号以后，我心里有一种奇怪的满意的感觉。

我们中国人做事讲究合情合理，所以就有一个朋友最近来问我，你为什么想写小说？言下之意挺明显，你都五十多了，还想当作家？我当时张口结舌，回答不上来。

我的确不知道为什么我一生一世真正想做的事就是写小说，哪怕只写一本呢。只要写出一本，我就一定真正地心满意足。

也许我早有预感，也许我长得还没有一米高的时候就已经预料到了，这辈子我注定得自己跟自己做伴。所以，为了解闷，我就总愿意造出几个朋友来相守，算是一种对命运的对抗吧。

果然，当我一点一点地让青蛙、礼花和雨跃出纸面的时候，我觉得我的世界渐渐热闹了。我本来没想在第一本小说里写这三个年轻女人的未免有些不通情理的故事。我本来像所有的初写作者那样希望写出重大的、富于历史性和富于独创性的故事。当我在心里艰难地琢磨着"时代之子"一类的故事的时候，我的笔却径自写起被艺术吸引和在生活态度上多少有些任性的青蛙、礼花和雨。反正我也随便惯了，就索性随随便便地胡乱写下来了。让我觉得神奇的是，本来完全没有计划，只是信手写来，我的三个鬼魂居然三跳两蹦地各自找到了自己的生存逻辑。更让我惊奇的是，这三个聪明透顶的鬼魂不仅找到了各自特立独行的生存逻辑，而且还分别找到了自己的与众不同的生存形态。只不过，她们推举我这样的无能之辈做她们的头领，岂有不失败的道理？所以她们个个都是输得不能更惨的失败者。但我恰恰因此而喜爱她们。当然，我们失败的意义不是为了邀请大家都来感伤。失败的意义是因此而自由。我喜爱我的鬼魂，因为她们勇敢地、自由自在地走向失败。或者说，她们不惜以最深重的失败为代价而追求自由的生存。

毋宁说，一个人写的第一本书所述一定是其生平感触最深切的。而我之所以不由自主地写了失败，是因为我生平感触最深切的，是失败。

窗外，新英格兰漆黑的夜像深海之底一样沉默。到了这个钟点，尤里也不弹琴了。

看着黑黝黝的一动也不动的山岗上松林的梢头，我没有来由地想起在公共电视台的关于大自然的节目里看到的那只已经早就在日本海淹死了的圆头龟。多少年前，或许，只是几年前，那只圆头龟曾经为了回归出生之地而只身孤胆千里万里从容不迫再度横渡太平洋，一路上曾经观望海豚军团与金枪鱼军团一起翻江倒海围剿亿万之壮的球形鱼群，曾经在阴柔的海蜇构成的海中丛林里缓缓穿行，曾经在海底岩洞里泰然躲避鲨鱼的夜猎，曾经……千里万里，向着出生之地，向着死亡之地……

2008 年 4 月 30 日初稿
2008 年 6 月 13 日第二稿
2018 年 11 月 11 日第三稿

图书在版编目（CIP）数据

深林与回声 / 殷小苓著. -- 北京：作家出版社，2020.7
ISBN 978-7-5212-0992-1

Ⅰ. ①深… Ⅱ. ①殷… Ⅲ. ①长篇小说 – 中国 – 当代
Ⅳ. ①I247.5

中国版本图书馆 CIP 数据核字（2020）第 088307 号

深林与回声

作　　者：殷小苓
责任编辑：兴　安
装帧设计：意匠文化·丁奔亮
出版发行：作家出版社有限公司
社　　址：北京农展馆南里 10 号　　邮　　编：100125
电话传真：86-10-65067186（发行中心及邮购部）
　　　　　86-10-65004079（总编室）
E-mail:zuojia@zuojia.net.cn
http://www.zuojiachubanshe.com
印　　刷：天津中印联印务有限公司
成品尺寸：152×230
字　　数：350 千
印　　张：22.75
版　　次：2020 年 7 月第 1 版
印　　次：2020 年 7 月第 1 次印刷
ISBN 978-7-5212-0992-1
定　　价：49.00 元